Yilin Classics

Αἰσχύλος
Σοφοκλῆς

经／典／译／林

αἱ Ἑλληνικαὶ τραγῳδίαι καὶ κωμῳδίαι

古希腊悲剧喜剧集

（上部）

[古希腊] 埃斯库罗斯 索福克勒斯 著
张竹明 王焕生 译

译林出版社

图书在版编目(CIP)数据

古希腊悲剧喜剧集. 上部 /(古希腊)埃斯库罗斯,(古希腊)索福克勒斯著;张竹明,王焕生译. —南京:译林出版社,2011.4(2022.11 重印)
(经典译林)
ISBN 978-7-5447-1170-8

Ⅰ.①古… Ⅱ.①埃… ②索… ③张…④王… Ⅲ.①悲剧-剧本-作品集-古希腊 ②喜剧-剧本-作品集-古希腊 Ⅳ.①I545.32

中国版本图书馆 CIP 数据核字(2011)第 026599 号

书　　名	古希腊悲剧喜剧集(上、下部)
作　　者	[古希腊]埃斯库罗斯 等
译　　者	张竹明　王焕生
责任编辑	夏秀玫　孙　茜
责任印制	董　虎
原文出版	The Loeb Classical Library, 1973
出版发行	译林出版社
地　　址	南京市湖南路 1 号 A 楼
邮　　箱	yilin@ yilin. com
网　　址	www. yilin. com
印　　刷	江苏凤凰盐城印刷有限公司
开　　本	880 毫米×1240 毫米　1/32
印　　张	32.125
插　　页	8
字　　数	797 千
版　　次	2011 年 4 月第 1 版
印　　次	2022 年 11 月第 19 次印刷
书　　号	ISBN　978-7-5447-1170-8
定　　价	(上、下)118.00 元

译林版图书若有印装错误可向出版社调换
市场热线:025-86633278　质量热线:025-83658316

CONTENTS · 目录

上　部

下　部

波斯人

埃斯库罗斯 著

王焕生 译

场次

人物

歌队

由波斯长老组成

阿托萨

波斯王太后，大流士之妻

报信人

大流士的魂灵

波斯先王

薛西斯

波斯国王

地 点

波斯都城苏萨王宫前
大流士的坟墓位于不远处

时 间

公元前 480 年萨拉弥斯战役后不久

（一）

进场歌

（由波斯长老组成的歌队进场，薛西斯国王出征后，国家便由他们监护）

歌　队

波斯大军已出征希腊国土①，
我们被视为忠诚可靠之辈，
黄金充盈的富裕王朝的护卫，
由于我们年高德劭受敬重，
伟大的薛西斯国王，大流士之子，
亲自授命我们
　　监理这片国土。

对于当今国王的回驾，
金光闪闪的军队归返，
我们的心里深深地涌动着
　　一种不吉的预感。
亚细亚的全部军队远行征战，
我们心中怨怼年轻的国王，

① 指公元前480年，薛西斯率领庞大的波斯军队出征希腊。

没有派遣任何信使或骑兵，
　　返回波斯的都邑。

他们离开苏萨、阿格巴塔纳①
和历史久远的基西昂②的城堡，
踏上征途，有的驾马驰骋，
有的乘船行进，有的徒步，
　　浩荡的战斗行列③。

有阿弥斯特瑞斯、阿尔塔弗瑞涅斯
和墨伽巴特斯、阿斯塔斯佩斯，
　　波斯人的首领④，
臣服于伟大国王的国王们，
奋勇向前，统率庞大的军队，
强大的弓箭手，乘马飞驰的骑兵，
形象令人恐怖，惯于征战，
　　一向以心灵豪勇著称。

还有骑手⑤阿尔特姆巴瑞斯
和马西斯特瑞斯⑥，杰出的弓箭手

① 阿格巴塔纳又称埃克巴塔纳，米底亚首都，位于里海南面的奥隆特斯河上，被波斯征服后成为波斯国王的避暑地。

② 基西昂是波斯的苏西阿纳省的一个区，首府苏萨位于其境内。基西昂城距苏萨不远。

③ 指波斯出兵希腊，水陆并进。

④ 诗人提到的波斯将领，有的真有其人，但名字稍有变化，有的属虚拟。例如阿尔塔弗瑞涅斯可能指阿尔塔斐尔涅斯，希罗多德说此人统率密西亚军队和吕底亚军队。又如墨伽巴特斯可能指波斯海军司令墨伽巴索斯，阿斯塔斯佩斯可能指大流士与阿托萨的儿子许斯塔斯佩斯。

⑤ “骑手”或作“乘车作战”的。

⑥ 希罗多德曾说大流士和阿托萨有子名马西斯特斯，马西斯特瑞斯可能即喻此人。

伊奥斯和法兰达克斯①，
　　驭马能手索斯塔涅斯。

那强大的、养育众生的尼罗河，
也遣来将领，有苏西斯卡涅斯，
　　埃及人佩伽斯塔贡，
　　神圣的孟菲斯国王
　　伟大的阿尔萨墨斯，
古老的忒拜的阿里奥马尔多斯
和来自沼泽地②的舰只划手，
　令人畏惧，多得无法胜计。

奢侈的吕底亚人的军队
跟随他们，还有所有出生于
大陆的部族③，由墨特罗伽特斯、
杰出的阿克透斯统率，国王兼将军；
富有黄金的撒尔狄斯④派遣了
强大的军队，驱策着无数车马，
有双辕的战车，也有三辕，
　　一片令人恐惧的景象。

神圣的特摩洛斯山地⑤的居民
也想给希腊套上奴役的轭环，
还有马尔多伊人⑥，长矛坚固的

① 希罗多德曾提到波斯将领法兰达特斯，法兰达克斯可能喻此人。
② “沼泽地”指尼罗河三角洲。
③ “出生于大陆的部族”指居住在小亚细亚的伊奥尼亚人，是希腊四支古代部落之一。
④ 撒尔狄斯是吕底亚首都。
⑤ 特摩洛斯山在吕底亚境内。
⑥ 马尔多伊人居住在亚美尼亚南部。

塔律比斯人，善投掷的密西亚人。
富有黄金的巴比伦也派来从各地
召集的一列列军队，有的是水军，
有的是善挽弓的忠实可靠的射手。
手持弯刀的部族也从全亚细亚
跟随而去，
　　听从国王的威严召唤。

精壮的勇士，波斯大地的花朵，
　　就这样踏上征途，
哺育了他们的整个亚细亚大地
在想念他们，发出沉重的叹息，
双亲和妻子一天一天地计算着
　　流去的时日，心中发颤。

　　（第一曲首节）
攻掠城市无坚不摧的
　　王师渡海进入了
　　相邻的国土，
用亚麻索桥越过
阿塔马斯[1]的女儿
　　赫勒的海峡，
用长钉固定的通道如辕轭，
　　套住大海的颈脖。

---

① 阿塔马斯是希腊波奥提亚的奥尔科墨诺斯国王，为云雾女神涅斐勒所爱，生弗里克索斯和赫勒。后来赫勒坠海淹死，那海即以赫勒命名，称“赫勒斯滂托斯”，意为“赫勒之海”，即今达达尼尔海峡。薛西斯进军希腊时，在海峡上拉索架桥，供军队渡越。据希罗多德说，一共有六条巨索，其中两条是麻的，四条是埃及纸草的。在拉紧的大索上再铺木板，盖上树枝，撒上泥土压实，让人马车辆通过。

（第一曲次节）
人口众多的亚细亚君主，
　　不可遏止地驱赶
　　他那神圣的大军，
从两个方向前进，
取道陆路和海上，
　　信赖将帅们
忠诚而严厉，国王如神明，
　金雨生育的后代①。

（第二曲首节）
他双眼射出血腥的
毒蛇般蓝灰色凶光，
统率着陆军和水师，
驾驶叙利亚式车銮，
驱使强弓利矢的阿瑞斯，
去征服善于投掷的将士②。

（第二曲次节）
谁也没有能抗拒过
这庞大军队的巨流，
如坚固的堤岸锁阻
大海难抑止的巨澜，
因为波斯军队无敌手，
波斯人民啊心灵豪强。

---

① 希腊人认为，波斯人源自佩尔修斯。阿尔戈斯王阿克里西奥斯从神示中得知，他的女儿达那厄生的儿子将会推翻他的政权，并把他杀死。他于是把女儿关进地窖（一说铜屋），但宙斯化作金雨进去，和达那厄生佩尔修斯。佩尔修斯和安德罗墨达生子佩尔塞斯，佩尔塞斯被视为波斯人的祖先。

② 波斯人以善射著称，希腊人的主要进攻武器是长矛和投枪。

（第三曲首节）①
命运依凭神意，
从来强大无比，
它曾命令波斯人
用战争摧毁城楼，
用善于策马驱车的
强大军队
　　去进攻各处城邦。

（第三曲次节）
他们学会了观察
辽阔大海的习性，
风浪使它变灰白，
面对神圣的海面，
凭信作为通途的
精制缆索
　　和高妙的战争韬略。

（第四曲首节）
哪个凡人能逃脱
神明的狡狯欺骗？
有谁能轻易一跃，
便摆脱神力的羁绊？

（第四曲次节）
阿塔②友善地献媚，

① 有的版本把第三曲和第四曲对调。
② 阿塔是迷惑、蒙骗女神。

把凡人骗进罗网，
哪个有死的凡人，
竟能够从那里逃脱？

（第五曲首节）

我的心因此变昏暗，
忍受着恐惧的折磨，
　　天哪，那支波斯军队，
国家不要从此衰微，
　　苏萨都城变得无男子。

（第五曲次节）

基西昂人的都城[1]会
起哀歌悲吟地回应，
　　啊，一群群的妇女会
大声呼号，悲痛哭泣，
　　扯碎自己的亚麻衣衫[2]。

（第六曲首节）

人们有的乘车，
有的徒步行进，
离开家园，有如蜂群，
　　跟随大军首领，
渡过连接两岸的长桥，
　　两边土地共同的
　　深入海中的岬地。

---

① “基西昂人的都城”即苏萨。苏萨城的主要居民是基西昂人。

② 第 120—125 行原文为四行。

(第六曲次节)
怀念征人的泪水,
浸湿了张张卧榻。
佩尔修斯的后裔一个个
　　默默含泪情意切,
思念勇敢暴烈的夫君,
　　应召远行苦征战,
　　留下妻室独哀戚。

(二)

第一场

歌队长

来吧,长老们,让我们坐到
　　这古老的王宫前,
认真仔细地商量,
　　情势需要我们这样做,
国王薛西斯现在究竟怎样?
　　大流士之子,
我们的同宗后裔——
是紧挽弓箭获得了胜利,
还是装有锐尖的戈矛
　　更有力量?

（见王太后阿托萨乘辇上）
有如神明的璀璨目光，
国王的母亲乘辇前来，
我的太后。我跪地迎接。
现在让我们一起迎驾，
向她致辞问候。

歌　队

波斯人民的腰带低束的至尊的太后，
薛西斯的尊贵母亲，大流士之后，你好！
你会永远是波斯神的王后，波斯神[1]的母后，
只要古老的神明未厌弃我们的军队。

阿托萨

我也是为此来到这里，离开黄金的
巍峨宝殿和我与大流士的共同寝间。
忧虑也折磨着我的心灵，我直言相告，
尊敬的朋友们，我的心中也不无恐惧，
担心那丰盈的财富掀起了滚滚战尘，
却把大流士和神明共创的幸运足下毁。
由此我心中产生了双重难言明的思虑：
没有强大人力的财富不值得羡慕，
没有巨大财富的人力也不会闪光。
我们财富充盈，但却为眼睛担忧，
我把主上的安康视为宫廷的眼睛。
现在情势如此，波斯忠诚的长老们，
我请你们做我的参议，发表意见，
因为一切忠心的见解全赖于你们。

---

[1] “波斯神”，前者指大流士，后者指薛西斯。

歌　队

请你放心，我们的太后，你无需
用言语或行动激励我们为你效力，
你要我们做参议，我们会尽责。

阿托萨

我夜间常常陷入各种梦境，
自从吾儿装备了庞大的军队，
立意去蹂躏伊奥尼亚人的国土[1]。
但我却未见过如此清晰的梦境，
就像昨夜里那样，我这就相告。
我梦见两个衣着漂亮的女子，
看其中一个身着波斯服式，
另一个身穿多里斯[2]式服装，
身材比现今的人们高大很多，
貌美无瑕，两人是同宗姐妹。
命运注定她们一个以希腊
为故邦居住，另一个生活在异邦[3]。
在我看来，她们互相发生了
某种争执，我的儿子知道后，
进行劝阻安慰，把她们双双
驾于轭下，用皮带系住颈脖。
其中一个以这种处境为荣耀，
让自己温顺地听从缰辔的约束；
另一个却极力挣扎，用手折断了

① 此处“伊奥尼亚人的国土”指希腊，特别指雅典城邦。
② 多里斯是希腊中部一地区。
③ 后者指居住在小亚细亚的希腊人，被波斯征服。

驾车的辕具,拖着大车迅跑,
挣脱了辔头,把辕轭折成两截。
吾儿被摔下车来,父亲大流士
怜悯地站在他身旁。他看见父亲,
疯狂地扯碎了自己身上的衣服。
这就是我昨夜里看见的那梦幻。
在我起床后,我用明澈的泉水
洗过双手,捧着献祭的礼品
站在祭坛前,虔诚地给禳灾的神明
敬献祭品,如习俗要求的那样。
这时我但见一只老鹰向福波斯的祭台
逃来,朋友们,我惊恐得默然肃立。
随即我又看见一只鹞鹰飞翔着,
展翅扑来,用利爪抓住老鹰脑袋。
那老鹰惊恐得趴下任敌人宰杀。
我见了这情景心中充满惊恐,
你们听了也惊惧。你们知道,
吾儿若得胜,那他会受人称羡;
他若失败,也无需承担责任;
他若能平安归来,仍然是国君。

歌　队

国母啊,我们不想用言词过分吓唬你
或者赞赏你。如果你梦见了什么恶兆,
那你应虔诚地祈求神明消灾禳难,
为自己,为孩子们,为城邦和所有的朋友,
祈求一切顺利。然后应该用蜜酒
向地神和众亡灵祭奠;真诚地感动
你的先夫大流士,你说夜间曾梦见他,
让他从地下把幸福送给世间的母子,

把不祥仍然牢牢地禁锢在昏暗的幽地。
这就是我对你发自内心的善意劝告，
我们但愿你一切都会顺遂圆满。

阿托萨

无论如何，你第一个为我释梦幻，
满怀善意地为我和宫廷说出这些话。
但愿一切顺利。你建议的祭奠事宜，
待我回到宫里，定当对神明和地下的
亲人们行礼如仪。可现在我很想知道，
朋友们，人们称说的雅典究竟在何方？

歌　队

远在我主赫利奥斯①下沉的地方。

阿托萨

那我的儿子为何还想占领那城邦？

歌　队

为了好让整个希腊都臣服于国王。

阿托萨

他们有怎样庞大的军队保护自己？

歌　队

那支军队曾给米底亚人②造成灾难。

---

① 赫利奥斯即太阳神。

② 这里的“米底亚人”泛指波斯人。米底亚人主要居住在里海南部，大流士时期成为波斯的一个省。

阿托萨

此外还有什么？家中有许多财富？

歌　队

他们有一种银子源泉，大地的宝藏①。

阿托萨

他们也善于挽弓施放锐利的箭矢？

歌　队

不，他们有近战的戈矛和护身的盾牌。

阿托萨

谁是他们的领袖，统率他们的军队？

歌　队

他们不是他人的奴隶，不听从于任何人。

阿托萨

他们怎么能抵御外邦进攻的敌人？

歌　队

他们甚至摧毁了大流士的众多精锐②。

阿托萨

你这话令出征士兵的父母们听了恐惧。

---

① 指劳里昂银矿。该银矿位于阿提卡南部，产量丰富，是雅典的重要财政来源。

② 指公元前490年的马拉松战役，希腊人打败了大流士的军队。

歌　队

我看你很快就可以知道一切真情，
因为有位波斯人跑来，我们可向他
打听确实的消息，不管是吉是凶。

（报信人匆匆跑上）

报信人

全亚细亚大地的所有城邦啊，
波斯国土，无数财宝的贮地啊，
怎么仅一击便摧毁了无穷的福运，
便使波斯人的花朵败落变凋零！
天哪，第一个报告凶信真苦啊，
波斯人啊，但仍需报告所有的
不幸——蛮族军队已全军遭覆灭！

歌　队

（第一曲首节）

不幸，不幸啊，这消息
　　凄惨，令人战栗，
波斯人啊，不幸啊，哭泣吧，
　知道这悲惨的灾难！

报信人

那里的一切确实就这样结束了，
未料想我自己却能侥幸地生还。

歌　队

（第一曲次节）

长久，长久啊，这样地

长寿，对于老年人
太长久，因为他不得不
听到这意外的灾难。

报信人

我却是身临其境，非道听途说，
波斯人啊，我可以向你们叙说这灾难。

歌　队

（第二曲首节）
可悲，可悲啊，我们那
庞大的混合军队，
徒劳地从亚细亚大地
去到希腊国土。

报信人

无数可怜地倒下的尸体充满了
萨拉弥斯及其附近的各处海滩。

歌　队

（第二曲次节）
可悲，可悲啊，你是说
我们亲人的遗体
在灰海上随波浪沉浮，
身着双层袍褂。

报信人

弓箭毫无用处，双方的战船
互相撞击，我们的军队遭覆灭。

歌　队

（第三曲首节）
为可怜的波斯人哭泣吧，
　　放声悲恸吧，
　　他们已全部死去，
天哪，大军彻底殒灭。

报信人

听见萨拉弥斯这名字便恨满心头，
啊，想起雅典城便不禁悲伤哭泣。

歌　队

（第三曲次节）
雅典城真令人痛恨哪，
　　人们会记住它，
　　它使许多波斯人
变成孤儿，成为孤孀。

阿托萨

我久久地沉默不语，惊恐于
这场灾难，因为这灾难重大得
使人难以说话或者细询问。
但凡人对各种不幸都得忍受，
那都是神明差遣。请控制感情，
说说那灾难，尽管悲伤不幸——
谁还没有死去，我们该哭悼
哪位将领？他受命统率军队，
却已死去，离开了自己的职位。

报信人

薛西斯本人还活着，看得见阳光。

阿托萨

你这话对于我的家庭有如
巨大的光亮，暗夜后的明亮白天。

报信人

统领万骑的阿尔滕巴瑞斯撞死在
西勒尼亚[1]无情的陡峭岩岸旁。
那统领千兵的达达克斯受矛击，
从战船轻轻一跃，掉进了海里。
大夏人的婚生首领特那贡现今
游荡于埃阿斯的层浪扑击的海屿[2]。
利莱奥斯、阿尔萨墨斯，还有
阿尔革斯特斯他们也被制伏，
正在饲鸽岛周围撞击着硬土[3]。
来自埃及尼罗河流水附近的
阿尔克透斯、阿杜埃斯和持盾的
法尔努科斯倒在同一条船上。
那克律塞[4]的马塔斯也已战死，
他统率一千步兵，三千黑骑，
临死时把他的浓密胡须染红，

---

① 西勒尼亚在萨拉弥斯岛的特罗佩昂海岬附近。

② “海屿”指萨拉弥斯岛。埃阿斯是传说中的萨拉弥斯王特拉蒙之子，曾参加特洛伊战争，以作战英勇著称。萨拉弥斯岛建有英雄的宙宇，并每年举行竞技赛会纪念他。

③ “饲鸽岛”指萨拉弥斯岛。有人认为指库普罗斯岛（今塞浦路斯），因为该岛东部有萨拉弥斯城，献给爱神阿佛洛狄忒养鸽子。然而该岛距海战战场遥远，因而似不可能。

④ 克律塞是小亚细亚特洛伊地区城市。

把皮肤也染成了血红的颜色。
阿拉伯人马戈斯和大夏人阿尔塔贝斯
也死在那里，成为那荒土的移民。
阿弥斯特里斯和擅长投掷重矛的
安菲斯特柔斯、令萨尔狄斯悲痛的
勇敢的阿里奥马尔多斯、密西亚人塞萨墨斯、
统率二百五十条战船的塔律比斯，
出生于吕尔涅索斯①，一位美男子，
全都不幸地死去，躺在那里。
叙埃涅西斯，勇敢者中的勇敢者，
基里基亚人的首领，他一人对敌人
便构成威胁，也已光荣地倒毙。
我虽给你们列举了这许多统帅，
但灾难无数，我只报告了一部分。

阿托萨

啊，我听到了最不幸的消息，
这是波斯人的耻辱和巨大悲哀。
现在请回到原先的话题告诉我，
希腊人竟然有那么多的船舰，
以至于胆敢和波斯人作战，
采用船舰撞击船舰的战术？

报信人

若按船舰数量，我们蛮族人
无疑强过他们。希腊人拥有的
战船总数约为三十的十倍数，
此外还有十艘精造的船舰。

---

① 吕尔涅索斯是特洛伊地区城市。

正如你清楚地知道，薛西斯却统率
战舰千条，此外尚有快船
二百零七条，这就是力量对比①。
你不会认为我们在这场战斗中
弱于对手，但神明却毁灭了军队，
使命运的天秤变沉重失去平衡。
神明们拯救了女神帕拉斯②的城邦。

阿托萨

这就是说雅典城没有被摧毁？

报信人

人民存在，这是最可靠的保障。

阿托萨

请你告诉我，海战如何开始？
战斗由谁发动，是由希腊人，
还是我的儿子，仗恃战船多？

报信人

尊贵的王太后，是由于出现了报仇神
或某个恶魔而开始了整个灾难。
有一个希腊人从雅典军中跑来③，
对你的儿子薛西斯这样报告，

---

① 希罗多德称，波斯军队有一千二百零七艘兵船，希腊方面为三百八十艘兵船和一些其他船只。

② 帕拉斯是雅典娜的别名。

③ 希罗多德详细地记载了这件事，这原是雅典统帅特弥斯托克勒斯的一个计谋。那位希腊人名叫西基努斯，是特弥斯托克勒斯的忠心奴隶，受特弥斯托克勒斯的派遣，去波斯军中传假情报，迷惑波斯人。

称说是日夜晚的昏暗降临时，
希腊人不会再留驻，他们会登船，
坐上划桨的长凳，各奔一方，
偷偷地逃跑，只求得救活命。
国王听完禀报后，未曾理解
那个希腊人的阴谋和神明的妒忌，
立即对所有的船长发布命令：
当太阳不再用光线烧烤大地，
昏暗笼罩苍穹的辽阔空宇时，
他们必须把船舰列成三排，
把住海口和波涛汹涌的海峡，
其他战船围住埃阿斯的岛屿①；
要是希腊人逃脱了悲惨的命运，
偷偷地为船舰找到逃跑的出口，
那时舰长们就会失去脑袋。
他这样命令，怀着喜悦的心情，
因为他不知道神明们的意图。
人们秩序井然地服从命令，
晚餐准备就绪，水手们个个
把划桨牢牢套上坚固的桨架。
待太阳的光芒终于彻底隐去，
黑夜降临，所有的兵士和划手
便火速登上船，个个全副武装；
长长的船舰列成队，互相召唤，
航行于海上，保持自己的方位。
各个舰长让舰上的所有人员
坚守自己的岗位，通宵不眠。
黑夜渐渐消逝，希腊军队

① 牛津本把第367行和第368行对调。

丝毫没有偷偷地开船离去。
当驾驭白马的白天重新照耀
整个大地,一切清楚地显现时,
首先从希腊军营发出了阵阵
高声呐喊,有如庄严地歌唱,
岛上的岩石发出冲天的回响。
蛮族人个个心中充满恐慌,
心智陷入迷茫,因为希腊人
唱起庄严的战歌并非为逃跑,
而是要精神激越地投入战斗,
号角声燃起每个人的战斗热情。
这时船桨喧嚣着拍击水面,
划手们按口令划动深深的海水,
很快地一切显现,清楚可辨。
他们的右翼首先航行在前,
阵势井然,整个舰队随后,
迅速航来,人们听见一片
宏亮的呼喊:“希腊子弟们,前进啊,
拯救你们的祖国,拯救你们的
妻子儿女、国家的祭坛庙宇、
祖先的坟茔,为自己的一切而战!”
我们的波斯语言声音嘈杂①,
回应他们,时机不可拖延。
铜饰的船艏立即互相冲撞,
一艘希腊船首先开始撞击,
撞坏了一条腓尼基船的后艄,
其他船舰也开始互相冲撞。
起初波斯舰队的溪流般阵线

① 波斯军队由许多民族组成,各操自己的语言,因而说话声音嘈杂。

尚能坚持，但当狭窄的海面
挤满了船只时，便无法互相救援，
且自己的战船的包铜船艏撞击起
自己的船舰，把整个桡架撞毁。
希腊船舰清楚地看出了时机，
围住我们攻打，一条条船舰
被仰面撞翻，大海看不见水面，
漂满了破船碎片和人的尸体，
海滩和礁石也处处布满了死者。
所有的船舰纷乱地划桨逃遁，
只要蛮族船舰上尚有人幸存。
希腊人如同掐打金枪鱼或落网小鱼，
用被折断的桨片或破碎的船板
打击、砍杀我们，呻吟和哀号声
浑然一片，响彻整个海面，
直到黑夜降临，遮住一切。
苦难无数，即使连续十天
不停地叙述，也难给你叙说完。
你可以明白一点，那就是从未曾
在一天之内有那么多人死去。

阿托萨

啊呀呀，辽阔无际的苦难大海
毁灭了波斯人和所有的蛮族人种。

报信人

你所知道的尚不及灾难的一半，
他们还遭受了如此巨大的不幸，
沉重得双倍于刚才述说的灾难。

阿托萨

还有什么灾难比这更可怕？
请告诉我，你看是什么灾难
远比这些更沉重，降临于军队。

报信人

波斯人中所有那些风华正茂、
心灵最勇敢、门第最为高贵、
对国王本人永远最忠心的人，
全都耻辱地、不光彩地死去。

阿托萨

朋友们，我真不幸，遭这样的灾难！
你倒说说，他们死于什么样的厄运中？

报信人

萨拉弥斯前面有一座海岛①，
面积不大，无适宜泊船的港湾，
潘神②好歌舞，常来到陡峭的岩岸前。
国王把他们派往那里，为的是
当溃败的敌人弃船登岛逃命时，
好截杀轻易可制伏的希腊军队，
同时可救援海峡中的友军登岸，
但国王对战斗的发展估算错误。
神明把海战的光荣赐给希腊人。
在这一天，希腊人周身披挂

---

① 该岛叫普绪塔勒亚，位于萨拉弥斯岛东侧。
② 潘神是山林之神。

精铜制作的铠甲,从船舰跳下,
把小岛围住,人们茫然无措,
何处可逃遁。敌人挥手掷来
无数的石块,从绷紧的弓弦飞出
密集的箭镞,把我们成批杀死。
最后敌人一起呐喊着冲来,
凶猛地砍杀不幸的人们的肢体,
直到把所有的波斯人全都杀光。
薛西斯看见这灾难,不禁号啕,
因为他当时坐在海岸旁的山顶,
从那里可清楚地看见全军激战。
国王扯破了王袍,放声大哭,
立即命令在陆上作战的军队
纷纷退却。除了上述不幸外,
这就是你应该悲叹的惨痛灾难。

阿托萨

啊,可恨的潘神,你竟然成功地
蒙骗了波斯人的意愿。吾儿遭到
光荣的雅典人的惨痛报复,难道
蛮族人在马拉松还未足够地遭杀戮!
我的儿子本想去报仇雪耻,
结果却为自己招来这许多不幸。
请你告诉我,你是在何处离开了
幸免于难的船只?请你说清楚。

报信人

那些幸免于难的船舰的舰长们

赶紧顺着风向①，混乱地逃窜。
其余的军队在波奥提亚人②的地域
遭到覆灭，他们有的在甘泉边
忍渴受折磨，有的艰难地喘息着，
徒然地经过福基斯③人的国土，
多里斯人的土地和墨利斯海湾④，
斯佩尔克奥斯河⑤灌溉那里的平原。
然后阿开亚大地的辽阔平原
和特萨利亚城市接待了我们，
我们受尽了饥饿。许多人在那里
死于饥渴，当时饥渴并存。
我们来到马格涅西亚⑥地域
和马其顿国土，经过阿克西奥斯渡口⑦、
波尔柏芦沼、潘盖奥斯山⑧
和埃多尼斯⑨土地，神明在那天夜里
让冬寒提前到来，封冻了圣洁的
斯特律蒙河⑩水。先前从没有
向神明虔诚地祈求习惯的人们
这时却向大地和苍天顶礼膜拜。
军队反复地祈求神明之后，
开始通过业已封冻的河面。

---

① 据希罗多德说，当天午后刮起了西风。
② 波奥提亚地区在阿提卡北边。
③ 福基斯在波奥提亚西边。
④ 墨利斯海湾在特萨利亚东部。
⑤ 斯佩尔克奥斯河由西向东流经特萨利亚南部，注入墨利斯海湾。
⑥ 马格涅西亚是特萨利亚东部海滨地区。
⑦ 阿克西奥斯河流经马其顿东部，注入爱琴海。
⑧ 波尔柏河在马其顿东部，岸边多沼泽。潘盖奥斯山在波尔柏湖东北方。
⑨ 埃多尼斯在马其顿东部，与特拉克（色雷斯）接壤。
⑩ 斯特律蒙河是马其顿和特拉克的界河。

我们中那些在神明射出光芒前
越冰渡过河道的人保全了生命。
待太阳的光轮发出明亮的光辉，
燃起炽烈的火焰，融化了冰道，
士兵们便紧挨着纷纷掉进河水里①。
那些很快便断了气的人倒也幸运。
其余幸免于难地存活的人们，
经受种种艰难，穿过特拉克，
仓皇地逃窜，人数寥寥无几，
返回故土，好让波斯人的首都
悲痛哭泣，盼望国家可爱的青年。
这一切完全是真实，神明降给
波斯人的灾难，有许多我还未说及。

歌队长

你这降福的恶神啊，你用双脚
多么沉重地践踏了全波斯种族！

阿托萨

我真不幸啊，波斯军队已覆没！
昨夜我所见到的清楚的梦兆啊，
你非常清楚地显示了种种灾难。
　　（对长老们）
你们都非常虚谬地解释了那梦幻。
不过既然你们那样地解释它，
因而我想首先去祈求众神明，
然后从宫里出来，带来麦饼，
那些献给地神和亡魂的祭品，

---

① 历史上未见有此记载。

我知道已发生的事情无法挽回，
唯愿其余的事情能吉祥如意。
面对发生的不幸，你们应该
仔细商量，提出忠心的建议。
如果我儿子先于我回到这里，
请你们劝慰他，把他送进宫去，
免得他在这些不幸上又添新不幸①。
（阿托萨下）

（三）
第一合唱歌

歌　队

主神宙斯啊，你如今毁灭了
心灵高傲、人口众多的
　　波斯人的大军，
让苏萨都城和阿格巴塔纳
　　笼罩在昏暗的悲哀里。
无数妇女②用手扯碎了
　　柔软的头巾，

---

① 指薛西斯可能自杀。
② “无数妇女”亦可理解为“无数母亲”。

泪水浸湿了胸前的衣裙，
　　承受着巨大的痛苦。
波斯妻子们温柔地哭泣，
盼望重见新婚的夫君，
他们离开柔软的婚床，
抛下温柔的青春欢乐，
使她们悲泣不断无尽头。
我也怀着深深的悲哀，
　哭悼出征者的苦命。

（第一曲首节）
现在整个亚细亚大地
满目荒凉，悲伤地哭泣。
啊，薛西斯劳师远征，
啊，薛西斯毁灭了全军，
薛西斯依仗强大的舰队，
悲惨地造成了这一苦难。
大流士为何能如此
安然无恙地统治？
　　善挽弓的人们的首领，
　　苏萨人的敬爱的领袖。

（第一曲次节）
由有一对灰蓝色眼睛①，
航行快速的船舰载着，
天哪，水陆大军远征，
啊呀，船舰完全遭毁灭，
它们被撞击，被彻底摧毁，

---

① 指船头绘着的双眼。

毁灭在伊奥尼亚人的手下。
我们听说那国王
好容易才得逃脱,
　　沿着那特拉克原野,
　　沿着那艰难的道路。

　　(第二曲首节)
天哪,那些由命运注定,
必然会倒在那里的人啊,
尸体仍在库克瑞斯[①]的
海岸边漂浮。悲叹吧,哭泣吧!
啊,放声地痛哭吧,
　　让哭声传入高高的云头!
痛哭吧,让如注的泪水
　伴和凄惨的哭泣!

　　(第二曲次节)
天哪,凶暴的大海摧残着
他们的尸体,纯洁的海水啊,
让无声的子女把它们撕碎。
家家在悲叹失去男儿,
啊,孤独的双亲啊,
　　悲叹这神明遣来的不幸,
老人啊不停地哀叹,
　　听说这巨大的灾难。

　　(第三曲首节)
生活在亚细亚大地的人民啊,

---

① 库克瑞斯是萨拉米斯岛的古王。

不再会听从波斯统治，
也不再会被迫不得已地
向残忍的暴君交纳贡赋，
不再会恭顺地匍匐地面，
惊恐地向国王表虔敬，
　　因为王权已崩倾。

（第三曲次节）
人们不会让自己的舌头
再受羁绊，人民从此会
自由地发表种种议论，
既然暴力的枷轭已解除。
埃阿斯的被海水环抱、
受血染的岛屿用泥土
　　埋葬了波斯的一切。

（四）

第二场

（阿托萨由宫内重上，侍女们手捧祭品随上）

阿托萨

朋友们，凡是经历过灾难的人们，
都会凭经验知道：当灾难的风暴

降临凡人时，一切都令人恐惧；
当神明令他顺心时，人们会认为，
命运会永远把顺利给予他们。
今天一切对于我也充满了恐惧。
我的双眼看到的是神明的敌意，
我的双耳听到的是悲惨的哭泣，
灾难的恐怖袭击着我的心灵。
我现在没有乘车辇，也无惯有的
豪华伴驾，重新步行出宫来，
她们手捧献给我孩子的父亲的
各种祭品，它们能安抚亡灵，
有来自纯洁的母牛的美味白乳，
透明的蜜液，蜜蜂辛劳的成果，
用取自贞泉的洁净泉水调和；
还有野外的母亲的清纯汁液，
年代久远的葡萄枝蔓的精粹；
还带来常年枝叶繁茂地生长、
芬芳馥郁的青绿橄榄树的果实，
用丰饶的大地的子女编制的花冠。
朋友们啊，现在请你们咏唱歌曲，
为即将对下界亡灵举行的酹奠，
召请大流士的亡魂，当我把这些
由大地吮吸的祭品奠给地神时。

（五）
第二合唱歌

歌　队

尊贵的王太后啊，波斯人民的至尊，
请把祭品奠给下界的居处，
我们将唱起颂神歌曲，
祈请伴送亡灵去下界的
　　神明们垂赐恩惠。

神圣的统治冥界的众神明啊，
地神，赫尔墨斯和亡灵的主宰，
请把亡魂从地下放回阳世，
凡人中唯有他知道拯救的办法，
请他指点我们消弭这灾难。

　　（第一曲首节）
我们的那位常乐的，
与神明同尊的国王啊，
可听见我这清晰的、
用蛮语发出的凄惨的、
充满忧伤的歌声？

可还需要我大声悲诉？
　　他从地下真能听见？

（第一曲次节）
地神和所有其他的
掌管冥间的众神明啊，
请从冥府放回
高傲的先王的英灵，
波斯苏萨的神明！
请把他放回吧，波斯人从未把
　他这样英武的首领埋葬。

（第二曲首节）
可敬的国王，可敬的坟茔，
里面埋葬着可敬的人物。
冥间之主啊，冥间之主啊，
请放送魂灵返回阳世，
啊，请放回唯一的大流士主上①。

（第二曲次节）
他没有挑起带来恶果的
屠戮人的战争祸殃人民，
波斯人称他是神明般明君，
他确实如神明般地英明，
啊，他曾经明智地统率军队。

（第三曲首节）
主上啊，先世的主上，

① 去到冥间的亡魂一般是不可能返回阳间的。

出来吧,请你快出来,
　　升上坟茔的高高顶盖,
　　足登橘黄色厚底平靴,
　　显出你王冠上
　　那精美的顶饰。
啊,请你慈善的主上大流士快显灵!

　　(第三曲次节)
主上啊,王者之王上,
显现吧,为让你听到
　　新近遭受的悲惨灾难,
　　斯提克斯昏冥降临我们,
　　举国的男儿们
　　已全部遭毁灭①。
啊,请你慈善地让大流士快显灵!

　　(末节)
啊,啊,
你那永远令亲人悲伤的故去,
主上啊,主上啊②,
我们怎么遭到这双重的失利③?
　　这块大地的所有
　　三排桨船舰已覆没,
我们的舰队彻底倾覆遭毁灭④。

---

① 第666—670行原文为四行。
② 第671—675行原文为四行。
③ 此行原文严重异读,意义费解。
④ 第676—680行原文为四行。

（六）

第三场

（大流士的魂灵由墓穴出现）

大流士

我最忠心的青年时期的同龄人，
波斯元老们，国家遭受何灾难？
国家在捶胸哭泣，大地在战栗。
我看见王后惊恐地站在坟墓旁，
我心怀仁慈地接受了她的祭奠。
你们也站在墓碑近前悲痛欲绝，
恸哭着放声祈求我地下的亡魂，
满怀忧伤地召请我。返回阳世
并非易事，因为冥土的神明们
乐意把亡魂取走，而不是放回。
我仍然为王于众魂灵，才得回返，
只是请你们快说，别延误时辰：
究竟什么新灾难降临于波斯人？

歌　队

（首节）
我害怕迎面看见尊容，

我害怕和你对面说话，
我仍如你为王时畏惧你。

大流士

我既然听从你的呼喊，从下界前来，
那就请你用简明的语言，勿要絮叨，
把一切告诉我，对我不要有什么畏惧。

歌　队

（次节）
我难以满足你的愿望，
我难以当面对你说明，
向朋友叙说不快的事情。

大流士

既然旧有的畏惧占据着你的心灵，
（对王后）
尊敬的夫人，我的卧榻的共同拥有者，
请停止悲恸哭泣，请你明白地告诉我。
凡人必然会遭受人间常有的祸患。
海中陆上的不幸都会降临于他，
只要他延续生命，在世上活得更长久。

阿托萨

凡人中享有最最美好的福运的人啊，
当你幸运地活着看见太阳的光辉时，
你享受幸福的生活，波斯人视你如神明，
现在我羡慕你故去，未看见灾难的深渊。
大流士啊，片刻间你便可听完整个故事，
据说波斯人的威力已经彻底遭毁灭。

大流士

怎么回事？是发生了瘟疫，或国内纷争？

阿托萨

都不是。我们的军队在雅典城外遭覆灭。

大流士

请说说，我们的哪个儿子进行的战争？

阿托萨

是暴烈的薛西斯，他毁掉了整个大陆。

大流士

他是从陆上还是从海上干了这蠢事？

阿托萨

从两个方面，他让军队水陆并进。

大流士

他怎么能把如此庞大的陆军渡过去？

阿托萨

他设法连接起赫勒海峡，建起通途。

大流士

他竟成功地锁住了宽阔的牛津海峡①？

---

① 诗人在这里似乎把赫勒海峡和牛津海峡视为一条海峡。

阿托萨

是这样,他定然是受某个神明的蛊惑。

大流士

啊,这是位强大的神明,竟使他发狂。

阿托萨

事实表明,那神明能制造怎样的灾难!

大流士

究竟是什么不幸,使你们如此悲伤?

阿托萨

海军惨遭覆没,危及陆军遭倾覆。

大流士

难道我们的大军全都死在长矛下?

阿托萨

因此整个苏萨城哭泣自己成空城。

大流士

可怜啊,我们的勇敢的军队和我们的盟军。

阿托萨

大夏人全都倒下了,连一个老兵都没留。

大流士

不幸的人啊,他损折了这样好的友军!

阿托萨

听说薛西斯孤单地带着很少的军队——

大流士

在何处怎样遭覆灭？有没有拯救的希望？

阿托萨

他幸运地回到连接两块大陆的长桥。

大流士

并且平安地回到大陆，这消息可靠？

阿托萨

是这样。消息已经证实，确实无疑。

大流士

啊，预言的事情迅速得到应验，
宙斯把命定的事情应在我儿子身上，
我原想需很久之后神明才会让它实现。
凡人自己想遭殃，神明襄助他实现。
现在灾难的洪流降临于我的亲人们。
我儿子年轻气盛，糊涂地干了蠢事。
他竟想用镣铐锁住神圣的赫勒海峡
和神明的牛津水流，使它们屈服于奴役；
他改造海峡，把铁制的镣铐抛过水流，
为他的大军建造了一条宽阔的通途。
他作为一个凡人，却狂妄地想同众神明
和波塞冬争高低。我儿子岂不是神经癫狂，
才干下这些事情？我担心我费尽辛劳，

为人民积聚的财富会被抢先下手者掠去。

阿托萨

暴烈的薛西斯与那些奸邪之人往来，
干出了这些事情。他们说你用枪矛
为儿子们积聚财富无数，而他却胆怯地
在宫里挥枪矛，丝毫未增加先辈的财富。
他常常听见邪恶之人这样责备他，
才决心建造那条通道，向希腊进军。

大流士

他们因此干出了这种骇人的、
令人永远难忘记的愚蠢事情，
苏萨城从未经受过这样的凄凉，
自从主神宙斯赐我们荣耀，
让养育羊群的全亚细亚大地
归一人统治，由他执掌权杖。
第一位军事统帅是那墨多斯①，
他的儿子完成了父亲的事业，
因为他善于让理智支配心灵。
他之后第三位国君是幸运的居鲁士，
他掌权统治时给人民带来和平。
他占领了吕底亚和弗律基亚，
用暴力征服了整个伊奥尼亚②。
神明从不憎恶他，因为他聪慧。
居鲁士之子成为第四位统帅③，

---

① 历史上查无此人。

② 居鲁士于公元前 558—前 529 年在位。此处“征服伊奥尼亚”指征服居住在小亚细亚的希腊人。

③ 指冈比西斯，公元前 529—前 522 年在位。

第五位统治者是马尔多斯①,乃国家
和古老朝廷的耻辱。他被高贵的
阿尔塔弗涅斯和朋友们一起密谋,
杀死在宫里,尽了他们的责任。
（第六位是马拉菲斯,第七位是阿尔塔弗涅斯）②。
我拈得了阄,那正合我的愿望③,
我也曾率领大军不断征讨,
但未让国家遭受这样的灾难。
我儿薛西斯正值年轻气盛,
把我的教诲忘得一干二净。
你们都清楚,我的同龄人啊,
在我们掌握国家权力的时候,
我们从没有造成这样的灾难。

歌队长

大流士王上,你这些话是何意?
想导出什么结果? 波斯人民
怎样才能摆脱目前的灾难?

大流士

你们对希腊切勿再发动战争,
不管米底亚人的军队多么强大。
他们的国土就是他们的盟军。

---

① 马尔多斯是巴提兹特斯的变名,他冒冈比西斯之弟斯墨尔狄斯之名篡得王位。

② 波斯历史上并无此二位国王,大流士在冈比西斯之后接位。当时共有七位贵族共谋杀死巴提兹特斯,也许这里原指第六位和第七位谋杀者。由此,此行或为假冒,或原文此处有残缺。

③ 大流士是七位共谋者之一。共谋者用拈阄方式决定谁享有王位,结果大流士拈得。

歌队长

你怎么这样说？国土怎么战斗？

大流士

它能用饥饿杀死无数军队。

歌队长

我们可以遴选精锐的军队。

大流士

就是现在留守希腊的军队①，
也不可能安全地归返故乡。

歌队长

你说什么？蛮族人的军队全都
不可能从欧洲越过那赫勒海峡？

大流士

只有很少可能生还，如果我们
应相信神示，看看目前的现实：
神示非有的应验，有的不应验。
既然如此，他留下精良的军队，
也是让自己相信了空洞的希望。
那军队留在阿索波斯河水灌溉的
原野，流水使波奥提亚变肥沃。
他们在那里会遭受巨大的损失，
惩罚他们的傲慢和亵渎行为，

① 波斯军队被击溃退却时，仍留下三十万军队由马多尼奥斯率领，驻守希腊。

因为他们去到希腊国土后，
竟然抢劫神像，焚毁庙宇，
祭坛被彻底捣毁，神明们的雕像
从座基被推翻，混乱地倒在地上。
他们如此作孽，遭到的惩罚
同样严厉，有许多正等待他们，
苦难的源泉尚未枯竭，正流淌。
多里斯人的矛尖下的巨大血祭
将会出现在普拉泰亚①的大地上，
一堆堆尸体将会用人的鲜血
给第三代后人进行无声的告诫：
凡人切不可自作聪明过分。
高傲开花会结出灾难的穗子，
夏季收获的只能是巨大的悲伤。
你们看见了对高傲行为的惩罚，
现在请你们记住雅典人和希腊，
任何人都不要鄙视现有的幸福，
贪求他人的幸福会更多地遭殃。
宙斯是无情的惩罚者，严厉的判官，
他无情地惩罚心灵傲慢的人。
因此请你运用自己的丰富智慧，
用有益的劝告规劝我那个儿子，
要他放弃狂傲，避免遭神谴责。
现在请你，薛西斯的慈祥的老母啊，
进宫去取件高贵得体的服装，
拿来迎接儿子，因为他由于
悲痛遭到的失败，已把他那身

① 普拉泰亚在波奥尼亚境内，马多尼奥斯的军队于公元前 479 年在那里被击溃。“多里斯人”指斯巴达人。斯巴达人在那次战斗中发挥了重要作用。

斑斓的绣花王袍扯成碎片。
并请你对他耐心地好言相劝,
因为我知道,他只愿听从你一人。
我现在就要返回地下的昏暗里。
再见,长老们,愿你们虽然遭不幸,
但仍能让心灵时时享受欢乐,
因为财富对于亡故者毫无用处。
(大流士的魂灵隐退)

歌　队

蛮族人业已遭受和还会遭受
多少苦难啊,我听了实在痛苦。

阿托萨

神明啊,这许多如此沉重的苦难
一起袭向我,最最令我伤心的是
我听说儿子现在竟衣不蔽体,
身上披裹着不体面的破烂衣服。
我现在就进宫去,从里面取来
得体的王袍,为迎接我的儿子。
我们不能在亲人患难时将他抛弃。
(阿托萨下,进宫)

（七）

第三合唱歌

歌　队

（第一曲首节）

天哪，我们曾经享受过
美好、高尚的国家生活，
　　当那仁慈、善良的、
　　战争中无坚不摧的、
　　与不朽的神明同尊的
　　先王大流士统治国家时。

（第一曲次节）

昔日我们东征西讨，
威名盖世，以坚如堡垒的
　　王法治理全邦国，
　　将士们从战场归返，
　　全不知艰辛和痛苦，
得胜凯旋返家园。

（第二曲首节）

国王从未渡过哈吕斯河①，
从未离开过宫廷社灶，
便占领过那么多城市：
如斯特律蒙河入海处，
阿克洛伊得斯诸城邦，
特拉克人的居地的近邻②；

（第二曲次节）
又如那位于大海那边，
城垣护卫的陆上城邦
也都顺从国王的统治，
和位于赫勒的宽阔海峡旁的
诸城市，普罗蓬提斯海③，
蓬托斯海④入口处的辽阔地域；

（第三曲首节）
还有那海中的陆岸⑤近旁
众岛屿，被荡漾的海水拍击，
距我们居住的大陆不远，
有勒斯博斯和适宜种植
常青橄榄的萨摩斯、希奥斯
和那帕罗斯、纳克索斯、
米科诺斯与特诺斯岛
相距不远的安德罗斯。

---

① 哈吕斯河由东向西流经小亚细亚北部，然后向北注入黑海。
② 第866—870行及以下的第871—875、876—880行原文为四行。
③ 普罗蓬提斯海或译前海，即今马尔马拉海。
④ 蓬托斯海即今黑海。
⑤ “海中陆岸”指伸入爱琴海中的小亚细亚半岛。

（第三曲次节）
国王还拥有近海各岛屿，
横卧于两块大陆之间，
利姆诺斯、伊卡罗斯坠海处①
以及罗得斯、克涅多斯、
库普罗斯城邦帕福斯、
索洛斯和萨拉弥斯，
与现在成为我们无数
悲痛的根源的同名城市。

（末曲）
希腊人的伊奥尼亚地区的
人口众多的富裕城市，
也由国王如意地统治。
他拥有一支不朽的军队，
由无数武装精良的将士
和各地招募的盟军组成。
现在我们无疑遭受到
天神遣来的相反的厄运，
海战遭受的严重打击
使我们在这场战争中
　　彻底被制伏。

① 第886—890行及以下的第891—895、896—900行原文为四行。

（八）

退　场

（薛西斯带少数残兵败将上）

薛西斯

啊，天哪，天哪，我真不幸，
遭受了如此可怕的沉重打击，
这是残酷的天神无情地惩罚
波斯种族。我还需怎样忍受？
现在我的双膝已软瘫无力。
当我看见这些同龄的国民，
宙斯啊，但愿我当时曾同那些
倒在战场的人们一起，
　　早已被死神埋葬。

歌队长

国王啊，我们惋惜高尚的军队，
惋惜波斯帝国往日的荣光，
惋惜那些优秀的将士，
　　他们已被恶神杀死。

（引曲）

大地哭悼它生育的青年，
他们为薛西斯丧失了性命，
冥间充满了波斯亡魂。
许多将士，国家的花朵，
挽弓射箭的能手，无数个，
千千万万的人被杀死。
啊，可怜哪，勇敢的人们！
一国之主啊，看亚细亚大地，
可怕啊，可怕啊，
　　已经屈下膝头。

薛西斯

　　（第一曲首节）
啊，我是一个可怜人，
我生来就是个不幸人，
　　民族、国家的灾难。

歌　队

为迎接你的归来，
我要发出不祥的呼唤，
我要发出凄惨的悲恸，
　　用马里安迪诺伊人①的悼亡曲，
我要发出，我要发出
　　饱含泪水的哭喊。

薛西斯

　　（第一曲次节）
啊，你们悲惨地呼喊吧，

① 马里安迪诺伊人居住在小亚细亚西北部、黑海岸边的比提尼亚地区。

你们凄怆、哀戚地呼喊吧，
　　这是神明报复我。

歌　队

我这就悲痛地哭泣，
哭泣你的种种不幸，
哭泣海上遭受的苦难，
　　哭泣悲怆的国家的男儿们，
我要悲哭，我要悲哭，
　　充满泪水的哭悼。

薛西斯

　　（第二曲首节）
伊奥尼亚人①杀了他们，
伊奥尼亚人的舰队，
决定胜负的阿瑞斯，
他们在昏暗的海上和岸滩，
　　宰杀了不幸的人们。

歌　队

快哭吧，快向他打听一切。
你的其他朋友在哪里？
你的亲近将领在哪里？
例如法兰达克斯、苏萨斯、
佩拉贡、多塔马斯、阿拉达巴塔斯、
普萨弥斯、阿格巴塔纳的苏西斯卡涅斯，
　　你把他们留在哪里？

---

①　泛指希腊人。

薛西斯

（第二曲次节）

他们已经被杀死，
从提尔①海船落水，
我把他们留在
萨拉弥斯海边任意沉浮，
撞击坚硬的岩壁。

歌　队

你的法尔努科斯在哪里？
勇敢的阿里奥马尔多斯在哪里？
修阿尔克斯国王在哪里？
还有高贵的利莱奥斯、
门菲斯、塔律比斯、马西特拉斯、
阿尔滕巴瑞斯和许斯特克马斯，
请说说他们又在哪里？

薛西斯

（第三曲首节）

啊，啊，不幸啊！
他们遥望那古老的雅典，
可憎的雅典，仅仅一次打击，
天哪，便全都可怜地躺在海滩抽搐。

歌　队

你是不是把那个波斯人，

① 提尔是腓尼基古城，位于地中海岸边。

你的忠诚的耳目之官[1],
千百万雄师的计数者,
巴塔诺科斯之子阿尔皮斯托斯,
[……][2]
把塞萨墨斯之子、墨伽巴特斯之子、
帕尔托斯、伟大的奥伊巴瑞斯
丢在那里,丢在那里?
啊,啊,可怜啊!
你是在向高贵的波斯人叙说这无穷的灾难[3]。

薛西斯

(第三曲次节)
啊,啊,不幸啊!
你激起我怀念我那些
勇敢的同伴,提起这无穷的灾难。
啊,我的心在胸中为不幸人痛苦地悲伤。

歌　队

我们还思念其他将领,
有统率上万马尔多伊人的
克珊特斯、好战的安卡瑞斯
和狄艾克西斯、阿尔萨克斯,
两位著名的马队统领,
还有克格达达斯、吕提姆那斯,
对矛枪从不厌倦的托尔马斯。
我感到奇怪,我感到奇怪,

---

① 波斯国王设有此官职,向国王报告听到的一切消息。
② 原文此处残缺。
③ 第986—990行原文为四行。

在你的车辇周围，
我看不见他们，不见他们随后。

薛西斯

（第四曲首节）

因为这些将领全都离去了。

歌　队

他们离去了，啊，不光彩的离去。

薛西斯

啊，啊，不幸啊，不幸啊！

歌　队

啊，啊，神明们啊，
你们遣来这意外的灾难，
　阿塔注视着它降下。

薛西斯

（第四曲次节）

厄运打击了我们，永世难忘。

歌　队

厄运打击了我们，啊，显而易见。

薛西斯

啊，啊，不幸啊，不幸啊！

歌　队

我们在不利的时机，

陷入与伊奥尼亚海军的战斗，
　　不利于波斯人的战斗。

薛西斯

　　（第五曲首节）
一场不利于波斯人的战斗，
使我损失了庞大的军队。

歌　队

不仅如此，还损失了波斯帝国。

薛西斯

请看这就是我的王袍的残余。

歌　队

我看见，我看见。

薛西斯

还有这箭袋——①

歌　队

你说还剩下什么？

薛西斯

一只装箭的口袋。

歌　队

那许多东西，只剩下一点点。

---

① 第1016—1020行原文为四行。

薛西斯

我们失去了军队。

歌　队

伊奥尼亚人不畏惧战斗。

薛西斯

（第五曲次节）
伊奥尼亚人作战很勇敢，
我未想到这意外的灾难。

歌　队

你这是说我们的海军的倾覆？

薛西斯

灾难临头，我撕破了这身王袍。①

歌　队

不幸啊，不幸啊！

薛西斯

一场灾难。

歌　队

两倍、三倍的灾难。

---

① 第 1026—1030 行原文为四行。

薛西斯

敌人高兴得发狂。

歌　队

我们的强大军队被击溃。

薛西斯

我失去了所有的随从。

歌　队

海战失败,失去了朋友。

薛西斯

（第六曲首节）

哭吧,哭泣这灾难,哭着回家去!

歌　队

啊,不幸啊！啊,不幸啊!

薛西斯

请用哭泣回答我的哭泣。

歌　队

痛苦人给痛苦人的痛苦礼物。

薛西斯

痛哭吧,和我同声痛哭。

歌　队

啊呀,啊呀!

啊,这沉重的苦难,
啊,这深沉的悲哀!

薛西斯

（第六曲次节）
哭吧,捶胸痛哭吧,快为我悲哭!

歌　队

啊,我泪水如注地痛哭。

薛西斯

快用哭泣回答我的哭泣。

歌　队

我的主上啊,我正在悲恸哭泣。

薛西斯

哭泣吧,现在请放声痛哭。

歌　队

啊呀,啊呀!
啊,捶打黑色的胸膛,
啊,呻吟着不断捶击!

薛西斯

（第七曲首节）
捶胸痛哭吧,用密西亚音调呼喊。

歌　队

啊,痛苦啊!啊,痛苦啊!

薛西斯

扯乱你们的灰白胡须。

歌　队

我们正哭泣着扯乱它。

薛西斯

快尖声呼喊着哭泣！

歌　队

我们正尖声呼喊哭泣。

薛西斯

（第七曲次节）

快伸手撕破胸前的衣服。

歌　队

啊，痛苦啊！啊，痛苦啊！

薛西斯

快扯乱头发悲悼军队。

歌　队

我们正哭泣着扯乱它。

薛西斯

快哭湿你们的双眼。

歌　队

我们正把双眼哭湿。

薛西斯

（末曲）

请用哭泣回答我的哭泣。

歌　队

啊，不幸啊！啊，不幸啊！

薛西斯

大声哭泣着回家去吧！

歌　队

啊，啊，波斯大地行路难①。

薛西斯

让你们的哭声响彻城市。

歌　队

让哭声响彻城市，啊，啊！

薛西斯

请你们放声哭泣，轻移步履。

歌　队

啊，啊，波斯大地行路难。

薛西斯

啊，啊，那些死在三排桨船上的将士啊！

---

① 后半行疑为伪作。第 1066—1070 行原文为四行。

歌　队

我悲戚地哭泣着伴你回宫去!

(歌队伴薛西斯回宫,众下)

普罗米修斯

埃斯库罗斯 著

王焕生 译

场次

8 第三合唱歌

第 887—906 行

9 退 场

第 907—1093 行

人物

威力神

暴力神

赫菲斯托斯

火神兼匠神

普罗米修斯

以宙斯为首的奥林波斯神系之前的提坦神[①]

歌队

由奥克阿诺斯的女儿们组成

奥克阿诺斯

提坦，长河神[②]

---

① 普罗米修斯是伊阿佩托斯和忒弥斯之子。忒弥斯是天神乌拉诺斯和地母盖娅的女儿，一位提坦女神，司法律、秩序、预言等。一说普罗米修斯是伊阿佩托斯和克吕墨涅或阿西娅的儿子。埃斯库罗斯持前说。“普罗米修斯”名本意为“预知”，因为普罗米修斯有预言能力，能预知未来。

② “长河”指环绕大地的水流。古代希腊人认为大地如一块圆饼，周围为水流环绕，这水流称为奥克阿诺斯。后代西方语言中“洋”一词即由此而来。

伊奥

阿尔戈斯王伊纳科斯的女儿

赫尔墨斯

神使

地 点

高加索山

时 间

神话时代

（一）
开　场

（威力神和暴力神押解普罗米修斯上，赫菲斯托斯手持铁锤、铁链等随上）

威力神

我们终于来到这大地遥远的去处，
斯基泰人①的地域，渺无人烟的荒漠。
赫菲斯托斯，现在你须得执行命令，
那是父亲②对你的嘱托，要你把他，
这狂妄的家伙，钉上高峻陡峭的山崖，
用坚牢的金属③制成的镣铐，无法摆脱，
因为他竟然把你的宝物，那适用于
各种技艺的火焰光辉盗取给人类。
为这罪过，他理应遭受天神们的惩处，
让他从而学会应该服从宙斯的
无限权力，不再做袒护人类的事情。

---

① 斯基泰人居住在黑海东北部，里海以西，顿河下游一带，游牧。古希腊人把此处视为大地的极远尽头。

② “父亲”指宙斯。宙斯为众神之父，赫菲斯托斯由宙斯和赫拉生。

③ “坚牢的金属”或译为“铁”，原意为“一种不可摧毁的物质”，指铁等。有解为“金刚石”，后代西方语言中“金刚石”一词即由此而来。

赫菲斯托斯

威力神和暴力神啊,宙斯给你们的命令
你们业已完成,再不会有什么阻梗,
而我却于心不忍,把一位同宗神明[1]
强暴地交给这寒风呼啸的绝壁。
可是我又不得不鼓起勇气去执行,
蔑视父亲的指令是件严重的事情。

(对普罗米修斯)

善作规劝的忒弥斯的高傲儿子啊[2],
我将悖逆你我的心愿,用铜链[3]缚住你,
把你钉上这块荒无人迹的绝壁,
你会再也听不到任何人声,看不见
任何人影,烈日的火焰会把你烤焦,
改变你皮肤的颜色,能给你欢乐的只有
衣袍灿烂[4]的暗夜,将为你遮住日光,
和那朝阳,将为你重新驱除晨霜。
你面临的沉重灾难会一直把你折磨,
因为你的解救人至今还没有降世。
你遭受这些惩罚,只因为你爱护人类,
你自己也是位神明,竟不怕众神愤怒,
把神明们的荣耀送给凡人,违反常律,
因此得守卫这不能给人快乐的悬崖,
垂直地站立,不得睡觉,也不能弯膝;
你将会发出许多无谓的嗟怨和感叹,
须知宙斯的心智不会被请求感动,

---

① 按照神谱,赫菲斯托斯是普罗米修斯的晚辈。

② 赫菲斯托斯惋惜普罗米修斯虽由忒弥斯所生,但做事鲁莽。

③ “铜链”也可泛指镣铐。

④ “衣袍灿烂”指夜空璀璨的繁星。

所有新的得势者都那样严厉凶残①。

威力神

就算是这样！那你为什么还在拖延？
为什么不厌恶这位与众神为敌的神明？
尽管他曾经把你的圣物偷赠给人类。

赫菲斯托斯

亲缘关系或共同的生活力量强大。

威力神

我赞同你的看法，可是又怎能不听从
天父的命令？你不认为那样更可怕？

赫菲斯托斯

你总是那样强暴，那样冷酷无情。

威力神

你为他吟唱挽歌全然是徒劳无益，
不要枉然地为无谓的事情白费辛苦。

赫菲斯托斯

啊，这行实在可恨之至的手艺啊！

威力神

你为什么憎恶你的手艺？实在说来，
你眼前的烦恼并非由于你的技艺。

---

① 指宙斯在众神帮助下，推翻其父克罗诺斯的统治，成为天界的统治者。

赫菲斯托斯

但愿它曾被注定由哪位别的神操持！

威力神

所有的手艺都这样，除非统治众神明，
任何人都不能自由自在，除了那宙斯。

赫菲斯托斯

这些我知道，我完全同意你的高论。

威力神

那你还不赶紧用镣铐把他缚住，
免得天父看见你在这里拖延时辰。

赫菲斯托斯

你看，这里手铐业已准备就绪。

威力神

把镣铐套上他的手腕，举起铁锤，
使劲敲打，把他牢牢地钉上山崖。

（威力神和暴力神按住普罗米修斯的手脚，赫菲斯托斯开始把普罗米修斯钉上悬崖）

赫菲斯托斯

正在进行这工作，没有任何延宕。

威力神

再锤重一些，把他钉紧，不得松弛，
因为他神通广大，能够绝处寻生路。

赫菲斯托斯

他的这只手已经被紧紧钉住难挣脱。

威力神

现在再把这只手用镣环牢钉紧，
让他知道他诚然聪明，仍不及宙斯。

赫菲斯托斯

除他之外，谁也不可能把我责备。

威力神

现在把这金属楔子的无情尖齿
一直穿过他的胸膛，牢牢地钉住。

赫菲斯托斯

普罗米修斯啊，我叹息你受的痛苦。

威力神

你怎么又在拖延，为宙斯的敌人叹息？
当心你会有一天，不得不为自己悲叹！

赫菲斯托斯

你看面前这景象，真是惨不忍睹！

威力神

我看他受这些报应是罪有应得。
现在把这些链子缚在他的腰间。

赫菲斯托斯

我被迫干这些事情，不要再紧紧催逼。

威力神

我还要这样命令，还要这样吼叫，
你快下来，使劲缚住他的双膝！

赫菲斯托斯

这件事情已经做完，不太费功夫。

威力神

现在把这脚镣的钉子使劲钉牢，
因为这些工作的检查者甚是严厉。

赫菲斯托斯

你说出的话语与你的面容很相似。

威力神

你自己尽管心肠软弱，请勿指责我，
说我一向骄纵自负，冷酷无情。

赫菲斯托斯

让我们走吧，已经铐牢他的手脚。
（赫菲斯托斯下）

威力神

（对普罗米修斯）
现在你就在这里骄矜，把盗得众神的
神圣宝物交给转瞬即逝的人类吧，
可那些凡人难道曾帮你减轻痛苦？

神明们徒然把你称作普罗米修斯①,
因为你自己倒确实需要一个先知,
知道怎样才能摆脱眼下这锁链。
　　(威力神和暴力神下)

普罗米修斯

啊,晴明的苍穹,翅膀迅捷的和风,
江河的源泉,辽阔大海的万顷波涛
发出的无数笑语啊,众生之母大地
和普照的太阳的光轮,我向你们呼吁,
　　请看看我身为神明,却遭众神迫害!

请你们看哪,我正在忍受
怎样的凌辱,需要忍耐,
需要忍耐千万年时光。
这就是神明们的新主宰
　　为我构想的可耻的禁锢。
啊,啊,我为这眼前的和未来的
苦难悲叹,应该何时,又该在何方,
　　这些灾难才会有尽头?
然而我为何嗟叹?我能够清楚地预知
一切未来的事情,决不会有什么灾难
意外地降临于我。我应该心境泰然地
承受注定的命运,既然我清楚地知道,
定数乃是一种不可抗拒的力量。
然而无论是诉说我的遭遇,或者缄默,
都是何等难啊,只因为我把神界的宝物
赠给人类,才陷入如此不幸的苦难。

---

① “普罗米修斯”一词的本义为“先知者”,这里嘲讽他并无预知能力。

我曾窃取火焰的种源，把它藏在
茴香杆[①]里，这火种对于人类乃是
一切技艺的导师和伟大的获取手段。
我现在就由于这些罪过遭受惩罚，
被钉在这里，囚禁在这开阔的天空下。
　　啊，啊！哎呀，哎呀！
什么声音？隐隐有什么香气飘向我？
来自神明或凡人，或来自半人半神[②]？
它来到这遥遥天涯绝壁，是想为我的
苦难作见证，还是另有其他图谋？
你们请看我这位被束缚的不幸的神明，
宙斯的敌人，受全体神明憎恶的天神，
由于受到所有经常进入宙斯的
　　宏伟宫阙的神明的憎恨，
　　只因为我太热爱凡人。
啊，啊，我又听见身旁有声响，
是飞鸟鼓翼？苍空受飞翔的羽翼
轻轻拍击，发出索索的声响。
　　不管是什么前来，都使我惊颤。

① 茴香在古代希腊很普遍，其杆长而坚硬，可引火。此语有解作“芦杆”。
② “半人半神”指天神和凡人生的后代。

（二）

进场歌

（由长河神奥克阿诺斯的女儿们组成的歌队乘飞车由空中进场）

歌　队

（第一曲首节）

请不要惊惶，我们姐妹
乃心怀好意，舒展双翼，
迅速地飞翔，竞相来到
这悬崖跟前，勉强才把
父亲的心灵说动获允准。
急速的气流把我①吹送来这里，
因为铁锤撞击的回响
直传进海幽洞府深处，
即刻惊走了我那贞淑的娇羞，
驾起捷驰的飞车，屐履未就。

普罗米修斯

啊呀！啊呀！

---

① 此处“我”原文为单数，可能指歌队长，也可理解为整个歌队。

多子女的特提斯的女儿①，
以湍湍不息的水流环绕
整个大地的奥克阿诺斯的
　　列位爱女，
你们看哪，请看我被
囚禁在怎样一座牢狱，
被钉在悬崖绝壁高处，
　　充当可怜的守护。

歌　队

　　（第一曲次节）
我看见，普罗米修斯。
迷雾蒙住了我的双眸，
一片惶惧，泪水盈溢，
当我望见你那身体
被缚悬崖，枯槁又憔悴，
忍受这条条锁链的锁禁受凌辱。
现在是一些新的掌舵人，
由他掌管奥林波斯，
宙斯新立法规，专横地统治，
憎恨昔日神灵那残暴的权力②。

普罗米修斯

但愿他把我抛入地下，抛入

---

① 据说特提斯生有四十一个儿女，是各海神和海中神女的母亲。

② 指宙斯的父亲克罗诺斯的权力。克罗诺斯从预言中得知自己的统治将会被自己的儿女推翻，因此他在自己的子女出生后，便把他们一个个吞进肚里，只有宙斯得救，因为母亲瑞娅在生下他后，用一块石头放在襁褓里，让克罗诺斯误作婴儿吞下。宙斯长大后推翻克罗诺斯的统治，并迫使他把吞下的儿女吐了出来。克罗诺斯和其他提坦神一起被打入地下深处的塔尔塔罗斯深坑。

接待死者的哈得斯的昏暗的、
昏暗的塔尔塔罗斯，
残忍地给我戴上坚牢的镣铐，
使得任何天神或凡人
都不能观赏这惨景。
如今我不幸地在空中飘荡，
　　我受苦，让敌人欢笑。

歌　队

　　（第二曲首节）
是哪位神明如此心狠[1]，
竟为你的苦难而欣喜，
谁不为你的这些苦难
而共同怨愤？除了那宙斯，他的心
总是那样顽梗，暴烈地
压制乌拉诺斯宗系，
他绝不会停止这
残暴统治，除非他自己感到餍足或是有人
用暴力夺去那难以夺取的权力。

普罗米修斯

尽管我现在忍受沉重的折磨，
戴着坚固的脚镣忍受凌辱，
常乐的众神明的首领终会需要我
给他指出新的预谋，那预谋
会使他失去享有的王权和宝座。
无论他采用什么花言巧语，
都不会把我说服，无论他用

① 第140—160行，勒伯版如此标行。各版本分行不尽一致。

如何强硬的威胁都不会
使我屈服，除非他
愿解除用这残忍的镣铐
对我的惩罚，并愿为
　　我遭受的这些凌辱作偿付。

歌　队

　　（第二曲次节）
你真勇敢，不愿屈服于
这些严酷而难忍的苦难，
说话仍这样自由无忌。
揪心的恐惧袭扰着我的心灵，
为你的遭遇惶恐惊忧，
你忍受的这许多苦难，
何时才可见到
它们的尽头？克罗诺斯之子性情暴虐，
有一颗不为请求感动的心灵。

普罗米修斯

我知道宙斯暴戾，认为自己的意志
就是法律，但我相信总会有一天，
他的性格会
变温和，那是在他遭受打击之后。
他会平息自己强烈的怨怒，
热情地前来与我和好结友谊，
　　我也会热情地欢迎他。

（三）

第一场

歌队长

请把实情告诉我们，详细吐露，
宙斯为何把你缚住，以何罪名，
让你如此忍受折磨，受屈蒙辱。
请讲吧，如果没什么妨碍你叙说。

普罗米修斯

叙说那些事情令我感到痛苦，
缄默也痛苦，无论怎样都令我痛心①。
想当初神明们出现强烈的怨怒，
彼此间发生激烈的骚动纷争，
一些神明企图把克罗诺斯推下宝座，
拥宙斯为王，另一些神明意见相左，
极力反对由宙斯为首统治众神明，
这时我心怀善意相劝，企图说服
众提坦神，乌拉诺斯和赫同的儿女②，

① 第196—200行原文为六行。
② 赫同即地神盖娅，据说他们共有六男六女。

但我们的劝告未被听取。提坦们蔑视
机巧的计谋,仗恃自己心灵强勇,
以为可以轻易地靠武力夺取权力。
母亲忒弥斯,她又名盖娅①,因为她一身
兼有许多个名号,曾经不止一次地
向我预言未来,事情会有怎样结果:
获取这场斗争的胜利不是靠力量
和强大的暴力,而是需要使用计谋。
我曾把这些告诉他们,对他们细说,
他们却不屑一听,认为不值得一顾。
于是我认为,面对当时事态的发展,
最好的抉择显然是同我母亲一起,
去帮助宙斯,他欢迎,我们也愿意。
由于我的计谋,塔尔塔罗斯的幽暗
而深邃的地穴囚禁了年迈的克罗诺斯
和那些同他一起战斗的众神明。
众神之王得到我如此巨大的帮助,
现在却用如此残酷的惩罚回报我。
看来这是所有暴君的通病:
不相信自己的朋友。
你们询问,宙斯凭我的什么过失,
如此凌辱我,我这就给你们详细诉说。
宙斯一登上他父亲那为王的宝座,
便立即对各个神明一一论功行赏,
奖赏光辉的礼物,分配给他们权力,
但他对那些处于不幸中的凡人
却弃之不顾,甚至企图彻底消灭
整个人类,重新繁衍新的种族。

---

① 传说一般把忒弥斯作为盖娅的女儿。

除我而外，谁也不反对他这图谋。
唯独我有这胆量，决心拯救人类，
使他们不必前往哈得斯，遭受毁灭。
为此我现在遭受如此沉重的折磨，
真令人痛苦不堪，惨不忍睹。
我怜悯那些会死的凡人，自己却得到
不应得到的对待，然而我如此遭受
残忍的折磨，宙斯的名誉却会受损。

歌队长

普罗米修斯，对你遭受的这些苦难，
不表同情的人定然是铁石心肠。
但愿我看不见你遭受这些苦难，
我一见便心中怜悯，无限悲伤。

普罗米修斯

在朋友们看来我的景象确实可怜。

歌队长

除此而外你没有犯什么其他过错？

普罗米修斯

我还让会死的凡人不再预见死亡。

歌队长

你为治疗这疾病找到什么良药？

普罗米修斯

我把盲目的希望放进他们的胸膛。

歌队长

你给予了凡人如此巨大的好处。

普罗米修斯

不仅如此，我还把火赠给了他们。

歌队长

那生命短暂的凡人也有了明亮的火焰？

普罗米修斯

凡人借助火焰将学会许多技能。

歌队长

宙斯以这些罪过把你——

普罗米修斯

他因此这样凌辱我，永远不让我脱离苦难。

歌队长

难道对你的这种惩罚没有定时限？

普罗米修斯

没有，除非到了他认为合适的时候。

歌队长

他要怎样才认为合适？你有什么希望？
你不认为你有罪吗？可说你有罪，
会使我心中不快，也会使你忧伤，
还是让我们寻找办法摆脱这苦难。

普罗米修斯

身在苦难之外，对身陷苦难之人
进行告诫和劝慰，这事容易做到。
我完全清楚地知道我所做的一切，
我是自觉地，自觉地犯罪，我不否认。
我帮助人类，却为自己招来苦难。
我可未曾想到，我由于这些罪过，
就得在这高耸的山间被折磨消损，
被缚到这块荒凉寂寞的巨大悬崖。
现在请不要为我面临的苦难忧伤，
请你们降到地上，听我讲述未来的
各种事情，让你们知道一切详情。
请相信我，请相信我，请你们同一个
受难者一起受折磨，岂知那灾祸也会
到处漫游，由一处走到另一处地方。

歌队长

普罗米修斯，你发出的召唤
　　我们很愿意听取。
我现在就轻轻迈步，离开那
疾驰的飞车和洁净的苍穹，
飞鸟的途径，来到这
崎岖不平的地面，希望能
　　详细倾听你的苦难。
　　（歌队走下飞车，进入歌舞场；奥克阿诺斯乘飞马上）

奥克阿诺斯

我经过长途跋涉到尽头，
普罗米修斯，终于来到你跟前，

驾着这匹展翅翱翔的飞鸟①，
只用思想驾驭，不用缰辔，
请相信，我同情你的苦难。
我看是亲缘之情②如此强烈地
　　逼迫我前来；
即使没有这亲情，我尊敬你
也超过尊敬任何其他的神明。
你会知道，我这话一片挚诚，
我从不会献媚奉承。来吧，
请告诉我，应该怎样帮助你。
你会承认，没有哪个朋友
　　比我奥克阿诺斯更加忠实。

普罗米修斯

啊，我看见什么奇迹？你也前来
观看我蒙受的苦难？你怎么胆敢离开
以你的名字命名的流水，离开那石拱的、
天然形成的洞穴，来到这块土地，
产铁的地方③？你前来这里是为了探察
我的遭遇，一起为我的苦难悲伤？
请看我的形象，本是宙斯的朋友，
曾经帮助他一起建立统治权力，
现在却不得不忍受他的严酷惩罚。

奥克阿诺斯

我知道，普罗米修斯，你本人机敏，

---

① “飞鸟”指生翼的飞马。水中神明常驾这种如鸟的飞马代步。
② 奥克阿诺斯也是天神和地母的儿子。
③ “产铁的地方”原文为“铁的母亲”。

但我仍想自信地提出有益的忠告。
你要认识自己，采取新的方式，
因为现今是新的王者统治众神明。
如果你继续这样说话尖酸刻薄，
宙斯也许会听见你的这些话语，
虽然他远远地高居天庭，若是那样，
你现在忍受的苦难便会如儿戏一般。
你这不幸的神啊，请平息胸中的怒火，
暂且寻求办法，如何摆脱这苦难。
你也许觉得我这番话是老生常谈，
可是，普罗米修斯，眼前这些苦难
无疑是对你说话过分傲慢的惩罚。
你现在还没有屈服，不想对不幸让步，
还在向现有的不幸增加新的苦难。
请你认真听取我的忠告①，切不可
把腿脚踢向刺棒，既然你也知道，
现今是权力不受约束的暴君当政。
我想现在前去，不妨尝试一番②，
看能否帮助你解脱眼下的苦难。
你要安静，说话不可过分放肆！
你是否还不明白，尽管你聪明绝顶，
缺乏理智的话语往往会招来惩罚？

普罗米修斯

我真赞赏你，因为你胆敢前来
与我分忧解难，又不招惹责罚③。

---

① “听取我的忠告”原文为“把我当做教师”。
② 指前去向宙斯求情。
③ 有人把“与我分忧解难”一语理解为曾与普罗米修斯同谋，反对宙斯。

现在随它去吧，你不必费心劳神！
你不可能劝动他，他并非可劝动之人。
当心你自己不要因此招致祸患。

奥克阿诺斯

你更善于劝告别人，而不是自己，
我凭事实而不是语言，如此判断。
我已决意前去，谁也不要阻拦。
我敢断言，我敢断言宙斯会给我
这个情面，让你解脱目前的苦难。

普罗米修斯

我感谢你，永远铭记你的用心，
因为你充满一片热诚。但请不要
再费心劳神，那样对我毫无帮助，
你也会白费辛劳，尽管你愿意效力。
请你回避，不要涉及这件事情，
因为尽管我自己遭受不幸，我却
不愿让许多人为此也遭受祸殃。
不，决不能这样，同胞兄弟的遭遇
令我伤心，君不见阿特拉斯[1]面向
西方国土，把那根分离天地的巨柱
用双肩支撑，承担着难以忍受的重负。

---

① 阿特拉斯是伊阿佩托斯和克吕墨涅或阿西娅的儿子，提坦神之一，曾参加提坦神反对宙斯的阴谋。宙斯得胜后，被罚去背分离天和地的石柱。赫拉克勒斯完成第十一件苦差事时，曾代阿特拉斯背那石柱一段时间，让后者代他取来金苹果。

当我看见居住在基利基亚①岩洞的
大地之子便心中怜悯,一个巨怪,
长着一百个脑袋,狂暴的提丰,
被暴力征服,因为他曾与众神对抗,
可怕的大嘴嗞嗞呼啸,喷吐恐惧。
他的眼睛放射出戈耳工②式的光芒,
好像要用暴力摧毁宙斯的权力。
宙斯那警觉不眠的飞器向他奔去,
雷霆由高空扑下,喷射出猛烈的火焰,
立即打掉了他的傲气,使他不敢再
吹牛夸口。他的心胸遭受打击,
立即被烧成灰烬,力量被逐出躯体。
现今他把那软弱无力的残尸伸展,
僵直地横陈在波面狭窄的大海的近旁,
被沉重地镇压在埃特纳山的根基下,
赫菲斯托斯坐在高高的山顶上锻造
熔化的铁块。有朝一日会从那里
迸发出肆虐的烈焰狂流,张开大口,
狂暴地吞噬丰饶的西西里广阔平川③。
提丰将会发出如此暴烈的狂怒,
灼热地喷射出难以接近的烈焰横溢,
虽然掷雷的宙斯已把他烧成灰烬。
你自己阅历丰富,无需我作指点。

---

① 基利基亚在小亚细亚东南部,据说百首巨怪提丰出生在那里。提丰曾同宙斯争夺统治权。据荷马说,提丰被宙斯的雷电击败后住在小亚细亚地下。(《伊利亚特》,2,783)埃斯库罗斯按另一种传说,说他被镇在西西里东北部的埃特纳火山下,从而成为火山的化身。“提丰”一词的本义即指火山喷出的烟尘。

② 戈耳工是一种长着蛇发,身上长有翅膀和脚爪的凶恶怪物,任何人被它看见便会立即变成石头。

③ 埃特纳火山曾于公元前 475 年爆发,此处诗人也许就是指那次爆发。

你还是尽你所能，好好保护自己，
我却要忍受降临于我的这种苦难，
直到宙斯心中的愤怒终于平息。

奥克阿诺斯

普罗米修斯，难道你不知道常言说，
聪明的话语乃是病态性格的良医？

普罗米修斯

如果有人能适合时宜地缓和心灵，
而且不是强制地压抑爆发的情感。

奥克阿诺斯

我如此一片热忱，如此不畏风险，
你看其中有什么害处？请给我指点。

普罗米修斯

那是一种过分的辛劳，糊涂的愚蠢。

奥克阿诺斯

那就让我犯你说的这种毛病吧，
因为大智若愚，对智者最为有利。

普罗米修斯

你的抉择会被认为是我的过错。

奥克阿诺斯

你这话显然是在打发我返身回去。

普罗米修斯

免得你为我悲伤，却招惹出仇怨。

奥克阿诺斯

是否指那个新近登上全能的宝座者？

普罗米修斯

你要当心他会突然心中发怒。

奥克阿诺斯

普罗米修斯，你的不幸就是教训。

普罗米修斯

你快走吧，回家去，保持现在的心境。

奥克阿诺斯

你这样大声催促，我也就只好离去。
我的这四足飞鸟正在鼓动双翼，
拍击着天空的平坦道途，心中向往
快快回到家中的厩舍，屈膝休息。

（奥克阿诺斯乘飞马下）

（四）

第一合唱歌

歌　队

（第一曲首节）

普罗米修斯，我悲叹你的不幸遭遇，
泪水淋漓，涌出眼帘，
有如汩汩泉水不断冲刷，
浸湿我那柔嫩的面颊。
宙斯可怕地执掌一切，
按他自己的法律统治，
对昔日众神傲慢骄矜，
炫耀他那强大的权力。

（第一曲次节）

整个大地啊，如今都在失声地悲恸，
深深地为那无比崇高、
无比古老的荣誉[……]哭泣[1]，
也为你的同宗的荣誉；
那些在神圣的亚细亚

[1] 此行有残缺，对残缺词语有不同的猜测，如有人认为是“西方人”等。

相邻土地居住的人，
也都一起在为你痛哭，
为你遭受的这些苦难。

（第二曲首节）
还有那科尔克斯居民①，
不畏战争的女子部族②，
和那斯库提亚众邻国，
拥有最为边远的国土，
在迈奥提斯湖③畔，

（第二曲次节）
和阿拉伯善战的花朵，
建造城邦于悬崖之巅，
卜居于高加索山近旁，
手举锐利的长矛呐喊，
闻名的骁勇战士。

（第三曲首节）
（我从前只见过一位神明，
忍受铁镣的残酷桎梏，
那就是被制伏的提坦，
阿特拉斯，力量无人可比拟，
双肩擎着天柱，
支撑苍穹，不住地叹息。）④

---

① 科尔克斯人住在里海东岸。
② “女子部族”指传说中的阿马宗女人部落，曾参加特洛伊战争。
③ 迈奥提斯湖即亚速海。
④ 此曲可能是后代人由其他剧本移入的。

（第三曲次节）
大海汹涌的潮流退落时，
阵阵呼啸，海渊呻吟，
哈得斯地域最幽深的去处在怨诉，
清澈的河流的泉源在哀号，
为你这沉重的苦难。

（五）
第二场

普罗米修斯

请你们不要认为我傲慢，认为我骄矜，
才这样沉默不语，岂知我思绪揪心，
每当我看见自己如此遭辱受欺凌。
现在这些新神明得到种种权力，
是靠其他的哪位神明，还是由于我？
我且不说这些，因为那样我在叙述
众所周知的事情；只请听人类承受的
种种悲苦，他们先前怎样愚昧，
我使他们具有理性，获得思想。
我并非出于讥笑，描述此前的人类，
只是想说明我为何如此给他们恩惠。
从前他们枉然视听，却视而不见，

听而不闻,如同梦幻中经常出现的
种种浮影,在浑浑噩噩之中度过
漫长的一生。既不知道用砖瓦建造
向阳的房屋,也不知道使用木料[①],
而是如同渺小的蚁群,藏身于土中,
居住在终日不见阳光的洞穴深处。
对于严寒的冬季、百花繁茂的春天
和果实累累的炎夏,他们从不知道
任何可靠的征候,而是盲目地从事
一切事情,直到我教会他们认识
各种星辰难以辨认的升起和下沉。
我为他们发明了最精深的科学数字,
为他们发明了字母的组连,各种事情的
记忆基础,各种艺术的孕育和庇护。
是我首先把野兽驾在各种轭下,
使它服从轭辕,背负各类货鞍,
好为人类承担各种巨大的重负,
还把经过调驯的马匹驾在车前,
成为享受富裕豪华生活的装饰。
不是其他哪位神明,仍是我发明了
供水手们漫游于海上的带帆的大车。
不幸的是我为人类发明了这许多技巧,
现在为自己却找不到聪明的办法,
使我摆脱现在正忍受的这种苦难。

歌队长

你承受着难忍的痛苦,心灵的迷误

① 据说雅典的木工始于代达洛斯,雅典用砖瓦造房始于欧律阿洛斯和西佩尔比奥斯,诗人把这些都视为由普罗米修斯传授。

使你陷入了迷途，有如一位庸医，
待他自己染上疾病，心中懊恼，
不知道该寻找什么良药把自己医治。

普罗米修斯

你听完我其他的发明，更会惊叹，
我构想出了怎样的技巧，怎样的技艺。
其中最重要的是，凡人一旦患病，
便无可根治，他们既没有内服的药物，
也无可敷的油膏或可饮的汤汁，只好因
缺少药物而憔悴死去，直至我
教会他们把各种柔和的药物混合，
他们才会把各种疾病一一驱除。
我又教会他们各种预言的技能，
第一个教会他们区分什么样的梦想
会成为现实，还教会他们区别各种
难以辨别的征兆和道边的种种迹象。
我教会他们分辨曲爪飞鸟的
飞行特征，哪些天然表示吉兆①，
哪些预示不吉，各种鸟类分别具有
怎样的习性，哪些鸟类互相敌视，
哪些鸟类互相亲爱，一起栖息。
我教会他们辨别内脏要如何光滑，
苦胆具有怎样的颜色，肝脏具有
怎样的斑点，才能博得神明欢心。
我把腿肉和长长的腿骨裹上肥油，
焚烧祭献，把这种难以理解的技术

---

① “吉兆”原文为“右方的”。占卜者面北而立，从右方得来的征兆为吉利，从左方得来的征兆为凶兆。“不吉”原文为“吉利”，希腊人为避忌讳，如此代言之。

教会凡人，使得往日人们不了解的
祭火的各种征兆变得清楚明了。
这些事情就是这样。至于说那些
埋藏在地下有益于人类的各种财宝，
铜、铁、白银、黄金，有谁能说是他
比我还早地发现了这些有用的宝物？
我知道无人敢说，除非他信口胡言。
如果把这一切一言以蔽之，那就是：
人类的一切技能都源于普罗米修斯。

歌队长

现在请你不要过分地帮助人类，
不关心自己可能遭受怎样的苦难。
我唯希望你能摆脱目前的桎梏，
并且也会像宙斯现在一样强大。

普罗米修斯

给一切规定终结的摩伊拉[①]没有决定
此事这样结束，只有在忍受无数的
不幸和苦难之后，我才能摆脱镣铐，
因为技艺远不及定数更有力量。

歌队长

那么谁是掌握不变的定数的舵手？

普罗米修斯

摩伊拉姊妹和好记仇怨的埃里倪斯[②]。

---

① 摩伊拉是命运女神。命运女神共三个，共同执掌定数。她们是：克洛托，纺绩命运之线；拉克西斯，分配命运；阿特罗波斯，剪断命运之线，使生命终结。

② 埃里倪斯是复仇女神，帮助命运女神惩罚违抗命运者。

歌队长

难道宙斯也不如她们强大有力量?

普罗米修斯

他也逃脱不了业已注定的命运。

歌队长

宙斯除了永远掌权,还会怎样?

普罗米修斯

你不可能打听出来,请不要追问。

歌队长

定然是什么重要秘密,你把它隐瞒。

普罗米修斯

请说说别的事情,那定数现在还不是
披露的时候,我必须把它认真掩盖,
严守秘密,只有这样我才能得救,
摆脱这些可耻的镣铐和沉重的苦难。

（六）

第二合唱歌

歌　队

（第一曲首节）

宙斯执掌万物，
　　但愿他不会施威阻挠我的愿望，
　　但愿我能永远为神明们奉献
神圣的祭品，来到[1]
父亲奥克阿诺斯的流水旁杀牛祭奠，
不会有语言冒犯，
　　愿这规则永留我心头，不会熔化[2]。

（第一曲次节）

那该是多么甜美，
　　若长久的人生能在坚定的希望中度过，
　　让心灵始终沉浸在光明的幸福和欢乐里！
但我又心中战栗，

---

① 第526—530行原文为四行。

② 以刻字的蜡板为喻。蜡板受日晒，蜡会熔化，字迹消失。第531—535行原文为三行。

看见你遭受这许多苦难[……]①
你虽不惧怕宙斯，
普罗米修斯，却按己愿太爱护人类。

（第二曲首节）
看哪，朋友，恩德如何无报应！
告诉我，谁来保护你？
生命短暂的凡人来相助？君不见
他们软弱无力，
有如虚渺的梦幻，
把那昏盲的芸芸众生在其中禁锢？
凡人的意愿永远不可能
破坏宙斯的秩序。

（第二曲次节）
看见你屈辱受苦难，普罗米修斯，
我理解了这些道理。
一种不同的曲调飞进我的耳朵，
想当年我唱的那曲调，
绕着浴室和婚床，
为你唱婚歌，你用聘礼感动我姊妹
赫西奥涅，把她领回，
做你的同衾妻子。

---

① 原文有残缺。

（七）

第三场

（伊奥上）

伊　奥

这是什么地方？什么种族？我看见
是谁被缚于山崖，身披镣铐，
　　饱受风暴？
你犯何罪受如此严厉的惩处？
请给我指点，
　　我这苦命人漂泊到何方？
哎呀，哎呀，
那牛虻又把我这不幸的人螫刺，
那是阿尔戈斯的影像，地母啊，快把它赶走！
我一看见这千眼的看牛者便心中发颤。
它带着一副狡猾的眼光前来，
它死后大地都未能把它埋葬①。
它竟然从下界出来，
追赶不幸的我，迫使我游荡，
忍饥挨饿，在那荒漠的海滩。

---

① 伊奥把牛虻视为阿尔戈斯死后的化身。

（伊奥听见牛虻鼓翼，以为是阿尔戈斯在吹芦箫，开始悲歌）

伊　奥

（悲歌首节）
蜂蜡黏合的芦箫开始鸣奏，
奏出催人入睡的清歌。
啊呀，伊奥，伊奥，这迢迢漫游，
驱赶我飘荡，将漂泊到何方？
克罗诺斯之子[1]啊，我有何过错？
为何让我，为何让我忍受
这样的苦难？啊，啊，
牛虻的追袭使我恐惧，
把不幸的我残忍地折磨得发狂？
快把我焚毁，或是埋进地下，
或是交给大海吞没作食料，
对我的这点请求，
主啊，请不要拒绝！
这漂泊，这无穷无尽的漂泊已使我
受尽痛苦，尚不知如何才能
摆脱这沉重的苦难。
（对普罗米修斯）
你听见我这个生牛角的女子的呼喊？

普罗米修斯

我怎会不听见这被牛虻追逐的少女，
伊纳科斯的女儿的呼喊？她使宙斯
燃起爱火，现在遭受赫拉憎恶，
被迫踏上这过分漫长的旅途受磨难。

---

① “克罗诺斯之子”指宙斯。

伊　奥

（悲歌次节）
你怎么会称呼我的父亲的姓名？
告诉我，你是何人受苦难？
受苦的人啊，你究系何人，竟能
正确地称呼我，我这苦命人？
你道出了这神明遣来的苦难，
这苦难使我憔悴，尖锐的针芒
把我驱赶，啊，啊，
那针芒蜇得我不停地蹦跳，
忍受挨饿的折磨，狂奔而来，
被赫拉这狠毒的计谋折磨，
世上受苦人众多，啊，啊，
谁堪与我相比拟？
请你明白地告诉我，
这苦难何时能终了，还要忍受
怎样的痛苦，有何解救的药方，
请指示，你若知晓。
快说吧，给我这飘零女子作指点。

普罗米修斯

我会如你所愿，把一切明白相告，
不编织任何暗谜，言语简单明了，
如同对亲近朋友说话应有的那样，
你看我就是普罗米修斯，送火给人类。

伊　奥

啊，你曾经惠赐人类这共同的好处，
可怜的普罗米修斯，你为何如此受惩罚？

普罗米修斯

对我的这些不幸我刚刚停止哭泣。

伊　奥

那你不可能赏赐我恳求的这点恩惠？

普罗米修斯

说吧，你要求什么，你可以询问一切。

伊　奥

请告诉我，是谁把你缚在这山崖上。

普罗米修斯

这是宙斯的意志，赫菲斯托斯的行动。

伊　奥

由于什么过错忍受这样的惩处？

普罗米修斯

我刚才给你的解释已经足够明了。

伊　奥

再请告诉我，我这漂泊何处终止，
我这苦命人的灾难何时才可终了？

普罗米修斯

你不知道比知道这些要好得多。

伊　奥

请不要对我隐瞒我将会忍受的苦难。

普罗米修斯

我并非不愿给你所要求的恩惠。

伊　奥

那你为何迟疑不把一切吐露？

普罗米修斯

我很愿意，只是怕扰乱你的心灵。

伊　奥

请不要超过我的愿望，过分关心我。

普罗米修斯

既然你希望，我只好说明，请听我说。

歌　队

（对普罗米修斯）

且慢，请让我也分享这一份愉快。
让我们首先向她打听她所承受的不幸，
让她叙述她那充满苦难的遭遇，
然后再从你那里知道其他的事情。

普罗米修斯

这是你的义务，伊奥，给她们这恩惠，
特别是因为她们是你父亲的姊妹。
当我们为自己的不幸遭遇痛哭流涕，
只要能引起聆听的人们的同情泪珠，
这样哀诉自己的痛苦倒也不白费。

伊　奥

我不知道怎样可拒绝你们的要求，
凡你们想知道的一切，我都会清楚地
向你们说明，尽管说起来会令我羞涩，
关于那神明遣来的风暴和我形体的变化，
它们怎样降临我，使我感到恐惧。
从前常有一些幻象在昏暗的夜里，
出现在我的闺房，用令人愉快的语言，
对我这样规劝："无比幸福的少女啊，
你本可以得到最最美满的姻缘，
却为何坚守处女之身？爱情之箭使宙斯
燃起对你的情火，渴望同你结合，
分享爱情的欢乐。孩子啊，请不要拒绝
宙斯的床榻，快前往勒尔涅①茂盛的草地，
去到你父亲的牛群和排排栏厩中间，
从而平息宙斯眼中的强烈欲望。"
每个令人愉快的夜晚，我总是可怜地
被这样的梦幻纠缠，后来我终于大胆地
向父亲禀告这些漫游于夜间的幻影。
父亲不断遣使前往皮托和多多纳②，
求问神意，想知道应做什么献祭
或做何祈求，才能博得神明的欢心。
使节们带回来一些谜语般的神谕，
语言模棱两可，意义含糊不清③。

---

① 勒尔涅在阿尔戈斯地区，距阿尔戈斯城不远。

② 皮托指得尔斐阿波罗神坛。多多纳在希腊西部埃皮罗斯境内，在古代是宙斯发布神示的著名圣地，那里的祭司根据橡树或山毛榉树的风声领悟宙斯的旨意。后来得尔斐阿波罗神坛逐渐取代了它的影响。

③ 祭司们发出的神示都是一些似是而非、难以捉摸的双关语。

最后伊纳科斯得到明确的宣示，
那神谕清清楚楚地向他昭示，
要求把我逐出家门和故乡土地，
让我自由地漂泊到大地最遥远的地方。
如果他不愿意，便会由宙斯飞来
熊焰如火的雷电，把整个家族毁灭。
父亲遵从洛克西阿斯①的所有旨意，
把我逐出家园，家门从此对我紧闭，
父女俩都不情愿，无奈宙斯的意志
强行逼迫，迫使他不得不如此。
我的形象和心情立即发生变化，
我的头上长出犄角，正如你看见，
被毒刺尖锐的牛虻蜇得狂蹦乱跳，
直去到克尔克涅亚②甜美的流水岸旁
和勒尔涅泉水边。可是那大地生养的牧神，
残暴的阿尔戈斯却一直紧紧追赶我，
睁着密集的眼睛注视着我的足迹。
一种出乎他所料的命运已突然夺去
他的性命，可我却继续被牛虻蜇刺，
在神明的鞭子的驱赶下仍不断地漂泊。
你已听完我叙说往事，现在如果你知道
未来的苦难，就请指点。不必怜悯我，
用虚假的话语慰藉我的心灵，依我看，
杜撰的言辞是最为可耻有害的东西。

歌　队

啊呀，天哪，请别再说！

---

① 洛克西阿斯是日神的别称。
② 克尔克涅亚是阿尔戈斯境内河流。

我从没有，从没有想到会有
这样奇怪的故事传进我耳朵，
我从没有，从没有想到会有
如此可怕，如此难忍的
苦难、耻辱和恐惧
有如双尖针杆刺痛我的心灵。
啊呀，啊呀，命运啊，命运啊，
看见伊奥的遭遇，令我战栗。

普罗米修斯

你叹息得未免太早，恐慌得未免过分，
请控制住自己，再细听其他的苦难。

歌　队

请快说，请再作指点：对于一个受苦人，
能预先清楚地知道未来的苦难是件乐事。

普罗米修斯

你们很容易地便从我这里满足了
起初的要求，因为你们希望首先能
听她说明她在这之前遭遇的不幸。
现在请听未来的事情，请听这女子
还会由于赫拉而忍受怎样的折磨。
伊纳科斯的女儿啊，请你把我的话
牢牢记住，好知道何时终了这道途。
首先你得从这里转向日出的方向，
走过那一片未曾开垦的茫茫荒原。
这时你来到游牧的斯库提亚的地域，
他们高高地居住在转轮大车上那
编造的篷屋里，以远射的弓箭武装自己。

你切勿走近他们，而要紧紧地挨近
波涛拍击的海岸前行，穿过那地方。
这时你左手方向居住着善造铁器的
卡吕柏斯人①，你对他们也要提防，
他们是蛮族，外人很难接近他们。
这样你来到名不虚传的许布里斯特斯河②，
你切勿企图渡河，因为它难以渡过，
直到你来到高加索，那里峰峦兀立，
那条河流自悬崖高处发泄威能，
俯身直泻。这时你必须翻过那些
接近星辰的高耸山岭，然后转向
通往南方的大道，进入阿马宗人的
憎恶男人的部落，她们日后会迁居
特尔摩冬河③畔的特弥斯库拉区域，
萨尔米得索斯河④对海张着险峻的大口，
像是水手们的凶恶的客主，航行船只的继母。
她们会给你指明道路，乐意引导你。
这时你来到通向大湖的狭窄门户的
基墨里科斯地峡，你要大胆地通过
那条地峡，再穿过迈奥提斯峡道⑤。
你的渡海将会在人间永远留下
伟大的声名，那地方将称作博斯波罗斯⑥，
按你的名字。这样你便离开欧罗巴，

---

① 这里可能指居住在黑海东部的卡吕柏斯人。

② “许布里斯特斯”意为“凶暴的”，因而一译为“暴河”。古代学者把它注释为阿拉克塞斯河，但可能是诗人想象的一条河流。

③ 特尔摩冬河在黑海东南边。

④ 萨尔米得索斯河不在黑海东南部，在黑海西岸。那里海岸险峻，不易航行。

⑤ “大湖”指迈奥提斯海（即今亚速海），基墨里科斯地峡指陶卡半岛（即今克里米亚半岛）与大陆相连的地峡。

⑥ 博斯波罗斯海峡（即今博斯普鲁斯海峡），意为“牛峡”。

来到亚细亚大陆。
　　（对歌队）
难道你们不觉得，
神明们的这位主宰对于所有的事情
都一样残暴？只因为他想同这位
凡间女子结合，便迫使她到处漂泊。
　　（对伊奥）
少女啊，你遇见了一个将给你带来
巨大痛苦的求婚人，刚才听到的磨难
你会觉得那只是全部苦难的引子。

伊　奥

哎呀，天哪！哎呀，天哪！

普罗米修斯

你又在大声地哀怨和悲伤？等你知道了
其余的灾难，不知你又会怎样慨叹？

歌　队

你还有什么其他灾难需要告诉她？

普罗米修斯

还有巨大的灾难，有如狂暴的大海。

伊　奥

活着对我有什么好处，我为何还不
赶快从这险峻的山崖跳下去，
撞向地面，从而使自己得以摆脱
这一切沉重的苦难，因为立即死去
要远远地胜过悲惨地度过一生时光。

普罗米修斯

你会难以忍受我这样的痛苦，
因为我被命运注定永远不死，
死亡本身是对苦难的一种解脱。
现在我的苦难也永无止境，
　　只要宙斯仍坐天庭。

伊　奥

难道宙斯的统治也会有一天被推翻？

普罗米修斯

我相信，你看到这样的事情也会欣喜。

伊　奥

怎会不欣喜？我正是由于他而忍受苦难。

普罗米修斯

你可以相信，这样的事情一定会发生。

伊　奥

谁来夺取他现在拥有的无限权力？

普罗米修斯

他的愚蠢想法将会损害他自己。

伊　奥

什么事情？请告诉我，如果可以。

普罗米修斯

他想结婚，那婚姻将会给他带来忧烦。

伊　奥

娶女神还是娶凡女，如果可以，请说明。

普罗米修斯

你为什么询问她系何人？此事说不得。

伊　奥

是不是他会被妻子推下为王的宝座？

普罗米修斯

她会生一个远比父亲强大的儿子。

伊　奥

难道他不能逃避命运的这种变化？

普罗米修斯

不可能，除非待我摆脱了这些镣铐。

伊　奥

谁会违背宙斯的意愿，把你释救？

普罗米修斯

他应该是你的众多后代之一。

伊　奥

你说什么？我的孩子会使你摆脱苦难？

普罗米修斯

那是你的第十代以后的第三代后人。

伊　奥

你的这个预言令人不容易猜透。

普罗米修斯

请你不要再打听你以后的苦难。

伊　奥

你已经许我这恩惠,请不要又把它收回。

普罗米修斯

这两件事,我只能告诉你其中的一件。

伊　奥

哪两件事,请你说明,让我选择。

普罗米修斯

我这就告诉你,请你挑选,要我说明
或是你未来的苦难,或是谁会解救我。

歌　队

这两件恩惠,但愿你能给她一件,
也给我一件,请不要推辞不愿解释。
请你向她指点她余下的苦难,
告诉我谁是你的解救人,我很想知道这事情。

普罗米修斯

既然你们如此恳求,我不能再推辞,
我将让你们知道你们想知道的一切。
伊奥,我首先向你说明你多难的漂泊,

你要把它们铭记于你那心灵的书板。
当你渡过那作为大陆分界的海峡,
朝着火焰般的东方,太阳升起的方向
[……][①]
你渡过大海的汹涌波涛,直待你到达
基斯特涅[②]的戈耳工姊妹居住的原野,
那里居住着古老的福尔科斯[③]的三个女儿,
模样像天鹅,共同拥有一只眼睛,
一颗牙齿,太阳不愿照射她们,
夜间的月亮也不愿向她们投洒光辉。
距她们不远还有身长翅膀的三姊妹,
一头蓬松的蛇发,令人憎恶的戈耳工[④],
没有哪个人看见她们不失去气息。
这是我想告诉你的一处可怕地方。
现在请你再听另一处可怕的景象。
你还要提防宙斯的格律普斯[⑤],一群
不吠的弯啄狗,提防独眼的部族,
善骑马驰骋的阿里马斯波伊人,居住在
普卢同河黄金滚滚的湍急流水旁[⑥]。
你切勿接近他们。然后你来到遥远的国土,
来到黑皮肤的部落中间,他们居住在

---

① 原文此处残缺数行。

② 基斯特涅是传说中的大地边缘地域。赫西奥德说戈耳工住在西方(《神谱》第274行),埃斯库罗斯把她们移到东方。

③ 福尔科斯是一位海神,他的三个女儿通常合称格赖埃,意即“白发的女人”。赫西奥德提到两个格赖埃,即佩弗瑞多、埃倪奥,后来的传说又增加了得伊诺。

④ 荷马说戈耳工是一人(见《伊利亚特》,5,47),赫西奥德说是三人,即斯特诺、欧律阿勒和墨杜萨三姊妹。

⑤ 格律普斯是一种狮身、鹰嘴、带翼的狗,传说它们看守金子。

⑥ 阿里马斯波伊人是居住在斯库提亚北部的民族。普卢同河不可考。

太阳的水泉①旁，埃塞俄比亚河在那里流淌。
你沿着那河岸继续前行，直到你到达
一处高耸的绝壁，从比贝利涅峰峦②间，
尼罗河放出它那圣洁而甜美的流水。
这河流会给你指引方向，前往称作
尼罗提斯的三角洲，伊奥啊，命运注定你
在那里为自己和儿子建立遥远的居地。
对我的指点你若有不明了的费解之处，
不妨再作询问，把一切探察清楚，
我有充裕的闲暇，远超过我的希望。

歌　队

关于她的苦难漂泊，如果你尚有
其他的或被忽略的方面，就请说明；
如果一切都已阐述，那就请惠赐
我们所求的恩惠，相信你没有忘记。

普罗米修斯

（对歌队）

她已经听到她的整个飘零的终点。
为了使她相信我的话并非谬妄，
我现在且说说她在这之前忍受的苦难，
作为对我刚才进行预言的证明。

（对伊奥）

我将把你的大部分故事略去不提，
只说说你那无数漂泊的最近一程。

---

① “太阳的水泉”可能指北非沙漠中太阳神安蒙庙旁的泉水。

② 此山不可考。尼罗河经过多处瀑布，流入埃及。

当年你曾前往摩洛索斯人①的国土，
来到坐落在陡峭的山脊之上的多多纳，
那里有特斯普罗托斯②的宙斯的神示和圣坛
和令人难以置信的奇迹，会说话的橡树，
那些圣树曾明白无误地、并非谜语式地
预言你会成为宙斯的光辉妻子。
难道我说这些话是为了向你献媚？
你从那里受牛虻蜇刺，沿着海湾的
狭窄小径，奔向瑞娅的宽阔胸怀③，
狂风暴雨又使你从那里折回漂泊④。
待到未来的年代，你可以确信无疑，
大海的那湾处将称作伊奥尼亚⑤，
让后代人类永远记住你这段行程。
对你来说，这就是我的心智标记，
它的洞察能力远胜过视力所及。

（对歌队）

其余的事情我对你们也对她一起说，
让我重新回到先前的叙述路径⑥。

（对伊奥）

大地有一座极远的城市卡诺柏斯⑦，
坐落在正对尼罗河口淤积的沙洲上。
在那里宙斯将使你恢复原先的理智，
只需用并不可怕的手把你轻轻一触。

---

① 摩洛索斯人居住在希腊西部埃皮罗斯境内阿拉克托斯河畔。

② 特斯普罗托斯人是埃皮罗斯部落，多多纳起初属于他们，后来为摩洛索斯人所有。

③ “瑞娅的宽阔胸怀”指陆地环抱的海湾。

④ 指折返前往斯库提亚。

⑤ 即今亚德里亚海。

⑥ 指回到第815行叙述中断的地方。

⑦ 卡诺柏斯在亚历山大城东边，相传为斯巴达王墨涅拉奥斯所建，埃斯库罗斯把它假设为此时已经存在。

按照宙斯这样的生育手法命名，
你会生下黑肤的埃帕福斯[1]，收获
由宽阔的尼罗河灌溉的土地结出的果实[2]。
在他以后的第五代[3]会有五十个少女
迫不得已，重新返回阿尔戈斯，
逃避和她们的同宗兄弟结成姻缘。
那些年轻人个个满怀炽烈的情感，
有如鹞鹰相距不远地追逐野鸽，
紧紧尾追而来，追逐那不该追逐
的婚姻，神明不允许他们得到这姻缘。
佩拉斯吉亚[4]会接待他们，阿瑞斯会让
警觉的妇女在夜间勇敢地把他们制伏。
每个女子将剥夺每个新郎的生命，
把双刃佩剑刺进他们每个人的喉咙[5]。
但愿库普里斯[6]也这样对待我的仇敌！
可是其中有一个少女屈服于爱情，
不愿杀死丈夫，遵从父命的决心变得迟钝，
面对两种恶名，她希望选择另一种，
宁愿被人视为怯懦，而不是杀手[7]。
她将在阿尔戈斯生育一支王族。
要明白说清楚此事需要很多话语，
由她定然会降生一个勇敢的后代，

---

① “埃帕福斯”意为“触而生”。

② 指埃帕福斯在埃及为王。尼罗河每年四月到十月泛滥，灌溉沿岸土地。

③ “第五代”指达那奥斯。

④ “佩拉斯吉亚”即“佩拉斯戈斯人居住的地方”，此处指阿尔戈斯。

⑤ 以上指达那奥斯王的五十个侄子追求他的五十个女儿的故事，请参阅《乞援人》。

⑥ 库普里斯是阿佛洛狄忒的别名。

⑦ 四十九个女儿都服从父命，唯有最小的女儿许佩尔涅斯特拉不忍杀死丈夫林叩斯。后来林叩斯为兄弟报仇，杀死了达那奥斯。

著名的弓箭手，他会使我摆脱这苦难[1]。
这些就是由我那个古老的母亲、
提坦女神忒弥斯向我叙述的神意。
至于如何解救，说明它们将需要
很多话语，你听了也没有什么益处。

伊　奥

哎呀呀，哎呀呀！
强烈的疼痛和疯狂的错乱重又
在我心中燃烧，牛虻的如火的[2]
针刺重又在螫扎我。
我的心在胸膛里惶恐地猛跳。
我的眼睛如车轮不停地旋转，
猛烈的疯狂暴流把我刮得
偏离了道途，舌头已不听调遣，
混浊的话语茫然无章地撞击着
　　可怕的灾难的涛涛洪流。
　　（伊奥下）

① 这勇敢的英雄即赫拉克勒斯。他将射死啄食普罗米修斯肝脏的秃鹰，解救普罗米修斯。

② “如火的”一解作“无火的”。

（八）

第三合唱歌

歌　队

（首节）

此人真聪明，真是聪明啊，
他首先用心认真思考并说出
　　这样一条真理：
与自己相当的人结亲最为合适，
切不可高攀骄奢淫逸的富户，
和那飞扬跋扈的豪门子弟，
　如果你是一个贫穷人。

（次节）

请你们不要，不要看着我，
尊贵的命运女神啊，终有一天
　　成为宙斯的妻子，
我也不嫁给其他自天降的神明，
因为我见了伊奥心惊颤，这少女
不爱那情郎，却被赫拉折磨得
　　不幸地长途漂泊变憔悴。

（末节）
我不害怕门第相当的婚姻，
我并不惧怕，却但愿那强大的众神明
不要把那难逃脱的爱欲眼光射向我。
那是无法抗争的战斗，无出路可寻，
那时我不知道该如何生活，
　　不知道如何才能逃脱宙斯的计谋。

（九）
退　场

普罗米修斯

尽管宙斯现在自信而又傲慢，
但他终会屈服，因为他正想缔结
一场姻缘，那姻缘会非他所料地
把他从为王的宝座上推翻，他的父亲
克罗诺斯发出的诅咒便会完全实现，
在他当年退出古老的王位时。
没有哪位神明能清楚地向他指出
逃脱那灾难的路径，除非我给他作指点。
我知道能躲避的途径，且让他现在泰然地
高踞王座，深信自己的高空雷霆，
手中挥动着那喷射火焰的投掷武器，

因为所有这一切到时候都救不了他，
不能免除他屈辱地遭受难忍的覆灭。
岂知他现在正在为自己准备一个
强大的敌手，一个难以征服的怪物，
那怪物将会发明比闪电还炽烈的火焰
和比霹雳更强烈的从空中抛掷的巨响，
他会把波塞冬的武器，那使大地和海洋
发寒病般震颤的三叉戟彻底粉碎。
待宙斯遭受了这一不幸，他便会知道，
掌权做君王和为奴受屈辱多么不一样。

歌队长

你这样诅咒宙斯，只是你的愿望。

普罗米修斯

我说的一定会实现，我也希望能这样。

歌队长

我们能够期望哪位神会制伏宙斯？

普罗米修斯

他还会忍受比这更为沉重的苦难。

歌队长

你说出这些话，怎么不担心会受惩罚？

普罗米修斯

我有何畏惧？既然命运注定我不死。

歌队长

宙斯可能会让你忍受更大的痛苦。

普罗米修斯

随他吧，我准备好忍受一切苦难。

歌队长

向阿德拉斯忒娅[1]求情的人是聪明之人。

普罗米修斯

你就崇拜吧，请求吧，永远奉承当权者。
在我看来，宙斯渺小得不值一提。
就让他随心所欲，让他如愿地统治
这短暂的时期吧，他统治众神不会很长久。
可我看见宙斯的使者、这位新的
全权统治者的仆人正向我们走来，
他前来定然是为了宣布什么新消息。
（赫尔墨斯上）

赫尔墨斯

我在对你说话，对你这个骗子，
令人无比讨厌的家伙，众神的背叛者，
你这个把宝物赐给凡人的盗火者说话。
天父要求你把你吹嘘的那场婚姻，
那场会使他失去权力的婚姻说出，
要求你不得说成谜语般含含糊糊，
而要一一说明，请你不要连累我，
普罗米修斯，再跑一趟。你也知道，

---

① 阿德拉斯忒娅是惩戒女神涅墨西斯的别名。此名的本义是“不可避免的”。据说阿尔戈斯王阿德拉斯托斯曾为惩戒女神建立祭坛，女神因而得此别名。涅墨西斯惩戒超越常规、破坏正常秩序的人，如过于幸福者、过分傲慢者。古希腊人说了傲慢的话，都要请求涅墨西斯宽恕。此处歌队认为，普罗米修斯说话傲慢，应请求惩戒女神宽恕。

宙斯的心肠不会因那些谜语而变软。

普罗米修斯

你刚才说的这番话语威严堂皇，
狂傲侮慢，适合神明使者的身份。
你们这些新神刚刚掌权，便以为
从此占据着毋庸忧虑的堡垒，难道我
未曾看见两代掌权者①相继倾覆？
现在我还会看见这第三代掌权者
无比屈辱地迅速被推倒。或者你认为，
我会惧怕这些新神，屈服于他们？
我才不会这样，绝对不会这样做。
请你赶快循着前来的道路回返吧，
因为你所询问的事情不会有结果。

赫尔墨斯

你正是由于往日的那些任性行为，
现在使自己驶进了这苦难的港湾。

普罗米修斯

你应该清楚地知道，我绝不会
把我这样受苦难换成你那样听役使。

赫尔墨斯

因为我看显然侍候这块山崖
要比做父亲宙斯的忠实信使强得多。

---

① “两代掌权者”指乌拉诺斯和克罗诺斯，乌拉诺斯被儿子克罗诺斯推翻，克罗诺斯被儿子宙斯推翻。

普罗米修斯

应该这样傲慢地对待傲慢之人[1]。

赫尔墨斯

你好像对这样的事态引以为乐。

普罗米修斯

我引以为乐？愿我能看到我的仇敌
这样为乐，我视你也是其中的一个。

赫尔墨斯

你怎么把自己遭遇不幸怪罪于我？

普罗米修斯

简单一句说来，我憎恨所有的神明，
他们受过恩惠，却不公正地虐待我。

赫尔墨斯

在我看来，你犯癫狂并不轻微。

普罗米修斯

如果憎恶仇敌算癫狂，那我承认我癫狂。

赫尔墨斯

假如你幸运顺利，你会令人难忍受。

---

① 有人把此句理解为“傲慢之人理应如此傲慢地说话”。此处原文可能有残损，缺一行。

普罗米修斯

啊!

赫尔墨斯

啊?宙斯可不知道这样说话。

普罗米修斯

逐渐衰老的岁月会教他明白一切。

赫尔墨斯

可你并没有学会做事要聪明谨慎。

普罗米修斯

要不我便不会同你这奴仆说话。

赫尔墨斯

天父所问之事你似乎不想答复。

普罗米修斯

我倒是应该报答他给我的恩惠。

赫尔墨斯

你刚才显然把我当作孩童嘲弄。

普罗米修斯

既然你想从我这里打听事情,
那你不就是小孩,而且比小孩还愚蠢?
无论宙斯用什么苦刑或计谋,
都不可能迫使我把那秘密道破,

除非他首先为我解除这可耻的锁链。
让他向我抛出熊熊燃烧的电光吧，
让他用那白羽般的雪花和震地的轰鸣
把世间万物搅乱，使世间万物发颤，
可是这一切都不能使我改变意志，
说出是哪位神明会推翻他的王权。

赫尔墨斯

请你看看这样对你是否有好处。

普罗米修斯

这早就认真考虑过，并且决定这样做。

赫尔墨斯

你这个蠢材，是时候了，你应该大胆地，
面对眼前的苦难，作出正确的思虑。

普罗米修斯

你徒然把我烦扰，有如向波涛规劝。
你可永远别产生这样的想法，以为
我会因惧怕宙斯的旨意而变成妇女，
向我最最憎恶的敌人苦苦哀求，
像妇女那样把双手伸出向后翻转，①
请求他解除这镣铐。我不会那样做。

赫尔墨斯

据我看来，我这许多话都是白说，
因为我的请求没能使你心变软，

① 古希腊人乞援时把双臂向上伸直，掌心转向天空。

也没能安慰你。你就像一匹新驾的马驹
嚼着口勒不服羁绊,想摆脱缰辔。
但你因软弱的诡诈而变得狂傲无羁,
须知不善思考之人常常自负,
而这自负本身却没有任何价值。
请你想想,如果你不听我的规劝,
一种何等强烈的苦难风暴和巨浪[①]
会不可避免地降临于你。首先天父
会用轰鸣的雷霆和熊熊电火把这块
嶙峋的巨崖劈开,把你的躯体掩埋,
悬崖的巨臂仍会把你牢牢抱住。
须得经过很久的时光流逝,你才能
重新返回光明之中,这时宙斯的
带翼的飞犬,就是那嗜血而现红的苍鹰,
会贪婪地把你的躯体大块地撕碎,
它会每天不邀而至,开怀饮宴,
吞噬你那被不断啄食而变黑的肝脏。
你可不要期望这苦难终会有尽头,
除非有哪位神明出现,代你忍受
这些痛苦,自愿前往无阳光照射的
哈得斯和那塔尔塔罗斯的幽深领域。
请你对此认真思虑,我的这席话
不是假意虚诳,而是真实的奉劝,
因为宙斯的唇舌不知道杜撰谎言,
他说的一切会全部实现。我看你应该
仔细观察,认真思虑,不要以为
自负会比理智地思考更为优越。

---

① “巨浪”原文为“第三重浪”,古希腊人认为那是最大的浪。

歌队长

在我们看来,赫尔墨斯的这一番话语
并非不合时宜,因为他认真规劝你
放弃自负,寻求聪慧的理智思虑。
你就听从吧,明哲出差谬令人羞惭。

普罗米修斯

其实我早就知道这些消息,
他仍在这里叫嚷。忍受
敌方强加的苦难,并非耻辱。
就这样,让那电火的分叉鬈须
猛烈地射向我吧,让那天宇
在雷霆的轰鸣和狂暴的风暴袭击下
不断震颤,让大气的暴流把大地
从底部连同根基彻底摇晃,
让海上狂涛巨澜澎湃喧嚣,
高高地卷起,直冲空间星辰
循行的轨迹,让那必然的劫数
凭借猛烈的狂飙把我的躯体
高高卷起,投入昏暗的塔尔塔罗斯。
　　尽管如此,他仍不能让我死去。

赫尔墨斯

只有从心灵疯狂的人们那里
才能听到这样的决心和言语。
他如此混乱地发出这种祈求,
岂不是疯癫? 怎样使他变镇定?
可是你们这些神女啊,你们
深切地同情他遭受的种种苦难,

但请你们赶快离开这地方，
免得那雷霆的猛烈的狂呼怒吼
震颤你们的心灵，使你们变迟钝。

歌队长

请你用其他话语规劝我，
那样你也许能把我说服，因为你
刚才这些话令人难以忍受。
你怎能要我做那样的卑鄙事情？
我愿同他一起忍受一切苦难，
因为我知道憎恨那些出卖者①，
没有什么恶习
比这种恶行更令我憎恶。

赫尔墨斯

可是请你记住我的劝告，
不要待你们陷入不幸之中，
又把命运责怪，不要称说
是宙斯把你们投进那未曾料及的
沉重苦难。请不要这样，你们是
自己伤害自己，因为你们
知道一切，并非偶然不自觉地
投入无法觉察的苦难罗网，
而是由于你们自己的愚蠢。
（赫尔墨斯升天离去）

---

① 有人认为诗人在这里暗指特弥斯托克勒斯（约公元前528—约前462）。公元前490年，特弥斯托克勒斯曾参加过马拉松战役，抗击波斯侵略希腊，在公元前480年的萨拉弥斯战役中，他曾率领雅典舰队打败波斯海军，获得很高的荣誉。后来他于约公元前470年被控受贿，遭放逐。他几经辗转，于公元前465年前往波斯，受到波斯皇帝的礼遇。

普罗米修斯

看哪，这已是事实，不是空谈。
大地已经开始震颤，
雷霆滚滚，在地下深处发出
沉闷的轰鸣，闪电的火焰般鬈发
闪烁着明亮的光辉；风暴席卷，
旋起茫茫尘埃，各种气流
一起疯狂地奔突，互相撞击，
彼此冲突，扑向相对的方向；
大海腾起，和苍天浑然一片。
这强大的冲击无疑来自宙斯，
给人带来寒战，向我袭来。
啊，我无比神圣的母亲啊，
啊，普照世间万物的光亮大气啊，
　　请看我正遭受怎样不公正的虐待。

（悬崖崩塌，地面开裂，普罗米修斯和歌队在雷电中一起陷入塔尔塔罗斯深渊）

阿伽门农

埃斯库罗斯 著

王焕生 译

场次

人物

守望人

歌队

由阿尔戈斯长老组成[1]

克吕泰墨涅斯特拉

阿伽门农的妻子

塔尔提比奥斯

阿伽门农的传令官

阿伽门农

阿尔戈斯和迈锡尼王[2]

卡珊德拉

被俘的特洛伊公主

埃吉斯托斯

阿伽门农的堂兄弟

---

① 阿尔戈斯在伯罗奔尼撒半岛东北部阿尔戈利斯境内，阿伽门农王及其弟墨涅拉奥斯的都城。

② 迈锡尼在阿尔戈斯北面不远。

地 点

阿尔戈斯

阿伽门农王的宫殿前空场上设有神像和祭坛

时 间

英雄时代[①]

① 据古代历史学家记载,特洛伊陷落于公元前12世纪末叶(也有说法是公元前1184年)。据考古材料推测,陷落的时间可能比这稍早一些,约在公元前13世纪初。

（一）
开　场

（暗夜中，守望人在宫殿屋顶上出现，翘首极目遥望）

守望人

我祈求众神明解除我的重重苦难，
整整一年的漫长守望，支撑着两肘①，
趴在阿特柔斯之子②的宫顶，有如一条狗，
　　使我清楚地认识了夜里群星的聚会，
　　它们给世间凡人送来寒冬和炎夏，
　　这些光芒闪烁的主宰，熠耀于太空，
（强大的星宿，它们何时沉降和升起。）③
我现在正守望可能出现的信号火光，
　　光亮的火焰，从特洛伊传来消息，
　　报告城市的陷落，因为她这样吩咐，
　　一个心性如男子的女人正这样期盼。
当我躺在这张令人难以入睡的
潮湿的卧榻，不被梦幻探望的卧榻——

---

① 先知卡尔卡斯曾预言，特洛伊将在战争的第十年陷落。因此克吕泰墨涅斯特拉差遣守望人在宫殿屋顶遥望特洛伊方向的动静。

② 阿特柔斯之子是阿伽门农和墨涅拉奥斯。

③ 此行疑为伪作。

因为恐惧代替梦境站立在侧旁，
它从没有使我的眼帘发沉入梦乡——
每当我想唱支歌曲或发点怨言，
准备点相反的声音作药剂对抗梦幻时，
我叹息不止，为这座宫殿的不幸哭泣，
因为它管理得不像昔日那样美满。
但愿现在能幸运地摆脱这重重劳苦，
暗夜里出现带来喜讯的火光使者。
（见远处出现火光）
你好，远处的火光，夜间出现的火光，
如同白天里一样明亮，你将给阿尔戈斯
带来欢歌漫舞，带来幸福的欢乐。
啊，啊！
我现在就给王后一个明白的信号，
让她赶快起床，在雄伟的宫殿里
发出吉祥的欢呼，向那远处的火光
致敬祝福，因为伊利昂的都城显然
已经陷落，既然燃起了报信的火光。
我自己该首先舞蹈起来，作为开场。
主人掷出了好运气，那我也要为自己
掷出这火光信号预示的三个六点①。
愿这座宫殿的主人归来，那时我将用
这只手握住主人无比亲切的胳膊。
其余的话少说，正如常言说一头水牛
压住了舌头。若是这宫殿自己能言语，
它会清楚地道出；对于知情的人们
我乐意叙说，对于不知情者我业已忘记。
（守望人自宫顶退下）

---

① 三个六点是玩骰子时最好的点数。

（二）

进场歌

（宫人自宫内上，点燃祭坛上的火焰后退下；由阿尔戈斯长老们组成的歌队进场）

歌　队

光阴荏苒已十载，自从那
普里阿摩斯的强大的指控者
墨涅拉奥斯和阿伽门农王，
阿特柔斯之子，由宙斯赋予
共同的强大王权和王杖，
离开这个国家，统率着
五千条船的阿尔戈斯大军①，
作为战斗辩护人出征，
愤怒地声称要进行恶战，
如同凶猛的鹰鹫，那鹰鹫
为丧失雏鸟伤心至极，
翱翔盘旋于鸟巢上空，
展翅如桨奋力地划动，
守卫自己的巢窝，尽管那

① 据荷马史诗《伊利亚特》第二卷提供的数目，共有战船一千一百八十六艘。

为雏鸟付出的辛劳已白费，
或许有哪位高空的神明，
阿波罗、潘神或宙斯听见
这些侨居者凄厉的怨诉，
为了惩罚这骇人的罪行，
会派来报仇神埃里倪斯。
强大的宾主神宙斯①也这样，
派遣阿特柔斯之子去惩罚
阿勒珊德罗斯②，因为那个
多丈夫的女人把无数战斗，
那使人膝头发软跪尘埃、
投枪被折断的累人战斗，
同样派给达那奥斯人
和特洛伊人。事情正像
现在这样，按命定结果。
无论是焚烧祭品或酹奠，
或是用无火焰的泪水祭祀，
都不能平息强烈的愤怒。

我们业已精力衰竭，
不能充当辩护的力量，
被留在家里，只有一点
稚童的力气，依靠着拐杖。
孩童胸中流动的髓液，
如同老年人流动的一般，
不含有阿瑞斯的战斗精神；
一个老人若过分年迈，

① 宙斯保护宾客和主人的权利。
② 阿勒珊德罗斯是特洛伊王子帕里斯的别名。

枝叶已干涸,靠三条腿行走,
丝毫不比孩童有力量,
却有如白日里飘忽的梦幻。
而你啊,廷达瑞奥斯的女儿①,
我们的王后克吕泰墨涅斯特拉,
有什么需要？有什么新闻?
或听到什么可信的消息,
竟传令到处举行祭祀?
为所有保护这城邦的神明,
所有的天神,所有的地神,
所有屋前的和市场的神明,
神坛上焚烧着祭献的礼品。
到处是熊熊燃烧的火炬,
火焰腾起,直冲天际,
火炬注满神圣的油脂,
柔和而真诚的鼓舞力量,
国王内宫深藏的祭品。
请把这事由告诉我们,
只要你能说,风俗允许,
以消释我们心中的忧虑,
我们时而预感有祸患,
时而献祭又带来希望,
这希望赶走难忍的忧虑
和那吞噬心灵的悲伤。

(第一曲首节)
我想说说杰出的将士们命定的
幸运出征,因为说服的艺术

---

① 廷达瑞奥斯是斯巴达王。

　　由神灵感示，我虽已年迈，
　　但仍保持着歌唱的能力。
我歌唱阿开奥斯人的
两位共王者，希腊青年的
　　齐心协力的首领，
　　手持报复的戈矛，
由猛禽载往透克罗斯①的国土；
众鸟之王②飞向舰队两统帅，
一只乌黑，另一只白色随后③，
　　出现在王宫殿宇近旁，
　　执持戈矛的手臂这边，
　　栖息在引人注目的地方，
啄食一只怀着后代的母兔，
　　断绝它的最后行程。
悲歌一曲，悲歌一曲，但愿吉祥。

　　（第一曲次节）
智慧的军中先知④回头看见
阿特柔斯的两个性格不同的儿子，
　　知道凶猛的食兔者象征
　　军队首领，便这样解释说：
“这次远征最终会
攻陷普里阿摩斯的都城，
　　城外所有的畜群，
　　人民丰富的财宝，
将被摩依拉强行劫掠一空。

---

① 透克罗斯是斯卡曼德罗斯河神之子，特洛伊第一位国王。“猛禽”指战舰。
② “众鸟之王”指鹰，鹰被视为宙斯的圣鸟。
③ 勒伯本原文此处为四行，按勒伯本分行译出。
④ “军中先知”指卡尔卡斯。

但愿不会有哪位神明生妒意，
使强大的军队——特洛伊的嚼铁蒙阴影，
　　由于怜悯之情使女神、
　　贞洁的阿尔忒弥斯生忌恨①，
怨父亲的生翼的猎犬竟然把
怯懦的妊兔未生育便可怜地杀献，
　　憎恶老鹰这样用餐。”
悲歌一曲，悲歌一曲，但愿吉祥。

（第一曲末节）
“愿那美丽的女神，她如此和善，
令猛狮尚难追随母亲的幼仔、
令所有生长于山林旷野的野兽的
贪恋母怀的乳儿们深感亲切的女神，
让这些朕兆预示的事实能应验，
因为朕兆吉利，虽然含不祥。
　　我祈求善心的拯救之神②，
　　愿他那妹妹不要掀起
　　长久难停息的逆向风暴，
　　阻碍达那奥斯人的船只③，
不要渴求另一次献祭④，不寻常的、吃不得的、
会引起家庭不和的、使妻子不畏惧丈夫的献祭，
因为可怕的、难消解的、狡滑的、好记仇的愤怒

① 第130—135行原文为四行。

② “拯救之神”原文为“派安”，意为“拯救”，通常指阿波罗。

③ 第145—150行原文为四行。

④ “献祭”指阿伽门农用自己的亲生女儿伊菲革涅娅给狩猎女神阿尔忒弥斯献祭，平息女神的愤怒，让风暴平息，使希腊舰队能顺利起航，前往特洛伊。此事使阿伽门农的妻子怀恨在心，成为她日后杀死阿伽门农的借口。

主宰着那个家庭,会起来为孩子报复仇怨。”①
卡尔卡斯这样预言巨大的幸运,
根据预示征途幸运的飞鸟对宫廷
预言命运,与这预言相和谐,
悲歌一曲,悲歌一曲,但愿吉祥。

（第二曲首节）
宙斯,不管他是何许人,
只要这称呼能令他满意,
我就用这名字称呼他。
我反复思考,除了宙斯自己,
没有什么能和他相比拟,
如果真正需要从心头
抛弃那愚蠢的沉重忧虑。

（第二曲次节）
从前那位神无比强大,
威猛英武,无与匹敌,
但如今没有人再把他提起②。
那位继他之后出生的神明
也因碰上胜利者而殒灭③。
谁热烈歌颂宙斯的胜利,
谁就会使一切变明智④。

（第三曲首节）
是宙斯给芸芸众生指出了

---

① 第150—155行原文为四行。
② 此处指天神乌拉诺斯。他被克罗诺斯战胜而失去统治权。第165—170行为四行。
③ 指克罗诺斯被宙斯战胜。
④ 第170—175行原文为四行。

智慧的道路，他公正地规定，
应该从苦难中寻求智慧。
每当回忆起遭遇的苦难，
睡梦中泪水淋漓落心头，
使人们从此行为变理智。
神明就这样降来恩惠，
坐在那神圣的舵手长凳上。

（第三曲次节）
阿开奥斯舰队的统帅，
受人尊敬的年长统帅，
丝毫没有责怪先知，
他服从命运的猛烈打击，
阿开奥斯军队无法起航，
忍受饥饿折磨，停驻在
卡尔基斯对面的奥利斯①，
巨大的潮汐来回奔淌。

（第四曲首节）
从斯特律蒙刮来风暴②，
恼人的滞留引起饥饿，
军队四处闲散地游荡，
船只和缆绳日见朽损，
时间就这样久久遭延误，
阿尔戈斯的花朵遭枯萎。
当先知把又一个办法，

① 卡尔基斯在希腊东部尤卑亚岛上，奥利斯是其对面的港湾，希腊军队出征特洛伊前在那里汇集。

② 斯特律蒙是马其顿河流，在卡尔塞斯的东北方。从那里刮来的强风正好使船只无法离港起航。

那比冬日里猛烈的风暴
更难忍受的拯救办法，
对首领们大声说出时，
并提到阿尔忒弥斯的名字，
急得阿特柔斯之子用权杖
猛击地面，顿然泪水潸潸。

（第四曲次节）
那年长的国王放声回答：
“若不服从，命运将险恶；
但这也太苦啊，要我杀死
亲生女儿，家庭的宝饰，
让父亲的双手在那祭坛边
被挨杀献的少女鲜血玷污。
可哪一种办法没有痛苦？
我又怎能丢下这舰队，
抛弃一起作战的盟军？
须知为阻住这猛烈的风暴，
人们迫切地希望献祭，
用一个处女流出的鲜血，
这也合情理，但愿如意。”

（第五曲首节）
当他被戴上命运的辕轭，
他的心骤然变得不虔诚、
不洁净，也不敬畏神明，
改变了主意，胆大无顾忌。
狂妄的迷乱常激励凡人，
给人坏主意，灾难的源泉。
由此他甘愿做一个献祭者，

祭献亲女儿，拯救那场
为一个女人而进行的战争，
为舰队顺利起行作祭祀。

（第五曲次节）
她的祈求，她对父亲的
神圣呼唤和处女的生命
都没能感动好战的首领们。
父亲祷告，吩咐执事人
把诚心扑倒在他的长袍前，
脑袋低垂的女儿举起，
如同小羊般放上祭坛，
让他们严密封住少女那
微微翘起的美丽嘴唇，
免得她对家庭发出诅咒。

（第六曲首节）
强加的辔头使她沉默，
紫色的袍裙向地面垂下，
明媚的双眼向每个执事人
射出饱含哀怜的目光，
如同图画里那样鲜明，
她很想能够呼唤他们，
她曾常常在附近的客厅里，
用她那处女的声音歌唱，
在进行第三次酹奠之后①，
亲切地赞和父亲的祝祷。

① 古希腊人餐后酹酒祭神，第一酹祭奥林波斯众神，第二酹祭众英雄，第三酹祭保护神宙斯。

（第六曲次节）

此后的事我未看见，无法说，
卡尔卡斯的预言不会不应验。
惩戒神会让遭不幸的人
学会变聪明。未来的事情
随它去吧，发生了便知晓。
预知等于预先受痛苦。
黎明后真相自会变明了。
但愿今后能诸事顺利，
如最亲近的人，阿皮斯①土地的
唯一屏障希望的那样②。

（三）

第一场

（克吕泰墨涅斯特拉自宫中上）

歌队长

克吕泰墨涅斯特拉，我遵从你的权威而来，

① 阿皮斯是阿尔戈斯先王。

② 对此语的含意理解不一，有人理解为如长老们希望的那样，有人理解为如王后希望的那样。

因为应该遵从为王者的妻后的吩咐，
当国王的宝座暂时虚位空缺的时候。
你是否听到什么好消息，或没有听到，
只是希望能够如此，便进行献祭，
我很想知道。如果你不说，我也无怨言。

克吕泰墨涅斯特拉

正如俗话说，愿黎明带来好消息，
因为它是母亲黑夜的孩子。
你会听到超过预料的喜讯：
阿尔戈斯人已占领普里阿摩斯的都城。

歌队长

你说什么？你的话令人难以置信地掠过。

克吕泰墨涅斯特拉

特洛伊已属于阿开奥斯人。我可把话说清楚？

歌队长

快乐潜进我心里，禁不住热泪涌流。

克吕泰墨涅斯特拉

是的，你的眼睛表明你一片忠心。

歌队长

怎么能令人相信？你有什么证据？

克吕泰墨涅斯特拉

当然有。怎么会没有？只要神明没骗我。

歌队长

或者你对动人的梦幻信以为真？

克吕泰墨涅斯特拉

我不相信昏睡的心灵产生的想象。

歌队长

或是什么无翼的流言使你高兴？

克吕泰墨涅斯特拉

你太小看我的智力，视我如孩童。

歌队长

那么城市是在什么时候被摧毁？

克吕泰墨涅斯特拉

告诉你，就是生育了这个黎明的夜晚。

歌队长

哪个报信人到来这里如此迅速？

克吕泰墨涅斯特拉

赫菲斯托斯从伊达山①传来明亮的光辉，
烽火台把火光信号一站站传来这里。
伊达山首先把火光传到利姆诺斯岛②的
赫尔墨斯悬崖，巨大的火光从海岛

---

① 伊达山位于特洛伊郊外。

② 利姆诺斯岛在爱琴海北部，距特洛伊约九十公里。

再传送到阿托斯半岛①高耸的宙斯峰，
然后继续传告，那不断跳跃的火光
有如欢乐的鱼儿蹦跳于辽阔的海面，
[……]②
那火炬有如太阳，闪烁着金色的光芒，
把火光直传到马基斯托斯山③高耸的望楼。
那山峰没有任何迟延，没有屈服于
沉沉昏睡，耽误自己的信使职责。
火炬的光焰经过尤卑亚海峡上空，
远远地把消息传给墨萨皮昂山④的守望人。
他们接过信号，继续向前传递，
迅速把大堆干枯的石南草熊熊点燃。
那火焰丝毫没有变暗淡，越烧越旺，
跳跃着越过辽阔的阿索波斯⑤平原，
如同皎洁的月光，直达基泰戎⑥悬崖，
在那里催促这火光信号的另一个传递者。
守望人没有拒绝远远传来的火光，
却点起比命令要求更强烈的火焰；
火焰越过戈耳工眼睛般可怕的湖面⑦，
迅速到达埃吉普兰克同⑧的蜿蜒山脊，

---

① 阿托斯是马其顿东南部的半岛，突入爱琴海中，距利姆诺斯岛约七十公里，半岛上的最高峰约一千九百公尺。

② 此处原文残缺。

③ 马基斯托斯山在尤卑亚岛北部，北距阿托斯半岛约一百八十公里，南距对岸的奥利斯约四十公里。

④ 墨萨皮昂山在波奥提亚东北海岸，与尤卑亚岛隔海相望，北距马基斯托斯山约二十公里，东南距奥利斯约十公里。

⑤ 阿索波斯在波奥提亚境内。

⑥ 基泰戎山在波奥提亚和阿提卡交界处。

⑦ “湖面”可能指基泰戎山麓南面的湖。

⑧ “埃吉普兰克同”意为“山羊游玩的山”，可能指基泰戎南约二十公里的革拉亚涅山。

鼓励守望人不要忘记点火的命令。
那里的守望人毫不吝啬,点燃烽火,
腾起一片巨大的火的鬈须,那火焰越过
俯瞰萨洛尼科海峡①的突出岸崖,
继续熊熊燃烧,然后逐渐下降,
到达阿拉克奈昂山②,与我们毗邻的望台,
最后终于降落到阿特柔斯之子的
宫廷顶上,它乃伊达山火焰的后裔。
这些就是我安排的火炬接力次序,
它们一个接着一个地不断传递,
那出发者和最后完成者都获得胜利。
这就是我想告诉你的事情证据,
我的丈夫从特洛伊传来的信号。

歌队长

尊贵的王后,我稍后再祈求神明。
但愿我能继续听你详细地讲述,
心中禁不住赞叹,请你继续往下说。

克吕泰墨涅斯特拉

特洛伊今天已属于阿开奥斯人。
我想城里的呼喊声不会有混淆。
当你把醋和油装进同一个器皿,
你会说它们不友好地彼此相敌视。
被征服者和征服者的声音听起来
也会像他们的命运,分成两半。
有些人扑倒在丈夫或兄弟的尸身上,

---

① 萨洛尼科海峡位于阿提卡和阿尔戈利斯之间。
② 阿拉克奈昂山在阿尔戈利斯境内,西距阿尔戈斯约二十公里。

孩儿扑倒在他们的生父的遗体上,
他们已不能用自由的喉咙
为自己至亲之人的命运哭泣。
另一些人为战后整夜掳掠而劳累,
饥饿地吞吃着城里可能供应的
任何早餐,不是按份额分配,
而是看各人得到的命运阄签。
他们现在已住在被攻占俘虏的
特洛伊人的家宅里,终于摆脱了
受霜露侵袭的露宿,也不需放哨,
可以像有福人那样安静地睡眠。
只要他们能敬重被征服土地的
保护城邦的神灵和神明们的庙宇,
征服者便不会反被他人俘虏。
愿军队不要萌生强烈的欲望,
做不应有的劫掠,被贪婪征服,
因为他们还需得安全返回家园,
转身跑完那往返跑道的返程路①。
纵然军队不冒犯神明地归来,
对死亡者的悲哀也会重新苏醒,
即使不发生什么意外的不幸。
你从我这个女人能听到的就这些。
愿事情顺利,大家肯定会见到。
在无数欢乐中我宁要这点好处。

歌队长

王后,你像审慎的男子聪明地说话。
我听到你叙说的令人信服的证明,

---

① 古希腊人赛跑时,在赛程的一半处立有标记,竞赛者在那里转弯折回。

我准备这就去向神明祷告祈求，
因为我们的苦难得到了应有的偿付。

（四）

第一合唱歌

歌队长

（序曲）

宙斯主上啊，敬爱的黑夜啊，
拥有璀璨装饰的黑夜啊，
你向特洛伊城墙撒下
覆盖的罩网，无论年长
或年少，都不可能逃脱
这口巨大的奴役罗网，
这网罗一切的不幸苦难。
我尊敬伟大的宾主神宙斯，
是他做成这件事，他早就
对阿勒珊得罗斯张开弓，
那箭矢不会不中的，也不会
偏向星辰，白白地落地。

（第一曲首节）

人们说这打击来自宙斯，

这一点有迹象可以寻觅。
他如愿地做成了这件事。
有人说神明不屑费心于
凡人践踏神恩的行为,
这样思想对神明不虔敬。
不应有的狂傲骄纵
必然招来严厉的惩罚,
当有人地位显贵无比,
家宅里财富充盈过分,
超过最为合适的限度。
聪明人往往安然无恙,
他们满足于命定所得。

如果一个人富裕得超过
应有的限度,把正义女神的
巨大祭坛一脚踢翻,
那他就失去了不可见的保障。

(第一曲次节)
是那邪恶的劝诱之神,
好预谋的迷惑之神生育的
难以抵御的女儿驱使他,
一切拯救都枉然白费。
伤害暴露,如炫目的阳光。
有如劣质的青铜制品,
受到摩擦和打击之后,
颜色会变得凝重乌黑,
他受惩罚也理所当然;
又如那孩童追逐飞鸟,
给城邦带来深重苦难。

神明不听取任何祷告，
而是对他们中的主谋
严厉地做出了公正的惩罚。

帕里斯即是此等之人，
他去到阿特柔斯之子的宫邸，
玷污了礼待宾客的宴席，
狡猾地拐走了主人的妻子。

（第二曲首节）
她给同邦人留下的是
盾兵的纷乱、伏击
和水兵的装备器具，
给特洛伊带去难忍的毁灭作嫁妆，
迅速地穿过大门，
敢于做他人不敢做的事情。
宫中的先知们不断叹息：
“啊，啊，这宫廷，这国王，
啊，这床榻和妻子的脚步。
只见被抛弃者受辱慢，
但沉默不语，也无怒骂。
深刻怀念海外的人儿，
似仍有幻象在管理宫阙。”

高大的雕像美丽、妩媚，
却令丈夫厌恶涌心头；
雕像没有双眸，
动人的热情已消退。

（第二曲次节）

“梦中出现的形象温顺，
　　但它们带来的是
　　虚幻徒然的欢乐。
那是徒劳，因为他以为看见了亲爱者，
　　那幻影已从他手里
　　迅速溜掉，不会再展翅
循着梦幻的道路回归。”
这就是那宫中炉灶[①]边的悲愁，
此外还有事比这些更悲苦。
自从远征者一起离开
希腊土地，每个家庭
都承受了巨大的苦难。
无数的不幸刺痛心扉。

须知家家都曾送征人，
而今个个企盼征人返，
　　但见那罐罐骨灰，
　　替代亲人返故里。

　　（第三曲首节）
用黄金兑换阵亡者尸体的阿瑞斯
在戈矛激战中提起一杆天秤，
　　从伊利昂的火葬堆[②]，
　　把催人泪下的金沙[③]
　　遣送给他们的亲人，
　　装入轻便的骨灰罐，

① 古希腊人每个家庭堂屋中央都有炉灶，是家庭的象征。
② 第435—440行原文为四行。
③ “金沙”喻骨灰，由秤称金银引申。

替代男儿们的真身。
人们哀悼死者，称赞
这人如何善于战斗，
那人在激战中英勇倒下——
“只是为了他人的妻子。”
有人低声地这样抱怨。
强烈的怨愤在暗中蔓延，
反对受控的阿特柔斯的儿子们。

那些倒在城墙下的人
就在当地，在伊利昂土地上，
形象美丽地享有坟茔，
是敌国土地埋葬着他们。

（第三曲次节）
市民们的沉重怨言蕴含着郁愤，
需要为人民的诅咒付出代价。
我心中害怕，怕听到
隐藏在黑夜中的消息①。
神明并非不注意
多行杀戮的人们。
穿黑袍的埃里倪斯啊，
终会使好行不义之人
命运逆转人生受折磨，
声名默默无闻被湮没，
永远不可能获得拯救。
一个人声名过重是一种
沉重的负担，从宙斯那里

① 第455—460行原文为四行。

会降下霹雳射向他的双眼。

我宁享不会遭嫉妒的幸福①，
我不去摧毁他人的城市，
也不想看到自己的生活
处于其他人的施舍之下。

（末曲）
火光传递喜讯，
送来的快讯已传遍
整座城市，谁能知道它真实，
抑或神明在欺骗我们。
有谁这样幼稚或心性愚昧，
火光传告的消息使他
心情激动，一旦情况有变化，
他又立即会懊恼沮丧？

这符合女人的性格，
消息传来便谢恩祭神。
女人的心灵太轻信，
很容易被占领，但女人传播的消息
也会很快飘散消逸。

① 古希腊人认为，生活过分幸福会招神明嫉妒而受惩罚。

（五）

第二场

歌队长

我们很快就会知道，守望台燃起的
明亮的信号火炬和火光的轮次传递[①]
送来了真实消息，抑或有如梦幻，
这令人高兴的火光显现欺骗了我们。
我看见有一个传令官从高高的海岸边
来到橄榄枝的浓荫下，那干燥的尘埃，
泥土的孪生姐妹，正清楚地向我表明，
他不会是个哑巴，不会是山中林木
燃起的熊熊火舌，靠火焰的烟气说话，
而是要更清楚地报告可喜的消息——
我不愿听见与这消息相反的话语，
但愿这火炬传递的是喜讯加喜讯。

一长老

若有人为这城邦作另样的祈祷，
愿他自己收获他心中的恶报应。

---

① 第485—490行原文为四行。

（传令官急急跑上，俯身吻地）

传令官

啊，阿尔戈斯大地，祖国的沃土，
一别十个年头，今天回到你这里，
许多希望都断了线，只有一个实现。
真没有想到我还能死在阿尔戈斯，
在这里分享一份最感亲切的墓地。
你好啊，故乡土地！你好啊，明亮的阳光！
这方地域的最高神宙斯啊，皮托王[①]啊，
请不要再挽弓，向我们不停地放箭矢。
你在斯卡曼德罗斯河[②]边敌视我们，
现在请你，阿波罗王啊，做我们的
救主和神医。我向所有保护竞赛的
神明致敬，向我的保护神赫尔墨斯，
敬爱的传令神，受传令的人们崇奉的神明，
还有那派遣我们出征的众英雄[③]，请你们
善心善意地迎接戈矛下残存的军队。

啊，国王的殿宇，啊，国王的宫邸，
啊，国王的宝座，啊，迎朝阳的神像[④]，
请你像从前一样，圆睁灿烂的双眸，
与他们的身份相称地迎接久别的君王，
因为他在黑夜里给你们，也给大家，

---

① 皮托王指阿波罗，皮托是得尔福的别称。

② 斯卡曼德罗斯河是特洛伊地区主要河流。特洛伊战争期间，阿波罗曾在那里对希腊军队放箭，报复阿伽门农侮辱他的祭司，给希腊军队造成很大的伤亡。故事见荷马史诗《伊利亚特》第一卷。

③ 指当时派遣军队出征，现在已经故去的城邦首领们。

④ 神像朝东而立。

带来光明——这就是国王阿伽门农。
请你们热烈欢迎他吧，应该如此，
因为他已经用惩戒之神宙斯的长锹
彻底夷平了特洛伊，摧毁了它的土地。
特洛伊的神明的祭坛和庙宇已经消失，
所有田地里播下的种子也都被毁灭。
就是他把这样的辕轭驾给了特洛伊，
阿特柔斯的长子，国王，幸运的人儿，
他回来了，凡人中他现在最该受尊敬，
帕里斯和同他一起遭惩罚的城邦
不会再夸说他们造成了更大的灾难。
他进行抢劫，进行盗窃，理所当然地
吐出了全部抢劫掠夺得到的赃品，
使自己国家的土地和家园彻底遭毁灭。
普里阿摩斯之子付出了双重的代价。

歌队长

从阿开奥斯军队归来的传令官，高兴吧！

传令官

我高兴，若神明让我现在就死去，我也乐意。

歌队长

对故邦土地的思念使你受折磨？

传令官

我现在高兴得双眼充满了泪水。

歌队长

你们害的是一种令人愉快的疾病。

传令官

什么？请解释，让我明白你的意思。

歌队长

你们思念那些也思念你们的人。

传令官

你是说人们也思念那思念故土的军队？

歌队长

是这样，忧郁的心常使我发出呻吟。

传令官

你为何悲伤？心中为何产生怨恨？

歌队长

我早就采用避免祸患的良剂——沉默。

传令官

什么？国王出征在外，你害怕何人？

歌队长

非常害怕，正如你所说，死了更乐意。

传令官

我是说事情已成功。在那漫长的岁月里，
有些事情有人会说进行得很轻松，
有一些则进行得不顺利。但除了神明，
谁又可能一生中永远会一切顺利？

说起我们经历的苦难和难忍的露宿，
狭窄的居住地方，简陋不堪的铺位，
哪一件不令人哀叹，每天都得承受？[①]
至于陆上的生活，那令人更难忍受。
我们的宿营地就在敌人的城墙下，
从天空霏霏降下，从草地盈盈渗出，
颗颗露珠把我们打湿，侵蚀损害
我们的衣服，使我们的头发生满了虫虱。
若是有人想说起冻死飞鸟的冬季，
那伊达山的寒雪简直令人难以忍受，
或者说那炎夏，大海在中午时分
也变得风平浪静，平卧着沉沉睡去——
但何必还为这些事伤心？苦难已过去。
对于那些阵亡者，苦难确实已过去，
他们不会希望起来再忍受它们——
何必一一计算那些死去的人们，
生还者为何还对那些苦难怀忧愁？
我认为应该对那些艰难困苦道再见。
对于我们这些阿尔戈斯军队残存者，
顺利具有更重的分量，苦难难比拟。
我们可以对太阳光线这样自夸，
让这声音翱翔于大海陆地之上：
“阿尔戈斯军队夺取了特洛伊城，
这些是献给希腊众神明的战利品，
是军队悬挂在神庙里的永存礼物。”
听到这话的人定会赞美这座城邦
和他的将领。宙斯促成了这次胜利，
这恩惠将会受敬重。我暂且向你说这些。

---

① 有人把后半行改为“得不到每天的份粮”。

歌队长

你的话把我说服，我不想作任何反驳，
须知青年常常能很好地把老人教诲。
　　（见克吕泰墨涅斯特拉自宫中上）
最该关心这个消息的是这座宫廷
和克吕泰墨涅斯特拉，我也一起听。

克吕泰墨涅斯特拉

我早就高兴得禁不住要大声地欢呼，
当夜间第一个火光使者到达这里，
报告特洛伊被占领和摧毁的消息。
当时有人责备我："凭这些信号火光，
你就认为应相信特洛伊已被摧毁？
女人的心灵确实就是这样好激动。"
这些指责曾使我感到迷茫不定。
但我仍然进行了献祭，以妇女为榜样，
人们在城里到处发出胜利的欢呼，
前往神庙向众神明虔诚地祈祷，
芬芳的火焰烟气萦绕，朦胧一片。
现在何须你更详细地对我叙说？
我自会向国王本人了解全部真情。
我现在得赶紧去准备，以最好的方式，
迎接最尊贵的丈夫归来。在妻子看来，
有什么阳光会比今天更令人愉快，
神明使她的丈夫从战争中平安归来，
她为他开启大门？请这样转告我丈夫：
请他，城邦爱戴的国王，快快归来；
他回来后会看到，妻子忠实守家宅，
仍像他离去时那样，做他家的看门狗，

对他一片真诚，对心怀叵测者不容情，
在其他方面也一如往常，他留下的封印
在漫长的时间里也没有遭任何的损坏[1]。
我不知道其他男子的欢乐或可鄙的
流言蜚语，胜过不知道给铜淬火。
这样说未免夸口，但若是一片实情，
一个贞洁的妻子这样说就无须羞耻。
（克吕泰墨涅斯特拉转身回宫）

歌队长

她这样自我表白，你也听得清楚，
令敏锐的知情者觉得言语堂皇。
传令官，现在请说说墨涅拉奥斯的情况，
他是否也平安无恙地同你们一起
归返故土，这地方受人尊敬的君王。

传令官

我不能把虚假的事情说得漂亮，
让朋友们长久地享受虚假的欢乐。

歌队长

你怎样能既报告喜讯，又说真话？
如若二者分开，实情就难以掩盖。

传令官

国王已从阿开奥斯军队中消失，
他本人连同他的船只。我不说假话。

---

① “封印”指阿伽门农出征时封存于家中的贵重财物，铃上了自己专有的印记。

歌队长

是他从伊利昂当众扬帆而去，
还是共同的灾难风暴把他刮走?[1]

传令官

你有如一个高明的射手一箭中的：
你一语道出了他经受的无穷苦难。

歌队长

根据来自其他航海人的传闻，
他仍然活在世上，还是已经死去?

传令官

没有人能清楚地说出他的消息，
除非那养育大地众生的赫利奥斯。

歌队长

请说说风暴如何因众神的愤怒
袭击我们的船队，灾难又如何结果?

传令官

欢乐的日子不应报告恶讯的
语言玷污，这样对神不虔敬。
如果一个报信人面色凄怆地
向城邦报告军队悲惨地覆灭，
城邦遭到某种共同的创伤，

① 据说特洛伊陷落后，阿伽门农与墨涅拉奥斯发生争执，墨涅拉奥斯先行起航离开。参阅荷马史诗《奥德赛》第三卷。

许多公民被逐出自己的家宅，
遭受双重的鞭打，阿瑞斯喜爱的
双重枪矛，沾着血污的辕轭，
若是他心怀这许多沉重的苦难，
那他宜于为埃里倪斯唱赞歌。
当他带着事情吉利的佳讯
回到这座欢乐庆幸的城市——
我怎么能把佳音和噩耗相混，
报告阿开奥斯人按神意遭风暴？
火焰和大海本来互相为仇①，
后来却表示信义，结成联盟，
摧毁阿尔戈斯人的不幸军队，
夜间掀起凶恶的巨澜狂涛。
从特拉克刮来的风暴②使船只
互相碰撞，它们受席卷的狂风
和猛烈的暴雨袭击，被凶恶的牧羊人
赶进旋转的涡流，骤然遭毁灭。
当太阳的明亮光线高悬空中，
我们看见爱琴海上撒满花朵，
阿尔戈斯人的尸体和船只碎片。
但有人却使我们和我们的船只
安然地离去，或由于他的请求，
他定然是神明，非凡人，为我们掌舵。
救主命运神也高坐于我们的船上，
船只未受风浪颠簸地驶进港，
也未偏航向，撞上坚硬的礁滩。

---

① 此处火焰和大海喻雅典娜和波塞冬。在特洛伊战争期间，雅典娜站在希腊人一边，波塞冬支持特洛伊人，这时他们却联合起来，对付希腊人。

② 特拉克在爱琴海北部，从那里刮来的风为东北风。

我们就这样躲过了海上的死神，
见到白天，但仍不敢相信幸运，
心中考虑可能面临的新不幸，
军队疲惫，遭受严重的打击。
现在如果那些人还有人活着，
他们会以为我们已经遭不幸，
我们现在也认为他们已遭难，
羊群死亡，造成难忍的损失。
愿一切顺利。唯愿墨涅拉奥斯
仍然活着，现今最大的期望。
只要太阳的光芒发现他活着，
看得见阳光，因为宙斯还不想
消灭这家族，我们便可希望他
终会在宙斯的保护下返回这宫廷。
请相信，你所听到的全是真情。
（传令官下）

（六）
第二合唱歌

歌　队

（第一曲首节）
是谁想起了这名字，

各方面完全相吻合——
是否我们看不见的
某神灵预知命运，
恰当地一语道破，
给激起干戈和争吵的
女人起名为海伦？
她害船害人害城邦①，
在她走出帷帘②，
借助强劲的西风，
扬帆出航之后，
许多持盾的将士
如猎人循着桨踪③，
来到西摩埃斯河④的
绿阴浓密的河岸旁，
被血腥的争吵神激励⑤。

（第一曲次节）

愤怒神给伊利昂遣来
这名副其实的苦难，
实现了自己的意愿，
好日后惩处那些
不敬重待客筵席
和宾主之神宙斯⑥，

---

① “害”谐“海”，希腊原文“海伦”与“害”形似。

② 第685—690行原文为四行。

③ 第691—695行原文为四行。

④ 西摩埃斯河流经特洛伊近郊，是斯卡库得罗斯河的支流。

⑤ 据希腊神话传说，特洛伊王子帕里斯拐走墨涅拉奥斯的妻子海伦和希腊人为此组织大军进攻特洛伊都是由于争吵女神的挑动。

⑥ 第700—705行原文为四行。

却喜好赞颂新娘的
欢乐婚曲、为婚礼
祝祷唱赞歌的亲人们。
普里阿摩斯的古老都城
学会唱另一支赞歌，
吟叹巨大的悲哀，
帕里斯的不幸婚姻，
那给国人们带来
毁灭和悲楚的姻缘①，
城邦为此遭屠戮。

（第二曲首节）
有人在家中喂养了一只
年幼的狮崽，被夺自
母怀，依然怀恋母乳；
在它尚且幼小的时候，
它温顺驯服，令儿童喜爱，
亦令老年人欣悦欢乐。
它常偎依于人们的怀抱，
有如一个新生的幼儿，
目光炯炯地望着人们的手掌，
摇摆尾巴乞怜于人们以果腹。

（第二曲次节）
待它随时光的流逝长大，
它便露出了父母的本性。
感谢人们的抚育之恩，
它大杀羊群，制造不幸，

① 第710—715行原文为四行。

不受委命地准备筵席，
使整座住宅染满鲜血，
给这家人带来巨大的灾难。
天意如此，使这个家庭
养育毁灭之神的祭司。

（第三曲首节）
当初她去到伊利昂都城，
我或许可以说，
　　是无风的静谧[1]，
　　富有人家的平静装饰，
　　双眼射出的温柔利矢，
　　动人心魄的爱情花朵。
但后来恶魔扭转了方向，
使这场婚姻结出了恶果，
　　这位难交往的不速之客，
　　普里阿摩斯的儿子们的灾星，
　　受宾主之神宙斯差遣，
　　让新娘悲泣的埃里倪斯。

（第三曲次节）
历来有古训流传人间，
若有人福运亨通，
　　那福运会生育子女，
　　不会无后嗣地死去，
　　但那巨大的幸运会为他[2]
　　生出无穷无尽的灾难。

---

① 第 735—740 行原文为四行。
② 第 750—755 行原文为四行。

我却有与众不同的看法，
须知只有不义的行为
才会生出恶劣的子女，
与它自己相似的后代[1]，
命定公正善良的家庭
永远会有美好的儿孙。

（第四曲首节）
那年代古老的许布里斯[2]
常会在人类的灾难中，
生育出年轻的许布里斯，
只要降临那注定的时间。
这是新生的恶魔、怨恨，
不可抵御，不可战胜，
不敬畏神灵，是鲁莽之神，
坐镇家宅的黑色的阿特，
如同它的生身父母。

（第四曲次节）
狄克却常在烟气弥漫的
陋舍里显露自己的光彩，
她敬重行为正直的人们[3]。
对那些金光夺目的宅第
和不洁的双手她侧目离去，
前往圣洁清白的人家，
蔑视那因受世人赞誉

---

① 第756—760行原文为四行。
② 许布里斯是普通名词的神化，此词意为傲慢。
③ 第771—775行原文为四行。

而膨胀夸大的财富力量，
把一切引向应有的结果。

（七）
第三场

（阿伽门农乘车辇上，卡珊德拉乘车随上，歌队上前欢迎）

歌队长

国王啊，特洛伊的毁灭者，
　　阿特柔斯的后裔，
该如何向你欢呼，向你致敬，
才能不超越限度，也不怠慢，
　　恰如其分地欢迎你？
世间许多人过分注重外表，
　　超过了应有的限度。
当一个人陷入不幸，人人都会
向他表同情，但悲痛的尖刺
　　从不会刺进他们的心里。
人们欢庆时他们假装同欢庆，
勉强他们那充满悲仇的面容。
一个聪明人能很好地分辨羊群，
他不会看不出一个人的眼睛，
当那人貌似一片善良的用心，

　　用掺了水的热情献媚时。
在我看来,你当年率军出征,
为了海伦,我对你实不相瞒,
你给自己勾画的形象很愚笨,
未能把你心中的舵柄系好,
你为了那自愿的无耻行为,
　　使许多人丧失了性命。
现在我从心灵深处、真诚地[……][①]
　　辛苦对于成功之人是愉快。
不久你就会打听明白分清楚,
那些留下来守卫城邦的公民中,
　谁行为公正,谁行为不相宜。

阿伽门农

我首先应该向阿尔戈斯和本地的
众神明致敬,他们曾帮助我归返
和公正地惩罚普里阿摩斯的城邦。
当初神明们无需用言语控告地
审判这事件时,坚决地把判处死罪——
判处伊利昂遭毁灭的判决票投进
血腥的票壶里,希望之神走向
对面的票壶,但没有判决票投进去[②]。
现在那陷落的城市以烟云标识自己,
灾难的风暴仍在继续肆虐,
余烬散发着浓烈的财宝气味。
为此我们应该向神明谢恩,

---

① 原文此处有残缺。第781—785行原文为四行。

② 公元前5世纪雅典法庭的判决分判罪票和免罪票,陪审员把自己的判决票投进相应的票壶里。

铭记神明的恩惠，我们报复了
那放肆的劫掠，由于一个女人，
阿尔戈斯的猛兽荡平了城市，
那是一群马驹，持盾的战士，
在昴星下沉时跃出一起冲杀，
他们越过护墙，如食肉的猛狮，
舔尽王族的鲜血，饱餐一顿。①

我以这段开场白禀告神明。
你的一席话我也听清记住，
我也想那样说，我同意你的话。
须知世间只有很少的人能够
不怀妒意地敬重走运的朋友，
因为敌视的毒素渗入心灵，
使患有此病者忍受双重的折磨：
他既为自己遭到的不幸苦恼，
见他人得利幸运又深深叹息。
我凭观察敢于说，我非常了解
人际这面镜子，有些人对我
非常忠心，却只是镜中的幻影。
唯独奥德修斯，他本不愿出征，
但一戴上轭，便甘愿为我作战马，
不管他现在已死去或还活在世上，
我都这样说。有关城邦和神明的
其他事宜，我们将召开大会，
共同会商。我们应认真考虑，
让那些良好的政制长久保留，

① 特洛伊是被藏在木马里的军队里应外合地攻陷的。昴星又称七簇星。在希腊昴星于每年 5 月初至 11 月初出现，“昴星下沉时”指深夜时分。

若是有什么地方需要治疗，
我们就不妨认真地医治或切除，
　　拔除疾病可能造成的危害。
现在我且进宫，前去厅里的
炉灶跟前，首先向神明致敬，
他们送我出征，又让我回返。
愿胜利伴随我，永远和我同在。
　　（克吕泰墨涅斯特拉自宫中上，众侍女抱着紫色地毯随上）

克吕泰墨涅斯特拉

城邦公民们，阿尔戈斯长老们，
我并不羞于在你们面前表白
我对丈夫的爱情，时间使人们的
羞怯感消失。我并非从他人的经历
明白这一点，我要说的是我自己的
痛苦生活，当他在伊利昂城下时。
首先一个女人和丈夫分离，
独居家中，这已是可怕的不幸，
此外还得听许多恶意的传闻，
传来一个，接着又传来另一个，
比前者更坏，向宫廷报告灾难。
如果我丈夫经受的创伤次数
如同传闻带进我家的那样多，
那他身上的伤迹会比捕网还稠密。
如果他像传说的那样死过，
那他是第二个革律昂[1]，有三个身体，
（只说上面的泥土，下面的不必说，）
他可以夸说自己有三层泥袍，

---

① 革律昂是一个有三个身体的怪物。

如果他在每一种形态下死过。
正是由于这些恶毒的传闻，
人们曾许多次强行从我的脖子上
解开悬挂的绳索，不让我上吊。
因此孩子现在也不在身边，
我和你的盟誓的应有保证
奥瑞斯特斯，请你不要诧异。
他现在由忠心的朋友福基斯人[①]
斯特罗菲奥斯抚养，他警告我面临
双重的不幸：你在伊利昂城下
身陷危险，若人民发生骚乱，
会把议会推翻，因人的天性
喜好对倒下之人多踢几脚。
我这个辩解没有任何欺诈。

说到我自己，我那涌溢的泪泉
已经干涸，没有一滴残留。
我深夜不寐，双眼痛楚难忍，
哭泣着盼望报告你归来的火光，
但那火总不见燃起。在我入眠后，
甚至蚊虫尖细的营叫也常常
把我从梦中惊醒，我看见你
遭受苦难超过我睡觉的时间。
忍受过这一切，现在我要无忧虑地
称呼我的丈夫是守卫宅第的看家狗，
船只安全的帆索，崇楼广宇的
稳固立柱，父亲心爱的独生子，
意外地出现在水手面前的陆地，

① 福基斯在希腊中部。斯特罗菲奥斯是福基斯王，奥瑞斯特斯的姑父。

暴风雨过后显现的晴朗天空，
口渴的旅人见到的盈溢泉流。
躲过一切艰难困苦令人愉快，
用这些赞词欢迎他完全应该[①]。
让嫉妒离开，须知我们承受过
那么多艰辛苦难！亲爱的夫主啊，
现在请你下车，但请你不要把脚，
伊利昂的征服者，主上啊，踩到地上。
侍女们，你们奉命把这花毯
铺在地上，现在为什么迟延？
把那紫色花毯铺一条直路，
让正义女神引他进意外的宫殿。
至于其他事情，未曾昏睡的心灵
会作安排，有神明帮助命注定。
（众侍女铺开花毯）

阿伽门农

勒达[②]的女儿，我的家宅守护者，
你这番话语有如我的离别，
因为你刚才把话说得太冗长，
称赞应适当，并由其他人来做。
此外也不要以妇人方式娇宠我，
不要按对待蛮族君王的礼仪，
匍匐在地，张大嘴对我欢呼，
不要用毡毯铺路，引起嫉妒，
只有对神明才应这样表敬意。
身为凡人，踩上美丽的毡毯，

---

① 古希腊人认为，过分夸赞会令神明嫉妒。
② 勒达是斯巴达王廷达瑞奥斯之妻，海伦和克吕泰墨涅斯特拉的母亲。

令我怎么也不能不心生恐惧。
请把我作为人,而非神明来礼敬。
净鞋的擦子和斑驳的毡毯二者
称呼有差异,不作非分的妄想
是神赐的最好礼物。人生只有
结束于幸运中才堪称幸福的人生。
如果我这样做,我会心无畏惧。

克吕泰墨涅斯特拉

现在请你把真实想法告诉我。

阿伽门农

告诉你,我不会悖逆我的想法。

克吕泰墨涅斯特拉

你是不是畏惧神明,不敢这样做?

阿伽门农

如果有哪位祭司说需要这样做。

克吕泰墨涅斯特拉

若普里阿摩斯获胜,你以为他会怎样做?

阿伽门农

我想他会兴奋地踩踏毡毯。

克吕泰墨涅斯特拉

请你不要惧怕人们的指责。

阿伽门农

可是人民的呼声强有力量。

克吕泰墨涅斯特拉

不被人嫉妒之人不值得羡慕。

阿伽门农

喜好争辩并非妇女的本分。

克吕泰墨涅斯特拉

让步对于幸运者有时也适宜。

阿伽门农

你很看重在这场争执中获胜?

克吕泰墨涅斯特拉

让步吧,你自愿退让也算你胜利。

阿伽门农

既然你这样希望,那就让人
脱掉我的长靴,我脚下的奴仆。
当我踏上这些紫色的毡毯时,
愿神明不会抛下嫉妒的目光。
用脚毁坏家财——用钱买来的
珍贵织物,令人感到羞惭。

(侍女们脱下阿伽门农的长靴,阿伽门农下车,踏上锦毯,回顾身后的卡珊德拉)

此事就这样。请好好把这位客人
带进宫去,一个人友善地待客,
神明会从天空慈爱地看着他。
没有人会甘愿戴上受奴役的辕轭,
她是从无数战利品中挑出的花朵,

军队给我的奖赏，随我而来。
现在既然我不得不听从你安排，
我就踩着这些花毯进宫去。
（阿伽门农向王宫走去）

克吕泰墨涅斯特拉

大海就在那里——谁能吸干它？
它提供许多与银等价的染料，
新鲜的液汁，可用来印染织物。
国王啊，蒙神明恩惠，宫中拥有
无数现成的储藏，从不匮乏。
我愿把无数锦毯铺向神庙，
只要神明吩咐我们这样做，
作为拯救这条性命的回报。
根儿存在，叶蔓便会长进家，
蔚然成荫，把天狗星①的暑热遮挡。
而今你终于回到家宅的炉灶边，
这一归来有如冬日里见温暖。
即使在宙斯把酸涩的葡萄变成
佳酿的时候②，这屋里也会很清凉，
只要一家之长安然返回这宅邸。
（阿伽门农进宫）
宙斯啊，全能的宙斯，请实现我的心愿，
愿你关心促成你希望实现的祈求。
（克吕泰墨涅斯特拉进宫，众侍女随行）

① 天狗星在每年8月24日至9月24日与太阳同时升降，这时是一年中最热的时期。此处遮住天狗星即遮住太阳之意。

② 即夏天。那时暑热催促葡萄成熟。

（八）

第三合唱歌

歌　队

（第一曲首节）

为什么一股恐惧
总在我所预感的
心头来回地飞舞？
　　当我那自愿的、不求报酬的、
　　善歌唱的心作预言时，
　　无法把这恐惧如同
　　难理解的梦幻驱赶，
　　让顺从的勇气坐在
　　我这心中的宽椅上。
多少时光已逝去，
自从收回船尾索，
扬起岸边的沙尘，
水军前往伊利昂。

（第一曲次节）

现在我亲眼看见，
目睹征人们归返，

但无需琴音伴奏，
　　心中却唱起埃里倪斯的悲歌，
　　自学自会地发自内心，
　　感觉不到一点勇气，
　　来自对未来的期望。
　　我的心灵没有狂乱，
　　死亡在正义的心中
正旋向终结的涡流。
愿这是我期望那
幻觉虚渺地纷呈，
最终不会成现实。

　　（第二曲首节）
一个人若健康过分，
不重视应有的限度，
那和它隔墙而居的
疾病便会倾压过来。
一个人身处幸运时，
航行无忌他也会
突然触上不幸的礁岩。
这时为了挽救货物，
惊恐中扔出部分装载，
求得符合比例的承重，
整个家庭不会遭不幸，
有如这时船只也不会
　　因装载过多而沉没。
宙斯的丰盛礼品，
犁沟的丰饶收获，
　　年年解除人们的饥馑。

（第二曲次节）
一个人若一旦死去，
那黑血洒滴到地上，
有谁能歌唱祈祷[①]，
把那生命重新召回？
否则那宙斯就不会
把善起死回生者杀死，
维护固有的自然秩序[②]。
如果人的命运没有被
置于神明的规则之中，
不可能得到新的补充，
那么我的心便会抢先于
舌头，道出一切事情。
现在它只能暗中嘟哝，
忍受折磨，难以把
那预感说明清楚，
心潮激荡如火焰被鼓起。

---

① 第1016—1020行原文牛津本为四行，勒伯本为三行。

② 此处典出阿斯克勒皮奥斯的故事。阿斯克勒皮奥斯是阿波罗的儿子，从马人喀戎学得医术，曾经把一个已死的人救活。宙斯为维护自然界固有的秩序，用雷电把阿斯克勒皮奥斯击死。

（九）

第四场

（克吕泰墨涅斯特拉由宫中重上）

克吕泰墨涅斯特拉

你也进去，卡珊德拉，我说你①。
既然宙斯仁慈地让你来我家，
共享祭礼净水，同众多的
奴仆们一起站在家神的祭坛旁，
那就请下车来吧，不要太傲慢。
据说阿尔克墨涅的儿子也曾经
卖身为奴，不得不吃奴隶的大麦饼②。
一个人若被这样的命运所迫，
那他应庆幸去到有祖业之家。
有些人意外地获得丰富的收成，
对待奴隶却总是很残忍苛刻。
你已经知道我们怎样待奴隶。

---

① 第1031—1035行原文为四行。

② “阿尔克墨涅的儿子”指赫拉克勒斯，是宙斯和阿尔克墨涅所生。赫拉克勒斯犯杀人罪后患病，不得不按照神示要求，给吕底亚王后昂法勒为奴三年，把所得报酬交给死者的父亲以赎罪。

歌队长

（对卡珊德拉）
她在对你说话，说得很明白。
你既然已被命运的罗网俘获，
你就得服从，不管你愿意不愿意。

克吕泰墨涅斯特拉

如果她不是有如一只燕子，
只知道令人费解的蛮族语言，
我的话会令她动心，把她说服。

歌队长

（对卡珊德拉）
你跟她去吧，现在的话最温和，
快离开座位下车来，听从她的话。

克吕泰墨涅斯特拉

我不可能在这宫门外太延迟，
耽误时间，因为那献祭的牲羊
正站在祭坛中央，等待杀了燔祭。
（真是意想不到的谢恩礼物！）①
你若愿意听从我，就不要再迟延。
你若不明白，不理解我的话语——
（对歌队长）
请你用贵族手势代替语言。

---

① 此行疑为伪作。

歌队长

这客人好像需要一位通事，
明白说明，有如对新捕的野兽。

克吕泰墨涅斯特拉

她准是已疯狂，听从混乱的理智，
离开刚刚陷落的城邦到这里，
还不习惯于忍受嚼铁的羁束，
在她还没有放出黑色的怒气。
我不再多说话，免得有失尊严。
　　（克吕泰墨涅斯特拉回宫）

歌队长

可我因为同情她，对她不生气。
　　（对卡珊德拉）
来吧，不幸的人啊，下车来吧，
屈服于命运，戴上这新的辕轭。

卡珊德拉

　　（第一曲首节）
啊，啊！啊，大地啊！
啊，阿波罗啊，阿波罗啊[1]！

歌队长

你为什么对洛克西阿斯这样悲叹？

---

① 卡珊德拉曾是阿波罗的祭司，被阿波罗看中。阿波罗教授她预言术，但她学会预言术后却不肯顺从阿波罗，因此阿波罗使她的预言无人相信。

这位神不喜欢有人这样哭哭啼啼①。

卡珊德拉

（第一曲次节）
啊，啊！啊，大地啊！
啊，阿波罗啊，阿波罗啊！

歌　队

她又发出不祥的声音，呼唤神明，
这位神却不会前来保护哭泣之人。
（卡珊德拉下车，向宫门走去）

卡珊德拉

（第二曲首节）
啊，阿波罗啊，阿波罗啊，
阿古亚特斯，我的毁灭者②！
你曾经把我毁灭，现在你又毁了我。

歌　队

她好像要对自己的不幸发布预言，
她虽为奴隶，心中仍保留神的灵感③。

卡珊德拉

（第二曲次节）
阿波罗啊，阿波罗啊，

---

① 洛克西阿斯是阿波罗的别名，阿波罗是快乐之神。

② 阿古亚特斯是阿波罗的别名，意为“街道保护者”，表征性雕像是一圆锥型立柱，立于街道或住宅门前。卡珊德拉见阿伽门农的宫门外立有此柱，故作呼吁。在希腊文中，“毁灭者”与“阿波罗”呼格字形字音很相近，意义也很贴切。

③ 古希腊人认为，疯狂状态下作的预言是受到神的感示。

阿古亚特斯,我的毁灭者!
你把我带往何处?带往什么人家?

歌　队

带往阿特柔斯之子的家,你若不知道,
我这就告诉你,可不要说这些是假话。

卡珊德拉

（第三曲首节）
这是个渎神的去处,杀戮的见证,
无数的亲族仇杀和凶残的戕害,
杀人的屠场,地面沾满血污。

歌　队

这客人有如一条狗,嗅觉灵敏,
正在寻找可能发现的杀戮。

卡珊德拉

（第三曲次节）
我完全相信这些确凿的证据,
婴儿们在哭泣自己惨遭杀戮,
烤肉被送给他们的父亲咀嚼①。

歌　队

我们早就耳闻你的预言名声,
但这些事情我们无需任何先知。

---

① 指阿特柔斯假装与提埃斯特斯和解,设宴招待他,实际上杀了提埃斯特斯的两个儿子,把儿子的肉给父亲吃之事。

卡珊德拉

（第四曲首节）
啊，这是什么阴谋？
什么新的巨大不幸？
有人在这宫廷里谋划巨大的灾难，
亲人们无法忍受无法救治的灾难，
救援之人在天涯。

歌　队

预言一个接一个，实在令我难领悟，
前面所说我清楚，因为已传遍城市。

卡珊德拉

（第四曲次节）
凶残的女人，你真要这样？
要把和你同床的丈夫，
在给他沐浴之后——我如何说明结局？
但事情很快就会发生，她伸出一只手，
又把另一只手伸出。

歌　队

我还是不明白，现在这一个个谜语
如同晦涩费解的神示令我迷惑。

卡珊德拉

（第五曲首节）
啊呀，啊呀，发生了什么事？
或是哈得斯的一张罗网？

是和他同睡一床的网罩，进行谋杀的①
同谋帮凶，让那永不满足的纷乱
　　向这家族怒吼，让它遭石击②。

歌　队

你大声召唤哪一位埃里倪斯
降临这个家庭？你的话令我费解。
浅黄色的血滴正在涌入我的心房，
那样的血滴在有人被戈矛击中倒下时，
同闪烁余辉的生命一起结束旅途，
　　死亡随即迅速降临他。

卡珊德拉

　　（第五曲次节）
　　看哪，看哪，让那头公牛
　　离开母牛，那母牛把公牛
罩在长袍里，用它那黑角的阴谋诡计
打击公牛，那公牛倒在带水的浴池里。
　　我告诉你的是一场浴缸谋杀。

歌　队

我虽不敢自夸我深谙解释神示，
但我猜想这些话意味会发生灾难。
神示无数，可曾有哪个预言给人们
带来过吉祥？先知们施展自己的技能，
口中念念有词，预言可悲的灾难，

---

① “同睡一床的网罩”指长袍。古希腊人的长袍白天披穿，夜间裹着睡觉。克吕泰墨涅斯特拉杀死阿伽门农时首先用长袍把阿伽门农罩住。

② 石击指人民对罪恶严重、引起公愤的人投乱石击死。

让人们心里产生恐慌。

卡珊德拉

（第六曲首节）

啊，啊，不幸人的可悲的厄运，
我悲叹我的不幸，注进苦杯里。
你为何把我这不幸人带来这里？
除了让我一起死去，还能有什么？

歌　队

你这样疯癫，显然有神灵凭附，
为自己唱出混乱的歌曲，
有如那只黄褐色的夜莺
大声悲鸣，一颗忧郁的心啊，
不断哀叹：伊提斯，伊提斯，
不幸的儿子[1]。

卡珊德拉

（第六曲次节）

啊，啊，善歌唱的夜莺的命运，
神明把它藏进有翼的肉身里，
一声甜美的歌唱，没有悲泣，
可等待我的是双刃兵器的宰割。

歌　队

你从何处知道这些剧烈的、
神明遣来的无益的痛苦？

---

① “黄褐色的夜莺”指普罗克涅。普罗克涅是雅典王潘狄昂的女儿，嫁给了道利斯国王特柔斯，生伊提斯。

　　你用令人惶惧的声音，
高亢地唱出这些可怕的不幸。
你怎么知道不祥预言的
　　指路标示？

卡珊德拉

　　（第七曲首节）
婚姻啊，帕里斯的殃及亲人的婚姻！
斯卡曼德罗斯，祖国的浩荡流水啊，
　　当年在你那河岸边，
　　不幸的我被抚养长大，
可如今我好像在科库托斯
和阿刻戎[①]岸边预言命运。

歌　队

你在说什么？话语清晰，
甚至新生儿都能听清楚。
你的苦命如血红的毒刺
把我刺伤，你悲惨的怨诉
　　令我听了心碎。

卡珊德拉

　　（第七曲次节）
苦难啊，那使城邦彻底遭毁灭的苦难！
丰盛的献祭，有多少食草的祭牲啊，
　　被父亲祭献在城下，
　　但他们都无济于事，
为能使城邦免遭劫难，

---

① 科库托斯和阿刻戎都是冥间河流。

我也很快会热血洒地面。

歌　队

你刚才的话像先前的一样。
定然是由那位心怀恶意的
神灵凭附你,使你唱出这
悲惨的充满死亡的挽歌。
　我不理解结果。

卡珊德拉

现在我的预言不会再隐约含糊,
从面纱后窥视,有如新婚的嫁娘,
它清楚明朗,宛如强烈的风暴
刮向初升的太阳,将会有无数
更大的苦难犹如汹涌的波涛
冲击阳光,我不会再语言隐晦。
请你们为我作证,紧紧跟随我
寻找那往昔犯下的罪恶踪迹。
有一个歌队从未离开过这个家,
它声音谐和不优美,歌唱不祥。
这支疯狂的歌队喝的是人血,
喝了更有力量,就留在这家里,
很难赶走,埃里倪斯亲姐妹。
她们就坐在这宫里,唱着颂歌,
唱着祖先的罪孽,心怀憎恶,
唾弃那践踏兄弟床榻之人。
我话语谬误,还是如箭手中的?
或者是一个假先知,求乞发诳言?
请你作证,承认我正确地叙说了
这个家族往昔犯下的种种罪愆。

歌　队

一个誓言不管它多么有力量，
也无法挽救恶罪。我觉得奇怪，
你出生在海外，讲这城邦的事情 1200
却如此准确，如同曾居于此处。

卡珊德拉

预言神阿波罗使我具有这本领。

歌队长

难道神明也会坠入情网？ 1204

卡珊德拉

往日提起这事会令我羞涩。 1203

歌队长

因为一个人走运时常常好自夸。 1205

卡珊德拉

他竭力纠缠我，向我表示好感。

歌队长

你们也曾亲近如人之常情。

卡珊德拉

我曾答应又蒙骗了洛克西阿斯。

歌队长

是否在学会了预言技能之后？

卡珊德拉

我曾把一切灾难告诉国民们。

歌队长

你怎样躲过了洛克西阿斯的愤怒？

卡珊德拉

自从我犯戒，再没有人相信我。

歌队长

但我们觉得你的预言很可信。

卡珊德拉

啊，啊！啊，沉重的苦难啊！
作真实预言痛苦，一开始便使我
心里激动不安……①
你们可看见在那宫殿前面
坐着孩子，如同梦中的影像？
他们好像丧命于亲人之手，
双手捧肉，供亲人饮宴的肴馔，
原来是各种内脏，悲惨的食物，
满满一堆，父亲把他们品尝。
我告诉你们，有人想为此复仇，
一头胆怯的狮子，辗转于卧榻②，
天哪，在家里等待主人的归来——
我的——奴役的辕轭终需忍受，

① 此处原文有残缺。

② 指埃吉斯托斯。

但这位舰队统帅，伊利昂征服者，
却不知那条可憎的恶狗怎样
花言巧语，竖起兴奋的耳朵，
如隐蔽的迷惑神给他制造灾难。
她有这样的胆量，弑夫的女人。
她是——我该称呼她是哪一种
可恶的妖怪？一条两头蛇或是
居住于山洞的斯库拉①，水手们的祸害，
死神的作献祭的母亲，残杀亲人的
凶恶战神？她敢于干一切事情，
她大声欢呼，如战场战胜敌人，
又装作庆幸丈夫平安归故土。
你们或许不相信，但那又何妨？
未来的事情会发生，你很快会看见，
怜悯地称我是一个真正的预言者。

歌队长

你说到提埃斯特斯之子的肉
做成的菜肴，我听了惊恐发颤，
当你把事情明白地直言道破。
其余的事情我听了仍迷失方向。

卡珊德拉

我说你会看见阿伽门农被杀死。

歌队长

说话要吉利，不幸的人啊，请住嘴。

---

① 斯库拉是意大利和西西里之间的海峡旁石壁洞穴里的妖怪，六个头，十二只手臂，伤害路过的水手。参阅荷马史诗《奥德赛》第十二卷。

卡珊德拉

并非拯救之神在听我说话。

歌队长

不,如果真这样;但愿不会发生。

卡珊德拉

你在祈祷,他们却在杀人。

歌　队

是哪个男子在制造这场灾难?

卡珊德拉

你确实没有理解我的预言。

歌　队

因为我不明白谁在策划这阴谋。

卡珊德拉

我用希腊语已经说得很清楚。

歌队长

皮托的预言也这样,同样费解。

卡珊德拉

啊,多么激烈的火焰扑向我。
啊,吕克奥斯阿波罗,可怜我。
这头双脚母狮,当高贵的公狮
不在家时,竟和狼同床共枕,

正想杀害我，她要如同配药剂，
把对我的报复也倒进那杯里。
当她磨剑杀那人时，她曾发誓
要用屠戮对抗他把我带回家。
现在我还需要这些笑柄——
这法杖和挂在脖子的花环干什么？
（卡珊德拉把法杖、花环扔到地上）
我要在我临死前把你们踩碎。
你们去吧，你们倒下后便该我。
你们离开我，去装饰别的疯狂者！
看哪，是阿波罗亲自从我身上
脱下这预言服装，他曾看我穿着
这些服装，被亲人们心怀恶意地
狠狠嘲笑，无疑是枉然的嘲弄。
我曾经如同一个游荡人、乞丐、
穷人、不幸的饿鬼，受人嘲辱。
预言神终于召回我这预言者，
让我陷进这样的命运死亡。
现在屠杀将代替父亲的祭台[①]，
我被砍杀时的热血将会染红它。
但神明不会让我白白地死去，
因为有人会来为我们报仇，
他会杀死母亲，为父报仇，
这个逃亡者现在流落他乡，
他会回来为亲人结束这不幸，
（因为众神明曾许过一个大愿），[②] 1284
他的仰卧的父亲会使他返回。

① 特洛伊陷落时，普里阿摩斯被杀死在祭坛前。
② 此行疑为伪作。

我为什么要如此可怜地悲伤？
当我看到伊利昂都城被攻破，
城市遭浩劫，神明又让这个
夺取城市的人遭到这样的判处。
我现在就进屋去，面向死亡。
我称这宫门为哈得斯之门①，
我祈求遭受那致命的一击，
不作任何挣扎，鲜血流出，
轻松地死去，阖上我的双目。

歌　队

非常不幸，又非常聪明的女人啊，
你说了这么多话。如果你真知道
自己的命运，那你为什么还要如
被神明领着的牛泰然地走向祭坛？

卡珊德拉

不可能逃避，朋友们，无法拖延。

歌　队

最后的时间是最宝贵的呀。

卡珊德拉

时刻已来临，逃跑也无好处。

歌　队

你要忍耐，凭你那勇敢的心灵。

---

① 哈得斯是冥神，“哈得斯之门”意为死亡之门。

卡珊德拉

不要对幸运之人这样说话。

歌　队

然而光荣地死去令人欣慰。

卡珊德拉

啊,父亲,可怜你和你的孩子们。

（卡珊德拉走到宫门前,又退回来）

歌　队

怎么回事？你为何又恐惧地退回？

卡珊德拉

啊,啊!

歌　队

你为何退回？除非心里厌恶。

卡珊德拉

这座宫殿充满流血的杀戮。

歌　队

怎么会呢？是家灶边祭牲的气味。

卡珊德拉

如同从坟墓里散发出来的恶气。

歌　队

你不是说那屋里有叙利亚馨香[1]？

卡珊德拉

我现在进宫去，为我和阿伽门农的
命运哭泣，我这一生够苦命。
（卡珊德拉再次走到宫门前又退回来）
啊，朋友们，
我恐惧忧伤，有如害怕丛林的小鸟，
望你们在我死后为我作证，
一个女人会为我这个女人而偿命，
一个奸夫会为原有的丈夫而倒下。
愿我死后能享受这份招待。

歌　队

不幸的人啊，我怜悯你命定的死亡。

卡珊德拉

我还想说一句话，或者为自己
唱一支挽歌。我向我最后见到的
太阳光辉祈求，让我的仇人们
为我这最容易遭杀害的奴隶之死
向我的报仇者作出相当的偿付。
啊，凡人的事业！有人幸运，
却如影像一般；一旦遭不幸，
潮湿的海绵便可把图画抹去。
这些人的命运令我更觉可怜。

---

① 指叙利亚松香，为叙利亚特产。

（卡珊德拉进宫）

（十）

抒情歌

歌　队

人们对幸运从来都不会
感到满足,没有人把它
阻留于幸福的宅邸之外,
　　大声警告:请别再过来。
幸福的神明让这位国王
　　受神明庇佑返回这宫邸。
如果他现在需偿付先前的杀戮,
自己须得为那些死者而死去,
也为其他死去的人们作补赎,
那么有哪个凡人听了这故事,
还会夸说他受宠于幸运之神?

（十一）

第五场

阿伽门农

（在景后）

啊，我挨了深深的致命一击。

歌队长

安静！谁在嚷受了致命的一击？

阿伽门农

啊呀，又是一击，第二次挨击。

歌队长

国王在惨叫，我想是发生了事情。
大家来吧，让我们商量该怎么办。

长老一

告诉你们，我现在的想法是这样：
赶快传宣，把市民召集到王宫来。

长老二

我认为应该赶快冲进王宫去，
趁那剑刚刚被抽出，揭露罪行。

长老三

我完全同意这位长老的意见，
应采取行动，不可延误时机。

长老四

显而易见，他们已开始行动，
企图在城邦建立专制制度①。

长老五

我们在耽误时间；他们却在
践踏我们的延误，没有住手。

长老六

我不知道应该提出怎样的意见，
拿主意是采取行动者的事情。

长老七

我也是这样认为，因为发议论
不可能使业已死去的人复活。

长老八

难道我们就这样苟延残喘，

---

① “专制制度”指不经过民主选举，非法地攫取政权。这种政权在希腊古典时期称为“僭主”。

屈服于玷污这家族的人的统治?

长老九

这可难以忍受,还不如一死,
那样总比受暴君统治要好受。

长老十

难道我们只听见国王哀叫,
就可以断定国王已被人杀死?

长老十一

我们应该弄清事实再生气,
因为猜测和确知事实不一样。

长老十二

我完全同意这位长老的意见,
首先弄清阿特柔斯之子的情况。

（景后转出一活动台,阿伽门农的尸体躺在浴盆里,身上盖着一件长袍子;卡珊德拉的尸体躺在阿伽门农旁边,克吕泰墨涅斯特拉站在台上)

克吕泰墨涅斯特拉

刚才我说了许多话适应情势,
现在说相反的话也不感到羞惭。
否则有谁能向伪装成朋友的敌人
进行报复,成功地把不幸的罗网
高高张起,使敌人无法逃脱?
我对这场决斗早已作考虑,
时间到来,旧日争吵的结果。
我现在就站在杀死他们的地方。
我是这样做的——我不否认,

使他既无法逃避,也无法防卫。
我像捕鱼一样,拿一张无眼网,
珍贵的致命披篷,把他罩住①,
连刺他两下,他连哼了两声,
便放松了肢节,我趁他倒下,
给了他第三剑,作为还愿礼物,
献给死者的保护神,地下的哈得斯。
他就这样躺在那里断了气,
从伤口喷出一股急速的血流,
暗红色的潮湿血滴溅到我身上,
我高兴得不亚于正在抽穗的
麦田接受宙斯的甘露滋润。
事情就这样,阿尔戈斯长老们,
高兴吧,如果愿意;我却很满意。
如果按习俗应该给死者致奠,
那就正应该,非常应该祭奠他。
他曾在这家把许多可诅咒的灾难
倒进调缸,他自己回来喝掉了它们②。

歌队长

你的话令我们惊异,言语放肆,
当着死去的丈夫的面如此夸口。

克吕泰墨涅斯特拉

你把我当做一个愚蠢的女人。
我心中无所畏惧,让你们知道,
不管你愿意称赞,还是想责备,

---

① 指无袖无领口的蒙头披篷。
② 此处以调酒为喻。

对我却一样:这就是阿伽门农,
我的丈夫,我这只右手杀了他,
公正技师的作品。事情就这样。

(十二)
哀　歌

歌　队

(序曲首节)
女人啊,你吃了地上生长的什么毒草,
或喝了流动的海水浮起的什么汁液,
以致作这样的献祭,引起公众诅咒?
你抛弃、砍杀了他,你也会遭城邦放逐,
　忍受国民们的强烈憎恶。

克吕泰墨涅斯特拉

你现在判处把我逐出城邦,
让我遭国民憎恶,公众诅咒,
可你早先却没有反对这个人,
他毫无顾忌,好像砍杀大群
毛皮优美的绵羊群中的一头牲畜,
杀献自己的孩子,我忍痛生育的
最可爱的女儿,平息特拉克风暴。

难道你不应该把他逐出城邦，
惩罚罪恶？你审判我的行为，
却是个严厉的审判者。但我警告你，
你这样威胁我，我也同样回敬你：
只有用武力制伏我，才能统治我；
如果神明促成了相反的结果，
那时虽已晚，你也该学得变聪明。

歌　队

（序曲次节）
你现在高傲不羁，出言狂妄无忌，
你的心灵由于血腥屠杀而发狂，
你的双眼明显地充满一股股血流，
你定会遭受报复，被朋友们所抛弃，
　打击理应用打击来偿付。

克吕泰墨涅斯特拉

现在请你也听听我的严正誓言。
我凭我杀他祭献的、为我的孩子报仇的
狄克、阿塔和埃里倪斯的名义起誓，
我的期望不会踏入恐惧的殿堂，
只要点燃我家灶上的祭火仍是
埃吉斯托斯，对我一如既往地忠诚①。
他是使我们胆壮的巨大的盾牌。
[……]②
他躺在这里，一个侮辱妻子的人，

---

① 古希腊人的家庭灶火一般由家长点燃。
② 此处抄稿残缺。

伊利昂城下赫里塞伊斯们的欢乐①。
这里躺着的是一个女俘，一个女先知，
那个家伙的同床者，他的善作预言的、
忠心的姘妇，和他一起坐在船尾
舵凳上的伴随，他们没有不受惩罚。
请看他这样死了，她则像一只天鹅，
在她唱完临死前的最后一支哀歌后，
亲切地和他躺在这里，给我送来
一份豪华的美味，摆上我的餐榻。

歌　队

（第一曲首节）
啊，愿命运不会让我们
忍受巨大的痛苦，久病地
卧床不起，愿她迅速地
给我们送来永久的梦眠，
既然仁慈的保护人已经倒下，
为一个女人忍受了无数痛苦②，
又在另一个女人手里遭杀戮。

（叠唱曲）
啊，啊，疯狂的海伦，
你一个人把许多人，把那许多人的
　　英灵害死在特洛伊城下，
你如今戴着这杰出的、永难忘记、
无法洗掉的血的装饰；这家里住着位③

---

① 赫里塞伊斯是阿波罗祭司赫里塞斯的女儿。曾被希腊军队俘虏，作为战利品分配给阿伽门农做妾。

② “为一个女人”指为海伦。

③ 第1456—1460行原文为四行。

　　强横的埃里倪斯，害人的灾难。

克吕泰墨涅斯特拉

请不要为这些事情烦恼，
　　为自己祈求早死，
也不要向海伦发泄怒火，
说她是杀人凶手，她一人害死了
许多阿开奥斯男子的英灵，
　造成了无可比拟的苦难。

歌　队

　　（第一曲次节）
恶神啊，你降临到这宫廷，
降到坦塔洛斯两个儿子①身上，
驱使两个女人②同样地
祸心逞狂，把我的心咬碎。
我看她有如一只可恶的乌鸦，
自诩合法地站在那死尸侧旁，
自鸣得意地高唱胜利凯歌。

　　（叠唱曲）
啊，啊，疯狂的海伦，
你一个人把许多人，把那许多人的
　　英灵害死在特洛伊城下，
你如今戴着这杰出的、永难忘记、
无法洗掉的血的装饰；这家里住着位
　强横的埃里倪斯，害人的灾难。

---

① “两个儿子”指阿特柔斯和提埃斯特斯。
② “两个女人”指海伦和克吕泰墨涅斯特拉。

克吕泰墨涅斯特拉

现在你修正了自己的意见，
请来了这个家族的
一位大嚼大咽的恶神。
由于有他作怪，人们的肚里
产生了血的欲望，昔日的痛苦
尚未消除，新血又溢出。

歌　队

（第二曲首节）
你在称赞这个家庭的
一位怒不可遏的大恶神，
啊，啊，恶意的赞美，
对悲惨的命运总不餍足。
这一切啊都由于宙斯，
万物的起因，万物的肇始，
人间什么事没有宙斯能发生？
有哪一件事物不是由神明促成？

（叠唱曲）
啊，国王啊，国王！
我该如何为你哭泣？
从友好的内心该对你说什么？
你现在躺在这张蛛网里，
耻辱地死去，结束了生命，
可悲，可悲啊，与自由人不相称的卧榻，
被妻子的狡猾计谋征服，
倒在她手中的双刃兵器下。

克吕泰墨涅斯特拉

你认为这事情是我所为。
请不要以为我是
　　阿伽门农的妻子。
是那个古老的凶恶的报仇神
装扮成这个死人的妻子，
　　报复凶残的宴客者
　　阿特柔斯的罪恶，
把他杀死，祭献年轻人。

歌　队

　　（第二曲次节）
有谁能为你作证，证明
你在这场杀戮中无罪咎？
　　怎么可能？那助手也许是
　　源自父辈罪恶的报仇神。
黑色的阿瑞斯迫使亲人们
互相杀戮，血流不断，
　　不管他前往哪里，那里便会
　　出现新的血迹，吞没儿孙。

　　（叠唱曲）
啊，国王啊，国王！
我该如何为你哭泣？
　　从友好的内心该对你说什么？
你现在躺在这张蛛网里，
　　耻辱地死去，结束了生命，
　　可悲，可悲啊，与自由人不相称的卧榻，
被妻子的狡猾计谋征服，

　　倒在她手中的双刃兵器下。

克吕泰墨涅斯特拉

（我认为就这样地死去
　　对他并非不光彩。）
难道此人没有给家庭
制造阴险的杀戮？
　　他杀了我和他的孩子，
那泪流不止的伊菲革涅娅，
他咎有自取，罪有应得，
　　他不可能在宴间自夸，
　　因为他死于剑下，
是为他的行为作偿付。

歌　队

　　（第三曲首节）
我心中感到困惑，失去了
　　机敏的思维；该如何思考？
　　当这座房屋崩塌的时候。
我害怕这充满血腥的簌簌雨声，
它能把房屋冲毁。细雨暂停息①，
摩伊拉正在另一块砥石上磨快
　正义之剑，准备另一次杀戮。

　　（叠唱曲）
大地，大地啊，愿你早把我收藏，
在我看见他躺在这里，躺在这

① 细雨是暴雨的前奏。

　　银壁浴盆的平底卧榻之前①。
谁来埋葬你？谁来为你唱挽歌？
你胆敢这样做吗？亲手杀死
自己的丈夫，又亲自来哭悼他，
为自己的骇人行为虚情假意地②
　　向亡灵表示并非恩惠的恩惠。
谁将在如神的英雄坟前，
　　把泪水淋漓抛洒，
　　寄托真诚的哀伤③？

克吕泰墨涅斯特拉

这事不用你挂心，无需你牵挂，
我们把他打倒，把他杀死，
我们自会把他殡殓埋葬，
没有家人们的哭泣哀悼，
他的女儿伊菲罗涅娅
　　会如常理那样，热切地
　　迎面向父亲迅速跑来，
　　在哀河边上伸开双手，
　　拥抱父亲，亲切地欢迎他。

歌　队

　　（第三曲次节）
指责本身遭到反指责，
　　要作判断实在不容易。
　　抢人者反被劫掠，杀人者反而丧命。

---

① 第 1536—1540 行原文为四行。
② 第 1541—1545 行原文为四行。
③ 第 1546—1550 行原文为四行。

只要宙斯仍坐在他的宝座上，
作恶者必遭报应，这是天理。
谁能把诅咒的种子从这家抛掉？
　　这个家族已和不幸紧密相联系。

　　（叠唱曲）
大地，大地啊，愿你早把我收藏，
在我看见他躺在这里，躺在这
　　银壁浴盆的平底卧榻之前。
谁来埋葬你？谁来为你唱挽歌？
你胆敢这样做吗？亲手杀死
自己的丈夫，又亲自来哭悼他，
为自己的骇人行为虚情假意地
　　向亡灵表示并非恩惠的恩惠。
谁将在如神的英雄坟前，
　　把泪水淋漓抛洒，
　　寄托真诚的哀伤？

克吕泰墨涅斯特拉

你这个预言符合真理，
与他相契合[1]。现在我愿意
和普勒斯特涅斯家的恶神[2]
缔结盟约：放弃一切旧仇怨，
虽然难以忍受；他也得离开
这个家庭，用亲族杀戮
　　去折磨别的家族，

---

① “预言”指歌队唱的“作恶者正遭报应”。克吕泰墨涅斯特拉认为阿伽门农作恶，已遭到报应。

② 据另一种传说，阿伽门农和墨涅拉奥斯是普勒斯特涅斯和阿埃洛佩所生，阿埃洛佩后来才嫁给阿特柔斯。

即使只留下小部分财产①,
　　对于我也就足够,
愿他能使这个家庭摆脱
　　疯狂的互相杀戮。

(十三)
退　场

(埃吉斯托斯上,侍卫随上)②

埃吉斯托斯

啊,报仇之日的明媚阳光啊!
现在我要说,为凡人报仇的神明
从上天注视着大地上发生的不幸,
当我看见埃里倪斯们编织的
披篷里躺着这家伙,真令我痛快,
见他就这样补偿他父亲的罪咎。
当年阿特柔斯,本地国王,他父亲,
把我的父亲提埃斯特斯,也就是
他自己的兄弟,为争夺王位,

---

① 古希腊人认为,可以用钱财为自己赎罪。

② 人们对埃吉斯托斯由何处上场看法不一,有人认为是从宫内上场,也有人认为可能是从王宫附近前来。

赶出了自己的城邦，逐出了家园。
后来不幸的埃吉斯托斯返回国，
在家灶前求得生命安全，
免于被处死，血染祖国的土地。
但他的不敬神的父亲阿特柔斯
对我的父亲却热心大于亲情，
假意欢庆节日，设宴款待，
送上用孩子们的肉做成的肴馔。
他把他们的脚掌和手指砍下，①
一一切成碎块无法辨别，
我父亲立即无意地拿起来食用，
正如你知道，毁灭这家族的肴馔。
当我父亲发现了这可恶的行为，
大叫一声，仰面吐出那肉块，
祈求佩洛普斯的儿孙遭厄运，
一面祈求，一面推翻那餐桌，
愿普勒斯特涅斯整个家族遭毁灭。
因此现在看见他倒在这里，
我是这场杀戮的合法谋划人。
他留下我这第三子，同不幸的父亲
一起遭放逐，虽然是襁褓中的婴儿。
待我长大后，狄克又把我送回，
他被我捉住，虽然我不在现场，
但是我安排了整个阴谋计划。
现在我即使死去也感觉美好，
既然看见他陷进了正义的罗网。

① 此处抄本有残缺。

歌队长

埃吉斯托斯,我讨厌人幸灾乐祸。
你是不是说你故意杀害了此人,
你一人谋划了这次悲惨的凶杀?
我想告诉你,相信吧,你这脑袋难逃,
相信我吧,民众的石击刑惩罚。

埃吉斯托斯

你坐在下层桨位上,竟然对掌握
船只舵柄的强者这样说话?
你是个老人,像你这么大年纪,
还需要学习说话谨慎不容易。
监禁和饥饿折磨对于老人
是最杰出的智慧老师和先知。
难道你有眼睛,却看不出这道理?
请不要踢刺棒,免得把自己踢伤①。

歌队长

女人②啊,你这样对征战归来人——
你留在家中玷污了他的床榻,
又给军队统帅谋划了死亡?

埃吉斯托斯

你的这些话是悲惨地哭泣的先导。
你的声音同奥尔甫斯③的不一样。

---

① 刺棒指棒头钉有钉子的棒,古希腊人用来赶马。
② “女人”指埃吉斯托斯。
③ 奥尔甫斯是古希腊神话传说中的著名歌手,他的歌声能感动草木顽石。

他的歌声能欢乐地引导万物，
你却用这些愚蠢的狂吠惹恼人，
唯有被押走，受强制才会变温顺。

歌队长

我看你像阿尔戈斯人的暴君，
尽管你策划了对他的这场谋杀，
可却又不敢亲自动手杀害他。

埃吉斯托斯

施展诡计由女人来干更合适，
我是他旧日仇人，会使他生疑窦。
我现在要利用他拥有的财富
统治国民，若有谁不愿服从，
我就给他加重轭，他不会是
吃大麦的马，那与黑暗同在的
可诅咒的饥饿会使他变顺从。

歌队长

你为何不鼓起你那邪恶的心灵，
亲自杀死他，却要假手女人，
玷辱这方土地和这里的神明，
奥瑞斯特斯是否仍看得见阳光，
仰仗慈惠的命运能返回这里，
成为他们俩的不可抵御的惩处人？

埃吉斯托斯

既然你认为要这样做这样说，你很快会学会。
（对随从侍卫）
亲爱的侍从们，快过来，这里有事要干。

（侍从们应声上前）

歌队长

朋友们，大家拔出剑来，做好准备。

埃吉斯托斯

看哪，我也拔出剑来，我不会畏缩怕死。

歌队长

你说你准备死，我们欢迎，希望能如此。

克吕泰墨涅斯特拉

最最亲爱的人，我们不可再惹祸端。
我们已经收获了许多不幸的收成，
灾难已经足够，让我们不要再流血。
尊敬的长老们，请你们回家去，让步吧，
在遭到命定的不幸之前。愿事后有好结果。
如果这是最后的苦难，我们愿意接受。
尽管恶神的蹄子已经把我们踢够。
这是一个女人的劝告，但愿被听从。

埃吉斯托斯

可是这些人都对我如此信口胡言，
说出这样的话语，企图与恶神对抗，
失去健全的理智，竟然责备起主上。

歌队长

向恶人摇尾献媚，非阿尔戈斯人的习性。

埃吉斯托斯

但将来总有一天我会好好惩治你。

歌　队

不可能，只要神明让奥瑞斯特斯返回来。

埃吉斯托斯

我知道流亡之人总是靠希望过日子。

歌队长

你干吧，吹嘘吧，玷污正义，趁现在可能。

埃吉斯托斯

请相信，你会为这些蠢话向我付代价。

歌队长

你尽管自夸吧，有如母鸡旁边的公鸡。

克吕泰墨涅斯特拉

不要理会这些空洞的狂吠，现在我和你
是这家的主人，一切都会得到妥善的安排。

（活动台转回景后，后景壁恢复原状；克吕泰墨涅斯特拉、埃吉斯托斯回宫，侍从随行；歌队退场）

奥狄浦斯王

索福克勒斯 著

张竹明 译

场次

1 **开场**

第 1—150 行

2 **进场歌**

第 151—215 行

3 **第一场**

第 216—462 行

4 **第一合唱歌**

第 463—511 行

5 **第二场**

第 512—862 行

6 **第二合唱歌**

第 866—910 行

7 **第三场**

第 911—1086 行

8 第三合唱歌

第1089—1109行

9 第四场

第1110—1186行

10 第四合唱歌

第1187—1221行

11 退　场

第1222—1530行

人 物

奥狄浦斯

忒拜国王

祭司

宙斯神的祭司

克瑞昂

伊奥卡斯特的兄弟

特瑞西阿斯

忒拜城的盲人先知

伊奥卡斯特

忒拜王后

报信人甲

一个科林斯人

牧人

伊奥卡斯特和前国王拉易奥斯的仆人

报信人乙

一个忒拜人

歌队

忒拜长老组成

无台词人物：

一群乞援人

老人、青年、儿童各若干人

奥狄浦斯和伊奥卡斯特的两个女儿安提戈涅和伊斯墨涅

奥狄浦斯的侍仆数人

伊奥卡斯特的侍女数人

地 点

忒拜王宫前

时 间

英雄传说时代

（一）

开　场

（各种年龄的乞援人围坐在宫门前的神坛边，为首的是宙斯的祭司；奥狄浦斯从宫内上）

奥狄浦斯

啊，孩子们，老卡德摩斯的这一代后人①，
这是为什么——你们坐在我面前的神坛上，
手捧系羊毛的橄榄枝，苦苦求告？
为什么城里香烟弥漫，一片
求生的祈祷和痛苦的哀号？
孩子们啊，我想过，我不能
只从别人那里听取报告，
我，大名鼎鼎的奥狄浦斯，
亲自出宫来听取你们的求告了。
（向祭司）
啊，老人家，既然年岁让你有资格代表大家，
你就说吧，你们为何来到这里，
是害怕什么，还是渴望什么恩典？
我愿全力帮助你们。心非铁石，

① 卡德摩斯是忒拜城的建立者，被视为忒拜人的始祖。

我岂能不怜悯你们这样的一群乞援人。

祭　司

啊，奥狄浦斯，我们这国土的主宰，
你亲眼看见了，在你宫门前的圣坛边，
围坐着些什么样年龄的人：
有的还是孩子，翅膀还不能带着他们高飞；
有的是白发弓腰的祭司，就像我这个宙斯的仆人；
有的是我们青年的精英。除了我们这些人，
其余人民，也都手持系羊毛的树枝，
群集广场[①]，坐在帕拉斯·雅典娜的双庙前面，
或伊斯墨诺斯的神[②]发布预言的火灰旁边。
　　正如你亲眼所见，我们的国家，
像一只航船，遭遇血的狂澜，
虽经拼命挣扎，但还是被一个巨浪
卷进了深渊，再不见它露出水面。
在这里，田间抽穗的庄稼枯萎了，
牧场上吃草的牛羊倒毙了，
临产的妇人突然死了，最可怕的瘟疫，
那个手持火把的恶煞凶神，突然降临我们城邦。
于是，卡德摩斯的家园荒凉一片，
黑暗的冥土到处是痛哭和悲叹。
　　现在我们坐到你家神坛跟前来求你，
我，还有这些孩子，不是把你当天神，
而是把你当作英雄，一个能在日常祸事
或天降灾殃时济困指迷的人。

---

① 忒拜城分东西两部分，西部是卫城，东部是外城。也有两个广场，一在卫城北部，一在外城。古希腊城市的广场是公民政治（集会）和经济（集市）活动的中心。

② 指阿波罗神。伊斯墨诺斯河边的阿波罗神庙是忒拜人求证神意的地方，人们在那里焚烧牺牲，从牺牲被火烧的情形猜测神意。

当初正是你,来到卡德摩斯的城邦,
豁免了我们献给那残忍歌女的贡赋①。
我们或别人没有谁向你提示过那谜语,
你是受到神的援助,感悟出谜底,
解救了我们国家脱离苦难,
人民这么说也是这么相信的。
现在,奥狄浦斯,能力无比的王,
我们全体乞援者求你了,设法救救我们,
或靠天神指点,或借凡人的智力;
我看到,经验丰富的人,
总能拿出最好的主意。
你,凡间最善的人啊,救救城邦;
也保住你自己的智慧美名!
为了你早先的热心,这地方
至今还称你为它的救星;
永远别让我们的后代将来这样追述你的统治时期:
“他把我们扶了起来,后来又让我们倒下了。”
啊,扶助这城邦吧,让它永不倒下。
你的好运曾为我们造福,
愿它再把我们帮助。
如果你还想像现在一样统治这方土地,
那么一块有人的土地总比没人的好些;
一座城堡一只船,若是空空的,
没人和你一起待在里面,
又有什么价值,又有什么意义!

奥狄浦斯

啊,可怜的孩子们,我不是不知道

① 人面狮身的女妖以谜语诗为题,吃了许多忒拜人,如同以人作贡赋。

你们的来意;我明白,你们都在受苦。
可是不论怎样,
你们的痛苦远远比不上我的。
你们的悲哀只有一份,
只为自己,不为别人,
而我的悲痛则同时
既为着城邦,又为我和你。
因此,我不是大白天睡觉的懒虫,被你们梦中叫醒,
你们怎知道我哭了多少回,想过多少主意,
煎熬中度过多少黑夜和白天,
才想到一个唯一的解救办法。
我已经把它付诸实行:派墨诺克奥斯之子
克瑞昂,我的内兄,去皮提亚的
福波斯[1]神殿求问:做些什么
或说些什么,可以拯救这城邦。
我屈指数着日子,心怀忐忑,
不知道他发生了什么事情;因为他耽搁太久了,
超过了正常的期限。但请放心,
他一回来,我以人格担保,
一定严格执行神指示的一切。

祭　司

你的话真凑巧,我从他们[2]的动作
可以猜到,克瑞昂回来了。

奥狄浦斯

啊,阿波罗,我的主宰!

---

① 福波斯是阿波罗的别名,皮提亚是得尔斐的别名。
② 指某些看见克瑞昂回来了的乞援人。

但愿他的高兴乃是预告：
克瑞昂带来好消息，我们有救了。

祭　司

我猜，他带来的准是好消息，否则他不会
头戴桂冠，上面还结满果实。

奥狄浦斯

我们很快就可以知道了；他近了，
听得见了，如果我们问他什么。
　　（克瑞昂上）
爱卿，墨诺克奥斯之子，我的姻兄，
你从神那儿给我们带来了什么指点？

克瑞昂

好消息。我想，不管什么艰难险恶，
只要方法对头，事情总能向好的方向转变。

奥狄浦斯

神谕说了些什么？你的话使我摸不着头脑，
既不能令我放心，也不能令我担惊受怕。

克瑞昂

如果你要当众听我传谕信息，我打算
就在这里告诉你，不然我们还是进去说。

奥狄浦斯

说给大家听吧！我心里难过，
为了他们大家胜于为我自己。

克瑞昂

那就报告我从神那儿听到的。
大神福波斯吩咐我们,明明白白,
消除那污染忒拜土地的病害,
若让它留着,我们便无药可救。

奥狄浦斯

什么污秽? 怎么清除?

克瑞昂

放逐或者流血,清偿一笔血债。
城邦眼前的激烈动荡,正是因为
这笔血债不曾得到偿还。

奥狄浦斯

神指什么人的血债?

克瑞昂

主上啊,在你治理这城邦之前,
拉伊奥斯曾是我们这地方的王。

奥狄浦斯

我知道,听说过,
只是从未见过他。

克瑞昂

他被杀了。如今神谕清清楚楚:
惩治凶手,不论他们是谁。

奥狄浦斯

他们在哪里？哪里去寻找
这陈年罪恶的模糊线索？

克瑞昂

神说就在我们这里:肯找就找得到;
消极等待,就让凶手漏网了。

奥狄浦斯

拉伊奥斯是在哪里遇害的？
家里,乡间,还是在国外？

克瑞昂

出国——照他说——去求神,
但是,出去了,没有再回来。

奥狄浦斯

没有任何信使或任何随行人员知情,
能够提供追查的线索？

克瑞昂

都死了,只有一个人害怕了,逃回来,
他看见的事也只有一件能说得肯定。

奥狄浦斯

哪一件？要知道,一条线索能让我们找出许多情况,
只要抓住线头我们就有希望。

克瑞昂

他说是遇上了强盗。国王被杀，
被一伙人，不是死于一个人。

奥狄浦斯

若非忒拜城里有人出钱指使，
强盗怎敢如此胆大妄为？

克瑞昂

这种想法曾经有过，但是一场祸害使我们
不曾有人站出来为拉伊奥斯之死复仇。

奥狄浦斯

国王死得如此悲惨，又有什么祸害
能妨碍这个案子的追查？

克瑞昂

那说谜语的斯芬克斯迫使我们应对，
搁下了那情况不明的事件。

奥狄浦斯

好，我要从头追查这血案，弄个水落石出。
福波斯发布了神谕，你也尽了你的责任，
你们都关心死者。现在轮到我，
你们也会看到我尽力尽责，报复
对城邦和神灵的这一罪行。
须知，即使为我自己，不为一个远亲①，

① 一个没血缘关系的亲戚，指拉伊奥斯。

我也要清除这病害。
因为,不论杀害前王的那人是谁,
他也会攻击我本人,用这同一只罪恶的手。
所以,帮助亲友也是帮助我自己。
现在,快,孩子们,离开这祭坛,
拿走这些乞援的树枝,派人去把忒拜百姓
召集来这里。我将宣布彻底追查。
在神的帮助下我们一定能成功,
——不然,等着我们的就只有灭亡。

(奥狄浦斯、克瑞昂下)

祭　司

孩子们,起来。国王答应了请求,
我们到这里来的目的已经达到。
福波斯发布了神示,愿他也用行动来解救我们,
为我们消除这场瘟疫,制止它继续流行。

(祭司领着乞援人下)

(二)

进场歌

(忒拜长老组成的歌队进场)

歌　队

（第一曲首节）

喜人的宙斯神谕啊，
你从多金的皮提亚①
给光荣的忒拜城带来什么信息？
我痛苦，我害怕，胆战心惊。
得洛斯岛的医神啊②，发发慈悲吧！
你要我怎样给你献祭，
用新的祭礼，还是复活
湮没已久的古老仪式？
啊，金色的希望之子啊，
请开圣口对我说明。

（第一曲次节）

我首先呼吁你，宙斯的女儿，神圣的雅典娜；
再呼吁你的姐妹，阿尔忒弥斯，我们这地方的
守护神，高坐在我们圆形广场里她著名宝座上的；
还呼吁远射之神福波斯·阿波罗，
三位救命之神啊，请你们对我显灵！
既然从前在我们城邦濒于毁灭之际，
你们曾经把肆虐的瘟疫赶出我们的国境，
如今也请你们降临呀，救救城邦，救救我们！

（第二曲首节）

哎呀，我受的痛苦数不清，
瘟疫正袭击我全体人民，

---

① 得尔裴（皮提亚）的阿波罗神庙各种贡金、赋税收入很多，庙里的宝库藏有金银宝物。
② 得洛斯岛或译提洛岛，爱琴海中一小岛，为阿波罗出生地。“医神”指阿波罗。

人的头脑已想不出办法保护他们。
如今不见这丰饶的土地结出果实，
不见孕妇在阵痛中号叫，
但见一个个灵魂奔向夜晚之神①
模糊不清的西方岸边，
急如星火，快若飞鸟。

（第二曲次节）
城邦在数不清的死亡中毁灭。
年轻人倒在地上，播散疫情，
没有人哀悼没有人怜悯；
年轻的妻子带着白发的老母
在各处神坛的台阶上
放声痛哭，乞求神灵帮助
解除她们难忍的苦痛。
乞求医神的祷告响亮清楚，
还夹杂着哀号。为了这些，
宙斯的金色女儿啊，
请赐给我们仁慈的救护。

（第三曲首节）
凶恶的战神，眼下虽然不拿青铜的盾牌②，
却像战场上一样，发出怒吼，
把我投入他攻击的火海。
但愿他突然转过身去，退出我们国土，
让一阵及时风吹到安菲特里特的

---

① 夜晚之神或称西方之神，日落于西。阳间和阴间交界处在西方。
② “不拿盾牌”暗示不是用战争而是用瘟疫来毁忒拜。

宽大卧榻①,或者
难找到避风港的色雷斯海上。
黑夜若有什么破坏未尽,
白天便来接着做完它。
啊,你,电火之神!啊,宙斯,我们的父亲!
求你将他击毙,用你的霹雳。

(第三曲次节)
吕克奥斯的主宰②啊,
愿你无敌的箭雨点般射出去
援救我们。
愿阿尔忒弥斯光亮的火炬——
她举着它们跑遍吕克奥斯的山山岭岭——
也来帮助我们。
我也祈求你,头扎黄金发带的,
与我们这地方有着同一名称③的,
面带酒色的巴克科斯,
你,狂女④的伴侣,我求你,
也举着你明亮的火把来参战,
赶走阿瑞斯——众神轻蔑的战神。

---

① 安菲特里特是海神波塞冬的妻子;“她的宽大的卧榻”指大西洋。

② “吕克奥斯的主宰”指阿波罗。

③ 酒神狄奥倪索斯常冠以“卡德墨亚的”限定词,与忒拜卫城卡德墨亚同名。酒神又名巴克科斯,忒拜城又名巴克赫亚,亦同名。

④ 狂女指酒神的女信徒。

（三）

第一场

（奥狄浦斯上）

奥狄浦斯

你乞求神灵，其实，只要肯听信我的话
并治疗自己的疾病，你就有希望
找到救助，摆脱苦难。
我要对全体人民公开说话。
因为，我是在这血案发生之后才成为一个忒拜人的。
所以，对这血案既不知情对这神谕也不明白，
如果我独自一人追查，又没有一条线索，
是查不深入的。因此，现在我向你们，
全体卡德摩斯的后裔宣布下列旨意：
　　你们中有谁知道拉布达科斯之子
拉伊奥斯是被什么人杀死的，
我命令他把全部案情报告给我。
如果他担心告发后因为有牵连
自己也受到告发，我可以让他放心：
他会受到宽大处理，最多被驱逐出境。
如果有人知道凶手是一个外邦人，
来自境外，也请说出来，

我会给他奖赏,外加对他心怀感激。
但是,如果你们不说,如果有人因为害怕
企图包庇朋友或自己,不顾我的命令,
那么我的办法如下,你们大家必须听着:
在我统治的这个王国里,不论什么地方,
我要你们弃绝这个罪人,不论他是谁,
不收容他,不和他说话,
不和他一起祈祷,不和他一起祭神,
也不为他举行净罪仪式;
大家都不让他进屋,既然他是
污染我们的毒源,正如皮提亚的
神谕新近向我宣示时给他定性的。
　　因此我要这样来彰明天意帮助死者:
我诅咒这隐蔽的犯罪人,
不论他是单独行动还是带别人一起干的,
愿他罪恶的生命在极端的不幸中灭亡。
如果我知道谁是凶手,
却把他藏在我的宫殿里,
我愿受到刚才对凶手一样的诅咒。
希望你们完全遵从我的这一命令,
为了我,为了神,为了这块
遭到神谴,不结果实了的土地。
　　你们的国王,一个高贵的人被杀害了,
你们竟丢下不管,不清洗血污,
即使神不催逼,也是不合适的。
你们必须追查。如今既然我
执掌着他从前拥有的统治权力,
娶了从前为他生儿育女的妻子,睡上了他的床,

又如果他求嗣的希望不曾落空[1]，
一母所生的子女作为纽带
也把我和他连结成了一家人。
不幸，厄运突然落到了他的头上。
有上述这些理由，我要为他报仇雪恨，
像为我自己的父亲报仇一样，
为拉布达科斯之子，波吕多罗斯的孙子，
老卡德摩斯的曾孙，远祖阿革诺尔的玄孙，
不遗余力侦查出那个杀害他的凶手。
　　对于那些不服从我命令的人，我求众神
罚他们土地不结果实，女人不孕孩子，
罚他们在当前的瘟疫或一场更可怕的灾难中灭亡。
但是，对于你们这些听从我命令的
卡德摩斯的忠实后人，愿我们的盟友正义女神，
还有所有别的神，永远好心保佑你们。

歌队长

照你的誓言对我的要求，
我的王啊，我给你如下的答复：
我没有杀人，也指不出杀人凶手。
既然这个谜是福波斯出的，
让他来解答这凶手是谁。

奥狄浦斯

你说的对。但是，没有一个人
能逼神灵做他不想做的事情。

---

① 奥狄浦斯不知道拉伊奥斯有过儿子。

歌队长

那么,让我提出第二个我觉得最好的办法吧。

奥狄浦斯

如果还有第三个办法,也请说出来。

歌队长

我们的先知特瑞西阿斯最通晓
我主福波斯的神意;我的王啊,
问这事情从他那里最能问个清楚。

奥狄浦斯

这件事我也不曾忽视,
克瑞昂提议后,我两次派人去请他,
可是不知道他为何这么多时了还不到。

歌队长

另外有过一个传说——只是久远了,模糊。

奥狄浦斯

什么传说?我要知道每个消息。

歌队长

据说他是被几个过路行人杀死的①。

奥狄浦斯

我也听说过,只是没人见过这目击者。

---

① 第122行说是一伙强盗。

歌队长

如果他知道什么是害怕,听到你
如此可怕的诅咒,会吓跑了的。

奥狄浦斯

不怕事情的人不会害怕一句话。

歌队长

但是,一个揭发的人来了。
瞧,他们终于把通晓神意的先知带来了,
人间只有他天生知道真相。
（一童子引领特瑞西阿斯上）

奥狄浦斯

特瑞西阿斯啊,你的心灵通晓一切:
可以言传的和无法言传的,天上的和地上的。
你虽然看不见,但是知道我们城邦
遭到了什么样的瘟疫。伟大的先知啊,
我们把救护城邦的唯一希望寄托在你的身上。
你一定已听使者说了,
对我们的问题福波斯传来了答复:
我们能否有办法摆脱这场瘟疫,全看我们
能否准确地查出杀害拉伊奥斯的凶手,
并把他们处死或驱逐出境。
现在就请你别拒绝,或者根据鸟声,
或者用别的什么你所掌握的占卜术,
拯救你自己,拯救城邦,拯救我,

清除因死者的一切染污①。
我们全靠你啦！须知，人生最高尚的目标
在于尽其所有、尽其所能帮助别人。

特瑞西阿斯

哎呀！在智慧对智慧者不利的地方，拥有智慧
多么可怕！嗯，这道理我懂得非常清楚，
但是忘记了；不然我永远不会到这里来了。

奥狄浦斯

怎么回事？你来了这么懊丧。

特瑞西阿斯

放我回家吧。你的事你很容易对付过去，
我的事我自己也容易对付，如果你答应放我回去。

奥狄浦斯

你的话不对，对养育你的城邦不热爱，
因为你知道这秘密不肯说出来。

特瑞西阿斯

我觉得你的话不合适，我所以不说，
是怕承受你同样的……

奥狄浦斯

看在众神的分上，如果你知道，
请别走，我们全都跪下求你啦！

---

① 死者指拉伊奥斯。

特瑞西阿斯

你们全都不知道。我永远不会暴露
我的不幸,为了不暴露你的不幸。

奥狄浦斯

你说什么?你知道这秘密不告诉我们,
这不是存心背叛我们,毁灭城邦吗?

特瑞西阿斯

我不愿让自己痛苦,也不愿让你痛苦。
何必白费口舌?我不会告诉你的。

奥狄浦斯

啊,最坏的人,你的脾气能使石头生气。
你永远不开口吗?
就这么心硬这么固执?

特瑞西阿斯

你指责我的脾气,你自己的——①
和你形影不离。你看不清,只指责我的。

奥狄浦斯

这种话实在有辱城邦,
谁听了能不生气?

---

① “你自己的”可能是吞吞吐吐地想说“你的母亲”,可奥狄浦斯却以为是说“你的脾气”。

特瑞西阿斯

即使我用沉默掩盖,事实还会真相大白。

奥狄浦斯

既然真相终将大白,你应该因此告诉我。

特瑞西阿斯

我不再往下说了。为此
你要发脾气,就发个痛快吧。

奥狄浦斯

是的,我太生气了。事实上我要把心里想的
毫无保留讲出来。你听着,照我看,
你参与策划了那起血案,除了亲手杀人之外,
你什么都参与了。如果你不是个瞎子,
我要说,事情是你一个人干的。

特瑞西阿斯

真的吗? 那么我要求你遵守
自己宣布的命令,从今天起
你别再跟长老们也别跟我说话啦!
因为,你就是那污染这地方的罪犯。

奥狄浦斯

你太无耻了,说出这样的话。
说这话你怎能相信避免惩罚?

特瑞西阿斯

我已经避免了。事实真相里有我的力量。

奥狄浦斯

谁教给你这个？至少不是你的法术。

特瑞西阿斯

是你,你逼我说出我不愿说的话。

奥狄浦斯

什么话？再说一遍,让我听得更明白些。

特瑞西阿斯

你没听懂我的意思还是逼我继续说下去？

奥狄浦斯

我不能说真的懂了,还是再说一遍吧！

特瑞西阿斯

我说你就是你正在追查的凶手。

奥狄浦斯

两次出言伤人,你要后悔的。

特瑞西阿斯

还要我再说,让你再生气吗？

奥狄浦斯

要说就说吧！反正都是白费口舌。

特瑞西阿斯

我说,你以想不到的可耻和自己最近的

亲人生活在一起，却不知道这是不幸。

奥狄浦斯

你一直这么说下去，真的以为可以不受惩罚吗？

特瑞西阿斯

是的，如果事实真相里确有某种力量。

奥狄浦斯

不，大家都有，就是你没有。对于你，
那种力量是不存在的，既然你又聋又笨又瞎。

特瑞西阿斯

你这可怜虫，骂我这些话，
这里所有的人不久就会用同样的话回敬你的。

奥狄浦斯

一个无边黑夜中长大的人，你呀，
伤害不了我或任何看得见阳光的人。

特瑞西阿斯

不，命运注定不该我来扳倒你，
阿波罗有足够的力量，该他完成这件事情。

奥狄浦斯

这是克瑞昂的诡计还是你的？

特瑞西阿斯

克瑞昂一点没有害你，是你自己害自己。

奥狄浦斯

财富、王权
和超越生存竞争技能之上的技能啊，
你们受到多么大的嫉妒呀！
你看，为了这统治权——城邦
送到我手里的，不是我要来的——
我信赖的老朋友克瑞昂
正悄悄地向我爬过来，企图推翻我，
收买了这么个诡诈的术士，
狡猾的乞丐——一向只想捞好处，
占卜术一窍不通。
（向特瑞西阿斯）
喂，劳驾告诉我，你何曾表明过
你是个高明的先知？
那只用诗歌说谜语的狗①在这里的时候，
你为什么不说话，不出来拯救同胞？
那谜语本不是随便猜得了的
这地方正需要先知的非凡技巧。
可那次并没有看到你显示先见，
或靠神的启示或凭鸟的飞鸣。
直到我来终止了它的为害，
一个不懂占卜的奥狄浦斯，
不靠飞鸟的暗示，只凭自己的智慧。
正是这个奥狄浦斯，你企图推翻他，
想成为克瑞昂的亲信，分享他的权力。
我想你和事情的主谋者会后悔
太热心于清除这地方的污秽。

① 指人面狮身的女妖。

要不是看你上了年纪，早就让你知道，
如此大胆妄行应该尝到什么苦头。

歌队长

我们觉得，这个人和你，
奥狄浦斯啊，都是在说气话。
这样做没有必要。我们应该研究，
如何能够最好地实现神的指示。

特瑞西阿斯

诚然你是国王，但是至少答问的权利
必须认为彼此同等；这方面我也是一个主人。
我活着不是你的奴隶，只是洛克西阿斯[①]的仆人。
因此我也不会登记在克瑞昂的被庇护人名册上。
既然你还骂我是瞎子，因此我也要对你说：
你虽然有眼睛，但是看不见自己的不幸，
看不见自己住在哪里，和谁住在一起。
你知道是从哪个根上长出来的？你无意中成了
自己已死的和活着的亲属的仇人。
有朝一日母亲的诅咒和父亲的诅咒
将一起紧追不舍，驱赶你离开这方土地，
你现在看得清楚的双眼那时一片漆黑。
等你发觉这个家里的婚姻，原来是你
一路幸运航行之后驶进的不幸港湾，
而一切不幸的顶点还在于你没料到，
你其实是自己子女们一母所生的兄弟。
等你明白了这一切，等到那个时候，
这地方有哪一处听不到你的哭声！

---

① 洛克西阿斯是阿波罗的别名之一。

基泰戎山有哪一处不发出你哭喊的回音！
　　因此，尽管骂克瑞昂，骂我诽谤吧，
反正这人世间不会有谁比你更受苦的了。

奥狄浦斯

听这家伙说话谁能受得了？
　　（向特瑞西阿斯）
该死的东西，还不快滚，离开我的家，
快从这里滚回到你自己家里去！

特瑞西阿斯

不是你召唤，我压根儿不会来。

奥狄浦斯

我不知道你会说出这种蠢话，不然，
我决不会派人请你到我家里来。

特瑞西阿斯

照你看来，我是一个天生的蠢人，
但在你的生身父母看来，我有智慧。

奥狄浦斯

生身父母？等一等，世间谁是我的生身父亲？

特瑞西阿斯

今天生你，今天也亡你。

奥狄浦斯

又是谜语！你只会说暗示出谜语。

特瑞西阿斯

你不是最善于解暗示猜谜语吗?

奥狄浦斯

那是我的好运,你却拿它骂我。

特瑞西阿斯

然而,正是这好运害了你。

奥狄浦斯

我自己无所谓,只要救了城邦。

特瑞西阿斯

现在我走啦。来,童子,领我离开这里。

奥狄浦斯

好,让他领你走。你在这里,碍事惹气,
你走了,就不再有人惹我烦恼。

特瑞西阿斯

我要等完成了任务再走,我不怕你。
因为,你杀死我——这难以想象。
我此来的任务是要告诉你:
你追查了这么多时宣布要严惩的
杀拉伊奥斯的凶手,这个人就在这里,
人们以为他是个外来人,以后他会被发现,
原来是个土生土长的忒拜人,不高兴自己的好运。
明眼人成了盲者,富人成了乞丐,
靠一根手杖探路,远走异国他乡。

他将被发现是和他同住一屋的
自己的子女的兄弟和父亲，又是
生养他的那个女人的儿子和夫君，以及
自己父亲的共同播种人和杀人凶手。
　　这些话你进去想想，如果我说的有错，
那时再来骂我没有先知预言的本领。
　　（特瑞西阿斯由一童子引走，奥狄浦斯进宫）

（四）
第一合唱歌

歌　队

　　（第一曲首节）
得尔斐石窟[①]传来神谕指出的，
那个用血染的手犯下无以名状罪恶的是谁呀？
现在到了他撒开
比快如风暴的骏马
还有力的脚步逃跑的时候了。
因为，用宙斯的火与电武装起来的阿波罗
正向他追来，
和他一起追来的

① 得尔斐阿波罗的神谕由庙内一石窟传出。

还有那可怕的永无差误的命运之神。

（第一曲次节）
刚从积雪的帕尔那索斯山发出的神谕[1]
要大家寻找那个隐藏的罪人。
他躲进了野树林子，
从一个山洞流浪到另一个山洞，
像一头凶猛的公牛，
凄苦孤独地走着，
还在努力摆脱
大地中心[2]的神谕[3]。
但他摆脱不了它，
它一直盘旋在他头顶上。

（第二曲首节）
这智慧的预言家着实使我非常烦恼，
他的话我既不能同意也不能否认，
我不知道该说什么好。
我参不透那预言，当前未来都看不清。
无论过去还是现在，我从未听说过，
拉布达科斯家族和波吕玻斯的儿子
之间有过什么争吵，
可以作为证据，
用来攻击奥狄浦斯的好名声，
并为拉布达科斯的后人
向那尚未揭发的谋杀者

---

① 帕尔那索斯山在得尔斐北面，这里只是把“得尔斐的神谕”换了一个说法。

② 指得尔斐阿波罗神庙，神庙院内有一石，称脐石（大地的肚脐），意为大地的中心点。

③ 原诗此处残缺一行。

设法复仇。

（第二曲次节）
事实上只有宙斯和阿波罗够得上英明，
能够洞察人间的隐秘。
若说俗骨凡胎的预言家
知道的事情比我多，
这缺乏可靠的证据。
虽然一个人的智力
可能超过另一个人。
在他的预言得以证实之前，
我决不同意责骂奥狄浦斯。
因为，当初那个长翅膀的妖女
朝他走来的时候，
大家看见了他的智慧，
看见他经受住了考验，挽救了城邦。
因此，若问我心里的想法，我认为
他永远不会被判定有罪。

（五）
第二场

（克瑞昂上）

克瑞昂

同胞们，听说奥狄浦斯国王
对我进行了可怕的指控，
我受不了，向你们诉冤来了。
如果他认为我在眼下的麻烦里
说了什么或做了什么伤害他，
背上这黑锅，余下的日子
我活着还有什么乐趣。
因为，如果不仅市民们说我坏，
你和朋友们也都这么说，
那么，这指控对我的损害
就不限于一个方面，而是无所不包的了。

歌队长

这种指控很可能是一时
气头上的话，没有经过头脑想过。

克瑞昂

他有没有说过是我教唆
先知，造谣中伤他的？

歌队长

说是说过，有没有想过我不知道。

克瑞昂

在对我进行这一指控时，
他的眼神和心智正常吗？

歌队长

我不知道。国王的动作我没看见。
瞧,他自己来了,从宫里出来了。
（奥狄浦斯上）

奥狄浦斯

你这家伙,为什么到这里来?
既然你分明是想谋害我,窃取我的王位,
你竟有这脸皮,还敢到我这家里来?
当着众神的面,你说说看,
你起这个心是不是认为
我愚笨或胆怯?
你是不是以为,你悄悄地向我逼近,
我不会觉察,或者,发觉了不敢制止你?
没有党羽或朋友,却觊觎王位,
你这企图岂不愚蠢?王位这东西
是靠党羽和金钱才能赢得的。

克瑞昂

现在请听我说。
你已经说过了,下面轮到我说话了,
等听明白了我的话,你再作判断。

奥狄浦斯

你擅长辞令,我生性迟钝,听不懂你的。
但我看出了,你心怀叵测,与我为敌。

克瑞昂

现在请你首先就听我解释清楚这一点。

奥狄浦斯

只是别对我说，你不是坏人。

克瑞昂

如果你把糊涂顽固视为财宝，
你就错了。

奥狄浦斯

如果你以为谋害亲人可以不受惩罚，
你就错了。

克瑞昂

我承认你这话说得对，只是请你告诉我，
我在什么地方谋害了你，像你说的。

奥狄浦斯

是不是你劝我派人去
请那个高明的先知？

克瑞昂

即使现在我还会出这个主意。

奥狄浦斯

那么请告诉我，已经多久了拉伊奥斯……

克瑞昂

什么事“多久了”？我不明白你的意思。

奥狄浦斯

被凶杀逝世多久了?

克瑞昂

时间过去很久很久了。

奥狄浦斯

这个先知那个时候有预言术吗?

克瑞昂

他和现在一样智慧,一样受到尊敬。

奥狄浦斯

在那段时间里他提起过我吗?

克瑞昂

他在我跟前的确从未说起过你。

奥狄浦斯

且问,你们有没有追查过凶手?

克瑞昂

当然查过,只是没查出什么结果。

奥狄浦斯

这位智者为什么那个时候不发表预言?

克瑞昂

我不知道。不知道的事情我爱保持沉默。

奥狄浦斯

有这一点你总该知道的,并且能够说得清清楚楚。

克瑞昂

哪一点?如果真知道,我不会不说出来。

奥狄浦斯

如果不是得到你的授意,
他永远不会说拉伊奥斯是我杀的。

克瑞昂

他是不是这么说的,你自己知道。可是
正如你刚才提问我一样,现在该我向你提问了。

奥狄浦斯

尽管问吧。反正我不会被发现是凶手。

克瑞昂

那么请回答我,我的姐姐是不是你的妻偶?

奥狄浦斯

这是一个不容否认的事实。

克瑞昂

你和她不是共同统治着同一块土地,有着同等的权力吗?

奥狄浦斯

她想要什么都可以得到我的满足。

克瑞昂

我不是第三号人物,和你们两人有着同等的权力吗?

奥狄浦斯

正因为这个缘故,你才被视为一个坏朋友。

克瑞昂

如果你能像我一样地思考问题,结论就不一样了。
首先,请想一想,你认为
有谁愿意做国王担惊受怕,
而不愿有同样的权力而又无忧无虑?
我这个人天生的不渴求
国王之名,但求有国王之实。
一切头脑清醒的人都愿意这样。
如今我从你得到一切,有你做挡风墙,
如果自己当了国王,就要做许多事情违反心愿。
　　因此,对我来说,拥有王位怎比
有权有势而无忧无虑更甜蜜?
我没这么傻,不要
有利的荣誉而要不利的。
现在人人讨好我,个个向我致敬,
现在有求于你的人都来找我,
因为,他们的一切好运都在我手里。
因此,我怎会舍弃这种好事挑选别的?
明智和作恶是两不相容的。
因此我自己不会喜欢作恶,
别人作恶也不可能得到我的合作。
　　如果不信我的话,首先请到皮提亚去查证一下,
看我向你报告神谕,是不是说的真话。

然后，如果你发现我和先知一起策划过什么阴谋，
就请以你我两人的名义——不以你一人，
给我判罪，并且，把我捉来杀了。
不过，你不能只凭怀疑不加审讯就给我定罪呀！
因为，随随便便把坏人当好人、
把好人当坏人都不公正。
我以为，一个人抛弃他忠实的朋友
无异于抛弃他最珍爱的生命。
这件事你一定会明白的，只是需要时日。
既然只有时间能证明一个人的正直，
虽然，或许只要一天就能认出一个坏人。

歌队长

对于谨防跌跤的人，他的话说得好，
吾主啊，仓促的判断容易失误。

奥狄浦斯

悄悄的阴谋者加紧向我逼近的时候，
我也必须迅速采取对策；
如果我等着挨打，不采取主动，
他阴谋就会得逞，我就会失败。

克瑞昂

那么，你想做什么？把我放逐出国？

奥狄浦斯

不，不是放逐，我要处死你
好让人们看到嫉妒者的下场。

克瑞昂

你的话表明你
决心不让步,不肯信任我。

奥狄浦斯

[……][1]

克瑞昂

不,我看出你头脑不清楚。

奥狄浦斯

至少,为自己,我头脑清楚。

克瑞昂

不,为我,你也应该头脑清楚。

奥狄浦斯

不,你是一个坏人。

克瑞昂

但是,如果你什么也不明白?

奥狄浦斯

我还必须统治。

克瑞昂

不行,如果统治坏了。

---

① 原诗此处残缺一行。

奥狄浦斯

啊,城邦呀城邦!

克瑞昂

城邦也是我的,不单是你一个人的。
（伊奥卡斯特上）

歌队长

两位王爷啊,别吵了。瞧那边,正巧,
我看见伊奥卡斯特出宫朝你们走来了。
她是最合适的中间人,调解你们眼前的纷争。

伊奥卡斯特

两个不幸的人啊,你们为什么发生
如此愚蠢的争吵?这地方正闹瘟疫,
你们还闹私人纠纷,不害臊吗?
你,奥狄浦斯,还不回宫去?还有你,克瑞昂,也回家去吧!
别把一点点不愉快闹成大大的怨恨。

克瑞昂

我的亲姐姐,你的丈夫奥狄浦斯
要对我下毒手。两件坏事挑选一件,
或者把我逐出祖国或者把我捉起来处死。

奥狄浦斯

是的,你不知道呀,夫人,他正在害我,
用罪恶的预言。我把他捉住了。

克瑞昂

如果我真做过什么你指控的事情，
就让我永远晦气，遭受诅咒不得好死。

伊奥卡斯特

啊，看在诸神分上，奥狄浦斯呀，相信他的话吧！
首先因为他已对诸神发了誓，
其次也看在我和站在你面前的这些长老面上。

歌　队

（哀歌　第一曲首节）
王啊，我求你，听人劝，
理智点，别固执。

奥狄浦斯

那么，你要我听什么？

歌　队

这个人的忠诚一向有名，如今立了誓言，
更可信了，你应该尊重他。

奥狄浦斯

你知道你要求什么吗？

歌　队

我知道。

奥狄浦斯

那么说出来吧，把你想说的。

歌　队

务必不要凭一句未经证实的流言，
指控、侮辱一位立了誓言的朋友。

奥狄浦斯

你得相信，你提出这个要求
就等于要求我死亡或者流放。

歌　队

（第二曲首节）
凭众神中最重要的赫利奥斯起誓
我决无此心。若有此心，
愿神人共弃，不得好死。
但是，我这不幸的人心里难过，看到
田园毁坏，想起，如果已有的灾难
再加上你们两个引起的新灾难。

奥狄浦斯

那么，放他走吧，不论我要付出什么代价，
或者被判死刑或者可耻地被迫流亡国外。
你的话——不是他的，可怜打动了我的心，
但这个人，不论到哪里，都将遭我痛恨。

克瑞昂

你让步时也还是那么忿忿，
不减盛怒时的凶狠，
这种性格最痛苦，难怨别人。

奥狄浦斯

还不让我安静一会儿,还不快滚?

克瑞昂

我这就走。
你不理解我,但长老们知道我的公正。
　　(克瑞昂下)

歌　队

　　(第一曲次节)
夫人,你为什么迟迟不把他带进宫去?

伊奥卡斯特

等我弄明白,发生了什么事情。

歌　队

这一个听信谣言,起了疑心,
那个呢,被委屈,伤了感情。

伊奥卡斯特

双方都有责任?

歌　队

是的。

伊奥卡斯特

把事情的前前后后说给我听听。

歌　队

算了,我说算了吧。在此国土多灾多难之际,就让事情结束在它停下来的地方吧！

奥狄浦斯

你是个头脑健全的人，怎么倒来
削弱和挫折我的心气？

歌　队

（第二曲次节）
王啊，我说过不止一次了，
如果我改变了对你的忠诚，
就表明我成了个失去理智的人。
在我们亲爱的国土遭到危险之际，
是你为它找到了一个安全的港口；
如今愿你再次成为我们的好领航人。

伊奥卡斯特

看在众神的分上，我的王啊，请告诉我，
什么事使你如此生气，不肯息怒？

奥狄浦斯

我告诉你。因为我尊敬你，夫人呀，超过他们这些人。
我告诉你：原因就是克瑞昂对我要阴谋。

伊奥卡斯特

请说清楚点，争吵是什么引起的？

奥狄浦斯

他指名我是杀害拉伊奥斯的凶手。

伊奥卡斯特

他自己查明的还是听旁人说的?

奥狄浦斯

他收买了一个无行的先知代言,
他自己倒什么也没说。

伊奥卡斯特

你说的这事,如今不必害怕;
我告诉你一个故事,你听了就会知道,
没有一个凡人真能预言。
我将给你一个证据,足可以证明这一点。
　　从前有一天,拉伊奥斯听到一个预言。
我不认为那真是福波斯的神意,
我认为那是祭司捏造的。预言说,
他将遭到厄运,死在一个孩子手里,
这孩子且是我和他所生的儿子。
可是后来拉伊奥斯,至少传闻如此说,
是被一些外邦行人杀死的,在一个三岔路口。
而我们的孩子则早在出生不满三天时,
即已被拉伊奥斯钉了两脚的脚跟,
被人扔进了荒无人烟的深山里。
　　在这里,阿波罗没让这种事情发生:
那孩子成为杀死父亲的凶手,或者
拉伊奥斯如所害怕的死于儿子手里。
先知预言未来的本领不过如此,
你完全不用信它。神要凡人做什么事情,
宣谕一下轻而易举,用不着先知帮忙。

奥狄浦斯

听了你的话,夫人呀,
我六神不安心乱如麻。

伊奥卡斯特

什么事使你吃惊,使你说这话?

奥狄浦斯

我好像听见你说的是,
拉伊奥斯被杀在一个三岔路口。

伊奥卡斯特

那时是这么说的,现在还在这么传着。

奥狄浦斯

那不幸事件发生的三岔路口在什么地方?

伊奥卡斯特

那地方名唤福基斯,从得尔斐来的路
和从道利斯来的路到这里合而为一。

奥狄浦斯

事情发生离现在有多久了?

伊奥卡斯特

在你被看到取得这地方的统治权之前
不多日子,这消息才向全城公布。

奥狄浦斯

宙斯啊,你那是要对我干什么呀?

伊奥卡斯特

这里边有什么东西使你如此不安?

奥狄浦斯

且别问,请先告诉我,拉伊奥斯
有多大年纪,长的什么模样。

伊奥卡斯特

他个子高大,刚有几根白发,
长相和你差不多。

奥狄浦斯

我多不幸呀! 我想,我刚才是
狠狠地诅咒了自己,还不知道。

伊奥卡斯特

你说什么? 我的王啊,你的样子叫我看了发抖。

奥狄浦斯

我真怕那先知的眼睛并不瞎。
再告诉我一件事,你就让我更明白了。

伊奥卡斯特

我虽然在发抖,但是你的问题
我听了一定回答。

奥狄浦斯

他只带了少数仆人,还是像一个
王者带了大队的武装扈从?

伊奥卡斯特

他们一共五个人,其中一个是传令官,
只有一辆马车,上面坐着拉伊奥斯。

奥狄浦斯

啊呀！真相已经大白了。这消息,
夫人啊,当时是谁告诉你的?

伊奥卡斯特

一个仆人,唯一活着回来的。

奥狄浦斯

或许他现在还在这家里还在你身边?

伊奥卡斯特

不在。他从那地方回来后,看见
你接替拉伊奥斯握有了王权,
就拉住我的手,求我
把他派到乡间牧羊的草场上去,
让他离开忒拜城尽量远点。
我就让他去了。他是个好仆人,
配得到比这更大的恩典。

奥狄浦斯

我真希望他尽快回到我们这里来。

伊奥卡斯特

这容易。可是为什么你要他回来?

奥狄浦斯

夫人啊,我要见他的原因,
我怕已经对你说得太多了。

伊奥卡斯特

他会来的,可是,我的主啊,你也总该
让我知道,你心里到底害怕什么。

奥狄浦斯

我的不祥之感已到这个地步,
实在应该让你知道了。在承受这样的命运时,
还有谁比你我更应该把事情告诉的?
　　我的父亲波吕玻斯,科林斯人;
母亲墨罗佩出身多里斯。在科林斯
我一直被尊为市民中第一号贵人。
但是后来发生了一件意外的事情。这事
虽然值得惊讶,但不值得我念念不忘。
那是在一次宴会上,有个人喝醉了,
称我为波吕玻斯的假子。
当天我虽然苦恼,但是忍住了。
次日我去问我的父母,他们很生气,
责怪那人信口开河,辱骂了我。
他们虽然安慰了我,但是事情并未
到此结束,因为,这流言正在广为传播。
于是我瞒着父母去了皮提亚,
福波斯没有正面回答我的询问,
却说了一个别的预言打发我,
这预言令人听了毛骨悚然。
他说我命中注定要玷污母亲的婚床,

会生出一些叫人看了恶心的孩子，
还要成为杀害生身父亲的凶手。
　　听了这神谕我开始出发逃亡，
从此借着星座辨别方向，背对
科林斯的国土，逃往一个我永不可能看到
预言所说的耻辱实现的地方。
一路上我来到了你所说的先王被杀的那个地方。
夫人呀，我要告知你真情实况。
我一路走来快到那个三岔路口了，
对面过来一个传令官和一个坐在马车上的人，
像你描述的那样。向导和那老者本人
态度粗暴地要我靠边，不让我走在路上。
我一怒之下打了那个推搡我的人——驾车的驭者。
　　老者见此，等我从他车旁走过时，
从车上操起两头尖的刺棍
对准我的脑袋打下来。
但是他付出了过大的代价，
挨了我手里棍子闪电般一击，
立刻从马车上仰面栽倒下来。
我干脆把其余的人也一起杀了。
　　如果我这个外邦人和拉伊奥斯
竟有什么血缘关系，那么，还有谁比我更可怜？
还有谁比我更遭神明憎恨？
没有一个外邦人也没有一个忒拜公民
被容许在家里接待我这样的人，
没有人可以和我说话，到谁家里
谁就必须赶我出门。这样的诅咒
正是我自己加给自己的，不是别的什么人。
我用这双杀害他的手污染了他的床榻，
因此，我不是个坏人吗？我不是非常不洁吗？

我必须被驱逐出境，并且，在放逐中
必须不看见自己的亲人，不踏上自己祖国的土地。
不然的话，我就必定会娶我的母亲为妻，
杀死我的父亲，生我养我的波吕玻斯[1]。
　　因此，如果有人判断说，这些事情是一种神力
强加于我的，他不是说得很公正吗？
你们，神圣可敬的众神啊，
别让我，啊，别让我看到这一天！
不，让我离开人世吧，在我还没
看见这罪恶在我身上留下污迹之前。

歌队长

国王啊，虽然我们觉得这件事很是可怕，但是，
在你向那目击者完全打听清楚之前，请不要失望。

奥狄浦斯

我实在也只有这一点希望了，
只有等待那个牧人回来。

伊奥卡斯特

等他来了，你想打听什么？

奥狄浦斯

夫人呀，对你说吧：如果他的话
和你一致，我的灾祸就没了。

伊奥卡斯特

你从我的话里听出了什么特别之处？

---

① 到此奥狄浦斯已经疑心是自己杀了拉伊奥斯，但还不曾想到拉伊奥斯是他的父亲。

奥狄浦斯

据你说,那个人报告,拉伊奥斯是被
一伙强盗杀死的。如果他这次说的
还是这个人数,杀人的就不是我。
因为一无论如何不等于多。
可是,如果他说的是一个单身旅客,
那么这一罪行就准定是我的了。

伊奥卡斯特

他是这么说的,你应该相信;
这话他不能收回,因为
全城都听说了,不止我一个人。
即使他的话有什么改变,
我的主啊,他也永远不能
让拉伊奥斯的死和神谕完全一致,
因为洛克西阿斯当初说得明白,
他注定死于我儿子之手。
但是,那可怜的孩子没有杀父,
自己倒先死了。
从此以后,我就不再因为神谕
左顾右盼寻找迹象。

奥狄浦斯

你想的对;不过还是派个人去
把那牧人叫来,别忘了。

伊奥卡斯特

我马上派人去。我们还是进屋去吧,
你喜欢的事情我会照办的。

（奥狄浦斯、伊奥卡斯特下）

（六）
第二合唱歌

歌　队

（第一曲首节）

天神为了规范人类的言语行为，
制订了许多最高的法律条文。
它们的父亲是宙斯，不是凡人，
是神在天上的奥林波斯订出的，
人类谁也不能忘记它们，或者
置之不理。天神正是因它们
才得以伟大，得以永恒的。
啊，命运之神呀，愿你依旧看出，
我的一切言行遵守神律保持清白。

（第一曲次节）

傲慢养育暴君，
傲慢如果有过多的财富，
于它是有害的。
当它上升到顶点时，
就会堕入无底的深渊，

永远爬不上来。
但是,我求天神不要压制
对城邦有益的竞争。
我永远依靠神的保护。

（第二曲首节）
如果有谁言行傲慢不逊,
不畏正义①,不敬神像,
愿厄运捉住他,
为了他不祥的傲慢。
如果他不正当地赢得利益,
不规避亵渎行为,
用肮脏的手玷污圣物。
做了这种事情,谁敢夸说
他能避过天神的箭,
保住自己的命?
不,如果这种行为受到尊敬,
我又何必来参加歌舞呢?

（第二曲次节）
如果神的预言不能
让大家看到它的灵验,
我就不再会敬畏地去到大地中央
不可侵犯的神殿,
也不会去阿拜的庙宇
或奥林匹亚的圣地②。

---

① “正义”或译正义女神。“不敬神像”会使观众想起公元前415年赫尔墨斯像柱被毁的重大案件。

② 阿拜城的庙宇和奥林匹亚的圣地都是指祭祀宙斯的地方。

不，我的王啊——如果称你为“王”不错，
统治一切的宙斯！别让这件事逃过你，
逃过你永恒不朽的权力。
　　关于拉伊奥斯的古老预言
已被遗忘，不再有人提起，
于是不再有地方可以看到对阿波罗的崇敬，
对众神的崇拜正在衰落。

（七）
第三场

（伊奥卡斯特偕宫女上）

伊奥卡斯特

忒拜的长老们啊，我想起了求神，
手捧这缠羊毛的树枝和这些香花供品
来到神坛跟前。因为奥狄浦斯
受到各种凶信的警告，心灵遭到过分的刺激。
他不能像一个理智正常的人那样，
运用过去的经验判断眼前的事情，
而是，见人预报凶事，他就相信。
既然劝他无效，吕克奥斯的阿波罗啊，
我就来求你了，因为你离我最近，
带着这些象征祈求的供品。

求你为我们找到一个摆脱污染的办法。
如今，看见他恐怖，我们大家也害怕，
就像船上乘客看见舵手恐怖时一样。

（报信人甲上）

报信人甲

朋友们，我可以向你们打听一下吗，
国王奥狄浦斯的宫殿坐落在哪里？
最好告诉我，他本人在哪里，如果知道。

歌队长

客人，这就是他的家，他本人在里边，
这位夫人是他孩子们的母亲。

报信人甲

愿她和她幸福的亲人们永远幸福，
既然她是他无可挑剔的妻子①！

伊奥卡斯特

客人，也愿你幸福。为了你的祝福，
你也应该得到祝福的回报。但请告诉我，
你此来是要求什么还是报告什么。

报信人甲

夫人啊，为了报告好消息，对你的家和你丈夫有益的。

伊奥卡斯特

什么好消息？你是从谁那儿来的？

---

① “无可挑剔的妻子”或译“全权的妻子”、“合法的妻子”。

报信人甲

从科林斯来。你听了我报告的消息
一定高兴。怎么不呢？但也许会悲伤。

伊奥卡斯特

到底是什么消息？它怎能使我又高兴又悲伤的？

报信人甲

伊斯特弥亚[1]土地上的人民要立奥狄浦斯为王，
那里的人是这么说的。

伊奥卡斯特

什么？老波吕玻斯不是还在为王吗？

报信人甲

不了，因为死神已经把他送进了坟墓。

伊奥卡斯特

你说什么？老人家啊，波吕玻斯已经死了？

报信人甲

如果我这话有假，就让我死。

伊奥卡斯特

　　还不快把这消息告诉主人？
啊，众神的预言呀，如今还有谁信你？
这个人，奥狄浦斯长久以来一直躲着他，

---

① 伊斯特弥亚为科林斯城所在地区。

担心会杀了他;如今他死了,
是寿终正寝,不是奥狄浦斯杀的。
(奥狄浦斯上)

奥狄浦斯

伊奥卡斯特,啊,我最亲爱的夫人,
你为什么把我从宫中叫到这里?

伊奥卡斯特

你听听这个人带来的消息,一边听一边想想,
所有那些可怕的预言哪一点应验?

奥狄浦斯

这个人是谁?他告诉我什么消息?

伊奥卡斯特

他从科林斯来,报告说你的父亲
波吕玻斯死了,已经不在人间。

奥狄浦斯

你说什么,客人?你再亲口对我说一遍。

报信人甲

如果把这消息报告清楚是我首要的义务,
那么你请听明白:波吕玻斯确实死了。

奥狄浦斯

死于阴谋还是因为患病?

报信人甲

老年人命如残灯，微风一吹即熄灭。

奥狄浦斯

那么看来，这可怜的人死于疾病。

报信人甲

也因为太老了，天年享尽。

奥狄浦斯

啊呀，夫人，我们为什么要重视
皮提亚神坛发布的预言，
或头上飞鸟的叫鸣？
它们都曾指出我注定要杀死自己的父亲。
但如今他死了，命归黄泉，
我人在这里，没有拔过刀剑。
除非他是因为想念我而死，在这个意义上算我杀了他。
事实上，这预言已经随着波吕玻斯
一起长眠地下，一文不值了。

伊奥卡斯特

这些话我不是早对你说过吗？

奥狄浦斯

你是说过，但是我吓糊涂了。

伊奥卡斯特

现在别再把那些事放在心上了。

奥狄浦斯

可是，我还得害怕母亲的婚床呀。

伊奥卡斯特

凡人都受偶然性主宰，不能够清楚地预见未来。
任何事情，那么，我们还应该害怕什么呢，
活着最好是尽可能随遇而安。
你也别害怕娶母的婚姻，
许多人梦中有过这种事情，
但是他们毫不在意，
日子过得十分轻松。

奥狄浦斯

要不是我母亲还活着，你的所有这些话
有一定道理。但如今，既然她还健在，
即使你说得对，我也必须提高警惕。

伊奥卡斯特

可是，你父亲的死总是一件大的喜事。

奥狄浦斯

我知道该高兴，但是，我还害怕那活着的女性。

报信人甲

你害怕的那个女性是谁？

奥狄浦斯

老人家，她是波吕玻斯的妻子墨罗佩。

报信人甲

她有什么使你害怕的?

奥狄浦斯

客人呀,一则神降下的可怕预言。

报信人甲

可以说得的,还是不能让人知道的?

奥狄浦斯

没什么说不得的。洛克西阿斯曾经预言,
我命中注定要娶自己的母亲,
并且亲手杀死自己的父亲,
这就是我为什么远离科林斯的家,
多年不归的原因。我在外虽然兴旺发达,
但是,见到父母的面总还是最大的快乐呀。

报信人甲

你真是因为害怕那事,逃离家乡的?

奥狄浦斯

还因为不希望成为杀父的凶手,老人家。

报信人甲

我好心前来报信,国王啊,
为什么还没能让你摆脱这恐惧?

奥狄浦斯

你照样能从我这儿得到一份应有的回报。

报信人甲

我此来主要的确是为了这个，也就是说，
等你回家了我可以得到某种好处。

奥狄浦斯

不，我永远不会再走近我的父母。

报信人甲

年轻人啊，显而易见，你不知道你在干什么。

奥狄浦斯

为什么，老人家？看在众神面上，请告诉我。

报信人甲

如果你是为了这个不敢回家。

奥狄浦斯

我是害怕福波斯的预言在我身上应验。

报信人甲

你是害怕对父母犯罪蒙上耻辱？

奥狄浦斯

是的，老人家，我一直害怕的正是它。

报信人甲

你知道吗，你完全没有必要害怕。

奥狄浦斯

怎么会呢，既然我是他们生的孩子？

报信人甲

因为波吕玻斯和你没有任何血缘关系。

奥狄浦斯

你说什么？难道波吕玻斯不是我的生身父亲？

报信人甲

他不是你的父亲，正像我不是你的父亲一样。

奥狄浦斯

父亲怎能和一个不相干的人相提并论？

报信人甲

你不是他生的，也不是我生的。

奥狄浦斯

那么他为什么把我称作儿子？

报信人甲

告诉你吧，是因为他把你当作一件礼物从我手里接过去的。

奥狄浦斯

但是，他为什么十分疼爱别人给的孩子？

报信人甲

他疼你是因为他以前没有孩子。

奥狄浦斯

你是把我买来还是偶然捡来送给他的？

报信人甲

是我在基泰戎的多树的山谷里发现你的。

奥狄浦斯

你为了什么在那个地方游荡?

报信人甲

在那里照看山里的羊群。

奥狄浦斯

那么你是个牧人,一个四处流浪的雇工?

报信人甲

年轻人,那时我是你的救命恩人。

奥狄浦斯

你把我抱在怀里的时候,我有什么痛苦?

报信人甲

你的脚踝可以回答这个问题。

奥狄浦斯

哎呀！你为什么对我重提那个早年的伤痛?

报信人甲

那时你的两个脚踝钉在一起,是我把它们放开的。

奥狄浦斯

那是我摇篮时期留下的可怕标记。

报信人甲

正是由于这个偶然因素你才被叫作现在这个名字的。

奥狄浦斯

看在众神的面上，请你告诉我，
这是我父亲干的还是我母亲干的？

报信人甲

我不知道。那个把你送给我的人对此懂得比我清楚。

奥狄浦斯

怎么？是从别人那儿抱来的，不是你自己碰巧捡到我的？

报信人甲

不，是另外一个牧人把你送给我的。

奥狄浦斯

这人是谁？你能说得出来吗？

报信人甲

听说他是拉伊奥斯的一个仆人。

奥狄浦斯

这地方前国王的仆人？

报信人甲

是的，他是国王的牧人。

奥狄浦斯

他还活着吗？我可以见到他吗？

报信人甲

（向歌队）

你们当地人最了解这情况。

奥狄浦斯

你们这些站在我面前的人，
有谁知道他所说的那个牧人，
在乡下或城里看见过？
快说呀！真相大白的时刻到了。

歌队长

我认为他所说的不是别人，
正是你刚才要找的那个乡下人，
这事呢，伊奥卡斯特最能告诉你。

奥狄浦斯

夫人，你还记得我们刚才要找的
那个人吗？他说的是这个人吗？

伊奥卡斯特

为什么要问他说的是谁？别理这话。
忘了它，他说的这些都是废话。

奥狄浦斯

既已掌握了这样的线索，再不查清楚
我的身世，就太不应该了。

伊奥卡斯特

看在众神的分上，如果你还关心一点自己的生命，就别再追问这事啦！我已经够痛苦的了。

奥狄浦斯

你尽管放心；即使我被发现母亲三代为奴，
自己有三重奴隶身份，你也不会变得出身低贱[1]。

伊奥卡斯特

可是，相信我，我求你了，别这样。

奥狄浦斯

我不会听信你，不把这事查清楚的。

伊奥卡斯特

我是要你好，给你最好的劝告。

奥狄浦斯

这最好的劝告早使我受不了了！

伊奥卡斯特

不幸的人啊，愿你永远不知道自己的身世。

奥狄浦斯

谁去把那个牧人给我带到这里来？
让这个女人去欣赏她的富贵出身吧！

伊奥卡斯特

哎呀，哎呀，不幸的人啊，那是我

---

① 伊奥卡斯特已经一步步知道事情不妙，不断地在设法不让奥狄浦斯知道底细，并安慰开导他。奥狄浦斯却以为伊奥卡斯特是害怕发现他出身低贱。

对你说的最后的话，以后不再有了。

（伊奥卡斯特下）

歌队长

奥狄浦斯啊，王后为什么走得这么伤心？
她走时一句话没说，我担心，
这是暴风雨到来前的寂静。

奥狄浦斯

要发生的事情就让它发生吧！
我要弄清楚我的家世，即使出身卑微。
她或许是因为我的出身低贱
感觉羞耻，女人总是自尊心重的。
但是我自信是幸运女神的孩子，
她是慈祥的，不会让我受到羞辱。
幸运是我的母亲，月份是我的亲属，
决定了我的高贵低贱。
我既生成这样，不能再有改变，
因此不怕查清自己的身世，家系。

（八）

第三合唱歌

歌　队

（首节）

如果我是先知，有先见的智慧，
基泰戎山啊，我敢当着奥林波斯的神预言，
待到明晚月圆时，
你会听到
奥狄浦斯尊你为他的故乡，
他的保姆，他的母亲，
你会看到
我们载歌载舞赞美你，
为了你对我们国王的恩惠。
啊，福波斯呀，愿这些话你能听了欢喜！

（次节）

我的孩子啊，是谁生了你？

是哪一位永生的神女与潘相爱生了你[1]？
他是一位爱在山上游逛的父亲。
或者是一位草场神女和洛克西阿斯生了你？
因为所有的高原牧场他都欢喜[2]。
或许是库勒涅的王[3]，
或许是狂女们那位住在高山上的神[4]
从赫利孔山[5]的一位神女手中
接过你，一个新生的婴儿，作为礼物。
他最爱和她们一起游戏。

（九）

第四场

（奥狄浦斯的仆人引老牧人上）

奥狄浦斯

长老们啊，如果要我猜一猜的话，

---

① “神女”在希腊神话中是一个人数众多的群体，是没有权力没有职司的年轻快乐的少女，是山林、水泽、牧场、草地中的精灵，是大神们的情人、游伴、抚育者等等，性格天真善良。潘是一个长着山羊胡须、山羊腿脚的人形的男神，好色，爱游逛于山林牧场中，与神女们嬉戏。

② 阿波罗（洛克西阿斯）曾被宙斯罚去为阿德墨托斯放牧，因而有机会和神女交游相爱。

③ 赫尔墨斯生于库勒涅。“王”常与宙斯家族的十二大神的名字相连。

④ 指酒神。

⑤ 赫利孔山是文艺女神悠游歌舞的地方。

我想，我看见的这个人就是我们找了多时的
那个牧人，虽然我没见过他。
他的年纪和这客人一般老了。
此外，我还认出了给他带路的是我的仆人。
（向歌队长）
你也许比我有把握，能认出这牧人。
如果你从前见过他，认识。

歌队长

是的，我认识他，你可以相信。
他是拉伊奥斯家的，作为一个牧人，
他跟别的牧人一样忠于自己的主人。

奥狄浦斯

我先问你，啊，科林斯来的客人，
你说的是不是这个人？

报信人甲

正是他，你看见的这个人。

奥狄浦斯

喂，老头，看这边，回答我问你的问题。
你曾经是拉伊奥斯家的仆人吗？

牧　人

我不是买来的，是家生家养的奴隶。

奥狄浦斯

你干的什么活儿，或者说，过的什么生活？

牧　人

我生命的大部分是在放羊。

奥狄浦斯

你最常去的是什么地方？

牧　人

有时在基泰戎山上，有时也去它的附近。

奥狄浦斯

还记得你在那地方见过这个人吗？

牧　人

做什么？你说的是哪个人？

奥狄浦斯

眼前这个人。你碰见过他吗？

牧　人

一下子想不起来，不能说碰见过。

报信人甲

国王啊，这一点也不奇怪。但是我能
让他清楚地回忆起那些忘了的事情。
我确信他能回想起，在基泰戎山上，
他赶着两群羊，我赶着一群羊，
从春天到大角星升起的秋天，

我们三次作伴在一起放羊三个夏半年[1]。
到了冬天，我赶我的羊回家，
他赶他的羊进拉伊奥斯的畜栏。
（向牧人）
我说的这些都是事实吧？

牧　人

你说的是事实，虽是老早以前的事情。

报信人甲

喂，告诉我，你还记得吗，那些日子里
你给过我一个婴儿，要我当自己的儿子抚养？

牧　人

怎么回事？干吗问这个？

报信人甲

朋友啊，这就是他，那时候是个婴儿。

牧　人

该死的东西，还不住嘴！

奥狄浦斯

老头啊，别骂人！你说这话比他更该挨骂。

牧　人

最高贵的主人啊，我有什么冒犯了？

---

① 大角星是北极上空牧夫座最亮的一颗星。它在春分前几天出现，叫作晚星，又在秋分前几天出现，叫作晨星。大角星两次出现之间的六个月时间，天气比较暖和，称作夏（季的）半年，克泰戎山上牧草生长，适于放牧。

奥狄浦斯

因为他问那婴儿的事你不回答。

牧　人

他什么都不知道,却要说话,多嘴多舌。

奥狄浦斯

你不痛痛快快回答,要等挨了打才说!

牧　人

看在众神分上,别拷打一个上了年纪的人。

奥狄浦斯

来人！快把他反绑起来!

牧　人

哎呀！为什么？你还要打听什么呀?

奥狄浦斯

你有没有把他问的那孩子给了他?

牧　人

给了他,我真愿那一天就死了。

奥狄浦斯

你会死的,要是不说实话。

牧　人

说了实话我就更要死了。

奥狄浦斯

我看这家伙是想拖延时间。

牧　人

不,我已经承认,我给过他一个孩子。

奥狄浦斯

哪来的？你自家的,还是别人家的?

牧　人

不是我自己的,是别人给的。

奥狄浦斯

这城里哪一家哪个人给的?

牧　人

看在众神分上,主人呀,别再追问啦!

奥狄浦斯

如果我一定要问,你就要死了。

牧　人

事实上他是拉伊奥斯家的一个孩子。

奥狄浦斯

是个奴隶娃还是他的亲属?

牧　人

哎呀！我的话说到可怕之处了。

奥狄浦斯

我也听到可怕之处了，但是还必须听下去。

牧　人

人家传说是他自己的儿子，不过只有里面的她，
你的夫人才能最清楚地告诉你是怎么回事。

奥狄浦斯

怎么？是她交给你的？

牧　人

正是，主人。

奥狄浦斯

交给你干什么？

牧　人

要我弄死他。

奥狄浦斯

呀！做母亲的这么狠心？

牧　人

她害怕那不祥的预言。

奥狄浦斯

什么预言？

牧　人

说他会杀死自己的父亲。

奥狄浦斯

你怎么又把他给了这老人?

牧　人

主人呀,我可怜他。我以为这人
会把他带去自己所来的地方。
但是他救了他,闯了天大的祸。
如果你就是他所说的那个孩子,
我想说,你生到这世上就是为了受苦。

奥狄浦斯

哎呀,哎呀!一切都应验了。
天光啊,现在让我看你最后一眼!
我被发现,生于不该生的父母,
娶了不该娶的人,杀了不该杀的人。

（奥狄浦斯、报信人、牧人俱下）

（十）
第四合唱歌

歌　队

（第一曲首节）

啊呀！凡人的子孙呀！
你们的生命,我看什么也算不上。
有谁,有谁的幸福
不只是一个影子,
眼前一晃
消失了?
啊,不幸的奥狄浦斯呀!
你的命运,你的命运告诫我,
不要称任何凡人
“幸福的”。

（第一曲次节）
宙斯啊,
他比谁都射得准,
赢得了最高的幸福奖励;
他杀死了那个唱谜语的
长钩爪的女妖,
站出来做了我们地方抵御死亡的堡垒。
打那以后,奥狄浦斯啊,
你被呼为我们的王,
受到最高的崇敬,
统治着这强大的忒拜城。

（第二曲首节）
但如今,有谁的遭遇听起来比你更可怜?
有谁遭到可怕的灾祸患难,
生活急转直下,像你这么不幸?
　　哎呀！大名鼎鼎的奥狄浦斯啊,
同一宽敞的房间不是足够你用的吗?
你可以在里边做了儿子再做丈夫,

放了摇篮再放婚床呀。
不幸的人呀，
你父亲的婚床能一声不响
让你用了这么久长？

（第二曲次节）
能发现一切的时间发现了你，
尽管你不愿意，
审判了这荒诞的婚姻：
长时间里丈夫和儿子是一个人。
哎呀！拉伊奥斯的儿子啊，
但愿我，但愿我
从未见过你。
我为你痛哭，像为死人哭丧。
说老实话，你曾经使我重新呼吸，
而如今，你让黑暗重新罩上了我的眼睛。

（十一）
退　场

（报信人乙上）

报信人乙

啊，你们，我国永远最受尊敬的长老们，

你们将听见怎样的事情,看见怎样的情景,
将感受到多么沉重的忧伤呀,如果你们依然
天生地忠于拉布达科斯的家族。
因为我认为,无论伊斯特尔河还是法息斯河①
都洗不净这个家屋,它包藏罪恶,
又一下子把它暴露于光天化日之下,
自愿地,不是被迫地。被看出是
自找的痛苦总最使人伤心。

歌队长

我们原先知道的那些事情不可谓不伤心,
难道你还嫌不够,还有什么事要宣布的?

报信人乙

话我可以一句就说完,事情你也可以
一下子就知道:我们敬爱的伊奥卡斯特死了。

歌队长

啊,这不幸的女人呀,她是怎么死的?

报信人乙

自杀的。事情的悲惨之处你们体会不到,
因为你们没有亲眼看见事情的发生。
还是让我来告诉你们大家
那不幸女人的惨状吧,尽我记性之所能。
　　她发疯似的冲过门廊,
直奔自己的婚床,两手抓住头发。
她一进卧房,便砰的把门关上,

① 伊斯特尔河是多瑙河的古名。法息斯河从小亚细亚流入黑海。

呼唤早已死去的拉伊奥斯的名字，
回忆她早年所生的那个儿子，
说拉伊奥斯是被他杀的，留下寡妻
和儿子生了一些不幸的孩子。
她悲叹自己的床榻，悲叹自己
不幸在床上生下了两代人——
和丈夫生了丈夫，和孩子生了孩子。
她后来怎样死的，我再不知道，
因为奥狄浦斯冲了进来大喊大叫，
我们只好转眼看他乱奔乱跑，
无法看完她的悲剧。
他跑过来跑过去，要我们给他一把刀，
还问，哪里可以找得到他的妻子，
又说那不是妻子，是母亲——两代人的，
生了他自己又生了他的儿女。
狂乱中他准是得到神的指点，
因为我们虽然在他身边，并没有谁给他指点。
随着一声可怕的大叫，好像得到谁的示意，
他向那双扇的门冲去，掰弯了门杠，
使它脱出了承孔，于是他冲进了卧房。

接着我们看见伊奥卡斯特吊死在里边，
脖子套在绳圈里，绳子还在摆动着。
奥狄浦斯一见，发出恐怖而悲惨的叫声，
他松开绳套，把这不幸的女人放在地上，
接着我们便看见了那怕人的一幕：
他从她的袍子上摘下两只
她佩在身上的金别针①，
举手朝自己的眼球刺去，

① 古希腊人衣服在肩部、胸部等处用别针固定。

同时喊着："让你们再也看不见
我遭的苦难和我造的罪孽！
让你们从此黑暗无光吧！既然
那些永远不该看的人你们看了那么久，
却不认识那些我渴望认识的人。"
　　他一遍遍重复这可怕的叫喊，
一次次举手猛击自己的眼睛，每一击
眼珠里流出的血便沾湿了他的胡须，
因为，这血不是一滴一滴慢慢地淌，而是
一下子洒下许多，深红的，密如冰雹。
灾祸两人引起，受害也不只是一人，
这苦果丈夫和妻子共同承受。
这家族古老的幸福从前真是幸福的，
但从这一天起，悲伤、毁灭、死亡、耻辱，
一切凡有名称的灾难，
在这里无一不能找到。

歌队长

现在那不幸的人，痛苦是不是有了点缓和？

报信人乙

他大声叫人把宫门打开，让全体忒拜人
好看见他，这杀害自己父亲的凶手，
自己母亲的——那羞耻的话我说不出口，
他声明流放自己出国，不留下来
给自己家庭带来他亲口诅咒的灾难。
但是他没有力气，缺少一个人带路；
你将看到他的痛苦超出了常人的忍受能力。
现在宫门打开了，你马上可以看到
即使痛恨的人也会怜悯的那种情景了。

（仆人扶奥狄浦斯上）

歌队长

啊，令人看了害怕的痛苦呀！
啊，我所见过的最大的痛苦呀！
呀，不幸的人呀，什么疯狂追上了你？
什么凶神恶煞猛的一跳，
冲出了地狱的最底层，
落到了你不幸的命运上？
哎呀，哎呀，不幸的人呀！
虽然我有许多事情想问你，想向你打听，
有许多事情想观察你，
但是我不敢看你一眼，
你使我看了浑身战栗。

奥狄浦斯

哎呀，哎呀，我真不幸！
为什么我的悲叹声突然在空中消失？
你这凶神恶煞，把我这不幸的人
带到了什么目的地？

歌队长

带进了可怕的苦难，见所未见、闻所未闻的。

奥狄浦斯

（第一曲首节）
啊，黑暗！ 啊，黑暗！
我可怕的乌云啊，你把我裹了进去深沉无边，
我再也不能摆脱你的祸害了。
哎呀！ 哎呀！

针刺的疼痛多么折磨我的肉体，
难堪的回忆多么刺痛我的心灵！

歌　队

遭到这么大的灾祸，你感受到
双重的痛苦，你悲叹它，这很自然。

奥狄浦斯

（第一曲次节）
啊，朋友！
作为助手，你对我依然忠诚，
我眼睛瞎了，你依旧决定照看我。
哎呀！哎呀！
我知道你在我眼前，虽然看不见，
我还能清楚地听你的声音。

歌　队

你这做了可怕事情的人啊，怎么这样忍心
弄瞎了自己的眼睛？是哪一位神怂恿你的？

奥狄浦斯

（第二曲首节）
是阿波罗，朋友们，是阿波罗完成了
我的这些灾难，我的这些痛苦的，痛苦的灾难。
但是刺瞎眼睛的手不是别人的，是我自己的。我真不幸啊！
既然没有什么东西看了是愉快的，
视觉于我又有何用呢？

歌　队

事实正像你所说的。

奥狄浦斯

朋友们,还有什么是我可看的,
还有什么是我可爱的,
或者还有什么问候能使我听了高兴的?
朋友们,快!快把我
这完全完了的,最该诅咒的,
凡人中最被神所憎恨的人带走,
送到尽可能远的地方去!

歌　队

你有多么敏感就有多么不幸,
但愿我从来没这么了解你。

奥狄浦斯

（第二曲次节）

那个在牧场上解开我脚上残酷镣铐的人,
那个从凶杀里救了我命的人——
不论他是谁,真该死,因为
他做的不是一件值得感激的事情。
因为,如果那时我死了,
我和我的亲人们也就不会有这样的痛苦了。

歌　队

我也宁愿事情能这样。

奥狄浦斯

这样我就不至于成为杀父的凶手,
也不至于被人们称作
亲生母亲的丈夫了。

但如今，我是一个神所厌恶的人，一个玷污了
母亲的儿子，一个亲生父亲的共同播种人。
你可以相信，这世上不会有什么苦难
超过我奥狄浦斯承受的。

歌　队

我不知道怎能说你的主意对；
因为，眼睛瞎了，活着比死还要苦呀。
　　（哀歌完）

奥狄浦斯

别再跟我讨论，别再向我提看法，
说什么，这事情这样做了不是最好。
我既对双亲犯下了这样死有余辜的罪孽，
如果进入冥国时眼睛看得见，
我该用什么样的眼光去看
我的父亲和我那可怜的母亲？
再请问，这样生出的儿女，
我又怎么能看了高兴？
不，永远不会高兴的。
还有这城堡，这望楼，这神灵的
神圣的偶像，我看了也不会高兴的，
既然我是一个最不幸的人，
虽是一个地道的忒拜人，一个最高贵的人，
已经剥夺了自己的一切权利，
亲口命令所有的人都弃绝这个渎神者，
哪怕他是拉伊奥斯的儿子，
那个被众神宣布不洁的人。
我既揭露了自己这样的污点，
还哪敢抬起眼睛正视忒拜的这些东西？

不，绝对不敢。但是我还有耳朵的听觉，
如果我有办法能把这条通道也堵死，
我一定把这可怜的身体各处都封闭起来，
让我什么也看不见什么也听不见，这样也就
没有什么东西能使我想起我的不幸了。
　　啊，基泰戎呀，你为何收容了我？
为何不把我捉住立即杀了？那样我就
永远不会让人们知道我的身世了。
啊，波吕玻斯呀！啊，科林斯呀！
还有你这被称作“父亲的”古老的家啊！
你们把我养得外表漂亮内里有病，
如今我被发现是一个由罪恶组成的恶人。
　　啊，你们，三条道路和一个幽谷，
啊，你们，矮树丛和三岔路口的窄道，
你们从我手里吸饮了我父亲的血，
也就是我的血，还记得吗：
我在你们面前做了些什么？走了以后，
到这里又干了些什么？啊，婚礼呀婚礼，
你生了儿子，养大了，又给儿子生孩子。
儿子成了父亲的弟弟，母亲做了新娘和妻子，
乱伦的婚姻造成了人间最大的耻辱。
算了！不应当做的事情也不应当拿来说，
看在众神分上，还是尽快把我藏到国外去，
或者把我杀了，或者把我丢进大海，
在那里我将从你们的视界永远消失。
来！屈尊碰碰我这不幸的人吧！
请相信，别害怕，我的灾难
只可能我一个人承担。
　　（克瑞昂上）

歌队长

瞧，克瑞昂来了，正好满足你的要求，
不论你要他做什么，还是要他提出忠告，
既然如今只剩下他接替你保护这国家了。

奥狄浦斯

哎呀，我对他说什么好呢？
他有什么理由相信我呢？
因为我发现先前完全委屈他了。

克瑞昂

奥狄浦斯，我来不是为了嘲笑你，
也不是为了责备你以往的过错。
（向侍从）
但是你们，即使不再尊重凡人的种类，
至少也得尊重大神赫利奥斯
养育万物的阳光呀。为此，不要把这种
为大地，神圣的雨水和阳光所厌恶的
污秽赤裸裸地暴露在外边。
还是快，快把他带到屋里去。
因为，只有亲属才配看
才配听亲属的苦难。

奥狄浦斯

既然你解除了我的疑虑①，高贵大度地来到我
这个最低贱者的身边，看在众神分上，
请答应我一个请求，为了你，不是为了我。

---

① 奥狄浦斯本以为克瑞昂是来责问他，报复他的。

克瑞昂

你对我有什么请求?

奥狄浦斯

请把我尽快逐出境外,抛弃到一个
再没人看得见我、问候我的地方去。

克瑞昂

我不反对这样做,但是我应该
先问问神对你有什么决定。

奥狄浦斯

神示早已完全宣布明白,
把杀父凶手,我这不洁的人处死。

克瑞昂

神是这么说的,但在目前情况下
应该怎么办,最好还是先问问清楚①。

奥狄浦斯

那么,你还愿意为我这个罪人去问吗?

克瑞昂

是的,现在愿你相信神的话。

奥狄浦斯

我还要托你一件事,求你

---

① 神示并未说定是流放还是处死,所以克瑞昂还要问问清楚。

把屋里的人葬了，你愿意怎么葬就怎么葬，
你会恰当地为亲人尽礼的。
至于我自己，请永远别让这座我的父城
被认为有义务让我活着住在里边；
还是让我住到山里去吧，那里有个因我
而闻名的基泰戎山，我的母亲和父亲
在世的时候曾指定它做我的坟墓。
我可以在那里死去，按照要杀我者的意愿。
但是我知道，疾病之类不能致我死命，
若不是注定还有可怕的灾难，
我当初不会被人救出免于死亡。
　　我自己的事就一切听天由命吧。
且说我的孩子们，克瑞昂啊，两个儿子
不必费你心了，他们是男子汉，
随便到哪里，都不会缺少生计，
但是我那两个可怜的不幸女儿——
她们从未见过我不和她们一处吃饭，
凡是我吃的她们都有份——
要请你多多关照她们。
还尤其要请你容许我
用手摸着她们悲叹自己的不幸。
答应我吧，国王！
答应我吧，心灵高贵的人！
只要我能用手碰着她们，我就会觉得
她们是我的，就像我从前看得见她们时一样。
　　（克瑞昂的侍从引领二女上）
　　啊，这是什么？
看在众神分上，我听见的是不是我亲爱的
女儿们的哭声？是不是克瑞昂怜悯我，
把我的两个宝贝叫来了？是不是？

克瑞昂

你说的对，这是我的安排，我知道
她们从前是你心爱的，现在还是你心爱的。

奥狄浦斯

祝你有福！为了报答你的安排
愿神灵保佑你胜于保佑我。
（向女儿们）
啊，孩子们，你们在哪里？过来，
到我——你们兄长的手里来！
这双手，正是它们使你们父亲
先前明亮的眼睛变瞎了，
这双手是他的，孩子们啊，这个人
在什么也没看见什么也不知道的情况下
通过自己的生身母亲成了你们的父亲。
我也为你们痛哭，因为，我看不见你们了，
一想起你们日后辛酸的生活——
人们会使你们过的——我就难受。
你们能参加什么市民集会什么节日庆典
不哭着回家，而不能分享快乐？
等你们到了结婚年龄，我的女儿呀，
有哪个男人肯冒险使自己遭受那种
对你的孩子和我的孩子同样可怕的辱骂？
什么不幸少得了？“你们的父亲杀了
他的父亲，把种子撒在生身母亲那里，
从自己出生的地方生了你们。”
你们会挨这样的骂。谁还会娶你们呢？
啊，孩子们，没有人会的。你们显然
只有不结婚，不生育，枯萎而死了。

（向克瑞昂）

啊，墨诺克奥斯之子，现在只剩下你
做她们的父亲了，因为她们的生身父母，
我们两人都毁了。请别坐视她们——
你的亲戚在外流浪，衣食无着，没有丈夫，
别让她们像我一样受苦。
看见她们这么年纪轻轻，孤苦伶仃
你得怜悯她们。她们只有靠你保护啦。
啊，高贵的人，伸出你的手表示应允吧！

（向女儿们）

孩子们，如果你们已长大懂事，
我本有很多话要吩咐，但如今只吩咐你们：
祈求能找到一个长住下来的地方，
祈求命运安排你们的生活能比我的快乐。

克瑞昂

你已经哭够了，进屋去吧。

奥狄浦斯

我必须听从，虽然心里十分难过。

克瑞昂

万事都应合乎时宜。

奥狄浦斯

你知道吗，什么条件下我才会进去？

克瑞昂

你说吧，听了我就知道。

奥狄浦斯

把我送出境外居住。

克瑞昂

你要求于我的东西,只有神才能给你。

奥狄浦斯

我已成了神最憎恨的人①。

克瑞昂

他们很快就会应允你的祈求。

奥狄浦斯

那么你应允我的请求了?

克瑞昂

不想做的事,我不爱说空话。

奥狄浦斯

现在该带我离开这里了。

克瑞昂

那么走吧,但是放开孩子们!

奥狄浦斯

别把她们从我身边抢走!

---

① 也就是说神一定会答应的。

克瑞昂

别想拥有一切，
你所拥有的东西不能跟你终生。

（众侍从引奥狄浦斯进宫，克瑞昂、二女孩和报信人乙随下）

歌队长

我们的祖城忒拜的居民啊，请看，这就是奥狄浦斯，
他猜出了那著名的谜语，成为最伟大的人物，
哪个公民不曾用羡慕的眼光注视过他的好运？
瞧，他现在掉进了可怕灾难的汹涌海浪里了。
因此，一个凡人在尚未跨过生命的界限最后摆脱痛苦之前，
我们还是等着看他这一天，
别忙着说他是幸福的。

（歌队退场）

安提戈涅

索福克勒斯 著
张竹明 译

场次

人 物

安提戈涅

伊斯墨涅

奥狄浦斯的女儿

克瑞昂

忒拜王

海蒙

克瑞昂的儿子，安提戈涅的未婚夫

欧律狄刻

克瑞昂的妻子

特瑞西阿斯

盲人先知

歌队

忒拜长老组成

看守人

报信人

无台词人物：

克瑞昂的侍从仆役数人

欧律狄刻的侍女数人

盲先知的引路童子一人

地 点

忒拜王宫前

时 间

英雄传说时代

（一）

开　场

（安提戈涅、伊斯墨涅①上）

安提戈涅

啊，亲爱的伊斯墨涅，我同根生的亲妹妹，
你看见了吗，来自奥狄浦斯的灾难，哪一件
宙斯没有在我们俩还活着的时候就使它们降临？
你我两人的灾难——痛苦、祸害、
羞耻、侮辱——我算是
一种不缺地尝遍了。
现在传说，将军②刚才向全城人民
颁布了一道命令。那是什么命令？
你听说了没有？你知道不知道
我们的亲人被当作敌人受到侮辱？

---

① 奥狄浦斯死后安提戈涅和伊斯墨涅两姊妹回到忒拜。波吕涅克斯带阿尔戈斯军队攻打忒拜，争夺王位，和其弟埃特奥克勒斯在单独决斗中相杀而死。新王克瑞昂认为波吕涅克斯是祖国的叛徒，下令禁止埋葬他。安提戈涅根据传统的习惯法（神律），不顾自己的生命危险，决定埋葬波吕涅克斯，以尽亲人的义务。

② 两兄弟互相残杀之后，克瑞昂率领忒拜军队击溃了入侵的阿尔戈斯人，故称他为“将军”。

伊斯墨涅

安提戈涅啊，自从我们的两个哥哥
在同一天里彼此死于对方之手，
撇下了我们姐妹两个之后，
我还没听到过任何关于他们的消息，
不论是好的还是坏的。
自从昨夜阿尔戈斯军队逃走之后
我便再没有听到什么新的消息，
不论是令人鼓舞的还是令人沮丧的。

安提戈涅

我知道得很清楚，所以把你叫到
宫门外边来说给你一个人知道。

伊斯墨涅

什么消息？我看得出，正有什么在苦恼着你。

安提戈涅

对我们的两个哥哥，克瑞昂不是决定
给一个举行葬礼致敬，另一个不许埋葬吗？
据说他已遵照法律和习惯的规定
以应有的礼仪埋葬了埃特奥克勒斯，
让他受到下界鬼魂的敬重。
但是不幸的死者波吕涅克斯，
据传说，克瑞昂已向忒拜市民宣布，
不准任何人埋葬和哀悼他，
让他死后没有坟墓没人哭丧，
成为发现他的猛禽的美食，让它们
群集在尸体上任意撕啄。

听说这就是高贵的克瑞昂针对你，
和我，尤其是我，宣布的命令①，
他还要来这里向还没听到的人
宣布明白。事情不可小看，
要是有谁违犯，就要受罚——
在全体人民面前被用石块砸死②。
这个消息你既已知道了，马上就要显出
你是一个出身高贵的人还是一个卑劣的下等人了。

伊斯墨涅

可怜的姐姐啊，如果情况属实，
你还有什么我能帮助解开或系紧的结呢？

安提戈涅

你考虑一下，是不是愿意和我一起吃苦合作。

伊斯墨涅

什么大胆的计划？你想要怎样？

安提戈涅

但愿你能帮助我这双手抬起死人。

伊斯墨涅

难道你想埋葬他，不顾城邦的禁令？

安提戈涅

他是我的哥哥，也是你的哥哥，虽然你不想承认，

---

① 命令本来是向全体市民宣布的，但由于她们俩是死者的亲人，最应尽丧葬义务，所以好像是专门对她们宣布的。“尤其是我”，表明安提戈涅已暗下决心。

② 被用石头砸死是一种对付引起公愤的罪人的惩罚。

我可永远不愿意被人看到对不起他。

伊斯墨涅

克瑞昂颁布禁令之后,你还敢这样做?

安提戈涅

他无法把我和我的亲人分开。

伊斯墨涅

哎呀,姐姐啊,请你想一想,
我们的父亲如何在憎恨和羞耻中死去的吧!
他在亲自查出自己的罪恶之后,
亲手刺瞎了自己的眼睛;
接着是他的母亲和妻子——
两个名称一个人——悬梁自尽。
最后是我们的两个哥哥在同一天里
自相残杀,两个不幸的人
用对方的手造成了共同的厄运。
现在只剩下我们两个了。你想想看,
我们如果触犯了法律,违抗了国王的命令
或者说权力,就会死得比他们更惨。
我们必须记住,首先,我们生为女人,
不是和男人搏斗的;其次
我们是在掌权者的统治下,
必须服从这命令,甚至更难受的命令。
因此我求地下的鬼神原谅,
由于我这件事情上受到强制压迫,
我将服从当权者,因为
做力所不及的事是完全不明智的。

安提戈涅

我不再劝说你了，即使你以后
愿意，我也不欢迎你帮忙了。
你愿意怎么做人，随你的便，我可是要埋葬他的。
为做这事而死，我以为死得其所。
为尽神圣的义务而犯罪，作为亲人，
我愿安息在他身边，在亲人的身边。
既然我应该博得下界鬼神
更长久的欢心，超过活人的——
因为我将永久地安息在那里。至于你，
如果你愿意，你就蔑视众神的法律吧。

伊斯墨涅

我不蔑视神律，但是
反抗城邦我没有力量。

安提戈涅

你尽管这样推托吧，我可要去
为我最亲爱的哥哥堆一个坟墓。

伊斯墨涅

哎呀，不幸的人啊，我多么为你担忧！

安提戈涅

别为我担忧啦，留心你自己的命运吧。

伊斯墨涅

那么，至少别把你的心思告诉任何人，
你要严守秘密，我也会守口如瓶。

安提戈涅

哎呀，说出去吧！如果你不把这事
向大众公布，我会更加恨你。

伊斯墨涅

你是以一颗火热的心在做令人心寒的事情。

安提戈涅

可是我知道，我是在取悦于那些
我最应该取悦的人。

伊斯墨涅

要是你能做到就好啦，
但你是肯定要失败的。

安提戈涅

只要我还有一点力量，我就不会罢休。

伊斯墨涅

没有希望的事就不应当有开始。

安提戈涅

你这样说，不但遭到我的恨，
也有理由遭到死者的恨。
就让我和我的愚蠢去承担
这可怕的后果吧。最坏的命运
我相信也不过是光荣的一死。

伊斯墨涅

如果实在要去，你就去吧！有一点你可以相信放心：

虽然去得鲁莽，但在亲人的眼里你是真正可爱的。

（安提戈涅、伊斯墨涅下，歌队进场）

（二）

进场歌

歌　队

（第一曲首节）

啊，一向照耀
有七座城门的忒拜的
最灿烂的阳光啊，
你终于又亮起来了。
啊，升起在狄耳刻流泉①上空的
金色白天的眼睛啊，
你促使阿尔戈斯来的
全副甲胄的白盾战士
更快地往回逃跑。

（本节完）

① 狄耳刻的流泉在忒拜城西，因国王吕科斯之妻狄耳刻得名。狄耳刻曾虐待吕科斯的侄女安提奥帕，后来安提奥帕的两个儿子替母报仇，把狄耳刻系在牛角上拖得半死，抛在泉水里。

歌队长

为了波吕涅克斯的怒气，
他们进攻我们的国土，
像尖叫的秃鹰
飞到我国的上空，
身披雪白的羽毛，
带着大队的人马，
头盔饰有马鬃。

歌　队

（第一曲次节）
他们在我们聚居的上空收起翅膀，
举起渴求鲜血的长矛，
在我们的七座城门前张开嘴巴。
但他们还没来得及尝到
我们的血，赫菲斯托斯的[1]
树脂火把还未能烧到
我们的城楼塔顶，就退走了。
他们背后扬起的喊杀声
如此响亮，让他们知道，
和龙牙的后人[2]搏斗，
取胜是多不容易。
（本节完）

歌队长

宙斯十分憎恶骄傲者的夸口，

---

① 赫菲斯托斯为火神。

② 卡德摩斯在建立忒拜城时曾杀死一条龙，把龙齿种在地里，地里长出全副武装的战士。他们互相拼杀，最后剩下五人。这些人帮助卡德摩斯建城，成为忒拜人的祖先。

看见他们潮水般涌来，
夸耀自己有黄金甲铿锵作响，
便挥舞带火的霹雳，
猛击爬上我们城垛
忙着高呼胜利的那个敌人①。

歌　队

（第二曲首节）
那个人手持火把仰面一倒，
跌下城头，重重地落到地上。
刚才他还暴跳如雷，疯狂地
向我们刮起仇恨的风暴。
但是那些恐吓都落了空，
而其他的敌人，伟大的阿瑞斯，
我们有力的保护神，给了他们几种不同的死法。
（本节完）

歌队长

七个城门口七员敌将，七对七②
的结果，都丢下了盔甲作为我们的战利品，
献给宙斯，敌人逃跑的造成者。
只有两个不幸的人除外③，
他们是一父一母所生的兄弟，

---

① 进攻忒拜的七将之一卡帕纽斯极其骄狂。他曾说，即使宙斯也拦挡不了他。但在他刚爬上城头时，宙斯用霹雳把他打死了。

② 进攻忒拜的七将，在《奥狄浦斯在科洛诺斯》中列出名字的是波吕涅克斯、卡帕纽斯、埃特奥克勒斯（不是波吕涅克斯的兄弟埃特奥克勒斯）、安菲阿拉奥斯、提杜斯、希波墨东和帕特诺帕奥斯。阿德拉斯托斯不在七将之列。

③ 阿尔戈斯方面的将领都算战败者，唯波吕涅克斯除外，他和其弟都既是战败者（被杀）又是战胜者（杀死了对方）。

举起胜利的长矛互刺对方，
造成彼此同时的死亡。

歌　队

（第二曲次节）
既然光荣的胜利女神来到这里
向战车无数的忒拜露出笑容，
让我们忘掉刚才的战争，
到所有的神庙去举行
通宵达旦的跳舞唱歌；
愿酒神来做我们的领队①，
他的歌舞能震动忒拜大地。
（本节完）

歌队长

但是，瞧那边，这地方的王，
墨诺克奥斯之子，克瑞昂来了，
他是神赐的好运拥戴的新王。
他在考虑什么？无缘无故他不会
给我们所有的长老发出通知，
召开一次特别的长老会议。
（克瑞昂上）

① 酒神狄奥倪索斯，别名巴克科斯，生于忒拜。

（三）

第一场

克瑞昂

长老们啊，我们的城邦经历了许多风浪，
如今众神使它重新恢复了稳定和安全。
我从全体市民中把你们挑选出来，
派人把你们召集到这里来开会，
因为我清楚地知道你们一直
忠心耿耿拥护拉伊奥斯的王权，
在奥狄浦斯统治忒拜时期以及他死后
你们又忠贞不渝地拥护他的子孙①。
如今两个王子在同一天里制造了
同一的命运，互相杀死了对方，
在自己的手上沾染了兄弟的血。
于是我取得了这王位和全部的权力，
因为我是死者最近的亲属。
　　任何人在没有被看到善于统治
善于立法之前，他的品性、想法和智慧
是不可能得到充分认识的。

① “他的子孙”指奥狄浦斯和他的两个儿子。

因为，任何人，如果他是国家的
最高领袖，而不采取最善的决定，
只是心怀顾忌，知而不言，
这种人我一向认为最卑劣。
任何人，如果他把亲友看得
重于祖国，这种人不值我一提。
至于我自己，请永远无所不见的宙斯作证，
我如果发觉灾祸逼近国人，
危及他们的安全，决不会知而不言。
我决不会把国家的敌人
当作自己的朋友，我知道一个道理：
只有在城邦之船安全航行的时候
我们才有可能构筑友谊。
　　这就是我要使城邦强大的原则，
刚才我已向国民宣布了一条符合
这些原则的命令，关于奥狄浦斯两个儿子的命令：
埃特奥克勒斯为保卫城邦战斗，
牺牲了，十分壮烈，
要筑墓埋葬他，并供上一切
随着最勇敢的死者到达下界的祭品①。
至于他的兄弟——我是指波吕涅克斯，
他是个逃亡者，回国来想要放火
焚烧祖先的国土和本族的神祇，
烧得什么也不剩；他想要喝
本族人的血，把余下的人变为奴隶。
这个人我已向全城邦宣布，
不许埋葬或哀悼他，
让他的尸体抛弃野外，任鹰和狗撕食，

① 特别指酒、蜜和水混合而成的供品。这种供品浇在地上，能渗到冥间为鬼魂所饮。

让人们看见他被撕得血肉狼藉，
　　我的想法就是这样，政从我出，
永远不会让恶人受到敬重，比正义者神气。
相反，任何心爱城邦的人，死后
会和生前一样，受到我的尊敬。

歌队长

墨诺克奥斯之子，克瑞昂啊，这是你
对待城邦敌人和城邦朋友的想法。
我想，你有权力，可以照你的意思发布命令，
处置死者和约束所有我们这些活着的人。

克瑞昂

那么，就由你们来监督这一命令的实施吧！

歌队长

请把这一任务委给一个年轻的人①。

克瑞昂

看守尸体的人已经派定。

歌队长

那么你还有什么别的事要吩咐我们？

克瑞昂

你们不得袒护违犯这一命令的人。

---

① 这句话表明忒拜长老们对禁葬令并不热心。

歌队长

没有人会愚蠢得自己找死。

克瑞昂

违令确实是死罪呀！可还是常有人
贪图好处不惜走上死路。

（一看守尸体者上）

看守人

国王啊，我不能说是快步奔来的，
不能说赶得气都喘不过来。
我路上多次停下来，顾虑重重，
不止一次想转身走回自己家里去，
我心里犯嘀咕，自己跟自己举行了
长时间的争辩：“可怜的人啊，你干吗要去受罚？”
“苦命的人啊，你干吗又停下来了？若是克瑞昂
从别人那里知道这件事情，那不更糟？”
我这样来回思忖，懒懒的脚步慢慢地走，
于是一段短短的路程变成长长。
最后，不论怎么说我成功地到了你这里。
虽然我这话空空洞洞，但还是要说出来，
因为我到这里来抱着一种希望：
除了命中注定的外不受另外的惩罚。

克瑞昂

什么事使你这么焦虑？

看守人

首先我要向你说说我自己。这事不是

我干的，我也不知道干这事的是谁，
因此惩罚我是不公正的。

克瑞昂

你既瞄得准确又防卫周密[1]，
显然你有不平常的消息要报告。

看守人

消息可怕使我迟疑不敢说。

克瑞昂

还不把话说了，然后给我滚开？

看守人

那我就告诉你啦。刚才有人把那尸体
给埋了，他在上面撒上了干沙，
举行了常见的仪式，走了。

克瑞昂

你说什么？哪个男人[2]胆敢这样做？

看守人

我不知道。那里没有铁镐掘过的
痕迹，没有铲子挖出的泥土；
地面又干又硬，也没有轮子碾过的
车辙，作案的人没留下任何痕迹。

---

① 以射箭作比喻，说看守人既善于推脱又善于争辩。
② 克瑞昂不相信女人有这样的胆子。

当第一个日班看守人指给我们[1]
看的时候，大家既惊奇又害怕。
死尸不见了，不是埋进了坟墓，
而是薄薄地盖上了一层沙土，像人们
躲避晦气的做法；也看不出
有野兽或野狗来撕咬过。
　　这时我们相互责骂，
看守人对看守人，最后
几乎打起来，没人来阻拦。
每个人都遭到怀疑，但是谁也
不能被定罪，因为大家都说没看见。
我们准备手握烧红的铁块
穿过熊熊烈火，请众神作证：
没做过这事情，对这事的
谋划和施行也不知情。
　　这样再追查下去也查不出个结果，
最后有人说出个办法，
大家惴惴不安地低头同意了。
因为，我们既没有办法反驳他，
也不知道听从他的话能不能有好运。
他说这事必须报告你，不能隐瞒。
大家一致同意了他的意见，抽签的结果
这个好差使落到了我这个倒霉鬼头上。
于是我到了这里，既不愿意也不受欢迎，
我知道，谁都不喜欢报告坏消息的人。

歌队长

我的王啊，有一个想法一开始就在我

---

① 表明事情发生在派人看守之前。

心里盘桓:这件事莫非是神的工作?

克瑞昂

住嘴! 趁你的话还没使我十分动怒,
免得你让我发现既老又糊涂。
你的意思是说众神眷顾这死人?
这话让我无法容忍。
是不是众神对他破格开恩把他葬了,
回报他对他们的特殊贡献?
可他是来火烧他们有石柱环绕的
庙宇、宝库和土地,破坏法律的呀!
你难道看见过众神眷顾坏人?
这不可能。事实是,这城里
一开始就有人不能接受这禁令,
对我口出怨言,私下里摇头,
不接受我的节制,不服从我的权力。
　　我看得很清楚,这些人正是
他们用金钱收买哄来干这事的。
在人间出现后流行起来的东西里
没有什么比金钱更坏的。
这东西能毁灭城市,能把人们赶出家园;
能把正直的人教坏,使他们误入歧途,
以至做出不知羞耻的事情;
它甚至教会人们为非作歹,
做各种渎神的事情。
那些被雇用来干这事的人
是要受到惩罚的,只是迟早而已。
　　(向看守人)
现在我对你说,给我听清楚,
既然我还信奉宙斯,我以他的名义起誓——

如果你们查不出那个掩埋死人的
真正犯人并把他送到我的面前，
只一死对你们还是不够的，
我要先把你们活着吊起来，
叫你们供出这一罪行的真情，
让你们知道哪方面的利益是应得的，
以后可以争取；让你们懂得，
唯利是图，不问是否合法，是不应该的。
因为，你会发现，不义之财给多数人
带来的与其说是福不如说是祸。

看守人

你让我说点什么，还是就这么转身走开？

克瑞昂

你不知道吗？连眼前你提的这个问题也在刺痛我。

看守人

痛在你耳朵里还是心上？

克瑞昂

为什么你要确定我痛在什么地方？

看守人

刺痛你心的是犯人，刺痛耳朵的是我。

克瑞昂

哎呀，看得出来，你生来是个唠叨鬼。

看守人

或许是；但我决不是这作案者。

克瑞昂

不但是,而且为金钱出卖了自己的灵魂。

看守人

哎呀,真伤心,
一个进行推理的人做出了错误的判断。

克瑞昂

你尽管空谈什么“推理”吧,
但你若不能把那些作案者给我清查出来,
你就得承认,不义之财意味着灾祸。

看守人

能查出来那是再好不过,但是无论
捉得到捉不到——须知这得命运决定——
反正你再不会看到我到你这里来了。
出乎我意料和希望之外,这次居然
平安无事,我得多多感谢神明保佑。
(下)

(四)

第一合唱歌

歌　队

（第一曲首节）

奇异的东西虽然多，但没有
一种能像人这样奇异[1]：
他们冒着狂暴的南风，横过灰色的
大海，劈开汹涌的波涛
前进，不怕被吞没的危险。
他们把不朽不倦的大地，
这最古老的女神，也搞得疲劳不堪，
用骡子拉着犁头，年复一年，
来来回回翻耕土地。

（第一曲次节）

他们编织网具，
捕捉欢快的飞鸟、
凶猛的走兽和海里的鱼类。
人类真是智力超群，

---

[1] 歌队赞美埋葬的人机智勇敢。

他们用技巧
驯服了穴居野外
漫游山间的野兽，
驯化了鬃毛蓬松的马，
给它们戴上了轭头，
他们还驯化了力大无穷的山牛。

（第二曲首节）
他们学会了言谈，
风一样快地思想，
学会了克制的城市生活
在不宜露宿的季节和天气里，
学会了躲避风霜雨雪[①]。
他们什么都有办法，
对付要发生的事情无所不能，
只是面对死亡他们无能为力，
虽然对付疾病他们也有办法。

（第二曲次节）
机巧这东西
虽然有时能给人带来幸福，
但是，对它希望过高，就能带来不幸[②]。
一个人若能尊重国家的法律，
尊重对神发誓要支持的正义，
他就能享有国家的政治权力；
如果大胆妄为，犯了罪，
他就会失去城邦的公民资格。

---

① 指造屋躲避。

② 指出埋葬的事虽然干得巧妙，但还是有可能要败露的。

这种人，我不愿和他一个锅里吃饭，
也不愿和他有一样的思想。

（五）
第二场

（看守人押安提戈涅上）

歌队长

这是什么怪事？它把我搞糊涂了。
我认识她，我不能说
这姑娘不是安提戈涅。
啊，不幸的人，
不幸的父亲奥狄浦斯的孩子啊，
这是为什么，他们把你捉了？
难道你不服从国王的法律，
在干傻事的时候被撞上了[①]？

看守人

她就是干这事情的人。我们在她埋葬
死人的现场捉住了她。可是克瑞昂在哪里？

---

① 歌队长的这段话，有的研究者把它作为第一合唱歌的“末节”处理。泽林斯基俄译本把它作为第二场的开始，比较合理。第二合唱歌和第三合唱歌后也有类似的情况。

（克瑞昂上）

歌队长

他从宫里出来了，正凑巧。

克瑞昂

发生了什么事？为什么说我来得凑巧？

看守人

国王啊，我说凡人不应该发誓不做某一事情，
因为过后想想往往会改变原先的决心。
在受到你的威胁离开你的时候，
我曾在心里发誓说决不再来这里。
但是，意外快乐的力量
远远胜过任何的快乐，
你瞧，我全忘记了决心，
又来了，带来了这女孩子，
她是在礼葬那死人时被捉住的。
这次没有簸签，好运便落到了
我的手里，别人没有得到它。
现在，王上啊，我把她交给你了，
随便你审讯发落吧，我反正自由了，
有权利摆脱这桩祸事了。

克瑞昂

你是在哪里，怎样捉到她并带来的？

看守人

她在埋葬那个人，我都跟你讲过了。

克瑞昂

你头脑清楚吗？没有把话说错？

看守人

我亲眼看见她违反你的禁令在埋葬那个尸首。
我这还不算说得清醒明白吗？

克瑞昂

你是怎样看见并且当场捉住的？

看守人

经过是这样的：我们受了你
可怕的威胁，又回到了那里，
把盖在死尸上的沙土全部扫去，
让腐烂的尸体暴露了出来，
然后我们背风坐在小山头上，
以免闻到死人的臭味。
每个人都用严厉的话警告同伴，
担心有人疏忽了自己的责任。
　　我们就这么守了好长时间，直到太阳
光芒四射的圆球升到了高高的中天，
热得像火一样，这时突然一阵旋风
从平地卷起飞沙，吹得天昏地黑，
席卷平野，刮得树叶纷纷落下
满天飞舞；我们闭起了眼睛，
忍受这神降的灾难。
　　这样过了好一会儿，风停沙静，
我们发现了这个女孩，她在大哭，
像一只鸟儿在空巢中痛苦地

尖声啼叫,看见丢了雏儿空了巢穴。
她正是这样。看见死尸被暴露了,
她放声大哭,呼天喊地诅咒
扫去沙子的人。她立即捧起干沙
重新撒在尸体上,高举一只精制的铜壶,
三次浇奠酒水,向死者致祭敬礼。
　　我们见此扑了过去,立即把她逮住,
可我们这猎物毫无惊恐之色。
我们指责她先前的和当前的行为,
她直认不讳;这使我们同时感觉
既欢喜又悲伤。因为,一方面,
我们自己摆脱了不幸,觉得高兴;
另一方面,使朋友陷入了不幸,
我们觉得伤心。但是,所有这一切,
对于我,都不及我自身的得救要紧。

克瑞昂

你,你低头望着地面,
承认不承认这事是你做的?

安提戈涅

我承认是我做的,不想否认。

克瑞昂

　　(向看守人)
你摆脱了重罚,自由了,
爱到哪里去就到哪里去吧。
　　(看守人下。向安提戈涅)
告诉我——话要干脆,别啰嗦——
你知道不知道有禁止做这事的命令?

安提戈涅

知道。怎么会不知道呢？公布过的。

克瑞昂

你真敢违犯这法律？

安提戈涅

是的。须知，向我宣布这法令的不是宙斯，
和冥间诸神同居地下的正义女神
也没有为人间制订过这种法律。
我不认为你的法令有这么大的效力，
以致一个凡人可以践踏不成文的
永不失效的天条神律。后者的有效期
不限于今天或昨天，而是永恒的，
也没人知道它们是何时起出现的。
　　我不能因为害怕任何凡人的傲慢
去违反这种天条，以致遭受神的惩罚。
即使没有你那道命令，我也总有一死。
这我清楚地知道。怎会不知道呢？
如果我还没活足天年就死了，
我认为这是得到了好处。因为，
如果有谁像我这样多苦多难地活着，
那么，死亡对于他能有什么损失呢？
　　因此，我虽这样遭到横死，
并没有一点伤心，倒是觉得幸福。
如果我容忍自己的同母兄弟死了暴尸不葬，
我是会伤心的——而我现在不。
如果你认为我刚才做了傻事，
我却认为，说我傻的人自己才是傻子。

歌队长

这姑娘生性倔强，倔强父亲的
倔强孩子，不知道向灾祸低头。

克瑞昂

（向安提戈涅）
我要你懂得，
太高傲的性格最容易受压抑；
最坚固的铁经过淬火变硬
又最容易被折断和击成碎片。
我还知道，
一枚小小的嚼铁能使烈马驯服，
做了别人的奴隶就不能自大自尊。
（向歌队长）
这女孩子刚才违犯公布的法令，
已经举止放肆，事后，你瞧
她还这么出言不逊，傲慢无礼，
为做了这事而高兴，夸耀自己的行为。
如果她胜利了，不受惩罚，
她就是个男子汉了，我倒不是。
尽管她是我姐姐的孩子，
比任何一个崇拜我家神宙斯的人[1]
和我在血统上都近，她自己
和她的妹妹都难逃最重的惩罚。
我认为伊斯墨涅是埋尸的同谋犯。
（向一侍从）
你去把她叫来，我刚才看见她在屋里，

---

① 宙斯被视为家族、家庭、家屋的保护神。

她疯了，精神失常。
是的，一个人暗中干坏事，
心灵会背叛她的。
当然，那个被当场捉住后，还想
把罪行说成美德的人更为可恶。

安提戈涅

除了把我捉来杀了，你还想干什么？

克瑞昂

这样就够了，不要别的。

安提戈涅

那你还拖拉什么？你的话我一句
也不爱听，但愿我永远不爱听；
同样，我的话你也一定不爱听。
安葬自己的哥哥是我的光荣，
我还能从哪里赢得更大的光荣？
如果不是胆怯封住了大家的嘴，
他们都会承认自己赞成我的行为。
可是，国王有权想说什么说什么
想做什么做什么，且不说许多别的特权。

克瑞昂

忒拜人中只你有这种看法。

安提戈涅

他们也有这种看法，只是在你面前不说。

克瑞昂

但是,行动脱离大家[1],你不觉得羞耻吗?

安提戈涅

礼敬自己的兄弟,没什么可耻。

克瑞昂

对方的死者不也是你的兄弟?

安提戈涅

是的,同父同母的兄弟。

克瑞昂

对那个的礼敬,在这个看来不就是对他的不敬?

安提戈涅

这个死者[2]不会表示他有这个看法的。

克瑞昂

会的,如果你对他致以平等的敬意,
和对那个坏人一样。

安提戈涅

你得知道,那个死者是他的兄弟,不是他的奴隶。

克瑞昂

可一个是攻打祖国的,一个是保卫祖国的。

---

① 别人即使赞成埋葬尸体,但没有实际去做。

② 指埃特奥克勒斯。

安提戈涅

不论怎么说，哈得斯要求葬礼①。

克瑞昂

不是要求坏人享受和好人同等的葬礼。

安提戈涅

谁说得准这在下界是有罪？

克瑞昂

即使死后，敌人也不会变成朋友。

安提戈涅

我的天性不是和人一起恨，而是和人一起爱。

克瑞昂

如果你一定要爱，那你就到地下去爱他们吧；
至于我，只要我还活着，决不让女人做主人。

（伊斯墨涅被押上场）

歌队长

瞧，伊斯墨涅走出宫门来了，
为姐姐难过，她在哭泣流泪，
眉间的乌云罩上了她红红的脸，
随即化作雨水，淋湿了她漂亮的脸庞。

---

① 哈得斯是冥王。死人埋葬了，冥王才能收到，这是他的权利。

克瑞昂

你像一条毒蛇潜伏在我的家里，
一直偷偷地吸着我的鲜血，
我却不知道养着两个害人精，
让你们来推翻我的权力。
说！你承认参与了葬事还是发誓全不知情？

伊斯墨涅

这事是我做的，如果她容许
我这么说；我愿分担惩罚。

安提戈涅

不，正义不会容你这么做，因为
你既没有同意，我也没有让你参加。

伊斯墨涅

但如今你身陷苦难，我和你
共渡苦海，不觉得羞耻。

安提戈涅

事情是谁做的，冥王和地下死者可以作证；
口头上的朋友不是我喜欢的朋友。

伊斯墨涅

姐姐啊，别奚落我，让我和你
死在一起，以死来礼敬死者。

安提戈涅

你别和我一起死，别把你没动过手的

工作算作你的;我一个人死就够了。

伊斯墨涅

失去了你,生命于我还有什么可爱呢?

安提戈涅

你问克瑞昂吧,因为,你在意的只是他。

伊斯墨涅

为什么你要这么刺痛我的心,这对你有什么好处?

安提戈涅

假如我真的笑了你,这笑是苦的。

伊斯墨涅

且说现在我还能帮助你什么?

安提戈涅

救你自己吧,我不妒忌你的得救。

伊斯墨涅

伤心呀!你不让我和你同命运吗?

安提戈涅

因为,你选择了生,我选择了死。

伊斯墨涅

你的选择我不是没有反对过。

安提戈涅

一些人认为你的想法对,另一些人赞成我的。

伊斯墨涅

但我们两个人同样被判有罪呀。

安提戈涅

别怕,你活着呢,我的心
则早已死了,因此,我帮助死人。

克瑞昂

我看这两个女孩子都缺乏理智,不同的是,
一个刚才失去了它,另一个生来没有。

伊斯墨涅

国王啊,你说得对;人遭到灾难时,
天生的理智也会叛离。

克瑞昂

在你选择了和坏人一起犯罪的时候,
你的理智确实是丧失了。

伊斯墨涅

没有了姐姐,我一个人怎么生活?

克瑞昂

别说姐姐了,她已不存在。

伊斯墨涅

你要杀你儿子的未婚妻吗?

克瑞昂

他还有别的土地可以播种。

伊斯墨涅

他不会再有这样合意的未婚妻了。

克瑞昂

我不喜欢我的儿子有个坏妻子。

安提戈涅

啊,最亲爱的海蒙,你的父亲多么轻蔑你呀!

克瑞昂

住嘴,我不想再听到谈论你和你的婚姻。

歌队长

你真要使你儿子失去这个未婚妻吗?

克瑞昂

阻止这桩婚事的是死神。

歌队长

看来,她的死刑已经判定。

克瑞昂

长老啊,你和我一起判的①。
侍从们,别再拖延时间了,把她们押进去。

---

① 歌队长曾表示赞成禁葬令(第211行以下)。

现在起她们必须像个女人样子,不得随便走动。
须知,即使勇敢的人,在看见死神
逼近的时候,也会逃跑的。
(二侍从押安提戈涅和伊斯墨涅下)

(六)
第二合唱歌

歌　队

(第一曲首节)
没尝到过苦难的人是幸运的。
一个人家一旦受到神怒的震撼,
灾祸就会没完没了
落到这家一代又一代人的身上,
就像波浪,受到色雷斯来的海风①
有力的驱赶,搅向幽暗的海底,
从深处卷起黑色的泥沙,
可以听到深长的哀号声发自
面对风浪受到击打的海岬。

(第一曲次节)

① 色雷斯在黑海西岸和爱琴海北岸。

我看见拉布达科斯子孙的家里①，
古来的灾祸一代又一代地发生②。
儿子的死赎不了父亲的罪孽，
这是一位神的打击，这家族无法解脱。
如今奥狄浦斯家最后长出的根苗③
给这个家族带来的最后一线希望，
哎呀，又要被地下神祇的镰刀——
言语的愚蠢、心灵的疯狂——割断了。

（第二曲首节）
宙斯啊，哪一个凡人无礼的
干涉能限制你的权力？
连诱捕众生的睡眠
和众神的不倦岁月，
也都无法控制你。
啊，你，居住在光辉壮丽的
奥林波斯山顶，
时间不能使你变老的统治者。
正如以往一样，
无论最近的还是遥远的将来，
这条规律不变：
凡人过度的行为会带来祸殃。

（第二曲次节）
那迷人心智的希望，
虽然对许多人有益，

① 参见《奥狄浦斯在科洛诺斯》第221行。

② 参见《奥狄浦斯在科洛诺斯》第268行。

③ 最后的苗指安提戈涅和伊斯墨涅。长老们认为安提戈涅是不理智的，她的言语、行为是在毁灭自己。这都是佩洛普斯的诅咒在起作用。

但对许多人又只是
轻率欲望的一个骗局。
粗粗一看,不觉有害,
闯入了烈火才知道上当。
可见前人的名言
不是没有智慧的:
一个人的心智被神引入迷途,
或迟或早他会把祸当成福。
只是暂时还没遭到灾难罢了。

(七)
第三场

(海蒙上)

歌队长

瞧,你最小的儿子海蒙来了。
他是不是在为未婚妻安提戈涅
被判死罪而伤心,为自己
婚姻遭到挫折而失望难过?

克瑞昂

我们马上就会知道得比先知更清楚。
(向海蒙)

你是因为听说未婚妻被定了罪，
我的孩子啊，来同父亲斗气的？还是
不论我怎么办，你对我都怀抱好意？

海　蒙

父亲啊，我是你的儿子；你用智慧
为我规定的行为准则我一定遵守。
我不会把任何婚姻看得
重于你有益的指导教诲。

克瑞昂

说得对，我的孩子，你应当把这句话
牢记心间：凡事服从父亲的意志。
所以，做父亲的总希望看到自己的
孩子在家里顺从听话长大成人，
能够以恶对待父亲的仇人，
尊敬父亲的朋友，像父亲自己一样。
一个人生了无用的儿子，你除了说
他给自己添了一个苦恼，给仇人
添了一个笑料，还能说什么呢？
因此，我的儿啊，希望你别做了爱情的俘虏；
为了一个女人丧失了理智的主宰。
你得知道，娶一个坏女人在家里
和你同床，怀中的快乐很快就会变得冰冷。
有什么是比一个坏的情人更大的祸害？
你应该把这女孩子视同仇人，
憎恨她，让她到冥土去嫁给别人。
既然我当场捉住了她——公然违令的
全城只有她一个人——我要把她处死，
我不会失信于我的人民。

　　让她去向亲属之神宙斯求救吧。
如果我把自己的血缘亲属养得不听话，
那么我就一定会把亲属以外的人养得全不服从啦。
因为，只有在家中尽责的人，
才能成为正义的公民；
反之，如果有人恣意妄为，或违犯法律
或想对自己的统治者发号施令，
这种人我永远不会赞许。
不，对城邦所任命的人，必须服从，
不论大事小事，也无论他公正不公正。
能这样服从的人，我确信，他不仅能成为
好的被统治者，也一样能成为好的统治者，
在枪林箭雨中坚持自己被指定的岗位，
忠贞勇敢地和战友们一起战斗。
　　不服从领导是最大的祸害，
它能毁灭城邦，破坏家庭，
使同盟军的队伍溃不成军；
服从能使无数品行端正的生命得救。
因此，我们必须维护秩序的权威，
无论如何不能在一个女人面前后退。
如有必要，我们也宁可被一个男人打败。
免得别人说我们不及一个女人。

歌队长

你所说的话我们觉得很有道理，
除非老年使我们得了痴呆症。

海　蒙

父亲啊，众神把理智赋予人类，
它在人所拥有的一切事物中最可贵。

我不能也不愿说,你的话不对,
可是别人也可能有智慧的思想。
因此,为了你的利益关注民众的
行为、言论,所想批评的一切,乃是我的天职。
要晓得,人都害怕你皱眉头,
不敢说你不爱听的话,
但是我能听得到这些私下的议论,
听得到人民为这姑娘悲伤叹息:
"她是所有妇女中最不应该
做了好事却要死得这么悲惨的。
她的哥哥在流血的拼杀中毙命后,
她不愿任其暴尸,让食腐的野狗
或任何鸟类贪婪地撕食他。这样做
她还不应该得到金冠的褒奖?"
　　我听到的私下议论即如上述。
父亲啊,对于我,没有什么财富
比你的事事好运更是珍贵。
真的,对于儿女,有什么能比
幸运父亲的好名声更光荣的?
或者,儿子的光荣对于父亲也一样。
因此,望你别固执己见,别认为
你的话一定正确,别人都不对。
因为,如果有人认为,只有自己智慧,
无论说话还是思想,别人都不能比,
这种人一旦揭开,常被发现头脑空空如也。
　　其实,一个人即使智慧,多多学习,
及时修正己见,并不羞耻。
试看冬季的洪水急流边的树木,
凡是避开急流的便能保全它的细枝嫩叶,
而那些硬顶着不让的则被连根拔起,也毁了枝叶。

同样，那些在风暴中把帆索拉得紧紧的
一直不肯松手的水手，也一定难逃覆舟的
命运，底朝天地结束余下的航程。
　　请宽容点，歇歇你的怒气！
如果我，一个年轻人，也可以发表自己的意见，
那么我认为，一个人天生全智全能，当然最好，
否则的话——事实上情况往往不是这样——
听听有益的劝告也是明智的。

歌队长

国王啊，如果他的话有合理的成分，你应该听他的；
海蒙啊，你也应该听父亲的，因为双方都有一定的道理。

克瑞昂

那么，真的要让他们这么大年纪的人，来教
我们这么大年纪的人怎样变聪明点吗？

海　蒙

我说的话没有什么不正当。虽然我年轻，
但请多注意点我的行为，别只注意我的年龄。

克瑞昂

敬重犯法的人是正当的行为吗？

海　蒙

我不是要求敬重坏人[1]。

---

[1] 海蒙避开安提戈涅是否犯法的问题，强调她不是坏人。

克瑞昂

她不是沾染了那毛病吗?

海　蒙

忒拜全体人民都说“不”。

克瑞昂

要忒拜平民规定我如何执政吗?

海　蒙

瞧你说这话不像个年轻人吗?

克瑞昂

我必须按别人的意思统治这国土吗?

海　蒙

只属于一个人的城邦不是城邦。

克瑞昂

城邦不被认为是统治者的城邦吗?

海　蒙

你可以在没人的地方独裁统治。

克瑞昂

这孩子看来和那女人站在一起战斗。

海　蒙

除非你是个女人;因为,事实上我是为了你。

克瑞昂

可恶之至,你竟和你的父亲斗嘴?

海　蒙

我看见你犯了错误,不公正。

克瑞昂

我看重我的统治权,是犯错误吗?

海　蒙

你践踏了众神看重的东西①,
就是不看重你的统治权。

克瑞昂

啊,没出息的东西,成了一个女人的奴才。

海　蒙

你决不会看到我成为一个卑劣者的奴才。

克瑞昂

你这全都是在为她说话。

海　蒙

不,是为你和我,还为地下众神祇。

克瑞昂

她决不会活着嫁给你了。

---

① 神看重的东西,指接收死者、享受祭礼等。人间王权应当维护神的这些权利。

海　蒙

这么说，她必须死，并且毁灭另一个人。

克瑞昂

你竟敢威胁我？

海　蒙

反对无理的决定，算什么威胁？

克瑞昂

无知的人指教智慧的人，你要后悔的。

海　蒙

你要不是我父亲，我已经说你智力不佳了。

克瑞昂

你是女人的奴隶，我不糊涂。

海　蒙

你只想说不想听吗？

克瑞昂

这话是你说的？我凭奥林波斯神山起誓，
你得相信，你不会尽骂我不受惩罚的。
　　（向侍从）
去把犯人押出来，我要让她立刻死
在未婚夫的面前，死在他的身边。

海　蒙

她不会死在我身边的，

永远别存这个念头吧！
今后你也再见不到我的面了，
向那些受得了你的亲人咆哮去吧！
（海蒙下）

歌队长

我的王啊，他气冲冲地走了；
年轻人的心受了刺激，火气是很大的。

克瑞昂

由他去发泄吧，任他想什么神仙的办法
都救不了她们姐妹俩的性命。

歌队长

你真的想把她们姐妹两个都处死？

克瑞昂

没有参与其事的那个免了，你提醒得好①。

歌队长

你想把那另一个用什么办法处死？

克瑞昂

我要把她送到一个没人的去处，
把她活活地关在一个石穴里②，
给她少量食物，使我们不至于犯罪，

---

① 此时克瑞昂稍微冷静了些，想起伊斯墨涅不该处死。
② 忒拜北郊有石穴群，那里是王室、贵族预先造好的墓穴。

使全城邦不至于遭受污染①。
在那里，她可以祈求冥王，她所崇拜的
唯一神灵，这或许能使她免于一死；
否则她终于会懂得——虽然迟了——
礼敬那个死人是徒劳无功的。

（克瑞昂下）

（八）
第三合唱歌

歌　队

（首节）

厄洛斯啊，你是战无不胜的，
厄洛斯啊，你造成财富的流失，
你在少女柔嫩的脸颊上守夜；
你游逛到海上，游逛到荒野人家，
没有一位神仙没有一个朝生暮死的凡人
能躲得过你的神箭。
谁碰上你谁就会疯狂。

① 氏族社会的习惯，杀死有血缘关系的亲属会受到复仇女神的惩罚。这不但会给克瑞昂本人也会给城邦带来灾难。

（次节）

你使公正者的心变形，
变得不公正，变得疯狂。
当前这场亲人间的争吵
是你挑起的。这美丽新娘
眼睛里那激起爱情的光
取得了胜利。爱情是一种
支配的力量，像永恒的神律一样。
女神阿佛洛狄忒的游戏①
是从无失败的。

（九）
第四场

（安提戈涅由二侍从押上）

歌队长

如今看见安提戈涅这么走向
她的新房——那个众人安息的地方——
我自己也禁不住直流眼泪，
越出了法律的界限。

---

① 阿佛洛狄忒是爱情之神。上面第781行的厄洛斯是她的儿子，称作小爱神，是一手执弓的男童形象。

安提戈涅

（第一曲首节）
啊，祖国的公民们，
请看我最后一次出发上路，
最后一次看见阳光，
从今往后再也看不见了。
那使众生长眠的冥王哈得斯
把我活着带到阿克戎河的岸边[1]。
我没有享受过迎亲歌，
也没有人给我唱过洞房歌[2]。
我将这样嫁给阿克戎——那冥河之神。
（本节完）

歌队长

不，你这样出发去死人的国土，
是光荣的，受人称赞的；
你没受到那使人消瘦的疾病侵袭，
也没有受到那刀斧杀戮之苦。
不，你将自己主宰自己的命运，
活着去到哈得斯的王国——这
没有任何凡人曾经做到过。

安提戈涅

（第一曲次节）
我曾听说坦塔罗斯的女儿，

---

① 阿克戎河即冥河，河上有喀戎摆渡把鬼魂送过河，便到了冥间。
② 迎亲歌是迎接新娘的人在回来的路上唱的，洞房歌是新婚之夜朋友们在新房外唱的。

弗律基亚来的那个客籍女人①，
十分凄惨地死在了西皮洛斯的山顶上，
石头像缠绕的常春藤似的裹住了她，
使她僵化。我听说，雨，雪，
不停地落到她消瘦的身上，
同时，泪水从她痛哭的眼睛里
流下来，淋湿了她的胸脯。
现在神灵赐我长眠的命运，十分像她。
（本节完）

歌队长

但她是神的后裔，也是神，
而我们是凡人所生，只是凡人。
一个女人生时和后来死时
能有神②一样的命运，
那是她极大的荣誉。

安提戈涅

（第二曲首节）
哎呀，我受到了讥笑。我以我祖先之神的名义请问，
为什么你要当面讥笑我，不等我走了再说？
啊，我的忒拜城呀，富裕的忒拜市民呀，
啊，狄尔克的泉水呀，战车精良的忒拜圣林呀，
你们亲眼看见了，我触犯了什么法律，

---

① 坦塔罗斯的女儿指著名的神话人物尼奥贝。尼奥贝的父亲坦塔罗斯是小亚细亚弗律基亚的西皮洛斯国王，故她被称作客籍女人。她嫁忒拜国王安菲昂，生了十四个儿女；她以此为骄傲，嘲笑女神勒托只生了一男一女即阿波罗和阿尔忒弥斯，并禁止人们崇拜勒托。为此阿波罗和阿尔忒弥斯把她的儿女全射死了。尼奥贝悲痛无比，在回到老家时化成石头。故西皮洛斯山上有一坐着哭的石像。

② 神指尼奥贝。她的父亲是宙斯所生，母亲是提坦神伊阿佩托斯的孙女。

在没有亲友哭送的情况下被押送去石牢——
一种奇异的坟墓。
哎呀！多么不幸：
我既不栖身人间也不栖身阴间，
无论在活人中还是在死人中都没容身之地。
（本节完）

歌队长

你不顾一切向前冲，鲁莽极了，
撞到了法律之神的高高宝座上，
孩子啊，你伤心地倒在了它的脚下，
不过，你受这苦或许是在赎你父亲的罪过。

安提戈涅

（第二曲次节）
你触动了我内心最深的痛处，
唤醒了我无尽的悲叹，为我父亲，
为我们这拉布达科斯家后人的全部厄运。
啊，母亲和她的亲生儿子——我的父亲——
可怕的结合呀！
我是什么样的父母生的
可怜的孩子呀！
我就这么受着诅咒，
尚未结婚便来到他们的新居。
我的哥哥呀，你的婚姻也是不幸的[①]，
你的死还害了我的性命。

① 波吕涅克斯娶了阿尔戈斯王阿德拉斯托斯的女儿，靠岳父的支持回来攻打祖国，酿成悲剧。

歌队长

虔敬诚然是一种宗教美德，
但是，权力在当权者看来
是无论如何也冒犯不得的。
倔强的性格毁了你。

安提戈涅

没有人哭，没有亲友，没有婚歌，
我伤心地被押解上最后的路，
可怜我再没可能
看见太阳的神圣光辉了。
我的厄运没有亲友悲叹，
没有人为它流泪。
（克瑞昂上）

克瑞昂

（向侍从）
你们不知道吗？要是啼哭和诉说有什么益处，
那么，人们在死之前就会一直不停地哭诉了。
还不赶快把她押走！你们把她关在那个
拱形石墓里之后，就按我吩咐的，
把她一个人丢在那里，随便她马上寻死
还是在那样一个家里过被埋葬的生活。
反正我们没有犯罪，手上没有沾上她的血；
但又的确，我们剥夺了她在人世居住的权利。

安提戈涅

啊，坟墓呀，新房呀，那个永久
囚禁我的石窟呀，我就要去你那里

投奔我的亲人了。他们多数已经死了，
早已被冥后佩尔塞福涅[①]接到死人中间去了，
我是他们中的最后一个，死得也最惨，
要在寿限未到之前就去那里，但是，
我怀有美好的希望，希望我的到来
受到父亲的欢迎，也使你，我的母亲呀，高兴；
还有你，我的哥哥呀，也受到你的欢迎。
你们死后，我曾亲手为你们清洗
穿戴，到你们的坟上浇奠洒水。
如今，波吕涅克斯呀，为了埋葬
你的尸体，我又受到如此的惩罚。

　　我这样对你尽礼数，在有头脑的人看来是对的。
如果是我的一个孩子或者我的丈夫死了
尸体腐烂了，我或许还不会采取这个行动，
不顾城邦的反对。我说这话根据什么原则呢？
丈夫死了我可以再嫁一个，
孩子死了，我可以和别的男人再生一个；
如今父亲和母亲已经去世，
永远不可能再有一个兄弟生出来了。

　　我就是根据这个原则为你尽礼数的，
可是，亲爱的波吕涅克斯啊，
克瑞昂却认为我胆大妄为，做这事犯了罪。
如今他捉住了我，要把我这样押走。
我还没听唱过婚歌，没上过婚床，
没享受过婚姻的幸福和养育儿女的快乐。
我这不幸的人呀就这样没有亲友
孤苦伶仃地，活着走向死人的墓穴。

---

① 佩尔塞福涅是宙斯和得墨忒尔的女儿，冥王哈得斯的妻子。

　　我违犯了什么神律？……①
既然我做了敬神的事情却得到了
不敬神之名，我这可怜的人为什么
还要寄希望于神灵？还要祈求什么神的援助？
如果这一判决，得到神的赞同，
我也要到死后才能知道我有罪。
如果有罪的是法官，愿他们遭受苦难，
不比他们错误地加之于我的更多。

歌队长

还是那个风暴，还是那样激烈地
在这姑娘的灵魂里呼啸。

克瑞昂

押送她的人做事太拖拉，
他们要为此后悔的。

安提戈涅

哎呀，不幸呀！这句话
我听来像一道催命符。

歌队长

我没法安慰你。他的话
只预示死亡，没有别的意思。

安提戈涅

啊，我祖先的忒拜城堡呀，

---

① 有的校订者认为第904—920行是后人加进去的。如果这段文字删去，第921行接第903行语气连贯。另有一些校订者认为第904—920行是原有的，如果这样，那么第921行后似乎缺了若干行。

还有你们，我的祖先之神呀[1]，
他们要把我押走，再也不假宽限。
忒拜的元老们呀，请看一下我——
你们王家最后的苗裔——
只因为不敢不敬畏神明，
从谁那里受到了什么迫害吧！

（安提戈涅被押下场）

（十）

第四合唱歌

歌　队

（第一曲首节）

美丽的达那厄[2]也曾像你一样，
在那铜塔里失去了看见天光的快乐，
被囚禁在那坟墓似的闺房里。
孩子呀孩子，她的出身也是高贵的，

---

① 卡德摩斯的妻子哈尔摩尼亚是战神阿瑞斯和美神阿佛洛狄忒所生，酒神狄奥倪索斯是卡德摩斯和哈尔摩尼亚的女儿塞墨勒所生，因此战神、美神、酒神是安提戈涅的祖先之神。

② 达那厄是阿尔戈斯国王阿克里西奥斯的女儿。有神谕说阿克里西奥斯将来会死在女儿所生的儿子手里。这位国王因此把女儿关在一座铜塔上面，不与外人接触。宙斯化作金雨和达那厄生佩尔修斯。佩尔修斯后来在一次运动会上掷铁饼，不意铁饼飞上了观众台，杀死了观看比赛的阿克里西奥斯。

还为宙斯生养了一个金雨化成的儿子。
命运的力量真可怕,金钱不能收买,武力不能征服,
城墙阻挡不住,黑船破浪也逃避不了。

(第一曲次节)
德律阿斯的儿子,埃多尼人的国王①,
性情暴躁,骂了酒神狄奥倪索斯,
被酒神关进了石牢,受到惩戒。
他激烈的疯狂在这里逐渐平息,
终于知道了,他在疯狂中辱骂的
是一位天神。因为他曾经阻止感应了
神性的女人们高举火把,狂欢游行。
他这行为也激怒了喜爱排箫的缪斯们。
濒临双海之水,靠近黑崖地点②,
是牛峡的海岸和色雷斯的③
萨尔米得索斯城[……]④
住在附近的战神阿瑞斯
曾在这里看见菲纽斯的两个儿子
被他们凶残的后母令人诅咒地
刺瞎了眼睛;她用血腥的双手,
用梭子的尖头,给他们两个

---

① 德律阿斯的儿子吕科尔戈斯,在酒神路过他的国土时,侮辱了酒神。酒神使他发了疯,误杀了自己的儿子,这杀人罪使城邦发生了瘟疫。神示说,处死吕科尔戈斯瘟疫才得平息。不得已埃多尼人把他囚禁在一处山洞里。他后来被马或豹子咬死。

② 双海指黑海和前海(现马尔马拉海),黑崖是黑海入口处的两座陡崖,当有船从其间经过时,它们便相向移动撞击。传说中的阿尔戈号快船成功地穿过其间后,它们便永远停在原地了。

③ 牛峡是伊奥化成母牛逃避赫拉迫害时经过的渡口,即现在的博斯普鲁斯海峡。

④ 萨尔米得索斯城,距牛峡约八十公里。“城”字后有残缺。

渴望复仇的眼珠带来了黑暗①。

（第二曲次节）
他们在受苦中衰弱，悲叹他们可怜的苦命，
他们是婚姻不幸的母亲所生的两个儿子。
她的出身可以上溯到
古老的埃瑞克透斯家族，
她在遥远的洞穴里
在父亲波瑞阿斯的风暴中间养大②，
波瑞阿斯的这个孩子，神的女儿，
在峻峭的山岭上快如骏马，
可是，我的孩子呀，像你一样，
她也受到不死的命运女神压迫。

（十一）
第五场

（特瑞西阿斯上，由一童子带路）

---

① 菲纽斯是萨尔米得索斯的王，先娶雅典王埃瑞克透斯的孙女克勒奥帕特拉，生了两个儿子。他后来把克勒奥帕特拉囚禁起来，另娶忒拜王卡德摩斯的姐妹埃多特亚为妻。埃多特亚把克勒奥帕特拉两个孩子的眼睛刺瞎了。

② 克勒奥帕特拉的父亲是北风之神波瑞阿斯，风暴是他的女儿们，是克勒奥帕特拉的姊妹。她们和克勒奥帕特拉都有翅膀，行走如飞。

特瑞西阿斯

啊，忒拜的元老们，我们两个人
靠一双眼睛，来到了这里，因为，
没有人引路，瞎子没法行走。

克瑞昂

老特瑞西阿斯啊，你带来了什么信息？

特瑞西阿斯

这我将告诉你，但你必须听信。

克瑞昂

迄今为止，事实上我从来没有不听你的。

特瑞西阿斯

因此你一直顺利地驾驶着城邦这只船航行。

克瑞昂

我知道并且证实你对我是有帮助的。

特瑞西阿斯

你要明白，你现在又一次面临危险的关头。

克瑞昂

你指的是什么？你的话我听了发抖。

特瑞西阿斯

等听完我卜得的警告，你就会明白了。
我一坐上那古老的占卜座位——

各种熟悉的鸟类惯常聚集的地方，
就听见了无法听懂的鸟类语言，
听见它们发出不吉利的聒噪。
我一听那拍打翅膀的声音就知道，
它们是在用脚爪狠狠地互相抓斗。
听到这凶兆，我害怕起来，
立即在炉火正旺的祭坛上试试燔祭①，
但是火神不让我的祭肉燃烧。
腿肉渗出的汁水滴到火炭上，
冒起烟来，劈啪爆炸；
胆汁溅到了空中，
滴油的腿骨裸露出来，因为
包在上面的脂油已经融化②。
　　这祭仪就这样失败了，我没有能
卜到预兆，这是这个孩子说给我听的。
因为，他是我的引路人，正如我引领别人。
现在城邦遭到了污染，这是你的主意
造成的。因为，鸟和狗从奥狄浦斯儿子
不幸的尸体上撕下腐肉，用它弄脏了
我们城市所有的祭坛和炉灶③。
因此，众神不从我们手里接受祭品
接受祈祷，不让祭肉生出火苗。
鸟儿因为吃了被杀者的肮脏血肉，
不发出显示吉祥的清晰啼叫。
因此，孩子，请你想想我这话：
任何人都可能犯错误，

---

① 燔祭是一种占卜方法：用牛、羊的大腿骨（上有少量肉），外裹着油，上堆内脏和胆囊。如果祭肉很快着火，火色淡而明，是吉兆；如果只冒烟不发火或火焰不旺，祭肉不能烧化便是凶兆。

② 其实这些已是凶兆。

③ 公共祭祀用祭坛，家庭献祭用炉灶。

犯了错误,只要能设法
纠正它,不是顽固不化,
他就不再是一个不幸的蠢人。
固执己见只能招来愚蠢之名。
不,忍让死者吧,别戳已死的人!
已死的人再杀他一次算什么勇敢?
我为你着想,劝告你是为了你好;
如果劝告是有益的,那么还有什么
比听从有益的劝告更快乐的事儿?

克瑞昂

老家伙,你们一起向我射击,
就像弓箭手对着靶子一样。
你们想用预言术搅得我心神不安,
其实我早已被先知一族当货物卖了。
如果你们想赚钱,尽可去经商,
赚回萨迪斯的白金和印度的黄金[1],
但不许把那个人的尸体埋进坟墓,
不,即使宙斯的神鹰把那人的肉
抓着带到了他的宝座上,
我也决不会因为害怕污染
容许埋葬他;因为我清楚地
知道,没有一个凡人能污染到神。
老特瑞西阿斯啊,一个人无论多么聪明,
如果贪图利益,不论肮脏的意图
裹着多么漂亮的语言外衣,终会可耻地摔倒。

---

① 萨迪斯是小亚细亚吕底亚王国的首都。白金是一种在黄金中加进白银的合金。

特瑞西阿斯

哎呀！
有谁知道，有谁想过。

克瑞昂

什么事？你想说出什么警句名言？

特瑞西阿斯

明智是多有益的财宝！

克瑞昂

我看像愚昧一样，是最有害的东西。

特瑞西阿斯

你正是感染了愚昧的病。

克瑞昂

我不想回骂先知。

特瑞西阿斯

但是你已经骂了，说我用预言骗人。

克瑞昂

先知族都爱钱。

特瑞西阿斯

出自暴君的一族都爱污染的利益。

克瑞昂

你知道吗，你这话是在说你的国王？

特瑞西阿斯

我知道，你靠我救了城邦，做了国王。

克瑞昂

你是一个出色的先知，只是爱做不正当的事。

特瑞西阿斯

你会激我说出我心里的秘密。

克瑞昂

说吧，只要不是贪图利益①。

特瑞西阿斯

我想，我是为你图利益。

克瑞昂

我不会为利益出卖我的决心。

特瑞西阿斯

我要明白地告诉你：
你看见不了多少天太阳车驶过天空，
就要拿出一个自己的孩子作为赔偿，
用一个尸体赔偿一个尸体。
因为，你把一个阳世的人拐到了阴间，
残忍地迫使一个活人住进了坟墓，
同时你又把一个属于地下神祇的死人，
一个没有埋葬，没有祭奠

---

① 受了贿赂，替人劝说埋葬死者。

不洁的尸体留在了人间。
这件事你无权、天上的神也无权这么做，
你篡夺了不属于你的权力。
因此冥王和天神属下的复仇三女神[1]，
那毁灭的精灵，正跟踪你罪恶的脚印，
要让你落到同一的灾难里。
　　你看着吧，我发表这个预言，是不是
也因为受了贿赂。看着吧，要不了多久
你家里就会传出男男女女的哭声，
而所有的敌对城邦也会骚动起来[2]；
因为它们战士的尸体葬进了
饿狗、野兽或飞鸟的腹中，而飞鸟
又把污秽的气味带到了这些城邦的炉灶上。
　　这就是我向你射出的箭，既然你激怒了我，
我就像一个愤怒的弓箭手，向你的心脏射击；
这一箭准确无误，你躲避不了它的刺痛。
　　童子，带我回家去。让他去向比我年轻的人
发泄他的火气，让他学会使自己的舌头
说话有分寸一点，让他使自己的胸口
有一颗比现在好一点的心。
　　（特瑞西阿斯由童子引下）

歌队长

主上啊，这人说了一些可怕的预言走了。
打从我的头发由黑变白以来，
我一直知道：他对城邦说的预言
没有一次不曾应验。

---

① 复仇三女神合名埃里倪斯。
② 指战死的外邦将领的家属会因为亲人未被埋葬而起来复仇。

克瑞昂

这我自己也知道,所以心里很烦乱。
让步是可怕的,但是,对抗也是个可怕的
选择:我倔强的心会遭到灾祸的打击。

歌队长

墨诺克奥斯之子啊,你应当采纳我的忠告。

克瑞昂

我应当怎么办?你说吧,我一定听从。

歌队长

去把那女孩子从石窟里放出来,
再给那暴露的尸体造一个坟墓。

克瑞昂

你也这样劝我,认为我应当让步吗?

歌队长

是的,主上啊,越快越好。因为
众神的惩罚会很快追上恶人。

克瑞昂

哎呀!真难呀,但是我必须放弃想要做的,
必须放弃和命运作不利的抗争。

歌队长

赶快去,亲自去做,别把这事交给别人。

克瑞昂

这就去。喂,喂,仆人们,
在这里的和不在这里的,拿起斧子,
赶到你们看得见的那个地方去!
我呢,既然这么决定了,我就自己去
把她放出来,既然是我自己囚禁她的。
我现在差不多信服了:一个人最好是
终身遵从古老的神律。

(克瑞昂偕众仆从下)

(十二)

第五合唱歌

歌　队

(第一曲首节)

啊,你这多名者①,卡德墨亚少妇们赞颂的神,
鸣雷闪电的宙斯之子②,巴克科斯啊,
你保护著名的意大利③,

---

① 酒神狄奥倪索斯据说有六十个名字。

② 狄奥倪索斯的母亲在怀他期间曾要求宙斯让她看看宙斯作为雷电之神的面目,结果被烧死,胎儿被宙斯取出,放进自己的髀肉里,等长成后再取出。

③ 南意大利盛产葡萄,是酒神的圣地。

统治好客的埃琉西斯[①]——
女神得奥庇护的平原。
巴克科斯啊,你住在忒拜——
你的女信徒的祖国,住在
流水潺潺的伊斯墨诺斯河边,
曾经播种过恶龙牙齿的土地上。

（第一曲次节）
双峰的山岩上闪耀的火光看见你——
你的女信徒,科里克斯的
少妇们,在那里游行——
卡斯塔利亚的清泉也看见你[②]。
你来自爬满常春藤的
倪萨山的山坡[③],
来自结满葡萄的
绿色海岸,
“欧嗬！欧嗬！”的神圣歌声
送你来到忒拜城。

（第二曲首节）
所有的地方中你最喜爱忒拜,
你的遭到雷击的母亲也喜爱这里。
如今,我们全城的人都患上了重病,
我求你走下帕尔那索斯山,

---

① 埃琉西斯是阿提克北部一个区,是地母神得墨忒尔(得奥)的崇拜中心。

② 阿波罗的圣地得尔斐在一处陡崖,上分两峰,两峰之间是卡斯塔利亚泉水。双峰附近有一块高地,女信徒每年冬末在此歌舞。科里克斯山洞就在那高地上。

③ 小亚细亚、希腊、克里特都有倪萨山。酒神出生后,宙斯把他交给倪萨山神女哺养,长大成人后回到忒拜。

或跨过波涛滚滚的海峡[1]，
前来帮助我们医治疾病。

（第二曲次节）

啊，呼吸火光的众星的领队[2]
夜间歌声的指挥，
宙斯的亲生儿子，
我的主啊！带着你的伴侣，提伊亚德们[3]
快来吧！她们总是在你这主宰，
伊阿科斯的面前通宵达旦疯狂地歌舞。

（十三）

退　场

（报信人上）

报信人

依傍卡德摩斯和安菲昂家室而居的人们啊[4]，

---

① 帕尔那索斯山在得尔斐。海峡指尤卑亚海峡。

② 天空群星闪烁，也好像加入了人间举着火把歌舞狂欢的游行队伍。

③ 提伊亚最先崇奉酒神，是酒神节的创始人。后来那些赶到帕尔那索斯去崇拜酒神的雅典妇女便被叫作提伊亚德。伊阿科斯是酒神的别名。

④ 卡德摩斯建造了忒拜卫城，后来安菲昂和泽托斯兄弟俩建造了外城。这句话就是忒拜人的意思。

凡间人类的生活没有一种现状我能说它不变的，
无论是我想赞美的还是我想咒骂的。因为命运
可能今天压倒你，明天又扶起你，使你成为幸运者，
也可能今天扶起你，明天又压倒你，使你不幸。
没有人能向你预言，生活的现状能维持多久。
我认为克瑞昂曾经是幸福的，他击退了敌人，
拯救了卡德摩斯的国土，取得了这地方的
独裁统治权，还幸运地生了一些高贵的孩子。
但如今他全失去了。因为，如果一个人受罚
失去了快乐，我就不认为他还活着，
我认为，他就不过是一具能呼吸的死尸了。
如果你想要，尽可以在家里积累财富，
尽可以过国王般威风的生活。但是，
如果没有快乐，那么，我甚至不愿意拿出
烟雾下的影子[1]去换取这东西。我宁可要快乐。

歌队长

你又来向王室报告什么新的灾难？

报信人

他俩死了！活着的人要对这死亡负责。

歌队长

谁是杀人者？谁是被杀者？你说。

报信人

海蒙死了，但他不是外人杀的。

---

① 意即“最微不足道的东西”。

歌队长

他死于父亲之手还是自己的手?

报信人

死于自己的手,为那谋杀事件生他父亲的气。

歌队长

先知啊,这证明你的话多么灵验。

报信人

事已至此,你必须考虑其余的事。

歌队长

瞧!我看见克瑞昂的妻子
不幸的欧律狄刻来了;
她从宫里出来,不知是因为
听到了儿子的消息,还是出于偶然。
(欧律狄刻上)

欧律狄刻

啊,全体市民们,当我正要出发
去向女神帕拉斯祈祷时,
就听见了你们的谈话。
甚至在我拔下门闩,刚要开门时,
家庭不幸的消息便传到了我的耳朵里。
我吃了一惊,往后倒下,
跌入侍女们的怀中,失去知觉。
可是,请把刚才的消息再说一遍,
我要听听;悲痛于我并不是第一遭遇见。

报信人

亲爱的王后，我既然到过那里，
一定向你报告实情，不漏掉一个细节。
真的，为什么我要说假话安慰你，
既然它们是一定马上就会被看穿的？
真话永远是最好的。
　　我给你的夫君带路，陪他走到平原的尽头；
波吕涅克斯的尸体仍旧躺在那里，
被野狗撕裂着，没有人怜悯。
首先我们祈求道路女神①
和冥王普卢同慈悲息怒，
用净罪的水清洗尸首，
把它放在新折的树枝堆上，举行火化，
用祖国的泥土给他堆起一个高大的坟墓。
然后我们奔向哈得斯新娘的
新房，里边有石头铺的婚床。
我们中有一个人从老远听见
那被剥夺了葬礼的新房里有很大的哭声，
跑来报告我们的主子克瑞昂。
　　国王走近一点时便听清楚了
那凄惨的哭喊，他惊叫一声，
说出一番最悲惨的话："哎呀，真不幸呀！
难道我的预见成真了吗？
难道我正在走上生平最不幸的道路吗？
儿子的声音让我听来可怕。仆人们，快去！
你们到了墓前，从墓壁被破坏的缺口
往里面看，然后告诉我：是我认出了

① 道路女神指赫卡忒。雅典人习惯每逢月底在十字路口放上食篮供奉赫卡忒。

海蒙的声音，还是众神欺骗了我的耳朵。”
　　我们奉了沮丧的主人这道命令，
前去察看，看见那姑娘吊死在墓室的最里边，
脖子套在好绳结成的活套里，
小伙子抱着她的腰，痛哭未婚妻的死亡，
父亲的罪恶和自己婚姻的不幸。
　　国王一看见儿子就发出可怕的喊声，
走进去，朝他大哭着说道：
“不幸的孩子，你做的什么呀！
你想怎么？什么不幸使你失去了理性？
出来吧，我的孩子，我求你啦！”
但儿子用凶狠的目光瞪着他，
露出憎恨的表情，什么也不回答，
拔出一把两面锋利的匕首；
父亲往回飞跑，没有被他刺中；
于是这不幸的人对自己生了气，立即往剑上一扑，
再一刺，把半截剑捅进了自己的胁里。
他趁还有知觉的时候，用无力的双臂
把情人抱在了怀里，一喘气，
一股血涌出来，流到了她苍白的脸上。
他就这样尸体抱着尸体躺在那里，
这不幸的人终于在死神的屋里，
赢得了他的婚礼。他向人们证明：
愚昧是一个人最大的不幸。
　　（欧律狄刻下）

歌队长

你能想得出，这意味着什么吗？
这夫人一句话没说就回家了，
没有表示喜也没表示悲就走了。

报信人

我也觉得奇怪。但往好处想心里宽慰，
我希望她是听到儿子的不幸消息
不便于大庭广众之间大放悲声，
宁可在家里和侍女们一起哀悼家里的不幸。
她不是一个没有理智的人，不会做错事情的。

歌队长

我不这样认为，我倒觉得，像大哭大叫一样，
这种强忍的沉默也是不祥的兆头。

报信人

噢，我进宫去打听一下，看看
她烦乱的内心是不是真的隐藏着
某种凶险的计划。你说得对：
勉强的沉默也是不祥的兆头。
（报信人下）

歌队长

瞧，那边国王本人过来了，
手里拿着一件很能证明的物证[①]——
如果这样说是公道的——这个苦难
不是别人加给他的，是他自己的罪行造成的。
（克瑞昂上，仆人们抬着海蒙的尸体跟随着）

克瑞昂

（第一曲首节）

---

① “物证”指海蒙的尸体。

哎呀！
这心灵愚昧的罪过呀，
这致命固执的罪过呀，
你们瞧，这杀人者
和被杀者都是亲人。
不幸呀！我的决定结出的苦果呀！
哎呀，孩子呀，你年纪轻轻就夭折了，
哎呀呀，哎呀呀！
你死了，去了，
怪我糊涂呀，你没有错。
（本节完）

歌队长

你好像看对了，只可惜晚了。

克瑞昂

（第二曲首节）
哎呀呀！
我这不幸的人懂了，仿佛有一位神
在我头上给了我重重的一击，
把我赶到了残忍的路上，
哎呀，推翻了、践踏了我的快乐。
唉，唉，凡人的辛苦没有好的结果。
（本节完）
（报信人上）

报信人

主人啊，你是得到了双份的收获：
手里赚了一个回来；家里还有一个贮藏着，
我想，你马上就会看了伤心的。

克瑞昂

除了这个而外还有什么更大的灾难？

报信人

你的妻子死了，这个死人的亲生母亲，
这不幸的女人，刚刚才那么一下。

克瑞昂

（第一曲次节）
哎呀！
哎呀，你，冥王住不满的收容地啊，
为什么，究竟为什么你要亡我？
啊，你这个向我报告
凶信的人啊，你说的什么？
哎呀呀，你把我这已死的人又戳了一刀。
年轻人啊，你说什么？你对我又说了新的什么？
哎呀！哎呀！
你是说我的妻子死了，
尸首叠着尸首？
（本节完）
（欧律狄刻尸体被推出）

歌队长

你可以看见了，不再藏在里边了。

克瑞昂

（第二曲次节）
哎呀呀！
那里我又看见了一件祸事，第二件不幸。

还有什么,还有什么命运在等着我?
我刚刚手里抱着儿子,
不幸啊,又看见了面前这死尸。
哎呀,不幸的母亲!哎呀,儿子!
（本节完）

报信人

她悼念了先前光荣赴死的墨伽柔斯①
再哀悼了这个儿子②,最后诅咒你
这杀子者遭遇厄运。做完这些,
她在祭坛前用一把锋利的短剑自杀了,
闭上了逐渐昏暗的眼睛。

克瑞昂

（第三曲首节）
哎呀!哎呀呀!
我吓得发抖。怎么没有人
用两面锋利的短剑给我致命的一下?
我真不幸呀,哎呀,
深深地陷入了不幸的苦难中。
（本节完）

报信人

真的,你的妻子临死时指控你
是两个儿子的死亡祸因。

---

① 据说阿尔戈斯人攻城的时候,先知特瑞西阿斯曾说,这场战争是因为战神阿瑞斯发怒了,因为忒拜人的祖先卡德摩斯曾杀死了战神的龙。先知建议杀克瑞昂的儿子墨伽柔斯以偿还这笔血债。墨伽柔斯跳城楼自杀,换取了人民的安全。

② 指海蒙。

克瑞昂

她是怎么个自杀法的?

报信人

听见大家痛哭她儿子不幸死亡,
她亲手向自己的心脏刺了一刀。

克瑞昂

(第四曲首节)
哎呀,哎呀,这个罪责我不能推卸,
什么时候也不能叫别人来承担,
我呀,是我害了你,真不幸呀,
我呀,我说的是真话。仆人们呀,
赶快把我带走吧,把我这
形存实亡的人从这里带走吧!
(本节完)

歌队长

如果坏事中也有什么好事,你要求的就是一件好事。
因为,苦难临头了,受苦的时间越短越好。

克瑞昂

(第三曲次节)
来吧,来吧!
给我带来末日的,
我最好的命运啊,你快出现吧!
来吧,来吧!
别让我再看见明天的亮光!
(本节完)

歌队长

这是以后的事情。眼前的事需要我们处理，
以后的事情留待天神来掌管①。

克瑞昂

后面这句话也反映了我的愿望，
我和你一起祈求它。

歌队长

别再祈祷了，有死的凡人
都逃不过注定的苦难。

克瑞昂

（第四曲次节）
啊，你们，把我这个暴躁愚昧的人带走吧！
啊，我的儿呀，我无意中杀了你，
（向欧律狄刻尸体）
还有你，我的妻呀，我把你也杀了。
哎呀，真不幸呀！我没有地方寻求支持了。
因为，我手上的事情全办糟了，
还有一个无法忍受的命运②沉重地压在我的头上。
（本节完）
（众仆从抬海蒙尸体下，克瑞昂和报信人随下）

歌队长

智慧是幸福的最主要部分，

---

① “眼前的事”指安葬刚死的这些人，“以后的事情”指克瑞昂的余生。

② 指老来孤苦寂寞。

对神的虔敬一定不能违背，
傲慢者的出言狂妄
必遭神的有力打击。
这种教训使人老来变得智慧。

（歌队退场）

Yilin Classics

Εὐριπίδης

Ἀριστοφάνης

经/典/译/林

αἱ Ἑλληνικαὶ τραγῳδίαι καὶ κωμῳδίαι

古希腊悲剧喜剧集

（下部）

[古希腊]欧里庇得斯 阿里斯托芬 著

张竹明 译

译林出版社

图书在版编目(CIP)数据

古希腊悲剧喜剧集. 下部 / (古希腊) 欧里庇得斯, (古希腊) 阿里斯托芬著; 张竹明译. —南京: 译林出版社, 2011.4 (2022.11 重印)
(经典译林)
ISBN 978-7-5447-1170-8

Ⅰ.①古… Ⅱ.①欧… ②阿… ③张… Ⅲ.①悲剧-剧本-作品集-古希腊 ②喜剧-剧本-作品集-古希腊 Ⅳ.①I545.32

中国版本图书馆 CIP 数据核字 (2011) 第 026590 号

书　　名 **古希腊悲剧喜剧集(上、下部)**
作　　者 [古希腊]埃斯库罗斯 等
译　　者 张竹明　王焕生
责任编辑 夏秀玫　孙　茜
责任印制 董　虎
原文出版 The Loeb Classical Library, 1973
出版发行 译林出版社
地　　址 南京市湖南路1号A楼
邮　　箱 yilin@ yilin. com
网　　址 www. yilin. com
印　　刷 江苏凤凰盐城印刷有限公司
开　　本 880 毫米×1240 毫米　1/32
印　　张 32.125
插　　页 8
字　　数 797 千
版　　次 2011 年 4 月第 1 版
印　　次 2022 年 11 月第 19 次印刷
书　　号 ISBN　978-7-5447-1170-8
定　　价 (上、下)118.00 元

译林版图书若有印装错误可向出版社调换
市场热线: 025-86633278　质量热线: 025-83658316

伊菲革涅亚在奥利斯

欧里庇得斯 著

张竹明 译

场次

人 物

阿伽门农

希腊联军的统帅

老仆

阿伽门农的仆人

墨涅拉奥斯

阿伽门农的兄弟，海伦的丈夫

克吕泰墨涅斯特拉

阿伽门农的妻子

伊菲革涅亚

阿伽门农的长女

阿基琉斯

海中神女忒提斯的儿子

报信人

歌队

尤卑亚岛上的卡尔基斯城的妇女组成，她们是渡过海峡到奥利斯来看船队的

无台词人物：

婴儿时期的奥瑞斯特斯，仆人若干，卫兵若干

地 点

奥利斯海岸的希腊军营，阿伽门农的营帐外

时 间

传说中的特洛伊战争初期

（一）
开　场

（阿伽门农和一老仆上）

阿伽门农

老汉，过来，站到我的帐屋
跟前来。

老　仆

来了。你有什么新的打算，
阿伽门农王？

阿伽门农

你着急了？

老　仆

我是心里着急。
年纪大了睡不着，一刻就醒了。
这年纪就好像在我的眼睛上面守更放哨。

阿伽门农

那是一颗什么星在那里行走？

老　仆

天狼星;它还在天顶疾驰,
靠近七簇星的七条轨道。

阿伽门农

万籁无声了,听不到鸟叫,
听不到海的喧嚣;在这欧里波斯[1]
海的上空,风也入睡了。

老　仆

可是阿伽门农王啊,
你为何要在帐外徘徊?
这奥利斯大地还是一片寂静,
墙上的岗哨也没有动静。
让我们进里边去吧。

阿伽门农

我羡慕你,老汉。
比起那些名声显赫的人来,
我倒是更羡慕那些日子过得平平安安的人,
虽然他们默默无闻,没有荣誉。

老　仆

可是那些人活得光荣呀。

① 欧里波斯海是尤卑亚岛与阿提卡、波奥提亚海岸之间的一条海峡,风急浪大,水流复杂,不易航行。

阿伽门农

但这光荣也就是危险；
还有那勃勃雄心，
虽说甜蜜，却与忧伤接近。
有时候神的意愿和人的意愿有冲突，
撞翻了人的生活，有时候臣民的
许多乖戾要求
把我们的生活打碎。

老　仆

我不喜欢一个王者有这种想法；
阿伽门农啊，阿特柔斯生下你来
不是让你专过好日子的。
你得既享受快乐又承受悲伤，
因为你生来是个凡人。即使你不愿意，
神的旨意也总是这样。
　　你点亮了这灯，
写了这
还拿在你手里的信，
又擦去了上面的字迹，
封好了又把它拆开，
把它扔在地上，
泪如泉涌，
这些无谓的举止无不表明
你疯了。
你遇到了什么麻烦，我的国王？
什么新的问题困扰着你？
来吧，请让我也知道你的事情，
把它告诉一个忠实可信的好人。

因为我是廷达瑞奥斯当初送给你的，
作为你妻子嫁资的一部分，
忠实地侍候她的。

阿伽门农

特斯提阿斯的女儿勒达生有三个女孩，
福贝、我的妻子克吕泰墨涅斯特拉和海伦；
全希腊最幸运的青年
都来向海伦求婚。
他们一个个向对手发出可怕的威胁，说是，
如果自己得不到她，就要杀死对方。
　　她的父亲廷达瑞奥斯觉得事情难办，
给或不给，他该如何避免冲撞。
他终于想到了这样一个办法：
叫那些求婚者彼此握着右手
互说誓言，还用燔祭奠酒
订立如下的约定：
不论廷达瑞奥斯的女儿成了谁的妻子，
大家都得帮助他，若是有谁把她从家里
拐出逃走，把她的丈夫撇在一边，
大家都要武装起来进攻这个坏人，毁灭他的城池，
不论是希腊的还是蛮族的。
他们立下誓约；老廷达瑞奥斯这样
用计策巧妙地骗过他们之后，
便叫女儿从求婚者中自己挑选一个
受到爱神魅力帮助的人。
　　她挑选了墨涅拉奥斯。
——哎呀，但愿她永远不曾选中这个人！——

后来有个人[1]从弗律基亚来到斯巴达，
据希腊人的传说，这个人曾给三位女神做过裁判[2]，
他衣着花哨，金光闪烁，道地的蛮族浮华，
他爱上了海伦，海伦也爱上了他，
趁墨涅拉奥斯外出，他抢走了海伦，
逃到了他伊达山的牧场上去了。
墨涅拉奥斯发狂了似的满希腊奔跑，
拿着先前的廷达瑞奥斯誓约，
要求大家履行义务帮助受害的丈夫。
　　因此，希腊人挥舞长矛穿起铠甲，
来到奥利斯狭窄的海峡，
带着运兵的船舰和盾牌，
还装备有许多的马匹和战车。
他们推选我做统帅，
因为我是墨涅拉奥斯的兄弟。
但愿有别的人代我接受这荣誉。
　　但是各路军队结集到一起后，
滞留在奥利斯不能出航。
我们正无法可想时，先知卡尔卡斯根据神意
吩咐杀了我的亲生女儿伊菲革涅亚
祭献给居住在这地方的女神阿尔忒弥斯，
祭献了，我们就可以出发，毁灭弗律基亚去，
不祭献，这些事就做不成。
听了这些话，我便叫塔尔提比奥斯[3]
高声宣布全军解散，

---

① 特洛伊王子帕里斯。

② 赫拉、雅典娜和阿佛洛狄忒争夺一只金苹果，宙斯叫她们去找在伊达山牧场放牧的帕里斯裁判，他把它判给了阿佛洛狄忒；作为回报，阿佛洛狄忒帮助他拐走了海伦，引起特洛伊战争。

③ 阿伽门农的传令官。

因为我永远不会容忍杀死我的女儿。
对此我的兄弟举出一切理由
劝我承受这祸害。我写了那封信,
派了人把它送给我的妻子,
要她打发女儿来,说是嫁给阿基琉斯,
并且竭力称颂这个人的荣誉,
说他不肯和阿开奥斯人的军队一起出征,
除非有一个我们家的姑娘到佛提亚来做他的新娘。
这是我对妻子的劝说,
捏造了关于女儿结婚的谎言。
　　阿开奥斯人中只有我们几个人,卡尔卡斯,
奥德修斯,墨涅拉奥斯和我自己,知道这事情。
但我那时的决定不对,现在我撤回成命,
重新作了决定,把正确的意见写进了这封信;
它就是你,老汉,发现我
在夜阴下折开来又重新封好的这封信。
现在来,把这封信送到阿尔戈斯去吧。
我还要把信里所写的内容
口头上用话告诉你听;
因为你是忠于我妻子和我家庭的。

老　仆

说吧,要说得明白,让我嘴上说出来的
好和你信上写的对得起头来。

阿伽门农(读信)

勒达的女儿啊,上次的那封信之外
我又写这封信给你,意思是要你
别把你的女儿送到这
尤卑亚的翼形弯曲处

没有波浪的奥利斯来。
因为我们将推迟举行
我们女儿的婚礼。

老　仆

阿基琉斯失去了新娘会怎样呢?
他对你和你的妻子
不会大发雷霆吗?
这是可怕的。请把你的想法告诉我。

阿伽门农

阿基琉斯只借出了名字,没借出实在的东西,
他不知道婚姻的事,也不知道我们的计划,
不知道这事情:我把女儿
许配给他做新娘,
这是假话。

老　仆

阿伽门农王,你真胆大得可怕,
你说把女儿给那女神的儿子做新娘,
却带了来给达那奥斯人做牺牲。

阿伽门农

啊呀,我完全神志错乱了,
哎呀,我陷入灾难了。
但是你走吧! 加快脚步,
别对老年有一点退让。

老　仆

我的王啊,我加紧走。

阿伽门农

别贪图树林里的泉水边好坐下歇脚,
也别让瞌睡的魔力征服了你的眼睛。

老　仆

尽管放心吧!

阿伽门农

到了岔路口上,要四面看看,
免得有马车逃过了你的视界,
让它转动着轮子,把我的女儿
一直送到达那奥斯人的船边来。
如果你碰到了她的护送队伍,
把他们挡回去,抓住马的辔头,
让它们重新驶向独目巨人建的城墙去。

老　仆

是,我照办。

阿伽门农

那就出门起程吧!

老　仆

可是,请你告诉我:我要怎么说,
你的女儿和妻子才能相信我的传话?

阿伽门农

你收好这印章,你拿的信上
盖着它的印记。去吧。东方已经发白,

晨光女神已经给太阳神的四马车点上了火。
帮助我走出这困境吧！

（老仆下）

没有一个凡人是彻底幸运的，
也没有一个凡人是全然幸福的，
因为，从来没人生而没有忧伤。

（阿伽门农下。歌队进场）

（二）
进场歌

歌　队

（第一曲首节）

我离开了近海的
名闻遐迩的
阿瑞图萨泉水[1]养育的
我的城市，那个
位于狭窄港湾上的卡尔基斯[2]，
渡过欧里波斯的海峡急流，

---

① 阿瑞图萨本为海中神女之一，后化为泉水之神，西西里的叙拉古、小亚细亚的斯米尔那、尤卑亚岛的卡尔基斯都有以她命名的泉水。

② 歌队的少女都是从尤卑亚的首府卡尔基斯，渡过欧里波斯海峡到奥利斯来的。

来到奥利斯的海岸沙滩，
看看阿开奥斯人的军队，
和半神的英雄们
驾驶的船只。
我们的丈夫告诉我们，
美发的墨涅拉奥斯
和出身高贵的阿伽门农
要率领他们的军队
乘一千只船驶向特洛伊，
去寻找海伦；她是被牧人帕里斯
从芦苇丛生的欧罗塔斯河岸
作为阿佛洛狄忒的礼物取走的。
因为这位库普罗斯女神
在泉水边[1]同赫拉和雅典娜
比美时曾向他许下这份礼物。

（第一曲次节）

穿过阿尔忒弥斯的
多献祭的圣林我急忙赶来，
我少女的双颊
羞得绯红，急切地想看
持盾战士的兵营
和披甲达那奥斯人的帐篷，
还有成群的马匹。
在这里我看见两个埃阿斯坐在一起，
他们分别是奥琉斯之子和特拉蒙之子[2]，
后者是萨拉弥斯人的光荣；
还看见普罗特西拉奥斯

① 在泉水边比美——见 1294—1296 行。
② 前者称小埃阿斯，后者称大埃阿斯。

与波塞冬儿子所生的
帕拉墨得斯对坐着下跳棋①，
用复杂的图形愉悦自己；
狄奥墨得斯玩扔铁饼游戏，
战神之子，凡间的奇人，
墨里奥涅斯站在他旁边；
我还看见拉埃尔特斯的儿子②，
来自他岛上山间的，以及尼琉斯，
阿开奥斯人中最漂亮的美男子。

（中曲）

还有奔跑起来
脚步如风的阿基琉斯，
忒提斯的儿子，
克戎教导的；
我看见他全副武装
在鹅卵石的海滩上赛跑，
在拐弯的地方，正竭尽努力
要超过有四马拉的战车。
而马车的驭手，斐瑞斯的孙子
欧墨洛斯③，在我看见他的时候，
正大声喊叫着用刺棒驱赶
那些套着雕花金衔铁的
漂亮马驹；其中，
中间架轭的一对
身上有白色的斑点，

---

① 帕拉墨得斯是瑞普利奥斯之子，波塞冬的孙子。传说他曾揭穿奥德修斯的佯狂（为逃避特洛伊战争）后来被奥德修斯谋害；他很有智慧，发明过跳棋、骰子等。

② 即著名的奥德修斯，来自伊达克岛。

③ 即阿德墨托斯和阿尔克斯提斯（欧里庇得斯悲剧《阿尔克斯提斯》的主人翁）的儿子；他的马在希腊军中跑得最快。

外边挽缰绳的
对着拐弯标桩跑的，
是一匹火红色的马，
只有距毛是杂色的。
佩琉斯之子[1]全副甲胄，
与车栏并排，挨近车轴，
从奔马旁边猛跳向前。

（第二曲首节）

我再来看无数的战船，
这是一个无法形容的奇观，
它让我们女孩子的眼睛
可以看个够，真是快乐。
这里有佛提亚来的
好战的米尔弥多涅人
他们装着桨叶的
五十只快船，排列在右翼，
高高的船尾上站着涅瑞斯女儿的[2]
金色神像，这是
阿基琉斯船队的标志。

（第二曲次节）

在这些船的近旁停泊着
阿尔戈斯人的同数目的船。
统率它们的是墨克斯透斯之子，
由祖父塔拉奥斯养育大的欧律阿罗斯，
和卡帕纽斯之子斯忒涅洛斯。
挨次还停泊着

---

① 即阿基琉斯。

② 阿基琉斯的母亲忒提斯是海神涅瑞斯的五十个女儿之一。

提修斯的儿子率领的①
六十只阿提卡人的船，
饰有雅典娜女神像坐在
单蹄马拉的带翼的战车上；
这是水手幸运的标志。

（第三曲首节）

然后我看见波奥提亚的船队，
由五十只船组成的，
装饰着标志——
卡德摩斯
手持金龙
站在船的后艄。
地生的②勒伊托斯
率领这支船队。
还有从福基斯土地上来的舰队；
奥琉斯之子从洛克里亚
带领同样数目的船只来到这里，
离开了特罗尼昂的著名城堡③。

（第三曲次节）

从独目巨人建造的迈锡尼城
阿特柔斯之子派来了
一百只载满战士的船。
他的兄弟和他同来④。

---

① 《荷马史诗》说是佩特奥斯之子墨涅斯透斯，不是提修斯自己的儿子。

② 卡德摩斯初建忒拜卫城时，曾杀一龙，把龙齿种在地里，地里生出武士，互相斗杀，最后剩下五人，成为当地人最早的祖先，故称他们的子孙为“地生的”。

③ 奥琉斯之子即小埃阿斯。福基斯是希腊中部一地区，以有德尔斐阿波罗神庙和帕尔那索斯山而出名。洛克里亚是它的一个邻近地区，特罗尼昂是其中一城市。

④ 他的兄弟当然是墨涅拉奥斯，但特洛伊战争本来就是因他的妻子海伦出逃而引起的，从利害关系看，他应该是一个更积极的参加者。这里把他降到一个支持者的附带地位，所以有人认为这段文字经过后人改作。

作为密友和他共同指挥，
让希腊可以复仇，
向那个为了嫁给蛮族人
而离家出逃的女人。
我也看见了从皮洛斯来的，
涅斯托尔的格瑞尼亚人船只，
看见了船上的徽记——他的邻居
阿尔斐奥斯[①]有公牛般的四只脚的形象。
　　（尾声）
埃尼亚人有十二只船，
国王古纽斯率领着；
在它们近边
是埃利斯的头领们，
大家都称他们为埃佩奥依，
欧律托斯是他们的王[②]；
他还指挥塔菲奥斯的白桨战士，
他们本是费琉斯之子
墨格斯的臣民，但这位国王
当时不在埃卡奈群岛[③]，
这航海者们怕去的地方。
萨拉弥斯养大的埃阿斯
把自己的右翼紧靠
友邻船队的左翼停泊，
把指挥如意的十二只快船
放在最外边，掩护全军左翼，

① 阿尔斐奥斯是希腊境内一条河流的名称，同时也就是该河河神的名字。这里用的后者。

② 《伊利亚特》卷二说，埃佩奥依人的首领之一是欧律托斯的儿子塔尔皮奥斯。

③ 埃卡奈群岛在阿克罗奥斯河口，共有五个岛，塔菲奥斯是其中最大的一个，其居民擅长航海，常打劫航海客商，令人害怕。

这样的水手过去我听说过
后来又看见过。
有谁率领蛮族的小船
和埃阿斯厮斗，
他一定有来无回。
这样好的舰队
我在这里亲眼看见了，
而关于这集合起来的队伍的某些事情，
我是在家里时听说的，现在还记得。

（三）

第一场

（老仆和墨涅拉奥斯上，墨涅拉奥斯抢老仆手里的信）

老　仆

墨涅拉奥斯，你胆大得出奇了，你无权这么做。

墨涅拉奥斯

滚开！你对主人忠心得过头了。

老　仆

你这样责骂我，我倒觉得光荣。

墨涅拉奥斯

如果你做不该做的事,你要后悔的。

老　仆

你不该拆开我拿的信。

墨涅拉奥斯

你也不该给全体希腊人带来祸害。

老　仆

这话你跟别人去争论,只把这信还给我。

墨涅拉奥斯

我不会放手。

老　仆

我也不放。

墨涅拉奥斯

我马上就要用这王杖打你的头,使它流血了。

老　仆

为主人而死,死得光荣。

墨涅拉奥斯

放手!作为一个奴才,你话说得太多了。

老　仆(看见阿伽门农走来)

主人啊,他欺负我,他用暴力

从我的手里抢走了你的信,
阿伽门农啊,他一点不想讲正义。

阿伽门农

啊?!
为什么在我的门口喧嚷,吵得不成体统?

墨涅拉奥斯

应该我先说话,不应该他。

阿伽门农

墨涅拉奥斯啊,你为什么同他吵起来,
又把他硬行拉了来?

（老仆放了手中的信,下）

墨涅拉奥斯

看着我的脸,我好把话从头说起。

阿伽门农

阿特柔斯生的儿子①竟胆怯得不敢抬起眼皮吗?

墨涅拉奥斯

你看见这封信吗?上面写着多么可耻的话呀!

阿伽门农

我看见了。请你先把它从你手里交出来。

---

① “阿特柔斯”字面上的意思是“无畏的”。

墨涅拉奥斯

让我先把信里写的给全体达那奥斯人看了再还给你。

阿伽门农

什么？你启了封，知道了你不该知道的事情？

墨涅拉奥斯

是的，我拆了你的信，知道了你内心的密谋，叫你伤心。

阿伽门农

你在哪里抓到了我的仆人？众神看见，你有一个多么无耻的心呀！

墨涅拉奥斯

我在等你的女儿从阿尔戈斯抵达这里的军营。

阿伽门农

你有什么权利监视我的行动？这不是你无耻的一个证明吗？

墨涅拉奥斯

我爱做什么就做什么，我不是你的奴隶。

阿伽门农

骇人听闻！我不能管我自己家里的事情？

墨涅拉奥斯

不，因为你思想狐疑，主意不定，
从前是一个样子，现在是一个样子，不久又会是另一个样子。

阿伽门农

绝顶的文过饰非！巧舌如簧真是个可恨的东西。

墨涅拉奥斯

一个不坚定的心乃是一种对朋友不忠实的不正的个性。
我想问你，请别因愤怒而无视真实，我也不会逼你太甚。
你记得吗，当初你是多么热心，
想统领达那奥斯人去攻打伊利昂城，
表面上伪装谢绝，骨子里急切想要，
那时你对大家多么谦恭，拉着人们的右手，
敞开大门，让每一个愿意进屋的市民进去，
给每一个人挨次和你谈话的机会，
即使有的人没这种要求，
你也用这种办法竭力收买民心？
后来指挥权到了你的手里，你的态度就变了，
对以前的朋友就不再像以前那么友爱了。
变得不容易接近，很难得见到你在家里了。
但是，一个真正有道德的人，地位高了，是不应该改变态度的，
倒是应该对朋友更忠诚，用自己的幸运更有力地帮助他们。
这是第一件事我要责备你的，因为在这里我最先看出了你的恶劣。
后来你带全希腊的军队来到奥利斯，
但由于神的意旨，没有顺风，达那奥斯人
都要求你解散船队回去，免得在奥利斯白白受苦，
你那时惊恐万状，简直像个废物，
你的眼神多么惊恐慌乱，生怕你统领了
一千只船，却没能用武力占领普里阿摩斯的平原。
于是你来向我问计：我该怎么办？到哪里能找到什么办法
可使我的统帅权不被剥夺，荣誉不受损失？
接着便是，卡尔卡斯在祭坛前要你献出你的女儿
祭享阿尔忒弥斯，说，这样达那奥斯人便可以开拔出航，
你那时十分高兴，应允牺牲你的女儿。
然后你自愿地——你怎么也不能说是被迫地——

派人给你的妻子送信，叫她把女儿送来，
谎称要把她嫁给阿基琉斯为妻。
现在你一百八十度大转变，被发现重新写了不同的信
说你不再做你女儿的凶手了。
同一片天空听见你说了两样的话。
千真万确呀！当今有无数的人像你一样，
先是不遗余力地往上爬，爬到权力的顶点，
然后不光彩地跌落下来，而后结果
有时是由于市民的愚昧，有时则是咎由自取，
因为他们不能一如当初，坚持不懈地护卫他们的城邦。
就我而言，我最为我们不幸的希腊难过，
它本来是要给那些渺小的蛮子一点教训的，
可现在，为了你和你的女儿，它就要让他们逃掉，挨他们嘲笑了。
因此，我决不会再因为亲戚关系推举任何人统治我的国土，
或统率我们的战士了，因为统率军队需要智慧；
因为，只要智力正常，任何人都可以统治一个城邦。

歌队长

兄弟之间出现分歧，
争论和谩骂起来是件可怕的事情。

阿伽门农

下面轮到我批评你了，我只想简短地说，
不把我的眼睛无耻地抬得太高，只是适度地说，
像一个兄弟。因为，一个高贵的男子总是谅解人的。
请告诉我，为什么生那么大气，眼睛都充了血？
谁欺负你了？你想要什么？你想得到一个贤良的妻子？
我不能供给你；因为已有的那个你没能管好。
而我，一个并无过失的人，该为你的过失而受害吗？
是不是我的名誉刺激了你？否。因为，你为了怀中

有一个漂亮的妻子,不惜抛弃了理性和名誉。
坏人的快乐也是坏的。既然我以前想的不对,
现在的主意对了,改正过来,这有什么不正常?
不正常的是你,因为丢失了一个坏的妻子,
本是神给你的好运,你却要把她找回来。
那些没头没脑的求婚者,一心只想娶妻,
对廷达瑞奥斯立下了那样的誓言;
引导这事成功的,我想不是你和你的力量,
而是"希望",她是一位女神。
你带着那些人出征去吧,他们已愚蠢地作好这准备。
神不是糊涂虫,他能辨别出
哪些誓约是不公道的,是强制的。
我不想杀我的孩子。为了惩罚你那最恶劣的妻子
叫我日日夜夜痛苦流泪,为了对自己所生的
儿女做了这违反法律违反正义的事情。
这样不公道,你也是不会有幸福的。
这些话我对你说得简短,明白,容易领会。
如果你还不能明白过来,我只能努力管好自己的事情了。

歌队长

你这些话和从前说的不一样,
但是赦免了你的女儿,这事做得好。

墨涅拉奥斯

哎呀,我什么朋友也没有了,真可怜呀!

阿伽门农

如果你不想毁灭他们,你就有朋友了。

墨涅拉奥斯

你怎能表明和我是同一父亲生的？

阿伽门农

我和你同样有主意，不同样有疯病。

墨涅拉奥斯

朋友对朋友的痛苦应当有同情。

阿伽门农

要我帮助，应当对我做好事，不应当给我痛苦。

墨涅拉奥斯

因此你不想和希腊一起受苦？

阿伽门农

希腊和你一样，被什么神弄疯了。

墨涅拉奥斯

你出卖了你的兄弟，拿手中的王杖夸耀吧。
我想别的办法，找别的朋友去。
（一报信人匆匆上）

报信人

啊，全体希腊人的王
阿伽门农啊，我给你带来了你的女儿，
就是在家里你把她叫作伊菲革涅亚的那个，
和她同来的还有她的母亲，你的妻子克吕泰墨涅斯特拉，
以及你的儿子奥瑞斯特斯，好叫你

看了欢喜,在离家这么长时间之后。
但是,长途旅行之后,她们正在一个水多的泉边
让她们女人的嫩脚得到休息,她们,
还有她们的马匹。我们把这些牲口解开,
放它们在水草肥美的草地上吃个饱。
我先跑过来,为的是让你好有个准备。
军队都知道了,消息不胫自走,
说你的女儿到了。所有的群众
都跑过来看热闹,想看看你的女儿。
因为,幸运的人声名远扬,所有的人都注视她们。
有人问:"是出嫁吗?还是有什么别的事?
或者是,阿伽门农王想念孩子,把女儿叫了来?"
你也可以听到有人这么说:
"她们是来向奥利斯的女王阿尔忒弥斯
为这女郎举行婚前祭礼的,但谁是她的新郎呢?"
　　但是来吧,让我们开始仪式。
其次,准备好一只篮子,头上戴上花冠。
还有你,墨涅拉奥斯王,准备好结婚颂歌。
让双管响彻营帐,伴着舞步的脚声,
因为,这姑娘的好日子到了。

阿伽门农

我谢谢你,你且进帐去。
其余的事听命运安排,一切会好的。
　　(报信人下)
哎呀,我这不幸的人,说什么呢?从何说起呢?
我落进了必然性的怎样的束缚里了呀!
命运骗过了我,证明我的任何计策
都比不上它精明,比它差得多。
倒是出身卑微的好,他们有多么自由!

他们要哭就哭一场,心里有什么不痛快
统统说出来;同样的痛苦出身高贵的人也有;
但是我们的生活受到庄重束缚,成了民众的奴隶。
你看我这不幸的人,陷入了极大的忧伤,
可是,一方面羞于哭泣流泪,
另一方面又羞于不哭泣流泪。
现在你看,对我的妻子我将说什么呢?
怎么接待她呢?用什么眼神看她的眼睛呢?
她也毁了我呀,在我这么伤心的时刻
不请自来。然而她完全合乎情理,陪着
女儿来,为她办婚事,尽最亲爱的义务,
没料到她将在这里发现我的坏事。
还有那不幸的少女——还叫什么少女?
我想冥王很快就要娶她去做新娘了——
我多怜悯她呀!我想象她将这样恳求我:
“我的父亲啊,你要杀我吗?愿你自己
和你的无论哪个朋友都有这样的婚礼。”
奥瑞斯特斯也会在她身边懂事地哭叫,
虽然他还是个不懂事的婴儿。
哎呀!普里阿摩斯的儿子帕里斯为了和海伦结合,
干了这等事,是他把我彻底毁了。

歌队长

我也怜悯你,在一个外邦女人
对君主们的不幸应该悲哭的程度上。

墨涅拉奥斯

兄长,把你的右手伸出来,让我握一握。

阿伽门农

给你。你成功了,我痛苦。

墨涅拉奥斯

我凭佩洛普斯的名义起誓,他是我的和你的
祖父,我还以我们的父亲阿特柔斯的名义起誓,
我保证对你说出真心话,
没有任何隐瞒,都是心里想的。
我看见你眼里流出泪来,
我怜悯你,自己也流下了泪。
我收回以前说过的话,不再和你为难;
我设想处在你现在的地位,
劝你别杀你的孩子了,
也别把我的利益看得高于你的。
这样不公道:你在伤心我在快乐,
你的孩子死我的孩子看见阳光。
我现在的想法是:如果我渴望结婚,
不可以另外找到一个出众的妻子吗?
我要失去一个兄弟——我最不该失去的——
得来一个海伦,用好的换坏的吗?
我以前年轻冲动,现在近距离地看事
才看清了,杀害子女多么痛苦。
另外,我也对那不幸的姑娘产生了怜悯,
心想她本是我的亲戚,
为了我的婚姻,她却要作牺牲。
海伦有你女儿什么事呢?
让军队解散,离开奥利斯吧。
只求你的眼睛别再流泪了,
兄长啊,也别引得我流泪了。

涉及你女儿的神示，如果说和你有什么关系的话，
让它和我没有关系吧，我把我的部分交给你了①。
这从先前的可怕要求来了一个突变。
这在我是很自然的，因为同胞之情改变了我。
只要不是坏人，做事
总是要追求至善的。

歌队长

你说话高贵，配得上宙斯之子
坦塔洛斯；你没有辱没你的祖先。

阿伽门农

墨涅拉奥斯，我感谢你提出这正直的建议，
它出乎我的意料，但符合你的身分。
有时为了爱情有时为了家庭自私
兄弟之间发生冲突，我唾弃
这种彼此都痛苦的亲属关系。
但是我们已经落入必然②的命运，
必须做杀害女儿的事了。

墨涅拉奥斯

为什么？谁会强迫你杀你女儿呢？

阿伽门农

结集在这里的全体阿开奥斯军队。

墨涅拉奥斯

不会，如果你把她送回阿尔戈斯。

---

① 意思是：这事由阿伽门农作主，照自己的心意办吧。
② “必然”和下一行的“必须”在希腊文是一个字。

阿伽门农

这个我或许可以偷偷地做，但那个事我不能。

墨涅拉奥斯

什么事？你不须太怕群众。

阿伽门农

卡尔卡斯会把神示告诉阿尔戈斯军队。

墨涅拉奥斯

不会的，如果他先死了——这事不难办到。

阿伽门农

整个先知族都是有野心的祸害。

墨涅拉奥斯

活在我们中间，可恶而且无用。

阿伽门农

那个悄悄笼上我心头的害怕，你没有吗？

墨涅拉奥斯

你不说出来，我怎么猜得到？

阿伽门农

这事情，那西绪福斯的种子全知道。

墨涅拉奥斯

奥德修斯不可能害你和我。

阿伽门农

他一向生性狡猾,和群众站在一边。

墨涅拉奥斯

他受图名之心控制,坏得可怕。

阿伽门农

你以为他不会在阿尔戈斯人中间站出来,
说出卡尔卡斯宣布的神谕,
说我怎样许愿,答应给阿尔忒弥斯献上牺牲,
后来又反悔了?他不会用这些话煽动军队,
叫阿尔戈斯人杀了你和我,拿我女儿去献神吗?
即使我逃到阿尔戈斯去,他们也会追来,
毁了那地方,并且把那独目巨人的城墙也一起
夷为平地。这些就是我心里的痛苦。
啊,真是不幸,众神把我如今弄到了多么绝望的境地呀!
墨涅拉奥斯啊,请你走到军队中去,
替我当心一下,别让克吕泰墨涅斯特拉知道这事,
直到我把我的女儿拿了献给冥王为止,
让我做了这伤心的事可以少流些眼泪。

(向歌队)

还有你们这些外邦女人,请你们也保持沉默。

(阿伽门农和墨涅拉奥斯下)

(四)

第一合唱歌

歌　队

（首节）

适度地有节制地分享女神
阿佛洛狄忒赐给的婚姻之乐，
摆脱癫狂的纵欲，享有平静，
这种人的婚姻是幸福的。
相反，癫狂纵欲里
金发的爱神厄罗斯
拉开有魔力的弓，搭上双支的箭，
一支瞄准幸福，一支瞄准生活的混乱。
啊，至美的库普罗斯女神，
求你驱逐后者，
让它远离我的婚房
请让我的快乐适中
情欲纯净吧！
让我分享阿佛洛狄忒的恩赐
却不过分吧！

（次节）

人们的天性不同，

后天的习惯不同，但真正的
美德总是确定的。
来自教育的训练
最有助于形成美德。
因为，知耻既是智慧，
还另有特别的好处，
它可以因明辨而看清
应当做什么。于是，名誉
便给人生带来了不老的光荣。
重要的是追求美德，
女人要避免偷情，
男人则还有一种形式无数的
天生的秩序感，
它能给城邦增加伟大。

（尾声）

啊，帕里斯，你回到了
那养育你长大成人的地方，
放牧那伊达山白色的犊群。
你在芦秆上吹奏
蛮族的曲调，
模仿奥林波斯①的弗律基亚双管。
多奶的母牛正吃着草，
女神们的比赛要你裁判，
事情的结果使你来到希腊，
来到象牙装饰的
王宫前，眼睛
盯着海伦，
闪耀着爱情的火光，

① 公元前7世纪中叶弗律基亚的音乐家。

也激起了她的爱情。
这引起了希腊的不平，
使它带着长矛和船只
攻打特洛伊的城堡。
看哪，大人物的幸福真是大。
你们看那国王的公主
伊菲革涅亚和廷达瑞奥斯的女儿
克吕泰墨涅斯特拉，
出生于富贵大家，
又走上了幸运的顶巅。
她们有财富有权势，
在不幸的人眼中就是神。

（五）
第二场

（克吕泰墨涅斯特拉和伊菲革涅亚坐车，带同从人们上）

歌队长

卡尔基斯的女儿们，站过来，
把女王从车上搀下，
别让她跌倒地上。
让我们好意地用柔软的手
轻轻地搀扶阿伽门农的著名女儿。

别吓了这新到我们这里的贵客，
我们自己也是异乡人，
别惊吓了这些异乡的
阿尔戈斯人。

克吕泰墨涅斯特拉

我把你们所说的这些殷勤好心的话
当作幸运的预兆。
我很希望，我送新娘来到这里
能结成一门幸福的婚姻。
（向从人）
你们把我为女儿带来的嫁妆从车上
卸下来，小心在意，搬进屋里去。
我的女儿，你从马拉的车子上下来，
把你娇嫩的双脚小心地落到地面上。
（向歌队）
姑娘们，你们抱住她，
把她从车上扶下来。
也来一个人扶我一下，
让我可以不失风度地离开车上的座位。
你们来几个人站在这些马的轭前，
因为，它们眼生，容易受惊。
把这孩子，阿伽门农的儿子，
奥瑞斯特斯，接过去；他还不会说话。
啊孩子，你让马车摇晃得睡着了吗？
醒醒，祝贺你姊姊婚姻幸福！
因为，出身高贵的你，将得到一位高贵的亲戚，
他是海神涅瑞斯的女儿的儿子。
我的女儿，到我这里来，
伊菲革涅亚，坐到你母亲，我的身边来，

让这些外乡的女人看看我的幸福。
过来，向你亲爱的父亲致意。
（阿伽门农上）

伊菲革涅亚

啊，母亲，别见怪，我抢在你的前头
抱住了父亲，胸口对着胸口。

克吕泰墨涅斯特拉

阿伽门农王，我最尊敬的人啊，
我们来了，遵从你的命令。

伊菲革涅亚

父亲啊，分别了这么长的时间，
我想要扑到你的怀里，抢在妈妈的前面。
因为，我渴望看见你的眼睛。请你别生我的气。

克吕泰墨涅斯特拉

我的孩子，你该这样。在我所生的
孩子里，你总是最爱父亲。

伊菲革涅亚

父亲啊，我见了你多么高兴，这么长时间的别离之后！

阿伽门农

父亲见了你也一样，你一个人说出了两个人的心情。

伊菲革涅亚

父亲啊，谢谢你！你真好，把我叫了来。

阿伽门农

我的孩子，对此我不知道该怎么说好。

伊菲革涅亚

哎呀！
你见了我这么开心，但脸色却很难看。

阿伽门农

做国王和将军的人有许多事要操心。

伊菲革涅亚

把现在交给我，不去想别的事情！

阿伽门农

好，我现在全属于你，不分心。

伊菲革涅亚

那么，舒展你的眉头，开心地笑一笑。

阿伽门农

孩子，你看，我高兴了，和因为看见你而高兴一样。

伊菲革涅亚

可你的眼睛还淌出泪水？

阿伽门农

因为我们将来的别离很长很长。

伊菲革涅亚

我不懂你的话，最亲爱的父亲啊，我不懂。

阿伽门农

你说话这么懂事,使我更加怜悯。

伊菲革涅亚

那么我把话说得傻点,如果那样能使你高兴。

阿伽门农

(旁白)唉!这捉迷藏我受不了。
(向伊菲革涅亚)我谢谢你。

伊菲革涅亚

父亲啊,跟你的孩子们待在家里吧。

阿伽门农

我情愿,但是做不到;这使我伤心。

伊菲革涅亚

让战争和墨涅拉奥斯的不幸都灭亡吧!

阿伽门农

在我灭亡之前将先有别人的灭亡。

伊菲革涅亚

你滞留在奥利斯湾时间很长了呀!

阿伽门农

现在还有阻碍,使我不能带兵前进。

伊菲革涅亚

人们所说的那些弗律基亚人住在哪里呀,我的父亲?

阿伽门农

但愿那个地方从来不曾有过一个普里阿摩斯的儿子帕里斯。

伊菲革涅亚

父亲啊,你要离开我们,去得很远吗?

阿伽门农

女儿啊,你将再遇见你的父亲①。

伊菲革涅亚

哎呀,但愿你可以带我一起航行。

阿伽门农

你得航行去另一地方②,在那里你将记起你的父亲。

伊菲革涅亚

和母亲一起航行还是单独出发?

阿伽门农

一个人独行,和父母分离。

伊菲革涅亚

父亲,你莫不是给我找了另一个家?

阿伽门农

别说了;女孩子无须知道这个。

---

① 他心里想的是泉下相见。

② 渡过冥河进入冥国。

伊菲革涅亚

父亲啊,胜利之后赶紧从弗律基亚回来呀!

阿伽门农

我必须先在这里举行一个祭典。

伊菲革涅亚

是呀,你必须用神圣的仪式去表示对神的敬意。

阿伽门农

你会看得到它,因为你将站在净水盆的近边。

伊菲革涅亚

那么,父亲,我要绕着祭坛领舞吗?

阿伽门农

我羡慕你比我幸福,因为你什么都不知道。
进帐屋去吧,里边只有女孩子们看得见你。
请给我一个苦涩的吻,让我握一握你的手,
在你即将长久地离开你的父亲之前。
啊,胸口啊,面庞啊,啊,金黄的头发啊,
那弗律基亚的城墙和海伦给你带来了
多大的苦难呀!但是我说不下去了,因为,
我刚一触到你,眼睛很快就流出了泪水。
你进帐去吧!

(伊菲革涅亚下)

(向克吕泰墨涅斯特拉)

勒达的女儿啊,为了把我的女儿许配阿基琉斯,
我这样哀伤是有点过度了,请你别为此责怪我。

因为，我们送走她虽然是为了她的幸福，
可这事总还是使做父亲的伤心：在他为孩子吃了
那么多辛苦之后，现在要把她送到别人家里去了。

克吕泰墨涅斯特拉

我不是不通人情的；你可以相信，
我在婚歌声中把女儿带出闺房的时候
也会有你这种感受的；因此我不会怪你。
随着时间的推移，习惯会冲淡这种痛苦。
你把女儿许配的那个人，他的名字我是知道了，
但他是什么地方人，属于哪个家系，
我还不知道，想要打听清楚。

阿伽门农

埃吉那是阿索波斯所生的女儿①。

克吕泰墨涅斯特拉

谁娶了她，一个人还是一位神？

阿伽门农

宙斯；他同她生了埃阿科斯，奥诺涅②的王。

克吕泰墨涅斯特拉

埃阿科斯的哪个儿子继承了他的大屋？

① 阿索波斯是一河神，埃吉那是他的小女儿，埃吉那岛的人格化。
② 奥诺涅是埃吉那岛的古称。

阿伽门农

是佩琉斯；佩琉斯娶了涅瑞斯的女儿[①]。

克吕泰墨涅斯特拉

神赐的婚姻，还是不顾神意抢了去的？

阿伽门农

宙斯为她订婚，她的监护人同意。

克吕泰墨涅斯特拉

他们在什么地方结婚的，在大海的波涛下面？

阿伽门农

在克戎所住的佩利昂山的神圣山麓[②]。

克吕泰墨涅斯特拉

人们所说的那个马人族聚居的地方吗？

阿伽门农

正是；众神在那里举办了佩琉斯的婚宴。

克吕泰墨涅斯特拉

是忒提斯还是佩琉斯抚养教导了阿基琉斯？

阿伽门农

是克戎把他养大，并教育他不要学坏人的榜样。

---

① 阿基琉斯的母亲忒提斯。

② 佩琉斯曾被人遗弃于佩利昂山中，克戎救了他。

克吕泰墨涅斯特拉

好啊！
高明的老师；把儿子托付给他——这父亲更高明。

阿伽门农

你女儿未来的丈夫将是这样一个男人。

克吕泰墨涅斯特拉

没有再好的了。他的家在希腊的哪个城市？

阿伽门农

在阿皮达诺斯河岸，佛提亚的边境上。

克吕泰墨涅斯特拉

你亲自送我们的女儿去那里吗？

阿伽门农

这事由娶她为妻的人照管料理。

克吕泰墨涅斯特拉

愿他们二人都有福。他在哪一天娶她？

阿伽门农

等月圆的吉利日子到来时。

克吕泰墨涅斯特拉

为我们的女儿你举行了婚前的献祭吗？

阿伽门农

想办；眼下正在筹备这事。

克吕泰墨涅斯特拉

这之后你还举行婚宴吗?

阿伽门农

在我给众神献祭了必须献祭的东西之后。

克吕泰墨涅斯特拉

但是我要在哪里办女人们的宴会呢?

阿伽门农

在这里,在我们阿尔戈斯出色的船边。

克吕泰墨涅斯特拉

既然只得如此,那就在这里吧;反正总可以搞好的。

阿伽门农

那么,夫人啊,知道你该做什么吗? 听从我的吧。

克吕泰墨涅斯特拉

什么事? 我一向都是愿意听你的。

阿伽门农

在这里,新郎所在的地方,我要——

克吕泰墨涅斯特拉

我若不在,你将履行什么母亲义务呢?

阿伽门农

我将靠达那奥斯人的帮助把你的女儿送走。

克吕泰墨涅斯特拉

那段时间我该待在哪里呢？

阿伽门农

到阿尔戈斯去，照应你未出阁的女儿。

克吕泰墨涅斯特拉

撇下这里的女儿？那么谁来为她举起婚礼的火把呢①？

阿伽门农

我会供给合适的婚礼火把的。

克吕泰墨涅斯特拉

这不合乎习惯，对这些事你太不重视了。

阿伽门农

你一个人夹杂在士兵群中不合适。

克吕泰墨涅斯特拉

母亲撇下她的孩子合适吗？！

阿伽门农

家里的女孩们也不应该没有母亲的照应呀！

克吕泰墨涅斯特拉

她们被安全地养在少女的闺房里。

---

① 在送新娘去新郎家的路上，母亲和其他一些人一起手举火把走在新娘的两边。

阿伽门农

谁听从我——

克吕泰墨涅斯特拉

凭阿尔戈斯的女主神①,我说不!
你去干你外边的事,屋里边的事情我来管,
我会安排好那些于新娘适合的事的。
（克吕泰墨涅斯特拉下）

阿伽门农

我想要打发我的妻子离开我的眼睛,
可是,哎呀,我的努力全都白费了,希望落空了。
我对最亲爱的人使用诡计,
但是,计策不论有多精巧,在每一点上都被打败了。
可是,我还得去找卡尔卡斯,我们的先知,
问清楚什么是女神的心意——
这于我不会有好事,于希腊也是一场苦恼。
一个聪明人应当家里养一个又有用
又有德的妻子,不然干脆别结婚。
（阿伽门农下）

① 大概是指神后赫拉。

（六）

第二合唱歌

歌　队

（首节）

希腊人集合起来的军队
披坚执锐，乘坐舰船，
要去那银色旋涡的
西摩伊斯河[1]和伊利昂，
那福波斯建造特洛伊城的地方；
我听说卡珊德拉[2]
一受到不可抗拒的
神的预言鼓舞，便在那里，
头戴翠绿的桂枝花冠，
狂野地甩动她那金黄的发辫。

（次节）

当战神[3]在海上
带着划桨的

① 特洛伊平原上的一条河，荷马史诗中多次著名的战斗发生在这里。
② 卡珊德拉是特洛伊国王的女儿，有通神先知能力。
③ 战神在这里只是战争的象征。史诗里战神阿瑞斯是站在特洛伊一边，反对希腊人的。

漂亮战船，
驶向西摩伊斯河
流淌的地方，
要凭阿开奥斯人的盾和矛，
把藏在普里阿摩斯宫中的海伦——
宙斯的天上两子①的姊妹——
夺回希腊的时候，
特洛伊城周遭的敌楼上
将站满全副武装的特洛伊战士。

（尾声）

这战神将围住佩尔加摩斯②
石造的城楼进行屠杀，
扳转俘虏的脑袋，
割断他们的咽喉；
当他把这耸立的特洛伊
城市彻底破坏的时候，
他将使特洛伊的姑娘们哭声一片，
使普里阿摩斯的王后号啕不已。
那个宙斯的女儿海伦
也将因为抛弃了丈夫
而痛哭流涕。

啊，但愿这种可能的命运
不要落到我和我的孩子们的孩子们头上③，
像吕底亚和弗律基亚的
饰金戴银的妇女们
在她们的织机房

① 卡斯托尔和波吕杜克斯；宙斯把他们放到天上，成为双子星座。

② 即特洛伊城。

③ 歌队的妇女们此时此地这么想象。

交谈时担心的：
“谁将紧抓我漂亮的辫子，
像摘一朵鲜花那样，把我哭着
从毁灭的祖国拖走？
这全是因为你①，长颈天鹅的女儿，
如果这故事属实的话——故事说，
宙斯幻形为天鹅，
勒达为这有翅的鸟
生了你海伦。——或者，也许，
这些凭着诗人的册页
传到人们耳中的故事
纯属过时的无稽之谈。”

（七）
第三场

（阿基琉斯上）

阿基琉斯

阿开奥斯人的统帅在这里的哪一个帐屋里？
佩琉斯之子阿基琉斯在门口找他，
哪一个他的仆人替我通报一声？

---

① 设想特洛伊妇女们对海伦说话。

我们滞留在欧里波斯海边,有着不同的家境。
有的人还没结婚,丢下那边的家业没人管,
自己却坐在这海边,无所事事。
有的人已经结婚,有了妻子儿女。
希腊人如此奇怪地渴望这场战争,它是天意。
我自己的正当理由我应当自己说:
别人想要说什么也由他自己来说吧。
因为,我撇下了法尔萨利亚[①]的土地和佩琉斯,
停留在这欧里波斯的微风[②]之中,
劝阻米尔弥多涅人。可是他们不停地
催促我说:"阿基琉斯啊,我们为什么停留在这里?
还要等多久我们才能出发去伊利昂?
如果有什么办法,你就行动吧!
否则把你的军队带回家去,
别再为了阿特柔斯的两个儿子等下去了。"

(克吕泰墨涅斯特拉上)

克吕泰墨涅斯特拉

啊,海中神女的儿子,我在里边听到了
你说的话,走到帐屋的外边来了。

阿基琉斯

真不好意思;我看见的这位夫人
如此姿色美丽,你是谁呀?

克吕泰墨涅斯特拉

你不认识我,这不足为怪,

---

① 在特萨利亚中部。古代地域名称没有明确的区分界址,这里即指阿基琉斯的故乡佛提亚。

② 无助于航行的小风。

因为你以前没见过我。
你出言谦虚稳重,我称赞你。

阿基琉斯

你是谁?为什么来到达那奥斯人的队伍里,
一个女人来到以盾为篱的男人中间?

克吕泰墨涅斯特拉

我是勒达的女儿,名叫克吕泰墨涅斯特拉,
我的丈夫是阿伽门农王。

阿基琉斯

你的话说得很好,简短扼要。
但是,和女人交谈,我觉得害羞。

克吕泰墨涅斯特拉

站住,为何你要逃走?伸过你的右手,
让我握一握,作为幸福婚姻的起头。

阿基琉斯

你说什么?我把右手给你?如果我碰了你
我不该碰的手,我会羞见阿伽门农的面。

克吕泰墨涅斯特拉

海神涅瑞斯的女儿所生的儿子啊,你要娶的
既然是我的女儿,握我的手不是再应该不过吗?

阿基琉斯

你说什么婚姻?我不知说什么好了,夫人。
你说出这样的怪话,莫不是神志糊涂了?

克吕泰墨涅斯特拉

所有的人生性都是这样的:看见新的亲戚
觉得害羞,在他们向他提到婚姻之事的时候。

阿基琉斯

夫人啊,我可从未对你的女儿求过婚,
阿特柔斯的两个儿子也没对我说起过婚姻的话。

克吕泰墨涅斯特拉

这是怎么一回事呢？马上你还要再一次诧异
我的话呢！因为,你方才所说的话令我觉得诧异。

阿基琉斯

请猜想猜想;我们得共同来猜这个谜了,
因为,我们可能双方都没说假话。

克吕泰墨涅斯特拉

什么？我受了这么大的侮辱？看来
我在企求一个不存在的婚姻,羞死我了。

阿基琉斯

也许是谁作弄了你和我。
别把这事放在心上,看轻点就是了。

克吕泰墨涅斯特拉

再见了。我没法再正眼看你,
既然我成了一个撒谎者,又受了这场侮辱。

阿基琉斯

我要对你说的也是“再见”,夫人,
现在我进帐去找你的丈夫。

老　仆(从帐屋内)

啊客人,埃阿科斯的后人,站在那里等一会!
我指的是你,女神的孩子,还有你,勒达的女儿。

阿基琉斯

那在半开的帐门里边唤我们名字的是谁呀?
他的话音里暴露出这么多的恐惧。

老　仆

我是一个奴隶,我不能自夸,
因为命运不允许我这样。

阿基琉斯

你是谁的奴隶?不是我的呀;
因为我的东西和阿伽门农的东西是分开的。

老　仆

我属于帐前的这位夫人,
她的父亲廷达瑞奥斯把我给她的。

阿基琉斯

我站在这里等着呢,你说吧。
如果你止住我的脚步,是有话要说。

老　仆

站在这门外的，真的就你们两个人吗？

阿基琉斯

听你说话的就只我们两个；从国王的帐屋里出来吧。

老　仆（走出）

啊，幸运和我的先见啊，请救救我想救的人吧。

阿基琉斯

你的话将来能救人，这有点吹嘘。

克吕泰墨涅斯特拉（向老仆）

如果你有什么话要对我说，别为了触我的右手[1]耽搁时间了。

老　仆

你是知道我的品性和我对你和你的孩子们忠心的吧？

克吕泰墨涅斯特拉

我知道你为我们家服务老了。

老　仆

你也知道，阿伽门农王是在你的嫁资里[2]得到我的吧？

克吕泰墨涅斯特拉

是的，你跟我一起来到阿尔戈斯，并且一直是我的人。

---

① 奴仆对主人说话之前，跪下触其右手，以示请求原谅和保护。

② 奴隶是主人的财物。

老　仆

正是这样。所以我对你忠心,超过对你的丈夫。

克吕泰墨涅斯特拉

现在把你藏在心里的那些话说出来吧。

老　仆

你的女儿,她的生身父亲将要把她亲手杀了。

克吕泰墨涅斯特拉

怎么会?简直胡说八道,老头!你是神志不清了。

老　仆

要用谋杀的刀割那可怜姑娘的白颈项。

克吕泰墨涅斯特拉

我真不幸呀。难道我的丈夫疯了吗?

老　仆

别的事情上他都神志清醒,除了对你和你的女儿。

克吕泰墨涅斯特拉

什么理由呢?还是有什么怨鬼逼着他?

老　仆

神谕,照卡尔卡斯说,为了让军队可以出发。

克吕泰墨涅斯特拉

去哪里?我真不幸呀!我的女儿真不幸呀!父亲要杀她。

老　仆

去达尔达诺斯[1]的宫殿，让墨涅拉奥斯好要回海伦。

克吕泰墨涅斯特拉

海伦的回家一定要影响到伊菲革涅亚吗？

老　仆

你全知道了：你的女儿要被她的父亲献祭阿尔忒弥斯。

克吕泰墨涅斯特拉

但是那结婚的假托，把我从家里叫来这里，那是为了什么？

老　仆

好叫你高高兴兴带着你的女儿来，嫁给阿基琉斯呀。

克吕泰墨涅斯特拉

女儿啊，你是来送死的，你，还有你的母亲。

老　仆

你们母女两个遭遇真可怜；阿伽门农想的主意真怕人。

克吕泰墨涅斯特拉

不幸呀，我完了！我再也止不住泪水如泉了。

老　仆

如果丢了孩子是痛苦的，谁能不泪如泉涌呢！

---

① 特洛伊人的祖先。

克吕泰墨涅斯特拉

但是你，老头，说说看，这些事你是从哪里听来的？

老　仆

我拿着一封信，关于上次那封信的，送给你去。

克吕泰墨涅斯特拉

阻止还是催促我带了女儿来受死？

老　仆

叫别带来；因为那时碰巧你丈夫神志健全。

克吕泰墨涅斯特拉

那你拿着那封信为什么不送给我呢？

老　仆

墨涅拉奥斯从我手里抢了去，他是这些不幸的祸根。

克吕泰墨涅斯特拉

海中神女的孩子，佩琉斯之子啊，你听见这些话了吗？

阿基琉斯

我听见了你的这些伤心故事，关系到我的事我也不是满不在乎。

克吕泰墨涅斯特拉

他们要杀我的女儿，却用你的婚姻骗她。

阿基琉斯

我对你的丈夫很生气，我不小看这件事情。

克吕泰墨涅斯特拉

我跪下来抱住你的膝盖,不会觉得羞惭。
一个凡人对女神的儿子还摆什么架子?
还有谁的事比自己女儿的事于我更为紧迫的呢?
啊,女神之子,请你保护这场灾难中的我
和那被称作你的新娘的人吧!
事情虽是假的,她总是担过这个名呀!
为了你,我给她戴上花冠,送来做新娘,
如今却是送来做牺牲,人们将会非议你,
说你没有保护她:因为,虽然你不曾娶她为妻,
但你总是被称过这可怜姑娘的亲爱丈夫。
我凭你的胡须、你的右手和你的母亲求你;
因为,你的名字毁了我,而保护名誉是你应当做的。
除了你的膝盖,我没有别的神坛可以躲避,
也没有一个亲友在我近边;
阿伽门农无所忌惮的野蛮计划你都听见了;而我,一个女人家,
如你清楚看见的,来到这水兵中间;
他们是无法无天,什么坏事都敢做的,
虽然也有用处,如果他们愿意的话。
因此,如果你敢于为了我伸出你的手来,
我们就有救了;要不然,我们就完了。

歌队长

母性真是奇异,有一股巨大的动力,
所有的母亲都一样,能为儿女忍受苦难。

阿基琉斯

我的高傲情绪被深深地激动起来,

但是它学会了节制[①],无论是因不幸
而悲伤还是因重大的成功而喜悦。
因为这种人受过理性教育,
要遵照知识正直地度过自己的一生。
诚然有时候太聪明了反而招来不快,
但更多的是,知识的积累很有益处。
我是在最敬神的人克戎教育下长大的,
学会了以天真坦诚的态度做人。
那阿特柔斯之两子,若是领导有德,
我服从他们;若是领导无德,我就不服从他们。
无论在这里还是在特洛伊我都将保持
我自由的天性,尽我所能用矛枪为战神增光。
　　如今你,夫人,受到最近的亲人伤害,
我将尽一个年轻人之所能,给予你
足够的同情,帮助你讨得一个公道,
我也决不会让你的女儿被她的父亲杀害,
既然她曾被叫作我的新娘,因为,我不会
让你的丈夫用我的身名编织他的阴谋诡计。
否则,杀了你女儿的将是我的这个名字,
虽然它没有举起刀剑。虽然你的丈夫
是她真的死因,但是,我的身名也不复干净,
如果她是因了我和我的婚姻而死亡,
遭受了不堪忍受的痛苦,冤屈得
出奇地受到侮辱性的屠杀。
因此,如果我的名字被你的丈夫用来杀了她,
我就成了阿尔戈斯人中最卑劣的男子,
一文不值,墨涅拉奥斯倒成了大丈夫,
我不是佩琉斯的儿子,倒是一个冤鬼生的了。

① 希腊内战之后,人们特别注意到"节制"的重要性。它是学习得来的,是知识的表现。

不，凭海波抚育的涅瑞斯——
我的生身母亲忒提斯的父亲——的名义起誓，
我决不让阿伽门农王触动你的女儿，
哪怕用手指尖触动一下她的衣服，
否则，大军两统帅家族的出身地，
那蛮族地域的西皮洛斯就能算是一个城邦[1]，
而佛提亚[2]的名字便再也不被称道了。
预言者卡尔卡斯一开始使用他的净水和麦粉时[3]，
便要尝到苦头的。预言者是一种什么样的人呢？
他们运气好的时候，少数话还可信多数话不灵，
运气不好的时候就全砸了。
　　我说这话并不是为了婚姻的缘故——
有无数的少女求做我的妻子——
而是因为阿伽门农王侮辱了我。
他应当先来求我，得到我的同意，
再用我的名字诱捕他的女儿；
克吕泰墨涅斯特拉把女儿交给丈夫
主要是因为信任我。其实，我已经把我的名字给了希腊，
如果能否去伊利昂的关键在这里，为了促进
和我一起出征的战友们的共同利益，我是不会
拒绝那么做的。可是如今两位统帅全不把我
放在眼里，好像尊重我羞辱我都无所谓。
如果有谁要从我这里抓走你的女儿，
我的刀剑很快就会知道，我在带它到达
弗律基亚之前就将使它染上杀人的血渍。
请镇静；你会看到我像神一样有力地来救你，

---

① 西皮洛斯在小亚细亚。希腊人认为希腊以外居民都是“野蛮人”，那里的城市不能算是“城邦”。西皮洛斯是阿伽门农和墨涅拉奥斯家族的发源地，那里有他们祖先坦塔洛斯的墓。

② 佛提亚是阿基琉斯的家乡。

③ 使用净水和麦粉是杀牲祭神的开始。

虽然我本不如此;然而我还是会表现得如此的。

歌队长

佩琉斯的儿子啊,你的话配得上你自己,
也配得上那大海所生的神灵,可敬的女神。

克吕泰墨涅斯特拉

哎呀!
我该如何赞美你才能既不过甚其词,
又不因为话说得太轻而不能充分报答你的恩情呢?
因为,有德之人,如果别人对他好话说得过了头,
往往会对这个说好话的人产生某种反感。
我觉得惭愧,把我可怜的故事牵累了你,
我的不幸原只是我自己的痛苦,你本来不觉得。
可是至善之人帮助不幸的人,
即使彼此没什么关系,总是高尚的行为。
请怜悯我们,我们的遭遇可怜呀!
起初我指望你做我的女婿,
这个希望落了空,然后我想到,
我女儿的死于你未来的婚姻或许是一个
不祥的预兆,你应当小心在意提高警觉。
你的话从开头到最后都说得很好,
如果你肯那么做,我的女儿就有救了。
你肯她来抱住你的膝盖恳求你吗?
虽然这本不是女儿家该做的,但是,如果你以为可以,
她就会过来,用一个生而自由者的含羞的目光求你。
如果她不出来,我求你也行,
那么,就让她留在屋里吧;因为庄重是应该保持的。
不过,羞涩在情况不许可时终究也只好抛却。

阿基琉斯

夫人，别把你的女儿带到我的面前来，
别让我们遭到那些无知者的非议。
因为一支军队聚集在一起，人们没有了
家务操劳，就爱说闲话，恶意中伤别人。
你们母女求我也罢，不求我也罢，
结果反正一样，我都要作一场
巨大的争斗，救你们出苦难。
有一点你听了放心，我说的绝不是假话，
如果我说了假话或说了不做，就让我死；
只有救了你的女儿，我才不死①。

克吕泰墨涅斯特拉

祝你有福，为了你不断地帮助有难的人。

阿基琉斯

为了事情顺利，现在请听我说。

克吕泰墨涅斯特拉

你想说什么？我必定听你的。

阿基琉斯

让我们再次劝说她的父亲头脑清醒一点。

克吕泰墨涅斯特拉

他有点懦怯，太害怕军队。

---

① 或：只要我活着，就一定要救出你的女儿。

阿基琉斯

不，言语①可以克服害怕。

克吕泰墨涅斯特拉

希望不大；不过，请说，我必须做什么。

阿基琉斯

你先求他别杀女儿，
如果他拒绝，你来找我。
因为，如果他接受了你的请求，就不必
我介入了，因为，这样她已得救了。
如果我凭事理不凭勇力处理这事，
就显得对朋友好些，
军队也不会怪我。
如果事情顺利成功，
这将证明，即使没有我的干预，
你和你的亲人也能得到满意的结果。

克吕泰墨涅斯特拉

你的话多么明智呀！我一定照你的想法去做。
但是，如果我们得不到我所想望的那种结果，
那时我在什么地方可以看得见你呢？不幸的我
必须到哪里去寻找你救助苦难的手呢？

阿基琉斯

我将在凡有必要的地方警觉地保护着你，
不让你被人看见神色惊恐地走过

① 或："说服"、"理性"。

达那奥斯人的军队中间。请别辱没了
你父亲的家声，廷达瑞奥斯不该
被人讥笑，因为他在希腊人中是个伟人。

克吕泰墨涅斯特拉

就这样。你吩咐吧；我一定听你的。
你是一个正直的人；如果有神，你将赢得
他们的恩泽；如果没有神，那么人又何必辛苦？
（阿基琉斯和克吕泰墨涅斯特拉下）

（八）
第三合唱歌

歌　队

（首节）
响起了什么结婚歌，
配着利比亚的双管①，
舞蹈者的基萨拉琴
和芦管排箫的音乐？
原来是佩利昂山上，
美发的文艺女神们

① 希腊人常以利比亚称非洲。据说这种双管本是非洲的牧人发明的。

来参加佩琉斯的婚礼，
在众神的宴席上，
脚穿金鞋，踏着节拍，
用美妙的歌声，
在马人的山上，佩利昂的林中，
歌颂忒提斯和埃阿科斯的后人①。
那达尔达诺斯的后人②，
宙斯宠爱的少年，
弗律基亚的伽尼墨得斯
正从黄金的调缸里
倾出酒浆。
同时，在闪着白色的砂地上
涅瑞斯的五十个女儿
跳着舞，转着圈子
祝贺这婚礼。
（次节）
一群马人骑士，
头戴绿叶的花冠，
带着松木的大棒，
也来赴众神的宴会奔酒神的调缸。
预言者克戎大声说话——
他受阿波罗点化，有预言的本领——
他说道："涅瑞斯的女儿啊，
你将生一个儿子。"——阿基琉斯的名字
就是他取的③——"他将使特萨利亚闻名天下；

---

① 即佩琉斯，埃阿科斯的儿子。

② 伽尼墨得斯是特洛斯的儿子，按辈份应是达尔达诺斯的曾孙。他是人间最美的少年，神话说，宙斯变形为一只鹰，把他抓去天上，为众神宴会时调酒。

③ 克戎是马人族的智者，善作预言；阿基琉斯在他的教育下长大成人，名字也是他给取的。

他将率领米尔弥多涅人
持盾执枪的军队，来到普里阿摩斯的
著名国土，一把火把它焚毁，
身上穿着赫菲斯托斯①
制造的一副金甲；
这是他的生身母亲
忒提斯女神
赠给他的礼物。”
于是众神向出身高贵的新娘，
涅瑞斯最有名的女儿，
祝福她的婚姻，
祝福佩琉斯娶妻。

（尾声）

阿尔戈斯人将给你②
有着美发的头上戴上花冠，
把你当作一只从山洞里赶出来的
多斑点的未配过种的母犊，
使你人的颈脖流血，
虽然你并不是在牧人的
芦笛和口哨声中长大，
而是在母亲的身边养成，
准备嫁给伊那科斯的后人③作新娘的。
当不敬神成了风气，
美德被人们
抛弃不顾，
非法压倒了法律时，

---

① 赫菲斯托斯是火神和工匠之神，神话说忒提斯曾求他为阿基琉斯打造一副盔甲。

② “你”指伊菲革涅亚。

③ 伊那科斯是阿尔戈斯的古代国王，他的“后人”指阿尔戈斯的贵族少年。

少女害羞
和美德的面容
还有什么益处?
于是凡间的人们不再相约
努力,提防遭到神的妒忌。

(九)
退 场

(克吕泰墨涅斯特拉上)

克吕泰墨涅斯特拉

我走出帐屋寻找我的丈夫,
他离开这帐篷已经出去时间很长。
我那可怜的女儿,听到父亲
为她谋划的死亡,一直在哭着,
发出高低不同多种声音的悲叹。
看,我刚说到阿伽门农,他就已经
在那边走过来了,他马上就会被查问出来
对他自己的孩子犯了天理难容的罪恶。

(阿伽门农上)

阿伽门农

勒达的女儿啊,很凑巧在室外找到你,

女儿不在场，我好跟你谈谈一些
临出嫁的女孩儿家不该听的话。

克吕泰墨涅斯特拉

说什么事，你觉得现在正凑巧？

阿伽门农

把那孩子从帐屋里叫出来，让她跟在父亲的身边，
因为，净水已经准备好了，放在这里，
麦粉也准备好了，可以用手撒到祓除的火上了，
还有那母犊，要在婚礼前宰了献祭女神
阿尔忒弥斯，让它的颈脖子喷出深红的血。

克吕泰墨涅斯特拉

你的话说得好听，但是我不知道
应该如何用好听的话来说你做的事情。
女儿啊，你出来吧，你已经全知道了父亲
要做的事情。孩子啊，还把你的弟弟
奥瑞斯特斯裹在衣襟里抱出来。
　　（伊菲革涅亚上）
你看，她来了，听从你的吩咐。
其余的我来说，为她，为我自己。

阿伽门农

孩子，你为什么哭？为什么不再欢欢喜喜的了？
为什么只是眼睛看着地，拿衣服遮住脸？

克吕泰墨涅斯特拉

唉！
我的苦难中我要把哪一个算作第一个呢？

因为其中的每一个我都有理由算作第一个
［最后的一个或任何中间的一个。］①

阿伽门农

这是怎么了？我发现你们全都
神色慌乱、惊恐，无一例外。

克吕泰墨涅斯特拉

我的丈夫啊，请你坦白地回答我向你提出的问题。

阿伽门农

不须吩咐，我愿意听你问。

克吕泰墨涅斯特拉

那孩子——你的和我的——你要杀她吗？

阿伽门农

呀？！
你的话多么可怕！你怀疑了不该怀疑的。

克吕泰墨涅斯特拉

别急，
你先回答我这个问题。

阿伽门农

好好地问，你就会听到好好的回答。

---

① 许多校订者都同意这一行是伪托之作。

克吕泰墨涅斯特拉

我没别的问题要问,你也别给我别的回答。

阿伽门农

啊,令人敬畏的命运女神呀,我的命运呀!

克吕泰墨涅斯特拉

还有我的和她的,三个人同一个苦命。

阿伽门农

我害过谁呀?

克吕泰墨涅斯特拉

你拿这个问题来问我?
你的这个小聪明算不上聪明。

阿伽门农(旁白)

完了,我的秘密揭穿了。

克吕泰墨涅斯特拉

我全知道了你要对我做的一切。
不作回答和那一声声的呻吟
就是你的招供,不劳再说了。

阿伽门农

你看,我不说了。何必说谎,
还要往不幸上加个无耻呢?

克吕泰墨涅斯特拉

现在你听着,我要直截了当地说话,

不再使用哑谜,因为这里使用谜语不恰当。
首先——我要首先谴责你这个——
你是用强迫娶了我,违反我的自由意志,
你杀害了我的前夫坦塔洛斯[1],
还把我的婴儿从我怀里抢走,
活活摔死地上。那时,宙斯的
两个儿子,亦即我的两个兄弟,
骑着马冲过来攻击你,
但是,我年老的父亲廷达瑞奥斯
因为你向他乞援而救了你,
同时你也就得到了我为妻。
在这样地与你与你的家和解之后
你可以证明我是一个无可挑剔的妻子,
床笫之乐保持节制,你的财富不断增加,
致使你回家心里欢喜,出门总交好运。
一个男人娶得这样的妻子并不多见,
而娶得坏妻子的事例则比比皆是。
　　我给你生了三个女儿和这个儿子,
一个女儿你残忍地要从我这里抢走。
现在,如果有人问你为什么要杀她,
你说,怎么回答?或者,要我来替你回答?
为了让墨涅拉奥斯得到海伦。这是一个
重大代价:拿孩子的性命去换回一个坏女人。
于是我们就该用最可爱的东西去买最可恨的东西了。
　　再说,如果你外出征战,把我留下,
你还要在外很长时间不回家,
试想一下,我在家里看到坐椅上[2]没有了她,

[1] 另一个坦塔洛斯,不是那个著名的西皮洛斯国王坦塔洛斯。
[2] 指用餐时。

闺房里没有了她，独自坐着流泪，
永远哀悼着她时，是个什么心情？
我将永远这样地念着："我的儿啊，
你的生身父亲亲手杀了你，
不是别人，不是用别人的手，
他给这个家留下了这样的一个创伤[1]。"
因为现在只需要小小的一点托词
你就可以从我和留下来的女儿们
受到你应得的欢迎。
不，我以众神的名义，请你别逼得我
对你犯罪，你也别对我那样[2]。
　　再设想一下，
把你的女儿作了牺牲，然后你怎么祷告呢？
你杀了自己的孩子，为自己求什么福呢？
一个可耻的出发，一个不幸的回家？
我若是给你什么祝福，这公正吗？
如果我们对凶手怀抱好意，
我们就是把众神当成了一群傻瓜。
你要回到阿尔戈斯来拥抱你的孩子们吗？
你不配。如果你把孩子们中的一个交出去杀了，
他们中还有谁会愿意看见你？
你没有衡量过其中的得失吗？或许，
你的义务就只是执掌王杖和统领军队？
你应当在阿尔戈斯人中提出公正的建议：
"阿开奥斯人啊，你们要航行到弗律基亚的国土去吗？
那么抽签吧，看谁的孩子必须死。"因为，
公平的做法应该是这样，不应该是你挑出

① "创伤"比读第1169行"重大代价"。
② 当时的观众一定会联想起阿伽门农从特洛伊回家后的悲剧。

自己的女儿交给达那奥斯人去作牺牲，
倒应该是墨涅拉奥斯——这场战争本来是他的
事情——杀了赫尔弥奥涅[1]，为了她的母亲。
如今我一个守着你家门的妻子要失去自己的孩子，
那个离家私奔的女人却带着她的女儿
回到斯巴达，过她幸福的生活。
如果我的这些话有什么不对，请回答我，
如果我的话不错，请你改弦更张，
别杀你和我的孩子，那样你才明智。

歌队长

阿伽门农啊，听她的话吧。一同救孩子
肯定是善行，不会有谁反对。

伊菲革涅亚

父亲啊，如果我有奥尔甫斯的本领[2]，
能用歌声叫石头跟着我走，
能用言语随便迷惑谁，
我就早已用上它们了。可是，现在，我的本领
就是流泪，因为，这是我唯一能做到的。
我用我这身体——这个母亲为你生的——
抱住你的膝盖，乞求你别杀我，
我还那么年轻；因为，看见阳光
有多快乐，别强迫我去看地府阴间。
　　我是第一个叫你父亲，你叫我孩子的；
也是第一个爬到你的膝上

---

① 海伦和墨涅拉奥斯所生的女儿。

② 奥尔甫斯是一个著名的神话人物。他的母亲是文艺九女神之一的卡利奥佩，他弹奏竖琴能感动鸟兽木石。他还是一种宗教的创始人，这种宗教被称作奥尔甫斯教派。

亲爱地抚摸你并受你的爱抚的。
你曾经对我说过这样的话:“我的孩子啊,
我能看见你在丈夫的家里过着
和我们家相般配的幸福快乐的生活吗?”
我那时拉着你的胡须——我现在也正用手
拉着它——回答道:“你问我会怎么对你吗?
父亲啊,你老了,我要接你到我的家里,
亲爱地侍奉你,报答你养育我的辛劳。”
　　我还记得这些话,
你却忘了,想要杀我。
我求你了,以佩洛普斯的名义,
以你的父亲阿特柔斯和我的母亲的名义,
她从前生我时受过一次苦,你现今又要她受第二次苦。
帕里斯和海伦的婚姻与我什么相干?
父亲啊,他来了为什么应该我灭亡?
请你看我,只看一眼,再给我一个吻,
让我至少可以拿这当作你给我的临死纪念,
如果你不肯听从我的请求的话。
　　(举起奥瑞斯特斯)
　　兄弟啊,虽然你对亲人只能有微小的帮助,
还是请你和我一起哭着,恳求你的父亲
不要杀死你的姊姊;即使不会说话的
婴儿也生来能有灾难的感觉。
父亲啊,你看他在无言地恳求着你呢。
你怜悯我吧,怜悯我年轻的生命!
啊,凭你的胡须,我们求你了,两个亲人,
一个是襁褓中的婴儿,一个是长成的闺女。
我的恳求归结到一点:我的话要成功。
看见阳光是人类最大的快乐,
地下的事情便是一无所有;

祈求死亡的人是疯了。好死不如赖活呀!

歌队长

啊,可恶的海伦呀,由于你和你的两次婚姻,
阿特柔斯的两个儿子和他们的子女遭到巨大的不幸。

阿伽门农

我心里非常明白,什么该怜悯什么不该怜悯,
我爱我的子女,不然我就是疯了。
夫人啊,我下决心做这事是可怕的,
但,不做也是可怕的;因为这事我是非做不可的。
你看这以船为城的人数众多的军队
和那么多铜盔铜甲的希腊国王,女儿啊,
如果我不依先知卡尔卡斯的话牺牲了你,
他们便不能进军去攻打伊利昂的城堡,
便不能把著名的特洛伊城夷为平地。
如火的激情使希腊的军队发了狂,
他们要尽快出发航行去蛮族人的国土,
制止他们再来抢劫希腊人的妻女;
如果我无视女神的旨意,他们便要杀了
留在阿尔戈斯的我的女儿们,还要杀了
你们和我。孩子啊,不是墨涅拉奥斯
使我不得自由,我也不是在顺从他的意愿,
那是希腊,我不得不献出你,那是为了它,
不论我情愿不情愿;这我们没法拒绝。
因为,自由,孩子啊,必须尽你和我的
能力所及给予维护,希腊人的妻女
必须不被蛮族人强力劫夺。

(阿伽门农急下)

克吕泰墨涅斯特拉

啊,女儿呀,啊,外邦的姑娘们!
哎呀,你要死了!哎呀,我真伤心!
你的父亲逃了,把你丢给了冥王。

伊菲革涅亚

哎呀,母亲,命运给我们两人
带来了同一曲哀歌,
我再没有光明了,
再看不见太阳的亮光了。
呜!呜!
啊,白雪皑皑的弗律基亚谷地
和伊达的山岗呀,普里阿摩斯曾经
把一个娇嫩的婴儿丢弃在你们身边,
把他从母亲的怀里抢来交给死神;
这就是帕里斯,在弗律基亚人的
特洛伊城里人们叫他"伊达山的孩子"。
　　我真希望普里阿摩斯
不曾让那牛群中长大的牧人①
定居在那清澈的水边——
这里有神女的泉水和草场,
草地上开满鲜花,
风信子、野蔷薇,盛开着
让女神们采摘。
　　有一天帕拉斯·雅典娜
和那狡黠的库普罗斯女神②来到这里,

---

① 帕里斯稍大即在伊达山的牧场上牧牛。
② 库普罗斯女神即阿佛洛狄忒。

还来了赫拉和赫尔墨斯，
那宙斯的使者。
库普罗斯倚仗她能引起情欲，
帕拉斯倚仗她的武力，
赫拉倚仗她是宙斯
高贵的王后，
为了可恨的争美来求裁判，
但是，姑娘们啊，这给我带来的是死亡，
虽然给达那奥斯人带来了荣名。

这是阿尔忒弥斯得到的第一份牲礼，
在达那奥斯人到达伊利昂之前。
母亲啊，母亲啊，
生下我这苦命女儿的父亲，他撇下我不顾了。
哎呀，我真不幸呀，
那可恶的海伦，一听见她的名字我就痛苦，痛苦呀。
现在我是注定要死了，
被渎神的父亲用作渎神的牺牲。

我真愿奥利斯从未接纳
这些铜嘴战船的后艄进它的港里来①；
它们都是为了方便用来运兵去特洛伊的。
也愿宙斯不曾在欧里波斯海上②
吹过逆风，阻止希腊人的出征；
他调派不同的风给不同的人，
使有的人高兴能张帆待发，
有的人伤心，有的人受到强迫，
使有的人出发，有的人停留，

---

① 所谓海港也就是一片可以停船的海滩，水手把船拖上海滩时往往是拖着船艄上滩的，这样船首对着海面，便于下海。

② 以下七行诗一般认为是后人伪托的文字。

有的人卷起他们的风帆。
　　因此，朝生暮死的人类真是充满苦恼，
真是充满苦恼呀！命运总在给人类规定着某种苦难。
呜，呜，
廷达瑞奥斯的女儿加在达那奥斯人
身上的灾难真大，痛苦真大呀！

歌队长

我怜悯你遭到这么大的苦难，
真希望你从来不曾遭遇它。

伊菲革涅亚

我的亲生母亲啊，我看见有一群人往这边走来了。

克吕泰墨涅斯特拉

孩子，他就是那个女神之子，你就是为了他才到这里来的。

伊菲革涅亚

使女们，给我开门，让我好回避。

克吕泰墨涅斯特拉

孩子，为什么你要逃走？

伊菲革涅亚

看见阿基琉斯我害羞。

克吕泰墨涅斯特拉

为的什么？

伊菲革涅亚

那不幸的婚姻使我害羞。

克吕泰墨涅斯特拉

面对眼前的遭遇,哪还顾得上害羞?!
别走;含蓄没有用处,只要我们能够——

（阿基琉斯上）

阿基琉斯

啊,不幸的夫人,勒达之女。

克吕泰墨涅斯特拉

你用词不错[1]。

阿基琉斯

阿尔戈斯人吵闹得很凶。

克吕泰墨涅斯特拉

为什么吵闹？请告诉我。

阿基琉斯

关于你的女儿。

克吕泰墨涅斯特拉

你说的话里有不祥之兆。

阿基琉斯

他们吵着说,必须杀了她。

---

① 称她为“不幸的”夫人。

克吕泰墨涅斯特拉

没有一个人说反对的话？

阿基琉斯

在这场骚动中我本人也面对一种危险。

克吕泰墨涅斯特拉

什么危险,朋友？

阿基琉斯

被用石头砸死。

克吕泰墨涅斯特拉

为了要救我的女儿？

阿基琉斯

正是。

克吕泰墨涅斯特拉

谁敢碰一下你的身体？

阿基琉斯

全体希腊人。

克吕泰墨涅斯特拉

米尔弥多涅人的军队不在你身边吗？

阿基琉斯

他们首先反对我。

克吕泰墨涅斯特拉

因此,女儿呀,我们是彻底完了。

阿基琉斯

他们骂我受了婚姻的奴役。

克吕泰墨涅斯特拉

你回答了什么?

阿基琉斯

“不许杀我的未婚妻!”

克吕泰墨涅斯特拉

说得对呀。

阿基琉斯

“她的父亲许给我的。”

克吕泰墨涅斯特拉

还派人去阿尔戈斯带了她来。

阿基琉斯

可是我被闹声压倒了。

克吕泰墨涅斯特拉

民众真是可怕的坏东西。

阿基琉斯

我还是会保护你的。

克吕泰墨涅斯特拉

你一个人和多数人战斗？

阿基琉斯

你看见这些拿着我武装的人吗？

克吕泰墨涅斯特拉

祝福你,为了你的好心。

阿基琉斯

我会受到祝福的。

克吕泰墨涅斯特拉

因此我的女儿不会被杀了？

阿基琉斯

只要我还活着。

克吕泰墨涅斯特拉

有人来抓我的女儿吗？

阿基琉斯

无数的人;奥德修斯领头。

克吕泰墨涅斯特拉

莫非是那西绪福斯的种子？

阿基琉斯

正是他。

克吕泰墨涅斯特拉

自己主动做的,还是受军队指派的?

阿基琉斯

选举加自愿。

克吕泰墨涅斯特拉

晦气的选举,要他去做谋杀的事情。

阿基琉斯

但是我会阻止他。

克吕泰墨涅斯特拉

他会抓住她,硬把她带走吗?

阿基琉斯

一准会的,抓住她金黄的头发。

克吕泰墨涅斯特拉

那时我该做什么呢?

阿基琉斯

抱住你的女儿。

克吕泰墨涅斯特拉

只要这样做有用,我一定不让她被杀。

阿基琉斯

相信我,事情会这样结束的。

伊菲革涅亚

母亲啊,请听我说!
我看你对你的丈夫生气没有用处,
坚持不可能的事不容易。
这外邦人愿意帮助我们,我们应当感谢他;
但是你必须注意到,别叫他受到军队的责骂。
这对我们没什么好处,却使他遭到灾祸。
母亲啊,请听我的话,请听我心里的想法。
现在我决心去死,但是我希望死要
死得光荣,我要抛弃那可耻的懦怯。
母亲啊,现在请你跟我想到一处来,称赞我的话。
伟大的希腊如今会注视着我,
船队的出航、弗律基亚的覆灭,全系于我一身;
如果为了这次帕里斯抢走海伦,
我们给了蛮族人以毁灭的惩罚,
这可使他们今后不敢再从幸福的希腊
抢走妇女,即使他们想要那么干。
既然我一死可以成全这一切,
那么,作为希腊之解放者我的名誉就会很光荣。
再说,我也不应该太爱惜我的生命,
因为你生我是为了全希腊的共同利益,
不只是为了你自己一个人。
　　无数的人竖起了盾牌,
无数的人拿起了船桨,为雪国耻,
鼓起勇气进攻敌人,为希腊去牺牲,
但为了我一个人活命,停止这一切,
这算什么正义?我用什么话来答复这些问题?
让我们换一个话题,再说,我们也不应该
让这个人和全体阿尔戈斯人打斗,

为了一个女人而被杀。因为,一个男人
看见阳光,胜似无数的女人活在世上。
　　如果阿尔忒弥斯想要取我这身体,
我是一个凡人,能违抗神的意旨吗?
不,那是不行的;我把我的身体献给希腊。
用我来献神吧,去毁灭特洛伊!
这是对我恒久的纪念:孩子、婚姻和名誉,
我的一切全在这里。母亲啊,只有这样才是公道的:
希腊人统治蛮族人,不是蛮族人统治希腊人,
因为,蛮族人是奴隶,希腊人是自由人。

歌队长

年轻的姑娘啊,你的行为很高贵;
那是命运和阿尔忒弥斯这方面不对头。

阿基琉斯

阿伽门农的女儿啊,要是我有幸娶你为妻,
这就是某一位天神有心要降福于我了。
我以为,希腊因你而有福,你也因希腊而有福。
因为,你的话说得高尚,配得上你的祖国。
你放弃了对神的必败战斗,
考虑清楚了最佳的命运选择。
但是,我既看清楚了你高贵的天性,
便更热切地想让你做我的新娘。
请别忘了:我想帮助你,
娶你到我家里去。忒提斯作证,
如果我不去和达那奥斯人战斗,救你性命,
我会悔恨的。想一想吧,死是最可怕的事情呀!

伊菲革涅亚

我说这话……①
廷达瑞奥斯女儿的姿色引起了
人们的战争和残杀，这已经够了。
你，外邦的朋友啊，别为我去死，也别为我去杀人。
容我去救希腊吧，如果我能做得到。

阿基琉斯

勇敢的精神啊，对此我不再能说什么了，
既然你有这样的想法；因为你的决定
很高贵。人为什么要不说真话呢？
可我还是要说，因为，或许你会改变主意的，
因此，我要让你知道我的如下计划：
我要去把我的这些武器放在神坛近处，
我的决定不是容许而是阻止你死。
因为，即使像你这样的人②，一见屠刀搁到
你的喉头，也会立即采用我的计划的。
[我不会容许你轻率地去死③；
我要带着这些武器去女神的庙里，
在那里等待你的到来。]

（阿基琉斯下）

伊菲革涅亚

母亲啊，为什么你只是流泪不做声？

---

① 原诗有若干音节的残缺。

② “勇敢的人”。比读第1421行。

③ 以下三行诗，有的古典学者认为是伪作。

克吕泰墨涅斯特拉

可怜我有我伤心的理由。

伊菲革涅亚

别再伤心了,那会动摇我的决心;还要听我一句话。

克吕泰墨涅斯特拉

说吧,我的孩子!在我的手里你不会受到任何委屈。

伊菲革涅亚

别为我剪下你的一束头发,也别为我穿上黑色的丧服。

克吕泰墨涅斯特拉

孩子,你说的什么?在失去你之后,我……

伊菲革涅亚

不是你失去了我,是我得救了,你也因我而光荣。

克吕泰墨涅斯特拉

你怎么这么说?你死了我不应该悲悼吗?

伊菲革涅亚

不,不,因为我死了不会有坟墓①。

克吕泰墨涅斯特拉

怎么的?人死了不是要埋葬吗?

① 因而没有地方哀悼。

伊菲革涅亚

那女神——宙斯的女儿——的祭坛就是我的坟墓。

克吕泰墨涅斯特拉

我的孩子，你说的对，我听你的话。

伊菲革涅亚

我为希腊立了功，我是幸运的。

克吕泰墨涅斯特拉

你有什么话要我捎给你的妹妹们？

伊菲革涅亚

也别为我穿上黑色的哀服。

克吕泰墨涅斯特拉

你有什么亲人的话要我对妹妹们说的？

伊菲革涅亚

我向她们临别祝福。请答应我把奥瑞斯特斯抚养成人。

克吕泰墨涅斯特拉

拥抱他吧！这是你的最后一面了。

伊菲革涅亚

最亲爱的弟弟啊，你也尽了你的所能，帮助了你的亲人。

克吕泰墨涅斯特拉

有什么事我能在阿尔戈斯做了使你高兴的？

伊菲革涅亚

别恨我的父亲,你的丈夫。

克吕泰墨涅斯特拉

因了你他必须在可怕的跑道上赛跑。

伊菲革涅亚

他为了希腊大地牺牲了我,不是情愿。

克吕泰墨涅斯特拉

但是卑劣地用了欺骗,给阿特柔斯丢脸。

伊菲革涅亚

谁护送我去,在我被抓住头发之前?

克吕泰墨涅斯特拉

我陪你去——

伊菲革涅亚

你不行;你说得不妥。

克吕泰墨涅斯特拉

我抓住你的衣服。

伊菲革涅亚

母亲啊,你听我的话,
留在这里;这样对我对你都好。
只派一名父亲的随从送我
去阿尔忒弥斯的草场,我要牺牲的地方。

克吕泰墨涅斯特拉

我的儿啊，你离开我了？

伊菲革涅亚

我不再回来了。

克吕泰墨涅斯特拉

丢下了你的母亲？

伊菲革涅亚

如你看见的，冤枉着。

克吕泰墨涅斯特拉

站住，别丢下我！

伊菲革涅亚

我不能让你痛哭流泪。
（克吕泰墨涅斯特拉下）
啊，年轻的女郎们，为了我的命运
请你们向宙斯的女儿阿尔忒弥斯高唱赞歌；
吩咐达那奥斯人都肃静了。
谁拿篮子来开始仪式吧，
让祓除的麦片燃起火来，
让我的父亲围着祭坛从左向右转起来，
看，我给希腊人奉献胜利的安全来了。
把我——伊利昂
和佛律基亚人的毁灭者——送走吧。
给我套上花环，拿过来；
看，这是我的一束头发，放在祭坛上的；

再拿来祓除的清水。
绕着庙宇绕着祭坛，你们
向女王阿尔忒弥斯，这幸福的女神，
献舞吧；如果必要，
我将用我献祭的血
去涂抹掉那神谕。
　　啊，尊敬的，尊敬的母亲，
我将为你流泪，就在此刻，
因为，在神圣的仪式上我不可以哭泣。
　　啊，啊，年轻的女郎们，
和我一起歌唱阿尔忒弥斯吧，
她的庙宇对着你们的卡尔基斯，
在这奥利斯的狭窄港湾里
持矛的战士们为了我的缘故
正恼火地滞留着不能航行。
　　啊，我的祖国佩拉斯癸亚①，
啊，我的家乡迈锡尼。

歌队长

你是呼唤独目巨人建造的
那个佩尔修斯②的城堡吗？

伊菲革涅亚

你把我养育成希腊的光明，
我不拒绝为它去死。

---

① 阿尔戈斯的古名。这里的上古居民是佩拉斯戈斯人，后来阿开奥斯人来到这里。阿尔戈斯人由这两个人种混合而成。

② 神话中著名英雄之一，传说是迈锡尼城的建立者。

歌队长

光荣永不离开你!

伊菲革涅亚

啊,啊!
点亮火炬的白天,
宙斯的光明啊,
从今我将过另一种生活,另一种命运了。
永别了,可爱的光明! 啊,啊!
　　(伊菲革涅亚下)

歌　队

看,她走了,
那伊利昂城和弗律基亚人的
毁灭者,头上戴着花环,
洒过袯除的净水,她走了,
去用她涌流的血
喷洒那嗜血女神的祭坛,
在她好看的脖颈
被割断的时候。
　　等待着你的有
你父亲丰富的袯除净水,
和急着要去特洛伊城的
阿开奥斯军队。
但还是让我们来歌颂宙斯之女
阿尔忒弥斯,这神中女王吧,
像碰到好运气样的。
　　啊,喜欢以人为牺牲的女神呀,
打发希腊人的军队

去弗律基亚人的国土，
那招降纳叛的[1]巢穴吧，
让阿伽门农可以头戴
花冠，获得不朽的荣名，
这是对希腊的战士们
最光荣的奖励。
（报信人上）

报信人

廷达瑞奥斯的女儿，克吕泰墨涅斯特拉啊，
请从营帐里出来，听我报告消息。
（克吕泰墨涅斯特拉上）

克吕泰墨涅斯特拉

我听见你的唤声，
担惊受怕地走出来，
生怕在已有的不幸之外，你又给我
带来了什么新的灾难消息。

报信人

我想报告你一件
关于你女儿的奇特惊人的事情。

克吕泰墨涅斯特拉

那么别耽搁，赶快告诉我。

报信人

啊，亲爱的女主人，你将清楚地知道一切。

---

① 暗指拐诱海伦事。

我将从头说起,除非我的记性出了问题,
使我的舌头在叙说事情经过时发生混乱。
我们带着你的女儿一到
宙斯之女阿尔忒弥斯的圣林
和她那点缀着鲜花的草场——
阿开奥斯人军队的驻地时,
阿尔戈斯人便立即纷纷聚拢过来。
但是,阿伽门农王看见女儿走进圣林
来作牺牲时,发出了呻吟,转过头去,
流下泪来,拿衣服遮住了眼睛。
她站到生身父亲的身边,说道:
“父亲啊,我按你的吩咐来了,
为了我的祖国,为了全希腊的国土,
我愿献出我的身体,让你把我带到
女神的祭坛前去用作牺牲,如果有此神谕。
愿你因我的供献而交上好运,摘取到
胜利的果实,回到你祖国的土地。
因此,别让任何阿尔戈斯人碰我一下,
我将勇敢地引颈就戮,二话不说。”
　　她这样说了;听了这少女
勇敢无畏的话,大家都显得惊异。
于是塔尔提比奥斯[1]站到中央,履行他的职责,
向军队宣布默立肃静。
先知卡尔卡斯从鞘里抽出
一柄锋利的刀,放进一只金篮,
在女郎的头上戴上花冠。
佩琉斯的儿子拿起篮子
和袯除的水盆,绕着女神的

① 阿伽门农的传令官。

祭坛跑着说道：
“啊，宙斯的女儿，猎杀野兽的，
明镜似的照亮夜空的女神啊[1]，
请你接受这牺牲，我们——阿开奥斯人的军队
和阿伽门农王——我们一起献给你的
一个美丽少女颈上的纯洁的血液，
容许我们的船只安全地出航，
用我们的矛枪去毁灭特洛伊的城堡。”
　　阿特柔斯之两子和全体军人站着，看着地面。
祭司[2]拿起刀来，祷告通诚，
仔细观察少女的脖颈，看哪里适宜下刀；
其时一阵不小的伤痛袭来我的心上，
我站在那里低下头来；可是，突然间一个奇迹！
大家清楚地听到了重重的一声刀的砍击，
可是那少女不见了，谁也没看见她钻到哪里去了。
祭司大叫一声，全军齐声响应，
看见了只能是一位神造成的意外奇迹，
虽然亲眼看见了也难以置信：
一只硕大好看的母鹿躺在那里地上，
正在咽气，女神的祭坛上洒满了它的鲜血。
于是卡尔卡斯说道（你可以想见他是多么高兴）：
“啊，阿开奥斯人联军的首领们啊，
你们看见女神放在祭坛前的
这供品，一只山上奔跑的母鹿吗？
她觉得它比那女郎更合她的心意，
这样可以不让女郎高贵的血污染她的祭坛。
她高兴地接受了它，准许我们

---

[1] 阿尔忒弥斯是猎神又是月神。
[2] 先知卡尔卡斯充任。

顺利出航，去进攻特洛伊的城垣。
因此，水手们，你们大家，鼓起勇气
上船去，因为，就在今天我们必须
离开这空空的奥利斯港湾
横渡波涛汹涌的爱琴海。”
　　待到祭品在赫菲斯托斯[1]的火焰中全部化为灰烬时，
他作了合适的祷告，祈求军队能够得胜返回。
但是阿伽门农派我来向你报告这个消息，
告诉你，他从神那里得到了怎样的好运，
从全希腊得到了不朽的荣誉。
我现在在这里叙述我亲眼看到的事情：
你的女儿的的确确是飞到神那里去了。
别悲伤了，也别对你的丈夫生气。
神间的事情凡间的人无法预知，
他们保佑他们所爱的人。你看，就在今天，
这一个白天里，人们看见了你女儿的死和生。
　　（报信人下）

歌队长

听了报信人报告的这个消息我是多么的高兴！
他说你的女儿还活着，活在众神中间。

克吕泰墨涅斯特拉

我的孩子啊，是哪一位神偷偷地带走了你？
我怎么才能跟你说到话呢？我怎能相信
这不是一篇假话，说了来安慰我，
叫我别再哀悼你的不幸？

---

① 火神。

歌队长

看,阿伽门农王来了,
是来讲同一个故事给你听的。

(阿伽门农上)

阿伽门农

夫人啊,因我们的女儿,我们可以算是有福的了;
因为她已生活在众神中间,成为他们的伙伴了。
现在你必须带着这娇儿动身回家去,
因为军队正在整装,急着要出发航行呢。
告别吧,从特洛伊回来和你再见面,中间
要有一段很长的时间呢。祝你平安。

歌　队

阿特柔斯之子啊,高高兴兴地到弗律基亚去吧,
再高高兴兴地回来,
从特洛伊掳得许多好东西。

(同下)

美狄亚

欧里庇得斯 著

张竹明 译

场次

8 **第三合唱歌**

第824—865行

9 **第四场**

第866—975行

10 **第四合唱歌**

第976—1001行

11 **第五场**

第1002—1250行

12 **第五合唱歌**

第1251—1292行

13 **退　场**

第1293—1419行

人物

保姆

美狄亚的保姆

保傅

美狄亚孩子们的管教人

美狄亚

歌队

科林斯的妇女

克瑞翁

科林斯的国王

伊阿宋

美狄亚的丈夫

埃勾斯

雅典国王

报信人

一个科林斯人

孩子甲

美狄亚和伊阿宋的长子

孩子乙

美狄亚和伊阿宋的次子

无台词人物：

侍从、仆人、侍女若干名

地　点

科林斯城里美狄亚住宅前

时　间

英雄传说时代

(一)
开　场

（保姆上）

保　姆

但愿阿尔戈号①从未飞过深蓝的撞岩②
航海来到科尔克斯③的海岸，
但愿佩里昂山④里的松树
从未被砍来供那些为佩利阿斯
去取金羊毛的勇士制造船桨。
要是这样，我的女主人美狄亚

① 以伊阿宋为首的希腊英雄们到东方去觅取金羊毛时所乘的船，取名"阿尔戈"号，意即"轻快的船"。

② 撞岩，音译"辛普勒加得斯"，黑海海口上的两个小岛，神话传说，有船只通过时两石岛会夹击，非常危险。阿尔戈号船经过这里时先放出一只鸽子，两岩相撞，夹住了一点尾羽，等它们分开时船只抢快通过。

③ 科尔克斯在黑海东岸，古希腊人认为那是世界的东界，是日出的地方，由阳光联系到黄金，认为那是出产金子的地方。

④ 佩里昂山在伊奥尔科斯东北，阿尔戈船以此山的松木建造。伊奥尔科斯在希腊东北部马格尼西亚境内。

便不会因为狂热地爱上伊阿宋[1]
航海来到伊奥尔科斯的城楼下了,
也不会因诱使佩里阿斯的女儿们
杀死她们的父亲,跟着丈夫带着孩子
移居到科林斯这地方来了;流亡
这里之后,她倒深得当地公民的欢迎,
并且又能在一切事情上顺着伊阿宋的心意;
——妻子和丈夫保持一致
原是家庭平安的最大保证。
　　但如今一切成了仇恨,爱情破裂。
伊阿宋抛弃了自己的孩子和我的
女主人,和一个公主——这地方的统治者
克瑞翁的女儿——结了婚。
美狄亚受到欺侮,这可怜的女人
大声援引誓言,他当初举右手所作的
最大保证,请众神为她作证,
看看她从伊阿宋得到了怎样的报答。
她躺倒了,不吃东西,身体沉浸在悲哀里。
自从知道丈夫背弃了她以后,
她便一直哭着,日益憔悴,
垂着头看着地面,眼睛不肯
抬起来,像石头和海浪一样[2]
不听从朋友的劝解,

---

① 伊阿宋是伊奥尔科斯国王埃宋的儿子。埃宋的王位为同母异父兄弟佩利阿斯篡夺,后来佩利阿斯答应归还王位,但要伊阿宋到科尔克斯去取回金羊毛,于是伊阿宋征求得一些少年勇士,一同乘阿尔戈号快船,前往科尔克斯,后得到美狄亚帮助取得了金羊毛,并把美狄亚带回希腊。伊阿宋回国发现父亲已被佩利阿斯杀害。他求美狄亚帮助复仇。美狄亚施法术把一只老公羊杀了,放在锅里一煮,使它变成了一只小羊羔。她叫佩利阿斯的女儿们把父亲杀了煮一煮,使他返老还童。佩利阿斯死后,他的儿子阿卡斯托斯把她夫妇驱逐出国,于是他们一家迁居科林斯。

② 希腊人认为这两样东西人对它最无可奈何。

除了在她转动雪白的颈子
自言自语悲叹她亲爱的父亲、
她的祖国和家的时候——她为了
跟这个男人来到希腊背叛了他们，
而这个男人现在欺侮了她。
这可怜的女人吃了苦头才明白
不离开祖国的土地有多么好。
　　她甚至恨两个儿子，看见他们时不觉得高兴。
我担心她有什么新的计划；
因为她心性悍烈，不会容忍别人
虐待她的；我很了解她，害怕她
[悄悄地潜入铺着婚床的房屋，
用锋利的剑刺穿自己的心，
或者杀了国王和那个新郎
从而招来什么更大的灾祸。]
她是可怕的；和她为敌，
要想胜过她不是容易的事情。
　　但是，她的两个儿子赛跑完
回家来了，母亲的痛苦全不在意；
因为，“年轻的心不爱悲伤”。
　　（保傅领着两个孩子上）

保　傅

啊，我女主人家里的老仆，
你为何独自站在门外
自己对着自己哭诉不幸？
美狄亚怎么愿意让你离开她的？

保　姆

啊，照管伊阿宋两个孩子的老仆人，

主人们遭遇不幸的时候，这灾难
也刺痛着忠心的仆人们的心。
我的悲伤达到了如此的程度，
以致不觉萌生了一种愿望：
到这里来把美狄亚的不幸报告天地。

保　傅

那可怜的人还没有停止她的悲痛吗？

保　姆

我真妒忌你[1]！她的悲痛刚刚开头，还没达到一半呢！

保　傅

啊，一个愚人！
如果可以这样批评主子的话。
因为她还全然不知新的不幸呢！

保　姆

那是什么，老人家？别吝惜告诉我！

保　傅

没什么；我后悔刚才说的话。

保　姆

凭你的胡须我求你，别对你的伴当[2]保密！
如果有必要，对此我将守口如瓶。

---

① 糊涂了不知痛苦。
② 同为奴仆。

保　傅

当我走近珀瑞涅圣水[①]旁
那老年人坐着下跳棋的地方时，
听见一个人说——我装做没听见——
"这地方的王克瑞翁要把这些孩子
和他们的母亲一起驱逐出科林斯国境。"
虽然我不知道这消息是不是确实。
我希望这不是真的。

保　姆

伊阿宋能容忍这样对待他的两个儿子吗，
虽然他在和他们的母亲闹别扭？

保　傅

新的亲缘关系追过了[②]旧的，
他不再爱这个家了。

保　姆

在这个苦难还没受完之前，如果我们
又把新的苦难加到旧的上去，我们就完了。

保　傅

但是你，别做声，别说这事！
因为，这不是女主人知道这事的时候。

---

① 科林斯的一处泉水。
② 以赛跑作比喻。

保　姆

孩子们啊,听见你们的父亲对你们怎么样了吗?
我不能咒他死;因为,他是我的主子;
但是他已表明是个坏人,对不起他的亲人。

保　傅

凡间的人谁不是这样? 你刚刚才知道,
一切的人都是"爱自己胜似爱别人"的吗?
有的人是出于正当动机,有的人只是因为贪图好处,
像这里:他们的父亲为了一个新娘就不爱他们了。

保　姆

孩子们,进屋去。一切会好的。
（向保傅）
但是你,叫他们尽可能离远点,
让他们别靠近他们烦恼的母亲。
我刚才看见她的眼神像是公牛的,
对他们好像要做什么;我很了解她:
若不大发雷霆怒气是不会平息的。
但是,愿她对仇人不要对亲人下手。

美狄亚（自内）

哎呀呀！一个不幸的女人,我受苦呀！
哎呀呀,苦呀！我愿这么地死了！

保　姆

看,亲爱的孩子们:正如我提醒过你们的,
你们母亲的心激动起来了,她发怒了。
你们赶快进屋去,

但不要走到她的眼前，
不要挨近她，要当心
她那无情的心里的
野性的脾气和残忍的性情。
现在走，赶快进去！
哭诉的乌云已经出现，
不难预料，马上就可看到
更大怒气的雷电霹雳。
傲慢的心灵，暴躁的性气，受到欺负
在痛苦中会做出什么事情来呢？

（保傅领孩子们进屋）

美狄亚（自内）

哎呀呀！我受苦呀，受苦呀！
受这样的苦能不大哭吗?!
啊，一个恼恨的母亲的两个该死的孩子，
愿你们和你们的父亲一同死掉，全家死光！

保　姆

哎呀，苦呀！哎呀，可怜的人！
你觉得两个孩子跟他们父亲的错误
有什么关系？你为什么要恨他们？
哎呀，孩子们，我
多么难过，真担心你们遭到什么伤害。
王子王孙脾气可怕，也许因为
他们惯于支配别人，不习惯受人支配，
他们的怒气很难化解平息。
最好是学会在平等中生活；
因此我不图荣华富贵，
但求安度晚年。

须知,节制这名词不仅说起来最为好听,
而且做起来也对人最为有益。
过度于人没有好处:
每当神灵震怒的时候
对这种人打击更重。

(二)
进场歌

(歌队进场)

歌　队

我听见了声音,听见了
那不幸的科尔克斯女子大哭大叫,
她还没有平静下来。
老人家,请告诉我,发生了什么事情?
我刚才在庭院里听见了房里的哭声,
啊,老人家,这家人伤心我也伤心。
因为我喜欢上了他们。

保　姆

这个家已不复存在,已经彻底完了。
因为,男主人已经攀上了王家的婚姻,

女主人则关在闺房里伤心憔悴，
朋友们的劝告
一点安慰不了她的心。

美狄亚（自内）

哎呀呀！愿天上落下雷霆，击破
我的头！我活着还有什么意思？
唉，唉！我愿抛弃这可恨的
生命，一死求得解脱。

歌　队

（首节）
啊，宙斯啊，大地啊，光明啊，
这可怜的妻子哭得多么伤心！
你们听见了没有？
（向屋里的美狄亚）
啊，失去了理智的人啊，
你为何向往那可怕的冥国，
赶忙走向死亡这终点？
千万别作这样的祈祷。
如果你的丈夫抛弃了你，
另娶了一个新的妻子，
你也别为此对他生气，
宙斯会给你一个公正判决的。
别因为丢了丈夫太难过，伤了身体。
（本节完）

美狄亚(自内)

啊,伟大的特弥斯①和强有力的阿尔忒弥斯②,
你们看见我受的苦吗,虽然我曾用
重誓约束我那可恨的丈夫?
但愿有一天我能看到他和他的新娘
以及他们的这个家一起毁灭了!
他们竟敢无缘无故伤害我。
啊,我的父亲,我的祖国,我惭愧
杀害了我的兄弟,离开了你们。

保　姆

你们听见她怎样祈祷了吗?
她高声祈求特弥斯和被凡人视为
监誓之神的宙斯时说了什么吗?
我的女主人怒气不是
可以轻易平息的。

歌　队

(次节)

但愿她能出来见见我们,
听听我们说的话,接受劝告,
这样或许能平息她的怒气,
改变她心里的决定。
我们对朋友的热心
永远不会被证明是假的。
你进去

① 特弥斯为司正义、法律、誓约的女神。
② 应为宙斯,监誓之神。

把她请到屋外来，
把我们友好的想法告诉她。
趁她还没伤害那屋里的人，赶快进去！
因为，她的悲伤情绪正在高涨。
（本节完）

保　姆

这事我一定去办，虽然我担心
说不服我的女主人。
我很乐意为你们承担这件难办的差使。
但是，每当哪一个仆人走过去
和她说话，她就会像一只产仔的
母狮那样，向我们瞪起凶恶的眼睛。
你如果说那些古人真笨
并没什么智慧，大概不会说错。
因为，他们发明了诗歌，
使吃饭时可以听到悦耳的声音，
增加节日里宴会上的生活快乐；
可是，没有人找到办法
用歌舞和音乐来消除
可恨的烦恼，听任它演成残杀
和可怕的灾难，弄得家破人亡。
如果凡人能用歌舞来疏导烦恼
不失为一个好的办法；在筵宴
丰盛的地方，又何必白费歌唱？
赴宴的人酒足饭饱，
仅筵宴本身就足够使他们快活。
（保姆进屋）

歌　队

（末节）

我听见痛苦的悲哭，
她悲苦地大声叫骂
她那破坏婚约背信弃义的丈夫。
受了伤害她祈求
宙斯之妻司誓女神特弥斯；
当初原是她带领美狄亚[①]
夜间跨洋过海
穿过大海的门户[②]
来到对岸希腊的。

（三）

第一场

（美狄亚上）

美狄亚

啊，科林斯的妇女们，我从屋里出来了，

---

① 美狄亚听信了伊阿宋白头偕老的誓言而来，诗人形象化地说成是特弥斯把美狄亚带来的。

② 门户指黑海通爱琴海的海峡。

担心你们见怪。我深知有许多人
——其中有的人是怕见人,有的人是怕和生人交往——
被说成傲气;还有的人因为爱平静的
生活方式而得到冷漠孤僻的恶名。
须知,人们的眼光不是很准的,
他们在看清别人的内心之前
一见就嫌恶那人,虽然从未受过他的伤害。
因此一个外邦人尤其应该尊重城邦的习俗;
我也不赞成这种公民:他们自以为是,
蛮不讲理地对抗城邦的意志。
　　一件不幸的意外之事落到了我的头上,
它伤了我的心。我完了,生活
没有了乐趣,我渴望死掉,朋友们。
我的丈夫,如你们清楚知道的,他是
我的一切,可如今变成了最坏的人。
　　在一切有生命有灵性的生物中
我们女人是最不幸的。
首先,我们必须用重金购买①
一个丈夫,而比这更糟的是,
他反而成了我们的主人。这里
最重要的问题还要看我们挑选的
是个好人还是个坏人。因为,离婚
于我们女人是不名誉的,
我们又不能拒绝一个丈夫②。
其次,在进入一种新的风俗和习惯里时
一个女人必须成为先知,
懂得在父家时没学过的本领,

① 女子出嫁时要带很多的陪嫁。
② 希腊女子,丈夫是父母挑选的。

如何最好地和自己的丈夫相处。
如果我们成功地做到了这一点，
丈夫接受婚姻的约束，命运便是
值得羡慕的；否则还不如死了。
　　一个男人如果对自己家里的人厌烦了，
他可以走出去散散心里的烦闷，
或找朋友或找一个同年辈的人。
可是我们女人就只能指望一个人。
男人们说我们女人安居家中
没有生命危险，他们却要拿枪打仗。
这话没有道理：我宁愿手持盾牌
三次上阵，而不愿生一次孩子。
　　这话说的是我，你们情况不同：
这里你们有城邦，有父亲的家，
有生活的乐趣和朋友的交往。
我则流落异乡，没有城邦，遭到丈夫
欺凌；我被他从外邦掳来，
没有母亲没有兄弟，没有亲戚
做我逃避这灾难的港湾①。
　　因此我只希望从你们得到这样一个恩典：
如果我想出了什么办法，向我的丈夫
和那个把女儿嫁给他的人以及新娘
报复所受的欺凌的话，请为我保密。
女人虽然在别的事情上什么都胆小，
一看见兵器和厮杀就害怕，
但是在婚姻权利受到损害的时候，
就没有别的心比她们更毒的了。

① 她把自己比作遇险的船只。

歌队长

我会替你保密的。你向丈夫报复是公道的，
美狄亚。你悲叹自己的不幸，我不觉得惊奇。
但是，我看见这里的国王克瑞翁来了，
来宣布什么新的旨意了。

（克瑞翁偕侍从上）

克瑞翁

啊，面色阴沉对丈夫生气的女人
美狄亚啊，我命令你离开这地方，
带着你的两个儿子到国外流亡去，
不得延误。我是作这判决的
法官，在把你逐出国境之前
我不离开这里回到家里去。

美狄亚

哎呀呀，我这不幸的人是彻底完了。
敌船正在扯满风帆向我逼近，
我却找不到一处靠岸的海滩逃避劫难。
尽管陷入这样的困境我还是要问问他：
克瑞翁，你们为什么要驱逐我出境？

克瑞翁

我不必隐瞒我的理由，我担心你
做什么给我的女儿造成不可挽救的危害。
许多事情使我有理由这样担心：
你天生聪明，懂得许多妖术，
又在被丈夫抛弃后非常气愤。
此外，我还得到报告说，你要

采取行动威胁新郎、新娘和新娘的
父亲。因此我得在受害之前采取措施预防。
啊,女人,我宁可现在遭你仇恨,
而不愿被你软化了,后悔莫及。

美狄亚

哎呀呀!今天不是第一次,此前有过许多次,
克瑞翁啊,名声这东西给我带来重大的危害。
一个生性明智的人千万不可
把子女教养成过分聪明的人;
因为除了得到无用的名声之外
他们挣得的只有公民的憎恶①。
因为,如果你给蠢人们带来了新的学说②,
你会被视为一个无用的混混,没有知识。
如果你的名声超过了那些像有什么
知识的人,你在城邦里将遭受忌恨。
我本人遭遇的也是这样的厄运。
有些人忌恨我,因为我聪明
有的人认为我文静,有的人认为相反,
有人说我不爱交际,终究不太聪明。
你也害怕我;担心我伤害你吗?
我没有这种存心——别怕我,克瑞翁!
我不会想和王家的人争斗的。
因为,你有什么得罪了我呢?你按你的心愿
嫁出女儿。我恨的是我的丈夫;
你呢,我认为,这事情做得合适。
现在我并不忌恨你的幸福。

---

① 诗人的朋友,哲学家阿那克萨哥拉斯曾遭雅典人驱逐。

② 指当时的诡辩学派。这一派虽有颠倒黑白的一面,可也有破除迷信提倡理性的优点。

你去办你的婚事，祝你幸运！
但是，容许我依旧住在这里。
我会忍辱吞声向强者低头。

克瑞翁

你的话听起来很温和，可是我害怕
你心里在打什么坏主意，
现在我比先前更不相信你。
因为，一个聪明的女人保持缄默时
比急躁时更难防范，像男人一样。
还是赶快走吧，别求情了！
这是决定了的；你没有办法
留在我们这里，对我怀着敌意。

美狄亚

我凭你的膝盖和你新婚的女儿求你，别这样！

克瑞翁

别白费唇舌了！你永远劝不动我。

美狄亚

你要驱逐我，一点不顾我的请求吗？

克瑞翁

我爱我家的人胜于爱你。

美狄亚（自言自语）

祖国啊，我现在多么想念你呀！

克瑞翁

除了儿女，我最爱国家。

美狄亚

唉,唉,爱情真是凡人的一大祸害呀!

克瑞翁

是祸是福,我认为,看命运安排。

美狄亚

宙斯啊,别忘了这祸害的制造者。

克瑞翁

快走吧,蠢女人!免得我麻烦。

美狄亚

我已有麻烦了,不想再要了。

克瑞翁

我的侍从马上就要动手赶你了。

美狄亚

别,别,别这样!克瑞翁,我求你——

克瑞翁

看来,女人啊,你是要制造骚乱。

美狄亚

我走。我再不求你恩准这事了。

克瑞翁

那么,为何还要缠着,还不离开这地方?

美狄亚

请容许我只耽搁这一天，
考虑出一个我们的流亡计划
和孩子们的生路，既然他们的
父亲一点也不关心供养他的孩子。
可怜可怜他们吧，你也是一个父亲，
也有孩子，应该对他们发发慈悲。
我自己流亡倒无所谓，
只是心疼他们也遭受苦难。

克瑞翁

我的心天生地不冷酷，
心软坏了我许多事情。
如今我看出了我的失误，但是，女人啊，
这个请求你还是可以得到许可。可我警告你，
如果明天重现的阳光看见你
和你的孩子还在我的国境之内，
你就得死了。我说的这话决不是假的。
现在，如果需要耽搁，只准耽搁这一天。
想来一天工夫你也干不了什么我害怕的事情。
（克瑞翁偕侍从下）

歌队长

不幸的夫人啊，
哎呀呀！我为你的受苦难过。
你往哪里去呢？你能找到
什么保护人①、什么家或国土

① 古希腊人在本国保护外国侨民的权利。

救你出苦难呢?
美狄亚啊,神使你陷入了
多么绝望的苦海呀!

美狄亚

情况十分糟糕;谁能否认呢?
可是还没绝望,你们别下这结论。
还有一番苦斗在等着新郎新娘,
还有不小的麻烦在等着新娘的父母呢。
如果没有什么好处,没有什么计策,
你们以为我会这样讨好他吗?
不,我才不会触摸着他求他呢。
但是他竟愚蠢到这地步,
在他可以把我逐出这地方,使我
计划落空的时候,让我多住这一天,
让我有时间可以使我的三个仇人,
父亲、女儿和我的丈夫变成三具尸体。
　　我有多种方法可以杀死他们,
但是,朋友们,我不知道用哪一种方法最好。
一把火把他们的新房烧掉呢,
还是悄悄走进那铺着新床的房屋
用一把锋利的剑刺进他们的胸膛?
但是这办法对我有一点不利:如果我
在怀着这个意图走进他们房间时被捉住,
我将在仇人嘲笑声中被杀。
最好还是采用最简便的,我们女人
最擅长的办法,用毒药杀了他们。
对。
不过,假定他们死了,有哪个城邦肯接受我呢?
哪个外邦人肯给我一个避难所,一个

安全的家,保护我免遭报复呢?
没有的。因此,还要等一会,
等我找到了一个可靠的城堡,
再用蒙骗和暗中下手的办法杀死他们。
如果时运不济此计落空,不得已
我将手执利刃,亲自杀了他们,
勇敢地干下去,虽然自己也活不成。
　　我以住在我正厅神龛里的赫卡忒,
我最崇拜的,选作保护者的
这位女神的名义起誓,没有人
能伤害了我的心而不吃到苦头。
我要把他们的婚姻搞得痛苦悲伤,
叫他们后悔这婚姻后悔放逐了我。
　　(自言自语)
美狄亚啊,行动吧,别吝惜
你精通的一切本领,谋划,设计,
去干那可怕的事情！现在勇敢地去搏斗吧！
你看见你受了什么委屈?你必须不让西绪福斯的
子孙们嘲笑你听任伊阿宋成婚,
作为高贵父亲的女儿,太阳神的子孙。
你是有办法的;此外,我们生为
女人,虽然好事全不会,
但干坏事什么都行。

（四）

第一合唱歌

歌　队

（第一曲首节）

神圣的河水在倒流，
正义和一切秩序在逆转。
男子汉的心变得奸诈，
当着神发的誓也不再可靠。
传言变得对我们有利，
给女人的生活带来了好名。
女人开始受到尊敬；
不会再遭到恶言的诽谤。

（第一曲次节）

诗人们将停止古来
有辱我们名节的歌声。
福波斯，这诗人的班头，
没有把诗歌的天才
赋予女人的心灵；
不然，我们也会唱出
一些歌来对抗男人；
漫长的岁月能提供许多题目，

谈论男人像谈论我们女人一样。

（第二曲首节）

你怀着一颗疯狂的心
离开了祖居的家，
穿过海口上的双岩
航行来这里侨居，
如今你床上没有了丈夫，
可怜的人啊，耻辱地
被赶出去流亡。

（第二曲次节）

守誓的美德已经消失，在广袤的希腊
大地上虔信已不见踪影，飞去了天空。
可怜的人啊，你没有父亲的家
做你躲避苦难的港湾，
另一位公主侵入了你的家，
她更有力量，占有了你的婚床。

（五）

第二场

（伊阿宋上）

伊阿宋

这不是第一次，我已多次发觉

刚愎自用是一种不可救药的毛病。
例如这次只要耐着性子对待统治者的意志，
你本来可以在这地方住在这家里，
但是你却说了一大堆疯话，结果遭到驱逐。
你尽可以不停地骂伊阿宋是个
不能再坏的男人，我一点不会介意。
但是你骂了王室的人那么多话，只受到
流放的惩罚，你该知道这是对你的宽大。
我一直在努力平息王室的火气，
希望能让你继续住在这里。
可是你不停止疯狂，不停止辱骂
王室的人，正是为此你才被逐出此地。
尽管如此，我还是不厌弃朋友，
跑来看你，夫人，关心你的利益，
怕你带着孩子出去缺钱或缺少
别的东西；流亡生活本来就是
困难很多的。虽说你恨我，
我也永远不能对你怀有恶意。

美狄亚

坏透了的东西！——这是我的嘴能给你的
最恰当的称呼，为谴责你没有男子汉气——
你这被众神，被我，被全人类
所憎恨的东西来看我吗？
你伤害了朋友还能和朋友对面站着，
这不是胆量不是勇气，
而是人类最大的毛病——
无耻。然而你也来得好，
让我可以骂你，解解心头之恨，
好让你听了心里烦恼。

　　我将从一开头说起。
和你一起乘坐阿尔戈快船
航海的希腊人都知道,是我救了你,
在你被派去驯服那喷火的牛,
把它套上轭去翻耕那致命的田地时①。
我还杀死了那条盘绕了许多圈
不睡地看守着金羊毛的巨蟒②,
为了你高举过救命的亮光③。
热情超过了理智,我
背弃了父亲和我的家,跟着你
去了佩里昂山下的伊奥尔科斯。
我又叫佩利阿斯死在了他自己女儿的手里,
——死得十分悲惨——破灭了他们全家④。
　　我对你这么好,啊,最坏的男人,
你却出卖了我们,你已经有了两个儿子,
还要再娶一个新娘;假使还没有孩子,
你的这次求亲倒还情有可原。
遵誓守约的美德已经消失,我不知道,
是你认为众神不再管事了呢,
还是人间如今订下了新的律条,
既然你也承认违背了对我的誓约。
唉,这只右手,它曾不止一次被你抓过,
还有这膝盖,它们曾被你

① 科尔克斯国王不愿把金羊毛交给伊阿宋,叫他去驯服两头喷火的野牛,并套到犁上去耕地,播种龙牙,以此杀死伊阿宋。美狄亚送给伊阿宋药膏涂在身上防火,并教他把一块大石丢在龙牙长出的武士中间,让他们互相残杀。她这样救了伊阿宋。

② 一般传说,美狄亚用迷药使巨蟒熟睡,而不是杀了它。

③ 有人理解这是指伊阿宋带着美狄亚逃命那天的晨光,有的人理解为火把。

④ 有的手抄本上“家”作“害怕”,因此应译为“解除了你的一切害怕”。

这坏人抱过[1],我的希望落空了。
　　来吧,我把你还当作朋友和你谈谈,
我不是想要你对我做什么好事,
可我还是要和你谈谈。因为,如果我
问你一个问题,你会被表明更可耻:
如今我往哪里去呢?到我父亲的家里去?
我已为了你背弃了它,脱离了祖国。
或者到佩利阿斯可怜的女儿们那里去?
我杀死了她们的父亲,她们欢迎我到她们家里去?
我的处境就是这样:我家里的亲人
都恨我,而那些我不应该伤害的人
也因为你的缘故仇视我。
许多希腊女人还以为你给了我幸福,
我做了这些事情得到了回报呢!我这可怜的女人
有了你这么个令人赞叹的可靠丈夫了呢!
她们不知道我离开了这地方出去流亡,
没有朋友,带着孩子孤苦伶仃。
愿你这个重做新郎的人得到一个好名声:
“你的孩子和救命恩人在流浪受穷。”
　　啊,宙斯啊,你为何给了人类
一种明白的标志识别假的金子,
却不在人的身上打上烙印,
好辨别谁是一个坏人呢?

歌队长

在亲人和亲人发生冲突的时候,
那怒火是多么可怕,多么难以平息呀!

---

① 抓住右手,抱住膝盖,都是求助的动作。

伊阿宋

我觉得不应当和你恶言相向,
而应当像一个船上的艄公,
遇到风暴时落下篷帆,
女人啊,小心地避开你的毒舌。
你过分地夸大了对我的恩情,
我认为天神和凡人中库普里斯
才是我航海的唯一救星。
你心里明白,只是不喜欢听我说出:
其实是厄罗斯用百发百中的
弓箭使你救了我的性命。
但是我不愿把这事情说得太死;
因为你在帮助我的过程中事情做得不错。
可是因为救了我你得到的
比付出的多,我将证明如下:
首先,你脱离了野蛮的地方
来到希腊居住,懂得了正义,学会了
依法律生活,不追求蛮力的好处;
全体希腊人都知道了你是个聪明女子,
你有了名声;如果你还住在遥远的大地
边界上,就不会有关于你的故事流传。
如果不是我有好运成名,
我的家里就不会有黄金,
也不会有比奥尔甫斯唱得还动听的歌曲传诵我。
与我的艰苦经历有关的话我就对你说这些;
须知,这是你挑起我这样反驳的。
　　至于你骂我同王室结亲,
下面我将说明,第一,我是明智的,

第二，我是有节制的[①]，第三，我是很爱你
和我的孩子们的；请听我把话说完。
自我从伊奥尔科斯来到这里，
带着许多无法克服的困难，
我，一个流亡者，除了娶国王的女儿外，
还能找到什么比这更有利的办法？
这并不是因为我厌弃你作为我的妻子——
你为此烦恼——也不是因为恋上了新人，
也不是渴望和别人比赛多生孩子；
已有的孩子已经够了，我没有抱怨；
最要紧的是，我们得生活得体面，
不受穷困，因为我清楚地知道，
所有的人都回避穷朋友，离他远点，
我还要把儿子们教养得配得上我的家门，
并且给你的这些儿子生一些弟弟，
把你的孩子提高到同样高的社会等级
结成一个家庭，我们好过幸福的日子。
你的确不需要再有孩子，但是，
靠将来的孩子帮助现有的孩子，于我
有利。我难道算计错了吗？
你如果不是被妒火烧坏，不会怪我。
女人的想法总是：婚姻生活
美满，你们便认为万事大吉，
如果婚姻上出现了什么不幸，
便把至善至美的事情都看得
十分可恨。愿人类能有别的方法
生养孩子，这样就没有女人了；
男人也不会遭到祸害了。

① 没有真正爱上公主。

歌队长

伊阿宋,你把话掩饰得很巧妙;
可是我还是觉得——虽然我这话不中你的意——
你出卖了你的妻子,做了对不起她的事情。

美狄亚

我的观点常常和许多人不同。
我认为,一个做了坏事的人,生得
能言善辩,应该给他以最重的处罚;
因为他自负口才能把坏事巧妙地遮盖,
便会什么都胆敢去做;但他终究很不明智。
现在你不必再向我装得那么好看,
说得那么好听了;因为,只要一句话便可把你驳倒。
如果你真的不存坏心,就应该先说服我
再结婚,不会瞒着亲人。

伊阿宋

既然你直到现在还不能克制心头的
怒火,如果当初我告知你婚姻之事,
你倒会甘心帮助我达到这个目的吗?

美狄亚

阻挡你的不是这个,而是一个蛮族妻子
在逐渐变老,使你觉得没有面子。

伊阿宋

你现在应该明白:我娶这位王女新娘——
她现在已是我的妻子——不是为了一个女人,
而是,正如我刚才说过的,为了救你,

为了生出有王族身份的儿子，做我的
这两个儿子的兄弟，庇荫我们的家庭。

美狄亚

我可不愿得到这种令人痛苦的幸福，
不愿得到这种刺心的富足。

伊阿宋

你知道怎样改变祈求，表现得明智点吗？
遇到好事永远别再觉得那是痛苦，
走运的时候别认为你的命运不好！

美狄亚

嘲笑吧，你自己有了安身之处，
我却孤苦伶仃出去流亡。

伊阿宋

你咎由自取，怪不得别人。

美狄亚

我做过什么？嫁了你，又背弃了你？

伊阿宋

出言不逊咒骂了国王。

美狄亚

你也看见我咒骂过你的家?!

伊阿宋

这方面的话我不再和你争辩下去了。

如果为孩子们和你自己的流亡
想要得到我钱财上的帮助，
说出来。我一定慷慨赠予，
并且给国外的朋友们送去信物，
他们会好好接待和帮助你的。
如果不愿接受这个，夫人，你就太傻了；
如果能克制愤怒，你将得到更大的好处。

美狄亚

我不会投奔你的朋友，
也不会接受你的钱财，别给我！
因为，“坏人的礼物没有好处”。

伊阿宋

无论如何我请神灵作证：
我愿竭力帮助你和孩子们，
但是你不乐意接受好事，顽固地
拒绝朋友；因此你的苦楚将更多。

美狄亚

滚！你心里想念着新娶的女人，
却离开她的闺房待在外边这么长时间；
去结婚吧！因为或许，老天有眼，
有朝一日你会后悔真不该结这次婚的。
（伊阿宋下）

（六）

第二合唱歌

歌　队

（第一曲首节）
爱情来得过分，
便不能给男人们
带来美名和利益；
如果库普里斯来得适中，
便没有别的女神像她这么可爱。
啊，女神，千万别用那黄金的弓
向我射出那涂过媚药的
百发百中的毒箭。

（第一曲次节）
愿贞静守护着我，
它是众神最好的赏赐；
但愿可怕的库普里斯
永远不把愤怒的争吵
和难消的嫉妒加到我身上，
不用丈夫的喜新厌旧使我发狂，
愿她重视婚姻的和睦，
有眼光地分配女子的婚嫁。

（第二曲首节）

啊，我的祖国，啊，我的家，
但愿我永不被逐出城邦，
去过困苦无助，
十分凄惨的痛苦生活。
我愿在这之前就死掉，早点死了，
不去过这种日子；
因为，人间再没有别的生活
比失去祖国更苦的了。

（第二曲次节）

我亲眼看见了，
不是听别人说过这事；
在你[1]忍受这最可怕的
苦难时，没有一个城邦
没有一个亲人怜悯你。
但愿那种人得不到同情地死掉：
他们不尊重朋友，不对朋友
真诚地敞开自己的心扉；
我永远不要这种人做朋友。

---

① 指美狄亚。

（七）

第三场

（埃勾斯上）

埃勾斯

美狄亚，你好！这是人们所知道的
用来招呼朋友的最吉祥的话了。

美狄亚

我也向你问好，智慧的潘狄昂之子
埃勾斯，你是从哪里来到这地方的？

埃勾斯

我从古老的阿波罗神示所来。

美狄亚

你是为了什么到大地之脐的神示所去的？

埃勾斯

去问怎样可以得到一个子嗣。

美狄亚

天哪！直到现在你还过着没有孩子的生活？

埃勾斯

我还没有子嗣，由于某一位神灵见怪。

美狄亚

你有妻子吗？或是，还没有结婚？

埃勾斯

我不是没有结过婚。

美狄亚

关于子嗣福波斯对你说了什么？

埃勾斯

他说的话不是凡人的智力所能理解。

美狄亚

我可以知道这位神的预言吗？

埃勾斯

当然可以，这里正需要你聪明的头脑①。

美狄亚

神说了什么？请告诉我，如果我可以听的话。

---

① 正需要美狄亚的才智来解释这预言。

埃勾斯

叫我不要解开那酒囊上伸着的腿[1]。

美狄亚

直到你做了什么事或到了什么地方?

埃勾斯

直到我回到自己祖先的家[2]。

美狄亚

可是你为什么航行到这地方来呢[3]?

埃勾斯

因为有一位庇透斯,他是这特罗曾地方的王[4]。

美狄亚

据人们说,佩洛普斯的这个儿子十分虔诚。

埃勾斯

我想把神的预言告诉他[5]。

美狄亚

是的,他是个聪明人,精通这种事情。

---

① 古希腊的酒囊是用整张羊皮做的,颈部和四条腿用绳子扎住,贮酒和倒酒时把一条腿的绳子松开。

② 整个预言的意思是叫埃勾斯在回到家里之前不要接近女人。

③ 埃勾斯本可以从陆路回雅典,现在绕道走海路是为了去特罗曾。

④ 佩洛普斯的儿子庇透斯是特罗曾的王。

⑤ 向他请教。

埃勾斯

他是我所有的战友中最亲密的一个。

美狄亚

祝你好运,心想事成!

埃勾斯

你为什么愁容满面?

美狄亚

埃勾斯啊,我的丈夫是所有男人中最坏的。

埃勾斯

你说什么?请把你心里的苦楚明白告诉我。

美狄亚

伊阿宋欺负我,虽然他没吃过我什么苦。

埃勾斯

他做了什么?请你对我说得更明白些。

美狄亚

他另娶了一个妻子,接替我做他家的女主人。

埃勾斯

他真的敢做这恶劣的事?

美狄亚

你不必怀疑:我受到屈辱,虽然曾经被爱过。

埃勾斯

他是沉湎于新欢，还是厌恶你的婚床？

美狄亚

他爱得太深，以至背叛了朋友。

埃勾斯

去他的吧，如果他真像你所说的那么坏①。

美狄亚

他的爱是为了和王室攀上姻亲关系。

埃勾斯

谁把女儿嫁给了他？请把话说完。

美狄亚

克瑞翁，这科林斯地方的国王。

埃勾斯

夫人啊，的确不能怪你悲伤。

美狄亚

我完了，还要被驱逐出境。

埃勾斯

被谁驱逐？你又说出了另一新的罪恶。

---

① 下面文气不连贯，有人以为缺了埃勾斯和美狄亚的两行对话。

美狄亚

克瑞翁把我逐出科林斯国土。

埃勾斯

伊阿宋肯吗？我也谴责这样做。

美狄亚

口头上不肯，心里却愿意。
我作为一个乞援者，
以你的胡须和膝盖恳求你，
可怜可怜我这不幸的人，
别看着我孤苦伶仃被驱逐出去，
接受我到你的国家住在你的宫里。
这样，神灵的顾爱会让你求子之心
得到满足，你自己也死时有福。
你还不知道在这里碰到了一个怎样的好运呢：
我可以结束你无嗣的境况，
使你生孩子；我有这种秘方。

埃勾斯

我有许多理由，夫人，
热心给你帮助，首先为了神，
其次为了你答应我能有子嗣——
在求子这件事情上我正完全束手无策。
我的态度是这样：只要你去到我的国土，
我一定竭力保护你，我有这义务。
但是，夫人，有一点我预先向你声明：
我不想亲自带你离开这地方；
但是，如果你自己去到我的宫里，

你可以安全地待在那里，我不会把你交给谁。
可是你得自己逃离这地方，
因为，我也不想得罪我的东道主。

美狄亚

就这样吧。但是，如果你能就你这些允诺
对我作出保证，我就对你完全满意了。

埃勾斯

你莫非信不过我？或者，心里有什么不安？

美狄亚

我相信你。但是佩利阿斯一家和克瑞翁
都仇视我；有一个誓言约束，在他们要把我
从你的国土带走时，你就不能把我交给他们了；
如果只是口头许诺，不当着神明起誓，
那时你也许会变成他们的朋友，轻易地
向他们的使节让步；我的力量很薄弱，
他们却有财富和王室的高贵门第。

埃勾斯

你的话表明你顾虑太多；
不过，既然你想要这样，我不拒绝。
因为，这样我可以有借口对付你的仇人，
于我最为方便，你的事情也更保险；
现在请你说出来，你要我当着哪些神起誓？

美狄亚

当着大地女神的平原，当着我的祖父太阳神，
把整个神的种族合在一起，向他们起誓。

埃勾斯

起誓做什么或不做什么，你说。

美狄亚

你本人决不把我逐出你的国土，
如果有一个我的仇人要把我从你那里
带走，你也决不许可，只要你还活着。

埃勾斯

当着地神，当着太阳神圣的亮光，
当着所有的神，我起誓谨守你口授的条款。

美狄亚

可以了；可是，如果不遵守这誓约，你愿受什么处罚？

埃勾斯

愿受藐视神灵的人所受的罚。

美狄亚

祝你旅途愉快！好了，一切妥当了。
做完了我要做的事，达到了我的心愿，
我将尽快来到你的城里。

（埃勾斯下）

歌队长

但愿迈亚的儿子，那旅客的保护神，
一路保佑你回到家里，你一心
牵挂的事情能够如愿以偿，
既然在我的心目中

埃勾斯啊,你是个高贵的人。

美狄亚

宙斯啊,宙斯之女的正义之神啊,太阳神的亮光啊!
(向歌队)
女友们啊,我马上就出发,
去光荣地战胜我的仇人。
现在有希望惩罚我的仇人了。
在我最窘困的地方这个人
出现了,是我计划中的避风港,
等我到了帕拉斯的都城和卫城时,
我将把我的船缆牢牢拴在那里。
我将把我的计划向你和盘托出,
可是别指望这些话听了舒服。
我将派我的一个仆人
去请伊阿宋来我面前;
等他到了,我将用温和的口气对他说
“我也愿意这样,这样很好”;说他
与公主的婚姻和他出卖我的行为
“对我们两个都有利,考虑得很正确”;
我还要求让我的这两个孩子留下来。
这样说不是真要把我的孩子们
留在仇人的国土上受他们虐待,
而是为了愚弄公主,好把她杀了。
我要打发孩子们双手捧着礼物,
一件精致的长袍和一顶金冠,
送给新娘,求她不把他们驱逐出境。
如果她收下了这衣帽,一穿戴上身,
她和任何接触她的人都要悲惨地死去;
因为我将把这么可怕的毒药抹在礼物上。

　　关于这事我就说到这里为止。
但是我又为我接下来必须做的
一件事不寒而栗：我要杀了
我的孩子，没有人救得了他们。
等我完全毁了伊阿宋的家，
我就离开这地方，逃避谋杀最亲爱的
孩子，胆敢作出这渎神之事的惩罚。
朋友们，我不能忍受仇人的嘲笑。
算了！我活着还图个什么？没有祖国，
没有家，没有一个逃避苦难的地方。
我错了，那时我离开了父亲的家，
听信了那个希腊人的话；他
马上要受到惩罚了，如果神保佑我。
从今往后他再也见不到我给他
生的孩子活着了，他新娶的妻子
也不会给他生孩子了，既然我的毒药
一定会叫这坏女人悲惨地死掉。
不要有人以为我是个可怜的弱女子，
无所作为，我可是另外一种类型的
女人：对朋友好心，对敌人凶狠。
人这样活着最为光荣。

歌队长

你既然把这事情告诉了我，
我劝你别这样做，我这是
要你好，也为了尊重人间的法律。

美狄亚

不能不这样，你说这话我不
见怪，因为你没有受过我这样的痛苦。

歌队长

可是，夫人，你忍心杀你的两个儿子？

美狄亚

因为，这样可使我的丈夫最为痛心。

歌队长

可是你会成为一个最伤心的女人。

美狄亚

顾不得了。一切阻拦的话都属多余了。

（保姆上）

（向保姆）

你去把伊阿宋找来！
我用你做一切事情都可靠。
如果你对女主人忠心耿耿，自己也是女人，
就别把我的意图有一点点告诉他。

（美狄亚和保姆俱下）

（八）
第三合唱歌

歌　队

（第一曲首节）
埃瑞克透斯自古幸福的子孙，
快乐众神的后代，你们
从这块未被劫掠过的神圣之邦
吸取最光荣的智慧，永远优雅地
走在清明的天宇下，走在
传说金发的和谐女神当年生育
九位贞洁的皮埃里亚文艺女神的地方。
（第一曲次节）
诗人们说唱库普里斯曾汲取
秀丽的克菲索斯河的流水浇灌
这块土地，并向它吹送温馨的轻风。
每当她把芳香的
玫瑰花冠戴到她的长发上，
她便派爱[①]去坐在智慧的身边，
参与每一至善的德行。

---

① 这里“爱”不是指男女之爱，而是指一种趋向真善美的精神。

（美狄亚复上）

（第二曲首节）

因此，这有着神圣河流的城邦，
这庇荫朋友的地方，
怎能接纳你，让你
一个残杀儿子的，不敬神的
女人，和那里的人民住在一起？
这杀子之事你要三思呀，
想一想你要做的是一件怎样的凶杀！
不，凭你的膝盖
我们每一个人都求你，
别杀你的孩子！

（第二曲次节）

你要杀你的孩子，
你的手和心
怎么硬得起来？
你怎么敢干这可怕的事情？
眼睛看着孩子们，
你怎能不为他们
凶死的命运而痛哭？
当他们跪下求饶时，
你不可能铁着心肠
让你的手沾满他们的鲜血。

(九)

第四场

（伊阿宋上）

伊阿宋

应你的召唤我来了；虽然你很恨我，
这恩惠是不会得不到的，我会听听
你对我有什么新的要求，夫人。

美狄亚

伊阿宋，我求你原谅我
说过的话；既然我们曾经
那么恩爱，你应当容忍我脾气暴躁。
我思前想后，这样责怪自己：
“不幸的我为什么要发狂，
为什么要敌视好心好意的人，
为什么要敌视这地方的统治者
和自己的丈夫？你娶这里的公主
是为我好，为了给我的孩子们
生几个兄弟。我为什么不停止愤怒？
众神降福于我，我有什么苦恼？
我不是有我的孩子吗，我不知道

我们是逃亡出来的,缺少朋友吗?”
我这样想想,便觉得自己
非常愚蠢,气愤没有道理。
因此我现在称赞你,认为你为了我们
结婚攀亲做得聪明,我则太傻,
我本应该参与你的这个计划,
帮助实现它,高高兴兴地
站在床边,侍候你的新娘。
我们女人就是这样——我不想说女人坏话——
因此,你千万不要和我们一般见识,
不要用你的幼稚来反对我们的幼稚。
请你原谅,我承认以前糊涂,
但如今思虑周密了些①。
　　啊,孩子们,孩子们,过来,从屋里
　　(孩子们上)
出来,同我一起向你们的父亲致意,
向他告别②,一起忘了往日的怨恨,
与亲人和解,像你们的母亲一样;
因为,我们已经讲和,怒气已经消解。
去握住他的右手;哎呀,苦呀!
　　我忽然想起了那暗中的后事。
啊,我的孩子们,即使你们能活很长时间,
你们也能这样伸出你们亲爱的手吗③?
可怜我多么爱哭,满怀忧虑呀!
我对你们父亲的仇恨终于化解了,
泪水充满我变得温和了的眼睛。

---

① 美狄亚心中的意思伊阿宋是不知道的。
② 美狄亚是存心要杀儿子,伊阿宋则以为是因为儿子要跟着母亲出去流亡。
③ 暗指伊阿宋死后没有儿子在他的坟前伸手告别。

歌队长

我眼里也流出了晶莹的泪水，
但愿不会有比眼前更大的苦难。

伊阿宋

我称赞你这态度，夫人，往事我不见怪；
因为，一个女人为丈夫另娶妻室
而对他生气是一件很自然的事。
你的头脑变得会思考了，
你变得善于下决心了——虽然迟了点
——一个聪明的女人应该这样。
　　孩子们，靠神明保佑，你们的父亲
为你们操心做了许多的事情。
因为，我想，你们还要和你们未来的兄弟
成为这科林斯地方最高贵的人物，
你们只须长大，别的一切你们的父亲
和那些像神一样慈悲的人会安排好的。
但愿我能看见你们进入盛年，
养得健壮，胜过我的仇人。
　　（向美狄亚）
为什么晶莹的泪水沾湿了你的眼睛？
为什么把你苍白的脸转了过去？
为什么听了我的话还不开心？

美狄亚

不为什么，只是想起了这两个孩子。

伊阿宋

现在别担心；我会把他们的事安排好的。

美狄亚

我放心,我相信你的话。
只是我们女人生来眼泪多。

伊阿宋

可怜的人,你为什么为这两个孩子悲哭?

美狄亚

因为他们是我生的;当你为他们祈求活命的时候,
我的怜悯之情油然而生,不知这希望能不能实现。
　　我请你来的话只说了一半,
下面我要对你说另外一半。
既然这地方的王室要把我赶走——
我清楚地知道,我是走的最好,
免得住在这里妨碍你妨碍这地方的
统治者,因为,他们把我视为仇人——
那好,我这就离开这地方,出去流亡,
可是,孩子呢,我希望你亲手养育他们成人,
你去求求克瑞翁,不要把他们驱逐出境。

伊阿宋

不知道我能不能劝得动他,但一定去试试。

美狄亚

但是你去叫你的新娘求求她的
父亲,不要把孩子们赶出这地方。

伊阿宋

一定;我想,她,我总能劝得动的。

美狄亚

只要她和别的女人一样。
我也帮助你做这件困难工作：
我要给她送去一份礼物，一顶金冠
和一件精致的袍子，我知道，
这是当今世上最美的东西，我要叫
孩子拿去。但是，得让一个侍女
把这衣饰尽快取来这里。
　　（一侍女下）
她的幸福不止一桩，而是无数，
既得到了你这最好的男人做丈夫，
又得到了这衣饰，当初我的祖父
赫利奥斯传给他后人的宝物。
　　（侍女携一盒子复上）
孩子们，两手捧着这结婚礼物，
拿去送给公主，那幸福的新娘，
她不会轻视这礼物不接受的。

伊阿宋

啊，呆女人，为什么要让它们从你手里失去？
你以为王宫里缺少袍子或黄金之类的
礼物？自己留着，别把它们给了人。
我知道得很清楚，如果我的妻子看重我，
她会把我的价值看得高于一切财物。

美狄亚

别这么说。俗话说，礼物能使神听话；
黄金收买人胜过言语无数；
她的命好，如今神又在给她添福；

她年轻,又是女王;为了我的孩子免遭放逐,
我愿献出我的性命,别说只是点黄金。
　　现在,孩子们,去到富裕的王宫,
见你父亲的新娘,我的女主人,
向她祈求,求她别把你们逐出这地方。
呈上我的衣饰——这事最是要紧——
要把这些礼物交到她的手里。
你们赶快去！愿你们成功,
给你们母亲带回她渴望听到的好消息。
　　(伊阿宋偕两子下)

(十)
第四合唱歌

歌　队

　　(第一曲首节)
到此我已经不再指望孩子们活着了,
不再指望了;他们正在向死亡走去。
这不幸的新娘将接受,将接受
这致命的金冠;
她将亲手把这死神的饰物
戴到她金发的头上。
　　(第一曲次节)

那袍服和金冠的非人间的优美和光辉
将诱使她穿戴它们;这一穿戴
她就立刻要到冥间去做新娘了。
这可怜的女人将坠入这陷阱,
遭到死亡的命运;
但是她无法逃脱毁灭。

（第二曲首节）

啊,你这不幸的人啊,
你这和王室结亲的不幸新郎啊,
你在不知不觉中断送了
儿子们的性命,
给你的新妇带来了可怕的死亡。
不幸的人啊,你正在从幸福坠入怎样的厄运呀!

（第二曲次节）

孩子们不幸的母亲啊,
我再来悲叹你的受苦。
你竟为了丈夫另娶新娘
违法地抛弃你
和另一个妻子住在了一起,
而要杀害两个儿子!

（十一）

第五场

（保傅偕两孩子上）

保　傅

我的女主人，你的两个孩子不会被驱逐了，
公主新娘已经高高兴兴亲手接受了你的
礼物；孩子们可以在宫里和平地生活下去了。
呀！
运气好转了你为何站在那里惊慌？
为何把你的脸转了过去，
听了我的话还不开心？

美狄亚

哎呀！

保　傅

这叹声和我的消息不谐调。

美狄亚

我还要再叹一声“哎呀”。

保　傅

我是不是报告了什么坏事情
还不知道,还误以为它是好消息?

美狄亚

你没有误会,我不怪你。

保　傅

可你为何垂着头,还流着泪?

美狄亚

我不得不这样,老人家;因为神明
和我都心怀恶毒[1],定下了这主意。

保　傅

你放心,你的儿子还会把你接回来的。

美狄亚

我这不幸的人在这之前要把他们送到别人家里去[2]。

保　傅

和孩子离别的并非只有你。
是凡人就得顺从地忍受苦难。

美狄亚

我将这样做。你进屋去,

---

① “心怀恶毒”原文也可以理解为“头脑愚蠢”,下一行可见保傅就是后一理解。

② 美狄亚心里想的是送到下界去,保傅理解美狄亚是说要把孩子送到公主家去或送回伊奥尔科斯去。

为孩子们准备日用必需的东西吧。

（保傅下）

孩子们，孩子们啊，你们还有一个城邦，
还有一个家，离开不幸的我住在
这里，永远没有了母亲。
我在享到你们的福并且看见你们幸福之前，
在为你们装饰婚床、新房，
高举火炬迎娶新娘之前，
现在就要被驱逐流亡他乡了。
哎呀，我呀吃了太任性的苦，
因此，孩子们啊，我白白养育了你们，
白白地吃了苦，白白地受了累，
白白地忍受了生孩子的阵痛。
哎呀，可怜我曾经对你们存过
很大的希望，指望你们给我养老，
我死了你们亲手好好装饰我的尸身，
这是凡人所渴望的；但如今这美梦
全破灭了，因为我失去了你们，
要在痛苦和悲凉中度过我的一生了。
你们也不再能用亲爱的眼睛望着
你们的母亲，要去过另外一种生活了。
哎呀，孩子们，你们为何瞪大眼睛看我？
为何向我作最后的一笑？
哎呀呀！我怎么办？一看见孩子们
明亮的眼睛，朋友们，我的心就软了。
我不能，我要打消先前的
计划；我要把我的孩子们带走。
为什么我要用伤害他们叫他们的
父亲伤心，并且使自己双倍地痛苦呢？
我一定不能。我要打消我的计划。

不过,不过,我这是怎么啦? 难道我想
让我的仇人逃脱惩罚,招来嘲笑吗?
这事必须勇敢。不能胆怯,不能
让我的心禁不住产生怜悯。
　　孩子们,进屋去吧!
　　(两个孩子下)
　　凡不应当参加我这献祭的人
主动走开①! 我决不让我的手颤抖。
　　(自言自语)
　　哎呀呀! 我的心呀,别,别这样!
可怜的人啊,你放了孩子们,饶了他们吧!
即使不和你在一起,他们活着你的心也能得到安慰呀。
不,凭那些住在冥间的复仇神起誓,
不,决不能这样,我不能把我的孩子们
交到我的仇人手里去受他们侮辱。
[无论如何,他们必须死;既然必须,
他们是我生的,我有权利杀了他们。]
无论如何,这是注定了的,在劫难逃。
并且,我有把握,那新娘公主
已经戴上金冠穿上袍子,死了。
是的,我正在走上一条最不幸的路,
还要送他们走上一条更不幸的路②,
我想和孩子们这样告别说:“啊,孩子们,
伸出你们的右手让母亲吻一吻!
啊,最亲爱的手,我最觉亲爱的嘴,
你们高贵的体形和容貌啊!
我祝你们好运! 但要在别的地方了;

① 这是祭祀开始时常用的一句话。这里是美狄亚叫歌队的妇女不要阻止她杀子。
② 美狄亚自己走一条逃亡的路,送孩子们走一条死亡之路。

这里的幸福全被你们父亲剥夺了。
啊,甜蜜的吻,娇嫩的面颊和温馨的呼吸!
别了,别了!我的眼睛不忍再看你们了。”
——我被痛苦战胜了。我虽然意识到
我要做的是一件多么罪恶的事情,
但是愤怒,这人类罪行的最大根源,
已经战胜了我健全的思想。

歌队长

我也曾多次探讨过
不是女性所能研究的微妙问题,
不是女性所能参加的严肃论辩;
须知,也有一位缪斯
和我们交游,教我们智慧;
虽然不是所有的女人,但是少数——
你或许只能在许多人中找到一个——
女人不是没有智慧的。
　　我认为凡人中
那些全然没有经验
从未生过孩子的人
远比做了母亲的人幸运。
那些没有孩子的人
因为不知道养育孩子
对于做父母的是甜还是苦,
倒省了许多烦恼;
而那些家里有可爱的
孩子作后代的人,我看见
他们一生操心发愁:
首先是怎样把孩子培养好,
其次是怎样给他们留下生计,

除此之外他们还不清楚，
他们辛苦养育的
孩子将来是好是坏。
凡人还有一种最大的灾难
在这里我也要提一提：
假定他们被看到生活富足，
他们的孩子已长大成人
并且品行端正；但是，
如果运命注定，死神光临，
把孩子们的身体带去冥间；
这样，除了别的痛苦，
神明还要给凡人加上
丧子这最大的痛苦，
这对于他们又有什么好处呢？

美狄亚

朋友们，我已经等了很长时间了，
急切地想知道宫中的事情怎样了。
看！我看见伊阿宋的一个仆人
往这里来了；他那上气不接下气的样子
表明他要报告什么新的坏消息。
（报信人上）

报信人

美狄亚，你这干下了可怕的事情
犯了法的人啊，快逃吧，快逃吧！
快找一只船出海或找一辆车驶过平原吧！

美狄亚

发生了什么值得我逃走的事情？

报信人

公主刚才死了,她的父亲
克瑞翁也被你的毒药害死了。

美狄亚

你报告了最好的消息,从今往后
你就是我的恩人和朋友了。

报信人

你说什么?夫人,你害了国王一家,
听了这消息不但不怕,还高兴,
你头脑还健全吗?或是疯了?

美狄亚

我自有道理答复你的疑问;
别急,我的朋友,请先告诉我,
他们是怎么死的;如果他们死得
很惨,你便给我带来了双倍的快乐。

报信人

当你的两个孩子跟着父亲
去了,并且进了结婚的新房时,
我们这些同情你的不幸的仆人
都很高兴,因为宫中传遍了消息,
说你和你的丈夫和解了以前的争吵。
有人吻孩子们的手,有人吻他们的
金发;我自己也一高兴

跟着孩子们一起进了新房[1]。
如今那位代替你受我们敬畏的女主人,
在还没有看见你的两个孩子之前
向伊阿宋投去了多情的目光;
但随后放下了眼睛前的面巾,
转过了变白的面孔,表示厌恶
两个孩子的进去;这时你的丈夫
为了化解新妇的愤怒和怨气
说道:“啊,别对你的亲人怀抱敌意,
止住你的愤怒回过头来,
把你丈夫承认的亲人视为你的亲人,
收下礼物,转求你的父亲,
看我的情面,别把这两个孩子放逐出去。”
她一看见衣饰,忍不住
完全答应了丈夫的请求;你的孩子
和他们的父亲离开王宫还没走多远,
她便拿起绣花的锦袍穿到身上,
又把那黄金的美冠戴到头上,
对着明亮的镜子理理她的头发,
看着她那懒洋洋的[2]身影笑了。
然后她从座位上站起来,移动
洁白的脚,愉快地在房里踱来踱去,
对礼物十分满意,频频
踮起脚尖上下打量自己。
　　但这时一个可怕的景象接着出现了:
她忽然脸色变白全身发抖,

---

① 妇女居住的内室当时是不许别的男人进去的。报信人这里要交代一下他是怎么进去的,好报告他在新房里看见的一切。

② “懒洋洋的”一词本意“没有生命的”,暗示她临近死亡而不自知。

转身向后，勉强倒在了
座椅里，差点跌到了地上。
身边的一个老妈子先以为
这是潘神或某一位别的神
偶然地发怒了，便大声祈祷起来；
后来看见她口吐白沫，
眼珠子向上翻，脸上没了血色，
于是尖声惊叫起来，不再祈祷了。
立刻一个女仆奔往她父亲的宫中，
另一女仆奔向她新婚的丈夫，
报告新娘的灾祸；整个
王宫里回响着往来奔跑的声音，
大约一个跑得快的运动员在六百
希腊尺的跑道上跑完一个来回的时间①，
那可怜的女人便从闭目无声的状态
苏醒过来，发出可怕的呻吟，
因为两个痛苦在向她进攻。
一是戴在她头上的金冠
冒出惊人的毁灭的火焰；
二是你的孩子们赠送的那精美的袍子，
撕食着这不幸女人的娇嫩的肌肤。
她被火烧着，从座椅上站起来逃跑，
往这边那边地摇动她头上的长发，
想抖落那金冠；可是这金冠
箍得很紧，抖不落，每当她摇动
头发时，那火焰便加倍地旺了起来。
她终于被灾祸战胜了，倒在了地上，

① 希腊人运动场跑道是一条直线，竞走或赛跑时在这条直线（六百希腊尺，约相当一百八十四米）上跑一个来回。

除了她的父亲外谁都认不出她来了，
她的目光已经失去了庄重的平静，
她的面貌失去了优雅，血和火
混在一起从头顶上往下流，
她的肌肉正像松脂从松树上流出来一样
被看不见的毒药从骨骼间融化吸去，
情景真是可怕；大家都怕去接触这死尸，
因为发生的情况就是对我们很好的警告。
这时她不幸的父亲——还不知道这灾祸——
突然跑进房来，跌倒在了她的尸体上；
他当即惊叫起来，抱住她的尸体
吻她，并且嚷道："啊，可怜的孩子，
是哪一位神灵毁了你，使你这么丢脸？
是谁使我这行将就木的老人失去了你？
哎呀，我的女儿，让我和你一起死了吧！"
他等停止了痛哭和悲叹
想站起他老迈的身躯时，
竟粘在了那精致的袍子上，
像常春藤缠在了月桂树上一样。
一场可怕的角斗出现了：一个挣扎着
想站起来，一个却胶住他不放，
他一使劲拉，便把老肉从骨骼上撕裂下来。
最后这不幸的人也断了气，死了，
在痛苦的海洋中沉没了。
女儿和老父亲的尸体躺在
一起，这灾祸真叫人禁不住流泪。
　　你该做的事我不替你考虑；
你必须自己想出办法来逃避惩罚。
这不是第一次了，我把人生视为幻影，
我不怕说，那些看似聪明的人

和那些能说会道的人
会受到最大的惩罚①。
因为，凡间的人没有一个是快乐的；
也许滚滚而来的财富能使有的人
比别人走运些，但他也不能快乐。
（报信人下）

歌队长

我看神灵要在今天里公正地
叫伊阿宋遭受许多苦难了。
啊，克瑞翁的女儿，不幸的人啊，
我们多么怜悯你所受的苦难，
为了和伊阿宋结婚你命丧黄泉②。

美狄亚

朋友们，这事情已经决定：我要立即
杀了我的孩子们，然后逃离此地，
决不耽误时机，让孩子们
落到别人手里，遭到更残忍的杀害。
无论如何，他们必须死；既然必须，
他们是我生的，我有权利杀了他们③。
我的心啊，硬起来！我为何迟疑，
不去做那必须做的可怕的坏事情？
来吧，我这不幸的手啊，拿起短剑，
拿起剑，到你生命的痛苦起点上去，
别畏缩，别想起孩子们

---

① 以上三行（1225—1227）被疑为后人混入的。
② 这三行（1233—1235）有人主张删去。
③ 这两行（1240—1241）与 1062—1063 两行完全相同，有的译文删掉。

多么可爱,你怎样生了他们;不,在这
短短的一天之内你暂且忘了你的孩子们,
日后再哀悼他们吧。因为,虽然你要杀他们,
他们还是你的心肝宝贝——我真是个苦命的女人啊!

(美狄亚下)

(十二)

第五合唱歌

歌　队

(第一曲首节)

女神盖亚啊,赫利奥斯,
照亮万物的阳光啊,在她
向两个儿子伸出她凶杀的手之前,
请向下注视着,注视着这该死的女人!
须知,他们是你黄金种子的后代,
如今神裔面临着
被凡人杀害的危险。
啊,不,来自宙斯的天光啊,
制止她,挡住她!把这个被恶鬼
驱使的,可怜的,嗜血的复仇者,
从家里赶出去!

(第一曲次节)

啊,曾经穿过那深蓝色的撞岩,
通过那最不好客的[1]海口的女人啊,
你白受了分娩的阵痛,
白生了两个亲爱的孩子。
可怜的人啊,为什么
强烈的愤怒冲击着你的心,
并且变成了凶残的谋杀?
杀害亲人的血流到地上造成的
污染对于凡人是很严重的,与此
相应的灾祸会从神降落到你的家里。

孩子甲(自内)

哎呀!我怎么办呢?往哪里我能逃脱母亲的手?

孩子乙(自内)

最亲爱的哥哥啊,我不知道;我们要死了。

歌　队

(第二曲首节)
你听见孩子们的叫声吗?
伤心呀,不幸的女人啊[2]!
我要不要进屋去?我觉得要
把孩子们从谋杀中救出来。
(敲门)

孩子甲(自内)

看在神的分上,救救我们!我们需要。

---

① 黑海古时称不好客海,因为沿海居民有杀外来人祭神的习俗,又说是因为黑海风浪大而得名。

② 指美狄亚。

孩子乙（自内）

我们已处在被剑刺死的危险中。

（屋内寂静下来）

歌　队

不幸的人啊，你真是心如铁石，
竟杀了你自己生的孩子，
亲手给了他们这样的命运。

（第二曲次节）

我听说古时候有过一个女人——也只
一个——对自己亲爱的孩子下过毒手；
她就是伊诺；当宙斯的妻子把她
赶出家去流浪时，诸神使她发了狂①。
那可怜的女人因了杀子之罪
跳了海，
从海边的陡岩上跳下去，
和她的两个儿子一起死了②。
还有什么比这更可怕的事呢！
啊，女人多苦的婚床啊，
你曾给凡人带来了多少的灾难呀！

① 1284—1285 这两行，学者们认为可疑。神话中伊诺并没杀子，只说是因为她抚养了酒神狄奥倪索斯，神后赫拉对她生气，使她的丈夫发狂，杀了她的一个儿子，她带了另一个儿子跳海自杀。

② 1288—1289 这两行诗，学者们认为可疑。

（十三）

退　场

（伊阿宋偕仆人们上）

伊阿宋

你们这些站在屋前的女人啊，
那个做了这可怕事情的美狄亚
还在这家里呢还是从这里逃跑了？
因为，她如果想免遭王室的报复，
就得把自己藏入地下，
或者身上长出翅膀飞到空中去。
她既杀害了这地方的国王和公主，
还想能逃出这家不受惩罚吗？
但是我不是关心她，是关心儿子们；
那些吃了她苦头的人自然会给她苦头吃的，
我是来救我儿子们的性命的，
担心死者的亲属对他们下手，
报复他们母亲渎神的凶杀。

歌队长

不幸的人啊，你还不知道你遭了多大的灾难呢，
伊阿宋啊，不然你就不会说出这番话来了。

伊阿宋

什么灾难？难道她想杀我？

歌队长

孩子们死在他们母亲的手里了。

伊阿宋

哎呀，你说什么？女人啊，你要了我的命了。

歌队长

你可以相信，你的孩子们已经不在人世了。

伊阿宋

她是在哪里杀的，屋里还屋外？

歌队长

把门打开你将看见孩子们的尸首。

伊阿宋

仆人们，赶快下门闩
拔插销，让我好看见双重的灾难，
孩子们的尸首和她——我要杀了她！
（美狄亚带着两个孩子的死尸乘龙车出现于空中）

美狄亚

你为什么敲打和撬开这大门，
寻找两个死人和我这凶手？
别费劲了！如果你对我有要求，
那么你说想要什么，但你的手永远碰不到我。

我的祖父赫利奥斯赠给了我
这样一辆龙车,好避免敌人的毒手。

伊阿宋

啊,可恶的东西,啊,你这为众神
和我和全人类最痛恨的女人,
敢于用剑刺杀你自己生的孩子,
也害了我,使我绝了后代;
你做了这样一件最为渎神的事情之后
竟还敢于看着太阳和大地。
死了你吧!我当初把你从你的家里
从那个野蛮之地带到一个希腊的家里来住,
真是糊涂,我如今才明白,你是个大害,
是你父亲和那个养育你成人的地方的叛徒。
众神把对你的诅咒加到了我的头上,
因为你在登上我们船头好看的阿尔戈号之前,
就在你的家里杀害了你的兄弟。
这就是你罪恶的起点;然后你
嫁给了我做妻子,给我生了孩子,
又为了婚床之争杀害了他们。
没有一个希腊女子曾经敢
这样做过,我却把你看得比她们好,
娶了你,结了一个仇恨的婚姻,害了自己。
你是一头母狮,不是一个女人,
天性比提尔塞尼亚的斯库拉还凶残①。
但是,无论用多少辱骂我也不能

① 提尔塞尼亚是第勒尼亚的别称,即意大利中部的伊特鲁里亚。斯库拉是意大利南端海边石洞中吃人的妖怪,见荷马《奥德赛》。这里大概是诗人故意把地点搞错,表示伊阿宋气糊涂了。

伤你一点点;因为你生来心硬;
啊,你这杀害儿子的作恶者,愿你死掉!
现在我要悲叹我自己的不幸命运了,
我再不能享受新婚的快乐,
也不会有我生下并养大的孩子
活着和我诀别了①,我失去他们了。

美狄亚

对你的这番话我本来或许要作
长篇的反驳,但是父神宙斯清楚,
我对你怎样,你又对我怎样。
你并不是一定要鄙视我的婚姻权利,
在嘲笑我中过你快乐生活的,
那位公主和那个使你二次娶妻的克瑞翁
也不是一定要把我从这里驱逐出去自己不受惩罚的。
因此,只要你高兴,你尽管把我叫作母狮
甚至住在提尔塞尼亚地方的斯库拉吧!
反正你的心已经活该地被我刺痛了。

伊阿宋

可是你也悲伤,这苦难你也有份。

美狄亚

的确是的;但是,知道你不能嘲弄我,就减轻了我的痛苦。

伊阿宋

孩子们啊,你们碰上了一个多么坏的母亲呀!

---

① 或意译“活着给我送终”。

美狄亚

孩子们啊,你们父亲的色欲毁了你们!

伊阿宋

杀他们的怎么说也不是我的手呀!

美狄亚

是你的无礼和你新结的婚姻!

伊阿宋

你认为为了我的婚姻就有理由杀他们吗?

美狄亚

你认为这对做妻子的是一个小伤害吗?

伊阿宋

对于一个能自制的女人来说,是的;可是在你的眼里就整个是坏的。

美狄亚

他们不在人世了:这将直戳你的心。

伊阿宋

哎呀,他们是你头上的两个冤鬼。

美狄亚

神明知道是谁先害人的。

伊阿宋

众神确实知道你那颗可恨的心。

美狄亚

你一样可恨，但我厌倦你这张毒嘴了。

伊阿宋

我也厌倦你了；分开是不难的。

美狄亚

怎么分开法？要我做什么？我也很想走了。

伊阿宋

让我埋葬这些尸体，哀悼他们。

美狄亚

这不行，因为我要用我的手埋葬他们，
把他们带到守望海岬的赫拉圣山上去①，
不让任何仇人侮辱他们，
破坏他们的坟墓。日后我将给这
西绪福斯的土地增加一个隆重的
节日和祭典，偿还我这渎神的血债。
我自己要去埃瑞克透斯的国土，
和潘狄昂之子埃勾斯住在一起。
你则恶人有恶报，不得好死，
你的头将被阿尔戈残船压碎②，
在看见了这新婚的悲惨结局之后。

伊阿宋

愿孩子们的复仇神和惩罚凶杀的正义女神

---

① 在科林斯城对面的海边有一小山，山上有赫拉神庙。

② 伊阿宋活了很多年龄，后来果然如美狄亚预言的那样死在了阿尔戈号破船下。

毁灭了你！

美狄亚

哪个神灵会倾听你
这个破坏誓言和主客[1]之道者的祈祷？

伊阿宋

呸，一个该死的东西，杀子的凶手！

美狄亚

回家去埋葬你的妻子吧！

伊阿宋

我失去了两个儿子回家去！

美狄亚

还不是你哭的时候，等老了再哭吧！

伊阿宋

最亲爱的孩子们啊！

美狄亚

他们是母亲亲爱的，不是你亲爱的。

伊阿宋

那你为何还要杀了他们？

---

① 指在希腊伊阿宋有保护美狄亚的义务。

美狄亚

叫你伤心。

伊阿宋

哎呀！痛心的我
想吻一吻孩子们亲爱的嘴唇。

美狄亚

现在你想向他们致辞，给他们送别，
当初却要驱逐他们。

伊阿宋

以神的名义我求你
让我摸摸孩子们娇嫩的身体。

美狄亚

不行，你这是白费唇舌。

伊阿宋

宙斯啊，你听见这话了吗，听见我
怎样被赶走，从这可恶的杀子
母狮吃到怎样的苦吗？
（向美狄亚）
可是我还是要尽我所能
为他们唱挽歌，并且请神明
作证，证明你杀了我的两个儿子，
阻碍我用手抚摸他们，
埋葬他们的尸体，
但愿我从未生下他们，

今天看见他们死在你的手里！

（美狄亚乘龙车飞走，伊阿宋偕仆人们下）

歌队长

宙斯在奥林波斯分配无数的命运。
神做出的事情很多出乎人的意料：
期待的事情没做成，
没指望的事情神却找到了办法；
这里事情的结局就是这种。 1419

特洛伊妇女

欧里庇得斯 著

张竹明 译

场次

8 第三合唱歌

第1060—1117行

9 退　场

第1118—1332行

人物

波塞冬

海王神

雅典娜

宙斯之女

赫卡柏

特洛伊王后，赫克托尔和帕里斯的母亲

塔尔提比奥斯

希腊军队的传令官

卡珊德拉

普里阿摩斯和赫卡柏的女儿

安德洛玛刻

赫克托尔之妻

墨涅拉奥斯

斯巴达国王，阿伽门农的兄弟

海伦

墨涅拉奥斯原妻

歌队

特洛伊女俘组成

无台词人物：

阿斯提阿那克斯

赫克托尔和安德洛玛刻的儿子

士兵、侍从各数人，特洛伊女俘数人

地 点

特洛伊城下希腊军营

时 间

特洛伊战争结束后

（一）
开　场

（赫卡柏睡在一帐篷前地下。波塞冬上）

波塞冬

我波塞冬离开爱琴海的深处——
涅瑞斯的女儿们踏着美妙的脚步
在那里轻歌曼舞——来到这里。
自从福波斯和我圈了一片
特洛伊的土地，用笔直的铅垂线
筑起一座石城①，我对这弗律基亚人
城市的一片好意便从未消失；
如今它被焚毁劫掠，毁灭在
阿尔戈斯人的干戈下。那名叫
埃佩奥斯的福基斯人，从帕尔那索斯山来，
用帕拉斯的技艺设计制造了
一匹内藏武装战士的木马，
送进城里②，带来了毁灭的灾星；

① 神话传说，特洛伊城墙是波塞冬和阿波罗建造。

② 埃佩奥斯是“特洛伊木马”的设计制造者。帕拉斯·雅典娜是智慧女神，各种生产技术的教导传授者。“送进城里”自然是“丢给特洛伊人拖进城里”。

由此后人将称它为
暗藏戈矛的木马。
　　圣林荒废，神庙淌血，
普里阿摩斯被人杀了，
倒在他家的宙斯祭坛脚下。
无数的黄金和弗律基亚人的盔甲
被搬到阿开奥斯人的船上，
这些来攻打这城市的希腊人
正在等着顺风，好在出征十年之后，
高高兴兴地回去看望自己的妻小。
　　敌不过阿尔戈斯人的女神赫拉，
还有雅典娜——她们都反对弗律基亚人——
我要离开这著名的伊利昂和我的祭坛了；
因为，一个城市既已遭到可怕的荒废，
便也香火冷落，无人敬神了。
斯卡曼德罗斯河岸上回响着阵阵哭声，
当女俘们被抽签分配给她们的主人时。
她们有的分给了阿尔卡狄亚人，有的分给了特萨利亚人，
雅典人的将领，提修斯的两个儿子，也抽得了女俘，
那些特地挑选出来保留给大军统帅们的
特洛伊女人住在这里这些帐篷里，
那廷达瑞奥斯的女儿，斯巴达的海伦，
也和她们在一起，被正当地视为一个俘虏。
　　如果有人想看见那不幸的赫卡柏，
他可以看见她正躺在大门口，
为了很多的伤心事流了很多的眼泪；
虽然她还不知道她的女儿波吕克塞娜
可怜地死在了阿基琉斯的坟头，
老普里阿摩斯死了，她的儿子们也死了；
还有那疯狂的少女卡珊德拉——阿波罗王

让她保留着童贞①——阿伽门农
竟无视神意不虔敬地强奸了她。
　　别了，你，繁荣一时的城市！别了，你，
凿石砌起的城墙！若不是宙斯之女
帕拉斯把你毁了，你会仍然立在你的地基上。
　　（雅典娜上）

雅典娜

我可不可以化解过去的敌意，
同我父系最亲的亲戚，神中
受敬的大神交谈几句？

波塞冬

可以，女王雅典娜，亲族的纽带
在人们心上造成的亲情是不可小看的。

雅典娜

我赞美你宽容的胸怀；啊，海上之王啊，
我要和你说的话对你我都有关系。

波塞冬

你是不是从神们那里带来了什么新言语，
从宙斯，或从某位天神？

雅典娜

不；是为了特洛伊，我们下方的这个城，
我来求助于你的威力，把它同我的威力加在一起。

---

① 卡珊德拉是阿波罗的女祭司，在疯疯癫癫的状态下代阿波罗发布预言。

波塞冬

莫非你抛开了先前的敌意,
如今怜悯它毁在了兵火里?

雅典娜

我先问你:你是否愿意和我合作
帮助我干一件我想干的事情?

波塞冬

非常愿意;但是我想知道你的意图;
你来帮助阿开奥斯人还是弗律基亚人?

雅典娜

我要叫我先前的仇敌特洛伊人高兴,
给阿开奥斯人大军一个痛苦的归程。

波塞冬

你为何这样喜怒无常,
恨得过分,爱得随便?

雅典娜

你不知道我和我的庙宇受到侮辱吗?

波塞冬

我知道埃阿斯从你那里强行拖走了卡珊德拉[1]。

---

① 荷马史诗里有两个埃阿斯,一个叫大埃阿斯。一个叫小埃阿斯。

雅典娜

没有哪个阿开奥斯人惩罚他或责怪他。

波塞冬

况且他们还是凭了你的力量攻下伊利昂的。

雅典娜

因此我想在你的帮助下给他们点厉害看看。

波塞冬

你想做什么我都准备帮忙。但你到底要做什么?

雅典娜

我想给他们一个痛苦的归程。

波塞冬

在他们还待在这陆地上时还是等他们到了大海上?

雅典娜

等他们离开伊利昂航行还乡时。
那时宙斯将降下大雨和可怕的冰雹,
从空中吹来天昏地暗的风暴,
他还答应给我霹雳闪电,
击毙阿开奥斯人,烧毁他们的船只。
　　你呢,也请在爱琴海的航路上卷起
怒吼的波涛和旋转的水流,
用死尸填满尤卑亚的海湾,
让阿开奥斯人以后知道
敬畏我的圣殿,也尊重别的神道。

波塞冬

不成问题：帮这点小忙一句话；
我将使无边的爱琴海波涛汹涌。
米科诺斯的海滩，得洛斯的崖岸，
还有斯库罗斯、利姆诺斯和卡菲瑞斯①
海岬将布满成千上万的死尸。
　　你就去奥林波斯，从父神手里
取来霹雳闪电吧，等候
阿尔戈斯军队解缆起航。
　　凡间的人真是愚昧，他们攻掠城市，
给神庙和坟墓——死人的圣所——
种下荒凉，日后自己收获毁灭。

（下）

（二）

进场歌

（赫卡柏渐渐醒来）

① 这里列举的岛屿除利姆诺斯在爱琴海北部外，其余都在爱琴海中部。得洛斯岛是著名的阿波罗和阿尔忒弥斯的出生地。

赫卡柏

（第一曲首节）
啊，不幸的人，从地下抬起你的头，
抬起你的脖颈；这已经不再是
特洛伊，我们也不再是特洛伊的王族了。
命运变了，你得忍受；
顺着水势行船，顺着命运行走，
切不可掉转生活的船头
顶着命运的风浪航行。
哎呀！哎呀！
祖国亡了，丈夫和儿子们死了，
我这苦命的人怎能不哭？
啊，祖上的至尊高贵呀，你蜷缩了，
简直消失得无影无踪。

（第一曲次节）
什么我应该沉默，什么应该说？
什么我应该哀伤？
可怜我竟躺在这里
伤心，伸开四肢睡在
这坚强的地铺上。
哎呀我的头，哎呀我的太阳穴，
哎呀我的腰，我只好辗转反侧，
时而转向这边时而转向那边，
好让背心和脊骨得到休息，
同时不停地咏叹我伤心的歌。
对于不幸的人音乐就是
叹唱伤心的哀歌。

（第二曲首节）
啊，你们这些船，

挥动飞快的桨
在可怕的笛音里,
在双管的尖声里[1],
沿着有良港的希腊海岸
航过深蓝的大海,
来到神圣的伊利昂,
用埃及的纸草缆绳[2],
哎呀呀,系在特洛伊的海湾里,
前来追回墨涅拉奥斯的逃妻,
那个给卡斯托尔
和欧罗塔斯河
带来耻辱的女人,
她害死了有五十个
儿女的普里阿摩斯,
还把我苦命的赫卡柏
抛进了苦难的深渊。

(第二曲次节)

哎呀,可怜我坐在阿伽门农的
营帐前,坐在这地上。
年纪这么大了我还被拖出家来做奴隶,
在可怜地从头上
剪去了头发志哀的日子里。

啊,手执铜矛的特洛伊人的
可怜的妻子们呀,可怜的闺女们
和不幸的新娘们呀,
伊利昂正冒着烟,让我们痛哭吧!
我正像一只母鸟

① 古希腊人吹奏笛子或双管指挥水手划桨。
② 埃及纸草可以造纸,也可以制成船用缆绳。

在向雏鸟发出悲鸣，
这声音不再像从前
倚着普里阿摩斯的王杖
领着歌队踏着弗律基亚的舞步
赞颂神明时的歌声了。
（歌队的一半自帐内上）

甲半歌队

（第三曲首节）
赫卡柏，你为何呼唤，为何痛哭？
你的话意味着什么？我在帐篷里
听见你悲痛的哭声。
我们这些特洛伊女人
正满怀恐惧，在里边
悲叹我们遭受奴役。

赫卡柏

啊，孩子，阿尔戈斯人已在船上
握着桨，即将起航了。

甲半歌队

啊，我真不幸啊！他们要干什么？他们真的
要把我装上他们的船带离祖国吗？

赫卡柏

这我不知道，我只猜到大祸临头了。

甲半歌队

哎呀！哎呀！
我们这些不幸的女人马上要听到

受难的命令了:“快从屋里出来!
阿尔戈斯人准备起航回去了。”

赫卡柏

哎呀呀!
可别把那女先知
疯狂的卡珊德拉
从屋里叫出来
受阿尔戈斯人的侮辱,
使我伤心了再伤心呀!
哎呀!
特洛伊,不幸的特洛伊啊,你亡了!
不幸啊,离开你了,
我们这些生者和死者!

乙半歌队

(第三曲次节)
哎呀! 我惊惶不安地离开了
阿伽门农的帐屋,来向你,
王后啊,打听消息:是阿尔戈斯人
打算把我这不幸的人杀了呢,
还是水手们已经解开了缆绳
准备划桨起航了?

赫卡柏

孩子啊,一种恐惧感出现于我
警觉的心,促使我来到这里。

乙半歌队

达那奥斯人已经派来了一个传令官?

我这可怜的女俘给谁去做奴隶？

赫卡柏

你离分配已经不远了。

乙半歌队

哎呀，哎呀！
什么阿尔戈斯人或佛提亚人
将把我带去他的国土或海岛
使我可怜地远离特洛伊？

赫卡柏

唉，唉！
我这苦命的人到什么国土去
给人做一个老奴，
像一只雄蜂[1]，
一具可怜的行尸走肉，
或一座亡人的呆板雕像？
一个尊贵的特洛伊国母，
难道去给别人看守大门
或做人家孩子的保姆？

歌　队

（第四曲首节）
哎呀呀！我又用什么样的话
悲叹我自己要受的屈辱呢？
我再不能在伊达的织机上
投梭织布了。

---

① 雄蜂本喻好吃懒做的人，这里指老年人的行动迟缓。

我最后看一眼儿子们的尸体,
这是最后一次了;我将去受更大的苦,
或被逼迫做一个希腊人的侍妾——
这样的夜间和命运真该诅咒!——
或作为一个奴隶
从佩瑞涅①圣泉里汲水。
但愿我能去那著名的
提修斯的幸福国土。
只求不去有旋流的欧罗塔斯河,
不去可恨的海伦宫中,在那里
做仆人侍候墨涅拉奥斯,
那个毁灭了特洛伊的坏人。

(第四曲次节)

佩涅奥斯河②流域有一个神圣的地方,
那是奥林波斯山麓一块美好的平原,
我听说那是天府之国,
一个五谷丰登的地方。
我若是无缘去提修斯的福地,
求其次但愿能去那个神圣的平原。
还有腓尼基城对岸的那个,
赫菲斯托斯的埃特纳,
西西里的群山之母,我听说那地方
很有名,因它奖励优胜者以花冠③。
我或能在伊奥尼亚海岸
克拉提斯河灌溉的土地上④

---

① 佩瑞涅泉在科林斯。

② 佩涅奥斯河流经奥萨山和奥林波斯山之间入海,是特萨利亚的主要河流。

③ 腓尼基人在北非建的城市指迦太基。西西里的埃特纳火山和它隔海对立,古时这里的运动会很有名。

④ 大概是指意大利南端的平原。古时这里的畜牧业很发达。

找到一个家，它可爱的河水
能把头发染成金黄，
它神圣的流泉滋润着
那哺育英雄的土地，使它有福。
但是看！从达那奥斯人的军中
来了一个传令官，脚步匆匆，
要宣布什么新的命令了。
带来什么口信，他要说什么？
从此我们要做多里斯人的奴隶了。

（三）
第一场

（塔尔提比奥斯偕侍从上）

塔尔提比奥斯

赫卡柏，你知道我作为传令官许多次
从阿开奥斯军中走到特洛伊城里来，
所以，夫人啊，你是早就认识我了，我是
塔尔提比奥斯，这是来传达新的命令。

赫卡柏

啊，亲爱的特洛伊妇女们，这就是我先前害怕的事情。

塔尔提比奥斯

你们已被分配了,如果你们害怕的就是这个。

赫卡柏

哎呀呀!你说我们被分配给特萨利亚、
佛提亚或卡德墨亚[1]地方的某个城邦了?

塔尔提比奥斯

你们各归各的主人,不是分配在一起。

赫卡柏

谁分配给谁了呢?哪一个特洛伊女人
能有好运在等着她呢?

塔尔提比奥斯

我都知道;但请一个个地提问,
别一下子打听全体。

赫卡柏

我那女儿,可怜的卡珊德拉,
请你告诉我,谁分得了她。

塔尔提比奥斯

大王阿伽门农选中了。

赫卡柏

去给克吕泰墨涅斯特拉做奴隶?

---

① 卡德墨亚是忒拜的古称,但忒拜城并未参加特洛伊战争,所以“卡德墨亚”应是指忒拜城所在的地区,即波奥提亚。波奥提亚境内有几个城邦参加了特洛伊战争。

哎呀呀！苦命呀！

塔尔提比奥斯

不，是他偷偷地要她做了床上人。

赫卡柏

什么？她是福波斯的女祭司呀！
那金发之神给了她处女生活的恩典。

塔尔提比奥斯

这姑娘的热情射中了他的爱心。

赫卡柏

我的女儿啊，快丢掉那神圣的钥匙，
快从你身上脱去那神圣的服饰，
从你的头上摘下那神圣的花冠[①]！

塔尔提比奥斯

得到了国王的宠幸不是她莫大的好运吗？

赫卡柏

你方才从我身边抓走的那个女孩怎样了？

塔尔提比奥斯

你是问波吕克塞娜还是别的谁？

赫卡柏

她被抽签分配给了谁？

---

① 这是想象女儿若是在她面前，她要对女儿说的话。

塔尔提比奥斯

她被确定去侍候阿基琉斯的坟墓了。

赫卡柏

天哪！我竟生了一个看管坟墓的奴隶！
不过,朋友,请问这是
希腊人的什么风俗或礼数?

塔尔提比奥斯

你的孩儿交了好运,她有福了。

赫卡柏

这是什么意思？她还看见阳光吗?

塔尔提比奥斯

她有了个归宿,摆脱了痛苦。

赫卡柏

但是,那坚强不屈的赫克托尔的妻子
可怜的安德洛玛刻怎样了？碰上了什么命运?

塔尔提比奥斯

阿基琉斯的儿子得到了她这特选的奖品。

赫卡柏

再说,我这需要用一根拐杖来做第三条腿
支撑这老弱身躯的人又给谁去做奴隶?

塔尔提比奥斯

伊塔卡的王奥德修斯赢得了你做奴隶。

赫卡柏

哎！哎！
让我用手拍打这铰了发的头，
用指甲抓破这两边的脸，
哎，苦呀！
我竟被这可恶的奸诈之徒抽得，
他是正义的仇敌，残忍的狐狸，
他掉动分岔的舌头，
指鹿为马再指马为鹿，
把所有我们原先的朋友变成了我们的敌人。
啊，特洛伊的妇女们，为我痛哭吧！
可怜我堕入了厄运，
苦呀，我遭到了最大的不幸，
哎呀，我完了！

歌队长

你的事情，王后啊，你是知道了，
可是，哪一个阿开奥斯人或希腊人主宰我的命运呢？

塔尔提比奥斯

（向随从们）
伙计们，去，快把卡珊德拉
带来这里，我好把她交到
元帅手里，然后把分配定了的
女俘再分送到别的首领那里去。
呀！为什么里边出现火炬的亮光？
这些特洛伊女人在干什么？烧她们

住过的闺房①,因为要被带去阿尔戈斯
离开她们的国土,她们想要自焚
宁死不走? 实在说,一个自由人
这种处境很难受得了。
开门,开门! 别让她们得逞。
叫阿尔戈斯人不快,害我挨骂。

赫卡柏

不,这不是纵火,是我疯狂的女儿
卡珊德拉急乎乎往这里奔来。

卡珊德拉

将火炬举起来,拿过来给我②,
让我照亮这神殿,敬礼这神明③。
看! 圣殿亮起来了。
啊,许门④,婚姻之神,
新郎有福了⑤,
我也有福,嫁给了
阿尔戈斯的王家。
啊,许门,婚姻之王!
　　母亲啊,你不停地啼哭,
哀悼我的亡父,
悲叹我亲爱的祖国,
我却在这里举行婚礼,
高举火把,

① 指她们的帐篷。
② 卡珊德拉想象自己还在阿波罗庙里做祭司,这话是对想象中的执事人员说的。
③ 神明系指阿波罗。
④ 许门,婚姻之神,是阿波罗的儿子,一个美少年。
⑤ 新郎指阿伽门农。

火光通明，
许门啊，向你致敬。
啊，赫卡忒[1]，也请你放出亮光，
在闺女出嫁时按照习俗，
抬起轻巧的脚步，给歌队领舞！
欢快地高呼："好啊，好啊！"
仿佛祝我父亲福如大海。
这歌舞是神圣的。
福波斯啊，来做领队吧，
我在你庙前的月桂树间虔诚献祭。
啊，许门，婚姻之神！
　　来呀，母亲，参加这歌舞，
跟着我的步伐，抬起你的双脚，
踏着欢快的节拍，这边那边地旋转！
啊，请你们唱一支快乐的婚歌，
赞美婚姻之神许门，
祝我做新娘幸福！
来吧，你们这些衣着华丽的弗律基亚
姑娘，来为我的婚礼歌唱吧，
祝贺我嫁给这命中注定的丈夫！

歌队长

王后啊，快抓住这疯疯癫癫的姑娘，
别让她轻举脚步，走进阿尔戈斯人的兵营！

赫卡柏

赫菲斯托斯啊，为凡人的婚礼点亮火把
是你的职司，但这次你点起的是忧伤，

---

① 赫卡忒为手持火把的夜间女神，这里大概是把她等同于月神了。

远非我的希望。哎呀,我的孩子,
这样的婚礼绝非我所希望:
作为一个女俘,在阿尔戈斯人的矛尖下出嫁!
将火把给我!你这样举着它狂奔不像话,
我的儿啊,厄运没有使你头脑清醒点,
你还是那个老样子,疯疯癫癫。
　　特洛伊妇女们啊,把那松脂火炬拿进去,
别唱她的婚歌了,把它换成痛哭流涕!

卡珊德拉

请把胜利的花冠戴到我的头上,
母亲啊,庆祝我嫁给一个国王。
送我去吧!如果发现我不情愿,
你就强逼我。只要洛克西阿斯在,
那阿开奥斯人著名的王阿伽门农,
娶了我将比海伦的婚姻对他更有害。
我要杀了他毁了他的家,
替我的父亲和兄弟们复仇。
　　关于行动本身我就不说了,我也不提
那要砍我脖子和别人脖子的斧子,
不提我的婚姻将引起的杀母之斗
和阿特柔斯家族的衰败。
　　现在我要说明阿开奥斯人远不及我们这城邦
幸福——我虽然神灵附体,但还头脑
清楚,疯狂还没发作——
他们只为了一个女人,只因了爱神,
为了追回海伦,牺牲了无数生命。
还有他们那智慧的统帅,为了最可憎的东西
丢掉了最珍贵的东西,为那个女人,
为兄弟牺牲了自己和孩子们的天伦之乐。

而那个女人原是自愿出走,并非被劫持离家的。

　　希腊人自从踏上斯卡曼德罗斯河岸起
便相继死亡,并非因他们的国土受到侵占,
也不是因为他们祖国的城池受到破坏,阵亡者
倒在异国的土地上,看不见自己的儿女,
也没有妻子在身边给他穿上送终的衣裳。
家里也出现和兵营里类似的情况:
妻子死时已是寡妇,父母死时家里没有儿子,
白费了养育孩子的辛苦,再没有人祭奠他们,
在他们坟前的地上浇泼鲜血。
他们的军队只配得到这样的赞语。
他们的丑事还是不去说它的好,
他们的罪恶故事我也不想去说唱。

　　但是,特洛伊人,首先,是为祖国而献身,
他们赢得最光荣的名声。一旦倒在
敌人矛尖下,他们的尸体会被战友
抱回家来,安葬在祖国的土地里,
葬礼有必要的亲人亲手为他们料理。
至于那些没有战死的弗律基亚人,
他们终日同自己的妻子儿女住在家里,
阿开奥斯人可没有这样的乐趣。

　　至于赫克托尔和他令人伤心的遭遇,
请听听我的看法。他死了,去了,
但他作为英雄的名声还留在人们心间,
而这都是阿开奥斯人的入侵造成的,
不然他的勇敢便无从表现。
还有帕里斯,他甚至娶了宙斯的女儿,
要不然他就会在家乡娶一门亲默默无闻。

　　凡是明智的人自然应该避免战争,
但是,一旦战争临头,英勇的牺牲

给城邦带来光荣，懦怯给它带来耻辱。
为此，母亲啊，莫为特洛伊悲伤，
也别为我的婚姻难过；我将以我的婚姻
把我和你所憎恨的人灭掉。

歌队长

尽管你笑对自己的灾难，不忧反乐，
你歌唱它，但或许不能证明歌唱的事情可以做到。

塔尔提比奥斯

若不是阿波罗使你神志狂乱，
你用这样的话送我们的将帅
离开这地方，不会不受到惩罚。
　　话说回来，这些以智慧闻名的贵人
一点不比被认为一文不值的人高明。
看，那个全希腊最大的王，
阿特柔斯亲爱的儿子竟迷上了这个
疯狂的姑娘，胜过一切别的女人，
我虽身分低微，也不会看中这样的妻子。
　　（向卡珊德拉）
如今既然你心智不健全，你这番
诅咒阿尔戈斯人赞颂弗律基亚人的话
我让它一阵风吹散了；我们元帅
美丽的新娘，快跟我上船去吧！
　　（向赫卡柏）
至于你呢，等拉埃尔特斯之子想要带走你时，
也跟着去吧。你去侍候一位贞洁的夫人；
所有来到伊利昂的人都是这么称呼她的。

卡珊德拉

这奴才好厉害！这种人为什么叫作“传令官”？
他们原不过是人人憎恨的东西，
暴君和城邦豢养的奴才呀。
（向塔尔提比奥斯）
你说我的母亲将去奥德修斯家里？
如果这样，阿波罗的神谕还有什么威信，
既然它预言——我最明白它的谕意——
我母亲将死在这里？余下的事
我不说啦，它有辱我的母亲[①]。
那命运多磨的人[②]还不知道什么苦难在等着他呢：
到那时他会觉得我和弗律基亚人
所受的苦难简直是幸运。因为特洛伊城下的十年之外
他还得再过十年，才能孤身一人回到自己的家乡……[③]
他要经过一个狭窄的海峡，那里的岩洞里
住着可怕的卡律布狄斯，他将遇见吃生肉的
满山游牧的独目巨人，遇见利古里亚的能把人
变成猪形的克尔克，然后是在苦咸的海浪上
船破落水，遇见爱吃洛托斯果实的人，
碰见太阳神的牛群，它的肉将发出人的吼声，
叫奥德修斯听了毛骨悚然。长话短说，
我只告诉你，他还要活着进地府，他虽能逃过海难，
但一到家里将发现那里有一大堆的麻烦在等着他[④]。

① 赫卡柏后来没有去奥德修斯的家，而是就死在了赫勒斯滂海峡的基诺塞玛海角。一说她是变成一只狗跳进海里淹死的，另一说她是因诅咒希腊人被用石头砸死的，死后变成一只狗。关于赫卡柏的死法，另见《赫卡柏》1259—1273 行。

② 指奥德修斯。

③ 有些学者认为这里有残缺。

④ 这些故事见荷马史诗《奥德赛》。

但是,我有什么必要说奥德修斯的受苦呢?
（向塔尔提比奥斯）
带路,让我尽快去嫁给那地府里的新郎!
啊,达那奥斯人的统帅,别自以为不可一世,
你将被人在黑夜里——不是白天——可耻地埋葬。
我自己也将被杀了,赤身裸体抛弃在峡谷里,
泡在冬天的流水里;身为阿波罗的女祭司,
我将在新郎的坟墓近边给野兽撕食。
啊,你,这神秘的礼物,我最亲爱的神的花环!
啊,别了,往日的快乐!因为我不再主持庙祭了。
去吧!趁还清白时我把这花环从身上扯下,
把它交给轻快的风送还给你,啊,预言之神。
（向塔尔提比奥斯）
你们元帅的船在哪里?我必须走上哪一只?
别再闲逛着等待顺风鼓起船帆,
快把复仇三女神之一的我从这地方带走吧!
别了,母亲,莫再悲伤!啊,亲爱的祖国!
还有你们,我地下的兄弟们,我们的生身父亲,
你们不久就会见到我了;我将胜利地加入鬼魂队伍,
在破坏了阿伽门农的家庭之后;是他毁了我们。
（塔尔提比奥斯带卡珊德拉下）

歌队长

赫卡柏上年纪了;你们这些侍候她的人
没看见女主人倒在地下,不言不语?
还不快去扶她?你们这些没良心的,
就让她倒在那里?快把老人家扶起来!

赫卡柏

多余的帮助终归是多余的,啊,闺女们,

就让我倒在这里吧！因为，从我现在的受苦
以及我受过了和将要受的痛苦看，我都应该倒在地下。
天神啊！——虽然我们呼求诸神并不能得到他们的帮助，
但是每当我们遭到厄运的时候，
呼求神灵不失为一种合适的做法——
首先，我想要唱我往日的幸福，
为当前的不幸博得更大的同情。
我本是一位公主①，嫁给了一位国王，
我为他生育了十分勇敢的儿子们，
他们并非滥竽充数，都是弗律基亚人中的佼佼者；
没有一个特洛伊的、希腊的或东方的妇女
能够自豪地说她生育过这样的儿郎。
然而我目睹了他们倒在希腊人的长矛下，
把我的白发献在了他们的坟上，
我也曾亲眼目睹——并非从别人那里听说——
并且痛哭，他们的父亲普里阿摩斯
被杀在自己宫前的祭坛旁，
亲眼看见特洛伊的陷落。我还生养了
女儿们，总想为她们挑选一门高贵的丈夫，
不料却被抢走了，为敌人生养了她们。
从今而后再也没有希望看见她们了，
也再不能指望得到她们的探望。
　　最后，作为这不幸的顶点，
一个老婆子，我也要到希腊去做奴隶。
主人将把最不适合老年人的工作
强加于我，叫赫克托尔的母亲
管钥匙看大门，或做面包，
要我睡惯了宫床的

① 赫卡柏是弗律基亚国王狄马斯的女儿。一说是色雷斯国王基修斯的女儿。

干瘪了的背睡在地铺上，
叫我这衰老的身体穿上破衣烂衫，
这种与我的高贵身分不符的卑贱衣着。
我已经遭受的和将要遭受的不幸
其根源都是一个女人的婚姻。
我的孩子，参加过众神狂欢歌舞的卡珊德拉啊，
你在怎样的灾难中丧失了童贞呀！
还有你，苦命的波吕克塞娜，你到哪里去了？
我虽然生养了许多孩子，却没有一个儿子
或女儿来帮助我这苦命的母亲。

（向歌队）

你们为何扶起我？我还有什么希望？
给我带路——我从前曾经步履优雅地走在特洛伊的大街上，
如今成了一个奴隶——把我带到一片陡崖边的
草地上，让我在那里哭得声嘶力竭，
滚下去死掉！一个正在交好运的人
在他生时，切莫说他是幸福的。

（四）

第一合唱歌

歌　队

（首节）

啊,缪斯,请你给我
用前所未闻的曲调
唱一支挽歌,流着泪
哀悼伊利昂的灭亡。
须知,我也即将
为特洛伊放声歌唱,
述说那踩着轮子的四脚兽①如何
毁了我,使我成了阿尔戈斯人的可怜俘虏,
因阿开奥斯人把那头戴金辔
腹藏兵甲,移动时隆隆作响的
木马丢在了城门口。
当时站在石寨顶上的
特洛伊人民大声喊道:
“来呀,从此摆脱了苦战的人们啊,
快把这神降的雕像送给
宙斯的亲生女儿伊利昂的女神②去吧!”
于是年轻人全都奔了出来,
老年人也都从家里跑了出来。
快乐地唱着歌,收下了
这害人的礼物,中了圈套。

(次节)

当时全体弗律基亚人
整个种族赶来城门口,
要把用那山上松树做成的
光滑木马——阿尔戈斯人的伏兵
和达尔达尼亚的灾难——献给
那驾驭神马的

---

① 木马脚下装着四只轮子。
② 特洛伊的雅典娜。

从没出嫁的处女神。
人们用粗长的绳索系住木马，
像对付一只黑色的海船一样①，
把它拖到了帕拉斯女神的石建神庙里，
让它站在即将吸饮我们祖国鲜血的地面上。
这时，在人们的劳作和欢乐中
漆黑的夜晚来临，
利比亚的木笛吹响②，
弗律基亚的歌声扬起，
成群的少女踏着优雅的舞步
唱起欢乐的歌。
到后来，家家屋里熊熊的火炬
把它摇曳的阴影投到了
睡眠的眼皮上。

（末节）

当时我也曾绕着闺房
跳着舞，唱着歌，赞颂那
宙斯的女儿，山上的女神③。
突然间，被杀者的叫声
从特洛伊城里的家家户户
传出。可爱的婴儿
用战栗的小手
抓住母亲的袍裙。
战神从埋伏处④——女神
帕拉斯的杰作——冲出。

---

① 古代希腊人常常把船拖过科林斯地峡，从一边的海里翻到另一边的海里。

② 利比亚泛指非洲北部，或专指埃及。

③ 指阿尔忒弥斯，宙斯和勒托的女儿。她是狩猎之神，常活动于山中。又是少女形象，多为闺中少女所崇拜。

④ 指木马。

立刻，弗律基亚人在神坛边被杀，
少年人个个在睡梦中被砍了头，
于是，养育年轻勇士的希腊赢得了光荣，
弗律基亚人的祖国得到了悲哀。

（五）

第二场

（安德洛玛刻携子乘车上）

歌队长

赫卡柏，你看安德洛玛刻
坐在敌人的车上来了，还带着
赫克托尔的儿子，可爱的阿斯提阿那克斯，
孩子依偎在她有节奏地晃动着的胸口。

赫卡柏

苦命的女人啊，你坐着车子去哪里？
你身边堆放着赫克托尔的铜质武器
和从弗律基亚人尸体上剥下的甲胄，
这些东西将被阿基琉斯的儿子从特洛伊
运回去挂在佛提亚的神庙里[1]。

---

① 希腊人常常这样夸耀自己的武功。

安德洛玛刻

（抒情歌第一曲首节）

阿开亚主人要把我带走。

赫卡柏

哎呀！

安德洛玛刻

你为什么哀叹我的

赫卡柏

哎呀呀！

安德洛玛刻

这些悲苦

赫卡柏

宙斯啊！

安德洛玛刻

……和灾难？[1]

赫卡柏

孩儿们啊，

安德洛玛刻

我们不再是你的孩儿了。

---

① 安德洛玛刻的一句问话“你为什么哀叹我的这些悲苦和灾难？”被赫卡柏的悲叹打断两次。

赫卡柏

（第一曲次节）

繁荣昌盛的日子过去了。特洛伊完了！

安德洛玛刻

苦啊！

赫卡柏

我高贵的孩儿们完了！

安德洛玛刻

哎呀！哎呀！

赫卡柏

哎呀！我的

安德洛玛刻

不幸啊！

赫卡柏

可怜的命运

安德洛玛刻

城邦的

赫卡柏

冒着烟的！①

---

① 两人三行话凑成一句："可怜啊冒着烟的城邦的命运！"

安德洛玛刻

（第二曲首节）
快来呀，我的丈夫！

赫卡柏

你在呼唤我的儿子吗？
可怜的人啊，他已不在人间了。

安德洛玛刻

快来保护你的妻子！

赫卡柏

（第二曲次节）
你，阿开奥斯人的灾星，
我和普里阿摩斯所生的长子，儿啊，
快把我带到冥府去吧！

安德洛玛刻

（第三曲首节）
我们的思念无边无际；不幸的母亲啊，我们的痛苦沉甸甸，
我们的城邦灭亡了，神的愤怒在我们的痛苦上
又加上了一重痛苦，都为了你的那个儿子①逃过了死亡；
正是他那该死的婚姻毁灭了特洛伊的城墙。
许多血染的尸体躺在了帕拉斯女神的圣坛边
供鹰撕食；特洛伊于是套上了奴隶的苦轭。

① 指帕里斯。母亲怀他时梦见生下了一个火把，把特洛伊烧了，所以生下他后把他抛入荒山。但婴儿被一牧人收养，成人后又被父母接回家中，引起了神怒。

赫卡柏

（第三曲次节）
啊，祖国！啊，不幸的城邦！永别了，我痛哭。
如今你看见了这悲惨的结局。我还要痛哭
我在里边熬过阵痛生过孩子的家。
啊，我的孩子们，母亲失去了城邦，失去了你们。
啊，怎样的悲哀啊，怎样的灾难啊！
我哭了又哭，我们家的眼泪流不完。
只有死者忘了悲苦，忘了痛哭。（抒情歌完）

歌队长

哭泣、诉苦、唱一支忧伤的歌，
对于受苦的人是多么甜蜜的宣泄！

安德洛玛刻

我的丈夫赫克托尔——许多阿尔戈斯人
曾死在他的矛尖下——的母亲啊，你看到了吗？

赫卡柏

我看到了众神的所作所为：他们抬举
一文不值的人，消灭了高贵者。

安德洛玛刻

我正被当作战利品带着孩子从这里运走，
高贵者成了奴隶，这是多么大的变化啊！

赫卡柏

这是冷酷无情的必然性法则；

卡珊德拉

刚从我这里被人强行拖走。

安德洛玛刻

哎呀呀！
你的女儿看来又遇上了一个埃阿斯[1]。
可是，你还有别的苦难呢。

赫卡柏

我的苦难无尽无数，
向我跑来，争先恐后。

安德洛玛刻

你的女儿波吕克塞娜已经死了，她被杀在了
阿基琉斯的坟前，做了献给那死人的礼品。

赫卡柏

哎，我多不幸呀！这就是塔尔提比奥斯先前
对我说得吞吞吐吐的那个谜语，现在我懂了。

安德洛玛刻

我亲眼看见了她的尸首，我曾拍打胸脯
跳下车，用我的袍子把她盖了。

赫卡柏

哎呀，哎呀！我的孩子，我为你被渎神地献杀哀叹；
我再一次哀叹“哎呀呀”，你死得多么悲惨呀！

---

① 见前面第70行注。

安德洛玛刻

她死得的确悲惨,然而她这样死了
比我这样活着还幸运得多。

赫卡柏

孩子啊,死了和活着不一样,
活着还有希望,死了就什么都完了。

安德洛玛刻

波吕克塞娜的亲生母亲啊,请听我
最佳的理论,它可以宽慰你的心。
我认为死和不出生相等,
比活着受苦好些。
人死没有了伤心的感觉,就不知道苦了;
但是,幸运过的人落了难,
在和过去的幸福比较中体味痛苦。
　　你的这个女儿死了,就像她从没见过阳光一样,
她一死,一点不知道她所受的苦了。
而我呢,一心追求美好的名声,
虽然得到了最多的美名,却失去了生活的幸福。
你看,凡是一个淑女所应守的行为规范
我在赫克托尔的家里都努力实践。
首先,一个女人——不论有无什么
别的缺点——如果不待在家里,
就会给自己带来不好的名声,
因此,我克制着外出的愿望,守在家里。
我不容许女人堆里的流言蜚语
进入我的闺房,满足于自己生就的
一颗正直的心,教育自己向善。

我少言寡语和颜悦色对待
自己的丈夫;我知道什么地方应该
管他,什么地方应该受他管束。
　　这名声传到阿开奥斯人军中
却害了我:我被俘后
阿基琉斯之子想要得到我为妻;
我将到杀夫仇人的家里去做奴隶。
如果我把对赫克托尔的爱撇在一边,
向这新的丈夫敞开我的胸怀,
我就对不起死者;但是,如果我
嫌恶新人,又会遭受主人的憎恨。
虽如俗话所说,一个女人对一个男人
婚姻的憎恶只一夜时间便会消失,
可我还是蔑视这种女人:抛弃前夫,
在新的婚床上爱上了别的男人。
一匹马如果失去了共轭的伙伴,
尚且不肯再拖着这车走呢!
要知道它只是个生来不会说话
没有智力的畜生,天赋不如人。
　　亲爱的赫克托尔啊,论才智论门第你都是我
最满意的夫君,加上你家资富有,人又勇敢。
当你把无瑕的我,从父亲家里娶过来时,
你使一个黄花闺女第一次成了妻子。
如今你死了,我做了俘虏,
正要被运过海去受希腊人的奴役。
　　(向赫卡柏)
　　因此,你哀悼的波吕克塞娜虽是死了,
但她的痛苦不是比我的轻些?
须知,我现在是连人人都有的希望
也没有了,又不能用什么渺茫的幸福前景

欺骗自己的心,虽然那东西确也甜蜜。

歌队长

你遭遇的是和我一样的灾难,你的悲叹
使我想起了我自己的可悲处境。

赫卡柏

我自己从未乘过船,
但是看见过画,听说过航海的故事:
水手们遇着不太大的风浪时,
往往大家为脱险而努力搏斗,
有的人管舵有的人管帆,
有的人从船里往外戽水,但是,
如果风浪太大把船打翻了,
他们就听天由命,任凭涌浪没顶。
如今我也这样:遭受这许多苦难
我一声不响,什么也不说;
神降的灾难像风浪压倒了我。
　　(向安德洛玛刻)
啊,亲爱的孩子,赫克托尔的命运
别再提了;你的眼泪无法救他复生。
还是去敬重你眼下的主人吧,
用你的姿色去迷住这个男人。
这样做了,你将使你的亲人和你一起高兴,
你也可以把我的孙子——特洛伊
最大的救星——抚养成人,让你
传下来的儿孙日后可以
重建特洛伊,城邦可以复兴。
　　但是,按下这个,我们得换个话题;
因为,我看见来了一个阿开奥斯人的奴才;

他是谁呀，来传达新的命令？

（塔尔提比奥斯上）

塔尔提比奥斯

弗律基亚人从前最大的勇士赫克托尔的妻子啊，
请别怨恨我：我真不情愿来宣布
达那奥斯人和佩洛普斯子孙的这个命令呢。

安德洛玛刻

你要说什么？你的开场白多么凶险！

塔尔提比奥斯

他们决定把这孩子——我怎么说好呢？

安德洛玛刻

他不是和我有同一个主人吗？

塔尔提比奥斯

没有一个阿开奥斯人将做他的主人。

安德洛玛刻

是把他留在这里作为弗律基亚的遗民？

塔尔提比奥斯

我不知道怎么能轻松地把这祸事告诉你。

安德洛玛刻

如果你说的不是好事情，我赞美你的畏缩犹豫。

塔尔提比奥斯

他们要把你的儿子杀了，既然你终究得听这十分可怕的消息。

安德洛玛刻

哎呀呀！我听见了，这是个比我的婚姻更坏的消息。

塔尔提比奥斯

奥德修斯在全体希腊人大会上提出这个建议，获得通过。

安德洛玛刻

哎呀，天呐！我受的苦难比山还高比海还深呐！

塔尔提比奥斯

他的理由是，希腊人不应该养大一个十分英勇的父亲的儿子。

安德洛玛刻

但愿也有同样的决议落到他自己儿子的头上。

塔尔提比奥斯

孩子必须被从特洛伊城头上扔下。
就由他被扔下吧，这样你可以显得比较理智。
切莫拖住他不放，你要高贵地忍受这灾祸，
也别以为自己有力量，事实上你一点力量没有了。
你已没有了一切救助；你必须想到：
城邦灭亡了，丈夫死了，自己失去了自由，
你一个女人怎能和我们全军作战？
为此我不愿看见你争斗，或做
任何丢脸的令人憎恨的事，
也不愿看见你诅咒阿开奥斯人。
因为，如果你说什么话激怒了军队，
你的儿子会得不到埋葬得不到怜悯。
你最好默默地对命运逆来顺受，

这样不会使你儿子的尸体得不到埋葬，
你自己也会得到阿开奥斯人更多的善意。

安德洛玛刻

最亲爱的儿子，我的无价之宝，
你要离开可怜的母亲，遭敌人杀了。
你父亲的勇敢毁了你，
它虽曾救了许多别人的命，
却证明于你无益。
　　我那不吉利的新床和婚姻啊，
我当时因你[1]而来到赫克托尔的家里
并不是为了生一个儿子给达那奥斯人屠杀，
而是为了给丰饶的亚细亚生一个国王。
我的儿子，你在哭吗？你懂得自己的厄运了？
为什么你的手紧抓住我的袍子，
像一只鸡雏躲到我的翅膀底下？
赫克托尔不会从地下站起来
再握住有名的长矛来救你了，
你父亲的族人，弗律基亚的军队
也没有力量来救你了；
你将从高高的城头上可怕地倒栽下来
跌断了气，没有谁来怜悯你。
　　啊，母亲怀中最心爱的小宝贝啊，
啊，你散发出来的甜蜜的奶香啊；看来我是
白用襁褓包了你，用乳汁喂大了你，
白白地吃苦白白地辛劳了。
现在来吧，和你的母亲作最后的诀别，
快扑向你的母亲，用你的两手

① 婚姻拟人化。

搂住我的腰，跟我亲亲嘴吧。
　　希腊人啊，你们曾发现蛮族人[①]的残忍，
你们自己为什么要杀害这个完全无辜的孩子呢?
啊，廷达瑞奥斯的女儿啊，宙斯何曾生过你?
我说你有很多的父亲，它们生了你：
第一个是冤仇，第二个是嫉妒，
还有残杀和死亡，以及大地所生的一切罪恶。
反正我敢断言，你绝不是宙斯生的。
你是无数特洛伊人和希腊人的害虫。
见鬼去吧！你用那对最迷人的眼睛
可耻地毁灭了弗律基亚人著名的平原。
　　（向塔尔提比奥斯）
　　快把孩子领去，带走吧，想摔死就把他摔死吧！
然后再把他的肉分去吃了！神要我们灭亡，
我保护不了他。快把我这可怜的身体，
藏起来，扔进船舱吧！因为，我即将去举行
我热闹的婚礼，在丧失了儿子之后。

歌队长

不幸的特洛伊啊，你失去了无数的儿子，
为了一个女人和她那可恨的婚姻。

塔尔提比奥斯

来吧，孩子，快离开你伤心的母亲
亲爱的怀抱，登上你祖先的城堡
围墙的顶上，就在那里
按命令停止你最后的呼吸。
　　（向侍从们）

---

① 即“非希腊人”。

捉住他。宣布这样的命令
需要一个这样的传令官：
他为人比我更无情，
他的心比我更不知怜悯。
（安德洛玛刻、塔尔提比奥斯等人偕阿斯提阿那克斯下）

赫卡柏

我的孩子啊，我那不幸儿子的儿子啊，
你母亲和我失去了你的生命——
这多么不公道！我将怎么样呢？
可怜的孩子，我能为你做什么呢？
我们所能做的就是痛击头颅拍打胸脯，
如此而已了。我为城邦悲伤，
为你悲伤；我们还缺什么呢？
我们还缺少什么不能全速
堕入彻底的毁灭呢？

（六）
第二合唱歌

歌　队

（第一曲首节）
放养蜜蜂的萨拉密斯的国王特拉蒙啊，

你以这四面波涛的海岛为家，
紧靠雅典娜使这里初次出现
淡蓝色橄榄枝——给杰出人物
以花冠，给雅典以光荣——的圣山，
特拉蒙啊，你早先曾经和阿尔克墨涅
那带弓的儿子一起结伴行侠，
来到伊利昂，毁了我们的城，
在你当初从希腊出来参战的时候。

（第一曲次节）

当初赫拉克勒斯因为没有如约得到宝马而愤怒，
率领希腊的精英，把渡海的船停在了美丽的
西摩伊斯河的流水上，把船尾紧系在了岸边锚桩上，
从船里拿出了他百发百中的弓箭，
射死了拉奥墨东；他又放了一把大火
把福波斯在地上画线建造的城墙
烧成一片废墟，蹂躏了特洛伊的土地。
因此，两次战争中达尔达尼亚的城墙
已经两次被血染的长矛毁灭①。

（第二曲首节）

啊，拉奥墨东的儿子②，
你手捧黄金的酒壶
来回轻巧地走动，
斟满宙斯的酒杯，

---

① 特洛伊城在特洛伊战争之前曾经被赫拉克勒斯和特拉蒙攻毁过一次。阿波罗和波塞冬修建了特洛伊城，国王拉奥墨东不肯如约酬谢他们。波塞冬派来海怪要吃国王的女儿赫西奥涅，赫拉克勒斯救了赫西奥涅，国王又一次失信，不肯将神马酬谢赫拉克勒斯。赫拉克勒斯率特拉蒙等希腊英雄攻毁了特洛伊城。

② 拉奥墨东的儿子是指伽尼墨得斯。宙斯幻化成一只鹰，把伽尼墨得斯带到天上做他斟酒的侍童，并以两匹神马为代价赔偿拉奥墨东的损失。后来在赫拉克勒斯救赫西奥涅时，拉奥墨东答应把神马赠赫拉克勒斯作为酬谢。

白当了这最光荣的差使;
如今你的出生地正没在火海里,
它的海岸正笼罩在女人的哭声里:
宛如母鸟哭唤幼鸟,我们
有的哭丈夫有的哭儿女,
有的哭白发苍苍的老母。
你在里边沐浴过的喷泉,
你在那里锻炼过的跑道,
都完了;正当你站在宙斯的
宝座旁,年轻漂亮的脸上
泛着平静甜蜜的微笑时,
希腊的长矛毁灭了
普里阿摩斯的国土。

(第二曲次节)

小爱神厄罗斯啊,你曾经
来到达尔达尼亚的宫中,
拨动天神的心弦,
在你使特洛伊和众神
攀上亲家①的时候,当时
你把它抬举得多高呀。
我不再责怪宙斯无情②;
因为凡间人喜爱的
白羽毛的晨光女神也把
凶险的目光投向我们的国土,
忍看它的城堡倒塌,
虽然她曾经从这地方得到一个

---

① 晨光女神埃奥斯来到拉奥墨东的宫中,把他的儿子提托诺斯放在自己的马车里带走了,做了自己的丈夫。

② 意谓:晨光女神尚且不肯救特洛伊免于灭亡。

生儿育女的丈夫，藏入洞房，
在把他放在星光闪烁的
金色四马车里抢走之后。
他是自己祖国的重大
希望，但是众神对特洛伊的
全部眷爱已完全消失。

（七）

第三场

（墨涅拉奥斯率侍从上）

墨涅拉奥斯

啊，今天太阳明亮的光辉啊，
你将看见我捉住我的老婆海伦。
我是墨涅拉奥斯，吃了许多苦，
带着阿开奥斯人的军队。
我到特洛伊来并不像人们想象的那样，
是为了一个女人，而是来找那个男人的：
他破坏主客之道，从我家里拐走了我的妻子。
他呢，已受到众神的惩罚，
他和他的国家已倒在了希腊人的长矛下。
我呢，现在来领走那可恨的女人——我不乐意
称她为妻子，虽然她确曾是我的妻子。

她现在也被算作一个战俘，和别的
特洛伊妇女一起住在这些帐屋里。
那些千辛万苦用战争把她夺回来的人把她给了我，
让我杀了她，或者赦了，把她带回希腊，随我的便。
我不想让她死在特洛伊，
想用船把她带回希腊，
然后把她处死在本国，
向死在特洛伊的战友们的亲属谢罪。
　　随从们，进屋去，抓住她
那造成许多人丧命的头发，
把她拖出来。等一有顺风，
我们就把她带回希腊。

赫卡柏

啊，你把宝座安放在大地上又是大地依托，
宙斯啊，你到底是什么，我弄不清楚[①]；
无论你是自然的规律还是人类的理智，
我都崇拜你；因为，你把凡间的一切
循着无声的轨道引向正义。

墨涅拉奥斯

怎么？这是多么奇怪的一个对神祷告呀！

赫卡柏

墨涅拉奥斯啊，我称赞你，如果你杀了老婆。
你要避免看见她，免得受她的风情蛊惑。

---

① 当时雅典一些哲学家提出了对神表示怀疑的言论。犬儒派的第奥根尼说，宙斯不过是空气而已。自然哲学家阿那克萨哥拉斯还说，大地浮悬在空中，空气支托着它又安顿在它上面。为了说明运动，他提出努斯（nous 理智）作为运动的原因；有人把努斯理解为精神性的东西。欧里庇得斯这里借赫卡柏之口宣传这种学说。

她能征服男人的眼睛，倾覆他们的城，
焚毁他们的家；她有这样的魅力。
我了解她，你和所有吃过苦的人也都了解她。

（海伦上）

海　伦

墨涅拉奥斯啊，这个开场戏
令我害怕，你的侍从竟动手
把我从屋里强行拖出来。
虽然我差不多知道你恨我，
但我还是想要打听，关于我的
生命，希腊人和你有什么决定。

墨涅拉奥斯

你的事没有最后说定，全军
把你交给我——你的受害人——处死。

海　伦

那么对此我可以答辩吗？
因为，如果我要死，死得不公正呀！

墨涅拉奥斯

我不是为了和你辩论来的，是为了杀你。

赫卡柏

听她说说，别让她没说话便死了，
墨涅拉奥斯啊，还请你容许我对她
进行反驳；因为，她在特洛伊干的坏事
你还一点不知道。所有的罪名加在一起
她必死无疑，无可逃避。

墨涅拉奥斯

这耽误时间;但是,如果她有话想说,
就让她说吧。不过得让她知道,我给她这个机会,
是因为听了你的劝告,不是为了她。

海　伦

你对我心怀敌意,因此我的话听来
不论有理没理,你或许都不会回答我。
但是我要把我认为争论时
你会提出来的那些指控提出来,
再拿出我的指控答复你的指控。
首先,她[①]生下了那众祸的根源,
生下了帕里斯;其次是那老头子[②]
毁了特洛伊和我,因为他没有杀了那曾经名叫
阿勒珊德罗斯的婴儿,不祥的火把化身。
故事的其余情节请听下文。
后来他当了那三位女神的评判员。
帕拉斯许诺阿勒珊德罗斯
统率弗律基亚人征服希腊,
赫拉许诺帕里斯取得亚细亚
和欧罗巴的王权,如果她选中;
阿佛洛狄忒则花言巧语称赞我的容貌,
答应把我给他,如果她比美胜了
那两位女神。现在请听我接下去说:
库普里斯女神胜利了,我的婚姻给希腊
带来这么大的好处:你们没有受到蛮族统治;

① 指赫卡柏。
② 指普里阿摩斯。

没有被战败，也没有受暴君压迫。
但是，希腊得到了好运，我却毁了，
因貌美被出卖了；本来有功的人
应该得到荣冠，我却受到谴责。
　　你会说，我还没触及核心问题：
为什么我从你的家里偷偷出走？
赫卡柏所生的那个流氓——不论你愿意
称他为帕里斯还是阿勒珊德罗斯——
来时随身跟着一个不小的女神①；
你这坏蛋竟把他留在你的家里，
自己离开斯巴达，扬帆去了克里特。
唉，算了！
下面我要扪心自问，不是问你：
在我跟着那客人离家出走，背叛祖国
背叛家庭的时候，是什么在挑动我的心？
去惩罚那女神吧！比宙斯表现得更有力些！
他虽然是其他众神的主人，
却还是她的奴隶呢②！你得谅解我！
这里你或许还有一个合适的理由可以指责我：
阿勒珊德罗斯死了，去了阴曹地府，
我的婚姻不复受到神的主宰，这时，
我应该离开他的家，逃到阿尔戈斯船上。
这确实是我急于想做的；城门口盘查的
城墙上守望的士兵们都可以为我作证，
他们多次发现我缘着绳索
偷偷从城头上爬下来。

① 阿佛洛狄忒。
② 宙斯能主宰一切，支配一切，但却受阿佛洛狄忒支配，常常背着妻子引诱凡间的美女。

可是,我那新的丈夫得伊福波斯[①]强行把我
捉去做了他的妻子,不顾弗律基亚人的反对。
因此,啊,夫君,我若是这样死在你的手里,
怎么死得公正?既然我是被迫嫁他的,
在他那里我的天赋也没得到优胜的喜悦[②],
受到的是痛苦的奴役。如果你想
强过众神,这种愿望只显出你的愚蠢。

歌队长

快为你的儿子们为你的祖国,
王后啊,
驳倒她似是而非的理论,
她把恶劣行为说成了有理,实在可怕!

赫卡柏

首先我要替女神们辩护,
揭露她说的话不在理上。
（向海伦）
我不信赫拉和处女神
帕拉斯会变得这么愚蠢。
赫拉会把阿尔戈斯出卖给蛮族人,
帕拉斯会让弗律基亚人来奴役雅典城,
到伊达山来胡闹争夺美的虚荣。
因为,赫拉为什么要这么醉心于美的奖品呢?
难道她要找一个比宙斯更好的丈夫?
或者,雅典娜那时正想在众神中
觅一佳偶,虽然她曾经逃避婚床,

① 赫卡柏和普里阿摩斯的另一个儿子。
② 大概是说,并没有因美貌而过上养尊处优的生活。

向父神求得做处女的恩准？别硬把女神
说成愚蠢，掩盖你的罪恶；这骗不了聪明人。
　　你还说库普里斯女神跟着我的儿子
去过墨涅拉奥斯的家，这真是个大笑话。
她安安稳稳地待在天上难道就不能
把你连同阿米克莱[1]弄到伊利昂来？
是我的儿子生得太漂亮了，
你一看见他心里便产生了爱；
一切的不理智便是凡人的“阿佛洛狄忒”，
这女神的名字以“不理智”[2]开头是有道理的。
你看见他穿一身东方的服装，
金光闪闪，心就迷乱了。
你在阿尔戈斯[3]生活简朴，
希望离开斯巴达，到这遍地黄金的
弗律基亚的城市来，用奢侈浪费淹没它；
墨涅拉奥斯的家财不够
你这么奢靡挥霍。
嘿，你说是我的儿子把你抢来；
哪一个斯巴达人看见过？或者，
你怎么呼救过？那时卡斯托尔和他的兄弟[4]
还活着，年轻有力，还没升入星空呀！
　　你到了特洛伊，阿尔戈斯人
也接踵追来，杀人的争斗便开始了，
如果有人报告你墨涅拉奥斯占了上风，
你就称赞他，让我的儿子难受，
因为在爱情上有一个强大的对手；

---

① 阿米克莱是海伦出生地，离斯巴达城不远。
② 阿佛洛狄忒的名字和“不理智”一词的前半部分发音相同。
③ 这里用阿尔戈斯指伯罗奔尼撒，是一包括斯巴达，比斯巴达大的地区概念。
④ 卡斯托尔和波吕杜克斯都是少年英雄，是海伦的兄弟，可以保护她。

如果特洛伊人交了好运，墨涅拉奥斯便被说得一文不值。
你的眼睛只盯着幸运，因此你只一心
紧跟她[①]的脚步，不愿跟随美德。
　　你也说过，你曾缘着绳索偷偷
爬上城楼，好像不愿留在这里吧？
可是，谁见过你用绳上吊或用刀自杀，
像一个忠贞的妻子在思念
她的前夫时做的那样？
　　我也曾多次给你出过主意：
"姑娘啊，逃出城去，让我的
儿子们另娶新娘，我会偷偷把你
护送到阿开奥斯人的船上，停止希腊人
和我们的战争。"但是，这话你觉得刺耳。
你想在阿勒珊德罗斯的家里
过奢侈的生活，受东方人的跪拜。
你好趾高气扬。此外，到现在你还这么
穿金戴银地出来，和你的丈夫出现在
同一片蓝天下，啊，一个无耻的女人！
这时候你应该穿上破衣烂衫，
怕得发抖，剪了头发走出来，
如果为了过去的过错，你还懂得
节制，不这么厚颜无耻的话。
墨涅拉奥斯，请听我这篇话的结论：
为了希腊的光荣，杀了她，这是她
罪有应得；你再给别的女人
订一条法律："背夫者杀。"

① "幸运"被人格化为女神。

歌队长

墨涅拉奥斯啊,别给你的祖先和家庭丢脸,
你要惩罚你的妻子,你要洗刷希腊人对你的指责,
他们说你像个女人;你对仇人要有点男子汉气。

墨涅拉奥斯

（向赫卡柏）
你的话和我的想法一致,
她是自愿离开我的家
上了客人的床,现在扯上
库普里斯女神来自夸。
（向海伦）
滚开！让人用石块砸死你！
这样,你很快就补偿了阿开奥斯人
多年的辛劳,也好知道不能侮辱我。
（海伦跪下,抱住墨涅拉奥斯的膝盖求饶）

海　伦

凭你的膝盖我求你,别把众神的过错
归到我身上,别杀我,饶了我吧！

赫卡柏

她害死了你的许多战友,你可别出卖他们呀！
为了那些死者和他们的儿女,我求你了！

墨涅拉奥斯

别说,老太太。我不听她的求告,
我吩咐侍从把她带到船尾上去,
就让她坐在那里我们把她从这里运走。

赫卡柏

可别让她和你上同一条船呀!

墨涅拉奥斯

为什么?她比早先重了吗?

赫卡柏

是情人就会永远爱。

墨涅拉奥斯

也要看被爱者的心。
不过还是照你的主意:不让她
上我的船;你的话不错。
等她一到阿尔戈斯,就让她可耻地死掉,
这是她罪有应得,也好叫所有的妇人
遵守妇道。这虽然不容易,
她的死亡总可以叫女人们愚蠢的心
有所畏惧,即使她们比她更无耻。

(墨涅拉奥斯带海伦下)

（八）

第三合唱歌

歌　队

（第一曲首节）

你就这样把你伊利昂的庙宇
和焚献牺牲的祭坛，
宙斯啊，丢给了阿开奥斯人，
还丢掉了那焚烧供饼的火把，
和直透云霄的没药烟香，
以及神圣的特洛伊卫城
和爬满常春藤的伊达山——
它的山谷里雪融成河，
它的阳光照耀的神圣山巅
构成世界的东面边墙
最先得到太阳的光线。①

（第一曲次节）

不见了给你的献牲仪式，
不见了歌队的欢呼，

---

① 希腊人想象大地如圆盘，伊达山在它的最东边上，如一堵墙，每天的太阳光最先照到伊达山顶上。

不见了黄金的雕像
和通宵达旦的夜间祭典，
以及弗律基亚人
十二个神圣的月圆节日[①]。
我很想知道，很想知道
高坐天上高坐空中的
主神啊，你到底在意不在意：
我们的城邦灭亡了，
给猛烈的火烧毁了？
（第二曲首节）
啊，亲爱的，啊，我的丈夫，
你死后没有洗涤没有埋葬，
成了游魂野鬼；这时海船
却要载我去出产名马的
阿尔戈斯，快如鸟飞，
那地方有高耸入云的
城墙，库克洛普斯建筑的[②]。
这时孩子们正群集在门口，
拖住他们的母亲，哭呀叫呀：
“哎呀，妈妈，阿开奥斯人要把我
拖走，离开你的眼前，
拖到他们黑色的船上去，
划过大海，把我孤单地
送到神圣的萨拉弥斯岛
或伊斯米亚地峡有两条
下山路的山头去。”——这里是

① 月圆节是崇拜阿波罗的节日。

② 阿尔戈斯附近的提伦斯城用巨石建成，像著名的迈锡尼城一样，因此也被认为是巨人库克洛普斯建造的。

佩洛普斯家的大门[①]。
（第二曲次节）
但愿在墨涅拉奥斯的船横渡爱琴海
中途航行到无边的海面时，
有神圣的闪电霹雳
以万钧之力落到船的正中间，
既然他把我从伊利昂拖走，不顾我
痛哭流涕，把我带到希腊去做奴隶，
却让海伦照着黄金的镜子，
开心地玩着这闺女的宝物。
但愿他永远回不到
斯巴达的国土和祖先的家堂，
见不到皮塔涅[②]的城墙
和女神庙的铜门[③]，
即使他捉她作为俘虏。
——她那不吉的婚姻给全希腊
带来了耻辱，给西摩伊斯河
带来了沉重的灾难。

---

① 伊斯米亚地峡是伯罗奔尼撒半岛通往中希腊的门户。佩洛普斯是伯罗奔尼撒古代著名的国王，伯罗奔尼撒即因他而得名，意为“佩洛普斯的家”。伊斯米亚地峡有著名的城邦科林斯，城里有一小山，有两条下山的路，通往地峡两边的海上。

② 皮塔涅是斯巴达城的一部分。

③ 斯巴达城里的雅典娜庙有著名的铜门，故该神庙亦称铜庙。

（九）

退　场

歌队长

哎呀，哎呀！
灾难还是新的，又有新的灾难接着它，
降临我们的国土。不幸的特洛伊的妇女们，
你们看见阿斯提阿那克斯的尸首了。
达那奥斯人把他从城头上
扔下来，无情地杀死了。

（塔尔提比奥斯和侍从们把阿斯提阿那克斯的尸体放在赫克托尔的盾上抬上）

塔尔提比奥斯

赫卡柏啊，只剩下一只船还停在这里了，
它马上就要装上阿基琉斯之子剩下的
战利品，举桨起航去佛提亚的海岸了；
涅奥普托勒摩斯本人已经动身，因为
他听到了佩琉斯的一个新的不幸的消息：
佩利阿斯之子阿卡斯托斯把他逐出了国境①。

① 佩琉斯是阿基琉斯的父亲、涅奥普托勒摩斯的祖父。佩利阿斯和阿卡斯托斯父子相继为伊奥尔科斯的国王。

他走得太匆忙，不容有任何耽搁，
随身带走了安德洛玛刻；她在动身离开
这里的时候，使我掉了许多眼泪；
她哀悼自己的故国，告别
赫克托尔的坟墓。她还恳求她的主人
准许埋葬这孩子，你的赫克托尔的儿子，
这孩子从城墙上一摔下来就断了气。
她还请求主人别把这铜色的盾牌——
这孩子的父亲当初把它举在胸前时
曾叫阿开奥斯人害怕——带到佩琉斯的家里去，
免得这孩子的母亲安德洛玛刻——既然要到
那里去做新娘——在新房里见了它伤心；
她叫把孩子就放在这盾里埋葬，
不要另找棺木或凿石穴。
她叫把死人交到你的手里，让你给他
穿上衣服戴上花冠，尽你所能尽你所有，
既然她已走了，主人走得匆忙
使她无法亲手料理儿子的埋葬。
　　因此，等你把死尸化装好了，我们
就给他垒上一堆土，插上一杆矛①；
你要尽快完成她的嘱托。
我已使你少了一件苦事：
在我渡过斯卡曼德罗斯河时，
沐浴了尸体洗净了伤口。
现在我就去给你掘一个墓坑，
让我们一起努力加快进程，
为了一个目的：快点划船归去。

---

① 在死者坟上插上一杆矛表示他的亲人决心为他复仇，这句话出于一个希腊人之口，一般学者表示怀疑。

（塔尔提比奥斯下）

赫卡柏

（向侍从们）
把赫克托尔的大圆盾放在地上吧，
这凄惨景象叫我看了多么难受！
你们武力有余智力不足，啊，阿开奥斯人，
你们为什么怕这个孩子制造新的流血？
担心他将来复兴这毁灭了的特洛伊？
那么看来你们终究没啥了不起，
虽然在赫克托尔的长矛走运，并且有成千上万的人
和他一起战斗的时候，我们尚且相继死亡；
如今我们的城池陷落，弗律基亚人死光了，
你们竟怕这么个孩子。我不称赞
这种人：他们不经过推理就担惊害怕。
（向死者）
啊，最亲爱的，你死得多么可怜！
如果你尝到过年轻人婚姻的快乐
和尊贵的王权，如果这里边有什么称得上幸福的话，
那么为城邦死了，你还是幸福的。
孩子啊，你虽然见识过我们家的尊荣，
却至今没有体验过受用过它，完全没有受用过。
可怜的孩子，洛克西阿斯筑起的你祖传的城墙
多么悲惨地削去了你头上的鬈发——
你的母亲无数次抚摸过它亲吻过它——
裂开的头骨里鲜血涌出，这惨象我不能说[1]。
啊，你的这双手，多像你的父亲，叫我
看了甜蜜；现在伸在那里，无力地连在它的骨臼上。

---

① 免得说的人伤心，也令听的人不愉快。

啊,你可爱的嘴唇,先前说过多少大话,死亡使它闭上了,
你依偎在我床前说过的话,如今做不到了:
"啊,祖母,我要割一大把头发,
带一大群朋友到你坟前,真情地哭送你。"
但如今不是你送我,而是我送你。
一个老年人失去了城邦,失去了儿子之后
埋葬一个孩子的可怜尸体。
　　哎呀,无数的爱抚怀抱,我的养育之劳,
还有那无眠之夜,全白费了。
诗人会在你的墓上题一行什么诗?
"阿尔戈斯人因害怕杀了这孩子"?
这铭文于希腊真是耻辱。
　　你虽然没有分得父亲的遗产,但还能有
这黄铜的盾牌当作自己的棺木墓穴。
啊,保护过赫克托尔健美胳膊的盾牌啊,
你失去了英勇的主人。
多么甜蜜呀,你的把手上留下的指痕,
以及那大盾的边缘上留下的汗迹——
每当赫克托尔把盾举到胡须边奋力苦战时
汗水不断从他的额上滴到这盾的边上。
　　来吧,让我们给这可怜的死者穿戴一下,
用现成的东西,命运不容我们讲究。
　　(向死者)
我有什么,你就接受什么吧。
凡间有一种人真是愚蠢:他们以为
自己的幸运是牢靠的,一味地开心;
其实,时运女神性情像个狂人,
时而跳向这个人,时而跳向那个人;
没有一个人总交好运,永远不变。
　　(众妇女从帐内拿出衣饰和花冠)

歌队长

　　她们从掠自弗律基亚人的物品里
取来这些东西，交给你装饰死人。
　　（赫卡柏给孩子穿上衣服，戴上花冠）

赫卡柏

孩子啊，如今不是因为你骑马
或射箭赢了你的同伴——弗律基亚人
看重这种风俗，但并不过分追求——
祖母给你戴上这些装饰品；它们
原本属于你，如今却被神所憎恶的
海伦夺去；此外她还害了你的
性命，灭了你的整个家族。

歌队长

哎，哎，你令我伤心，
你令我伤心，啊，你，我们城邦
往日的伟大统帅①！

赫卡柏

现在我把这弗律基亚人最华贵的衣服
穿在你的身上；它应是你结婚的日子里，
在你和亚细亚最高贵的姑娘结婚时穿的。
　　还有你，啊，赫克托尔的亲爱的大盾，
你是往日无数胜利光荣之母，
你也戴上一顶花冠。虽然你不能有死亡，
请你和死者一起埋葬，

---

① 指赫克托尔。

既然你远比那狡猾的坏蛋奥德修斯
赢得的盾牌更应该受到敬重。

歌队长

哎呀,哎呀!
真伤心呀,你要入土了,
啊,孩子。
哭吧,母亲,

赫卡柏

哎呀,伤心!

歌队长

为死者痛哭吧!

赫卡柏

哎呀,伤心!

歌队长

哎呀,我感叹你的悲伤没完没了。

赫卡柏

我将用绷带包扎你的一些伤口,
可怜我只有医生之名,不能实际医病。
其余的伤口,你的父亲会在冥间照料你。

歌队长

打呀,打呀,快用你的手
拍打你的头呀,哎呀呀!

赫卡柏

啊,我亲爱的女同胞们。

歌队长

……说吧,把话大声地说出来!①

赫卡柏

众神心里不想做什么别的,只想给我
和特洛伊,他们这最恨的城邦,降下灾难。
我们真是白白地给他们宰牛献祭了!
不过呢,若不是神把我们倒栽葱摔到了地下,
我们便会默默无闻,不能在诗歌里
受到赞颂,不能给后人留下诗题。
　　你们去,把死者埋进他可怜的坟墓!
他已经戴上了死人该戴的花冠。
然而我认为,葬礼隆重与否
对于死者没啥分别;
那只是生者的虚荣罢了。
　　(妇女和侍从们抬着死尸下)

歌队长

哎呀,哎呀!我悲叹
这不幸的母亲;她寄托于你的
一生厚望破灭了。
你出身高贵的父系
洪福齐天,
却悲惨地死了。

---

① 这里原文稍有残缺。

呀！呀！
什么人在伊利昂的城头上，
我看见，手里挥舞着明亮的
火把？特洛伊
要遭到新的灾难了。
（塔尔提比奥斯率众队长上）

塔尔提比奥斯

队长们，你们是奉命来烧特洛伊
城堡的，我说你们别老把火把留在手里
不行动，快把火把抛过去，
我们好焚毁了伊利昂城
高高兴兴地动身离开这里回家去。
特洛伊的孩子们，我这个命令分两点：
其一命令你们：等大军的统帅们
一发出响亮的号声，你们立即到
阿尔戈斯人的船上去，以便起航离开这里。
其二是关于你：最最不幸的老太太啊，你也得
跟着走，这些人是从奥德修斯那里来取你的，
命运派你离开这里去给那人做奴隶。

赫卡柏

哎呀，我真不幸呀！现在到了我
全部灾难的最后顶点了。
我要离开祖国了，我的祖城着火了。
啊，我老迈的腿脚啊，蹒跚着向前走吧，
让我好告别我不幸的城市。
曾经闻名遐迩于东方的特洛伊啊，
你的名声很快即将湮没。
他们把你烧毁了，还要把我们带离这里

去做奴隶;啊,天神啊!——我为何还要叫天唤神?
我求告过他们,他们充耳不闻。
来吧,让我冲进这火里,和烈焰中的
祖国同归于尽,是我的最大荣幸。

塔尔提比奥斯

不幸的人啊,你被苦难逼疯了!
　　(向众队长)
把她带走,别松手!你们必须
把这奖品送去,交到奥德修斯的手里。

赫卡柏

　　(哀歌第一曲首节)
哎呀呀!
克罗诺斯之子,弗律基亚的王,
我们的祖先啊[①],你看见我们所受的这种
苦难吗?它们有辱达尔达诺斯的家族!

歌　队

他看见了,但是这伟大的城邦
灭亡了,特洛伊不复存在!

赫卡柏

　　(第一曲次节)
哎呀呀!
伊利昂在燃烧,卫城
上的房屋和它高耸的城墙

---

① 特洛伊的国王达尔达诺斯是宙斯和埃勒克特拉所生,所以赫卡柏说宙斯(克罗诺斯之子)是“弗律基亚的王”和特洛伊人的“祖先”。

在烈焰中倒塌！

歌　队

城市被长矛夷为了平地，
浓烟滚滚遮天蔽日。

（中曲）

烈火和敌矛急不可耐地
吞食着每一座房屋。

赫卡柏

（第二曲首节）

听着，孩子们，听着你们的母亲说话。

歌　队

你在悲叹着呼唤死者。

赫卡柏

我把这老迈的身子趴在地上，
双手拍打地面。

歌　队

我也跟着你跪在地上，
呼唤我不幸的地下丈夫。

赫卡柏

我被拖走，我被带走啦——

歌　队

你哭得伤心，好伤心呀！

赫卡柏

我要离开祖国，到别人家里去做奴隶了。

哎呀,哎呀!
普里阿摩斯,普里阿摩斯啊,你死了
没有坟墓,没有亲人,
看不见我的痛苦。

歌　队

死亡把黑暗罩上了他的眼睛,
敬神的人被不敬神的杀了。

赫卡柏

众神的庙宇和我亲爱的城市啊!

歌　队

唉,唉!

赫卡柏

（第二曲次节）

火焰和矛尖毁灭了你们[1]!

歌　队

你们快要倒在这亲爱的土地上湮没无闻了。

赫卡柏

尘土将如浓烟弥漫天空,
使我看不见家乡。

歌　队

这地名[2]将湮没无闻,

① 指神庙和城市。
② 特洛伊这地名。

一切如烟消云散，
可怜的特洛伊不复存在。

赫卡柏

你们知道了吗，听见了吗？

歌　队

特洛伊城在崩塌。

赫卡柏

这震动，这震动将席卷全城。
哎呀，哎呀！
这战栗的，这战栗的两腿啊，你支撑住我
行走吧，走向
我的奴隶生活！

歌　队

（号声响起）
哎呀，我不幸的特洛伊城啊！
（向赫卡柏）
你总还得搬动你的腿脚，
走上阿开奥斯人的船呀！

赫卡柏

哎呀，我生儿育女的国土啊！

歌　队

哎，哎！
（号声中塔尔提比奥斯和队长们押着赫卡柏和歌队的妇女们下）

阿卡奈人

阿里斯托芬 著

张竹明 译

场 次

8 **第一合唱歌**

第 836—859 行

9 **第五场**

第 860—970 行

10 **第二合唱歌**

第 971—999 行

11 **第六场**

第 1000—1142 行

12 **第三合唱歌**

第 1143—1173 行

13 **退　场**

第 1174—1233 行

人 物

狄凯奥波利斯
阿提克农民

传令官

安菲特奥斯
亲斯巴达的雅典人

使节甲
出使波斯回来

普修达塔巴斯
波斯国王的全权代表

特奥罗斯
出使色雷斯回来的使节

歌队
阿卡奈的烧炭人组成

母亲
狄凯奥波利斯的妻子

女儿

狄凯奥波利斯的女儿

克菲索丰

欧里庇得斯的仆人

欧里庇得斯

雅典悲剧诗人

拉马科斯

雅典主战派将军

墨伽拉人

女孩甲

墨伽拉人的女儿

女孩乙

墨伽拉人的另一女儿

告密人

波奥提亚人

尼卡科斯

告密者

仆人

拉马科斯的仆人

农民

阿提克农民，名得克特斯

伴郎

报信人甲

报信人乙
拉马科斯的侍从

无台词人物：

使节乙
与使节甲一起从波斯回来

太监

士兵

侍从

仆人

男女吹笛者

伴娘

（一）

开　场

（歌舞场背景里有三所房屋，中间一所是狄凯奥波利斯的，左边一所是欧里庇得斯的，右边一所是拉马科斯的。三所房屋代表三个不同的地点。前台是代表雅典公民大会会场普倪克斯山岗的一块石头，狄凯奥波利斯正坐在上面等着开会）

狄凯奥波利斯

这么多的事伤了我的心！
令我开心的事却很少，太少了，只四件；
令我痛心的事却像海滩上的沙子数不清。
让我想想看，有什么令我开心，值得我高兴的？
噢，我想起了一样东西，一看见它我就开心，
那就是克里昂吐出来的五个特兰同①。
这事情叫我高兴，为此我爱这些骑士②，
因为他们做了这件“无愧于希腊”③的事情。
但是我又遭了一次“悲剧的”痛苦，

---

① 特兰同是古希腊货币最大的计量单位（不是流通货币单位）。一个银特兰同合六十个米那，六千个德拉克玛。克里昂是当时雅典最高掌权者，他受贿同意减轻盟邦给雅典的贡金。

② 梭伦改革以贫富分等级，骑士属第二等级。他们战时出骑兵，平时属同一政治利益集团。克里昂受贿五个特兰同，是他们揭发并且逼他“吐出”的。

③ 欧里庇得斯的悲剧《特里福斯》中的台词。

那天我正张着嘴巴等看埃斯库罗斯的戏[1]。
想不到司仪突然大声叫唤：
“特奥格涅斯，把你的歌队带进场。”
不难想象，我的心一下子冷了半截[2]。
好在接下来有令我开心的事情，即摩斯科斯下场后，
得西特奥斯进来唱他的波奥提亚歌曲。
今年真倒霉。当凯里斯突然提高调门的时候[3]，
我曾经摇头，差点扭断了脖颈。
可是，自从我第一次洗脸以来，还从未
像今天这样让碱水伤了我的——眉毛[4]。
现在言归正题：定好今天开公民大会，
时间已经不早，可普倪克斯还是空空如也[5]。
人们还在市场里谈买卖，溜过来溜过去，
躲避那条涂着赭石粉的赶人索[6]。
那些主席官也没有到，但在他们迟迟
到来之后，你难以想象他们会怎样
一拥而至，你碰我撞，挤成一团
争坐前排座位。至于讲和的事
他们全不放在心上。啊，城邦呀城邦！
可是，我总是第一个到来，
坐在这地方，然后独自个儿
叹叹气，放放屁，打哈欠，伸懒腰，
烦躁不安，揪揪头发，写写字，算算账，

---

[1] 这里指重演他的遗著，因为此时他已去世三十多年。

[2] 特奥格涅斯是一个拙劣的悲剧诗人，作品缺乏热情，有“冰雪诗人”的绰号。

[3] 摩斯科斯和得西特奥斯身世不详，凯里斯是一个忒拜吹笛者。

[4] 听众到此一定会想到第一行，等他说“伤了我的心”，却不料他说出“伤了我的眉毛”。

[5] 普倪克斯，卫城西边小山，是雅典公民大会会场所在地。

[6] 市场在卫城西北，紧靠公民大会会场。开会时，警察（惯常由斯基泰人充任）牵着涂了赭石粉的绳索，把人们往会场里赶。让这种粉粘在身上是不光彩的事。

想念田野,向往和平,
我厌恶城市,想念我的村社,
那里从来不听见有人叫:“卖木炭啊!”
“卖醋啊!”、“卖油啊!”不知有叫卖,
自己生产一切,什么都不用买。
这次我是完全有备而来的,
要吵闹、打断和痛骂演讲的人,
如果他们只说别的,不谈议和。
已到中午了,主席们才姗姗来迟。
我不是说过吗?一切都像我说过的那样:
大家都往前排座位上挤。

(传令官上)

传令官

向前走,前进!
大家走进净化过的会场。

(安菲特奥斯上)

安菲特奥斯

演说开始了?

传令官

有谁要演说的?

安菲特奥斯

我。

传令官

你是谁?

安菲特奥斯

安菲特奥斯。

传令官

你不是一个凡人①?

安菲特奥斯

不是,
我是一位不死的神。因为,安菲特奥斯②
是得墨忒尔和特里普托勒摩斯之子;他生了克勒奥斯;
克勒奥斯娶了我的祖母费娜瑞忒,
生了吕克诺斯;吕克诺斯是我的父亲。
因此我是不死的神;众神派我
单独去和斯巴达人媾和。
但是,人们啊,我虽是一位神,
却没盘缠;因为,主席官们不发给。

传令官

弓箭手!

安菲特奥斯

特里普托勒摩斯和克勒奥斯啊,快来救我呀!

狄凯奥波利斯

长官们,你们把这人逐出会场

---

① 安菲特奥斯名字中最后面三个字“特奥斯”是“神”的意思。

② 他的曾祖父和他同名。这一婚姻世系纯系作者捏造,费娜瑞忒和吕克诺斯这两个名字也是捏造。人物背诵自己的家世,戏拟欧里庇得斯的《伊菲格尼亚在陶里克人里》开场。

就是侮辱了公民大会，他是想为我们
缔结和约、平息刀兵呀。

传令官

坐下！闭嘴！

狄凯奥波利斯

凭阿波罗起誓，我决不，
如果你们不提出和平议案。

传令官

派去见波斯国王的两位使节到！

狄凯奥波利斯

什么国王？我讨厌使节
和他们的孔雀[1]以及骗人的谎言。

传令官

住嘴！
（两使节穿着波斯华服上）

狄凯奥波利斯

噢，埃克巴塔那啊，好漂亮的衣服！

使节甲

在欧提墨涅斯执政之年[2]
你们派遣我们到波斯王那里去，

---

① 孔雀产在印度，由使节带来希腊。这里意在和使节联系在一起。
② 公元前437—前436年。

薪水每天两德拉克玛[1]。

狄凯奥波利斯

哎呀,那么多钱!

使节甲

我们住帐篷过流浪生活,
穿过卡斯特里亚平原,真累呀!
躺在软绵绵的有帘的马车上吧,
可又闷死人。

狄凯奥波利斯

难道我安乐吗,
背倚着城墙睡在草堆上?

使节甲

我们接受款待,被迫
用玻璃的、金的、银的杯子
喝甜死人的纯酒。

狄凯奥波利斯

我们这克拉那奥斯的城啊[2],
你们看见这两位使者在讥笑你吗?

使节甲

因为蛮族人只把最能吃
最能喝的人视为男子汉。

---

① 十一年时间两位使节已支薪一万七千多德拉克玛。
② 克拉那奥斯是雅典神话时代的国王,这里用作淳朴古风的象征。

狄凯奥波利斯

而我们却把嫖客和色鬼视为英雄。

使节甲

直到第四年我们才走到王城；
但是国王带着军队外出屙屎去了，
他在金山[1]上一坐就是八个月。

狄凯奥波利斯

什么时候他才屙好的？

使节甲

直到月圆时节，然后他回宫来了。
接见我们，宴请我们，铁叉子上叉着
整条整条的烤牛肉。

狄凯奥波利斯

谁见过
铁叉上烤整牛？你撒谎。

使节甲

宙斯作证，他还在我们面前摆了一只公鸡，
有三个克勒奥倪摩斯[2]那么大，名字叫“骗子”。

狄凯奥波利斯

你骗我们就是为了那两个德拉克玛。

---

① 传说，虚构的。
② 一个大胖子和告密人。

使节甲

我们现在带来了普修达塔巴斯①，
“大帝的眼睛”②。

狄凯奥波利斯

但愿一只乌鸦啄掉你这个使节的眼睛。

传令官

“国王的眼睛”来了。
（普修达塔巴斯携二太监上）

狄凯奥波利斯

赫拉克勒斯，我的王啊！
（向普修达塔巴斯）
众神作证，你这人有一对大如船头上的眼睛③。
你在绕过海岬寻找停泊的海滩吗？
你的眼睛底下塞有皮子吗④？

使节甲

来，普修达塔巴斯，把国王派你来
传达的那些话说给雅典人听听。

普修达塔巴斯

雅尔达曼、埃克萨尔克萨、阿奈皮萨奈、萨特拉⑤。

---

① 这个名字里“普修达”是希腊语“作假的”。“塔巴斯”是波斯量器。

② 即国王的耳目亲信。

③ 船头两边一般画有一对眼睛。

④ 为了防止海水进入船舱。

⑤ 一行波斯话，原意可能是：“请看，阿塔巴斯，薛西斯的忠实省长。”薛西斯是波斯国王。

使节甲

你们懂他说什么吗？

狄凯奥波利斯

阿波罗作证，我不懂。

使节甲

他说波斯国王要送金子给你们。

（向普修达塔巴斯）

你把“金子”再说清楚一点。

普修达塔巴斯

不，勒普西，金，哈诺普洛克特，伊阿乌诺①。

狄凯奥波利斯

哎呀，倒霉，说得很清楚。

使节甲

他说的什么呀？

狄凯奥波利斯

说什么？他说伊奥尼亚人一定是大傻瓜，
如果，他们希望从波斯人那里得到金子。

使节甲

不，他是说给一斗斗的金子呢。

---

① 这是一句夹杂着希腊语的波斯语，意思是“没有金子，大屁股伊奥尼亚人”。雅典人和小亚西亚伊奥尼亚人是同一个人种。

狄凯奥波利斯

什么一斗斗的？你原来是个大骗子。
滚开！我来单独盘问他。
（向普修达塔巴斯）
来，明白对我说，当着这个。
（伸出拳头）
要不然，当心我把你浸在撒尔狄斯的颜料水里①。
大王要送金子给我们吗？
（普修达塔巴斯和二太监摇头）
那么这两个使节在撒谎？
（普修达塔巴斯和二太监点头）
这些人点头是希腊式的，
我相信他们一定都是本地人。
啊，这两个太监我看出其中一个
是西比尔提奥斯的儿子克勒斯特涅斯。
你这个剃光屁股的色鬼②，
你这个蓄着长发的猴子③，
怎么想起化装成太监的？
可那个又是谁呢？一定是斯特拉同。

传令官

住嘴！坐下！
议事会邀请“国王的眼睛”
去长官餐厅④赴宴。
（普修达塔巴斯、二太监和二使节下）

---

① 红色的水里，言外之意“叫你流血”。

② 这一行被认为是戏拟欧里庇得斯的悲剧《佩利阿得斯》中台词。

③ 这一行被认为是戏拟阿克罗科斯的诗句。

④ 长官餐厅供值班主席用餐，也供应国外使节、有功市民和烈士子女伙食。

狄凯奥波利斯

这不是要逼人上吊吗?
一方面我在这里要应征入伍,
另一方面长官餐厅大门还大开着招待这种人。
好,我要作一次惊人之举。
喂,安菲特奥斯在哪儿?
（安菲特奥斯上）

安菲特奥斯

在这儿。

狄凯奥波利斯

你拿着这八个德拉克玛,单独
为我去跟斯巴达人议和吧,
为我年幼的孩子们为我的老婆。
（转向与会主席官和群众）
至于你们,尽管派遣使节,受人愚弄去吧。
（安菲特奥斯下）

传令官

从西塔尔克斯①那里归来的特奥罗斯,请进来。
（特奥罗斯上）

特奥罗斯

到。

---

① 色雷斯的奥德律赛人的国王。

狄凯奥波利斯

又带进来一个骗子。

特奥罗斯

我们本来不会在色雷斯待那么久的。

狄凯奥波利斯

的确不会,如果没有支给你那么多薪俸。

特奥罗斯

如果冰雪没有封了整个色雷斯
和它的河流,正当特奥格涅斯
在这里参加戏剧比赛的时候。
整个这段时间我同西塔尔克斯一起饮酒;
他真是非常亲雅典的,
对你们非常忠诚,以至于
在他的墙上写着:“雅典人就是好!”
他的那个被接受为雅典公民的儿子
非常爱吃阿帕图里亚节[1]的香肠,
请求父亲帮助这个祖国[2]。
这父亲则奠酒立誓要帮助我们,
要带这么多的军队,致使雅典人说,
来了好大的一群蝗虫。

狄凯奥波利斯

除了“蝗虫”而外,你在这里说的话

---

① 雅典的一个节日,年满二十岁的青年在这一天成为雅典公民。

② 指雅典。

如果我相信其中的一个字,让我不得好死。

特奥罗斯

他已经给你们派来了大队
最英勇善战的色雷斯人。

狄凯奥波利斯

这马上就要看清楚了。

传令官

特奥罗斯带来的你们这些色雷斯人,过来!
　　(若干士兵上)

狄凯奥波利斯

这是些什么祸害?

传令官

一支奥多曼提亚人[1]的军队。

狄凯奥波利斯

什么奥多曼提亚人的?告诉我,这是什么?
怎么奥多曼提亚人把阴茎[2]割下来了?

特奥罗斯

只要有人给他们每天两个德拉克玛饷银,
这些轻盾兵就将蹂躏整个波奥提亚[3]。

---

① 色雷斯一个独立的氏族。
② 兵士们身上挂着或画着男性生殖器模型或图案。
③ 波奥提亚人是内战时期雅典的主要敌人。

狄凯奥波利斯

给这些奸淫的家伙两德拉克玛？
那将气死你们的头等桨手[1]——
城邦的保卫者。哎呀，不幸我完了，
我的大蒜给奥多曼提亚人抢走了。
还不把大蒜给我放下！

特奥罗斯

啊，你这倒霉鬼，
快别惹恼这些吃足了大蒜的人。[2]

狄凯奥波利斯

你们这些主席官竟让这些蛮族人
在我们祖国内这样糟践我吗？
我反对开会讨论给色雷斯人
饷银的问题。我现在告诉你们，
宙斯降下预兆，已经有一滴雨落到我身上了。

传令官

色雷斯人退出，后天再来。
因为主席官们宣布散会[3]。
（传令官、特奥罗斯和奥多曼提亚士兵下）

狄凯奥波利斯

伤心我损失了多好的一味凉拌菜呀[4]。

---

① 他们饷银也只每天一个德拉克玛。
② 据说吃足了大蒜的鸡斗起来最猛。
③ 为一滴雨的预兆而宣布散会，诗人讥讽雅典人迷信。
④ 指大蒜。

好在安菲特奥斯从斯巴达回来了。
你好,安菲特奥斯!

安菲特奥斯

不好,等我喘口气!
我必须奔跑着逃避阿卡奈人。

狄凯奥波利斯

怎么回事?

安菲特奥斯

我正带着和约往你这里
赶路;一些阿卡奈人老头儿
得知了这件事,他们是些老硬头,
橡树、槭树那么结实的马拉松老战士。
他们都直嚷着:"你这个大坏蛋,
我们的葡萄藤被割了,你却带来了和约?"
他们捡起石块,兜在衣服里,
我逃跑,他们正嚷着追我呢!

狄凯奥波利斯

由他们嚷去吧,你把和约带来了?

安菲特奥斯

带来了,带来了,这里有三种样品,
这是五年的,你拿去尝尝吧①。

① 希腊文里"奠酒"和"和约"是一个词。这两行诗都以酒象征和约。

狄凯奥波利斯

呸!

安菲特奥斯

怎么啦?

狄凯奥波利斯

我不喜欢这一种,
因为它有沥青[1]和海军军备的味儿。

安菲特奥斯

不然就把这十年的拿去尝尝吧。

狄凯奥波利斯

这有派遣使节敦促盟邦
赶紧备战的强烈味儿。

安菲特奥斯

那么这是海陆三十年的和约,
怎么样?

狄凯奥波利斯

酒神节啊,
这一种有神食和仙酒的味儿,
没有“准备三天口粮”的命令,
而有“想去哪里就去哪里”的口气。
我接受这一种,我奠酒,我干杯,

① 葡萄酒里溶有松香。又,“沥青”和“松香”是一个词,沥青用以涂填船缝,是军需物资。

让那些阿卡奈老儿们自己上吊去吧。
避免了战争和苦难，
我要回乡间去操办酒神节了。
（犹凯奥波利斯进入中屋）

安菲特奥斯

我可还要逃避那些阿卡奈人。
（下）

（二）
进　场

（歌队追安菲特奥斯上）

歌队长

大家向这里来，追，向所有的过客
打听这个人！是的，为了我们城邦
值得捉住他。
（向观众）
请你们告知我，如果有谁知道，
那个携带和约的家伙逃哪里去了。

歌　队

（首节）

他逃走了,跑了。
唉,可怜我上了年纪!
年轻的时候
我背满满一筐木炭
也许还能追上德乌洛斯[1]呢,
那样当前这个携带和约的人
大概也就逃不掉了,
不能这么轻易地
从我眼前溜掉了。

(首节完)

虽然如今我的足关节已经僵硬,
老拉克拉特得斯[2]的腿也已酸软,
让那个人跑了。但我们必须追,
别让他将来笑话,夸口逃脱了
我们这些老了的阿卡奈人。

(次节)

父神宙斯啊,众神啊,
他竟敢与我们的敌人议和,
敌人毁了我们的田园,我们
对敌人的仇恨正越来越深;
我决不罢休,直到我像一根
又尖又锋利的芦桩,直扎进
他们的脚跟里,叫他们
再不敢践踏我们的葡萄藤。

(次节完)

我们一定要找到这个人,

① 奥林匹克运动会的一名优胜者。
② 拉克拉特得斯是阿卡奈人的领袖,曾于公元前490年任雅典执政官。

搜遍巴勒涅[1],追到天涯海角,
直到把他找到为止;
我们要不停地砸他,
用石块把他砸死。

狄凯奥波利斯

（自内）

肃静,肃静![2]

歌队长

大家别做声,伙伴们,你们听见叫肃静了吗?
这就是我们正在找的那个人。大家这边来,
让开路！这人好像要出来祭神。

（狄凯奥波利斯带妻子、女儿和二仆人出中屋）

狄凯奥波利斯

肃静,肃静!
顶篮子的向前走一点
克珊提阿斯把德洛斯竿[3]举直点。

母　亲

女儿,把篮子放下来,我们好开始献祭。

女　儿

母亲,把勺子递过来,
我好把调料汁浇到薄饼上。

---

① 巴勒涅是阿提克一个著名的社区。

② 祭神前对家里人说话。

③ 习惯上顶祭品篮子的走在前面。德洛斯竿象征生殖器。克珊提阿斯是一名奴隶。

狄凯奥波利斯

好。狄奥倪索斯，我的主啊，
请你领情接受我和我的一家人
为你举行游行、献牲，
我远离战争回乡来幸福地举办
这个酒神节，但愿这个
三十年和约能给我带来好运。

母　亲

喂，女儿，人穷志不短，
漂漂亮亮的人，漂漂亮亮地顶着篮子！
谁娶了你是谁的福分，
你做了他的妻子，给他生出一窝小崽仔，
像你一样，一到早晨放臭屁。
向前走，到了人堆里要当心，
别让什么人扒走了你的金首饰。

狄凯奥波利斯

克珊提阿斯，你们两个
把德洛斯竿举直了，跟着顶篮女；
我会跟在后面，唱一支德洛斯歌；
你呢，我的妻子，从屋顶上看我。前进！
德勒斯[①]啊，酒神的伴侣，
你这个爱妇人和男童的
夜游的宴乐之神啊，
六个难挨的年头过去了，
我高高兴兴回到家里来向你致敬，

---

① 德勒斯为象征生殖的神。

因为我已经为我自己订下了
个人和约，告别了苦难、
战争和拉马科斯之徒。
德勒斯啊德勒斯，
这样开心得多：树林子里
碰上斯特律摩多罗斯[1]的
年轻女奴，那个色雷斯女孩，
偷拾枯树落枝，我就把她捉住，
举起，放到地上，扒了内衣。
啊，德勒斯啊德勒斯！
如果你同我们喝过酒，
早晨醒来闹头痛，你可以
喝点陈年的和平汤醒醒酒，
让盾牌悬在炉灶上熏烟。

（歌队用石块砸狄凯奥波利斯，他女儿、妻子、奴隶躲进屋）

（三）

第一场

歌　队

这就是他，就是他。

① 狄凯奥波利斯的邻人。

砸呀，砸呀！砸呀，砸呀！
大家来打这坏蛋！①
你不砸吗，你不砸吗？②

狄凯奥波利斯

赫拉克勒斯啊，这是干什么？
你们会砸碎我的瓦钵子。

歌　队

（首节）
我们要砸碎你本人，可恶的家伙。

狄凯奥波利斯

我有什么罪，阿卡奈的老翁们？

歌　队

你还敢问这话？
你这祖国的叛徒啊，
你是一个无耻的坏家伙，
没有我们你单独议下和约，
然后竟还有脸来见我们！

狄凯奥波利斯

可是议下和约的原因你们不知道。且听我说！

歌　队

还叫我们听你说？死吧！我们要用石块砸死你。

---

① 第281—282行为戏拟欧里庇得斯的《特勒福斯》中文字。
② 因为有的歌队成员不砸。

狄凯奥波利斯

先别这样,在听我说之前。
好人们,且先忍一忍!

歌　队

我们忍无可忍了,
别白费口舌。
你比该死的克里昂还叫我恨——
这个克里昂我已经恨不得扒下
他的皮给骑兵做靴子了——
你和斯巴达人议下了和约,
还要我听你啰嗦。不,我要惩罚你。

狄凯奥波利斯

好人们,暂把斯巴达人搁在一边,
且先听听我的和约,看我议和对不对。

歌队长

怎么能说"对"呢,既然你与之议和的
是一种不承认神、不讲诚信、不守誓言的人?

狄凯奥波利斯

我们正在对斯巴达人愤怒发狠,但是我深信,
我们现在所受的苦难不能全怪斯巴达人。

歌队长

不能全怪他们,你这无赖?
你敢对我们公然说这话?
然后还要我饶恕你?

狄凯奥波利斯

不能全怪他们，我再说一遍。
我还可以证明，许多方面
他们倒是也可以怪我们的。

歌队长

你说这话骇人听闻，叫我震惊：
你竟敢面对我们替敌人辩护。

狄凯奥波利斯

如果我胡说八道，不能叫多数人信服。
我愿把头伸在肉案板上对大家说话。

歌队长

乡亲们，告诉我，我们干吗吝惜这些石头，
不把这个家伙砸成一块红布[①]？

狄凯奥波利斯

你们心中再次充满了愤怒的炭火，
阿卡奈人啊，你们真的不听，不听我说吗？

歌队长

我们就是不听。

狄凯奥波利斯

那会叫我难过死的。

---

① 把狄凯奥波利斯视为斯巴达方面的人。斯巴达战士穿红色军服。

歌队长

如果我听,就让我死!

狄凯奥波利斯

阿卡奈人啊,别这么说!

歌队长

要知道,你马上就要死了。

狄凯奥波利斯

那我就给点厉害你们看看。
反过来我倒要杀死你们最亲爱的亲人了,
既然我有你们的人质在手,我要拿来杀了。

(奔跑进屋去)

歌队长

告诉我,乡亲们,像这样的话
对我们这些阿卡奈人能预示着什么?
他是不是把我们这些人中哪一位的孩子
关在里边了?不然他凭什么这么胆壮?

(狄凯奥波利斯提一满筐木炭,另一只手持一把短剑复上)①

狄凯奥波利斯

你们想砸就砸吧!我要杀死这个。
我很快就会看出,你们中谁关心木炭。②

---

① 据信,这也是戏拟欧里庇得斯悲剧《特勒福斯》中的场景。

② 这一景戏拟《特勒福斯》中对话,该悲剧中特勒福斯抓住婴儿奥瑞斯特斯,威胁要阿伽门农帮助他找阿基琉斯治伤。

歌队长

苦了我们啦！这筐子真是我们的乡亲。
别做你说的那事情，别，啊，千万别！

狄凯奥波利斯

我要杀死他，你们嚷吧，我不会听。

歌　队

你真要杀死我们的同龄人——炭朋友吗？

狄凯奥波利斯

你们刚才不听我说话。

歌　队

现在你想说什么就说什么吧，
哪怕你说多么喜欢斯巴达人；
但我决不背弃这个亲爱的炭筐子。

狄凯奥波利斯

现在，先把石头丢地上！

歌　队

石头都丢地上了。你也把剑收起来！

狄凯奥波利斯

只怕还有石头藏在你们衣兜里。

歌　队

都抖在地上了。你没看见我们抖吗？

别再耍花样了，把剑收回去。
你看见，我走过来走过去时衣服都飘起来了。

狄凯奥波利斯

那么你们终于拿定主意不闹了。
你们差点害死了这些帕尔涅①的木炭，
全因为你们阿卡奈乡亲的愚蠢。
炭筐子像墨鱼一样，
一惊吓喷了我一身炭灰。
不幸头脑一发热，你们
就大叫大嚷，扔起石块，
就是不肯听听我的公平话。
虽然我甘愿把脑袋放在案板上，
替斯巴达人说我该说的话。
但是请相信，我爱我的性命。

（四）

第二场

歌　队

（首节）

---

① 阿提克一山。

那么，你为何不说？为何不赶快把案板搬到门外来
发表你的宏论，赢得这场斗争？你这个坏东西，
我倒真想听听你能说出什么来呢。
现在就按你提出的做法，
把案板放到这儿来，开始你的演说吧。

狄凯奥波利斯

大家看清楚了，案板在这里，
别看说话人没亲友没依靠，
宙斯作证，我不用盾牌掩护，
我要为斯巴达人说我认为该说的话。
可我还是很怕；因为我知道
这些农民的脾气：有什么骗子
夸他们和他们的城邦，他们就非常
得意，不管夸得有没有道理；
他们看不出自己受了骗。
我也知道这些老年人的心：
他们除了吃陪审费[①]而外什么也不留意。
还有，我本人因为去年那出喜剧
也曾在克里昂手里吃过苦头。
他把我拖到议事会去，在那里
对我尽了诬告、诽谤、泼脏水之能事，
以致，真的，我离死不远了，
差点被脏水呛死。[②]
因此，这次在我讲话之前
让我化装成最可怜的样子。

---

① 每个陪审员每参加一次审案得三个奥波尔。

② 这里诗人借狄凯奥波利斯之口说话，“那出喜剧”指《巴比伦人》（公元前426年演出）。诗人在剧中批评雅典人对盟邦的高压政策，受到克里昂的指控。

歌　队

为什么闪烁其词巧言令色，
翻花样拖延时间？
即令你向希埃罗倪摩斯借来①
他那顶毛蓬蓬的黑色隐身帽，
即令你打开西绪福斯的锦囊，
这一场审问你反正也推托不了。

狄凯奥波利斯

现在是我集中精力的时候了，
我必须到欧里庇得斯家里去。
（敲左屋的门）
喂，童子，童子！
（克菲索丰②从左屋出）

克菲索丰

谁呀？

狄凯奥波利斯

欧里庇得斯在家吗？

克菲索丰

他在家又不在家，如果你懂我这话。

狄凯奥波利斯

怎么在家又不在家？

---

① 希埃罗倪摩斯是一个悲剧演员，他的头发又长又乱，几乎把他整个脸遮住了。
② 克菲索丰是欧里庇得斯的家奴，也是他的写作助手。

克菲索丰

是的,老人家。
他的心思外出采风去了,不在家,
但是他本人在家里,高跷着脚
写悲剧呢。

狄凯奥波利斯

十分幸运的欧里庇得斯啊,
连你的仆人都这么充满智慧。
（向克菲索丰）
叫他出来!

克菲索丰

不行,不行。

狄凯奥波利斯

不行也得行。
我是不会走的,我要敲门。
欧里庇得斯,亲爱的欧里庇得斯,
你即使不搭理别人也得搭理我呀。
是我呀,是科勒代村社的狄凯奥波利斯。

欧里庇得斯

（自内）
我没工夫。

狄凯奥波利斯

你转一转[1]就出来啦。

欧里庇得斯

（自内）

不行，不行。

狄凯奥波利斯

不行也得行。

欧里庇得斯

（自内）

那就转我出来吧！可是我没工夫放脚下来。

（随着板壁转开，欧里庇得斯出现）

狄凯奥波利斯

欧里庇得斯！

欧里庇得斯

为什么叫唤呀？

狄凯奥波利斯

你为何高跷着脚？
大可以把脚放下来写作呀。难怪你塑造出那么些瘸子来。
你为何穿着悲剧里的破衣裳，
叫人看了可怜？难怪你塑造出那么些乞丐。
欧里庇得斯啊，我凭你的膝盖求你，

---

[1] 指转一转舞台后景的板壁。

给我一套你从前戏里的破衣服。
因为我必须向歌队讲一长篇的话；
如果我讲得不好,会给我带来死亡。

欧里庇得斯

哪一套破衣裳？是不是奥纽斯①
这可怜的老头儿化装时穿的那一套？

狄凯奥波利斯

不是奥纽斯的那一套,是一个更可怜的角色的。

欧里庇得斯

是瞎子福尼克斯②的？

狄凯奥波利斯

不是福尼克斯的,不,
是另外一个比福尼克斯更可怜的人的。

欧里庇得斯

这家伙到底要什么样的破衣裳？
你是说叫化子菲罗克忒忒斯③的那一套？

狄凯奥波利斯

不,是一个非常非常叫化子的。

欧里庇得斯

你莫非想要瘸子贝勒罗本特斯

---

① 奥纽斯是卡吕冬国王,后来王位被篡夺,外出流浪。
② 福尼克斯被父亲的情妇诬陷,被父亲弄瞎了眼睛,出外逃亡。
③ 希腊远征军将领之一,途中被毒蛇所咬,被大军遗弃在荒岛上十年。

穿过的那件脏袍子？

狄凯奥波利斯

不是贝勒罗本特斯；而是那个人，
他又是瘸子又是叫化子，能说会道出语惊人。

欧里庇得斯

我知道了，这人是密西亚的特勒福斯。

狄凯奥波利斯

对了，特勒福斯。
我求你把他的破衣烂衫给我。

欧里庇得斯

孩子，把特勒福斯的破烂给他。
它放在提埃斯忒斯[1]的破衣服上面，
夹在他的和伊诺的中间[2]。

克菲索丰

喂，拿去！

狄凯奥波利斯

啊，宙斯，无处看不见无处看不透的[3]神啊，
容我穿成最可怜的样子吧。
欧里庇得斯啊，你既然帮了我这个大忙，
就请把与此配套的行头也给了我吧，

---

① 提埃斯忒斯是阿特柔斯的弟弟，因诱奸了嫂子，被驱逐出境。

② 伊诺是阿塔马斯的妻子，一度失踪。阿塔马斯另娶了妻子之后不久又找到了她，只好把她夹杂在女仆当中。

③ 这是双关语，同时也是说这件衣服到处是洞。

我是说那顶密西亚式的毡帽。
今天我得化装成乞丐的样子，
是我又不像我[①]：
观众会认出来，这是我，
但是歌队像呆鸟样地站着，
任我用巧言妙语捉弄他们。

欧里庇得斯

我给。

狄凯奥波利斯

愿你有福，至于特勒福斯，但愿他不倒霉[②]！
妙啊，我已经妙语如珠了[③]。
然而我还需要一根讨饭棒。

欧里庇得斯

拿着它滚出我的大石厅吧！

狄凯奥波利斯

我的心啊，你看见人家要赶我走了，
尽管我还需要许多小行头。
你得强求，你得固请，你得硬讨呀！
欧里庇得斯啊，请给我一个
被灯火烧穿了的小提篮。

欧里庇得斯

不幸的人啊，这篮子对你有什么用？

---

① 这两行文字据称引自《特勒福斯》。
② 这后半行据信亦引自《特勒福斯》。
③ 意思说，这身破衣服有这神奇的力量。

狄凯奥波利斯

没什么用,可我还是想拿着它。

欧里庇得斯

真讨厌,你给我滚开!

狄凯奥波利斯

唉,愿你有福,像你母亲一样①。

欧里庇得斯

给我滚!

狄凯奥波利斯

只要再给我一件东西,
一个小碗,边上有缺口的。

欧里庇得斯

拿着滚吧!你真烦人,滚!

狄凯奥波利斯

真的,你还不知道,你自己把悲剧糟蹋了②。
但是,最亲爱的欧里庇得斯啊,只要再给我一件东西。
给我一个小瓶子,用海绵塞着的。

欧里庇得斯

这家伙,你拿去了我整整一个悲剧。

---

① 欧里庇得斯的母亲曾卖过菜。

② 把这些小东西引进悲剧,降低悲剧崇高性。

拿着这个滚吧！

狄凯奥波利斯

我就走。
但是怎么办呢？我还需要一样东西，
弄不到手我就完了。最最亲爱的欧里庇得斯啊，
听我说！我一拿到这东西就离开，决不再来；
请给我一点干薄荷叶，放在这小篮里。

欧里庇得斯

你要了我的命了。拿去吧！我的剧本整个完蛋了。

狄凯奥波利斯

那就不再讨了，我走了。我太啰嗦了，
不知道主人厌恶我呢①！
（走了几步又退了回来）
哎呀，晦气，我完了。
我竟忘了一样最要紧的东西。
啊，我最亲爱的最甜蜜的欧里庇得斯啊，
除了这一件东西，如果我再向你要别的，
就让我不得好死，就这一件，就这一件了。
请给我几根从你妈妈那儿要来的野萝卜吧。

欧里庇得斯

这家伙无礼。
（向仆人）
关门！
（板壁转动，欧里庇得斯回到幕后，克菲索丰进入中屋）

---

① 这一行被认为是戏拟欧里庇得斯悲剧《奥纽斯》的。

狄凯奥波利斯

（独白）①

我的心啊，要不到野萝卜，我也得走呀。
你可知道，即将进行的这场舌战——
你要替斯巴达人说理——是一场怎样的较量吗？
现在前进吧，我的心啊！这就是起跑线。
你站着不动吗？吞下了欧里庇得斯②你还不跑吗？
好，前进，啊，我可怜的心，
到那里去，把脑袋搁到那上面，
说出你想说的话。
勇敢点，走，向前进！我惊异我的心！

（把头靠在案板上）

（五）

第三场（对驳）

歌　队

你将干什么？你将说什么？
麻木不仁厚颜无耻的家伙！

---

① 戏拟欧里庇得斯的《美狄亚》。美狄亚杀子前有类似的一段内心独白。

② 有了欧里庇得斯的能言善辩。

你把脑袋拿出来给城邦作抵押。
你决心和大家争吵抬杠。
这家伙面对这样的事情不害怕。
那行,说吧,既然你自己情愿。

狄凯奥波利斯

诸位观众,请原谅,
我,一个穷鬼,写喜剧,
想对雅典人谈论国家大事。
因为喜剧也懂得正义。
我的话会骇人听闻,但却正当。
这次克里昂再不能诬告
说我当着外邦人的面诋毁城邦。
因为这次是在勒奈亚节举行竞赛,
就只有我们自己,外邦人还没来;
盟邦战友还没有带着贡赋赶到。
今天这里全是筛选出来的公民;
因为我把侨民算成是城邦的皮壳。
我对斯巴达人满怀仇恨,
但愿波塞冬,泰那罗海角上的神明,
把房屋震塌到他们所有人的头上;
因为我的葡萄藤被他们践踏了。
可是,既然在场说话的都是朋友,
这事情我们为什么要怪斯巴达人?
我们中间有些人,我不是说城邦——
请你们千万记住,我不是说城邦——
而是说一些坏分子,不务正业的
没有人格的造假的告密者。
他们一看见墨伽拉小斗篷就告密,
一看见大蒜、小猪、野兔,

一发现南瓜、一小把盐，
就大叫“墨伽拉货”，立即告发[①]。
这不过是一些国内小事，
糟糕的是：一些年轻人，玩酒喝醉了
跑到墨伽拉去，抢来了妓女西迈塔[②]。
这时墨伽拉人苦难中发了火，作为
报复，过来抢走了阿斯帕西亚[③]的两个丫环。
就为了三个娼妇，一场
烧遍全希腊的战火爆发了。
于是奥林匹克英雄伯里克利
大发雷霆大放闪电，震动了全希腊。
他颁布了一道法令，读起来像一首酒令：
“不论田野里还是市场上，
不论海上还是陆上，禁止墨伽拉人停留！”
于是墨伽拉人挨饿了。
他们要求斯巴达人出面转圜，
求雅典人取消为了娼妓而作出的这个决定；
他们多少次请求，我们不应允，
从此干戈四起。也许有人会说他们
不应该；但是，对不起，他们应该怎样呢？
喂，如果一个斯巴达人坐船来
没收了一只塞里福斯[④]小狗，
你们会坐在家里吗？决不会的。
你们会立刻放三百只船下水，
全城充满了士兵的叫嚷声，

---

① 狄凯奥波利斯把时间搞颠倒了，禁令在先（公元前432年颁布），有了禁令告密者才有了施展活动的机会。

② 西迈塔是一名妓。

③ 伯里克利的情妇，也是一个名人。

④ 塞里福斯是爱琴海上一小岛，雅典的殖民地。

向三列船供应者的叫喊声，
军饷在发放，雅典娜神像在装金，
柱廊[1]里挤满了人，份粮在过秤，
皮子、桨带、酒瓶，
大蒜、油橄榄、一袋袋的葱头，
花圈、凤尾鱼、吹笛女、打青了的脸[2]，
造船厂里，圆木被做成桨叶，
楔子在敲进缝，桨柄在套上皮圈，
水手长的口令、箫声、笛声、哨子声[3]。
你们会这样做的："我们以为特勒福斯
不会这样做吗？那我们就太没头脑了。"[4]

甲半歌队领队

你这该死的最可恶的东西啊，真的吗？
你这叫化子，敢对我们说这些话？
即使我们中有告密人，你能骂我们？

乙半歌队领队

不，凭波塞冬起誓，他所说的
全是真话，其中没有一句是假的。

甲半歌队领队

即使是真的，这家伙该说吗？
不，他敢说这些话，不讨欢喜。
（冲向狄凯奥波利斯）

---

① 公共仓库。
② 水手们酗酒的情景。
③ 口令是起划和停桨的号令。箫声、笛声、哨子声是指挥划桨节奏的。
④ 引号里是《特勒福斯》的话。

乙半歌队领队

喂,哪里去?还不站住?要是你打了
这个人,你自己很快就要挨打了!

（两半歌队相互打起来,甲半队输了）

甲半歌队

啊,目光闪亮的拉马科斯啊,
快来帮我们呀!盔饰怕人的拉马科斯啊,
朋友们啊,同族的人们啊,快出来呀!
这里有没有军官?
将军也好,攻城的战士也好,
快来帮我们呀,我被抱住腰了[1]。

（拉马科斯全副武装偕二士兵出右屋上）

拉马科斯

哪里传来士兵呐喊声?
哪里需要增援?
谁惊动了戈耳工[2],让他从匣子里跳出来了?

狄凯奥波利斯

英雄拉马科斯啊,你的这些盔饰和队伍啊!

甲半歌队

拉马科斯啊,这个人不是早已
在诋毁我们整个城邦了吗?

---

① 以摔跤作比,意为失败了。

② 刻有戈耳工头像的盾牌。

拉马科斯

这个叫化子，你敢说这种话吗？

狄凯奥波利斯

英雄拉马科斯啊，就请原谅了我吧，
如果我，一个叫化子，胡说了什么。

拉马科斯

你说了什么？不肯告诉我吗？

狄凯奥波利斯

记不得了。
一看见你的盾牌盔甲我就吓懵了。
我求你放下那个妖怪头。

拉马科斯

放下了。

狄凯奥波利斯

再把它面朝下放倒[1]。

拉马科斯

脸朝下了。

狄凯奥波利斯

再从你的头盔上折一根羽毛给我。

---

① 盾牌有戈耳工头像的那一面朝下。

拉马科斯

给你这根小绒毛。

狄凯奥波利斯

再请你托住我的头，
让我吐一吐！这羽饰令我作呕。

拉马科斯

这家伙，你要干什么？你要用小绒毛助呕吗？

狄凯奥波利斯

这是小绒毛吗？告诉我，
这是什么鸟的？是牛皮大王鸟[①]的吗？

拉马科斯

呸，我非宰了你不可。
（两人扭打，拉马科斯打输了）

狄凯奥波利斯

算了算了，拉马科斯！
你没有多大的劲儿；如果你有劲，
为什么不强奸我？你威武得像只公鸡呢。

拉马科斯

你，一个叫化子，能这样说我这个将军？

---

① 拉马科斯拔下的是一根很长的羽毛，却说是一根小绒毛，因而有此讽刺。此外，拉马科斯在阿里斯托芬笔下本来就只是一个吹牛的骑士。见《骑士》。

狄凯奥波利斯

我真是一个叫化子吗?

拉马科斯

那你是什么人?

狄凯奥波利斯

（脱掉破衣服）

什么人？一个好公民,不钻营官职,
战争一开始,我就是一个积极服役的人,
你呢,战争一开始,就是一个拿俸禄的人。

拉马科斯

是大家选举了我——

狄凯奥波利斯

三只鹁鸪[1]选举了你。
我议下了这和约,因为我恶心
看见白发老人站在队伍中作战,
而像你这样的年轻人却躲开了。
有的,像提萨墨诺德涅波斯、帕努尔吉帕克得斯[2],
跑到色雷斯去了,每天支三德拉克玛官俸;
另一些跟着卡瑞斯去了;有的去了卡奥尼亚,
像格瑞托特奥多罗斯和狄奥墨阿拉宗[3]就是;
还有的去了卡马里那、格拉和卡塔格拉。

---

① 指拉马科斯的愚蠢党徒。

② “帕努尔”有“坏蛋”的意思。

③ 有“狄奥墨阿乡区的吹牛者”之意。

拉马科斯

是大家推举了他们。

狄凯奥波利斯

可是为什么
你们总有办法支官俸，
（指歌队）
而这些人却一点不支？马里拉得斯①啊，
你头发已经白了，你当过使节没有？
他摇摇头；可他是个清白勤劳的人呀。
德拉库洛斯、欧福里得斯，或普里尼得斯②又怎么样？
你们中谁见过埃克巴塔那③或卡奥尼亚？
他们说没有。可是科绪拉的儿子④和拉马科斯见过，
虽然不久前因偿不清债务，付不出公摊款⑤，
被朋友们大叫“滚开”，
遭到不堪入耳的辱骂。

拉马科斯

民主啊，这是可以容忍的吗？

狄凯奥波利斯

不，如果拉马科斯不支官俸。

---

① 歌队成员之一。
② 也都是歌队成员。
③ 波斯都城之一。
④ 即墨伽克勒斯，是大贵族。这里泛指一般贵族子弟。
⑤ 一种为救济贫苦社员的定期捐款。

拉马科斯

但是我要同所有的伯罗奔尼撒人
一直打下去，从海上、陆上，
从各处，以全力围攻他们。

（拉马科斯偕二士兵进入右屋）

狄凯奥波利斯

我却要向所有的伯罗奔尼撒人、
墨伽拉人和波奥提亚人宣告开放市场，
来和我做买卖，拉马科斯除外。

（狄凯奥波利斯进入中屋）

（六）
插　曲

歌队长

（短语）

这人在辩论中获胜，在议和问题上说服了人民。
让我们脱去外套，按抑抑扬格音步歌唱吧。

歌队长

（插曲正文）

自从诗人指导我们歌队演出他的喜剧以来，
从没对观众说过他自己是多么正确。
但由于他的对头在轻信的雅典人中中伤他，
说他讽刺我们的城邦，侮辱我们的人民，
他现在要在从善如流的雅典人面前为自己辩护。
诗人断言，他应该得到你们多多的感谢，
是他教导你们不要听信外邦人的谎言，
不要喜欢听奉承话，误了国家大事。
从前外邦使节不难骗过你们，只需用
“啊，紫霞冠的雅典”开头一称呼，只要听到
一这么说，爱戴高帽子的你们便坐不住了。
如果有人恭维你们，称赞“油亮的雅典城”，
单凭“油亮的”这一形容鲱鱼也可以的用语
他就可以从我们公民手中想要什么就得到什么。
正是诗人的这一规劝，使你们得到了许多的好处。
他还向你们指出过，盟邦人民怎样受我们民主的统治。
因此今天他们从那些城邦给你们带着贡品前来，
正是热心地想看看这位最优秀的诗人——
他敢于在雅典人中说出真话。
他的勇敢名声已经远播四方，
有一天波斯国王接见斯巴达使节，
首先问他们哪一个城邦称霸海上，
其次就问起这位诗人时常在批评哪个城邦，
他说，谁听了这位诗人的忠告，谁就会
变得非常明智，并在战争中大胜。
正因如此，斯巴达人向你们提议和平，
要求割让埃吉纳——他们不是在乎
那个海岛，而是为了夺去这位诗人。
但是你们决不可放弃他：他将在喜剧里宣扬真理。
他说，他要教你们许多美德，让你们永远幸运，

他不拍马,不行贿,不诈骗,
不要赖,不糊弄人,而是教你们美德。

歌队长

（快调）
因此就让克里昂玩弄阴谋吧,
就让他对我耍各种各样的诡计吧。
幸运和我在一起,公正
将和我一起战斗,
涉及城邦大事,我决不会
被发现是个像他那样的
胆小鬼,我也不是个色鬼。

歌　队

（短歌首节）
来吧,阿卡奈的炭火缪斯啊,
带着火焰的威猛来到我的跟前,
你飞吧,像火星飞迸,
像木炭燃烧时冒烟,
令人想起小鱼儿在炭火上烧烤,
人们正在准备盐汁,
把鱼儿放在里边浸浸泡泡,
使它们闪闪发亮,扇子一扇,
橡树木炭轰地一阵飞出火星。
请你就这么来吧,炭火的缪斯,
教会你的乡邻唱一曲充满火力的歌曲。

歌队长

（后言首段）
我们这些高龄的老人受到城邦的欺凌。

须知，我们在海战中受过苦，但没想到
被你们剥夺了优待，日子才过得悲惨。
你们要对我们这些老头儿提起诉讼，
让那些演说的娃娃们在法庭上嘲笑我们。
我们还有什么？只剩下迟钝和衰弱，
只有拐杖做我们不滑倒的波塞冬[①]了。
我们站在讲台上颤动着没有牙齿的嘴唇，
除了这法庭的乌烟瘴气便什么也看不见。
一个年轻人为自己谋得了起诉人的地位，
灵巧地用演说鞭挞我们，快速地投掷字句；
他的提问像匕首，不论说什么都设圈套，
他折磨提托诺斯[②]，吓他，把他搞得稀里糊涂。
老人颤动着瘪嘴，嘀咕着退出法庭，被判有罪。
然后心里难过，呜呜咽咽地对朋友们说：
“我不得不把积攒了买棺材的钱拿来付罚金了。”

歌　队

（短歌次节）
一个白发老头淹死在
滴漏壶[③]的流水里，不可想象！
他曾经为城邦吃过许多苦，
立过许多功，流过许多汗，
在马拉松战场上是英雄好汉。
我们曾在马拉松赶走过敌人，
如今被这些无赖追赶，
紧追不放，被判有罪。

① 水兵以海神波塞冬为保护神。
② 为晨光女神所爱。她为他求得长生不死，但不料他会变老。这里泛指极老的人。
③ 滴漏壶，雅典法庭上的计时器。

马普西阿斯[①]啊，
对此你有什么话解释？

歌队长

（后言次段）
世间还有公道吗？衰老的修昔底德
受到克菲索得摩斯的起诉，他的能说会道
使修昔底德吃尽了斯基泰蛮荒的苦楚[②]。
因此我满怀同情，痛苦地哭了，
看见老头儿被那个弓箭手[③]搞得仓皇失措。
不，我当着德墨特尔起誓，如果修昔底德还年轻，
他甚至不会容忍希腊人这么轻易辱骂他，
他会首先摔倒十个欧阿特洛斯[④]，
而后大吼一声，喝倒三千个斯基泰弓箭手，
还射死他[⑤]父亲的所有斯基泰亲眷。
既然你们不让老头儿安静睡觉，
那就让诉讼分开进行：
对老年人诉讼的也是掉了牙齿的老年人，
对年轻人诉讼的是浪荡子，饶舌儿和克勒尼阿斯的儿子[⑥]。
从今往后必须是老年人放逐老年人，或没收其财产，如果他逃亡的话，
年轻人放逐年轻人，或没收其财产，如果他逃亡的话。

---

① 一个反对救助老兵的人。
② 克菲索得摩斯有斯基泰人的血统。
③ 指克菲索得摩斯。
④ 欧阿特洛斯是个好斗的演说者，这名字字面上有“优秀竞赛者”之意。
⑤ 克菲索得摩斯。
⑥ 叛国者亚西比亚。

（七）

第四场

（布景由公民大会会场变为市场，狄凯奥波利斯携皮鞭上）

狄凯奥波利斯

这是我市场的边界，
所有的伯罗奔尼撒人、墨伽拉人
和波奥提亚人都可以在这里和我
买或卖，只是拉马科斯不可以。
我任用这三根拈阄选出的
勒普洛斯①皮鞭维持市场秩序，
我不让告密人或法息斯河②来的
任何别的人进来这里。
我要把刻有和约的石柱搬来这里，
把它竖在市场里，让大家看得见。

（一墨伽拉人携二女孩上）

墨伽拉人

雅典的市场，你好！墨伽拉喜爱你。

---

① 雅典郊外的皮革市场。

② “法息斯”发音近似“告密”。

友谊之神作证，我想念你，像想念母亲。
不幸父亲的两个可怜的女娃啊，
找吃的吧！也许有地方能找得到。
听着，肚子有没有对你们说：
被卖掉比饿死好？

女孩甲和乙

卖掉，卖掉。

墨伽拉人

我也这么说。但是，有谁这么傻，
有钱没处花，想买你们两个？
幸好我还有点墨伽拉人的计谋。
我把你们化装成小猪来卖。
快套上这些猪蹄子。
要显得你们出自高贵的母猪，
赫尔墨斯在上，如果你们
不得不回家，可就要饿死啦。
再戴上这猪面具，手脚
利索地钻进这口袋。
你们要叽溜叽溜咕咕地叫，
像祭神时的小母猪那样。
我去把狄凯奥波利斯叫出来。
喂，狄凯奥波利斯，你要买小猪吗？

（狄凯奥波利斯自中屋出。）

狄凯奥波利斯

你是谁？一个墨伽拉人？

墨伽拉人

来做买卖的。

狄凯奥波利斯

生活如何?

墨伽拉人

坐在炉火边一阵阵饥饿。

狄凯奥波利斯

宙斯作证,很快乐,如果听听音乐。
眼下墨伽拉人别的还做什么?

墨伽拉人

不一而足。
例如当我动身来雅典的时候,
墨伽拉议事会正在作出决议,
让我们尽快最悲惨地死掉。

狄凯奥波利斯

那么你们马上就可以不烦心了。

墨伽拉人

可不是吗?

狄凯奥波利斯

还有什么别的?墨伽拉的粮食贵吗?

墨伽拉人

它对于我,就像天神那样高不可攀。

狄凯奥波利斯

你带来盐吗?

墨伽拉人

它不是控制在你们手里吗?[1]

狄凯奥波利斯

你有大蒜吗?

墨伽拉人

哪来的大蒜呀。你们每次
打进来,总是像田鼠一样,
用木橛把田里的蒜头刨光[2]。

狄凯奥波利斯

那你带来了什么?

墨伽拉人

秘仪中献神的小母猪。

狄凯奥波利斯

很好,拿出来看看。

墨伽拉人

很漂亮的。
如果想要,就称一称;又肥又美。

---

① 墨伽拉人的盐场这时被雅典人占领着。

② 雅典人每年两次攻打墨伽拉,毁坏田里的庄稼。

狄凯奥波利斯

这是什么东西呀?!

墨伽拉人

宙斯作证,是小猪呀。

狄凯奥波利斯

你说什么? 什么地方出产的?

墨伽拉人

墨伽拉出产的。
怎么,难道不是小母猪吗?

狄凯奥波利斯

我看不是。

墨伽拉人

不奇怪吗? 请看他心病有多重!
他不信这是小母猪。如果愿意,
让我们来赌一点茴香和食盐,看
依希腊的法律这是不是小母猪①。

狄凯奥波利斯

但那是"人"的。

墨伽拉人

狄奥克勒斯②作证,

---

① 小母猪有"下贱的少妇"、"娼妇"之意。

② 一个雅典人,为一个墨伽拉少年而战死,因此受到人们纪念。

是我的。你以为它们是谁的？
你想听听它们叫吗？

狄凯奥波利斯

众神作证，
我想听。

墨伽拉人

小猪，你赶快说话呀！
你不想说？小娼妇，你不说话吗？
凭赫尔墨斯发誓，我马上就把你带回家去。

女孩甲和乙

咕，咕！

墨伽拉人

这是不是小母猪？

狄凯奥波利斯

现在真像。
养五年真会成为一个娼妇。

墨伽拉人

请放心，
过五年不会差似她的母亲。

狄凯奥波利斯

但是不适于献神。

墨伽拉人

为什么？
怎么不适用于献神？

狄凯奥波利斯

没有尾巴。

墨伽拉人

因为还小，再喂几年
就会长出一条又长又粗的红尾巴。
养肥了就是一只漂亮的小母猪。

狄凯奥波利斯

它们的阴部多么相像呀！

墨伽拉人

它们是同一父母生的，
等到养肥了，毛长长了，
就是用来献给爱神的最好小母猪了。

狄凯奥波利斯

可小猪不是用来祭爱神的。

墨伽拉人

猪不用来祭爱神？专祭这位神。
它们的肉一戳在铁签子上，
味道说不出地好吃呢。

狄凯奥波利斯

没有母亲它们已经会吃东西？

墨伽拉人

波塞冬作证，没有父亲也会吃。

狄凯奥波利斯

它们最爱吃什么？

墨伽拉人

给它们什么都爱吃。
你自己问问它们。

狄凯奥波利斯

小猪，小猪！

女孩甲

咕，咕。

狄凯奥波利斯

想吃豌豆吗？

女孩甲

咕，咕，咕。

狄凯奥波利斯

菲巴利斯的无花果干，爱吃吗[1]？

女孩甲

咕，咕。

---

[1] 墨伽拉盛产无花果的地方靠近阿提克边境。

狄凯奥波利斯

你呢？你也爱吃吗？

女孩乙

咕，咕，咕。

狄凯奥波利斯

一听到无花果干你们就尖叫。
喂，谁替我从屋子里拿点无花果干
给这些小母猪。它们吃吗？哎呀，
最可敬的赫拉克勒斯啊，它们吃得多响呀！
哪里来的小母猪？像是特拉加赛[1]来的。

墨伽拉人

它们不是吃了无花果干的全部，
因为，我捡起了其中的这一个。

狄凯奥波利斯

宙斯作证，它们是两只很好玩的小牲畜。
说说看，要我出多少钱你才卖它们？

墨伽拉人

这一只换一札蒜头，
那一只一筒子盐，如果你愿意。

狄凯奥波利斯

我买了。你在这里等一等。

---

① 特拉加赛是特洛伊的一小城名，发音与希腊文“吃”相近，故亦可意译为“吃城”。

墨伽拉人

就这样说定了。
（狄凯奥波利斯进屋）
买卖神赫尔墨斯啊，但愿我能
把我的老婆和我的老娘也这样卖掉！
（告密人上）

告密人

喂，你这人，从哪儿来的？

墨伽拉人

墨伽拉的猪贩子。

告密人

我要告发这两只小猪——
敌货——还有你。

墨伽拉人

似曾相识的灾难又来了，
我们的全部灾难就是这样起头的。

告密人

我要叫你用墨伽拉话哭的。还不放下那口袋！

墨伽拉人

狄凯奥波利斯，狄凯奥波利斯，我要被告发了。
（狄凯奥波利斯上）

狄凯奥波利斯

谁？谁告发你？你们这些市场监管，

（同时操起一根皮鞭）
还不把这些告密人赶出去？
（向告密人）
不给你点厉害，你不知道收敛。

告密人

我不该告发我们的敌人吗？

狄凯奥波利斯

你要哭的，
从这里滚开！到别的地方刺探去！
（告密人下）

墨伽拉人

这是雅典的一大祸害！

狄凯奥波利斯

放心吧，墨伽拉人！作为卖小猪的所得，
你把这些大蒜和盐拿去。
祝你幸福。

墨伽拉人

我们那里还哪来的幸福！

狄凯奥波利斯

算我多嘴，那就祝我自己幸福吧。

墨伽拉人

小猪啊，没有了爸爸，你们就自己
去啃加盐的大麦饼子吧，如果人家给你这个。

（墨伽拉人下，狄凯奥波利斯赶两“小猪”进屋）

（八）

第一合唱歌

甲半歌队

这个人真有福！你听见了吗？
他想干什么，就干得成什么。
瞧他，坐在市场上收获利益。
哪一个克特西阿斯
或别的告密人突然进来，
一定会哭着走开。

乙半歌队

没有人能在买食品时欺负你，
抢在前头买走了你要买的东西。
普瑞庇斯[1]也不能往你身上泼脏水，
克勒奥倪摩斯[2]也推挤不了你，
你可以衣冠整齐地走来走去，

① 是个告密者。
② 是个政治煽动家。

许佩尔波洛斯①碰上你，
也不能叫你吃官司。

甲半歌队

克拉提诺斯②这个色鬼下流坯，
眼下不会在市场里逛，向你走近。
他总是剃光头，像被捉了奸，
爱吃喝逍遥，像阿尔特蒙③，
爱哼小调，敏于作曲。
出生特拉迦赛城④，胳肢窝臊臭。

乙半歌队

保松这个卑鄙的小人，不会在市场里攻击你，
吕西斯特拉托斯⑤也就不会了；
这个科拉格亚⑥人的"光荣"，
做坏事学人还要更胜于人：
泡宋挨饿一个月⑦，
他定要绝食超过三十天。

---

① 一个政客。
② 一个年轻的告密人。
③ 也是个年轻的坏人。
④ "特拉迦赛"发音近似"山羊"一词。
⑤ 他和保松都是告密人。
⑥ 阿提克的一个乡区。
⑦ 泡宋是因为本来穷。

（九）

第五场

（一波奥提亚人和一仆人以及数名吹笛者上）

波奥提亚人

赫拉克勒斯作证，我的肩膀磨得好疼。
伊斯墨尼科斯，把薄荷叶轻点儿放下。
你们这些从忒拜来的吹笛者，
用你们的风笛儿吹狗屁股吧[1]。

（狄凯奥波利斯自中屋出）

狄凯奥波利斯

够了，真是一群马蜂，快从我的门口滚开！
你们这些开里斯来的该死的大群
马蜂，是从哪里飞到我的门口来的？

（吹笛者下）

波奥提亚人

伊奥拉奥斯[2]作证，我很高兴，啊，朋友！

---

① 狗屁股与狗皮囊有联系，风笛下接的部分是用狗皮做的气囊。
② 赫拉克勒斯的侄子和助手，像赫拉克勒斯一样，他也是波奥提亚人的英雄。

从忒拜城起这些家伙一直跟在我的背后吹，
把薄荷上的花儿全都吹落地上了。
但是，如果愿意，请买点我带来的
货物：鸟儿或四只翅膀的①……

狄凯奥波利斯

你好，有面包吃的波奥提亚朋友。
你带来了什么？

波奥提亚人

波奥提亚有的东西全带来了：
调料、薄荷、地毡、灯盏，
野鸭、秧鸡、鹌鹑、鸽子，
斑鸠、鹧鸪。

狄凯奥波利斯

你一阵狂风
把鸟类全刮到我的市场上来了。

波奥提亚人

我还带有家鹅、野兔、狐狸，
田鼠、刺猬、野猪、猪獾，
黄貂、水獭、科帕伊斯湖的鳝鱼。

狄凯奥波利斯

啊，你给人们带来了最美味的鱼儿！
如果带来了，就让我向这些鳝鱼问个好。

---

① 应该说“四只脚的”急切中却误说出了“四只翅膀的”。

波奥提亚人

你这五十个科帕伊斯姑娘中的大姐啊,①
快来,对这些客人们说句客气话。

狄凯奥波利斯

啊,你,最亲爱的,令人望眼欲穿的,
令歌队思念的②,摩律科斯③喜爱的,
你终于来了。家人们,替我
把火盆和扇子拿到这里来。
孩子们,看这美丽的鳝鱼,
隔了六年才来,令我们想煞。
孩子们,向她表示欢迎!
我要给你们炭火,招待这位客人。
把她拿出来! 就是死后
我也不和你分离,加上调料的鳝鱼④。

波奥提亚人

可是谁付鱼钱给我呢?

狄凯奥波利斯

它就算市场税交给我了吧;
告诉我,还有什么别的要卖的?

---

① 戏拟埃斯库罗斯的台词:“你这五十个涅柔斯女儿的大姐啊。”

② 演出成功后歌队受到宴请,其中有鳝鱼吃。

③ 摩律科斯是个美食家。

④ 戏拟欧里庇得斯的《阿尔克斯提斯》第367行:“就是死后,我也不和你分离,唯一忠于我的妻子。”

波奥提亚人

（指指口袋）
这些全都卖呀。

狄凯奥波利斯

你要多少钱？
或者从这里换点什么回去？

波奥提亚人

换货，
雅典有波奥提亚没有的。

狄凯奥波利斯

那么你拿法勒戎的鳁鱼或陶器吧。

波奥提亚人

鳁鱼或陶器？我们那里都有。
我要我们那里没有，你们这里多得很的东西。

狄凯奥波利斯

有了。把一个告密者
当陶器捆起来运出去吧。

波奥提亚人

双胞胎神[1]在上，
我带一个回去准赚大钱，
当一个非常淘气的猴子牵去耍。

---

① 安菲昂和仄托斯，宙斯之子，忒拜城的建造者。

（尼卡科斯上）

狄凯奥波利斯

正好尼卡科斯来了,他是个告密者。

波奥提亚人

他个子太矮小。

狄凯奥波利斯

可是一身的坏主意。

尼卡科斯

这些货物是谁的?

波奥提亚人

全都是我的,
忒拜运来的,宙斯作证。

尼卡科斯

那我就要告发,
这些都是敌货①。

波奥提亚人

你疯了?
你要同这些鸟儿为敌开战?

尼卡科斯

除此而外我还要告发你。

---

① 忒拜人,即波奥提亚人,是雅典的敌方。

波奥提亚人

我做错了什么啦?

尼卡科斯

我要为了观众答复你:
你从敌人那儿运进了灯芯。

狄凯奥波利斯

你要为了一根灯芯告发他?

尼卡科斯

它可以烧掉一座船厂。

狄凯奥波利斯

灯芯烧掉船厂?怎么烧法?

尼卡科斯

只要有一个波奥提亚人
往一只蜘蛛身上粘上一根点燃的灯芯,
趁风通过排水沟直放进港湾,
只要一点火星碰到船就够了,
立刻烧个精光。

狄凯奥波利斯

啊,你这最该死的坏蛋,
一只水蜘蛛和一根灯芯草就能把什么都烧了?

尼卡科斯

(向观众)

我请你们作证。

狄凯奥波利斯

堵住他的嘴！
给我一些草绳，好把他捆起来装运，
像陶器一样，不至于在搬运中破损。

甲半歌队

（首节）
啊，最好的朋友，替这位客人
把货物捆扎得好些，
让他不至于
在搬运中把货物砸了。

狄凯奥波利斯

我一定会不惜花力气，
让它吱吱地叫发狠地喊，
火一烧，
发出神所厌恶的破裂声。

甲半歌队

这家伙有啥用？

狄凯奥波利斯

哪里都用得上：
可用以揉制讼案，搅乱人心，
可作油灯，照亮了钻空子，
可用以泡制
任何麻烦。

乙半歌队

（次节）
谁肯拿这样的家什
在家里用它，
它会不停地
发出破裂声。

狄凯奥波利斯

它倒是很牢的，朋友。
永远不会打破。
只要把它挂起来
头朝下脚朝上。

乙半歌队

看，替你捆好了。

波奥提亚人

我要用它来赚钱。

乙半歌队

行，赚钱去吧，亲爱的客人，
把这告密者带回去。
现在且把它
扔到一个合适的地方。

狄凯奥波利斯

好不容易把这该死的东西捆好了。
波奥提亚人啊，把这件空心陶器扛走吧。

波奥提亚人

好，伊斯墨尼阿斯①，蹲下来放低肩膀。

狄凯奥波利斯

小心点把它运回家去，
别以为它一钱不值，
这货物有利可图，
有了它们一定有福气。

（仆人扛着尼卡科斯下，波奥提亚人同下；狄凯奥波利斯进中屋，拉马科斯的仆人上）

仆　人

狄凯奥波利斯！

狄凯奥波利斯

谁？你为何大声喊我？

仆　人

为何？
拉马科斯吩咐我给你一个德拉克玛，
向你买几只画眉鸟过大酒钵节②，
还给你三个德拉克玛
买罗科帕伊斯的鳝鱼。

狄凯奥波利斯

哪个拉马科斯要鳝鱼？

---

① 波奥提亚人的仆从。

② 敬鬼的节日，酒里掺水和蜜。

仆　人

就是那个可怕的、固执的拉马科斯，
舞动戈耳工头像的、头戴三绺羽盔的。

狄凯奥波利斯

凭宙斯起誓，他换不到，即使把盾牌给我。
就让他对着臭咸鱼晃动他的三道盔羽吧。
如果他来吵闹，我就叫市场管理员来。
（仆人进右屋）
好，我要带着这些买来的货物
进屋去了，拍着画眉和八哥的翅膀。
（狄凯奥波利斯进中屋）

（十）
第二合唱歌

歌　队

（首节）
你们看呀，全城的人民，
这个智力超群的聪明人
为自己谋得了和平，
他买得了一切货物：

有的可以留在家里用，
有的适合烧熟了吃。
一切好东西都自动来到他门前。
我决不欢迎战神来到我家，
决不让他和我榻靠榻饮宴，同唱一支
哈摩狄奥斯歌[1]；他生来是个醉汉，
人家日子本来过得幸福美满，
他突然闯了进来，制造种种灾难，
他翻倒这个，摔破那个，撕来扯去。
我们三番五次邀请他："坐下来，
喝点美酒，接过这友爱的杯子！"都是白说。
他还要变本加厉放火烧毁我们的葡萄架，
践踏蹂躏我们的葡萄藤，不听哀求。

（次节）

你们看，这个人
吃尽人间山珍海味，多么开心，
还把这些羽毛抛向门外，显示阔绰。
啊，和平女神，
你和美丽的阿佛洛狄忒
以及美惠三女神作伴，
我从不知道你的容貌这么美丽。
为什么厄洛斯[2]不像画儿上画的那样
头戴花冠来把你[3]和我拉到一起订亲？
或许是不是你认为我太老了？
但是，如果得到你，我想我还可以作出三个贡献：
首先，我要栽一长行矮葡萄藤，

① 赞美刺杀僭主希帕科斯的英雄哈摩狄奥斯的赞歌。

② 小爱神，爱神阿佛洛狄忒的儿子。

③ 和平女神。

其次,在它旁边栽上无花果树的嫩秧,
第三,还要栽上一行爬架的高葡萄藤,尽管我老了。
并且在这整块田地周围栽一圈嫩橄榄树,
好榨出橄榄油,供你和我在新月出现时搽身[1]。

(十一)

第六场

(传令官上)

传令官

大家听着! 按照祖宗的习惯,听见号声
你们就开始喝一大碗酒,谁先喝干
谁就赢得克特西丰的皮囊[2]。
(传令官下,狄凯奥波利斯带仆人上)

狄凯奥波利斯

孩子们[3],妇女们,你们没听见吗?
你们在做什么? 没听见传令官说话吗?
你们煮呀,烤呀,翻转呀,快把

① 新月出现时是古希腊人举行宗教仪式的时候。
② 皮囊贮酒,这里取笑克特西丰,因为他是个大胖子。
③ 指年轻的仆人。

兔子肉拖出来，快把花冠编出来。
把铁签子拿来，让我戳上画眉鸟。

歌队长

我真希望能有你的好主意，
更希望能有你的好饮食，
啊，走好运的人啊！

狄凯奥波利斯

等看见烤画眉，你又会说什么呢？

歌队长

又是我羡慕你。

狄凯奥波利斯

（向仆人）
把炭火扇旺点。

歌队长

你们听见吗？多像个厨师，
内行、熟练，
自己做得一手好菜！
（一农民上）

农　民

哎呀，苦呀！

狄凯奥波利斯

赫拉克勒斯啊，这是谁？

农　民

是个晦气人。

狄凯奥波利斯

你把晦气自己留着吧。

农　民

最最亲爱的，只你有和约，
谁把和平分点给我吧，哪怕只五年。

狄凯奥波利斯

你怎么啦？

农　民

我完了，丢了两头牛。

狄凯奥波利斯

哪里丢的？

农　民

波奥提亚人从费勒[1]牵走的。

狄凯奥波利斯

你这晦气透顶的人，居然还穿吉服！

农　民

宙斯作证，它们俩本来还可以每天给我拉两泡牛屎。

---

① 阿提克的一个乡区。

狄凯奥波利斯

现在你要什么呢?

农　民

现在我哭那两头牛,哭瞎了眼睛,
如果你关心我——费勒的得克特斯,
请赶快用和平露抹抹我的眼睛。

狄凯奥波利斯

可是,不通事理的人啊,我不是公医呀[1]。

农　民

我求你了,只要我有法子救出我的两头牛。

狄凯奥波利斯

不,不行,你到庇塔洛斯[2]家去哭吧。

农　民

我求你往我这小瓶子里
滴一滴和平露,只一小滴。

狄凯奥波利斯

一滴也不给。向我是求不到的。

农　民

哎呀,我真倒霉,我的好耕牛啊!

---

① 古代希腊医生拿政府薪水。

② 当时名医。

（农民下）

歌队长

这个人在和约里
发现了什么甜蜜的东西，
看来不会分给任何人一点。

狄凯奥波利斯

（向仆人）
把蜜倒点腊肠上，
把墨鱼烤烤。

歌队长

你们有人听见大声嚷嚷吗？

狄凯奥波利斯

（向仆人）
莫忘了烤鳝鱼。

歌队长

你叫我看得馋死了，
肉香把邻居熏死了，
还要用叫嚷把我们吵死。

狄凯奥波利斯

（向仆人）
再把这些烤烤，烤烤好！
（伴郎上）

伴郎

狄凯奥波利斯！

狄凯奥波利斯

谁呀？

伴 郎

一个新郎叫我给你送来这些肉，
从婚宴上。

狄凯奥波利斯

做得漂亮，不管他是谁。

伴 郎

他请求你，为了这些肉的缘故，
倒一小勺子和平露到这小瓶子里，
让他好在家陪伴新娘，免得去服兵役。

狄凯奥波利斯

把肉拿回去，拿回去，我不要
就是给我几万德拉克玛，我也不倒给一滴。
（伴娘上）
她是谁？

伴 郎

是伴娘，
她要把从新娘那里捎来的话只告诉你一个人。

狄凯奥波利斯

来，你要说什么？

（伴娘向狄凯奥波利斯耳语）
新娘的要求，
诸神啊，真是可笑，她坚决要求我
把新郎的阴茎留在家里。
（向仆人）
把和平露拿来，只倒点给她一个人。
因为，妇女对战争没有责任。
女人，把瓶子拿到这底下来，这样。
（倒和平露）
你知道这该怎么用吗？告诉新娘，
在征兵征到新郎的时候，夜里
用这个抹到新郎的阴茎上。
（伴郎和伴娘下，向仆人）
把和平露拿走。把勺子拿来，
我好把酒倒满酒碗。
（仆人下）

歌队长

有人急匆匆往这里赶来，皱着眉头，
好像要传报什么可怕的消息。
（传令官上）

传令官

啊，辛苦呀，厮杀呀，拉马科斯们呀！
（拉马科斯上）

拉马科斯

谁在我这铜甲的房屋跟前吵闹？

传令官

将军们命令你带着你的
队伍和羽盔火速出发。
冒着风雪去守关。
他们得报:波奥提亚强盗
想在大酒盅节和大酒钵节①向我们袭来。
（传令官下）

拉马科斯

唉！将军们啊,你们人数大胆子小。
不让我们欢度节日——这不可怕吗?

狄凯奥波利斯

唉！英勇的拉马科斯出征啦！

拉马科斯

唉呀,倒霉！你讥笑我?

狄凯奥波利斯

（手里拿着一只蝗虫）
你要和四只翅膀的革律昂②作战?

拉马科斯

唉,唉,传令官向我宣布了一个多么坏的消息呀！

① 一般认为是同一个节日,在同一天。

② 传说中的一个国王,有三头三身,六手六脚。这里狄凯奥波利斯再给他加上蝗虫的四只翅膀。

狄凯奥波利斯

哎,哎,这个人奔来向我报什么信呢?

报信人甲

狄凯奥波利斯!

狄凯奥波利斯

什么事?

报信人甲

赶快去赴宴会吧,
带着你的提篮和酒盅。
狄奥倪索斯的祭司叫我来邀请你。
动作快点！宴会为你耽搁许久了。
其他的一切全准备就绪:
斜榻、餐桌、靠垫、毛氈,
花冠、油膏、甜食、妓女,
麦片糕、奶饼、芝麻糕、蜜饼,
还有行酒令的美丽歌女。
你快去吧,快点!
（报信人甲下）

拉马科斯

我倒霉了。

狄凯奥波利斯

因为你选中了戈耳工作为你的保护神了。
（向仆人）
把门关了,叫人把酒菜准备好。

拉马科斯

仆人,仆人,把背包拿来给我。

狄凯奥波利斯

仆人,仆人,把菜篮子拿来给我。

拉马科斯

仆人,给我拿点茴香盐来,还要葱头。

狄凯奥波利斯

仆人,给我拿几片鲜鱼来,我讨厌葱头。

拉马科斯

仆人,给我用无花果叶子包点臭鱼干来。

狄凯奥波利斯

仆人,给我用无花果叶子包一块肥肉来,到那里烤吃。

拉马科斯

把我头盔上的羽毛拿来!

狄凯奥波利斯

把我的斑鸠和画眉拿来!

拉马科斯

鸵鸟的羽毛白得真美呀!

狄凯奥波利斯

斑鸠的肉红得真鲜呀!

拉马科斯

伙计啊，别再讥笑我的武装了！

狄凯奥波利斯

伙计呀，别再盯着我的画眉肉了！

拉马科斯

把那个三道羽毛的袋子给我找出来！

狄凯奥波利斯

把那个兔肉盘子拿给我！

拉马科斯

要是蛀虫吃了我的翎毛怎么办？

狄凯奥波利斯

要是饭前我喝了兔肉汤怎么办？

拉马科斯

这家伙，你能不能不跟我说话？

狄凯奥波利斯

能呀，我是在跟仆人争论。

（向一仆人）

你想打赌吗？让拉马科斯来裁判：
哪种肉好吃——画眉还是蝗虫？

拉马科斯

你无礼太甚。

狄凯奥波利斯

（向仆人）
他说蝗虫好吃得多。

拉马科斯

仆人，仆人，把我的长矛取下来，拿出来。

狄凯奥波利斯

仆人，仆人，把我的腊肠拿到这儿来。

拉马科斯

我要把长矛从套子里退出来，
仆人，捏住，捏紧点。

狄凯奥波利斯

仆人，你把肉签子捏紧点。

拉马科斯

仆人，拿搁盾牌的架子来！

狄凯奥波利斯

拿填肚子的面包来！

拉马科斯

把有戈耳工头的圆盾拿过来！

狄凯奥波利斯

把带奶酪的圆饼拿给我！

拉马科斯

这不是些平淡无奇的笑话吗？

狄凯奥波利斯

这不是些人人爱吃的奶饼吗？

拉马科斯

仆人，把油倒上去[1]。盾面上
照得见一个胆怯的老头在逃跑。

狄凯奥波利斯

把蜂蜜倒上去。奶饼上
我照见一个老头儿在笑戈耳工的拉马科斯。

拉马科斯

仆人，把我的盔甲拿来！

狄凯奥波利斯

仆人，把我的酒杯拿来！

拉马科斯

我穿起盔甲和凶恶的敌人厮杀。

狄凯奥波利斯

我放开酒量和喝醉的酒友比赛。

① 倒在盾牌上把盾面擦亮。

拉马科斯

仆人,把毯子捆到盾牌上!

狄凯奥波利斯

仆人,把这食品放在篮子里!

拉马科斯

我要自己扛背包了。

狄凯奥波利斯

我要披上斗篷了。

拉马科斯

仆人啊,拿起盾牌上路吧!
下雪了。祸不单行,冬天的寒冷啊。

狄凯奥波利斯

仆人啊,提起篮子,去享受宴饮的快乐吧!
（拉马科斯和仆人,狄凯奥波利斯和仆人,俱下）

（十二）

第三合唱歌

歌队长

现在出发上路吧，祝你们一路顺风！
两人的道路是多么的不同：
一个戴上花冠去宴饮；
一个挨饿受冻去守关，
正当对手
拥着妙龄女郎
欢度良宵的时候。

歌　队

（首节）
我喜欢有话直说：
愿唾沫四溅的安提马科斯死了！
愿这个坏的诗人不得好死，天诛地灭！
他在勒奈亚节做歌队司仪的时候，
竟不请我参加庆功宴会。
但愿我能看见他等着想吃乌贼鱼，
正当鱼肉已经烤好
在滚油里发出吱吱响声

美食正要到口的时候，
冷不防跑来一条狗，
抢走了鱼儿，
逃得无影无踪。
（次节）
这只是他的一起晦气，
但愿他夜里发生另一起晦气：
在他骑着马走回家去的时候，
半路上碰到了一个喝醉了
发酒疯的劫路贼，
被一棍子打破脑壳。
但愿他想捡起一块石头还击，
不意黑暗里一手抓起了
一团刚屙出来的屎。
还愿他捏住它扔过去时，
没能扔中目标，
却扔中了克拉提诺斯[1]的脸。

① 当时雅典的一名花花公子。

（十三）

退　场

（报信人乙上）

报信人乙

拉马科斯的家人们、仆人们啊，
快用瓦壶烧水，把水烧热！
你们准备纱布、药膏、
浸油的羊毛，裹踝骨的绷带，
我们的英雄跳壕沟受了伤，
碰上木桩，脚踝扭脱了臼，
跌倒在石头上，磕破了脑瓜，
盾牌破了，戈耳工从上面掉了下来。
当我们吹牛大王的羽饰扫到地上时，
他说出了一番可怕的话：
“光荣的眼睛啊[1]，我现在最后看你一眼，
我要离开这世界了，我要死了。”
说罢这些话他又跌进了小沟。
但他重新爬起来，阻止士兵往回逃，
他手执长矛紧追这些匪徒。

---

① 指太阳。

瞧,他追回来了,快开门!

（报信人乙下,两士兵扶拉马科斯上）

拉马科斯

（首节）

哎呀呀！哎呀呀！
这可怕的痛苦呀！我真不幸。
被敌人的长矛刺中,我要死了。
但还有别的更难受的痛苦：
若是狄凯奥波利斯看见我受了伤,
他会讥笑我的不幸。

（两吹笛女伴着狄凯奥波利斯上）

狄凯奥波利斯

（次节）

啊呀呀！啊呀呀！
你的酥胸多么结实有弹性！
吻我吧,温柔地吻我吧,小宝贝！
如吮地吻我吧,嘴唇贴紧嘴唇！
要知道,第一个喝光一碗酒的是我。

拉马科斯

我的命运真是苦呀！
唉,唉,我的伤口多么痛呀！

狄凯奥波利斯

哈,哈,你好,可爱的拉马科斯骑士。

拉马科斯

我不幸！

狄凯奥波利斯

我受苦！

拉马科斯

你为何给我一吻？

狄凯奥波利斯

你为何咬我一口？

拉马科斯

我打了一大仗，吃了苦。

狄凯奥波利斯

大酒钵节谁给你捐款？

拉马科斯

哎，医神啊，医神！

狄凯奥波利斯

可今天不是医神节。

拉马科斯

（向士兵）

捧住，捧住我的腿！哎呀呀，
请捧住我的腿，朋友们。

狄凯奥波利斯

（向二笛女）

你们两个甜蜜的，

热烈地亲我，亲我的鸡巴。

拉马科斯

我遭到敌人石头的打击，
打得我头发晕。

狄凯奥波利斯

我也头晕，要去睡觉，
但不是一个人。

拉马科斯

当心点，抬我到庇塔洛斯家去，
求他妙手回春。

狄凯奥波利斯

带我到评判员那里去。君主在哪里？
把酒囊递给我。

拉马科斯

长矛刺进了我的骨头，好痛！
（士兵扶拉马科斯进右屋）

狄凯奥波利斯

你们看！我喝干了。“哈哈，胜利光荣！”①

歌队长

“哈哈，胜利光荣！”老头啊，既然你这么欢呼。

① 引用阿克洛科斯歌颂赫拉克勒斯的诗句，也希望自己在戏剧比赛中获胜。

狄凯奥波利斯

我的酒里没有掺水,并且是一口喝干。

歌队长

万岁,好汉啊! 带着你的酒囊走吧!

狄凯奥波利斯

现在你们跟着我唱:“哈哈,胜利光荣!”

歌队长

我们跟着你,向你和你的酒囊高唱:“胜利光荣!”

(演员和歌队齐下)

骑士

阿里斯托芬 著

张竹明 译

场次

人 物

德莫斯

雅典人民的化身，已老迈

帕弗拉孔

德莫斯的家奴

尼基阿斯

德莫斯的家奴

得摩斯特涅斯

德莫斯的家奴

腊肠贩

名阿戈拉克里托斯

歌队

由骑士组成

无台词人物：

一男孩

三少女

（一）

开　场

（歌舞台前台散放着一些石块，代表雅典公民大会会场普倪克斯岗；后台中间一所房屋是德莫斯的家。得摩斯特涅斯和尼基阿斯自屋内上）

得摩斯特涅斯

哎呀，真倒霉，哎呀！哎呀！
但愿众神把这个新买来的坏蛋
帕弗拉孔连同他的捣鬼一起完了，
因为自从他进了这家门，
我们这些仆人就老挨打。

尼基阿斯

但愿这个头号坏蛋连同他的诬告一起灭了！

得摩斯特涅斯

可怜的人，你怎么样？

尼基阿斯

倒霉，和你一样。

得摩斯特涅斯

到这儿来,我们一起来
哼一个乌吕墨波斯[①]的呜咽曲。

尼基阿斯

呜呜,呜呜,呜呜,呜呜,呜呜,呜呜!

得摩斯特涅斯

呜呜有什么用? 我们不应该想个办法,好不要再哭了吗?

尼基阿斯

有什么办法? 你说说看!

得摩斯特涅斯

还是你说吧,我们别争了。

尼基阿斯

凭阿波罗起誓,我不。
还是你放大胆子说出来,然后我再说。

得摩斯特涅斯

“但愿你把我想说的说出来!”[②]

尼基阿斯

我没这胆量。我怎么能找得到
欧里庇得斯那样圆滑的话呢?

---

① 乌吕墨波斯,一位传说中的著名吹笛者和诗人。

② 引自欧里庇得斯的悲剧《希波吕托斯》第 345 行。

得摩斯特涅斯

算了,不要给我"野萝卜"[①]吃了!
快想个让我们
离开这主人的办法吧!

尼基阿斯

你说"特——奥",慢慢连起来读。

得摩斯特涅斯

我说"特——奥"。

尼基阿斯

说了"特——奥",
再说"普——奥"。

得摩斯特涅斯

"普——奥"。

尼基阿斯

很好。
现在用拼音法先说"特——奥,普——奥",
再说"特奥,普奥",反复几下,越说越快,办法便出来了。

得摩斯特涅斯

特——奥,普——奥,特奥,普奥,特奥普奥,"逃跑!"[②]

---

① 讥笑欧里庇得斯的母亲卖过野菜。

② 从第 21 行起两人都想到"逃跑",但谁也不肯先说出来。

尼基阿斯

对,怎么样? 喜欢吗?

得摩斯特涅斯

宙斯作证,当然喜欢,只不过
我害怕这办法不顺利,会害了我的皮。

尼基阿斯

为什么?

得摩斯特涅斯

因为那样会吃鞭子,剥掉一层皮的。

尼基阿斯

既然这办法不好,那么,
去拜拜什么神坛行不行?

得摩斯特涅斯

什么神坛? 你真相信有神吗?

尼基阿斯

我相信有。

得摩斯特涅斯

你怎么知道?

尼基阿斯

因为我既是个"天神厌恶的人",所以说有神。

得摩斯特涅斯

说得对。那么我们得另想办法。
你赞成把事情告诉观众吗?

尼基阿斯

很好。我们只要求他们一点:
用脸色向我们表示,
他们到底喜不喜欢我们的言谈和行动。

得摩斯特涅斯

那我现在就说啦。我们俩有个难侍候的
主人,爱吃豆子好争吵的小老头儿,
他就是普倪克斯的德莫斯,
耳朵有点背[1]。上月初他
买来了一个奴隶,一个硝皮匠[2],绰号帕弗拉孔,
最无赖,最喜欢诬告!
这个臭皮匠摸到了老头子的脾气,
他奉承主人,摇尾乞怜,
恭维他,花言巧语
哄骗他,向他这样说:
“德莫斯啊,你只判一个案子,
拿三个奥波尔[3],就去洗个澡,然后坐下吃喝。
你要不要由我给你摆晚饭?”
于是帕弗拉孔就把我们烹调好的食物
抢了去献给主人。

---

① 豆子是表决时投票用的;“普倪克斯”是雅典公民大会会场;“耳朵背”指不听劝告。

② 指皮革商克里昂。

③ 陪审津贴原为两个奥波尔,克里昂把它提高到三个奥波尔。另请参考《马蜂》第595行注。

例如不久以前，我在皮洛斯“打”
得一块斯巴达大麦饼，
他却悄悄地跑来十分狡猾地夺了去，
把我所“打”得的拿去献给了主人①。
他还把我们轰走，不让别人伺候
主人；德莫斯吃饭时候，他拿着皮带
站在那儿，把演说者们像苍蝇一样吓跑。
他还唱出一些神示②，弄得老头子迷迷糊糊。
看见老头子昏聩了，他开始捣鬼，
公开地诬告家里的仆人；
于是我们就挨皮鞭。
这个帕弗拉孔到仆人里头来
要挟、威胁、索贿，他这样说：
“你们看见许拉斯因我的一句话挨了皮鞭吗？
你们不买我的账，我就要你们的命！”
于是，我们只好送他钱；要不然，我们就会
被老头子踏在脚底下，屙出八倍的屎来！
（向尼基阿斯）
好伙计，现在赶快想一想，
应该采取什么办法，求助哪一个人？

尼基阿斯

好伙计，最好还是转向“逃跑”啊！

得摩斯特涅斯

但是没有一件事逃得过帕弗拉孔，

---

① 半年前得摩斯特涅斯在皮洛斯大败斯巴达，把四百二十名斯巴达人围在一个小岛上，克里昂这时投机取巧，夺得这次战功。

② 神谕以诗句的形式，内容晦涩难懂。

什么都逃不过他的眼睛：他一只脚
站在皮洛斯，另一只站在公民大会上，
他这样一跨步，屁股正好在“开口”尼亚，
手在“爱偷”利亚，心在“刮勒”庇代①！

尼基阿斯

那么，我们“只有一死了”②。
可是想一想，我们怎样才死得最像个男子汉？

得摩斯特涅斯

怎样，怎样才能最像个男子汉？

尼基阿斯

最好是喝公牛血。
太米斯托克利的死法比较可取③。

得摩斯特涅斯

不，还是喝敬奉幸运之神的纯酒吧，
那样也许我们可以想出个好点子来。

尼基阿斯

喝“纯酒”？这是你喝酒的时候吗？
喝醉了，怎么能想得出好主意来？

得摩斯特涅斯

真的吗，伙计？你这只会喝清水、说废话的人！

---

① 戏代卡奥尼亚、埃托利亚、克洛庇代（雅典东南方一乡区）三地名。

② 戏拟欧里庇得斯《希波吕托斯》第492行。

③ 事见普鲁塔克《太米斯托克利传》，此处尼基阿斯可笑之处在于相信公牛血有毒。

你敢挖苦酒的神通吗?
你能够找到什么东西比酒更有力量的吗?
你看见吗? 人们喝了酒就会变成
富翁,遇事顺遂,官司打赢,
享得到幸福,帮得上朋友。
赶快给我端一杯酒来,
让我润润灵机,好发表妙论。

尼基阿斯

哎呀,你喝了酒对我们有什么好处呢?

得摩斯特涅斯

好处大着呢。你只管端来吧!
　　(尼基阿斯进屋)
我就这样靠在斜榻上。
等我喝醉了,我能到处撒出
好点子、好主意、好计划。
　　(尼基阿斯拿着一瓶酒和一只酒杯出屋)

尼基阿斯

多么运气,我从屋里把酒偷了出来,
谁也没有看见。

得摩斯特涅斯

告诉我,帕弗拉孔在干什么?

尼基阿斯

他吃足了没收来的果子糕,
喝醉了酒,躺在皮堆上打呼噜呢。

得摩斯特涅斯

来，给我倒满纯酒
好祭神！

尼基阿斯

接住，向幸运之神祭奠吧！
大口大口地喝掉幸运之神的这杯普拉墨涅[①]产的酒吧！

得摩斯特涅斯

（喝酒）
幸运之神啊，这主意是你的，不是我的！

尼基阿斯

请你告诉我，是个什么主意？

得摩斯特涅斯

趁帕弗拉孔在睡觉，
快从屋里把他的神示偷出来！

尼基阿斯

好吧。但是我害怕
好运会变成厄运！
（尼基阿斯进屋去）

得摩斯特涅斯

来，我且把这酒杯端到唇边，
润润我的心智，想出我的高见。

---

① 普拉墨涅山在伊卡罗斯岛上，以产好酒闻名。

(尼基阿斯自屋内拿着一卷纸上)

尼基阿斯

帕弗拉孔放屁,打呼噜,睡得死死的。
我把他严密收藏的神示偷了来,没有叫他发觉。

得摩斯特涅斯

最机灵的人啊,
交给我来念。你给我倒酒!
让我看这里面究竟写些什么。
哦,是预言!赶快把酒杯递给我,递给我!

尼基阿斯

拿!神示里说的什么?

得摩斯特涅斯

再倒一杯!

尼基阿斯

神示里是说“再倒一杯”吗?

得摩斯特涅斯

巴基斯[①]啊!

尼基阿斯

什么呀?

① 巴基斯是波奥提亚的预言家。

得摩斯特涅斯

赶快把酒杯递给我！

尼基阿斯

巴基斯原来也很贪杯。

得摩斯特涅斯

可恶的帕弗拉孔啊，这就是
你藏了这么久的，你所害怕的，
关于你本人的神示吗！

尼基阿斯

什么样的？

得摩斯特涅斯

这里面说，他会怎样失败！

尼基阿斯

怎样失败呢？

得摩斯特涅斯

怎样吗？神示说得明明白白：
最初出现的是个卖碎麻的，
他首先掌管城邦的政事①。

尼基阿斯

是个小贩。以后呢？说呀！

---

① 据说这人指欧克拉特斯，是个政治煽动家。碎麻可以填塞船缝，与战备有联系。

得摩斯特涅斯

他之后，是一个卖家畜的①。

尼基阿斯

两个小贩。这第二个的命运怎么样？

得摩斯特涅斯

他掌权掌到另一个比他更可恶的
家伙起来的一天，那时他就失败了。
接上来的，是这个卖皮革的帕弗拉孔，
一个强盗、一个爱吵架的人，
嗓门像库克洛波罗斯的涛声一样响②。

尼基阿斯

那个卖家畜的准会败在这个
卖皮革的手里？

得摩斯特涅斯

对。

尼基阿斯

哎呀！
难道还有一个卖什么的？

得摩斯特涅斯

还有一个呢，他操一种很特别的职业。

---

① 吕西克勒斯，一个政治煽动家、海军将领。
② 库克洛波罗斯河在阿提克境内。

尼基阿斯

请你告诉我，他是干什么的？

得摩斯特涅斯

要我告诉你吗？

尼基阿斯

要。

得摩斯特涅斯

是一个卖腊肠的，他会把帕弗拉孔撵走。

尼基阿斯

一个卖腊肠的？天哪，好个职业！
但是，我们到哪里去找他呢？

得摩斯特涅斯

我们去找找看！

尼基阿斯

那儿来了一个，
他正要去市场，就像有天意似的。

得摩斯特涅斯

你这个走运的
腊肠贩，这儿来，这儿来！最亲爱的，
快上来①，你正是我们城邦和我们两人的救星！

① 把演员叫上舞台。

（腊肠贩上）

腊肠贩

什么事？你们干吗叫我？

得摩斯特涅斯

这儿来，来听听
你的运气有多好，福气有多大！

尼基阿斯

叫他把摊桌放下来，向他
解释解释神示里说些什么。
我去提防着帕弗拉孔。
（尼基阿斯进屋）

得摩斯特涅斯

喂，你先把这些厨具放在地下，
再向大地和天神拜一拜。

腊肠贩

怎么回事儿？

得摩斯特涅斯

你这个走运的人，发财的人啊，
你今天是无名小卒，明天就显赫无比！
你这个幸福雅典城的统治者啊！

腊肠贩

好朋友，为什么不让我去洗肠子，
卖腊肠，偏偏要跟我开玩笑？

得摩斯特涅斯

傻瓜，洗什么肠子！朝这儿看！
（指着观众）
你瞧见那一排排的人吗？

腊肠贩

瞧见了。

得摩斯特涅斯

你会变成全体人民的领袖，
在市场、海港和公民大会上；
你可以把议院踏在脚底下，把那些将军们“剪掉”①；
你可以捆人，囚人；还可以在主席餐厅里狎妓！

腊肠贩

你是说我吗？

得摩斯特涅斯

就是你，你还没有全看见呢。
你且站上这摊桌，
望望四周的所有岛屿！
（腊肠贩站上摊桌）

腊肠贩

我望见了。

---

① 以修葡萄藤为喻。

得摩斯特涅斯

望见了什么？你望见那些大大小小的商船了吗？

腊肠贩

望见了。

得摩斯特涅斯

你怎么不是一个走运的人？
你把右眼斜过去望望卡里亚，把左眼斜过去望望卡尔克冬①。

腊肠贩

我把脖子扭了，才走运呢！

得摩斯特涅斯

不但走运，所有这一切你还可以出卖呢。
照神示说，你会成为一个
非常了不起的大人物。

腊肠贩

你说说看，像我这样
一个卖腊肠的，怎么能够变成一个大人物呢？

得摩斯特涅斯

正因为你是卖腊肠的，你才会变得伟大：
要晓得你是一个从市场里训练出来的大胆坏蛋。

---

① 卡尔克冬即迦太基。

腊肠贩

我认为我不配掌管大权。

得摩斯特涅斯

唉,有什么理由说你不配?
我看,你的心眼儿太好了。
你出身名门望族吗?

腊肠贩

诸神作证,不是,
我出身下等人家。

得摩斯特涅斯

你这个命运的宠儿啊,
你有一种多么好的政治资本啊!

腊肠贩

但是,好朋友,除了识字,
我并没有受过什么教育,就连识字也糟透了。

得摩斯特涅斯

识字就碍你的事儿了,就糟透了!
因为如今一个有教养的人、
一个正人君子是不能够成为政治家的,
只有那无知的、卑鄙的人才能够呢。
你可不要错过了众神显示给你的好机会。

腊肠贩

神示里怎样说的?

得摩斯特涅斯

真的，众神为我作证，
神示说得好极了，妙极了！
“一旦弯爪子的黑毛鹰抓住了一条蛇、
一条吸血的蠢虫，帕弗拉孔族的
大蒜酸卤[①]就完事了，于是神们就要
把伟大的光荣赐给那些卖腊肠的，
假如他们肯放弃他们那职业的话。”

腊肠贩

这与我有什么相干呢？请你指教！

得摩斯特涅斯

黑毛鹰就是指这个帕弗拉孔。

腊肠贩

为什么是“弯爪子的”呢？

得摩斯特涅斯

这是很明白的，
他用弯爪子似的手抓着什么就拿走。

腊肠贩

蛇又是指什么呢？

得摩斯特涅斯

那更是显而易见了，

---

① 制皮革时用的。

蛇长，腊肠也长；
而且蛇吸血，腊肠也吸血[①]。
神示说蛇会战胜黑毛鹰，
只要它不受鹰的花言巧语欺骗。

腊肠贩

这神示倒很叫我喜欢，但不知
我怎样才能够统治人民。

得摩斯特涅斯

再容易不过，就照你现在的做法做去：
把一切政事都混在一起，切得细细的，
要时常用一些小巧的、烹调得很好的
甜言蜜语去哄骗人民，争取他们。
凡是一个政客所必具的条件你都具备：
粗野的声音、下贱的出身和市场的训练；
凡是一个政治家所必需的你都不缺。
这神示和得尔斐的预言都在帮助你呢。
快戴上花冠，向愚蠢之神致奠，
好对抗那家伙。

腊肠贩

但谁做我的战友呢？
因为富人们害怕他，
穷人们更是吓得发抖。

得摩斯特涅斯

一千名勇敢的骑士[②]，

① 猪血制的腊肠。
② 雅典的骑兵一千名，他们同时是一个政治利益集团。

他们恨他,会帮助你;
还有那些善良的强健的公民,
高明的观众,连我在内;
还有众神也会援助你的。
你别害怕,他的面具并不像,
因为那些做面具的,由于畏惧,没有一个
敢把面具做得很像他[①]。但是,无论如何,观众
会认出是他,因为他们有敏锐的眼光。
（尼基阿斯自屋内急上）

尼基阿斯

哎呀,糟糕！帕弗拉孔出来了！
（帕弗拉孔自屋内上）

帕弗拉孔

十二位神明在上[②],你们两个要后悔的。
因为你们一直对德莫斯不怀好意！
这里为什么有一只卡尔克狄克酒杯?
你们俩一定在煽动卡尔克狄克人叛变[③]！
两个大坏蛋,该死,该杀！
（腊肠贩逃跑）

得摩斯特涅斯

你这人,为什么逃跑?不肯站住?
高贵的腊肠贩,不要背弃我们！

---

① 克里昂正权重一时,没人敢把帕弗拉孔的面具做得像他。

② 指宙斯神族中最重要的十二位神,都是宙斯妻子、儿女、兄弟、姐妹。他们是宙斯、赫拉、波塞冬、雅典娜、阿波罗、阿尔忒弥斯、阿瑞斯、阿佛洛狄忒、赫菲斯托斯、赫尔墨斯、得墨忒尔和赫斯提亚。

③ 卡尔克狄克在马其顿南部半岛上,这里的人民正在蕴酿叛离雅典。叛乱于次年发生。

（腊肠贩停下来）

（二）
进　场

得摩斯特涅斯

骑士们，快来援助呀！现在来得正好！
西蒙啊，帕奈提奥斯啊[①]，向右翼进攻！
（向腊肠贩）
援兵近了，回过身来，快抵抗！
看那尘头，我们的人到了！
鼓起勇气快进击，把他赶跑！
（歌队进场）

歌队长

快打，快打那坏蛋，他是骑兵队的死对头，
一个吸血鬼，一个永不知足的卡律布狄斯强盗[②]，
一个坏蛋，一个坏蛋！我要反复多次地骂他，
因为这家伙一天许多次变作坏蛋。
打他，追他，吓他，赶他，

---

① 当时两位著名的骑兵军官。
② 西西里海边一大石洞。荷马《奥德赛》把它形象化为一妖怪。

我们还要骂他，逼近他大声叫吼！
要注意，不要让他逃掉了，因为，他知道
欧克拉特斯[1]逃进磨坊里去的故事。

帕弗拉孔

（向观众）
陪审老人们，领三个奥波尔的一族啊，
你们是多亏我大声疾呼才好歹养活着的，
快来救我，这些叛徒在打我呢！

歌队长

打得好，因为公款还没有分配你就侵吞了！
你就像摘取[2]橄榄时一样。
捏捏那些办离职交代的官吏，看
哪一个是生的没有熟，哪一个熟了。
你要是看见他们里头有一个傻张着嘴的本分人，
就会把他从克索涅索斯[3]召回来，抓住他[4]，用脚钩住，
然后扭过他的臂膀来，把他一口吞下去。
你还在公民里头寻找傻瓜——
有钱、不狡猾、遇见麻烦事儿就发抖的。

帕弗拉孔

你们一起攻击我吗？骑士们，我挨揍
是为了你们，是为了我提议在城里

---

① 就是第130行所说的那个卖碎麻的。他也开磨坊。据说有一次他逃进磨坊，躲进麸皮袋里。

② “摘取”读音近似“敲诈”。

③ 克索涅索斯是色雷斯一个城市，有许多雅典富人住在那里。

④ 诬告。

立一根石柱纪念你们的英勇业绩①。

（三）

第一场（第一次对驳）

歌队长

好一个骗子，老奸巨滑！什么用意？
把我们当作老糊涂，他在骗我们。
如果他往那边溜走，我就那样揍他；
如果他往这边逃跑，我就这样踢他。

帕弗拉孔

城邦啊，人民啊，多么凶的野兽打了我的肚皮！

歌队长

你嚷吗？你总是这样把城邦闹得天翻地覆！

腊肠贩

但是我来一吼就会把他吓跑！

① 克里昂在皮洛斯的胜利主要归功于两百名骑兵。

歌队长

真的,如果你吼得过他,我们就高呼胜利;
如果你的脸皮比他还厚,我们就能得到这犒劳的饼子①。

帕弗拉孔

我告发这家伙,我控告他
给伯罗奔尼撒人的兵船贩卖——“肉汤”②。

腊肠贩

我一定要告发这家伙空着肚皮
跑进主席厅,却填得满满的走出来。

歌队长

真的,他还“贩运”违禁品:面包、肉、
咸鱼块,伯里克利从没吃过的。

帕弗拉孔

我叫你们两个立刻就活不成!

腊肠贩

我吼起来嗓子比你高。

帕弗拉孔

我这一喝就会把你喝倒!

---

① 原是犒劳值夜班的战士的。

② “肉汤”与“绳子”谐音,船遇大风时需绳子捆船底,所以绳子算是战略物资。

腊肠贩

我这一吼就会把你吼倒!

帕弗拉孔

你就是一个将军,我也要咒骂你[①]!

腊肠贩

我要像打狗样地打你的背脊!

帕弗拉孔

我要用诬告来陷害你!

腊肠贩

我要把你的蹄子砍下来!

帕弗拉孔

你看着我,不要眨眼。

腊肠贩

我也是市场里长大的。

帕弗拉孔

你再咕哝一声,我就把你撕成一条条的!

腊肠贩

你再叽咕一声,我就给你糊上大粪!

---

① 因为克里昂中伤过尼基阿斯和得摩斯特涅斯。

帕弗拉孔

我敢承认是个小偷,你就不敢。

腊肠贩

凭市场里的赫耳墨斯起誓,我也是个小偷[1],
偷时被人发觉了,还赌假咒。

帕弗拉孔

你这是从别人学来的乖。
我要向主席官告发你,
你卖神圣的腌肉,没有向神上税[2]。

歌　队

（第一曲首节）
你这坏蛋、可恶的东西、
会吵嚷的家伙,每一个地方、
每一次公民大会上、
税局里、议院里、
法庭上都有你这张厚脸皮。
你这个搅浑水的,
把我们整个城邦
都搅乱了;
你用自己的吼声,把我们的雅典城都震聋了,
你在那石头上守望盟邦贡款,像守望金枪鱼那样[3]。（本节完）

---

① 赫尔墨斯是商业买卖之神,也是小偷的保护神。
② 没收来的货物应献一部分给雅典娜女神,叫作向神上税。
③ 捕捞金枪鱼时,一人站在海边石头高处,一见鱼群,便大吼一声,令鱼船下网。

帕弗拉孔

我知道你们老早就在什么地方“缝制”这辱骂了。

腊肠贩

如果你不懂得缝鞋底,我也就不懂得灌腊肠了;
你把皮革斜起切,看起来又厚又结实,
你把烂牛皮拿去蒙骗乡下人,他们买去
穿了还不到一天那鞋子就比脚掌宽了两倍。

尼基阿斯

宙斯作证,他对我也干过同样的事情,
惹得我的乡邻和朋友们都笑话我,
因为还没有回到佩尔伽赛乡①,
我就像是在鞋子里游泳一样。

歌　队

（第二曲首节）
你不是一开始就露出了这张厚脸皮?
这正是演说者的唯一本领,
你首先依靠它来掠夺外邦侨民的钱财,
希波达摩斯的儿子见了就畏缩②。
好在有一个比你更坏的人
出现了。我们真高兴,
因为他立刻就会推倒你。
论邪恶,论无耻,论诡诈,
他显然比你高出一头。（本节完）

---

① 大概是尼基阿斯的家乡。

② 希波达摩斯的儿子阿克托勒摩斯曾力促议和。

歌队长

（向腊肠贩）

你这受过那些大人物所受教育的人啊，
现在快向我们证明，那种高等教育是怎样一钱不值吧。

腊肠贩

请听他是什么样的公民！

帕弗拉孔

你不让我先说吗？

腊肠贩

不让，因为我也是个恶棍。

歌队长

如果他不肯让步，你就再说你的祖先也是恶棍。

帕弗拉孔

你不让我先说吗？

腊肠贩

我就不让。

帕弗拉孔

你非让不可！

腊肠贩

我决不让。
我要力争，看谁先说话。

帕弗拉孔

那我就要大发雷霆！

腊肠贩

我还是不让你——[1]

歌队长

看在众神的分上，让他，让他发吧！

帕弗拉孔

你仗了什么敢同我争吵？

腊肠贩

因为我知道怎样说话，怎样做“酸辣汤”[2]。

帕弗拉孔

你自以为会说话，你遇见了什么事，
倒是会应付，生吞活剥地干。
但是你知道你是个什么样的人吗？一般说来，
你在一个傻乎乎的外邦侨民的小讼案里，倒还够个讼师，
夜里死背背，走路时再哼哼，
喝喝生水[3]，摆摆架势，向你的朋友吹吹牛，
自以为是个演说家了，其实是个大傻瓜！

腊肠贩

你到底喝了什么媚药，竟能够使城邦变成了哑巴？

---

① 本意是不让帕弗拉孔“先说话”，歌队长却理解为不让帕弗拉孔“大发雷霆”。

② 或解为“预备演说辞”，双关语。

③ 演说家宜喝酒。

为什么只你一个人不停地大喊大叫？

帕弗拉孔

谁能比得上我？我刚
吞下热腾腾的金枪鱼，喝下一大盅纯酒，
就要用下流话来责骂驻在皮洛斯的将军们。

腊肠贩

我吞下了牛肚、猪肠，喝下汤汁，
还来不及洗手，就要大声压倒
那些演说家，把尼基阿斯也吓坏了。

歌队长

你所说的这一切都令我喜欢，只一件事
我不乐意，那就是你独个儿把汤汁喝光。

帕弗拉孔

你就是吃了大量鲈鱼，也不能叫米利都人惊慌①。

腊肠贩

我等吃了牛排，就要去收买矿山②。

帕弗拉孔

我要闯进议院里去大喊大叫。

腊肠贩

我要把你的屁眼当肠子来灌。

---

① 克里昂要求增加或反对减少米利都的贡金。
② 暗讽克里昂投资开采劳里昂银矿。

帕弗拉孔

我要把你屁股朝上头朝下推出门外。

歌队长

海神在上,你要是推了他,也就会来推我。

帕弗拉孔

我要把你枷起来。

腊肠贩

我要告你是胆小鬼,逃避兵役。

帕弗拉孔

我要把你的皮绷起来。

腊肠贩

我要把你的皮剥下来给小偷做口袋。

帕弗拉孔

我要把你钉在地上。

腊肠贩

我要把你切成碎块。

帕弗拉孔

我要拔掉你的睫毛。

腊肠贩

我要割掉你的嗉囊。

（两人扭打起来，腊肠贩抱住了帕弗拉孔的头）

得摩斯特涅斯

然后像厨师一样，放一根
木楔子在他的大嘴里，
把他的舌头扯出来，
趁他张着“屁眼儿”，
仔细、勇敢地，像屠户那样
检查他长了小脓疱没有[1]。

歌　队

（第一曲次节）

有一些东西比火还要热烈，
有一些话[2]比这个城邦
统治者的无耻的话
还要无耻。

（向腊肠贩）

你干的这事情
并不容易。
快攻击他，快转动，
不要再做可鄙的动作[3]，
你现在已经抱住了他的腰。

（本节完）

歌队长

如果你这次进攻把他鞣得软软的，

---

① 猪生钩虫病，舌下有小脓疱。

② “话”指腊肠贩子的话，下一行中“统治者”指克里昂。

③ 不符合摔跤规则的动作。

你就会发现他是个懦夫；我知道他的性格。

腊肠贩

他一辈子就是这样的东西，
只不过他近来收获了别人的庄稼，就好像变成了一个“好汉”①。
他现在把他从那儿带回来的“麦穗”锁在木枷里②，
把它们弄得干瘪瘪的，想要留下来出卖。

帕弗拉孔

只要议事会存在，德莫斯坐在那儿
脸上发呆，我就不怕你们。

歌　队

（第二曲次节）
他无耻极了！他的脸色
还和先前一样，没有改变。
（向帕弗拉孔）
我若是不恨你，就把我变作克拉提诺斯家里的羊皮垫③，
或者叫人家训练来唱摩尔西摩斯悲剧里的合唱歌④。
你啊，不管什么时候，遇着什么机会，
都要停留在贿赂的金花里，
但愿你把那一口，很容易就吐出来⑤，
正如你吸取时一样，那我就要唱：
“为这件好事干杯，干杯！”⑥

---

① 讽刺克里昂投机取巧，夺他人之功，被雅典公民捧为英雄。
② “麦穗”指斯巴达俘虏，“那儿”指皮洛斯。
③ 一个喜剧诗人，他的羊皮垫有酒味，这里讽刺他嗜酒如命。
④ 这里讽刺摩尔西摩斯是一个蹩脚的悲剧诗人。
⑤ 参见《阿卡奈人》第6行。
⑥ 模仿西蒙尼得斯的《胜利颂歌》。

（本节完）

歌队长

我想伊乌利奥斯之子，那个向麦饼送秋波的老头儿，
也会快乐得高呼胜利、歌唱酒神[1]。

帕弗拉孔

凭海神起誓，论厚颜无耻，你胜不过我；
要不然，我就不配参加市场之神宙斯的祭宴[2]。

腊肠贩

凭那些自童年时起就打过我的拳骨起誓，
凭那些拍过我的屠刀起誓，我想我可以
在这方面胜过你；要不然，就算我白吃了
那些揩手的面包瓤子长这么大[3]。

帕弗拉孔

像狗那样吃面包瓤子！你这个大坏蛋，
你吃了狗吃的东西，还敢同一个狗脸猴争斗？

腊肠贩

真的，我小时候很有一些鬼点子，
我时常欺骗厨师们，我这样说：
“看啊，伙计们，你们没有看见吗？
春天到了，一只燕子在飞！”
他们抬头一望，我就偷了这么大一块肉。

---

① 伊乌利奥斯之子是主席厅伙食管理员，看见克里昂（常在这里吃饭）被打倒一定也高兴。

② 自诩能说会道。

③ 古时人们用手抓菜吃，吃完用面包瓤子揩手，然后把面包瓤子丢给狗吃。

歌队长

真是块最机灵的“肉”！你预先就打了这个聪明的主意：
你就像吃荨麻的人一样，趁燕子还没有来时就偷[1]。

腊肠贩

我干这事情，叫人很难发觉；万一有人发觉了，
我就把肉藏在两腿中间，指着天神发誓否认，
因此有一个政客看见了，嚷道：
“这孩子日后一定能统治人民。”

歌队长

他推断正确，不过他的根据是明摆着的：
你偷了过后赌假咒，你的屁眼里却有肉藏着。

帕弗拉孔

我要制止你这样傲慢无礼，我要制止你们两个。
我要向你冲来，像大风暴，
把陆地和海洋搅得一团糟。

腊肠贩

我却要把这些腊肠皮从桅杆上放下水，
我坐在上面随着波浪轻轻地向前漂，气得你大哭大叫。

得摩斯特涅斯

我和你一起漂，万一船漏了，我就把舱里的水往外舀。

---

① 这时荨麻正嫩，茎叶可煮了吃。

帕弗拉孔

凭得墨忒尔起誓，你偷了雅典人许多特兰同，
不能不受惩罚！

歌队长

当心呀，快把帆脚索
放松点！这东北风[1]，告密风吹来了！

帕弗拉孔

我明知道你还接受了波提代亚人十个特兰同[2]。

腊肠贩

那又怎么样？你愿不愿意分一个，不要嚷出去？

歌队长

这家伙自然乐意接受。快把帆脚索放松点！

腊肠贩

风已经小了。

帕弗拉孔

（为了受贿）[3]，你要受四次审判，
每次赔一百个特兰同。

---

① 东北风是地中海大风。

② 公元前429年雅典攻下波提代亚后将军们允许该城一部分市民撤走。克里昂竭力攻击这些将军。

③ 罗杰校对时插入。

腊肠贩

为了逃避兵役,你要受二十次审判,
为了盗窃,你要受比一千次还多的审判。

帕弗拉孔

我宣布你的祖先
犯了亵渎女神罪[1]。

腊肠贩

我宣布你的祖父
当过警卫。

帕弗拉孔

别忙!谁的?

腊肠贩

希庇阿斯的妈妈“皮鞭”西涅的[2]。

帕弗拉孔

你是个坏蛋!

腊肠贩

你是个无赖!

歌队长

鼓起勇气揍他!

---

① 帕弗拉孔把腊肠贩子视为阿尔克迈奥尼代族墨伽克勒斯的后人,后者曾杀死过躲进雅典娜神庙的基伦党人。

② 僭主希庇阿斯的母亲名弥尔西涅,改动第一个字母,就成了“羊皮鞭”。

（全体揍帕弗拉孔）

帕弗拉孔

哎哟，哎哟！
这些叛徒打我啦！

歌队长

鼓起最大的勇气揍他，
用这些小肠和大肠
鞭打他的肚子，
这样惩罚他！
你这块最高贵的肉啊，你这颗最勇敢的心啊，
你是城邦和我们这些公民的救星！
你多么巧妙地在这场辩论里胜了那家伙！
我们对你的称赞怎样也比不上我们的喜悦。

帕弗拉孔

得墨忒尔作证，我并不是没有注意到
这些阴谋的制造，我知道
这一切是怎样钉上的，怎样黏上的。

歌队长

（向腊肠贩）
哎呀，你能够说出一点造车人的行话吗？

腊肠贩

他在阿尔戈斯干的勾当逃不过我的注意，
他原说去争取阿尔戈斯人做我们的朋友，
却在那儿私自和斯巴达人开谈判。
我知道他这鬼把戏是为了什么，

原来是为了那些俘虏而铸造的①。

歌队长

妙呀妙,你用“铸造”来回敬他的“黏上”。

腊肠贩

你在铆接新的叛乱;
你就是用金钱来收买,
或者打发朋友来说项,也不能
诱使我不把事情向雅典人宣布。

帕弗拉孔

我马上就到议事会去
告发你们这一伙的阴谋,
说你们在城里开夜会,
同米底人和波斯国王做种种勾结,
在波奥提亚干“压酪饼”的勾当②。

腊肠贩

波奥提亚的干酪卖什么价钱③?

帕弗拉孔

凭赫拉克勒斯起誓,我要把你绷得平平的!
(帕弗拉孔下)

---

① 克里昂在那儿同斯巴达人谈条件,让斯巴达人把皮洛斯的俘虏赎回去。

② “压酪饼”原文的另一意义是“图谋不轨”。雅典人曾派代表团(得摩斯特涅斯也是成员之一)去和波奥提亚(盛产干酪)各邦谈判。

③ 意谓克里昂在那里收购干酪,投机赚钱。

歌队长

喂,你打算怎么办?你现在可以显一显
你的身手,如果你真的把肉
藏在两腿中间,就像你刚才所说的一样。
你赶快跑到议事会去,
因为那家伙会冲进去大吼大叫,
诬告我们全体的人。

腊肠贩

我这就去,可是我得把
这些腊肠和刀子放在这儿。

得摩斯特涅斯

且慢,把这个抹在颈脖子上,
才好从他的诬告里滑出来。
　　(歌队长给腊肠贩一个油瓶)

腊肠贩

说得妙,你倒像个教师爷。

得摩斯特涅斯

再等一等,把这个拿去吞了。

腊肠贩

为什么?

得摩斯特涅斯

好朋友,你吞了大蒜头,斗起来才更有劲①。
现在快快去!

（歌队长给腊肠贩一个大蒜头）

腊肠贩

我这就走了。

得摩斯特涅斯

别忘记
咬他,诬告他,把他的鸡冠啄来吃了!
等你把他下巴底下吊着的肉也啄光了,你就胜利回来。

（腊肠贩下,得摩斯特涅斯和尼基阿斯进屋）

（四）

第一插曲

歌队长

（短语）

祝你一路顺风,事情成功,

---

① 希腊人相信,鸡吃了大蒜,斗起来更有劲。

合我心愿;愿市场里的宙斯
保佑你！如果战胜了那人,
荣获花冠,你就从那里,
再回到我们这里来。
（向观众）
你们这些早已领略过
一切艺术的观众啊,
请用心听取我的
抑扬格的诗歌吧。

歌队长

（插曲正文）
如果从前有哪个喜剧诗人强迫我们
走上前来向观众朗诵他的插曲,
恐怕不那么容易办得到。但是今天这位诗人配得上,
因为他憎恨我们所憎恨的,敢说公道话,
不怕抵抗大旋风,顶着大风暴。
他说,你们有许多人不理解,跑去问他,
为什么从来不用自己的名字要求分给歌队①。
关于这问题他吩咐我们向你们解释;
他说,并不是他在无谓地拖延时间,
而是他认为喜剧教练这一行最不好干。
你们可以看到,向缪斯献过殷勤的人多得很,
可是只有少数人得到过她的青睐。
此外,还因为他早就明白,你们的性情一年一变,
那些前辈诗人一上了年纪就遭到你们抛弃。
比如,首先,他看见了,马格涅斯头发一白,

① 要求参加比赛。

人就倒了霉，虽然他[①]曾经许多次胜过别人的歌队，
获得褒奖，他为你们唱出各种的声音，
用竖琴弹奏过吕狄亚调，模仿过鸟飞，
学过营营的蜂鸣，阁阁的蛙声，
可是对他自己又有何益？
人刚一老，年轻时的优胜便被忘了，
说笑话的兴致没了，被你们无情地嘘下了台。
克拉提诺斯又怎么样？他的命运不可悲吗？
虽然曾经红极一时不可一世，
像不可遏制的一股洪流冲过农田卷过牧场，
把橡树、阔叶树和对手的小小灌木丛连根拔起，
在会饮时只听见唱他的“穿无花果木板鞋的女神”
和“写美妙合唱歌的诗人”，可见当时名气之大。
但如今你们看见他说话啰嗦就不能原谅他，
看见他琴栓掉了，琴弦断了，
琴身裂了，就不能同情他。
如今他像孔那斯一样流落街头，
花冠谢了，就要枯死了。
凭他先前得的奖励，他本该坐在主席厅里喝喝酒，
抹上香膏坐在酒神的石像旁边看看戏，不应该孤独地发呆。
还有克拉特斯，受过你们多少气，挨过你们多少骂，
虽然他常用简朴的酒食邀请你们参加欢乐的喜剧酒宴，
但是用十分清醒的言语喂饱了你们不挑剔的智慧，
只他一人在一会儿称赞一会儿嘘声中总算坚持到了底。
有鉴于这一切先例，我们的诗人心怀恐惧，犹豫至今。
此外他常说，一个水手应当先学划桨，再去学习掌舵，
先到船头学看风向风力，再去学习驾驶。
为了这一切，为了我们诗人的小心谨慎，

① 马格涅斯。

不敢贸然冲进来瞎说一顿，
你们就为他掀起阵阵赞美的潮音吧，十一次地高举起船桨！

歌队长

（快调）
发出勒奈亚节的欢呼吧！
让你们的诗人称心如意，
庆祝成功时，高高兴兴，
退出剧场时，满额红光。

歌　队

（短歌首节）
爱听马儿嘶鸣，
铜蹄得得作响，
爱看满载雇佣兵的
深蓝色船头的
三层桨的快船，
爱看年轻人竞赛，
在马车上出风头，闯大祸，
你，克洛诺斯之子，
手持金叉的神，
海豚的保护者，
福尔弥奥①所崇敬的，
苏尼昂和格拉斯托斯海角上的神啊，
请你来领导我们的歌队吧，
目前你比别的神更受雅典人崇敬。

---

① 雅典英雄，海战中立过大功。本剧演出时阵亡不久。

歌队长

（后言首段）

我们有意赞美我们的祖先，
他们是无愧于祖国和女神的男儿，
他们在陆战中海战中
处处时时胜利，为城邦增光。
他们看见敌人，从不数数目，
而是立即充满热情，只想进攻。
如果有谁在一次搏斗中肩头着了地①，
他会拍拍身上尘土，好像从未跌倒过，
再次摔跤到胜利。从前的将军里
也没有一个央求过克勒艾涅托斯②，要吃公餐；
如今的将军得不到前排座位，吃不到公餐
就拒绝战斗。我们自己则认为我们应该
无私地高兴去战斗，为了祖国和我们的神。
我们没有什么要求，只要求一点：
一旦和平降临，战争的辛苦结束了，
请别妒忌我们蓄长发和刮洗身体③。

歌　队

（短歌次节）

啊你，统治着这最神圣、
最强大、最富有战士
和诗人的城邦，我们的
保护者，女神帕拉斯啊，

---

① 摔跤时这样算输了。

② 克里昂的父亲。他控制吃公餐的人数。

③ 希腊水资源缺乏，人们（尤其是运动员）洗澡之前先刮去身上的油和汗。

请你带着胜利女神降临①。
她是我们出征
和战斗中的帮手，
也是歌队的伴侣，
帮忙我们对付过
我们的敌人。
今天，处女神啊，来吧，
一定要把胜利
赐给我们这些战士！
今天像往常一样。

歌队长

（后言次段）

我们还要赞美马儿②我们忠实的战友，
它们配得上称赞；它们立过许多战功，
和我们一起进行过无数的搏斗和厮杀。
但我们要赞美的不是它们在陆上的功绩，
而是当它们一跳上船，一到海上的时候。
它们买了酒杯，买了蒜头和葱头，
然后拿起桨柄，像我们人类一样，
拼命地划船，嘴里直嚷着："嘿唷！划呀！
嘿唷！你们在干什么？你这匹烙着
西格玛字母③的家伙，你不肯划吗？"
后来，它们跳上科任托斯海岸。那些年纪最小的，
用蹄子刨出床位，再去取自己的铺盖。
它们不吃波斯苜蓿，它们吃螃蟹④，

① 雅典娜神像右手掌托着胜利女神小像。

② 歌队长借马进一步赞美骑士。

③ 斯巴达和西绪昂出产的名马，身上烙有两地的第一个字母。

④ 科任托斯人绰号"螃蟹"。苜蓿由波斯人传入希腊。

只要那东西一爬出来。它们还下海去寻找，惹得
一只螃蟹哼着说："波塞冬啊，命运
太可怕了，水陆深处我们都逃不脱这些
骑士！"——特奥罗斯[①]这样告诉我们。

（五）

第二场

（腊肠贩上）

歌队长

最亲爱的朋友，最勇敢的人，
自从你走后，我们真替你担心！
好在你现在平安回来了，
你且把这一场争斗的经过告诉我们。

腊肠贩

当然啊，我把议事会打败了！

歌　队

（首节）
现在我们大家欢呼吧！

① 大概是一个骑士的名字。

你的话漂亮，
你的行为更漂亮！
你且把详细情形
明白讲来。
就是要走很远的路，
我也要赶来听听。
好朋友，你就鼓起勇气讲吧，
我们大家都喜欢你呢。
（首节完）

腊肠贩

这事件的经过值得一说。
我从这儿立即追上了帕弗拉孔。
他正在议院里吐出大堆
轰隆轰隆的话来攻击骑士们，
他更把诽谤的悬崖劈了下来，掷向你们，
诬陷你们叛变，令大家听了
相信。整个议院听了，被他
用谎话的野草塞得满满的，
议员们阴沉了脸，直皱眉头。
我看见他们听信了他的话，
上了他谎言的当，
我就祈祷："浪荡神、欺诈神、
愚蠢神、鬼把戏神、厚脸皮神，
还有你，儿时教养我的市场，
请你们前来，把鲁莽态度、油嘴滑舌、
无耻的声音统统赐给我！"
我这样热心地祈祷着，我右手边一个男子放了个屁①。

---

① 希腊人相信右边来的预兆是吉兆。

我伏在地下行了礼，然后屁股一撅
撞破了栏杆，张开嘴巴大声嚷道：
“诸位议事官，我带来了好消息，
首先我向你们报喜：
自从战争爆发以来，
从没有见过鲱鱼这样贱！”
他们的脸色立刻就和悦了，
为了这好消息，给我戴上花冠。
我又给他们提出一个秘密建议：
赶快把陶匠的大碗没收过来，
一个奥波尔就可以买一大堆鲱鱼。
他们因此热烈鼓掌，张着嘴巴望着我。
但是帕弗拉孔猜中了议员们的心理，
他知道他们最喜欢听什么，
他建议说：“议员们，我提议
为了刚才报告的好消息，
向雅典娜女神献一百头牛。”①
这样一来，议院又偏向他那一边去了。
我看见他用牛屎把我打败了，
我就用两百头牛来压倒他。
我还提议向女猎神许愿，
明天杀一千只母羊，
如果一个奥波尔买得到一百条鲱鱼的话。
议员们这才向我转过头来。
那家伙听了大吃一惊，嘴里还在
叽里咕噜，就叫主席官和警察拖走了。
议员们都站起来谈论鲱鱼的事，
他还在要求他们等一下，

① 因为除了献神的部分外，其余牛肉大家可以分食。

听听斯巴达使者的传话。
据他说那人重新带来了和议。
大家异口同声地嚷道：
“这时候谈什么和平？朋友，是不是
他们听说雅典的鲱鱼非常贱？
我们并不需要议和，还是打下去吧！”①
他们吵吵嚷嚷，叫主席官宣布散会。
于是他们四面八方跳过了栏杆。
我于是奔向市场
把所有的葱头和香菱菜收买下来，
在他们正需要时，我就把这些菜白送给他们
作烹调鲱鱼的香料，以此讨他们的喜欢。
受到奉承他们大家称赞我，
热烈地向我欢呼。我用一个奥波尔的葱头
和香菱叶把议院拉拢过来后就回来啦。

歌　队

（次节）

你就像命运的宠儿，处处顺利。
我们的流氓碰上了对手，
这对手比流氓更流氓、
有更多的诡计、
更狡猾的言语。
可是你还得当心，
下一次斗起来要尽最大的努力。
你知道我们早就是你忠实的战友了。

（次节完）

① 这些话大概是戏拟克里昂答复斯巴达人乞和的话。

腊肠贩

看啦,帕弗拉孔来了,他推着一层巨浪,
乱翻乱搅,就像要把我吞下。
哼,他这一点胆量算什么!
（帕弗拉孔急上）

帕弗拉孔

如果我还有一点欺诈的本领,
毁不了你,我这条老命就不要了。

腊肠贩

我喜欢你这样威胁,听你打空雷真可笑!
我要跳粗野的舞蹈,发轻蔑的叫声。

帕弗拉孔

凭得墨忒尔起誓,不把你
当场吃了,就该我死。

腊肠贩

万一你吃不了呢? 不喝了你的血,
不吞了你胀破肚皮,就该我死。

帕弗拉孔

凭我在皮洛斯立功挣来的前排座位起誓,我要毁了你。

腊肠贩

什么前排座位! 我倒要看你
坐了前排座位,再坐在最后一排的座位上。

帕弗拉孔

向天起誓，我要把你枷起来。

腊肠贩

好大的火气！喂，我给你点什么吃？
你最爱吃什么？钱袋吗？

帕弗拉孔

我要用指甲把你的肠子抠出来。

腊肠贩

我要把你在主席厅里吃的东西扒出来。

帕弗拉孔

我要把你拖去见德莫斯，他会惩治你。

腊肠贩

我也要把你拖去，我诬告起来比你厉害。

帕弗拉孔

可是，傻瓜，他一点也不会相信你，
我倒可以随便捉弄他。

腊肠贩

你把德莫斯完全当作你一个人的。

帕弗拉孔

因为我知道他喜欢吃什么。

腊肠贩

你就像奶妈不好好喂孩子。
你嚼一嚼,只吐一口到他的嘴里,
自己却吞下了三大口。

帕弗拉孔

真的,凭了这巧妙的手腕,
我可以使德莫斯变大变小。

腊肠贩

我的屁眼也有这样灵巧。

帕弗拉孔

老兄,你别想还像在议院里那样侮辱我。
我们到德莫斯跟前去吧!

腊肠贩

没有什么为难。
喂,走吧,没有什么不便。
(二人敲德莫斯的门)

帕弗拉孔

德莫斯,请出来!

腊肠贩

看在宙斯面上,我的爸爸,
请出来!

帕弗拉孔

最亲爱的德莫斯，
快出来看看我受了什么样的侮辱！
　　（德莫斯自屋内出，得摩斯特涅斯跟着）

德莫斯

谁在叫唤？还不快离开我的大门？
你们把我庆祝丰收的花圈都扯烂了！
呵，帕弗拉孔，谁伤害了你？

帕弗拉孔

我为了你的缘故，
被这家伙和那些小伙子揍了一顿。

德莫斯

为什么？

帕弗拉孔

德莫斯啊，只因为我喜欢你，爱你。

德莫斯

　　（向腊肠贩）
你到底是什么东西？

腊肠贩

我是跟他争恩宠的。
我老早就爱你，想服侍你，
还有许多善良的人也是这样，
可是这家伙偏不让我们。

你就像谈情说爱的年轻人一样偏执，
不肯结交良朋好友，
偏偏喜欢灯盏商[①]、补鞋匠、
靴匠和皮贩子。

帕弗拉孔

因为我对德莫斯很忠实。

腊肠贩

你说说，你干了些什么？

帕弗拉孔

干了些什么？我代替那个将军，航行到皮洛斯去，
从那儿把斯巴达人俘虏了来。

腊肠贩

我只是遛来遛去，从一家作坊里
把人家炖着东西的沙锅偷了来。

帕弗拉孔

德莫斯，快召集公民大会，
看谁最爱你，
就决定同谁要好吧。

腊肠贩

是呀，是呀，你就决定吧，只是不要到普倪克斯去。

---

① 指政治煽动家许佩尔波洛斯。

德莫斯

我不能坐在别的地方。
前进,到普倪克斯去!
（德莫斯坐在石凳上[①]）

腊肠贩

哎呀,我完了!
老头儿在家里最精明不过,
可是等他坐在这石头上,
他就傻张着嘴,像接无花果干的孩子一样[②]。

（六）

第三场（第二次对驳）

歌　队

（向腊肠贩）
（首节）
现在是你把每一根帆脚索拉紧的时候了,
拿出全部的勇敢,说话紧追不放

① 石凳代表公民大会的座位。
② 一种儿童逗乐的游戏。

击败他。那家伙狡猾,不好对付,
山穷水尽了他还能找得到路。
你得努力向他猛冲,莫松劲。
（首节完）

歌队长

要当心,趁他进攻之前,你就把
铅海豚①挂在帆桁上,船身横着撞过去。

帕弗拉孔

我祈求雅典娜,城邦的保护神,
如果除了吕西克勒斯、库娜和萨拉巴科②而外,
要数我是雅典人民最忠实的朋友,
现在让我在主席厅里白吃白喝完全应该。
（向德莫斯）
但是如果我与你为敌,不为你战斗,
你就把我杀掉,裁成皮条作轭下的垫子。

腊肠贩

德莫斯啊,如果我不爱你,不敬你,
你可以把我切成碎肉煮了吃;若是你还不相信我的话,
你可以在这个摊桌上把我的肉刮下来,掺一点干酪制成杂烩,
再用铁钩钩住这肾囊,把我的尸骨拖到坟场上去③。

帕弗拉孔

德莫斯啊,哪里有一个公民比我更爱你?

---

① 一种形似海豚的铅铊子,可以从帆桁上坠下去击破敌船。
② 吕西克勒斯是个卖羊的,其余两人是妓女。
③ 雅典郊外英雄坟场。

首先,我替你管家期间,曾经搜刮了多少钱财放进你的宝库里。
有一些人我逼着要,有一些人我掐着脖子敲,
还有一些我就向他们讨,
只要能够讨你喜欢,我不顾别人的背后议论。

腊肠贩

德莫斯,这没有什么了不起,我也可以替你办到:
只要把别人的面包抢来献给你就是了。
且让我首先提醒你:这家伙并不爱你,
他对你不怀好意,只不过想烤你的炭火罢了。
你曾经为希腊在马拉松同波斯人拼过命,
你的胜利受到我们赞颂,可是你这样坐在这硬石头上,
他却一点不管,也不像我这样缝一块垫子
带给你。请起来,然后软软地坐在这上面,
免得擦伤了你这两块在萨拉弥斯打过仗的屁股。
(腊肠贩给德莫斯铺上一块垫子)

德莫斯

你是谁呀?是不是哈摩狄奥斯①高贵的后代?
你的行为很高贵,人也真够朋友!

帕弗拉孔

你想利用一点小小的殷勤讨好他!

腊肠贩

你也曾经利用一点更小的饵物来钓他。

① 哈摩狄奥斯是刺杀僭主希帕卡斯的英雄。

帕弗拉孔

我愿意拿脑袋来打赌，普天下没有人
比我更爱德莫斯，更卖力气保卫他。

腊肠贩

你多么爱他啊！眼看他八年来[1]住在酒瓮中、墙缝里、角楼上，
你不但不可怜他，反而把他关起来，取他的蜜。
当阿尔克普托勒摩斯带来和议的时候，
你却把它撕毁了，你还踢过
那些乞和的使节的屁股，把他们赶出城去。

帕弗拉孔

那样一来，德莫斯才好统治全希腊。照神示所说，
只要他坚持下去，他就可以在阿尔卡狄亚做陪审员，
每一庭五个奥波尔。无论如何我都要养活他、照料他，
我好歹弄一些钱来，使他每天得到三个奥波尔。

腊肠贩

真的，你哪里是想叫德莫斯统治阿尔卡狄亚[2]，
只不过想大捞一把，接受盟邦的贿赂；用战争
和乌烟瘴气，让德莫斯看不清你的鬼把戏，
穷困、急需和津贴使得他傻张着嘴望着你。
一旦他回到乡下去过和平生活，喝着麦皮粥恢复了力气，
同他的橄榄渣饼子谈起心来，他就会明白
你这津贴，其实相反，剥夺了他的幸福，他就会
凶猛、气愤地冲到你面前，投一张票反对你。

---

① 从公元前432年雅典进攻波提代亚算起。

② 在伯罗奔尼撒半岛中部。

你心里明白，只好欺骗他，用一些有关你自己的神谕迷惑他。

帕弗拉孔

你当着雅典人和德莫斯这样说我、诬告我，
你不觉得羞耻吗？得墨忒尔作证，
我对这城邦比太米斯托克利还有贡献。

腊肠贩

“阿尔戈斯城啊，请听他说的话”[1]！你敢和太米斯托克利相比吗？
他发现我们的城邦有点不够满，便把她装满了，
他还捏制了一块“庇里犹斯”给她作早点[2]，
原来的菜肴他不但不减少，反而给她添上了一盘新鲜的鱼儿。
相反你却要把雅典城变得很窄小，筑墙把我们隔离起来[3]，
说出一些神示来欺骗我们，你还好意思和太米斯托克利相比！
他被驱逐出境，你却在用最好的面包瓤子[4]来揩手！

帕弗拉孔

德莫斯啊，只因为我爱你，就得听这家伙的骂，
这不是可怕吗？

德莫斯

住嘴，住嘴，你这家伙！不要吵嚷了！
你欺骗我不是一天了，我一直都不知道。

---

① “阿尔戈斯城啊”引自欧里庇得斯的《特勒福斯》；“请听他说的话”引自欧里庇得斯的《美狄亚》。

② 按太米斯托克利建议，雅典人在雅典城和庇里犹斯港之间筑了一道长城。

③ 在城内再筑墙。

④ 太米斯托克利于公元前471年被驱逐出境。“最好的面包瓤子”指主席餐厅里的上好面包。

腊肠贩

亲爱的德莫斯，他最卑鄙不过，干过许多坏事，
在你傻张着嘴的时候，
他就把查账的“油水”挤出来
喝掉了，他还双手舀过公款呢。

帕弗拉孔

你别高兴，我要判你
侵吞了三万德拉克玛的钱。

腊肠贩

你为什么大惊小怪，唾沫飞溅？
雅典人恨死你了！
凭得墨忒尔起誓，
如果我不能证明
你接受过米提勒涅人
四十个米那，就让我死。

歌　队

（向腊肠贩）
（次节）
“全人类最大的救星啊”①，
我羡慕你口若悬河。这样攻击他建立功勋，
你将成为全希腊第一号人物，
独揽城邦大权，统治我们盟邦，
你会摇动手里三叉戟，
取得金钱无数。（次节完）

① 戏拟埃斯库罗斯《普罗米修斯》第613行。

歌队长

你已经抓住了这家伙，可不要让他滑掉，
你的胸膛劲儿大，很容易闷死了他[1]。

帕弗拉孔

凭波塞冬起誓，好朋友，事情还没有到
这个地步！我曾经做过一件光荣的事，
只要我从皮洛斯夺获的盾牌还剩下一块，
就可以使得我所有的仇人哑口无言。

腊肠贩

打住，就说到这些盾牌为止，因为我已经抓住了你。
如果你真爱德莫斯，就不该故意连把手一起悬挂盾牌[2]。
德莫斯啊，这是一种诡计，
使得你要想惩罚他也无法下手。
你看他有一队年轻的皮贩子，
还有卖蜂蜜的、卖干酪的住在
皮贩子的周围，这些人结成了联盟。
如果你发脾气，望一望“贝壳”[3]，
他们就会半夜里把盾牌取下来，
跑去占据我们的大麦进口要道。

德莫斯

哎呀！那些把手果真在上面吗？坏蛋，
你瞒了我这么久，这样骗德莫斯的斗[4]！

---

① 用胸部压住对方。

② 为了防止奴隶起义时夺用主人盾牌，斯巴达人悬挂盾牌时把盾上把手卸下。

③ 用贝壳表决，放逐危险分子。

④ “头”、“斗”谐音，使人联想克扣给德莫斯的口粮。

帕弗拉孔

老爷子,不要上说话人的当,不要梦想
你可以找到一个比我更忠实的朋友!
我曾独力镇压叛徒,这城里的阴谋
逃不过我,一有,我立刻就大声宣布。

腊肠贩

你就像捉鳝鱼的人,
湖水澄清,一根捉不到;
如果把水搅浑了,就捉得到很多:
你把城邦搅浑了,也正好摸"鱼"。
你且回答我:你出卖过那么多皮货,
既然你说爱德莫斯,你送过一双
皮底子给他做鞋子没有?

德莫斯

阿波罗作证,他从来没有送过。

腊肠贩

你看出了他是什么样的人吗?
我却买了这一双鞋来给你穿。
（德莫斯穿上鞋子）

德莫斯

我断定你是我所认识的对德莫斯最忠实的朋友,
你对城邦和我的脚趾头都是一片好心肠。

帕弗拉孔

一双鞋子有这么大的力量,能叫你

忘了我给你的好处，这不可耻吗？
我曾经把格律托斯的名字从公民册上勾销，消灭了搞男色的罪行。

腊肠贩

你自己爱好那事物而消灭了搞男色的人，
这不可耻吗？一定是由于忌妒的心理
你才消灭他们，害怕他们因此①变作演说家。
你看见德莫斯这样大的年纪
没有袍子穿，从来没有在冬天
给他一件双袖长袍。
（向德莫斯）
我给你这一件。
（腊肠贩给德莫斯一件长袍）

德莫斯

就是太米斯托克利也没有想到这一点！
他的庇里犹斯计划虽然高明，但是
我看这件长袍不比它逊色。

帕弗拉孔

（向腊肠贩）
唉，你的骗术竟超过了我！

腊肠贩

我不过是借用你的办法，就像一个
喝醉了的客人想要解手，穿了别人的鞋子②。

---

① 因鼓励搞同性恋。
② 希腊人进餐厅时要脱去鞋子。

帕弗拉孔

拍马屁,你拍不过我。我要把这件衣服
披在他身上。坏蛋,你上吊去吧!
（帕弗拉孔给德莫斯披上皮衣）

德莫斯

呸!
去死吧,还不快滚? 这衣服有难闻的皮臭!
（德莫斯把皮衣服扔在地下）

腊肠贩

他故意给你穿的,想憋死你。
他先前就谋害过你。你还记得
大茴香那样贱吗?

德莫斯

当然记得。

腊肠贩

他故意使它那样贱,
让你们买来吃,叫陪审员
在法院里放屁把大家憋死。

德莫斯

真是的,一个“粪城”的人①也这样告诉过我。

---

① “粪城的人”与阿提克一个区的居民“科普瑞奥伊”谐音。

腊肠贩

那时候你们不是闻到臭屁，脸都涨紫了吗？

德莫斯

的确是的，是这个红毛奴隶的诡计！

帕弗拉孔

（向腊肠贩）

坏蛋，你讲了一些下流的笑话来气我！

腊肠贩

因为女神叫我用欺诈的手段来战胜你。

帕弗拉孔

你战胜不了我。德莫斯，我答应白给你
一碗“津贴”喝，什么案件也不用你审。

腊肠贩

我给你一瓶药膏，
抹在你的腿疮上。

（腊肠贩送一瓶药膏给德莫斯）

帕弗拉孔

我要把你的白头发拔掉，使你返老还童。

腊肠贩

这儿，请接受这一条兔子尾巴，揩揩你的眼屎。

（腊肠贩给德莫斯一条兔子尾巴）

帕弗拉孔

德莫斯，你擤了鼻涕，就在我头上揩揩手。

腊肠贩

在我头上，在我头上！

（德莫斯把鼻涕揩在腊肠贩头上）

帕弗拉孔

（向腊肠贩）

我要叫你供应一只
三层桨战船，破费你的
钱财。我给你一只旧船，
你得时常破费，
时常修理；我还要
千方百计给你一张
破烂了的帆篷①。

歌队长

这家伙嘴里乱翻泡，快不要，
快不要沸腾②！我们且
扬汤止沸，用这把杓子
把里面的"威吓"舀掉一些。

帕弗拉孔

我要重重地惩罚你，
把你压在税金底下！

---

① 三层桨战船的建造和修理都是由富人出资。

② 把帕弗拉孔的嘴比作一口沸腾的锅。

我要想法子把你的
名字登记在富人册上。

腊肠贩

我一点也不威吓你，
只希望你倒霉得这般模样：
一平锅乌贼鱼正搁在
灶上嘶嘶作响熟了，
你却要去替米利都人
辩护①——事情成功
可以获得一个特兰同的
财喜——你赴公民
大会以前，匆匆忙忙
把乌贼鱼塞进嘴里，
还没有吞下去，就会有人
来召唤你，你急于要得到
那个特兰同，就把鱼
吞下去，闭气死了。

歌队长

宙斯啊，阿波罗啊，得墨忒尔啊，那才妙呢！

---

① 克里昂被米利都人收买了。

（七）

第四场

德莫斯

从各方面看来，他分明是个
好公民，许久以来都没有一个
对群众——一个奥波尔一大群[1]的群众——这样好的人。
至于你，帕弗拉孔，你嘴里说爱我，却尽喂我吃大蒜。
现在，把戒指退给我，你再也不是
我的管家了。

帕弗拉孔

拿去吧，可是你要知道，
你开除了我，一定会碰上
一个比我更坏的管家。

德莫斯

别让我上当，这戒指不像是我的，
印记好像不对，
难道是我没有看清楚？

① 以市场广告为喻。

腊肠贩

让我看看。你的印记是什么?

德莫斯

一片无花果树叶,裹着牛“油”[1],烤得好好的。

腊肠贩

不是那个。

德莫斯

不是无花果树叶,那是什么?

腊肠贩

一只水老鸹张着嘴在石头[2]上演说。

德莫斯

呸!

腊肠贩

怎么回事儿?

德莫斯

扔掉它!
不是我的,他戴的是克勒奥倪摩斯[3]的戒指,
你从我手里接受这个戒指,给我当管家。

---

① “油”与“人民”仅一重音不同。
② “石头”指公民大会演说台。
③ 一个贪吃的人。

（德莫斯把戒指交给腊肠贩）

帕弗拉孔

老爷子，我求你别忙决定，
听听我的神示再说。

腊肠贩

也听听我的。

帕弗拉孔

你要是听信他的，
就会变作一个酒囊①！

腊肠贩

你要是听信他的，
你的包皮就会叫他完全割掉！

帕弗拉孔

我的神示说你会戴上
玫瑰花冠统治全世界。

腊肠贩

我的神示却说你会穿上紫色绣花袍，
戴上王冠，坐上金车，
去控告斯弥库特斯②和她的丈夫。

---

① 一个神示说，雅典会像酒囊一样在海上漂浮，受苦而不沉没，参见《提修斯传》。

② 斯弥库特斯是一个普通雅典公民。由于其宾格词尾像一个阴性名词，故腊肠贩可以曲解为一个女人名字。

帕弗拉孔

去把神示拿到这里来，好让他
听听。

腊肠贩

好，你也去拿来。

帕弗拉孔

行。

（帕弗拉孔进屋）

腊肠贩

凭宙斯起誓，行，我也没有什么不便。

（腊肠贩下）

（八）

第一合唱歌

歌　队

（首节）

哪一天克里昂倒下去，
这一天对于在场的人

和远方来客①便全都是
一个最光明快乐的日子。
可是我刚才听见
一些非常顽固的
老头子②在案件样品所里③
议论，说是克里昂
不掌管城邦的大权，
我们就会少掉
两件有用的器具：
一根杵、一把杓子④。
（次节）
克里昂对于猪的音乐
倒很有天赋，
不能不令我惊叹，
和他同学的少年们告诉我：他弹起琴来
只喜欢"多利亚"调⑤，
别的再也不想学；
他的琴师很生气，
下令赶他走，说是
除了"多利亚"调而外，
这孩子什么
音乐也学不会。

① 盟邦的来客。
② 靠津贴生活的老陪审员。
③ 仿庇里犹斯港市场上的货样陈列所。
④ 压迫和搅乱的工具。
⑤ "多利亚"和"贿赂"音近。

(九)

第五场

（帕弗拉孔拿着一大包纸自屋内上）

帕弗拉孔

这一包,你看看！我还没有完全拿来呢。

（腊肠贩抱着一大捆纸上）

腊肠贩

哎呀,压得我尿都快流出来了！我还没有完全拿来呢。

德莫斯

这是什么?

帕弗拉孔

神示。

德莫斯

全都是吗?

帕弗拉孔

你觉得奇怪吗?

宙斯作证，我还有满满一箱子呢。

腊肠贩

我还有满满一顶楼，满满两套房呢。

德莫斯

让我看看，这些神示到底是谁发出的？

帕弗拉孔

我的是巴克斯发出的。

德莫斯

（向腊肠贩）

你的呢？

腊肠贩

我的是巴克斯的哥哥格拉尼斯发出的①。

德莫斯

（向帕弗拉孔）

你的神示说些什么呢？

帕弗拉孔

说起雅典、皮洛斯，
说起你和我，说一切事情。

德莫斯

（向腊肠贩）

① 巴克斯是在波奥提亚的预言家。格拉尼斯的名字是虚构的。

你的又说些什么呢？

腊肠贩

说起雅典和豆羹，
说起斯巴达和鲜鲭鱼，
说起市场里克扣分量的过斗人，
说起你和我。他气得要咬鸟了！

德莫斯

（向帕弗拉孔）
那你就念给我听，
特别念那道关于我本人的、我最喜欢的，
那上面说我会化作一只鹰，在云里飞翔①。

帕弗拉孔

请用心听！
“埃瑞克透斯的儿孙啊，注意这神示的意义，
这是阿波罗从他庙里通过他的宝座发出来的。
他吩咐你保护那长着锯齿的圣犬，
它会为你汪汪叫，为你狂吠，
给你弄到津贴；弄不到，就活不成，
因为有很多乌鸦恨它，向着它哇哇叫呢。”

德莫斯

我真不明白这是什么意思。
埃瑞克透斯和狗、和乌鸦有什么相干？

---

① 见《鸟》第978行。

帕弗拉孔

我就是那条狗，我为你而吠叫。
阿波罗叫你保护我，保护这条狗。

腊肠贩

神示并不是这个意思。这条狗咬了神示，
就像它咬了你的门板一样。
关于这条狗，我却有一道正确的神示。

德莫斯

你念吧。但是我得先捡一块石头在手，
提防这神示里的狗咬了我。

腊肠贩

“埃瑞克透斯的儿孙啊，注意这条偷窃的三头狗，
你吃饭的时候，它望着你摆尾巴，
你张着嘴往旁边一望，它就会把你的肉抢去吃了；
它还会在夜里偷偷跑进你的厨房，
贪婪地把你的盘子和‘海岛’①舔个精光。”

德莫斯

真的，格拉尼斯，你说得妙！

帕弗拉孔

好朋友，你听听，再下判断。
“有一个妇人会在神圣的雅典城里生下一头狮子，
它会为人民同许多蚊子格斗，

① “海岛”指盟邦给雅典的贡金。

就像保卫它的小狮子一样。
你要建筑木墙①和铁堡来保护它。”
你懂得这是什么意思？

德莫斯

真的，一点也不懂。

帕弗拉孔

天神明明叫你保护我，
因为我就是你的狮子呀。

德莫斯

你怎么又变成了一头狮子？我一直不知道。

腊肠贩

这神示里有一点他故意不给你解释，
那就是阿波罗叫你用来保护他的
木墙和铁壁究竟是什么东西。

德莫斯

天神究竟是什么意思呢？

腊肠贩

他叫你
把他囚在五个眼的木枷里②。

德莫斯

据我看，这预言就快要实现了。

---

① “木墙”指兵船。
② 把颈子和手、脚都枷起来的刑具。

帕弗拉孔

别相信他，那些忌妒的乌鸦正在哇哇叫呢。
你要爱惜你的鹰，要把他记在心里，
他曾经为你把那些斯巴达小鱼儿捆住了带回来。

腊肠贩

帕弗拉孔是喝醉了酒，才去冒那次危险的。
克克罗普斯天真的子孙啊，你为何把这当作一件光荣的事业？
“女人也挑得起重担，只要有男人把担子放在她肩上。”①
他②可不能打仗啊，打起仗来就撒尿！

帕弗拉孔

请注意啊，神向你说起皮洛斯前面的皮洛斯——
“皮洛斯前面有个皮洛斯”③。

德莫斯

“皮洛斯前面的皮洛斯”是什么意思？

腊肠贩

他说他要把你洗澡间里的“皮埃洛斯”④抢了去。

---

① 引号里的话戏拟勒斯克斯的史诗《小伊利亚特》里的诗句。这里“女人”指克里昂，“男人”指得摩斯特涅斯。意思是说，克里昂去皮洛斯的功劳是得摩斯特涅斯放在她（他）肩上的。

② 或“她”，指克里昂。

③ 伯罗奔尼撒西岸有三个皮洛斯，都争着说自己的皮洛斯是荷马史诗中所说老英雄涅斯托尔的家乡，因此产生一句话：“皮洛斯前面有个皮洛斯，此外还有个皮洛斯。”这里是挖苦克里昂老提起皮洛斯。

④ “皮埃洛斯”即浴盆。

德莫斯

我今天洗不成澡了，
因为这家伙偷走了我的澡盆。

腊肠贩

这儿有一道关于海军的神示，
你得注意听着。

德莫斯

我注意听，你念吧！首先，
水手们的军饷怎样才付得清？

腊肠贩

“埃勾斯的儿孙啊，小心狐狗[1]欺骗你，
它狡猾奸诈，偷偷地咬人。”
你懂得这是什么意思吗？

德莫斯

狐狗菲洛斯特拉托斯？

腊肠贩

这里说的不是他，说的是帕弗拉孔，
他时常要求你给他三层桨快船去催收贡款[2]，
洛克西阿斯不准你给他。

德莫斯

三层桨战船又为什么叫作狐狗？

---

① 一个妓院老板绰号“狐狗”。

② 船被派去收取贡款，见修昔底德的《伯罗奔尼撒战争史》。

腊肠贩

为什么吗?
因为船快狗也快。

德莫斯

但是他为什么在“狗”字头上加一个“狐”字呢?

腊肠贩

神把水兵比作狐狸,
因为它们满田里扯葡萄。

德莫斯

对。
但是哪里有军饷来发给这些“狐狸”呢?

腊肠贩

三天以内我就弄得到钱。
且听这一道神示,阿波罗发出的,
他叫你注意库勒涅,谨防上当①。

德莫斯

什么“库勒涅”?

腊肠贩

阿波罗很正确地把帕弗拉孔的手掌
当作“库勒涅”,因为这家伙总是嚷:“放在我的掌心里!”

---

① 库勒涅,伊里斯一港口。发音近似“中空的手心”。

帕弗拉孔

他胡说。阿波罗正确地用“库勒涅”
这词儿来暗指狄奥佩特斯①的手掌。
我有一道关于你的、崇高的神示,
说你会变作一只鹰,统治整个大地。

腊肠贩

我也有一道,说你会统治大地和红海,
会在埃克巴塔那做陪审员,吃果子蛋糕。

帕弗拉孔

我做过一个梦,看见雅典娜女神
用杓子把健康和财富舀来倒在德莫斯身上。

腊肠贩

真的,我也做过一个梦,看见雅典娜女神
从卫城上走下来,头上站着一只猫头鹰②,
她大桶大桶地把神食倒在你头上,
把蒜卤倒在帕弗拉孔头上。

德莫斯

哈哈!
从来没有一个比格拉尼斯更聪明的人。
我现在把我自己托付给你,
“这老头子由你来重新教导”③。

---

① 狄奥佩特斯是个预言家,曾被控受贿。
② 猫头鹰是雅典娜的圣物。
③ 括号内文字引自索福克勒斯的悲剧《佩琉斯》。

帕弗拉孔

别忙,我求你等一等,我要
供给你大麦和日常的生活。

德莫斯

我不耐烦听你说什么大麦,
你和图法涅斯[①]欺骗过我多少次了。

帕弗拉孔

我要供给你大麦粉,已经准备好了。

腊肠贩

我要供给你大麦饼,已经烤好了,
还有鱼,也烤好了,你只管吃吧。

德莫斯

你们要供给就赶快供给,
你们俩谁待我更好,
我就把城邦的大权交给谁。

帕弗拉孔

我第一个跑进去。

腊肠贩

第一个是我。

（帕弗拉孔与腊肠贩下）

---

① 图法涅斯是克里昂党徒。

（十）

第二合唱歌

歌　队

（第一节）[1]

德莫斯，你的权力
真正大，
像个君主
人人怕，
可是呀，也容易叫人家牵着耍。
你喜欢戴高帽子，
受骗上当，
老是张着嘴
望着那些演说家，
你并不是没有头脑，
只是不知
放到哪里去了。

德莫斯

（第二节）

---

① 这里不分曲，各节的节奏相同。

你们认为我是个
傻瓜，还是你们
头发底下没长脑子。
我不过是有意装傻。
你瞧我喜欢
天天喝酒，
愿意养一个小偷
当作管家，等他捞足了，
我就抓住他，
一刀把它宰了。

歌　队

（第三节）
如果，真像你刚才
所说的一样，
你真这样精明，
如果你真的
有意在普倪克斯
把他们当公共牺牲饲养着，
倒也做得不错，
等到没有肉吃时，
你就杀一个肥美的
来献祭，大吃一顿。

德莫斯

（第四节）
你们看，我巧妙地捉弄他们，
他们却自以为够聪明，
骗得了我。
他们偷窃的时候，

我总是注意到他们，
却假装没看见；
然后用法院里的漏票管
通进他们的喉咙，
逼着他们把从我这里
偷去的统统吐出来。

（十一）

第六场

（帕弗拉孔自屋内提一有盖大篮，腊肠贩提一有盖小篮上）

帕弗拉孔

快滚到冥土去！

腊肠贩

该死的东西，你滚！

帕弗拉孔

德莫斯啊，我坐在这儿准备了
三个时辰，准备好好服侍你。

腊肠贩

我也准备了十个、十二个、

一千个时辰，数不清数不尽的时辰。

德莫斯

我也准备了三万个时辰，
数不清数不尽的时辰，直等得我厌恶了你们。

腊肠贩

你知道该怎样办？

德莫斯

不知道，说来听听。

腊肠贩

叫我们俩从起点上开步跑，
比赛服侍你，要公平。

德莫斯

行，就这样办。预备。

腊肠贩、帕弗拉孔

准备好了。

德莫斯

一、二、三，跑！
（二人开步跑）

腊肠贩

你不准偷跑！

（帕弗拉孔进屋，腊肠贩下）

德莫斯

真是的，有了这两个人爱我，我今天
还不好好享受享受，就未免太小看自己了。
（帕弗拉孔自屋内上，腊肠贩上）

帕弗拉孔

你看，我第一个给你带来了一只凳子。
（德莫斯坐在凳子上）

腊肠贩

可是没有桌子，这是我老早就带来了的。
（腊肠贩把摊桌移到德莫斯面前）

帕弗拉孔

你看，我给你带来了麦饼，
是用皮洛斯的大麦粉做的。

腊肠贩

我给你带来了舀汤的面包皮①，
是女神用她的象牙手挖空的②。

德莫斯

可畏的女神，你的手指头好壮呀！

帕弗拉孔

我给你端来了一钵豆羹，颜色好看味道鲜，

---

① 希腊人把面包皮当匙子使用。
② 雅典卫城雅典娜神庙里的神像，身体部分是用象牙雕成的。

是这位曾经在皮罗斯助战的雅典娜调制的①。

腊肠贩

德莫斯啊，分明是这女神在保护你，
她现在把这盛满了汤的钵②举到你头上。

德莫斯

倘若女神不把她的臂膊显而易见地伸到我们头上，
你认为我们还能住在这城里吗？

帕弗拉孔

这吓唬敌军的女神给你送来了一块咸鱼。

腊肠贩

伟大的父亲生下的女神③给你送来了
一碗清炖肉，还有肠肚杂碎。

德莫斯

她想起了那件绣花袍，做得漂亮。

帕弗拉孔

这头戴可怕翎毛的女神叫你
吃了这薄饼，好好地划船。

腊肠贩

请接受这些肠子。

---

① “助战的雅典娜”是卫城广场中心的青铜像，手持长矛。
② 谐“膊”音，使人联想到神的庇护。
③ 雅典娜是从宙斯的头脑生出的。

德莫斯

做什么用呢?

腊肠贩

女神有意送给你
做船底的肋材[1],
显然是她关心我们的海军。
把这杯酒端去喝了吧,两分酒里三分水。
（德莫斯喝酒）

德莫斯

宙斯啊,好甜呀,三分水恰到好处。

腊肠贩

是神中三姐[2]给掺的三分水。

帕弗拉孔

从我这儿接受这一片干酪饼。

腊肠贩

从我这儿接受这一大块干酪饼。

帕弗拉孔

可是你没有兔子肉给他,我倒有呢。

腊肠贩

糟了,哪里去找兔子肉?

---

① 希腊文“肠子”和“肋材”音近似。
② 宙斯儿女中雅典娜第三个出生。

我的心啊,快打一个卑鄙的主意!

（帕弗拉孔自篮内取出兔子肉）

帕弗拉孔

倒霉鬼,你看见这个了没有?

腊肠贩

我一点也不稀罕。
那儿有人来找我啦!

帕弗拉孔

什么人?

腊肠贩

一些提着钱袋的使节。

帕弗拉孔

在哪里? 在哪里?

腊肠贩

与你什么相干? 不要管那些客人的事!

（帕弗拉孔向舞台上下处探望时,腊肠贩偷了他的兔子肉）

亲爱的德莫斯啊,你看,这就是我给你带来的兔子肉。

帕弗拉孔

呵,你不要脸,偷了我的东西!

腊肠贩

须知,你在皮洛斯也偷过人家的东西。

德莫斯

（笑）

请告诉我，你怎么会想起把它偷了过来的？

腊肠贩

是雅典娜出的主意，东西是我偷的。

得摩斯特涅斯

危险是我冒的①。

帕弗拉孔

肉是我烤的。

德莫斯

（向帕弗拉孔）

你滚吧！谁献给了我，我就感谢谁。

帕弗拉孔

哎呀，他比我更不要脸！

腊肠贩

德莫斯，为什么还不决定，看我们俩
哪一个更对得起你和你的肚子。

德莫斯

凭什么证据来决定，
使观众信服我做得很高明。

---

① 或“兔子是他猎得的”，意即，皮洛斯的胜仗是他打的。

腊肠贩

我告诉你:悄悄地去把我的篮子
提起来,检查里面的东西,
再检查帕弗拉孔的,保你决定起来不出错儿。

德莫斯

让我看看,这里面有些什么东西?
(打开腊肠贩的篮子)

腊肠贩

你没有看见是空的吗?
亲爱的爸爸,我统统献给你了。

德莫斯

这篮子倒对得起我德莫斯。

腊肠贩

到这儿来看看帕弗拉孔的篮子。
(打开帕弗拉孔的篮子)
你看见这些没有?

德莫斯

呵,装满了这么多好东西!
他藏了多么大一块干酪饼,
却只切了这么一丁点儿给我!

腊肠贩

他向来是这样干的,
收下的东西只分给你一小片,

绝大部分自己藏起来。

德莫斯

坏蛋,我曾经赏赐你,给你戴上金冠,
你却这样偷了我,骗了我!

帕弗拉孔

我原是为城邦的利益而偷窃啊!

德莫斯

快把金冠摘下来,
我要给他戴上它。

腊肠贩

该挨打,快摘下来!

帕弗拉孔

别忙,因为我还有一道阿波罗的神示,
那上面提起一个人,只有他才推得倒我。

腊肠贩

毫无疑问,那上面是我的名字。

帕弗拉孔

我要验证一下,看你
同神示里所说的是不是合得起来。
我首先问问你,
你少年时候进的哪个学校?

腊肠贩

我在烧猪毛①的坑里受过拳骨教育。

帕弗拉孔

（自语）
你说什么？啊，这神示“刺伤我的心”②！
（向腊肠贩）
你在健身场上学的是哪一种姿势的摔跤？

腊肠贩

学的是偷了东西赌假咒，眼睛直盯着对方。

帕弗拉孔

（自语）
“阿波罗，吕克亚的神啊，你对我做的什么好事呀？”③
（向腊肠贩）
你成年以后干的哪一行？

腊肠贩

卖腊肠。

帕弗拉孔

还卖什么？

腊肠贩

还卖屁股。

---

① 希腊人去掉猪毛的办法是用火烧，不是用刀刮。

② 引号里的话戏拟欧里庇得斯的悲剧《美狄亚》第55行。

③ 引号里的话引自欧里庇得斯的《特勒福斯》。

帕弗拉孔

哎呀,我完了!
好在还有一线希望。
（向腊肠贩）
告诉我这一点:你到底在市场里
还是在城门口卖你的腊肠?

腊肠贩

在城门口的咸鱼市上。

帕弗拉孔

哎呀,神的预言已经应验了!
“快把我这不幸的人推进去!”①
金冠啊,别了!我多么不愿
和你分离!“什么别的人会得到你,
他也许会更幸福,但不会是一个更大的小偷。”②
（帕弗拉孔倒在场中）

腊肠贩

宙斯,希腊的保护神啊,这胜利的奖品是你赐给我的!

得摩斯特涅斯

光荣的胜利者啊,我向你欢呼!可不要忘记
是我把你造成了一个英雄。我要求你一件小小的恩惠:

---

① 把表示内景的舞台上的活动平台推进去。引号中的话据说是从欧里庇得斯的《柏勒罗丰》中引来的。

② 戏拟欧里庇得斯的《阿尔克斯提斯》第181、182行,“什么别的女人会来占有你,她也许会更幸福,但不会比我更贞洁。”

叫我做你的法诺斯[1],控告的附署人。

德莫斯

告诉我,你叫什么名字?

腊肠贩

叫阿戈拉克里托斯,
因为我就靠在市场里争吵度日。

德莫斯

我就把我自己托付给你啦,
这个帕弗拉孔也交给你处置。

腊肠贩

德莫斯啊,我一定好生服侍你,
保管你也说,从没见过一个人比我
对这傻张着嘴的城邦更加忠实。

(德莫斯、得摩斯特涅斯和腊肠贩进入屋内)

---

① 法诺斯是一个克里昂党徒,一个告密人。

（十二）
第二插曲

歌　队

（短歌首节）

在开始或煞尾的时候，
除了歌颂驾快马的驭者而外，
还有什么更好的歌题①？
且不必有意挖苦
吕西斯特拉托斯
或是那无家可归的图曼提斯②，
因为这后者，敬爱的阿波罗啊，
老是挨饿，在皮托圣地
摸着你的箭袋，满脸是泪，
希望不至于太穷苦了。

歌队长

（后言首段）

---

① 这三行戏拟品达诗句。

② 吕西斯特拉托斯是一个蹩脚的诗人（参见《阿卡奈人》第855—859行），图曼提斯是个预言家。两人都很穷。

讥笑卑鄙者完全没有过错,不应该引起反感。
他们有正直者的光荣,明智者会这么判断。
如果那个该受到辱骂和讥笑的人是你的朋友,
看在友谊的分上我终究不会去碰他。
凡是能把白天和琴音区别开来的人
都知道阿里格诺托斯①,
他有个兄弟,品行完全不像乃兄,
名叫阿里弗拉得斯,坏蛋一个,
他不是一般的坏,否则也不会引起我的注意。
他不仅坏到极点,而且别出心裁:
他用无行的娱乐弄脏了自己的嘴唇,
他沉迷于此,醉心于此,忘了世上的一切,
在澡堂子里舔污水,弄脏了胡子。
除他而外只有奥奥尼科斯和波吕涅斯托斯②干过这事。
谁对这种人不反感,谁就不配和我共一只杯子喝酒。

歌　队

(短歌次节)

我时常在夜里
思索,
克勒奥倪摩斯吃起东西来
为什么没完没了?
据说他在阔人家里
吃喝,
钻进食厨就不肯出来,
惹得大家异口同声地请他:
“大人,凭你的膝头请你走,

---

① 字面的意义是“闻名的”,是一个吹笛手。

② 两个卑鄙的人。

饶了这张餐桌吧!”①

歌队长

（后言次段）

谣传我们的三层桨战船聚拢来大家商量，
有一只年高的说道:“姐妹们，
你们没有听见城里的消息吗?②
说是有一个坏蛋,一个尖酸刻薄的公民
叫作许佩尔波洛斯的,要求一百只船去攻打卡尔克冬。”
大家认为这是一件可耻的、决难容忍的要求。
于是有一个还没有接近过男人的少女说道：
“阿波罗保佑,我决不接受他的统率；
我宁肯在这儿变个老处女,叫木虫蛀掉。
瑙松的女儿瑙芳特③决不接受他的统率;天神啊，
如果我也是松树造成的,一定不由他!
万一雅典人通过了他这个建议,我就提议
航到提修斯庙上去,或是到报仇神庙上去,坐在那儿请求保护。
他决不能做我们的统帅,向雅典城得意忘形。
只要他愿意,就让他把他卖灯盏的托盘
放下水,自个儿航到乌鸦那儿去。”

① 意即,不要连这张桌子都吃掉了。

② 据说这一行诗是从欧里庇得斯的一个失传的剧本中引来的。

③ “瑙松”字音与船相近。瑙芳特是一只船名。

（十三）
退　场

（腊肠贩盛装自屋内偕一男孩上）

腊肠贩

肃静，闭起嘴来，停止一切争议，
且把雅典城喜爱的法院关上门！
让观众为我带来的好消息欢呼！

歌队长

神圣的雅典城之光啊，海岛的救星啊，
你带来了什么好消息，要我们焚献牺牲，弄得满城是香？

腊肠贩

我已经把你们的德莫斯煮了一煮，使他由丑变美。

歌队长

你为他想出了这奇妙的主意，可是他现在在哪里？

腊肠贩

他住在这座头戴紫云冠的古雅典城里。

歌队长

我怎么能看见他？他穿的什么衣服？变成了什么模样？

腊肠贩

就像他从前跟亚里斯提得和米提亚得一起吃饭时候的样儿。
卫城的大门正在开着，你们快可以看见他了。
欢呼吧，值得赞美，
值得歌颂的古雅典出现了，
闻名的德莫斯便住在那里头。

歌队长

“头戴紫云冠，人人羡慕，光灿灿的雅典城，
请你把这地方和全希腊的王给我们看看。”①

（德莫斯上）

腊肠贩

你们看，他出来了，头戴金蝉②，身穿漂亮的古装，
还带着没药香、和约香，全没有小贝壳的臭味儿③。

歌队长

欢迎呀，希腊的王啊！我们向你祝贺！
你无愧于城邦，无愧于马拉松的光荣。

德莫斯

最亲爱的阿戈拉克里托斯，这儿来！

---

① 引品达诗。
② 希波战争时期希腊战士都头戴蝉的徽记。
③ 表决时用小贝壳投票。

你这一煮对我真好啊！

腊肠贩

真的吗？
好朋友，要是你知道了你先前的
所作所为，你会把我看作神呢。

德莫斯

我先前干过些什么，是什么样的人？告诉我。

腊肠贩

首先，只要有人在公民大会里说：
“德莫斯啊，我是你的朋友，我爱你、
关心你，只有我才替你打算。”
只要有人这样一说，
你就会像公鸡一样拍拍翅膀，像牛一样晃晃犄角。

德莫斯

我是这样的吗？

腊肠贩

于是他骗了你，跑掉了。

德莫斯

你说什么？
他们这样对我，我简直不知道！

腊肠贩

真的，你的耳朵一开，
像把遮阳伞，再闭起来。

德莫斯

我变得这样老朽,这样糊涂吗?

腊肠贩

真的,如果有两个发言人提出建议,
一个说造军船,一个说
把钱用来作陪审津贴,那提议发津贴的人
总是胜过那提议造三列舰的人。
喂,你为什么低下头,移动了你的地方?

德莫斯

我为过去的错误羞惭。

腊肠贩

这可不能怪你,不必在意,
只怪他们欺骗了你。现在告诉我,
如果有一个卑鄙的演说者这样说:
“不判定被告有罪,你们
这些陪审员别想得到每天的津贴!”
告诉我,你对这个演说者怎么办?

德莫斯

我就把许佩尔波洛斯吊在他的颈脖子上,
把他举起来扔到罪人坑①里去。

腊肠贩

你现在说得对,说得有理。

① 罪人坑在卫城后面。

至于那些别的事情呢，让我想想看。
告诉我，你怎样处理政事？

德莫斯

首先，水兵一回来，有多少人，
我就把欠饷全额发给多少人。

腊肠贩

多少磨光了的屁股会感激你啊！

德莫斯

其次呢，重甲兵的名字一上了征兵册，
就不能讲人情，增删更改，
必须按照原来的样子登记在上面。

腊肠贩

这一下可刺中了克勒奥倪摩斯的盾牌了①。

德莫斯

还有，没有须的人不许在市场里聊天。

腊肠贩

那么，克勒斯特涅斯和斯特拉同又到哪里去聊天呢②？

德莫斯

我只是说一些涂脂抹粉的年轻小伙子，
他们紧靠着坐在那儿爆豆子般滔滔不绝地说道：

---

① 讽刺他企图逃避兵役，在本剧演出的这一年他曾临阵弃盾而逃。
② 与当时一般年轻人都留须的风气不同，他们两个不留须。

“菲阿克斯①了不起，巧妙地逃避了死刑，
他说起理来又勇敢又巧妙，
满口新词妙论，有条有理有锋芒，
最善于压倒那一片吵吵闹闹的声音。”

腊肠贩

你不是也喜欢“摸摸”这些叽里呱啦的小人儿吗？

德莫斯

凭宙斯起誓，我要逼着他们
全体放弃投票权去打猎。

腊肠贩

在这些条件下，请你接受这张折凳
和这个没有阉过的孩子，他会跟你提凳子，
你想到什么地方去，就把他当折凳来使用吧。

德莫斯

我恢复了旧时代的幸福生活。

腊肠贩

等我把三十年和约献给你，
你又会这样说的。和约，快出来！
（三个少女上）

德莫斯

可敬的宙斯啊，她们生得多么美！天神在上，
我可以同她们玩三十年吗？

---

① 亚西比德的政敌。

你怎样把她们找出来的？

腊肠贩

还不是帕弗拉孔把她们藏在里面，不让你弄得到手？
我现在把她们交给你，带着她们
到乡下去吧！

德莫斯

帕弗拉孔干的好事！告诉我，你怎样惩罚他？

腊肠贩

没有什么严重，只不过他得干我那一行，
他可以把狗肉掺在驴肉里，
独个儿在城门口卖腊肠；
喝醉了酒，可以同妓女们拌拌嘴，
喝一点澡堂子里的肮脏水。

德莫斯

你想出了一个好主意，同妓女们
和洗澡的客人们吵吵闹闹正合他的身份。
为报答这一切，我邀请你到主席厅里去
坐在这个流氓先前所占据的位子上。
请穿上这件蛙绿色的袍子跟我去吧！
谁来把这家伙抬出去，叫他去卖腊肠，
让那些受过他的虐待的客人看看他。

（德莫斯和腊肠贩下，帕弗拉孔被人抬下，三个少女退进屋内；歌队退场）

云

阿里斯托芬 著

张竹明 译

场次

人物

斯特瑞普西阿得斯

阿提克农民

费狄庇得斯

斯特瑞普西阿得斯的儿子

仆人

斯特瑞普西阿得斯的仆人

苏格拉底

门徒甲、门徒乙、门徒丙

苏格拉底的弟子

歌队

由云神们组成

正理

歪理

帕西阿斯

放债人

证人

帕西阿斯的证人

阿米尼阿斯

放债人

（一）

开 场

（舞台背景里有两所房子，左为斯特瑞普西阿得斯的住宅，右为苏格拉底的“思想所”；靠旋转平台可以看见斯特瑞普西阿得斯屋内，他和儿子费狄庇得斯及一仆人正躺在床上）

斯特瑞普西阿得斯

（自语）

哎呀，哎呀，
宙斯王啊！夜是多么的长呀！
它像永远不会过去似的。白天永远不会来临吗？
我早就听见鸡啼了，
我的仆人还在那儿打呼噜呢！先前可不是这样的。
啊，战神，有许多理由愿你灭亡，
你害得我连自己的仆人都不能够惩罚了。
我这个年轻的好儿子
夜里从来不醒，只是裹着
五层羊皮大氅在那儿放屁！
既然这样，我也裹起来打呼噜吧！
真糟糕，我睡不着，
我叫挥霍、浪费、马槽和债务
害苦了，祸根就在这儿子。

他蓄着长发,赛车赛马,
连做梦都看见马。倒霉的是我,
眼看这个月到了下旬,
利息又到期了。
（唤仆人）
小子,把灯点上,把账簿拿来,
看我欠谁的钱,算算利息是多少。
让我看看,到底欠多少?“欠帕西阿斯十二米那。”
欠他十二米那?这十二米那是怎么花掉的?
原来是为了买那匹印花马①。哎呀,
但愿一块石头先打瞎了我的眼睛!

费狄庇得斯

（呓语）
菲洛,你犯规了!你该在你自己的跑道上跑。

斯特瑞普西阿得斯

（自语）
瞧,就是这个害了我,
他连做梦都在赛马!

费狄庇得斯

（呓语）
一辆战车应该赶多少圈?

斯特瑞普西阿得斯

你倒把我,把你自己的父亲“赶”了许多圈了!
（自语）

① 科任托斯产名马,人们在它身上打上“科任托斯”的第一个字母为标志。

除了欠帕西阿斯的，还欠谁的钱？
“为了买车身和轮子欠阿米尼阿斯三米那。”

费狄庇得斯

（呓语）

叫马儿打打滚再牵回家去！

斯特瑞普西阿得斯

可怜的孩子，你把我的钱财全都“滚”掉了！
我已经遭了诉讼，有的债主要求
扣押我的财产来保证他们的利息。

费狄庇得斯

（醒来）

真的，爸爸，
什么事使你气愤，使你彻夜无眠？

斯特瑞普西阿得斯

有一个社长[①]从褥子底下爬出来咬我。

费狄庇得斯

好爸爸，让我再睡一会儿吧！

斯特瑞普西阿得斯

你睡吧，只别忘了，
这些债务会完全落到你自己头上。
唉，但愿那媒婆，那劝我
娶了你母亲的媒婆，不得好死！

---

① 社长（乡区长官）负责征收赋税，有权没收居民财产。

我原享受着一种快乐的乡下生活，
虽然肮脏简陋，却是自由自在，
我养着成群的蜜蜂与绵羊，还堆着许多橄榄渣饼子，
后来我娶了墨伽克勒斯[①]的侄女。
我是一个乡下人，她却是骄奢的
城市姑娘，一个十足的贵族女人。
新婚那天晚上，我躺在新床上，
身上还有羊毛、酒渣和无花果的味儿，
她却满身是香膏和番红花，不住地和我亲嘴，
她就像爱神那样没有节制，那样大咬特咬。
我不会说她懒，不，她时常在织布。
但我时常拿出我的破外衣给她看，
假意说："我的老婆，你织得好多布！"

仆　人

灯盏没油了。

斯特瑞普西阿得斯

哎！你为什么给我点上这盏费油的灯？
来，我要打你了！

仆　人

为什么我要挨打？

斯特瑞普西阿得斯

因为你放进了这根粗灯芯。
（自语）
后来我们生了这个儿子，

---

① 墨伽克勒斯家族是雅典的名门望族。

我同这好女人
为了孩子的名字争吵过多次。
她要给他起一个马的名字，
例如"黄马"、"福马"或"骏马"之类；
我却想依照他祖父的名字叫他"俭德"①。
我们这样争吵了许久，
最后双方同意叫作"俭德马"②。
她时常抱着这孩子，哄他说：
"你日后长大了，也像你的外叔祖父
墨伽克勒斯那样，披着紫袍坐着车子上卫城。"
我却向他说：
"日后长大了像你的爸爸，
披着羊皮，从山上赶羊群回来。"
哪知他不听我的话，
倒是爱马，使我的家业一败涂地。
今天，我想了一夜，
想起了一个绝妙的办法；
只要我劝得动他，我便有救了。
不过，我得先把他唤醒。
怎么轻轻地把他唤醒呢？怎么唤？
（轻唤）
亲爱的费狄庇得斯，我的宝贝。

费狄庇得斯

什么事，爸爸？

① 祖父名斐冬，意即"俭德"。
② 费狄庇得斯意即"俭德马"。

斯特瑞普西阿得斯

吻吻我，再把右手伸给我。

费狄庇得斯

（伸手）

这儿。到底什么事？

斯特瑞普西阿得斯

告诉我，你爱我吗？

费狄庇得斯

凭波塞冬这位马之神起誓①，我爱你。

斯特瑞普西阿得斯

千万别向我提起这马之神！
正是这位神害了我。
如果你真心爱我，
我的儿啊就听我的话。

费狄庇得斯

要我听你什么话？

斯特瑞普西阿得斯

立刻改变你的生活方式，
去学习我要劝你学的东西。

---

① 同时用手指指床边的一个波塞冬的小雕像。

费狄庇得斯

说吧，你有什么吩咐？

斯特瑞普西阿得斯

你听不听？

费狄庇得斯

我听！
凭狄奥倪索斯起誓！
（父子两人进入场中①）

斯特瑞普西阿得斯

现在，你往这边看。
你看见那道小门和那所小屋吗？

费狄庇得斯

看见了。爸爸，那是什么地方？

斯特瑞普西阿得斯

那就是哲人的“思想所”。
那儿居住的人著书立说，
叫我们相信天是一个炭窑，
我们住在当中就像木炭一样。
只要你肯给钱，他们会教你辩论，
不论有理无理，你都可以在辩论中取胜。

---

① 活动舞台退入景后。

费狄庇得斯

他们是谁？

斯特瑞普西阿得斯

他们的名字我知道得不清楚，
可是他们是些深沉的思想家，一些高贵的人。

费狄庇得斯

哪里，我知道他们是些下贱的人。
你说的是一些脸色苍白、光着脚丫子的无赖，
苏格拉底和凯瑞丰一流的可怜虫。

斯特瑞普西阿得斯

嗨，快别说了，别说蠢话！
如果你关心爸爸的吃喝，
就抛开了你的车马，前去入学。

费狄庇得斯

凭狄奥倪索斯起誓，我不去，
即使你把勒奥戈拉斯[1]喂着的名马给我。

斯特瑞普西阿得斯

最亲爱的孩子，
我求你前去入学。

费狄庇得斯

那你要我去学习什么？

---

① 一个贵族。

斯特瑞普西阿得斯

听说他们有两种说理，
一种较好的说理，一种较坏的说理，
他所讲授后一种，即较坏的说理，
无理能说出理来取胜。
如果你学得了这种歪的说理，
我为你欠下的债务
就一个奥波尔[①]也不用还了。

费狄庇得斯

我不能遵命，如果我变成了白面书生，
怎好意思去见骑士们？

斯特瑞普西阿得斯

那么，得墨忒耳在上，你就一定不准依靠我，
你本人和你的马都一定不准依靠我了；
我要把你从家里赶出去喂乌鸦！

费狄庇得斯

我的外叔祖父墨伽克勒斯不至于不管我，不给我
车马。我去他那儿，再也不孝敬你了。
（费狄庇得斯下）

斯特瑞普西阿得斯

我虽是跌倒了，还不至于爬不起来。
愿天神保佑，我要亲自
到“思想所”去求学。

---

① 一个德拉克玛等于六个奥波尔。

可是人老了,记性差,理解也迟钝了,
我怎么掌握得了理论的精微奥妙?
可无论如何,我得去!为什么待在这儿,
我不去敲门?
（敲右屋的门）
门子,亲爱的门子!

门徒甲

（自内应）
该死的,谁在敲门?
（门徒甲上）

斯特瑞普西阿得斯

我是俭德的儿子,基库那乡区的斯特瑞普西阿得斯。

门徒甲

好一个大老粗!
乱踢我们的门,害得我
孕育的思想流产了①!

斯特瑞普西阿得斯

原谅我,我是个乡下人。
告诉我,什么流产了?

门徒甲

只能告诉我的同学,不能告诉外人。

① 这里嘲讽苏格拉底的母亲是个助产婆。

斯特瑞普西阿得斯

你大胆对我说吧！因为我是
到这个“思想所”来求学的。

门徒甲

那我就告诉你，但必须记住这可是宗教秘密！
有一只跳蚤咬了凯瑞丰的眉毛，
再跳到苏格拉底头上①；
刚才苏格拉底问凯瑞丰：“这虫子
所跳的距离有它脚长的几倍？”

斯特瑞普西阿得斯

这他怎么测量呢？

门徒甲

妙不可言呢。
他融化了一块黄蜡，捉住那只跳蚤，
把它的双脚浸在蜡里，等蜡冷却后，
那上面便形成了一双波斯鞋②，
再把鞋子取下来测量距离。

斯特瑞普西阿得斯

伟大的宙斯啊，这种思想真是妙呀！

门徒甲

要是你听说了苏格拉底的另一发现，

---

① 凯瑞丰眉毛粗，苏格拉底是秃顶。
② 雅典妇女把她们的白鞋叫作“波斯鞋”。

不知你又该说什么了！

斯特瑞普西阿得斯

什么发现？请你告诉我。

门徒甲

斯费托斯乡区的凯瑞丰有一次问他：
“蚊子的叫声
是从嘴里发出来的呢
还是从尾巴上发出来的？对此你有什么理论？”

斯特瑞普西阿得斯

关于这个问题他是怎样回答的？

门徒甲

他说，蚊子的肠管是很细的，
空气受压使劲从这细管里通过，
直到尾部，于是那连着细管的
屁眼儿便因这空气的冲出而响了起来。

斯特瑞普西阿得斯

那么蚊子的屁股不就是一只喇叭了吗？
这位善于观察的苏格拉底真是
得天独厚呀！一个连蚊子的肠管都知道的人
必定能够很容易就把官司打赢。

门徒甲

才不久一只壁虎打断了他一个
伟大的思想。

斯特瑞普西阿得斯

那又是怎么打断的呢？告诉我！

门徒甲

有一天晚上，他正在观察月亮的
循环轨道，张着嘴巴望着天上的时候，
一只壁虎从屋檐上拉屎，弄脏了他①。

斯特瑞普西阿得斯

壁虎把屎拉到苏格拉底的嘴里，真有趣！

门徒甲

昨天晚上我们断了粮。

斯特瑞普西阿得斯

那么，他又是怎样设法弄到粮食的呢？

门徒甲

他跑到体育场用细灰撒在桌上，
再把一根铁扦弄弯，于是他拿着这仪器
偷偷地从体育场里钩走了人家的"斗篷"②。

斯特瑞普西阿得斯

我们为什么还要赞美泰勒斯呢③！
快打开这个"思想所"的门，

---

① 传说哲学家泰勒斯在仰头观察天象时曾跌进一个土坑里。

② "斗篷"谐音"祭肉"。

③ 意思是说："既然有了一位苏格拉底，我们还要赞美泰勒斯吗？"

快把苏格拉底指给我看！
我是来做学生的。快开门！
　　（斯特瑞普西阿得斯走上活动台①）
赫拉克勒斯呀，这是从哪里来的怪兽②？

门徒甲

干吗大惊小怪？你觉得他们像什么？

斯特瑞普西阿得斯

像是从皮洛斯带回来的斯巴达俘虏。
他们为什么低头望着地下？

门徒甲

他们在寻找地下的东西。

斯特瑞普西阿得斯

一定是在找葱！
　　（向众门徒）
我们不必再费心思，
我知道什么地方有，又大又好。
　　（向门徒甲）
那一群人在做什么？他们那样弯着腰。

门徒甲

他们在研究塔尔塔罗斯的深度。

---

① 显出思想所内景。

② 斯特瑞普西阿得斯一眼看见思想所里这些半死不活的学生，以为他们是怪物，所以呼唤赫拉克勒斯，叫他来除怪。

斯特瑞普西阿得斯

他们的屁股为什么朝着天上？

门徒甲

那屁股要单独研究天象。
（向众门徒）
快进屋去，不要叫师父在这儿碰见我们。

斯特瑞普西阿得斯

别忙，别忙，让他们再待一会儿，
我好对他们说说我自己的事情。

门徒甲

绝对不行，他们被严格禁止
这么久地在户外呼吸新鲜空气。
（众门徒进入右屋）

斯特瑞普西阿得斯

看在天神的分上，告诉我，这是什么？
（指着天象仪）

门徒甲

这是天文。

斯特瑞普西阿得斯

那又是什么？
（指着几何仪器）

门徒甲

那是几何。

斯特瑞普西阿得斯

做什么用的?

门徒甲

测量土地。

斯特瑞普西阿得斯

是不是测量我们就要分配的土地[1]?

门徒甲

不是,是测量大地。

斯特瑞普西阿得斯

你说得真美,
这真是对人民有益的发明啊[2]!

门徒甲

这是全世界的地图。你看见吗?
这是雅典。

斯特瑞普西阿得斯

你说什么?我不信!

---

① 雅典人每次夺得敌方土地,总是用抽签法分配给人民。

② 斯特瑞普西阿得斯理解的还是可以用来分配土地。

因为我没有看见陪审员坐在那儿[1]。

门徒甲

这确实是阿提克的土地。

斯特瑞普西阿得斯

可是我的基库那乡区在哪里?

门徒甲

就在这里。你看,这是尤卑亚岛,
它细细的,长长地伸展着。

斯特瑞普西阿得斯

我知道,那是伯里克利和我们把它压长了的[2]。
但是斯巴达又在哪里呢?

门徒甲

在哪里?就在这里。

斯特瑞普西阿得斯

离得这样近!你想想办法,
把它弄得离我们远一点。

门徒甲

宙斯作证,那是绝对不可能的!

斯特瑞普西阿得斯

那你要叫苦的!

---

① 看不见陪审员便不成其为雅典。

② 指公元前445年伯里克利平定尤卑亚叛乱。

坐在吊筐里的那人是谁呀?

门徒甲

正是他。

斯特瑞普西阿得斯

他是谁?

门徒甲

苏格拉底。

斯特瑞普西阿得斯

苏格拉底!
快替我大声叫他!

门徒甲

你自己叫吧!我可没工夫替你叫。
（门徒甲进入右屋）

斯特瑞普西阿得斯

苏格拉底啊,
亲爱的苏格拉底!

苏格拉底

（自空中回答）
朝生暮死的人啊,你叫我做什么?

斯特瑞普西阿得斯

我求你首先告诉我,你在那上面做什么?

苏格拉底

我在空中行走，思考太阳。

斯特瑞普西阿得斯

那么，你是从吊篮里鄙视神，
而不是从地上了，如果——

苏格拉底

如果我不
把我的心思悬在空中，不把我轻巧的
思想混进这同样轻巧的空气里，
我便不能正确地窥探这天空的物体①。
如果我站在地下寻找天上的神奇，
便什么也找不着，因为土地会用力
吸去我们的思想精液，
就像水芹菜吸水一样。

斯特瑞普西阿得斯

你说的什么话？
我们的思想精液会吸到水芹菜上去吗？
快下来，亲爱的苏格拉底，
快来教教我，我是特别为此而来的。
（苏格拉底在吊筐里下降）

苏格拉底

为什么事情来的？

---

① 讽刺阿那克西米尼关于空气是万物本原的学说。

斯特瑞普西阿得斯

为了学习口才。
因为我欠人家的债，受到债主的追逼，
他们要抢劫掠夺、瓜分我的财物。

苏格拉底

你怎么不当心欠下了债?

斯特瑞普西阿得斯

是我的儿子爱马，这害得我不浅。
来吧，请教给我那种歪的理论——
我可以用它们赖账——至于学费，
我对众神发誓，你要多少我给多少。

苏格拉底

你凭什么神起誓?在我们这里，
神不是通用的钱币。

斯特瑞普西阿得斯

那你们凭“什么”起誓呢?
是凭拜占庭的铁币起誓吗?

苏格拉底

你真的想知道
神的本性吗?

斯特瑞普西阿得斯

是的，宙斯作证，如果有宙斯的话。

苏格拉底

你想同云说话吗？
（指着天上）
她们是我们的神。

斯特瑞普西阿得斯

当然啊。

苏格拉底

那你就坐在这神圣的矮榻上。

斯特瑞普西阿得斯

我坐下了。

苏格拉底

现在戴上这顶花冠。

斯特瑞普西阿得斯

为什么要戴花冠？哎呀，苏格拉底，
别把我杀了祭神，像阿塔马斯那样[①]。

苏格拉底

不会，这只是我们要举行的
入学典礼。

斯特瑞普西阿得斯

那我可以得到什么好处呢？

---

① 索福克勒斯写过悲剧《阿塔马斯》，剧中有阿塔马斯头戴花冠，要被杀了祭神的情节。

苏格拉底

你会成为一个讲话老练、世故、圆滑的人。
只是不要动!

（苏格拉底把面粉撒在斯特瑞普西阿得斯的头上）

斯特瑞普西阿得斯

宙斯在上,他不会骗我。
撒了满头的细粉我一定会变得很圆滑。

（二）
进　场

苏格拉底

肃静,老人,静听我的祈祷。
无边的空气,我的主人和王,你把大地高悬在空中。
光明的以太啊,鸣雷放电的神圣云神啊,
高高地升起来呀！女王啊,快对着你们的哲人显现!

斯特瑞普西阿得斯

别忙,别忙,等我用衣服盖好,免得淋湿了①。

---

① 免得淋湿了头发。

真倒霉,从家里出来时没戴皮帽。

苏格拉底

快来呀,尊贵的云神,快出现给这人看,
不论你们正倚在奥林波斯神圣的雪岭上,
或是正在你们父亲奥克阿诺斯的广阔的洋面上伴着神女们歌舞,
或是正在用金瓶吸取尼罗河的水,
或是正停留在黑海的口岸上。请听我祈祷,
愿你们接受这祭品①,高高兴兴地享受。

歌　队

（自外唱）

（首节）

永恒的云啊,
带着露水披着雾霭
轻盈地升起来吧,
让我们从父亲②——
大洋河的深处
升腾到森林覆盖的
高高山巅,
从山巅瞭望遥远的天边,
瞭望耕地,松软的牧场,
瞭望水声淙淙的河流,
涛声轰鸣的灰色大海。
以太的眼睛不倦地射出光亮。
让我们在它的光亮里
飘向远处,从无瑕的

① 祭品指斯特瑞普西阿得斯。
② 父亲指大洋河奥克阿诺斯。

形体间振落雨露
把无所不见的目光
投向神圣的大地。
（首节完）

苏格拉底

可敬的云神啊，你们明白地答应了我的恳求。
（向斯特瑞普西阿得斯）
你听见她们的歌声里混着惊人的雷鸣吗？

斯特瑞普西阿得斯

尊贵的云神啊，我敬畏你们，我也想放个屁
来回应你们的雷声：那雷声真叫我吓掉灵魂！
现在啊，我是熬不住了，不放不行了。

苏格拉底

快不要学喜剧诗人那样开玩笑，
肃静，因为一大群女神正继续唱着她们神圣的歌曲。

歌　队

（自外唱）
（次节）
带来雨水的女郎们啊，
让我们移向那光荣的雅典娜的土地，
去看克克罗普斯所爱的英雄之地，
那儿保持着神秘的大典，
那庙里正举行着
神圣的入教仪式①；

---

① 埃琉西斯举行祭祀得墨忒耳秘仪的庙。

那儿有敬神的礼物，
有神像、高朗的庙宇①、
庄严神圣的游行
和四季
节日里的献祭；
春来时举行酒神的狂欢节，
有歌舞赛会，
有笛子的清音。
（次节完）

斯特瑞普西阿得斯

请你告诉我，苏格拉底，那些女人是什么人？
她们的声音这样庄严，难道她们竟是女英雄不成？

苏格拉底

不，她们是天上的云，是有闲人至大的神明，
我们的聪明才智、诡辩歪理
以及欺诈奸邪全都由她们赋予。

斯特瑞普西阿得斯

所以听了她们的歌声，我的心神就像在飞腾，
在寻找奥妙的言辞、精微的理论；
想用鬼聪明来战胜鬼聪明，用反辩来驳倒对方的理由。
只要是可能的话，我倒想亲眼见见她们。

苏格拉底

你朝帕尔涅斯山②望望。我已经望见

---

① 这两行主要说的卫城上的雅典神庙。
② 雅典北面的一座山。

她们慢慢地下来了。

斯特瑞普西阿得斯

在哪里？快指给我看！

苏格拉底

她们一团团的
经过山谷丛林，斜斜地下来了。

斯特瑞普西阿得斯

这是怎么一回事？
我怎么看不见。
（歌队进场）

苏格拉底

就在那进出口上。

斯特瑞普西阿得斯

现在我倒像是看见了一点。

苏格拉底

如果你的眼睛不是叫南瓜似的眼屎挡住了，
你现在准看见她们了。

斯特瑞普西阿得斯

真的，我看见了。可敬的女神啊！她们站满了全场。

苏格拉底

你从来不知道，从来没有想到她们是女神吧？

斯特瑞普西阿得斯

真的不知道，我只相信她们是云雾雨露！

苏格拉底

你一定不知道她们喂着一些先知、诡辩家、
天文学者、江湖郎中、蓄着轻飘长发
戴着碧玉戒指的花花公子和写酒神颂的假诗人
——这便是云神养着的游惰的人们，只因为他们善于歌颂云。

斯特瑞普西阿得斯

因此他们才歌唱"蔽日的湿云带火奔流"、
"百头提丰的鬈发"[1]、"狂风暴雨"、
"浮游于天空的弯爪的鸟啊"、
"云雾带来的细雨啊"。为了这些诗句，
他们可以吃美味的鳝鱼和画眉鸟[2]。

苏格拉底

为了这些诗句，他们还不配款待吗？

斯特瑞普西阿得斯

告诉我，如果她们真正是云，
为什么倒像凡间的女人？
天上的云不是这般模样。

苏格拉底

你说云是什么模样呢？

---

[1] 神话中的一怪物，见《神谱》第306行。

[2] 引号里的诗句大概是从得奖的酒神颂作品中引来的。酒神颂比赛得胜的诗人受到公宴款待。

斯特瑞普西阿得斯

我说不清，她们像一团乱羊毛，不像女人，
凭宙斯起誓，一点也不像。这些云还有鼻子呢！

苏格拉底

现在回答我的话。

斯特瑞普西阿得斯

你想问什么，快说出来。

苏格拉底

你没有见过天上的云像人头马，
像豹子，像狼，像牛吗？

斯特瑞普西阿得斯

自然见过。那是什么缘故呢？

苏格拉底

她们想变什么就变什么：如果她们看见一个长头发的色鬼，
一个毛蓬蓬的野兽，如像克塞诺方特斯的儿子①，
她们就变作人头马来取笑他的淫荡行为。

斯特瑞普西阿得斯

倘若她们看见了盗窃公款的西蒙，她们又变作什么呢？

苏格拉底

她们立刻就变作狼来表现他的性格。

---

① 克塞诺方特斯的儿子，指希埃罗倪摩斯，是一个写酒神颂的诗人，传说他爱搞同性恋。

斯特瑞普西阿得斯

所以不久前她们看见了克勒奥倪摩斯弃盾而逃[1],
看见了这胆怯不过的行为,她们就变作了鹿。

苏格拉底

所以今天她们看见了克勒斯特涅斯[2],你看,她们就变作了女人。

斯特瑞普西阿得斯

我向你们致敬,女神们!既然对别人放出了你们的天籁,
我请你们也对我放出吧,全能的神!

歌队长

我们向你致敬,白发老人,来追寻巧妙言辞的人啊!
　　(向苏格拉底)
还有你这位专会说滑头话的祭司啊,快说你要我们做什么?
除了你和普罗狄科斯[3]两人的话而外,
我们从不肯听别人的哲言,因为普罗狄科斯很聪明,很有思想,
你却大模大样地走,斜着眼睛看,赤着足,吃得苦,
依靠你和我们的关系,行为那样高傲庄严。

---

① 阿里斯托芬喜剧中几处提到克勒奥倪摩斯弃盾而逃的事。
② 克勒斯特涅斯生性娘娘腔。
③ 普罗狄科斯是一个著名的诡辩家。

（三）

第一场

斯特瑞普西阿得斯

地神盖亚啊，这是多么神圣、庄严与神奇的声音啊！

苏格拉底

因为只有她们是唯一的神，其余全都是胡说的。

斯特瑞普西阿得斯

凭地神起誓，我要你说清楚，奥林波斯山上的宙斯难道不是我们的神？

苏格拉底

什么宙斯？别说傻话，宙斯是没有的。

斯特瑞普西阿得斯

你说什么呀？
雨是谁下的？请你先把这件事情向我解释清楚。

苏格拉底

（手指云）
那自然是她们下的，我可以给你一大堆的证明。

请问,你在什么地方、什么时候看见没有云就下起雨来?
叫她们走开,让宙斯在青天白日里下下雨看。

斯特瑞普西阿得斯

阿波罗作证,说得好,我不得不相信这话有理。
我先前总相信是宙斯从筛子里撒尿呢!
（向苏格拉底）
但是,请你告诉我,雷又是谁放的呢?它真令我发抖!

苏格拉底

那是她们在转动的时候放出来的响声。

斯特瑞普西阿得斯

告诉我,是怎样转动的?亏你敢说!

苏格拉底

她们充满了雨水,被迫流动着,
并且被迫浮悬在空中,当她们
下降时带着沉重的雨水互相撞击时便发出了雷声。

斯特瑞普西阿得斯

那不是宙斯强迫着她们运行的吗?

苏格拉底

不是,是空气的转动力逼迫着她们运行的。

斯特瑞普西阿得斯

动力,我可不知道这东西。
宙斯已经完了,动力出来代替他为王了。
可是你还没有告诉我雷声是怎样发出的。

苏格拉底

你还没有听清楚吗？我说，那些云载着许多雨水，
在下降的时候因为很笨重，互相撞击，便发出了雷声。

斯特瑞普西阿得斯

这怎能够叫我相信呢？

苏格拉底

且拿你本身来证明吧。
你过泛雅典娜节，喝饱了菜汤，
肚子里起了乱子，不是突然就发出了一阵响声？

斯特瑞普西阿得斯

是呀，凭阿波罗起誓，我肚子里立刻就起了乱子，
那里面的汤汤水水就像打雷一样可怕地响了起来，
起初只是轻轻的“啪——啪”，“啪——啪”，跟着是“啪啪——啪啪”；
等进厕所的时候，简直是打雷，“啪啪啪啪”，正像她们那样响。

苏格拉底

你想想，那只不过是从你肚子里响出来的屁声，
那无边的空气怎么不会发出很大的雷声呢？
因此“打雷”和“放屁”这两个词儿也很相像。

斯特瑞普西阿得斯

但是，请你告诉我，那闪电的火又是从哪里来的呢？
那火落在我们身上，有时候烧死了我们，
有时候虽然没有烧死，也烧伤了我们的皮肉。
这明明是宙斯发出来惩罚那些赌假咒的人的。

苏格拉底

你这个大傻瓜，老腐朽！如果宙斯打那些赌假咒的人，
他怎么不把最爱赌假咒的西蒙、克勒奥倪摩斯
和特奥罗斯都烧死呢？他甚至打了他自己的神殿
和雅典的苏尼昂海角上的庙宇，还打了那巨大的橡树呢！
他为什么要这样做？那橡树总没有赌过假咒吧！

斯特瑞普西阿得斯

我不知道，你这话好像说得很对。但是究竟什么是闪电呢？

苏格拉底

当一阵干风从地面吹进了云里，叫她们关住了，
它便在那里面把云团吹成了一个气球，
然后受到压迫猛力地冲破了这气球，
这样的奔流撞击便变成了火柱，碎成了尘土。

斯特瑞普西阿得斯

是呀，这次宙斯节①，我真的碰上了这样的事情：
我开始为家人烤羊肠，忘了在上面戳孔，
于是肠子胀了气，成了一个球，突然爆裂，
肠子里的东西糊了我的眼睛，烫了我的脸。

歌队长

你这位来我们这里追求大智慧的凡人啊，
你会变成全雅典、全希腊人里最幸福的人，
只要你记性好，又惯于思索，
只要你心灵受得起折磨，身体不辞劳苦，

① 一种很古老的家庭团圆节。

站也站得，走也走得，不怕冷，不怕饿，
不喝酒，不去健身场上干坏事①，还要戒掉一切不良嗜好。
你得相信最聪明的人便是最美的人，他能够
同人舌战，能够在法庭上和议院里辩论成功。

斯特瑞普西阿得斯

说起坚实的心灵、夜不成眠的思虑，
不吃饭不喝水，肚子挨饿，
你可以相信，这些考验我经受得起。

苏格拉底

从今后除了我们所信仰的天空、云和舌头
三者外，可不得再信仰什么旁的神！

斯特瑞普西阿得斯

就是碰见什么旁的神，我也不和他们说话，
不给他们献祭、奠酒、供上乳香。

歌队长

大胆地告诉我们，你要我们替你做什么？
只要你崇拜我们，只要会讨乖，你决不会失败。

斯特瑞普西阿得斯

诸位女神啊，我只求你们施一点恩惠，
使我的口才高人百倍。

歌队长

我们就给你这恩惠，从今以后谁也不复能够

① 勾引少年人，搞同性恋。

在议院里大发议论，比得上你。

斯特瑞普西阿得斯

我倒不想大发议论，这不是我所希望的；
我只想躲避官司，躲避我的债主。

歌队长

你的愿望一定可以满足，因为你并没有很大的野心。
快鼓起勇气把你自己交给我们的仆人。

斯特瑞普西阿得斯

我听信你们，就这么办。因为那匹印花马
和我的婚姻把我害苦了，我不能不这样。
随便你们的仆人把我怎样，
我把这身子献给他们了，
不怕饥渴不怕寒，不怕挨打不怕脏，
不怕他们剥了我的皮作酒囊，
只要我赖得过债，
只要人家把我当作
一个大胆的人，一个讨厌的骗子，
一个虚伪的君子，一个善辩的人，
一个流氓、讼棍，一个饶舌的小子，
一个狡猾的狐狸，一个暴戾的人，
一个坏透了的坏蛋，一个讨厌的人，
一个滑头鬼，一个不好应付的人，
一个善于拍马屁的人。如果那些
遇见我的人都这样称呼我，
你们的仆人要我怎样我就怎样，
凭得墨忒尔起誓，
只要他们愿意，他们可以把我

制成腊肠来孝敬这批思想家。

歌队长

这儿有一个意志坚强的人,
他下了决心,全不畏缩。
（向斯特瑞普西阿得斯）
你知道,等你从我们这儿学会了,
你在凡间的“声名便会响到天上”①。

斯特瑞普西阿得斯

这对我有什么好处呢?

歌队长

你可以终身同我一起
享受最快乐的人生。

斯特瑞普西阿得斯

我真的可以享受这种快乐吗?

歌队长

许多打官司的人都会上你的门来,
求你指教怎样去控告人家,
怎样去答辩,他们会给你丰厚的报酬。
（向苏格拉底）
快收下这老头儿,动手教他,
快把他的心鼓动起来,试试他的机巧。

---

① 引号里的文字很像哲学家泰勒斯墓碑上的话。

苏格拉底

（向斯特瑞普西阿得斯）
来，把你的思想方法告诉我，
我知道了过后，才好决定
给你安上什么新的机械。

斯特瑞普西阿得斯

安上什么“攻城机”？天神在上，你不会攻击我吧？

苏格拉底

不是，我只想问你几个问题，
你的记性好不好？

斯特瑞普西阿得斯

凭宙斯起誓，也好也不好：
人家欠我钱，我的记性就很好；
我欠人家什么，哎呀，我就很健忘。

苏格拉底

你有说话的天赋吗？

斯特瑞普西阿得斯

我没有说话的天赋，但有欺骗的天赋。

苏格拉底

那么，你怎么能学习呢？

斯特瑞普西阿得斯

噢，能够。

苏格拉底

那么，我抛出一些关于自然界的
智慧，你立刻就接得住吗？

斯特瑞普西阿得斯

什么？我像狗儿那样用嘴来接住你的智慧？

苏格拉底

（自语）
真是个没有受过教育的野人！
（向斯特瑞普西阿得斯）
老头儿，我怕你要吃鞭子！
来，告诉我，要是有人打了你，你怎么办？

斯特瑞普西阿得斯

要是有人打了我，
过一会儿我就去找个朋友来做见证，
再过一会儿就把打我的人拖上法庭。

苏格拉底

来，把你的外衣脱了！

斯特瑞普西阿得斯

我犯了什么过错①？

苏格拉底

没有，只是我们规定了进屋不穿外衣。

---

① 以为要挨打。

斯特瑞普西阿得斯

可是我并不是进你的屋来搜赃的[1]。

苏格拉底

脱！说什么傻话！

（斯特瑞普西阿得斯脱了外衣和鞋子）

斯特瑞普西阿得斯

现在请你告诉我：
如果我专心勤奋地求学，
我会变得像门徒中的哪一个？

苏格拉底

你的样子和凯瑞丰一定不差分毫。

斯特瑞普西阿得斯

哎呀，我一定变成半死的人了。

苏格拉底

不许再啰嗦了！听话，跟我来，
快到这儿来！

斯特瑞普西阿得斯

先给我一块
蜜糕捏在手里，我害怕进里面去，

---

① 搜索赃物的人必须脱去外衣，以免挟带东西进去说是搜出来的。

就像进特罗福尼奥斯蛇洞[1]一样!

苏格拉底

快进去! 为什么在这门口裹足不前?

(二人进入右屋)

(四)

第一插曲

歌队长

(短语)

去吧,愿你成功!
因为你是这样勇敢。
愿这人有福!
不顾这么大的年纪,
他还想干
年轻人的事情,
培养他的
聪明才智。

---

① 古时常有人进特罗福尼奥斯洞去祈求梦示。洞里有蛇,传说蜜糕可以平息它们的愤怒。

歌队长

（插曲正文）

啊，观众们，我当着养育我的酒神①，
自愿地对你们细说真情。我既把你们当作
聪明的观众，更把这个喜剧当作我最好的
作品，就让我得胜，承认我优秀吧。
我先前曾叫你们看过我这出卖力的戏剧，
你们竟让那两个平庸的诗人胜过了我，
不应该失败的我却遭到了失败，因此
我抱怨你们这些聪明人，这出戏原是为你们写的。
可是，我总不愿意放弃这种比赛，免得
辜负了你们这些聪明人②。记得我曾在这儿表演过
《正派青年和他的浮华兄弟》③，很受你们称赞，
当着你们表演真是一件很愉快的事啊！那时候
我还是个处女，没资格生孩子，因此把它
抛弃了，让旁人捡去抚养了，它在你们的高贵的
教导下面长成了人④。从那时候起我便
得到了你们忠诚的约言，得到了你们的好感。
如今我这个喜剧，正像那闻名的埃勒克特拉，
前来寻觅你们这些聪明的观众；如果她
看见了，她一定认识她弟弟的“鬈发”⑤。
请看她的样儿多么温文尔雅！
首先一层，她出来的时候，衣服上

---

① 酒神作为戏剧的主神。

② 《云》演出于公元前 423 年，演出失败。公元前 421—前 417 年间修改过，希望再次上演，未能如愿。现存这个剧本是修改本。

③ 指阿里斯托芬第一次参加演出的作品《宴会》。

④ 《宴会》不是用阿里斯托芬自己的名义演出的。

⑤ 鬈发借指观众和评判员的好评。

可不会挂着那皮制的通红的阳物来逗引孩子们发笑；
她没有嘲弄过秃头人，没有跳过下流的舞蹈。
她没有请出一个老头儿在对话中拿拐杖打人，
好遮掩她没有取笑的本领。她没有
举着火把跑进来，没有哎呀哎呀地叫。
她只是信赖她自己，信赖她自己的诗。
我也是一个英雄诗人，可不曾蓄着长发。
我不曾欺骗你们，把同一个剧本演了又演；
总是想出一些新的情节来表演，它们各自不同，
并且十分巧妙。正当克里昂得意的时候，
我对他肚子打了两拳；现在他倒下了，
我便不忍心再去攻击他。我的对手可就不然，
只要他们擒住了许佩尔波洛斯，
便把这可怜人和他的母亲践踏了又践踏[1]。
欧波利斯演出了《色鬼》[2]，首先在那里面攻击他。
那家伙改编了我的《骑士》[3]，改得很坏，在里面
添进了一个醉酒的老太婆[4]，跳那种下流的舞蹈：
这方法原是弗律尼科斯首先发明的，他曾经
叫那海怪吞吃了一个老太婆[5]。赫尔弥波斯
也写过一出戏来攻击许佩尔波洛斯，此外还有
许多旁的诗人也出来讽刺他，甚至还模仿我的
捉鳝鱼的比喻[6]。那些喜欢他们戏剧的人就不必欣赏我的；
至于你们这些喜欢我的独创精神的人，

---

① 许佩尔波洛斯是个政客，阿里斯托芬在几个剧本中都曾攻击过他。他的母亲是个放高利贷者。

② 欧波利斯是公元前 5 世纪三大喜剧作家之一，《色鬼》演出于公元前 421 年。

③ 欧波利斯后来在《巴帕泰》里说，他帮助过阿里斯托芬写《骑士》。

④ 指许佩尔波洛斯的母亲。

⑤ 弗律尼科斯是阿里斯托芬时代的一个喜剧家，他曾改动过关于安德罗墨达的故事，把美女安德罗墨达换成了一个醉酒的老太婆，给海怪吃了。

⑥ 阿里斯托芬在《骑士》里把克里昂比作搅浑了水捉鳝鱼的人。

你们的高明眼光一直可以保存到来年今日①。

歌　队

（短歌首节）
众神之王，高空中
威严的宙斯啊，
我首先邀请你加入我们的歌队；
我再邀请你这位威严的、
手持三叉戟、震撼大地
和咸苦海水的大神；
我还要邀请我们光荣的父亲、
生养万物的神圣的以太；
还要邀请你这位
驾着神马驶过高空、
用强烈的阳光普照大地的
天上人间形体最大的神。

歌队长

（后言首段）
最明智的观众，请你们注意听我说。
我们要向你们诉说沉重的委屈：
所有的神中数我们对这个城邦最有帮助，
可是你们唯独不献祭我们，虽然我们
这样关心你们：你们发了疯
出师远征，我们便放出霹雳降下大雨②。
你们选举神们所厌弃的帕弗拉孔皮匠
来做统帅时，我们曾经严厉地皱起眉头，

---

① 意即保存到下一个戏剧节。
② 雅典人发动西西里远征，舰队出发时雷雨交加。

警告你们“霹雳闪电从乌云中响出来”①；
立刻月亮离开了轨道，太阳藏起了
它的火炬，它警告，要是克里昂做了将军，
它就再不照耀你们。可是你们还是选上了他。
传说这城邦常有一些荒谬的主意，好在
有神把你们的错误变成良好的结果②。
你们要是盼望这回的选举也同样结成好果，
我们可以简单地教教你们：
快判定克里昂这鸟东西有罪，给他一个贪污
和盗窃的罪名，再在他的脖子上套上木枷；
那你们便可以看见这城邦的政事，又会和先前一样，
好转过来，纵然你们的见解总还有一点儿荒谬。

歌　队

（短歌次节）

福玻斯啊，得洛斯的王，
那岛上耸立的昆托斯山峰
的统治者，快来加入我们的歌队。
在埃菲索斯拥有一所金殿，
受到吕底亚女郎们隆重敬奉的，
有福的阿尔忒弥斯呀，你也快来呀。
来呀，雅典娜，
提着宙斯的盾牌镇守这都城的，
我们这地方上的神啊，你也来加入我们的歌队。
还有你，享乐的酒神，点着
松枝火炬，引领得尔斐醉酒的

---

① 引号中文字引自索福克勒斯悲剧残诗。

② 海神波塞冬和雅典娜争夺雅典城的保护权失败，便诅咒雅典人总出荒谬主意。雅典娜不能消除这个诅咒，只能在暗中帮助雅典，使荒谬主意得出好的结果。

伴侣在帕尔那索斯山上游行的。

歌队长

（后言次段）

在我们动身来这儿的路上，
我们碰见了月神，她叫我们首先
向你们雅典人和你们的盟邦友人致意；
并且说她很生气：你们对她太坏了。
她不是在口上，而是在实际上帮助过你们。
首先，她每月替你们省下了不少钱，
你们晚上出门的时候，常这样吩咐：
“孩子，月光很亮，不用为我去买火把了。”
她说她还做了许多别的好事，可是你们连历法
都不能正确地遵守，把日子弄得乱七八糟：
她说神们每次回家没有吃的，就把她骂一顿，
这都是因为那些节日不曾按照历法举行①。
每当你们应该祭祀的时候，
你们却在拷打仆人，审判官司。
每当我们这些神在绝食悲悼门农
或者萨尔佩东②的时候，你们却在欢笑献酒。
因此许佩尔波洛斯今年拈得了阄，
作“联城会议”神圣的书记官，
我们这些女神便把他的桂冠刮落了③，
叫他知道这一生的日子都要按照月相去过。

---

① 古希腊历法很不准确，祭神的节日各年都有出入，因此神等着人们祭献的日子往往得不到献祭。

② 特洛伊战争中死亡的英雄。

③ 许佩尔波洛斯这次参加联城会议去协商一种新的历法改革，但未成功，因此未能获得荣誉回来。

（五）

第二场

（苏格拉底自右屋上）

苏格拉底

凭浑沌、空气和呼吸起誓，
我从来没有见过这样粗鲁、
笨拙、健忘、不中用的人，
他每学习一点精微奥妙，
还没有来得及学会便忘掉了。
可我还是要把他叫到门外来。
喂，斯特瑞普西阿得斯，快带着你的矮榻出来！

斯特瑞普西阿得斯

（自内应）

啊呀，我不能，臭虫不放我拿出来。

苏格拉底

快拿出来，放在这儿用心听！

（斯特瑞普西阿得斯自右屋上）

斯特瑞普西阿得斯

好，拿出来了。

苏格拉底

来，告诉我，你愿意首先学习什么
以前你从来没有学过的东西？
“音量”、“音律”，还是用字？

斯特瑞普西阿得斯

我愿意学“量”，因为才不久
一个小贩骗了我两升多麦子。

苏格拉底

答得牛头不对马嘴。
所谓“音量”我问的是，
你喜欢哪一种“音步”①，
“三音步”的呢
还是“四音步”的？

斯特瑞普西阿得斯

我最喜欢“四升”的量。

苏格拉底

你这家伙，别胡说八道！

斯特瑞普西阿得斯

你敢同我打赌吗？

---

① 诗歌的“音步”和“量”（音量）在希腊文里是一个字。

看我的“四升”是不是合你的“四音步”？

苏格拉底

真是个教不会的乡巴佬，快滚去喂乌鸦吧！
也许你学得会“音律”吧？

斯特瑞普西阿得斯

“音律”能够使我混得到面包？

苏格拉底

它能够使你在与人交往中显得风雅，
使你能够分辨什么是“战舞节奏”、
什么是“达克提罗斯节奏”①。

斯特瑞普西阿得斯

“达克提罗斯节奏”吗？宙斯作证，这我知道。

苏格拉底

你说说看！

斯特瑞普西阿得斯

还能是什么别的，不就是
这根手指头②？我小时候常玩这个。

苏格拉底

真是个笨蛋傻瓜！

---

① 战舞节奏是抑抑扬格节奏，达克提罗斯节奏是一种扬抑抑格节奏，都属进行曲节奏。

② 达克提罗斯，是一种诗的音步，又作“手指”解。

斯特瑞普西阿得斯

但是呀，不幸的人啊，
我一点不想学这个呀！

苏格拉底

那你想学什么呢？

斯特瑞普西阿得斯

我想学那个，那个，说最歪的理。

苏格拉底

可是你得先学学旁的东西：
譬如说，什么是四脚动物中真正阳性的？

斯特瑞普西阿得斯

如果我连这个都不知道，可真是疯子了。
它们如公绵羊、公山羊、公牛、公狗和鸡[1]。

苏格拉底

你看你在胡言乱语了，把母鸡
也叫作了鸡，和阳性的鸡混为一谈了。

斯特瑞普西阿得斯

怎么的？

苏格拉底

怎么的？阳性的叫作“鸡”，阴性的也叫作“鸡”。

---

① 鸡不但有公母之分，而且不是四脚的，但苏格拉底只注意到公母之别。

斯特瑞普西阿得斯

波塞冬在上,我应该怎么叫呢?

苏格拉底

你应把阳性的叫作“鸡公”,把阴性的叫作“鸡婆”。

斯特瑞普西阿得斯

“鸡婆”! 空气作证,妙!
只为了这一点儿指教,我就要
送给你满满一盆的面粉。

苏格拉底

你看,你又错了:你把“面盆”
叫作了阳性的名称,那应该是阴性的才对①。

斯特瑞普西阿得斯

怎么啦?
我把面盆叫作了阳性的名称吗?

苏格拉底

是的,
正像你把克勒奥倪摩斯叫作阳性的名字。

斯特瑞普西阿得斯

那又怎么讲? 告诉我。

---

① “面盆”是阴性名词,但其词尾拼法与一般阳性名词的一样。

苏格拉底

你把“面盆”和“克勒奥倪摩斯”一同当作阳性的字了。

斯特瑞普西阿得斯

好朋友,克勒奥倪摩斯没有和面盆,
他时常在那个小圆臼里和他的面粉。
但是,从今后我应该怎样叫呢?

苏格拉底

怎么叫?
叫“母面盆”,正如你叫“索斯特拉特”①。

斯特瑞普西阿得斯

叫作“母面盆”?

苏格拉底

这样叫才对。

斯特瑞普西阿得斯

对了,叫作“母面盆”,叫作“克勒奥倪妈”②。

苏格拉底

我还要教你一些人名。
哪一些是男人的名字,哪一些是女人的名字?

斯特瑞普西阿得斯

我知道哪一些是女人的名字。

---

① 一个普通女人的名字。

② 讽刺克勒奥倪摩斯像女人一样胆小。

苏格拉底

那你就说吧。

斯特瑞普西阿得斯

如像吕西拉、费丽娜、克丽塔戈拉、德墨特丽亚。

苏格拉底

哪一些又是男人的名字呢?

斯特瑞普西阿得斯

多得很,
如像费洛克塞诺斯、墨勒西亚斯、阿米尼亚斯。

苏格拉底

呵,不中用的东西,这些并不是男人的名字。

斯特瑞普西阿得斯

你不把这些当作男人的名字吗?

苏格拉底

决不,如果你碰见阿米尼亚斯,你怎样招呼他?

斯特瑞普西阿得斯

怎样招呼他? 不就是说:"阿米尼亚①,这儿来!"

苏格拉底

你看,你把这名字叫成了一个妇人的名字了。

---

① 这个名字的呼格词尾像一个阴性名词。这是文法游戏。

斯特瑞普西阿得斯

这有什么不对呢？既然是“他”不敢去当兵[1]。
这些事情谁都知道，你用不着教我！

苏格拉底

确实不用教，那么来，躺在这矮榻上。

斯特瑞普西阿得斯

做什么？

苏格拉底

用心想想你自己的事情。

斯特瑞普西阿得斯

我求你别让我躺在这儿。一定要我躺，
就让我这样躺在地上用心想吧。

苏格拉底

只许躺这里，不许旁的躺法。

（苏格拉底进入右屋，斯特瑞普西阿得斯躺下）

斯特瑞普西阿得斯

哎呀，我真倒霉！
今天我要叫这些臭虫咬死了。

歌　队

（短歌首节）

---

① 阿米尼亚斯当时正奉派出使特萨利亚，诗人开玩笑，说他逃避兵役。

快把你的精力集中，
让甜蜜的睡眠远离你的眼睛，
让你的意识竭力活动，运用
你的思想，观察世间的事物。
如果此路不通，立刻
就跳到另一种思想上去……

斯特瑞普西阿得斯

哎呀呀！哎呀呀！

歌队长

你怎么啦？哪里疼？

斯特瑞普西阿得斯

倒霉我快要死了！
这些臭虫、这些“科任托斯人”
从矮榻的缝里爬出来咬我[①]，
大咬我的肩膀和两侧，
吸吮我生命的血液，
还要拔掉我的睾丸，
钻进我的屁眼，
他们要害死我！

歌队长

别嚷得这么厉害！

斯特瑞普西阿得斯

我怎么能够不嚷呢？

---

① “科任托斯人”和“臭虫”词头相同，另，科任托斯人是斯巴达的盟邦，曾经“咬”过雅典人。

我丢了财产又丢了皮，
丢了灵魂又丢了鞋；
除了这些不幸的事情而外，
我还得吹着哨子来守夜[1]，
我快要死了！

（苏格拉底自右屋上）

苏格拉底

喂，你在干什么？不是在沉思吧？

斯特瑞普西阿得斯

我吗？
波塞冬作证，在沉思。

苏格拉底

你到底在想什么？

斯特瑞普西阿得斯

我在想这些臭虫会不会把我的血给吸干。

苏格拉底

让你死了吧！

斯特瑞普西阿得斯

可是，好朋友，我刚才已经死了！

苏格拉底

别泄气，把头钻进羊皮斗篷里去，

---

① 被臭虫搅得睡不着。

想出一个妙计来讹诈你的
债权人。

斯特瑞普西阿得斯

但愿有人“在这些羊皮里”
抛给我一个讹诈的诡计。

（斯特瑞普西阿得斯盖上了头，片刻后苏格拉底把他头上的羊皮斗篷揭开一角来看看）

苏格拉底

现在让我首先看看这家伙在做什么？
（向斯特瑞普西阿得斯）
喂，你不是在睡觉吧？

斯特瑞普西阿得斯

凭阿波罗起誓，我没有睡。

苏格拉底

你得着了什么东西？

斯特瑞普西阿得斯

凭宙斯起誓，没有得着。

苏格拉底

完全没有吗？

斯特瑞普西阿得斯

没有，除了我右手里捏着的这东西。

苏格拉底

还不快重新盖上，继续思想！

斯特瑞普西阿得斯

要我想什么？告诉我，苏格拉底！

苏格拉底

首先，你想要做什么，想到了就告诉我。

斯特瑞普西阿得斯

我告诉你千万遍了：我要做什么？
不就是想赖人家的利钱吗？

苏格拉底

再盖上你的头，让你玄妙的思想自由活动，
把这件事情正确地分析一下，
从各方面细细地考虑一番。

斯特瑞普西阿得斯

哎呀！

苏格拉底

安静些。如果你的思路不通，
就暂且抛开，过一会儿
推动你的脑筋，再去用心思考。

斯特瑞普西阿得斯

（揭开羊皮）

我最亲爱的苏格拉底啊！

苏格拉底

什么呀，老头儿？

斯特瑞普西阿得斯

我想起了一个赖利息的好主意。

苏格拉底

说出来听听！

斯特瑞普西阿得斯

告诉我——

苏格拉底

什么呀？

斯特瑞普西阿得斯

如果我雇了一个特萨利亚的巫婆，
在夜里把月亮取下来，
关在一个圆盒子里，
当一面镜子好好地保存起来——

苏格拉底

这于你有什么用处？

斯特瑞普西阿得斯

什么用处？
如果月亮永远不再起来，
我就可以不付利息了。

苏格拉底

为什么可以不付呢？

斯特瑞普西阿得斯

因为借贷银钱是按月付息的。

苏格拉底

真妙呀！但是,我还想再抛给你一个另外的难题。
告诉我,如果法庭上的书记官记下要罚你五特兰同,
你怎么设法去勾销这笔罚款呢?

斯特瑞普西阿得斯

怎么去,怎么去?我不知道,可是必须想个办法。

苏格拉底

不要老是把你的思想裹在身上,
要让它像一只系着腿的
金龟子虫飞到天空里去。

斯特瑞普西阿得斯

我想到一个最巧妙的方法,可以勾销那笔罚款,
你一定也赞成我这个办法!

苏格拉底

什么办法?

斯特瑞普西阿得斯

你在药铺里见过透明
透亮的、人家用来取火的
石片吗?

苏格拉底

你是说火镜吗?

斯特瑞普西阿得斯

是呀！正当那位书记官记下
判决的时候,我拿着那块石镜
站在远处的太阳里,可以
把那胶板上写着的判词融化了。

苏格拉底

美惠女神作证,真巧妙！

斯特瑞普西阿得斯

啊！我很高兴
这五特兰同的罚款可以因此勾销了。

苏格拉底

快着手另一个问题。

斯特瑞普西阿得斯

什么问题?

苏格拉底

如果你处于被告的地位,没有理由,
又没有证人,你怎么逃避这场控告呢?

斯特瑞普西阿得斯

这事情再容易不过。

苏格拉底

快说呀！

斯特瑞普西阿得斯

我告诉你：
只要在我的案子之前还有
一桩案子，我便去上吊。

苏格拉底

废话。

斯特瑞普西阿得斯

凭天神起誓，我没有说废话，
因为既然我死了，便不会有人再告我了。

苏格拉底

胡说八道！滚蛋！我再也不教你了。

斯特瑞普西阿得斯

为什么呢？我的苏格拉底，求你再教教我！

苏格拉底

可是刚才学得的立刻又忘记了。
刚才你首先学什么了？说！

斯特瑞普西阿得斯

啊，让我想想，我首先学的是什么？是什么？
我们用来和面粉的东西叫什么？
哎呀，那是什么？

苏格拉底

还不快滚去喂乌鸦，

你这个健忘的老笨蛋!

斯特瑞普西阿得斯

哎呀!我这倒霉的人结果会怎样呢?
我的口才学不好,我完了!
云神啊,帮我出出主意。

歌队长

老年人,我们忠告你:
如果你养有一个儿子,
快送来代替你求学。

斯特瑞普西阿得斯

儿子我倒有一个,并且是出身“高贵”,
可是他不愿意学习,我有什么办法呢?

歌队长

你就由着他吗?

斯特瑞普西阿得斯

须知他正值筋强力壮,
并且有一个科绪拉族的“羽毛丰美”的母亲。
——但是,我要去找他;如果他不肯,
我一定把他赶出家门。
我回家去一趟,你等我一会儿。

(斯特瑞普西阿得斯进入左屋)

歌　队

(向苏格拉底)

(短歌次节)

你知道吗?
你立刻可以借重我们
这些神得到很多好处:
因为这儿有一个人,
你叫他做什么他就做什么。
你看他多么惊异,
多么兴奋!
赶快把他舔吃了;
要不然,这样的机会是很容易错过的。

(次节完)

(苏格拉底进入右屋;斯特瑞普西阿得斯偕费狄庇得斯自左屋上)

斯特瑞普西阿得斯

真的,凭雾神起誓,我可不要你住在这家里了,
快滚出去吃墨伽克勒斯家的石柱子吧。

费狄庇得斯

可怜的爸爸,你怎么啦?
奥林波斯的宙斯作证,你像是神经不正常!

斯特瑞普西阿得斯

听他说"奥林波斯的宙斯"!

(向费狄庇得斯)

蠢材,像你这小小年纪就信仰宙斯!

费狄庇得斯

你到底在讥笑什么?

斯特瑞普西阿得斯

我在想

你还是个孩子,思想这般陈腐。
可是,你还是过来,我让你知道:
告诉你一点道理,你明白了就可以成为一个大人,
但是,当心,别泄露给了外人。

费狄庇得斯

我过来了,那是什么呢?

斯特瑞普西阿得斯

你刚才不是凭宙斯起誓吗?

费狄庇得斯

是呀。

斯特瑞普西阿得斯

你看有了学问多么好!
费狄庇得斯,根本就没有宙斯。

费狄庇得斯

那又有谁呢?

斯特瑞普西阿得斯

动力赶走了宙斯,称了王。

费狄庇得斯

唉,你说的什么呀!

斯特瑞普西阿得斯

你要知道这是真的。

费狄庇得斯

这是谁说的?

斯特瑞普西阿得斯

墨洛斯的苏格拉底[1]
和凯瑞丰。他们还会算出跳蚤所跳的距离呢。

费狄庇得斯

你怎么疯狂到这个地步,
竟相信了这些疯狂的人?

斯特瑞普西阿得斯

嘘!
别放肆侮辱这些有头脑的聪明人!
他们为节约起见,从来不剃发
抹油,从来不到澡堂里去洗澡;
而你呢,却当我是死了,
要把我的财产“洗”个干净。
——你快去代替我入学吧。

费狄庇得斯

我可以从他们那儿学得什么有用的知识?

斯特瑞普西阿得斯

不是真的吗?你可以学得人们称之为智慧的一切。
你可以明白你自己多么无知缺乏教养。

---

① 当时有一个无神论者狄阿戈拉斯,是墨洛斯岛人。这里诗人把苏格拉底说成是墨洛斯岛人,是想让观众联想到苏格拉底也是个无神论者。

你且在这儿等一会儿,我马上就回来。
（斯特瑞普西阿得斯进入左屋）

费狄庇得斯

（自语）
哎呀,我的爸爸疯了,怎么办呢?
到底是申报法庭说他疯了呢[1],
还是通知棺材匠说他得了精神病?
（斯特瑞普西阿得斯自左屋提着雌雄鸡各一上）

斯特瑞普西阿得斯

来,你把这叫作什么? 告诉我。

费狄庇得斯

鸡。

斯特瑞普西阿得斯

很好。这又叫什么?

费狄庇得斯

鸡呀。

斯特瑞普西阿得斯

两者是一样的吗? 你真可笑。
从今后不要那样叫了,
这个叫“鸡婆”,那个叫“鸡公”。

---

① 儿子控告父亲得了精神病,可以剥夺他的财产支配权。

费狄庇得斯

好个“鸡婆”！这一点鬼聪明是不是
你刚才进那些诡辩巨人的屋子学来的？

斯特瑞普西阿得斯

还有许多别的呢！可是我每次学得的东西
一下子就忘记了，因为年纪太大了。

费狄庇得斯

你丢了外衣是不是？也因为记性差？

斯特瑞普西阿得斯

不是丢了，是我“想烂”了。

费狄庇得斯

你的鞋子又哪里去了？你这个傻子！

斯特瑞普西阿得斯

我丢了，正像伯里克利所说的，为了必要。
我们走吧！只要你听爸爸的话，
就是不十分孝敬也不要紧。记得你还是
一个口齿不清的六岁孩子，我就听过你的话，
把第一次做陪审员得来的一个奥波尔
在宙斯节那天给你买了一驾小马车。

费狄庇得斯

总有一天你要后悔的！

斯特瑞普西阿得斯

好呀，你答应了！苏格拉底，出来！
（苏格拉底自右屋上）
我把儿子给你带来了，
他本来不愿意，可是终于被我劝动了。

苏格拉底

他还是个孩子，
在我们的筐子里吊不惯。

费狄庇得斯

如果把你吊了起来，倒像是一件破衣衫。

斯特瑞普西阿得斯

该死的东西！你敢破口骂师父？

苏格拉底

你听这个“吊了起来”！说得这么笨，
嘴唇张得那么开。这种口才怎么学得好，
怎么提得出证据，逃得了官司，
怎么能够反驳人家，推翻对方的理由？
话说回来，许佩尔波洛斯花一特兰同学会了。

斯特瑞普西阿得斯

不要紧，你教教他吧！他生来很聪明：
很小很小的时候他就会
在家里架房子、鍪小船、造皮车，
还会把石榴子刻成蛤蟆，
你真想不到他刻得有多么巧。

让他学习那两种理：
一种叫正理，一种叫歪理，
后者常用无理取闹的话制胜前者。
如果学不了两种，无论如何也要叫他学会歪理。

苏格拉底

那就让正理和歪理亲自向他说明自己吧。
我要走了。
（苏格拉底进入右屋）

斯特瑞普西阿得斯

那么请你记住，你一定得
教他学会用歪理驳倒任何正理。

（六）

第三场（第一次对驳）

（正理和歪理自右屋上）

正　理

如果有胆量，你到这儿来，
当着观众表露表露你自己。

歪　理

“随便去哪里！”①听的人愈多，
我就愈容易在辩论中战胜你。

正　理

你能战胜我？你是什么东西？

歪　理

我是理。

正　理

你是一个弱理！

歪　理

可是我能战胜你，虽说
你比我强。

正　理

凭什么鬼点子？

歪　理

凭发明新思想。

正　理

你的这些思想正在这些呆子中间
　　（指着观众）
开花行时。

---

① 据信这句话引自欧里庇得斯的悲剧《特勒福斯》，是阿伽门农和他兄弟争吵时说的。

歪　理

在聪明人中间。

正　理

我要消灭你!

歪　理

请问怎么消灭?

正　理

只要我说出正义的话。

歪　理

但是我将反驳你,完全把你推倒。
我告诉你,根本就没有“正义”这东西。

正　理

你说没有吗?

歪　理

什么地方有呢?

正　理

天神那里有。

歪　理

如果真有正义的话,
那么捆绑父亲的宙斯怎么没有
被处死?

正　理

唉,这来势
真凶,快给我一个痰盂!

歪　理

你是一个不合情理的笨老头!

正　理

你是一个无耻的色鬼!

歪　理

你给了我一串玫瑰花。

正　理

和一个小丑!

歪　理

你给了我一朵百合花。

正　理

和一个弑父的逆子!

歪　理

你不知道你给我装了金!

正　理

我装饰你的不是黄金,是铅。

歪　理

但如今却变作了我的装饰品。

正　理

好大胆的东西!

歪　理

你太老朽了!

正　理

全都是因为你的缘故,
年轻人再不愿进学堂,
但雅典人总会知道
你教了傻瓜们什么。

歪　理

你穿得多么丢人,多么脏!

正　理

你如今走运了!
可是你先前那么穷,
却说你是“密西亚的国王特勒福斯”,
从你的破行囊里
大啃潘得勒托斯①的名言。

歪　理

哎呀!你说了一句聪明话。

正　理

哎呀!你这个疯子呀!

---

① 潘得勒托斯是个诡辩家。

哎呀！这生养你的都城呀！
你把它的年轻人带坏了！

歪　理

你这个老朽不配教他们。

正　理

如果他们要得救，
如果他们不仅要学习口才，
就得我来教。

歪　理

（向费狄庇得斯）
过这儿来，让他去装疯。

正　理

不准用手去拖他。

歌队长

你们不必争吵！
（向正理）
你且把你
教训前一辈人的话说出来；
（向歪理）
你也把你的新教育说出来。
他听了你们两人的辩论，
才好挑选所要进的学堂。

正　理

我愿意这样做。

歪　理

我也愿意。

歌队长

好，谁先开口？

歪　理

我让他先说，
我将根据他自己所说的话，
利用新的言辞
和思想将他射倒。
如果他到后来还要动口，
我便用那蜂虿似的哲理名言
向着他的脸上和眼中刺去，
直到把他刺死。

歌　队

（短歌首节）
双方都信赖那深沉的思想，
美妙的言辞，且看哪一方
的口才高明得多。如今
双方智慧的冒险开始了，
我们这两位朋友为此大起竞争。
（首节完）

歌队长

（向正理）
你曾经教给前辈人许多美好的德行，
就请你先说吧，想说什么就说什么。

快把自己的本领拿出来给人看看。

正　理

我要谈谈从前年轻人的教育是什么样的:那时代
我很成功地传授正直的德行,人人知道节制。
首先是学校里听不到孩子们的哭喊尖叫声;
其次甚至大雪天,同区的学生都只穿着单衣
队伍整齐地,一同穿过大街前往乐师家里。
他们在那儿张开腿站着,学习唱歌,
不是唱“远扬的战歌”,便是唱“毁灭城堡的可畏的雅典娜”,
大家的声调都很和谐,这和谐原是由他们的祖先传下来的。
如果有人发出颤动的音调,或者唱出滑稽的声音,
像弗律尼斯那样玩弄花腔,他一定会被人家
打得半死不活,因为他破坏了音乐。
这些孩子在健身场上伸腿坐着,
没有人做出怪样子给外人看见。
他们站起来的时候,总是把沙子抹平,
不留一点屁股的痕迹给好事的人看见。
没有一个儿童把油膏抹到肚脐以下,
所以他们的私处会像桃子那样长着一层细嫩的绒毛。
没有人发出柔软的声音,飞着淫荡的眼睛去接近他的爱人。
谁也不许在正餐上抢一只生萝卜,
谁也不许同长辈争吃茴香子和芹菜,
更不许专食美味佳肴,不许吃吃地笑,不许叉着腿。

歪　理

那是古宙斯节的时代、充满了金蝉的时代、
克克得斯的时代、杀牛献祭的时代的风气!

正　理

可是我曾经用那种
教育来教出了马拉松的英雄，
你如今却教年轻人很早就裹上了长袍。
每当他们在雅典娜节里跳舞的时候，他们总是不敬神，
用盾牌来遮着他们的大腿，我看了真气得要死！
　　（向费狄庇得斯）
因此，年轻人，你尽管大胆地挑选我——强有力的理论！
从今后你知道讨厌市场，不进公共的澡堂；
看见羞耻的事情便会红脸；如果有人嘲笑你立刻就会冒火；
更知道孝敬父母，看见尊长前来便起身让座；
不做一切可耻的事情，在你的心里养成羞耻的观念；
不要到舞女那里去，怕的是见了那些妓女，
她们会用苹果来打你，打破你的名誉；
不要出口忤逆你的父亲，不要叫他老腐朽，
不要记住你儿时所遭受的小冤仇，那时节他多么辛苦地养育你。

歪　理

凭狄奥倪索斯起誓，年轻人，你听了他的话，
就会变作一条"豚儿"，人家会把你当作一个"跟妈妈要蜂蜜吃的儿子"。

正　理

不，你在健身场上过日子，会长得健美丰润，
不至于像现在这样到市场里去聊天，开玩笑，
也不至于为了那诡诈的小讼事叫人家
带到法庭上去。你可以与一些纯洁的青年朋友结伴
到学园里的橄榄林间去竞走，头戴白芦花冠，
时闻金银花、"逍遥花"和白柠檬的芳香；
正当阔叶树和榆树私语时，你们赏玩春光。

只要你依照我的话去做，
只要你留心这些事情，
你的胸膛永远阔大，
你的皮肤永远光滑，
你的肩膀很宽，舌头很窄。
但是，如果你追随他去，
首先，你的皮肤会掉色，
你的肩膀会变窄，
你的胸膛很紧，
舌头却变长，
还有，你的建议也就会拖得
很长很长；你会被人家蒙蔽，
把坏事看成了好事，
把好事看成了坏事；
还会染上
安提马科斯的淫荡。

歌　队

（短歌次节）
你所磨炼的智慧是这样的崇高显耀！
纯洁的美德从你的言谈里吐出了甜蜜的花香！
那前一个时代的人真是有福呀！
（向歪理）
巧言善辩的人啊，他既然挣得了好名誉，
你也得道出些新鲜的见解来。
（次节完）

歌队长

如果你想击败他，免得人家
笑话你，最好用巧妙的办法。

歪　理

真的，我早就气得不得了了，
恨不得用相反的见解来驳倒这一切。
那些思想家总把我当作歪曲的理论，
正因为我首先发明了这种理论，
能够在法庭上驳倒一切法令。
我应用一些歪曲的理由，反能够战胜
正直的强者，这法术值千万两黄金。
（向费狄庇得斯）
请看我怎样驳倒他所夸奖的旧教育。
他首先不容你去洗热水澡。
（向正理）
你到底有什么理由说热水澡洗了不好？

正　理

因为很有害处：它使人变得胆怯。

歪　理

等一等！我立刻就抱住了你的腰，你再也逃不掉！
告诉我，在宙斯的儿子当中，你以为
“谁最勇敢”，吃得了最多的苦？说！

正　理

我认为没有哪一个比赫拉克勒斯更勇敢。

歪　理

你在哪里见过冷水浴也叫作“赫拉克勒斯浴”[1]？
又有谁比他更勇敢的？

正　理

这正是年轻人
整天待在澡堂里的理由，它使
澡堂里挤满了人，健身场上却空空如也。

歪　理

跟着你又反对市场里的辩论，我却赞成。
如果那是坏事，荷马便不会叫
涅斯托尔和旁的哲人到市场里去演说。
于此我要论及口才问题：
他说年轻人不该学习口才，我却说应该；
他还说年轻人应该节欲：这两种意见
都是有害的。
　　（向正理）
你见过什么人
保持着这种德行得过好报？快说！赶快反驳！

正　理

我见过很多！佩琉斯就因此得过一把剑[2]。

---

① 赫拉克勒斯每做完一件辛苦的工作之后都到温泉关外的温泉中去洗一个澡解乏，故人称热水浴为赫拉克勒斯浴。

② 佩琉斯在阿卡斯托斯处避难，后者的妻子向他求爱，遭到拒绝后反说他引诱她，因此阿卡斯托斯带他到荒山里去打猎，把他丢弃在那里。正当他快要死的时候，赫尔墨斯赠了他一把短剑。

歪　理

剑，那可怜的家伙得到了一件多么好的礼品呀！
那卖灯盏的许佩尔波洛斯凭所学得的
诡计得到了千百两黄金，可不是一把小剑。

正　理

佩琉斯还为了这美德娶得特提斯女神。

歪　理

那女神却抛弃他出走了！因为他不够热烈，
不能够整夜里在床笫间作乐，
不能讨那淫荡女神的欢喜。
（向正理）
你这老马还不快滚！
（向费狄庇得斯）
年轻人，你想想节欲有什么意义，
不能享受一切的快乐：没有娈童、女人，
没有酒，没有食，没有笑；缺少了这些乐趣，
你的生命还有什么价值？我还要从这儿
谈到人性里的情欲问题：譬如说你偶然
同什么妇人发生了私情，犯了奸淫过失，
被人家捉住了，那时候倘若你一句话也不会说，
可就糟了！快同我交游，任意取乐，跳呀，笑呀，
这世上并没有什么可耻的事情。就是你不幸
叫人家捉奸了，你可以对那女人的丈夫
说你全然无罪：你向他举宙斯为例，
说神尚且叫情欲和女人征服了，何况是你。
你不过是一个凡人，怎样比得过神？

正　理

如果受教于你的人，叫人在屁眼里插进一根萝卜，
拔去阴毛，再撒上灰，你怎能说他不是丢了脸？

歪　理

丢了脸，又有什么坏处呢？

正　理

还有什么比这更无耻的事情？

歪　理

如果我在这一点上辩胜了你，你还有什么可说的吗？

正　理

我再没有话可说了。

歪　理

来，告诉我！
那些律师是什么样的人？

正　理

无耻之徒。

歪　理

我相信你这话。
那些悲剧家又是什么样的人呢？

正　理

无耻之徒。

歪　理

很对。
那些演说家又是什么样的人呢?

正　理

也是无耻之徒。

歪　理

一点不差,
可是你知道你在胡说八道吗?
你抬头望望哪一些观众
是无耻之徒。

正　理

我正在望呢。

歪　理

你望见了吗?

正　理

天呀,差不多全都是
无耻之徒！我知道
这一位是,那一位是,
还有一位头发很长的也是。

歪　理

你还有什么可说的?

正　理

我失败了！
（向"思想所"里面的人）
你们这些淫邪的人啊！
看在众神分上请接受我的外套，
我要来加入你们！
（正理抛开了外衣，随着歪理进入右屋；苏格拉底自右屋上）

苏格拉底

现在怎么样？你到底想把你的儿子
带回去呢，还是让我来训练他的口才？

斯特瑞普西阿得斯

快教他，修剪他，切记
替我把他的口才训练好，使他的舌锋
一边可以应付小讼事，
一边可以解决大问题。

苏格拉底

你不必担心，我一定交还你一个成功的诡辩家。

斯特瑞普西阿得斯

我想是一个怪可怜的苍白的人吧！
（苏格拉底和费狄庇得斯走向右屋，斯特瑞普西阿得斯走向左屋）

(七)

第二插曲

歌队长

（短语）

你们进去吧！

（向斯特瑞普西阿得斯）

我想你要为此后悔的。

歌队长

（后言）

我们想告诉你们这些评判员，如果公正地
帮助我们歌队，你们可以得到许多好处：
正当你们想在春天趁早翻耕播种的时候，
我们首先给你们降下雨水，然后才轮到旁人，
更替你们看护庄稼与葡萄，
不让太干也不让太潮。
但是，如果有人敢于慢待我们这些女神，
当心我们叫他吃苦头：
他的庄稼地产不出粮油、美酒！
正当他的橄榄树与葡萄藤长芽的时候，
我们降下冰雹来把它们摧毁。

如果看见他晒砖建房，我们就下雨；
还用那圆弹似的冰雹击破他屋顶上的瓦片；
如果他自己或者他的亲戚朋友要迎亲，
我们便通夜下雨；致使他或许宁愿
去埃及忍受干旱，而不在这儿错评判。

（八）

第四场

（斯特瑞普西阿得斯自左屋内扛着一袋面粉上）

斯特瑞普西阿得斯

二十六、二十七、二十八、二十九，
接着“新旧日”[1]立刻就到了，
那正是我最讨厌、最害怕、
怕得发抖的日子：因为我的债主们
全都会提出追债诉讼，
要逼死我！我请求他们
宽恕：“好朋友，
别逼我吧，这一笔延期几天，
那一笔就饶了我吧！”他们会说：

---

① 希腊人用阴历。每个月二十九天半，故一个月的最后一天和次月的第一天在同一天，是谓“新旧日”。

“那么你是一定不还了。”他们骂我
没信用，说要去告我！
现在由他们去告吧！我一点不在乎了，
只要我的儿子已经学会了说理。
我赶快到“思想所”去敲门。
（叫门）
喂！童子，开门！
（苏格拉底自右屋上）

苏格拉底

你好呀，斯特瑞普西阿得斯！

斯特瑞普西阿得斯

你也好呀！首先请你接受我的礼物。
（把一袋面粉交给苏格拉底）
我们当门徒的应该孝敬师父。
告诉我，你刚才带进去的那个孩子，
他学会了那种理论没有？

苏格拉底

已经学会了。

斯特瑞普西阿得斯

真妙，全能的骗术啊！

苏格拉底

你想赢的官司都赢得了。

斯特瑞普西阿得斯

甚至我当着见证人借的钱，也赢得了吗？

苏格拉底

见证人越多越好，多到一千更好！

斯特瑞普西阿得斯

“我要尽平生的力气大声疾呼”①：
你们这些吃高利贷的人啊，
哭去吧！你们和你们的
“母”金、“子”息一起
去哭吧！你们再不能逼我了，
因为我家里养了个这样的儿子，
他已经把舌头磨出了耀眼的双锋。
他是我一家人的救星、我自己的福星、我对头的灾星！
他替爸爸解除了这天大的忧患。
（向苏格拉底）
请你去把他叫出来！
（苏格拉底进入右屋。）
“我的孩子，我的儿！你听了
爸爸的声音，快从屋里出来！”②
（苏格拉底偕费狄庇得斯自右屋上）

苏格拉底

他出来了。

斯特瑞普西阿得斯

亲爱的，亲爱的！

① 据说这是从佛律尼科斯的喜剧《羊人》中引来的。
② 引号里的话戏拟欧里庇得斯的悲剧《赫卡柏》第172行。

苏格拉底

你带他回去吧!

（苏格拉底进入右屋）

斯特瑞普西阿得斯

我的孩子,
我的儿!
我首先看见你这苍白的脸色就欢喜!
你如今显出了那种抵赖和好辩的态度,
你的唇边更带着本地人①的表情,
好像在说:“你说的是什么呀!”
我十分相信你害人的时候反能够装出被害的样子,
并且你脸上带着一副地道雅典人的神情。
既然是你从前毁了我,如今也正好由你来救我。

费狄庇得斯

你怕什么呀?

斯特瑞普西阿得斯

我怕这个“新旧日”。

费狄庇得斯

有什么“新旧日”吗?

斯特瑞普西阿得斯

有,这便是我的债主们要去缴押讼费的日子。

---

① 雅典人。

费狄庇得斯

那些缴押金的人可要倒霉了：
一天决不能够同时是两天的。

斯特瑞普西阿得斯

真的不能够吗？

费狄庇得斯

怎么能够呢？除非
一个女人能够同时是老太婆又是少妇！

斯特瑞普西阿得斯

可是法律上是那样规定的。

费狄庇得斯

我想是那条法律的意义
被人们解释错了。

斯特瑞普西阿得斯

那又是什么意义呢？

费狄庇得斯

我们的老梭伦生来就是爱民的[①]。

斯特瑞普西阿得斯

这和“新旧日”有什么相干？

---

① 梭伦立法的最重要措施就是免除债务。

费狄庇得斯

他规定了两个发传票的日子，
一个是旧月的末日，
一个是新月的初日；[1]
但诉讼费应该在新月里缴押。

斯特瑞普西阿得斯

可是他为什么要规定一个“旧日”呢？

费狄庇得斯

我的好爸爸，
为的是让当事人早一天
寻求和解；要是和解不成，
那就让他们第二天在法庭上解决。

斯特瑞普西阿得斯

那些主席官为什么要在旧月底
收取讼费，不等到新月初呢？

费狄庇得斯

我想是他们急于要吞没人家的
讼费，正像那些尝味的人，
想早一天尝尝罢了！

斯特瑞普西阿得斯

（向费狄庇得斯）
你说得妙！

---

① 费狄庇得斯把“新旧日”当作两天。

斯特瑞普西阿得斯

要不然,他一肚子学问有什么用处?

帕西阿斯

你愿意当着我所指定的神否认这事吗?

斯特瑞普西阿得斯

当着什么神呢?

帕西阿斯

当着宙斯、赫尔墨斯和波塞冬。

斯特瑞普西阿得斯

我当着宙斯,
还押上三个奥波尔来起誓!

帕西阿斯

你这样无耻,不得好死!

斯特瑞普西阿得斯

你的皮用盐水制过,可以做成酒囊。

帕西阿斯

天呀,你拿我开玩笑。

斯特瑞普西阿得斯

装得下六霍奥斯①的酒。

---

① 液体计量,每霍奥斯相当于 3.28 升。

帕西阿斯

凭伟大的宙斯和众神起誓，
我饶不了你。

斯特瑞普西阿得斯

我十分喜欢神，
你凭宙斯起誓，在我们这些行家听来太可笑了。

帕西阿斯

你迟早要为此后悔的！
你到底还不还我钱？快回答，
我要走了。

斯特瑞普西阿得斯

稍等一会儿。
我一定马上答复你。
（斯特瑞普西阿得斯进入左屋）

帕西阿斯

你以为他要做什么？

证　人

我想他要还你钱。
（斯特瑞普西阿得斯自左屋内端着一个和面盆上）

斯特瑞普西阿得斯

那向我索债的人哪里去了？
（向帕西阿斯）
说说看，这是什么？

帕西阿斯

这是什么？和面盆。

斯特瑞普西阿得斯

你这样的人也配来要钱？
我决不还一个奥波尔给一个
把“母和面盆”叫作“公和面盆”的人。

帕西阿斯

真的不还吗？

斯特瑞普西阿得斯

只要我懂得这个分别，我就不还。
你还不快走，还不从我的门前
滚开？

帕西阿斯

我就走，可是你要知道，
我要去缴押讼费，只要我还活着。

斯特瑞普西阿得斯

那么，除了那十二米那老本而外，
你还要赔上许多钱呢！我真不愿意你
这个连和面盆都不会叫的人遭受损失。
（帕西阿斯和证人下）

阿米尼阿斯

（自外呻吟）
哎呀！哎呀！

（阿米尼阿斯[1]上）

斯特瑞普西阿得斯

谁在这儿哭得这么伤心？
是卡尔克斯[2]悲剧里的某个神灵在哭诉吗？

阿米尼阿斯

你想知道我是谁吗？
一个倒霉人。

斯特瑞普西阿得斯

倒你自己的“霉”去吧！

阿米尼阿斯

“严厉的女神呀，命运呀，你摔破了
我的车轮。”“雅典娜呀，你害了我。”[3]

斯特瑞普西阿得斯

特勒波勒摩斯怎样害了你呢？

阿米尼阿斯

好朋友，别讥笑我了，
我请你叫你的儿子把钱还给我。
再说，我现在正倒霉呢。

斯特瑞普西阿得斯

这是什么钱呀？

---

① 第31行提到的另一债主。
② 雅典一悲剧家。
③ 戏拟克塞诺克勒斯一悲剧中的词。

阿米尼阿斯

他欠我的钱。

斯特瑞普西阿得斯

我想你真是倒了霉①。

阿米尼阿斯

我真的从马车里翻了出来②。

斯特瑞普西阿得斯

你胡说八道,好像是跌下了驴子。

阿米尼阿斯

我想要回我的款子,也算胡说八道吗?

斯特瑞普西阿得斯

你的头脑不清楚,很明显。

阿米尼阿斯

你这是什么意思?

斯特瑞普西阿得斯

我想你好像头脑受了震动。

阿米尼阿斯

凭赫尔墨斯起誓,我想你要吃官司的,

---

① 是说“这钱你要不到”。

② 阿米尼阿斯却误以为斯特瑞普西阿得斯是说翻车的事。

假如你不还钱。

斯特瑞普西阿得斯

现在请你告诉我：
你以为天上每次落的雨
都是新鲜的呢，
还是太阳
从地上吸回去的旧水？

阿米尼阿斯

我不知道哪一种说法对，也不关心这事情。

斯特瑞普西阿得斯

你对于这种自然的现象一点不懂，
怎么还配在这儿索债？

阿米尼阿斯

如果你们钱不够，哪怕先把利息
付给我吧！

斯特瑞普西阿得斯

"利息"是什么动物呢？

阿米尼阿斯

那本金不是一月月一天天
随着时间的过去越来越多地产生利息吗？

斯特瑞普西阿得斯

说得好！
告诉我，海怎么样？你认为海里的水

比从前涨了些吗？

阿米尼阿斯

凭宙斯起誓，没有涨；
说涨了是不对的。

斯特瑞普西阿得斯

那些江河流进了海里，海水
尚且不见高涨，你这个倒霉人
却想你的本钱生长吗？
还不快从我的屋前滚蛋！
谁给我拿刺棍来！

阿米尼阿斯

（向观众）
我求你们做证人！

斯特瑞普西阿得斯

快滚吧！还等什么？你这匹印有西格玛字母的马还不快跑！

阿米尼阿斯

这不是侮辱吗？

斯特瑞普西阿得斯

还不快跑？
我要用刺棍来刺你的屁股，
刺你这匹挽车的马！还不快逃？
我要把你和你的车子、轮子赶得飞跑。

（阿米尼阿斯急下，斯特瑞普西阿得斯进入左屋）

（九）

合唱歌

歌　队

（首节）

那些好骗的行为到底是出于什么心理?
你看这老头儿
竟染上了这种嗜好，
总是想欺骗他的债主，
不付银钱。
这诡辩的老人
今天就会遇着什么事情，
因为他做出了这许多欺诈的行为,立刻就要倒霉的。

（次节）

他求了许久,希望他的儿子
变得很聪明,能够
说出一些反面的理由
和一些欺诈的话来
驳倒正当的道理，
胜过他的对手。
我想他的希望
立刻就可以实现，

但是呀,也许他会愿意他的儿子生下来就是个哑巴。

(十)

第五场

（斯特瑞普西阿得斯端着一只酒杯自左屋内冲出来,费狄庇得斯在后面追赶）

斯特瑞普西阿得斯

哎哟！哎哟！
我的邻居族人,我的同乡们！
快来救命呀！我挨打了,快来帮我呀！
哎呀！我的脑袋呀！我的下巴呀！哎呀！
（向费狄庇得斯）
你这个蛮横的东西,竟打起老子来了[①]?

费狄庇得斯

是的,我打了父亲。

斯特瑞普西阿得斯

（向观众）
你们看,他承认打我。

---

① 那时忤逆被认为是严重的罪行。

费狄庇得斯

是的。

斯特瑞普西阿得斯

你这个坏东西！你这个打父亲的该死的东西！

费狄庇得斯

骂吧！多骂一些！
你骂得越凶，我越高兴。

斯特瑞普西阿得斯

你这个无耻的东西！

费狄庇得斯

你嘴里吐出了许多玫瑰花。

斯特瑞普西阿得斯

你打起老子来了？

费狄庇得斯

凭宙斯起誓，我要表明
我应该打你。

斯特瑞普西阿得斯

坏透了的东西！
儿子应该打老子吗？

费狄庇得斯

我可以证明，并且能够辩赢你！

斯特瑞普西阿得斯

你能够在这一点上赢了我?

费狄庇得斯

再容易不过。
你愿意挑选哪一种理同我论辩?

斯特瑞普西阿得斯

什么理?

费狄庇得斯

正当的理和歪曲的理。

斯特瑞普西阿得斯

哎呀,儿子,原来是我叫你去学习
怎样驳倒正理的理,
你如今却用来说服我,
说儿子应该打老子,打得好!

费狄庇得斯

我想我可以说服你,你听了
过后,一句话也答不上来。

斯特瑞普西阿得斯

我倒想听听你怎样辩驳。

（十一）

第六场（第二次对驳）

歌　队

（短歌首节）
老年人,想想你自己的事情:
怎样才能够在辩论中胜过这个人。
他要是没有什么可以倚仗,
便不会这样放肆,这样莽撞:
他的有恃无恐多么明显呀,
说话蛮横有力。
（首节完）

歌队长

（向斯特瑞普西阿得斯）
这一场争论是怎样开始的?
你得告诉我,这你一定做得到。

斯特瑞普西阿得斯

我告诉你这一场争论是怎样开始的:
正当我们宴会的时候,正如你所知道的,
我首先叫他抱着弦琴

唱西蒙尼得斯赞美“公羊被剪毛”[1]的歌。
哪知他立刻说，喝酒的时候弹琴唱歌
就像一个女人磨麦子，是一件苦活儿。

费狄庇得斯

你把我当一只蝉来款待，叫我唱歌[2]，
我不该立刻就打你、踩你两脚吗？

斯特瑞普西阿得斯

这正是他在屋里向我说的，
他还说西蒙尼得斯是一个很坏的诗人。
我起初勉强忍耐，再叫他拿着桃金娘
念一段埃斯库罗斯的诗。哪知他立刻回答说：
“我也把埃斯库罗斯当作头一个诗人吗？他的诗
前后不连贯，充满了吵闹、夸张，句子也粗糙。”
你相信不相信那时候我的心跳得多么激烈，
可是我依然压抑住怒气说道：
“那你就念一点现代的诗歌，念一点美妙的东西吧！”
于是他念了一段欧里庇得斯的戏词，那里面
说起一个哥哥诱奸了他同母的妹妹！
当时我再也按捺不住了，
马上就骂出了许多羞辱的话！
于是我一句，他一句，于是他扑了过来
打我、踢我，扼着我的喉咙要勒死我。

费狄庇得斯

我有什么不对呢？你不赞美欧里庇得斯

---

① 克里奥斯是一个大力士，他的名字作为一个普通名词，意为“公羊”。这里诗人拿他开玩笑，因为按谐音这句话变为“克里奥斯被剪毛”。

② 意即，只叫他唱歌不叫他吃。

那最聪明的诗人吗？

斯特瑞普西阿得斯

（向费狄庇得斯）
我也赞美他做最聪明的诗人？
该怎样说你好呢！
（向歌队）
你们看，他又要打我了！

费狄庇得斯

凭宙斯起誓，我应该打你！

斯特瑞普西阿得斯

你是我养大的，怎么应该打我？
你这个忘恩负义的东西！记得你说话
还说不清楚的时候，我便知道你要什么。
当你叫“布噜布噜”，我便知道给你奶喝；
当你想要“粑粑”，我就给你面包吃；
你还没有叫出“喀喀”，我就带你到门外来，双手捧住你的屁股。
可是你刚才扼住我的喉咙，
我嘶嘶地呻唤，想要喘一口气，
你这个坏东西却没心
把我带到门外来，还叫我
闭着气，在那里“喀喀”呢。

歌　队

（短歌次节）
我想千万个年轻人一定提着心
听他怎样回答。
如果他做出了这样的事，还说自己有理，

那我就不肯花一颗豌豆的代价
去换老年人的皮。(次节完)

歌队长

你这个新语言的举重家啊,快想出
一些听起来好像很有道理的话。

费狄庇得斯

我懂得了这种美语言新技巧,
能够藐视既定的法律真是一件快事!
记得从前我只爱玩马的时候,
说不上三个字就要闹笑话;
可是如今他改变了我的生活,
叫我去留心巧妙的思想和语言,
我相信我能证明儿子可以打父亲。

斯特瑞普西阿得斯

凭宙斯起誓,你现在还是去玩马吧,
我宁肯替你养四匹马,免得在这儿挨打。

费狄庇得斯

你打断了我的话,我要说回去。
我首先问问你:小时候你打过我没有?

斯特瑞普西阿得斯

打过你,我那是疼你,为你好呀!

费狄庇得斯

告诉我,
你既然说为我好而打我,

我如今也照样为你好而打你又有什么不对？
怎么啦？我的身体应该受罚挨打，你的身体
就不应该吗？我不也是个生来自由的人吗？
“你以为儿子应该叫疼，父亲就不应该叫疼吗？”①
也许你会说，照法律讲，只有儿子挨打；
可是我告诉你，人一老便“返老还童”，
老年人比起年轻人更应该挨打，
因为他经验多了，更不应该做错事情。

斯特瑞普西阿得斯

可是法律上没有父亲应该挨打的条文。

费狄庇得斯

当初制定法律的人不和你我一样同是凡人吗？
他的话能够使古时的人敬信，
我为什么不能够为我们的后代儿孙制定一条
新的法律，让儿子可以回敬他们的父亲？
在这条法律还没有成立以前我们所受的鞭打，
我们并不记仇，愿意白受了。
试看那些小鸡和别的牲畜，它们尚且
和父亲打架，鸡和人有什么分别呢？
只不过它们不能够制定法律罢了。

斯特瑞普西阿得斯

你既然什么事都学家禽，
怎么不去吃粪土，栖息木架呢？

---

① 戏拟欧里庇得斯的《阿尔克斯提斯》第 694 行：“你以为你应该活着，做父亲的就不应该活着吗？”

费狄庇得斯

老头子，这又当别论，在苏格拉底看来，这又是一回事。

斯特瑞普西阿得斯

这样看来，你还是不要打爸爸吧；要不然，你只好抱怨你自己。

费狄庇得斯

为什么呢？

斯特瑞普西阿得斯

我既然有权利惩罚你，你也就
有权利惩罚你儿子，只要你养得有。

费狄庇得斯

万一我没有儿子，
岂不是白叫你打了？那你笑话我，就要笑死了。

斯特瑞普西阿得斯

你们这些年老的观众啊，我想他的话
说得很对，我得同意儿子有这种公平的权利。
如果我们做错了事，倒是应该挨打呢。

费狄庇得斯

你再想想另一个观念。

斯特瑞普西阿得斯

那可就要了我的命了！

费狄庇得斯

也许你听了不会再悲伤你刚才挨打的事。

斯特瑞普西阿得斯

怎么不会呢？告诉我，这对我有什么好处？

费狄庇得斯

我还要打我的母亲，正像我打你一样①。

斯特瑞普西阿得斯

你说什么？什么？
这种事更是大逆不道！

费狄庇得斯

如果我用歪理
辩胜了你，说我应该打我的母亲，那又怎么样？

斯特瑞普西阿得斯

那又怎样呢？如果你做出了这种事，
可没有什么东西会阻挡
你和你的苏格拉底
以及他的歪理
落到罪人坑里去。

---

① 费狄庇得斯知道父亲对母亲没好感，听到说母亲也应该挨打也许很高兴。

（十二）

退 场

斯特瑞普西阿得斯

云神啊！这都是因为你们的缘故，
因为我把我的一切都托付给了你们。

歌队长

这全是你自己的错，
因为你要去做坏事。

斯特瑞普西阿得斯

你们为什么不早告诉我，
反而鼓动一个乡下老头子去做那种事？

歌队长

我们每次看见一个想做坏事
的人，总是这样对待他，
直到我们把他毁了，
叫他知道敬畏神明！

斯特瑞普西阿得斯

哎呀！云神啊！这虽然是苦，却也活该，
因为我不应该借了人家的钱，存心不还。
（向费狄庇得斯）
现在，我的儿，快同我去
结果了那可恶的凯瑞丰和苏格拉底，
全是他们欺骗了你和我。

费狄庇得斯

我可不愿意害我的师父。

斯特瑞普西阿得斯

你应该“尊敬祖先的宙斯”①。

费狄庇得斯

听他说什么“祖先的宙斯”！
（向斯特瑞普西阿得斯）
你真是个老腐朽！
有什么宙斯？

斯特瑞普西阿得斯

有！

费狄庇得斯

没有，没有，
因为动力赶走了宙斯，代替他为王。

---

① 引号里的话大概是从欧里庇得斯的悲剧中引来的。

斯特瑞普西阿得斯

不是动力赶走了宙斯，只是
我看见了这“杯子”，相信有动力。
我真傻，竟把陶器当作了它[1]。

费狄庇得斯

你就在这儿神经错乱、自言自语吧！
（费狄庇得斯下）

斯特瑞普西阿得斯

（自语）
哎呀，我真是神经错乱了，真是疯了，
竟为了苏格拉底抛弃了神。
（向左屋门前的赫尔墨斯像）
但是呀，亲爱的赫尔墨斯啊，请你饶恕我，
不要对我发怒，不要毁灭我。
这全是苏格拉底的胡说八道迷惑了我。
请你给我出个主意，到底是
上法庭去告他呢，还是怎么办？
（作倾听状）
好，你叫我不上法庭去告他，
马上就去把那些饶舌者的家烧了。
（唤）
克珊提阿斯[2]，快来！
快拿着梯子和斧子出来！
（仆人自左屋上）

---

① “杯子”和“动力”在希腊文里是同一个字。
② 斯特瑞普西阿得斯的仆人。

如果你忠心于你的主人，
快爬上那个“思想所”，
把他们的屋顶拆了，
把屋子推倒压死他们。
谁给我拿个点着的火把来，
我今天要报复他们，为了
这些骗子这样骗了我。

门徒甲

（自内）
哎呀！哎呀！
（斯特瑞普西阿得斯爬上了右屋的屋顶）

斯特瑞普西阿得斯

火把呀！这是你的职责，快射出强烈的火焰！

门徒甲

（自内）
你这家伙在干什么？

斯特瑞普西阿得斯

我在干什么？告诉你吧，
我在和你们屋顶上的梁木分析巧妙的理论。

门徒乙

（自内）
哎呀，谁在烧我们的屋子？

斯特瑞普西阿得斯

就是那个你曾经没收了他外衣的人。

门徒丙

你在这儿杀人放火啦！

斯特瑞普西阿得斯

这正是我要做的事！
除非我的斧头不中用，
或是我跌下来，摔断了脖子。
（苏格拉底自右屋的窗内出现）

苏格拉底

喂！你这人在我们屋顶上做什么？

斯特瑞普西阿得斯

“我在空中行走，观察太阳”。

苏格拉底

哎呀，晦气，我要闷死了！
（苏格拉底自右屋的窗内出现）

苏格拉底

哎呀，倒霉，我要烧死了！

斯特瑞普西阿得斯

你们有什么意图要侮辱众神，
窥视月亮女神的居所？
仆人！快追下去打他们，
他们挨打的理由太多了，
特别是因为他们亵渎了众神！
（斯特瑞普西阿得斯和仆人进入左屋）

歌队长

把我们领出去吧，今天的任务我们已经很好地完成了。

（歌队退场）

经典译林

Yilin Classics

书名	单价	ISBN 号
艾青诗集	35.00 元	9787544773584
爱的教育	39.00 元	9787544768580
安娜·卡列尼娜	65.00 元	9787544740883
安徒生童话选集	42.00 元	9787544775731
傲慢与偏见	36.00 元	9787544774697
八十天环游地球	32.00 元	9787544775861
巴黎圣母院	42.00 元	9787544775748
白洋淀纪事	32.00 元	9787544772617
百万英镑	35.00 元	9787544777360
包法利夫人	38.00 元	9787544777353
悲惨世界(上、下)	98.00 元	9787544777346
背影	28.00 元	9787544777483
被侮辱与被损害的人	39.00 元	9787544777261
边城	36.00 元	9787544757416
变色龙：契诃夫中短篇小说集	39.00 元	9787544777421
变形记 城堡	38.00 元	9787544777292
草叶集:惠特曼诗选	39.00 元	9787544789509
茶馆	32.00 元	9787544773539
茶花女	35.00 元	9787544777384
查拉图斯特拉如是说	38.00 元	9787544759793
沉思录	22.00 元	9787544759649
城南旧事	29.00 元	9787544768801
大卫·科波菲尔(上、下)	79.00 元	9787544769068
地心游记	32.00 元	9787544775847
飞鸟集·新月集:泰戈尔诗选	39.00 元	9787544786096
飞向太空港	39.00 元	9787544781763
福尔摩斯探案集	58.00 元	9787544775373

复活	42.00元	9787544777308
傅雷家书	49.00元	9787544771627
富兰克林自传	36.00元	9787544750691
钢铁是怎样炼成的	39.00元	9787544774635
高老头	39.00元	9787544768856
格列佛游记	35.00元	9787544774642
格林童话全集	49.00元	9787544777285
给青年的十二封信	38.00元	9787544774321
古希腊悲剧喜剧集(上、下)	118.00元	9787544711708
海底两万里	38.00元	9787544775717
红楼梦	55.00元	9787544774604
红与黑	49.00元	9787544777315
呼兰河传	35.00元	9787544783620
呼啸山庄	39.00元	9787544775779
基督山伯爵(上、下)	108.00元	9787544777490
纪伯伦散文诗经典	42.00元	9787544777438
寂静的春天	35.00元	9787544773430
假如给我三天光明	32.00元	9787544768511
简·爱	39.00元	9787544774666
金银岛	35.00元	9787544780100
荆棘鸟	45.00元	9787544768818
静静的顿河	128.00元	9787544777513
镜花缘	39.00元	9787544771603
局外人·鼠疫	38.00元	9787544781756
菊与刀	35.00元	9787544750707
宽容	32.00元	9787544760492
昆虫记	39.00元	9787544775830
老人与海	32.00元	9787544774789
理想国	45.00元	9787544785204
聊斋志异	55.00元	9787544779791
猎人笔记	38.00元	9787544775809
林肯传	28.00元	9787544759960

鲁滨逊漂流记	39.00元	9787544783392
绿山墙的安妮	36.00元	9787544775755
罗马神话	16.80元	9787544711722
罗生门	39.00元	9787544777193
骆驼祥子	32.00元	9787544775724
麦田里的守望者	38.00元	9787544775106
美丽新世界	35.00元	9787544777254
名人传	39.00元	9787544774673
拿破仑传	38.00元	9787544759809
呐喊	29.00元	9787544768528
牛虻	38.00元	9787544777339
欧·亨利短篇小说选	36.00元	9787544775823
欧也妮·葛朗台	32.00元	9787544775854
彷徨	32.00元	9787544786041
培根随笔全集	38.00元	9787544768788
飘(上、下)	88.00元	9787544777407
乞力马扎罗的雪	39.80元	9787544790925
热爱生命·海狼	38.00元	9787544777469
人类群星闪耀时	36.00元	9787544766906
人性的弱点	28.00元	9787544759977
儒林外史	42.00元	9787544781084
三个火枪手	59.00元	9787544777278
三国演义	59.00元	9787544774598
沙乡年鉴	42.00元	9787544775441
莎士比亚喜剧悲剧集	49.00元	9787544777322
少年维特的烦恼	28.00元	9787544777506
神秘岛	48.00元	9787544772884
神曲(共三册)	128.00元	9787544777414
圣经故事	35.00元	9787544768825
十日谈	68.00元	9787544714280
双城记	45.00元	9787544781879
水浒传	69.00元	9787544774581

四世同堂（上、下）	78.00元	9787544788380
苔丝	39.00元	9787544777179
谈美	26.00元	9787544772013
谈美书简	36.00元	9787544772006
汤姆叔叔的小屋	45.00元	9787544775793
汤姆·索亚历险记	32.00元	9787544774659
唐诗三百首	39.00元	9787544781916
堂吉诃德	78.00元	9787544714877
天方夜谭	42.00元	9787544775816
童年	38.00元	9787544762168
童年·在人间·我的大学	49.00元	9787544775786
瓦尔登湖	36.00元	9787544768764
我是猫	39.00元	9787544777186
物种起源	42.00元	9787544765022
雾都孤儿	44.00元	9787544768696
西顿野生动物故事集	38.00元	9787544789424
西游记	48.00元	9787544774611
希腊古典神话	49.00元	9787544777391
乡土中国	36.00元	9787544781886
小妇人	45.00元	9787544766784
小王子	29.00元	9787544774628
星星离我们有多远	35.00元	9787544782043
羊脂球	38.00元	9787544775878
一九八四	36.00元	9787544777216
伊索寓言全集	35.00元	9787544775762
尤利西斯	58.00元	9787544712736
约翰·克利斯朵夫（上、下）	98.00元	9787544777476
月亮和六便士	45.00元	9787544773805
战争与和平（上、下）	108.00元	9787544777445
朝花夕拾	22.00元	9787544768535
中国哲学简史	48.00元	9787544771580
子夜	49.00元	9787544784221
最后一课	36.00元	9787544777377